mtb

Zum Buch:

Was kann man in zwei Monaten mit einer tollen Frau alles machen? Da fällt Lincoln West eine ganze Menge ein. Aber dann muss Schluss sein. Keine Ausnahme. Niemals! Selbst, wenn er das wilde Ex-Partygirl begehrt wie keine Frau je zuvor. Am liebsten würde er ihr freches Mundwerk mit Küssen zum Verstummen bringen … Denn wenn sie die Geschichten aus seiner Vergangenheit erfährt, bringt er sich in höchste Gefahr …

Millionär trifft Party-Girl fürs Leben

Zur Autorin:

New York Times-Bestsellerautorin Gena Showalter glaubt, dass Liebe alles überwindet. Früher selbst passionierte Liebesromanleserin, weiß sie ihre Fans mit eigenen Pageturnern voller Humor, Gefahr und heißer Sinnlichkeit zu begeistern. Mit ihrer Paranormal-Serie der „Herren der Unterwelt" feierte sie ihren internationalen Durchbruch, mit ihrer „Broken Hearts"-Serie bringt sie ihre Leser zum Schwärmen. Showalter lebt mit ihrer Familie und einigen Hunden in Oklahoma.

Lieferbare Titel:

Broken Hearts – Gefährliche Nähe
Broken Hearts – Brennende Sehnsucht
Die Herren der Unterwelt – Schwarze Berührung

Gena Showalter

Broken Hearts – Flammendes Begehren

Roman

Aus dem Amerikanischen von
Christiane Meyer

mtb

MIRA® TASCHENBUCH
Band 25998

1. Auflage: März 2017

Deutsche Erstveröffentlichung

Titel der amerikanischen Originalausgabe:
The Harder You Fall

erschienen bei: HQN Books, Toronto

Published by arrangement with
Harlequin Enterprises II B.V./S.ár.l

Umschlaggestaltung: büropecher, Köln
Umschlagabbildung: any.way, Barbara Hanke / Cordula Schmidt
Redaktion: Eva Wallbaum
Satz: GGP Media GmbH, Pößneck
Printed in Germany
Dieses Buch wurde auf FSC®-zertifiziertem Papier gedruckt.
ISBN 978-3-95649-644-8

www.mira-taschenbuch.de

Für Allison Carroll – danke für dein unschätzbares Feedback. Und danke dafür, dass du dich trotz meiner Warnungen bezüglich „des Prozesses“ mit mir darauf eingelassen hast.

Für Craig Swinwood, Margaret Marbury, Loriana Sacilotto, Dianne Moggy, Susan Swinwood, Michelle Renaud, Stacy Widdrington und Fritz Servatius – und so viele andere bei Harlequin. Danke für alles, was ihr für mich tut.

Und für Lisa Wray, weil sie sich vor der Veröffentlichung eines neuen Buches jedes Mal selbst übertrifft und Außerordentliches leistet.

Und für eine der tollsten Frauen, die ich kenne – Liz Berry. Ich umarme dich!

Ihr rockt!

Für Kresley Cole und Beth Kendrick, die Chef Boyardee-Gang!

1. Kapitel

~~Liebe Schwester,~~
~~Meine liebe Brook Lynn,~~
Yo!
Akzeptiere es. Ich bin in dein altes Zimmer gezogen, um in den Garten gucken und sehen zu können, wie der Schnee fällt. (Füge noch ein paar Minuten – oder auch eine Stunde! – lauten Jammerns ein, weil deine Fensternische viel besser ist als meine.) ABER: Trotz dieser himmelschreienden Ungerechtigkeit grinse ich so breit, dass mir schon das Gesicht wehtut. Ich erinnere mich daran, wie wir zusammen unseren ersten Schneemann gebaut haben. Ich glaube ja nach wie vor, dass er wie ein Kugelfisch aussah. Wie auch immer. Du hast geschrien: „Er stirbt!", als die Sonne herauskam, und ich habe das Schneemann-Blut (Wasser) in einem Marmeladenglas aufgefangen, um ihm wenigstens eine anständige Beerdigung im Badezimmer bieten zu können. Wir waren ziemlich coole Kids, oder? Jetzt sind wir allerdings erwachsen (theoretisch). Pah! Du bist meine beste Freundin – Yeah! Glückwunsch! –, aber du bist mit Jase verlobt. Du bist Teil seiner Familie, wirst von seinen Freunden geliebt, und das bedeutet, dass ich dich teilen muss. Ich habe riesige Angst, dich zu verlieren.

Andererseits habe ich es nicht anders verdient. Jahrelang hast du dich um mich gekümmert, wie eine Mutter sich um ihr Kind kümmert. Du hast Opfer für mich gebracht. Du hast mich geliebt, wenn ich unausstehlich war, und mir geholfen, obwohl ich undankbar war und dich schlecht behandelt habe. Dir tausendmal Danke zu sagen, würde niemals ausreichen. Dir zu sagen, dass es mir leidtut, wäre zumindest schon mal ein Anfang. Du, meine liebe Schwester, bist ein Schatz. Ein Geschenk. Und ich werde es beweisen. Aber nicht, indem ich dir diesen Brief gebe.

Nein, dieser Brief wird sich selbst zerstören, nachdem ich ihn beendet habe. Denn ich will dir nicht sagen, wie viel du mir bedeutest – ich will es dir zeigen. Und das werde ich auch.

In Liebe
Jessie Kay

An einem eiskalten Dezembermorgen forderte das größte Schneechaos, das Strawberry Valley, Oklahoma, je erlebt hatte, sein erstes Opfer. Jessica Kay Dillons Stolz. Stöhnend hob die ehemalige Schönheitskönigin ihren schmerzenden Hintern vom eisglatten Gehweg und kam auf die Beine. Sie richtete den Korb, den sie dabeihatte, und blickte, während eine bitterkalte Brise an ihren Haaren zerrte, in die Schaufenster, die sich in der Nähe befanden. Keine neugierigen Blicke. *Gott sei Dank!*

Wenn niemand ihren unglaublichen Sturz bezeugen konnte, hatte er dann wirklich stattgefunden?

Jessie Kay schlich weiter. *Stück für Stück. Vorsichtig. Langsam.* Doch als sie um die Ecke bog, rutschte sie wieder aus und riss die Arme hoch, um Halt zu finden. Vergeblich. Sie fiel und landete erneut auf dem Boden. *Verflucht noch mal!* Sie schlug mit der Faust auf den mit einer dünnen Eisschicht bedeckten Beton. Sie würde hier draußen sterben, und es war allein *seine* Schuld. Lincoln West. Einer der drei Besitzer von *WOH Industries.*

Der blöde West und seine blöde Sandwich-Bestellung!

Sie würde nicht sagen, dass sie ihn hasste, doch im Augenblick würde sie, ohne zu zögern, den Stecker seiner lebenserhaltenden Geräte ziehen, um an der Steckdose ihr Handy zu laden. In nur sechs Monaten hatte er sich zu ihrem persönlichen Fluch gemausert.

Sie hätte auf ihre Schwester hören und die heutigen Auslieferungen absagen sollen. Brook Lynn, die Besitzerin des Cateringservice „Sie haben es sich verdient“ *(Haben Sie einen stressigen Alltag? Wir speisen Sie!)*, glaubte daran, dass Sicherheit über finanziellen Gewinn ging. Aber nein, oh nein. Jessie Kay hatte darauf bestanden, dass sie es schaffte, auch wenn ein Sprung ohne Fallschirm aus einem Flugzeug wahrscheinlich klüger gewesen wäre als dieser Liefertrip. Und ja, gut, es gab eine Entschädigung für den Mut, sich hinauszuwagen: die atemberaubende Winterlandschaft. Das Sammelsurium unterschiedlich gestalteter Geschäfte – Gebäude im Landhausstil, Lagerhallen aus Metall, weiß getünchte Bungalows – sah aus, als wäre es mit Diamantenstaub gepudert. Aber ehrlich? „Atemberaubend“ war ihr im Moment scheißegal.

Mit den Zähnen klappernd kam sie wieder auf die Beine und stakste weiter wie ein halb erfrorener Soldat. Mittlerweile würden ein Rückzieher ihrerseits und die Rückkehr zu ihrem Wagen dem makellosen Ruf von *Sie haben es sich verdient* schaden. *Toller Start, erbärmliches Ende. Nein danke.* Und aufwärmen würde sie sich auch nicht. Die Heizung in ihrem Wagen funktionierte schon seit Jahren nicht mehr, und der Eiskratzer war ein unerlässliches Überlebensutensil. Nach Hause zu fahren, brachte auch nicht viel. Die Heizung dort gab nur Qualm von sich, und es erforderte Stoßgebete, sie in Gang zu setzen.

In einer perfekten Welt würde sie diese beiden Mängel noch heute beheben. Doch dies war alles andere als eine perfekte Welt. Und die üblichen Tränen, das Gejammer und Gefluche brachten sie auch nicht weiter. Sie brauchte Kohle. Cash. Ein weiterer Grund, weshalb sie beschlossen hatte, dem Wetter zu trotzen.

Brook Lynn, die gute Seele, bezahlte ihr einhundert Dollar die Woche, damit sie ihr half, die Bestellungen vorzubereiten und auszuliefern. Sie hatte ein schlechtes Gewissen, das Geld anzunehmen. *Ich schulde ihr etwas und nicht umgekehrt.* Doch sie nahm es trotzdem. Es ging nicht anders. Mit Stolz ließen sich keine Rechnungen bezahlen.

Die Mittel reichten gerade aus, um die Nebenkosten und die Rückzahlung der Hypothek zu decken, die sie kurz nach dem Tod ihrer Mom auf das Haus aufgenommen hatte. Mit dem Trinkgeld konnte sie lebensnotwendige Dinge wie drei anständige Mahlzeiten pro Tag bezahlen. Wenn sie ehrlich war, hatte sie erwartet, dass die Leute angesichts ihrer Anstrengungen heute mehr als nur die üblichen ein oder zwei Dollar geben würden. Aber taten sie das? Nein! Sie bekam nur das normale Trinkgeld – und eindeutige Angebote von ein paar schmierigen Männern.

Möchtest du eine kleine Pause machen, Jessie Kay? Meine Frau ist gerade bei ihrer Schwester, und meine Couch ist echt bequem …

Komm doch rein und trink ein Bier mit mir, Jessie Kay. Ich heize dich ein bisschen auf …

Einmal böses Mädchen, immer böses Mädchen.

Würden ihre Eltern noch leben – *Gott sei ihrer Seele gnädig* –, hätten sie bestimmt dicke Tränen der Enttäuschung wegen ihres einschlägigen Rufs vergossen. Sie hatten sie geliebt und nur das Beste für sie gewollt, auch wenn sie beide vor ihrem Tod guten Grund gehabt hatten, sie zu hassen.

Sie wäre die Erste, die zugab, dass sie manchmal auf nicht ganz so gesunde Art und Weise versuchte, diese Gründe zu vergessen.

Na ja, zumindest hatte sie *bisher* auf nicht ganz gesunde Art und Weise versucht, zu vergessen.

Vor ein paar Monaten wäre Brook Lynn – die *Allerbeste* –

beinahe gestorben, und sie, Jessie Kay – die *Allerschlechteste* –, war zu beschäftigt damit gewesen, das Leben eines Rockstars zu führen und zu feiern, statt ihr beizustehen. Das nannte man wohl einen Weckruf. Von dem Tag an hatte sie geschworen, den Pfad der Tugend zu beschreiten. Falls ihre Schwester sie wieder einmal brauchen sollte, wäre sie da. Ohne Wenn und Aber. Amen.

Ihre Momma hatte einmal gesagt: Jeder Sturm beginnt mit einem einzelnen Regentropfen. Man sollte auch einen noch so bescheidenen Anfang wertschätzen.

Die Sache mit dem Bravsein … Garantiert hatte niemand nirgendwo jemals einen *so* bescheidenen Anfang erlebt.

Langsam ging sie um die nächste Ecke und war erleichtert, dass sie sich auf den Beinen hielt. Endlich erreichte sie das Bürogebäude von *WOH Industries.* Trotz der Kälte blieb sie vor der Tür stehen, um sich innerlich auf den zu erwartenden Kampf vorzubereiten. Er war unvermeidlich. Das war er immer.

Im Foyer wachte die ehemalige Grundschullehrerin und jetzige Empfangsdame Cora Higal mit militärischer Präzision über den Empfangstresen. Von West war nichts zu sehen. Vom umwerfenden, erfolgreichen, viel zu klugen West.

Er hatte Charme und Witz und ein freundliches Lächeln. Jedenfalls hatte er das für alle anderen übrig außer für sie.

Im Juli hatten er und seine beiden Freunde und Geschäftspartner die große böse Stadt verlassen, um in ihre Heimatstadt zu ziehen. Jessie Kay hatte vom ersten Moment an ein Auge auf den anziehenden West geworfen. Aber als er kein Interesse an ihr zeigte, hatte sie sich dem charmanten Beck Ockley zugewandt, der *weitaus* zugänglicher war.

Was sie zu dem Zeitpunkt noch nicht geahnt hatte? Beck war der König des One-Night-Stands. Tja, zumindest war er das gewesen, bis er Harlow Glass kennenlernte. Inzwischen war er der König der festen Beziehung. Egal. Die „Beziehung“ des Königs mit ihr, Jessie Kay, war nach einer einzigen gemeinsamen Nacht zu Ende gewesen.

Es war schön, Süße. Wir sehen uns.

Die Zurückweisung hatte geschmerzt, und sie hatte eine gute alte Selbstmitleidsorgie gefeiert, sich hoffnungslos betrunken und mit Jase geschlafen. Jase war der Hulk des Trios. Die „Beziehung“ zwischen Jase und ihr hatte jedoch auch zu nichts geführt. Genau genommen hatte Jase nicht einmal bis zum nächsten Morgen gewartet, um sie wieder loszuwerden. Er hatte eine Stunde danach quasi das sinkende Schiff verlassen.

Später hatte er sich dann mit Brook Lynn verlobt.

Anscheinend musste ein Mann nur mit ihr schlafen, um seine Seelenverwandte zu finden.

West hielt sie vermutlich für eine Schlampe. Einen männermordenden Vamp. Eine Partymaus. Eine Frucht vom verbotenen Baum.

Tja, er konnte sie mal! Hatte sie immer die klügsten Entscheidungen getroffen? Nein. Sie war ständig einer Idee von Glück hinterhergejagt, das sie bei Männern zu finden hoffte und nicht in sich selbst. Wie zum Teufel sollte sie denn auch mit sich selbst glücklich und zufrieden sein? Sie hatte so furchtbare Fehler begangen, dass sie damit eigentlich im Guinnessbuch der Rekorde stehen sollte. Man musste ja nur ihre toten Eltern fragen! Doch welches Recht hatte West, sie zu verurteilen?

Laut Brook Lynn, die es aus erster Hand wissen musste, hatte West es mit Selbstmedikation versucht, hatte getrunken und Drogen konsumiert. Und seine Erfolgsbilanz bei Frauen? Jämmerlich. Er datete einmal im Jahr für zwei Monate – nicht mehr und nicht weniger – eine Frau, um sie aus irgendeinem fadenscheinigen Grund wieder abzuservieren, sobald die Zeit abgelaufen war …

Verdammt, es war zu kalt hier, um es noch länger hinauszuzögern.

Ein Glöckchen bimmelte, als sie das Gebäude betrat. Die ersehnte Wärme umhüllte sie.

Cora blickte von den Papieren auf, die sie gerade stapelte. Ihr schulterlanges schwarzes Haar wackelte hin und her. „Miss Dillon."

„Miss Higal." Jessie Kay stampfte auf, um die Schneeklumpen von ihren Stiefeln zu lösen, während sie sich in der Lobby umsah und die Mischung aus „langweilig" und „spektakulär" in sich aufnahm. Die beigefarbenen Wände waren mit erstaunlich detaillierten Bildern von Figuren aus diversen Videospielen dekoriert, die West programmiert hatte. Auf Tischen, die sie auf jedem Garagenflohmarkt für weniger als fünf Dollar bekommen hätte, lagen glänzende Computerteile und Dinge, die aussahen, als gehörten sie zu einem Roboter.

Wie cool war das denn? Ihr inneres Kind, wahrscheinlich der reifste Teil von ihr, wollte mit einem Mal spielen.

Cora räusperte sich. „Mr. West ist …"

„… nicht überrascht, dass du zu spät kommst." Die Männerstimme kam aus dem hinteren Teil der Lobby, wo West am Türrahmen zu seinem Büro lehnte. „Sagen Sie mir, Miss Dillon, macht es Ihnen Spaß, andere Menschen in Sorge zu versetzen?"

Ihre Blicke trafen sich, und ein verhasstes Kribbeln erfasste Jessie Kays Körper. Für einen Moment, einen einzigen Herzschlag lang, herrschte eine solche Spannung zwischen ihnen, dass sie das Gefühl hatte, nicht richtig atmen zu können. Er war die Sonne, um die sie kreiste, ein Strudel, dem sie nicht entkommen konnte. Dann drehte er sich um, wandte ihr den Rücken zu, und sie konnte endlich wieder Luft holen. Sein Anblick war ihr jedoch ins Gedächtnis gebrannt.

Er war weit über eins achtzig groß und hatte die schlanke, durchtrainierte Figur eines Mannes, der gern Zeit im Fitnessstudio verbrachte. Einen Gegensatz dazu bildete der Nadelstreifenanzug, den er trug. Er hatte dunkles Haar und noch dunklere Augen, deren Tiefen unergründlich, mysteriös und so sinnlich wirkten, dass sie manchmal ihren Vorsatz vergaß, sich von ABBs fernzuhalten – von attraktiven Bad Boys.

Sie wünschte sich das, was ihre Eltern gehabt hatten. Das, was Brook Lynn und Jase, Harlow und Beck hatten. Sie wollte *mehr.* Und zum ersten Mal in ihrem Leben war sie bereit, darauf zu warten. Sie gab sich nicht länger mit Resten zufrieden.

Manchmal vergessen die Leute, dass es nicht reicht, sich nur zu verlieben. Momma, die immer so weise gewesen war. *Du musst den anderen auch mögen. Dein Dad … Er findet mich absolut wundervoll.*

Jessie Kay hatte keinen Zweifel daran. Als sie ihrer Schwester geholfen hatte, ihre Sachen zu packen, weil sie mit Jase zusammenzog, hatten sie im Schrank ein Geheimfach gefunden. Darin waren Briefe gewesen, die ihr Vater ihrer Mutter schrieb, als sie sich kennengelernt hatten.

Wenn du lächelst, meine süße Anna Grace, sehe ich meine Zukunft in deinen Augen.

Niemand hatte bei ihrem Lächeln je so etwas erlebt, und auf keinen Fall würde West als Erster so reagieren. Was einer der vielen Gründe war, nicht mit ihm auszugehen, auch wenn sie für ihn schwärmte. Na ja, nicht für ihn, sondern vielmehr für sein Äußeres. Ja, da gab es einen gewaltigen Unterschied. Während sie liebend gern einmal mit der Zunge sein Gesicht und seinen Körper erkundet hätte, wollte sie seinem Verstand nur den Mittelfinger zeigen.

„Nun stehen Sie doch nicht einfach da und starren, Miss Dillon. Gehen Sie“, sagte Cora und riss sie damit unsanft aus ihrer Grübelei.

„Danke.“ *Für nichts.* Sie umklammerte den Weidenkorb ein bisschen fester und ging los.

In dem Moment, als sie die Türschwelle zu Wests Büro überschritt, schien die Temperatur um einige Grad zu steigen. In der Luft lag der Duft von Karamell. Wieder kribbelte ihre Haut, diesmal sogar noch stärker.

Er hatte das Jackett ausgezogen, saß an seinem Schreibtisch und krempelte die Ärmel seines Hemdes hoch. Jessie Kays Blick fiel auf seine starken Unterarme mit den dunklen Härchen.

„Tun Sie nicht so, als hätten Sie sich Sorgen um mich gemacht, *Mr. West.*“

Er lehnte sich in seinem Schreibtischstuhl zurück, faltete die Hände vor dem Bauch und sah sie an wie eine Schlange eine Maus anstarren musste – entschlossen, angriffslustig, gierig.

Jessie Kay spürte einen Kloß im Hals und schluckte. Womöglich steckte ja etwas Sexuelles hinter diesem Blick. Ab und zu hatte sie sich gefragt, ob sie ihm rein äußerlich genauso gut gefiel wie er ihr. Vielleicht war er auch gerade gekommen und total befriedigt, weil er einen Konkurrenten ausgeschaltet hatte.

Ja. Das muss es sein.

„Bist du hier, um mir mein Essen zu bringen oder um mich anzuglotzen?“ Sein Tonfall klang belustigt.

Idiot. „Ich bin hier, um dich zu korrigieren. Du hast gesagt, ich wäre zu spät, aber da irrst du dich. Die Frühstücksbestellungen werden zwischen sieben und neun geliefert.“

„Es ist zehn Uhr sechsunddreißig.“

Ups. War es tatsächlich schon so spät? „Du hast mich nicht aussprechen lassen. Die Frühstücksbestellungen werden zwischen sieben und neun geliefert – *außer* an Tagen, an denen Schnee liegt. Mir steht ein zeitlicher Spielraum von einer Stunde oder so zu.“

„Noch einmal: Es ist zehn Uhr sechsunddreißig.“

„Und ich sagte: *oder so.*“ Als sie in seine undurchdringliche Miene blickte, fügte sie hinzu: „Hätte ich mich beeilen können, um schneller hier zu sein? Ja, bestimmt. Allerdings ist es deine Wunschvorstellung und nicht meine, dass ich hinfalle und mir das Genick breche."

Er zeigte keine Gnade. „Da sich die Nachrichten der vergangenen Woche ständig um diesen Wintersturm gedreht haben, wusste ich, dass er über uns hereinbrechen würde, und habe etwas Revolutionäres getan: Ich habe vorausgeplant."

Sie warf ihm ein schwaches Lächeln zu. Der Kunde hat immer recht, sagte Brook Lynn dauernd. Und sie stimmte ihr zu … Außer, der Kunde war ein Idiot. „Hätte ich vorausgeplant, dann hätte ich deine Bestellung storniert."

„Hast du aber nicht. Also. Ich nehme an, deine Unpünktlichkeit bedeutet, dass ich das Essen umsonst bekomme."

Sie atmete tief durch und erinnerte sich an einen weiteren weisen Rat, den ihre Mutter ihr gegeben hatte: Du kannst nicht kontrollieren, ob ein Vogel über deinen Kopf fliegt, aber du kannst sehr wohl kontrollieren, ob er in deinem Haar ein Nest baut.

Mit anderen Worten: Sie konnte nicht verhindern, dass sich bestimmte Gefühle bei ihr breitmachten. Sie konnte sich jedoch zurückhalten und nicht darauf reagieren.

Und sie musste sich auf jeden Fall zusammenreißen. Brook Lynn hatte erst kürzlich eine Wette mit ihr abgeschlossen: Die Erste von ihnen, die bei einem Wutanfall zu schreien anfing oder Dinge durch die Gegend warf, musste eine Woche lang die Kleider anziehen, die ihre Schwester ihr rauslegte.

Wie sie Brook Lynn kannte, würde sie vermutlich eine Nonnentracht tragen müssen. *Furchtbar!* Viel lieber würde sie ihre Schwester in einem Bikini sehen, den sie aus zwei Brustwarzen-Pasties und Schleifenband gebastelt hatte.

Im Laufe der Jahre war es zu einem Spielchen zwischen ihnen geworden, sich gegenseitig zu quälen.

„Du täuschst dich. Wie immer", sagte sie mit einem zuckersüßen Lächeln zu West. „Außerdem ist deine Art zu denken äußerst beschränkt. Zeit ist nicht linear, sondern zirkulär."

Das erregte seine Aufmerksamkeit. Neugierde lag in seinem Blick, als er sich aufsetzte, die Ellbogen auf dem Schreibtisch abstützte und die Finger unter seinem Kinn verschränkte.

„Erklär das bitte genauer."

Mit Vergnügen. „Zeit hat keinen Anfang und kein Ende. Sie war immer da, wird immer da sein und niemals aufhören. Das heißt, dass Zeit ein immerwährender Kreis neuer Anfänge und neuer Enden ist."

Seine Neugierde nahm zu und mischte sich mit ... Bewunderung?

„Du willst damit sagen, dass das Konzept des Zuspätkommens ..."

„... Quatsch ist."

„... falsch ist, weil das, was jetzt ist, bald vergangen sein wird, und weil das, was vergangen ist, die Zukunft wird. Deshalb bist du – egal, was die Uhr sagt – eigentlich immer pünktlich."

„Mir gefällt meine Erklärung zwar besser, aber ja. Und bei diesem Wetter pünktlich zu sein bedeutet, dass ich mir einen Bonus verdient habe. Heute kostet dein Sandwich fünfzig Dollar mehr als sonst."

Schweigend betrachtete er sie. „Das ist so ziemlich die beste Ausrede, die ich je gehört habe. Ich werde dir die fünfzig Dollar geben."

Sie verspürte Stolz, drängte diese Empfindung jedoch zurück. „Sollen wir daraus vielleicht hundert machen?"

„Warum? Hast du in dem Sandwich Crack gebunkert?"

„Nein. Aber ich habe meine seelischen Qualen dazugerechnet."

Seine Mundwinkel zuckten verdächtig, als würde er gleich – *nein, auf keinen Fall* – lächeln. Doch natürlich wurde sein Blick nur noch finsterer, und er wandte seine Aufmerksamkeit der Computertastatur zu.

„Lass das Sandwich hier. Hol dir dein Geld von Cora und geh. Ich habe zu tun."

Heiß und kalt. Süß und sauer.

Er hatte wirklich, wirklich Glück, dass sie der dunklen Seite den Rücken gekehrt hatte, sonst hätte er auf seiner nächsten Bestellung ein paar ganz *spezielle* Garnierungen vorgefunden.

„Ich hoffe …" *Würg!* „… es schmeckt dir." Jessie Kay legte das mit Bacon und Marshmallows belegte Sandwich auf die Ecke des Schreibtisches, ohne ihm zu sagen, dass es dort gefährlich wackelig lag. Es war zwar in Papier eingeschlagen und geschützt, aber der Boden war der Boden, und für einen Menschen, der so pingelig war wie West, wäre das Brot in dem Moment, in dem es mit dem Boden in Kontakt käme, auf jeden Fall verdorben.

Möglicherweise reckte sie hier und da doch einmal einen Zeh hinüber auf die dunkle Seite.

„Es gibt übrigens noch ein Leben neben dem Computer", sagte sie brummig, nur um irgendetwas Unfreundliches von sich zu geben. Er wollte, dass sie ging, also würde sie ein bisschen bleiben. „Du solltest es dir beizeiten mal ansehen."

Er sah nicht in ihre Richtung. „Schick mir einen Link, dann schaue ich es mir an."

Haha.

Während sie zusah, wie er auf der Tastatur herumhämmerte, dachte sie, dass es … *wow, es war schwer, es zuzugeben* … dass es vielleicht schön wäre, seine Freundin zu sein. Bis auf seinen merkwürdigen Spleen, die Dates zeitlich zu begrenzen, schien er sein Leben ganz gut auf die Reihe zu bekommen. Etwas, von dem sie nur träumen konnte. Er hätte ihr zum Beispiel sein Erfolgsgeheimnis verraten können.

„Du solltest etwas netter zu mir sein. Ich bin Brook Lynns

Trauzeugin, und du bist Jases Trauzeuge. Ich kann es dir ganz leicht machen, den Mittelgang entlangzuschreiten, oder ich kann dafür sorgen, dass du dir wünschst, du wärst tot."

„Das Risiko gehe ich ein."

Dieser Kerl! Warum hasste er sie nur so?

Sie erinnerte sich noch genau an ihre erste Begegnung beim Grillfest, das die Gemeinde in jedem Jahr anlässlich des 4. Juli veranstaltete. Ihr waren die drei heißen Typen, die neben dem Stand mit dem Erdbeereis gestanden hatten, natürlich sofort aufgefallen. West hatte ihr Interesse zuerst geweckt, und als er zu ihr geblickt hatte, hatte sie gleich dieses Kribbeln am ganzen Körper verspürt. Dann hatte er sie mit seinen dunklen Augen von Kopf bis Fuß gemustert und angewidert die Lippen verzogen. Voller Verachtung! Eine Empfindung, die sie nur allzu gut kannte, weil sie sie jeden Morgen spürte, wenn sie in den Spiegel blickte.

Weil sie erwachsen war, hatte sie versucht, mit ihm darüber zu reden. *Es gibt ein Problem? Lass uns eine Lösung finden.* Doch er hatte sich zu Beck gewandt und gemurmelt: „Ich halt's hier nicht länger aus." Als hätte ihre Anwesenheit ihm die Petersilie verhagelt und ihn runtergezogen.

Ihr sowieso schon zerbrechliches Selbstbewusstsein hatte sich in Wohlgefallen aufgelöst, und sie hatte Becks Angebot, sie ein bisschen zu trösten, nur zu gern angenommen. Er hatte sie behandelt, als wäre sie der Mittelpunkt seiner Welt.

Bis am nächsten Morgen die Sonne aufgegangen war.

Toll. Jetzt wünschte sie sich nichts mehr, als aus diesem Büro zu verschwinden. Augenblicklich. „In der Lotterie geht es um einhundertdreiundachtzig Millionen Dollar. Ich muss mir ein Los kaufen." Sie bemühte sich, locker zu klingen, aber es kam eher verzweifelt rüber. „Wir sehen uns, West."

„Die Lotterie ist eine Steuer für Leute, die scheiße in Mathe sind. Das ist dir klar, oder?"

„Irgendjemand muss ja gewinnen, und ich bin gut darin, die Glückliche zu sein."

Ein Muskel zuckte unter seinem Auge. Ein Zeichen für seine zunehmende Wut. Wieso war er wütend?

„Hinter welchem Kerl bist du jetzt her?"

Wollte er damit sagen, dass sie eine Schlampe war? „Ich sage dir, hinter welchem Kerl ich her bin", zischte sie – bis ihr wieder die Wette mit Brook Lynn einfiel.

Ach ja. Zeig ihm nicht, dass er dich getroffen hat.

„Ben und Jerry. Ich hoffe, dir schmeckt dein Sandwich", wiederholte sie. „Oder auch nicht. Ja. Oder auch nicht." Ohne zu lächeln, stieß sie mit der Hüfte gegen seinen Schreibtisch. Die Computerteile und die Papiere, die darauf verstreut lagen, verrutschten, und als sie zur Tür ging, hörte sie das verräterische Geräusch, das das Sandwich verursachte, als es auf den Boden fiel.

Ein Fluch hallte von den Wänden wider.

Ohne sich umzudrehen, hob sie eine Hand und winkte West noch einmal zu.

„Ich erwarte ein neues Sandwich, Jessie Kay."

„Mal sehen, was dir deine Erwartung bringt …"

Sie musste der Gastronomie dringend den Rücken kehren. Doch vorher musste sie herausfinden, was sie mit dem Rest ihres Lebens anfangen wollte. Abgesehen davon, West irgendwann einmal in den Magen zu boxen.

Es gab nur ein klitzekleines Problem. So klitzeklein, dass es vermutlich nicht einmal erwähnenswert war. Sie hatte die Highschool nur mit Ach und Krach abgeschlossen, war zu beschäftigt damit gewesen, Spaß zu haben, um zu studieren, und hatte keine nennenswerten Fähigkeiten, außer mit der Zunge einen Knoten in einen Kirschstängel zu machen. *Wow!* Als angehende Millionärin kam sie mit diesem Mangel an Talent wohl nicht sehr weit.

Cora schnalzte mit der Zunge, als sie ihr einen Zwanziger und einen Fünfziger gab. Zehn für das Sandwich, fünf für die Lieferung und weitere fünf Dollar als Trinkgeld. Außerdem die zusätzlichen fünfzig Dollar für die heutigen erschwerten Umstände.

„Sie haben uns über die Gegensprechanlage belauscht, oder?“, stellte Jessie Kay trocken fest.

„Eine gute Assistentin muss die Wünsche des Chefs vorausahnen können. Da wir gerade davon sprechen, Miss Dillon – Sie sollten etwas nachsichtiger mit ihm sein. Er hatte es in letzter Zeit nicht leicht.“

„Entschuldigen Sie bitte. Haben Sie gesagt, dass *er* es in letzter Zeit nicht leicht hatte?“ *Ach, bitte!* „Ich bin eine Vollwaise, die einem undankbaren Millionär im tiefsten Schneesturm ein Sandwich bringt. Er sollte etwas nachsichtiger mit *mir* sein.“

Die alte Dame rollte mit den Augen. „Seine beiden Freunde sind jetzt verlobt.“

„Und? Meine Schwester und meine beste Freundin sind verlobt. Das ist ein Grund zu feiern.“ Auch wenn sie manchmal wie ein Baby weinen wollte. Sie liebte Brook Lynn und Harlow von ganzem Herzen, aber früher oder später änderte sich alles. Die Mädchen würden sich ihren Familien widmen – zu Recht natürlich –, während sie, der einzige Single, völlig in den Hintergrund trat.

Ein Teil von ihr wollte sich jetzt schon von ihnen lösen und sich zurückziehen, damit es später nicht so wehtat, doch tatsächlich wollte sie die gemeinsame Zeit bis zur letzten Sekunde auskosten. Um endlich ihre Liebe zu beweisen. „Wissen Sie …“ *Kümmern Sie sich doch einfach um Ihre eigenen Angelegenheiten.* „Haben Sie noch einen schönen Tag, Miss Higal.“

Sie stürmte zur Tür hinaus. Die eiskalte Luft wirkte wie eine Ohrfeige. Wie sie sich nach der nächsten Jahreszeit sehnte – der

Tornadosaison –, nach der ihre Lieblingsjahreszeit kam, in der es heißer ist als in der Hölle.

Vielleicht würde sie ihrer Freundin Sunny Day eine Nachricht schreiben und irgendwo mit ihr hingehen, um etwas Dampf abzulassen … Augenblick mal. Was zur Hölle machte sie da? Wollte sie in alte Muster zurückfallen? Nein, nein und tausendmal nein.

Daniel Porter tauchte wie aus dem Nichts auf und zwang sie dazu, stehen zu bleiben.

„Jessie Kay."

„Verschwinde. Sofort." Sie würde keine Beleidigungen von einem weiteren Mann erdulden. Und dieser Mann würde sie ganz sicher beleidigen. Sie waren einmal kurz zusammen gewesen, und die Trennung war nicht gerade freundschaftlich verlaufen.

„Tut mir leid, aber ich bin genau dort, wo ich sein will."

Er war ein echter Sturkopf. Allerdings war er ein *Army Ranger,* also musste er das wohl auch sein.

Vor ein paar Monaten war er aus dem Ausland zurückgekehrt und hatte sie ziemlich schnell um ein Date gebeten. Sie hatte sofort Ja gesagt. Er war ein gutaussehender Mann mit dunklen Haaren und smaragdgrünen Augen. Er hatte den Körper eines Kämpfers und die distanzierte Haltung, bei der eine (verrückte) Frau sich wünschte, diejenige zu sein, die ihn zähmte.

Recht bald hatte sie erkannt, dass er direkt mit ihr ins Bett wollte – kein Dinner, kein Kino, nichts dergleichen. Und sie hatte den Eindruck gehabt, dass er so schnell wie möglich verschwunden sein würde, wenn sie miteinander geschlafen hätten. Also hatte sie Abend für Abend auf einem gemeinsamen Essen oder einem Kinobesuch bestanden und ihn zum Abschied nur geküsst. Irgendwann hatte er die Sache beendet. Doch statt ehrlich zu seinen Gründen für die Trennung zu stehen, hatte er ihr die Schuld gegeben, weil sie noch immer Zeit mit Jase und Beck verbrachte, mit denen sie einmal geschlafen hatte. Als würde sie darauf warten, dass Brook Lynn und Harlow sich von ihnen trennten, damit sie einen weiteren Versuch bei den Männern starten konnte.

„Gut. Dann gehe ich eben aus dem Weg.“ Sie machte einen Schritt zur Seite, aber er war es gewohnt, sich mit Feinden auseinanderzusetzen, und machte den Schritt einfach mit.

„Ich möchte mich dafür entschuldigen, wie ich dich behandelt habe“, sagte er.

Sie blieb erschrocken stehen.

„Dafür, wie die Sache zwischen uns geendet hat.“

War das etwa tatsächlich eine Entschuldigung? Das hatte es noch nie gegeben. Nach ihrer kleinen Begegnung mit West war das Balsam für ihre geschundene Seele. Außer …

„Ist das ein Trick, um mich ins Bett zu locken?“

„Nur zum Teil.“

Sie verzog den Mund zu einem Grinsen, und etwas von ihrer Starre löste sich. „Deine Ehrlichkeit verdient eine Belohnung. Ich verzeihe dir. Zum Teil.“

„Gut. Willst du mit mir essen gehen?“

„Was?“

„Dinner. Mit mir. Danach bringe ich dich nach Hause, wo wir uns mit einem Handschlag voneinander verabschieden.“

Hatte er sie gerade … um ein Date gebeten? Ein richtiges Date? Und er wollte tatsächlich nur essen gehen? „Ich will nicht … Ich kann nicht …“

„Ich vermisse dich. Ich hatte viel Spaß mit dir, und Spaß ist etwas, das ich schon sehr lange nicht mehr hatte. Mich von dir zu trennen, war ein dummer Fehler.“

Das waren Worte, die wohl jedes Mädchen gern gehört hätte. Und ein Teil von ihr wollte seine Einladung sofort annehmen. Jedes Zusammentreffen mit West verletzte ihren Stolz. Sie fühlte sich danach immer angeschlagen und glaubte, kein Happy End zu verdienen. Mit diesem Gefühl kämpfte sie schon seit dem Tod ihres Vaters. Und es war noch schlimmer geworden, seit ihre Mutter gestorben war … und sie Fehler um Fehler begangen hatte. Inzwischen waren es so viele Verwerfungen, dass sie dem San Andreas-Graben Konkurrenz machen konnte.

„Ich werde ganz ehrlich sein, Daniel. Ich habe kein Interesse an dir als Mann." Es hatte einmal eine Zeit gegeben, in der sie zu jedem Mann, der mit ihr ausgehen wollte, Ja gesagt hatte. *Er will mich, also muss ich ihm etwas bedeuten. In seinen Augen bin ich wertvoll.* Es war ein Hochgefühl gewesen. Doch dieses Hochgefühl war nie von Dauer, und es hatte immer damit geendet, dass sie sich auf die Jagd nach einem neuen Hochgefühl begeben hatte.

Bessere Entscheidungen, besseres Leben.

„Aber", fügte sie hinzu, „ich könnte mir vorstellen, einfach mit dir befreundet zu sein."

„Ich hatte noch nie einen weiblichen Kumpel. Vor allem keinen, der so heiß war wie du."

„Tja, ich hatte auch noch nie einen Kumpel, der so heiß war wie du. Wir könnten uns gemeinsam an diese Vorstellung gewöhnen."

Ein Grinsen breitete sich auf seinem Gesicht aus. „Also gut. Für dich, Jessie Kay Dillon, bin ich bereit, es auszuprobieren."

Für sie. Als wäre sie etwas Besonderes.

Mann. Vorhin hatte sie noch mit dem Gedanken gespielt, auszugehen und alles zu vergessen, und jetzt schwebte sie einen Meter über dem Boden, weil ein Typ ihr ein Kompliment gemacht hatte. *Nein, mein Selbstwertgefühl ist* überhaupt nicht *abhängig von anderen Menschen.*

Sie hob ihr Kinn. „Großartig. Aber tu uns beiden einen Gefallen und vergiss nicht, dass wir das hier nur zur Probe machen. Wenn du es vermasselst, bist du raus. Und zwar endgültig."

2. Kapitel

Lincoln West hätte beinahe mit der Faust durch die Wand geschlagen. Als er aus dem Fenster im Foyer sah und beobachtete, wie Jessie Kay sich mit Daniel Porter unterhielt, war der Zorn in ihm wie ein feuerspeiender Drache, der ihn rastlos umtrieb. Jessie Kay und Daniel Porter hatten schon einmal etwas miteinander gehabt. Der Mann war jünger als er und sogar jünger als Jessie Kay. Was zur Hölle hatten die zwei nur zu besprechen? Mussten bei Daniel die Windeln gewechselt werden? Oder diskutierten sie die neueste Entwicklung in der Schnuller-Technologie?

Trafen die beiden sich wieder? So, wie Daniel sie angrinste …

Ein Laut wie von einem Tier kam West über die Lippen und überraschte ihn. Es war ihm doch eigentlich vollkommen egal, mit wem Jessie Kay sich traf. Ja, sie war die fleischgewordene Versuchung, eine Südstaatenschönheit mit der Zunge einer Schlange, einem messerscharfen Verstand und einem Mut, der seinem glatt Konkurrenz machte. Ja, mit ihrem brillanten Konzept der Zeit hatte sie ihn umgehauen. Aber es spielte keine Rolle. Sie war tabu – und das machte sein Verhalten nur noch unlogischer.

Er hatte gewusst, dass sie sich vom Wetter nicht davon abhalten lassen würde, die Sandwich-Bestellungen auszuliefern. Also war er am Morgen mit seinem Wagen zu ihrem Haus gefahren und hatte dort, versteckt hinter einer Schneewehe, auf sie gewartet. Dann war er ihr in die Stadt gefolgt, um sicherzugehen, dass sie in einem Stück ankam, und während sie die Leckereien in ihrem Korb verteilte, hatte er in seinem schönen warmen Büro gesessen, auf die Uhr gestarrt und beinahe eine Panikattacke bekommen, als sie nicht zu einer vernünftigen Zeit aufgetaucht war.

Er hatte eigentlich geplant, ihr nach Hause zu folgen, sobald sie das Büro verlassen würde. Jetzt hatte Daniel die Ehre.

„Ich kenne das Mädchen, seit es die dritte Klasse aufgemischt hat.“ Cora stapelte einige Papiere. „Jessie Kay hatte immer Schwierigkeiten, weil sie im Unterricht geredet hat, war immer unpünktlich, aber sie war auch immer gutherzig. Wenn irgendjemand einen schlechten Tag hatte, war sie die Erste, die ihren Trost anbot und die Süßigkeiten, die ihre Mutter ihr in die Lunchbox gepackt hatte.“

Er wünschte, er hätte Jessie Kay schon damals gekannt, er wäre das Kind gewesen, das sie getröstet hätte, das Kind, das die Süßigkeiten von ihr bekommen hätte. Vielleicht wären sie Freunde geworden. Im Laufe der Jahre hatte er nur wenige Freunde gehabt. Verdammt, abgesehen von Jase und Beck, die er in der Pflege kennengelernt hatte, war er allein gewesen.

Buhu. Armes Baby.

„Kein Wort mehr über sie“, knurrte er und kehrte zurück in sein Büro.

Er konnte es sich nicht leisten, Jessie Kay zu mögen. Er … es ging nicht. Es waren zu viele Gefühle im Spiel. Einige von ihnen gut – zu gut – und viele von ihnen schlecht.

An dem Tag, als er sie kennengelernt hatte, hatte er an Tessa gedacht. Tessa war die einzige Frau gewesen, die er je geliebt hatte. Die Frau, die er verloren hatte. Er hatte ihr versprochen, eine Abschlussparty für sie zu organisieren, eine „Herzlichen Glückwunsch zum Abschluss!“-Party. Doch er hatte es vergessen. Statt ihre Freunde im mit Ballons geschmückten Haus zu treffen und Blumen zu bekommen, hatte sie ihn vorgefunden, zugedröhnt, schales Dosenbier, Reste einer kalten Pizza.

Sie war in Tränen ausgebrochen und mit dem Auto geflüchtet. Ein paar Stunden später hatte er erfahren, dass sie einen Unfall gehabt hatte und sofort tot gewesen war.

Der Flashback hatte ihn durcheinandergebracht. Es hatte keinen Grund gegeben, an die tragische Geschichte zu denken.

Jessie Kay hatte überhaupt keine Ähnlichkeit mit Tessa. Die beiden waren genau genommen so unterschiedlich wie Tag und Nacht. Tessa war klein und schlank gewesen und hatte dunkle Haare und dunkle, mandelförmige Augen gehabt, die ein Hinweis auf ihren multikulturellen Hintergrund gewesen waren. Jessie Kay dagegen war großgewachsen und kurvig, hatte blondes Haar und blaue Augen, in denen immer ein so hitziger Ausdruck lag, dass man das Gefühl hatte, jeden Moment in Flammen aufzugehen.

Jessie Kay war Tessa nur in einem Punkt ähnlich: Sie war sehr hübsch. Und, ehrlich gesagt, war sie die einzige Frau auf der Welt, die es mit einem einzigen Blick schaffte, seinen Blutdruck in die Höhe zu treiben, so wie es Tessa immer gelungen war.

Wenn er nüchtern gewesen war, hatte er Tessa wie eine Königin behandelt. Inzwischen war er immer nüchtern, Jessie Kay behandelte er jedoch so, als wäre sie der Zugang zur Hölle. Nicht absichtlich. Oder vielleicht doch absichtlich. Als er sie zum ersten Mal sah, wollte er sie mit einer Intensität, dass es ihm Angst gemacht hatte, aber sie hatte mit Beck und dann auch noch mit Jase geschlafen.

Jetzt bin ich dran.

Dieser Gedanke – ein Gedanke, den er schon oft gehabt hatte – machte ihn wütend. Es gab keinen Grund, der so überzeugend gewesen wäre, dass er böses Blut zwischen sich und seinen Freunden riskiert hätte. Nicht, dass es einen seiner Freunde interessieren würde, ob er etwas mit Jessie Kay anfinge oder nicht. Eigentlich ermunterten sie ihn sogar täglich, endlich einmal die Initiative zu ergreifen. Sie mochten Jessie Kay. Das

Problem war er. Wenn er sie bekommen würde – diese Frau, die ihn manchmal in seinen Träumen verfolgte –, würde er es seinen Freunden dann übelnehmen, dass sie ihm zuvorgekommen waren?

Allein diese Möglichkeit hielt ihn schon davon ab, etwas zu unternehmen. Es machte ihn noch wütender als der Gedanke, dass nun er „dran war". Er würde nicht zulassen, dass irgendetwas zwischen ihn und seine Jungs trat.

West warf das kontaminierte Sandwich in den Mülleimer, ließ sich mit einem Knurren in seinen Schreibtischsessel fallen und lockerte die Krawatte, die ihm die Luft zum Atmen abschnürte. Wenn ein Nahrungsmittel auf dem Boden gelegen hatte, konnte er es nicht mehr essen. In einer der Pflegefamilien, in denen er gelebt hatte, hatte der Vater es urkomisch gefunden, die Kinder, die er in Pflege genommen hatte, mit auf dem Rücken gefesselten Händen vom dreckigen Linoleumfußboden essen zu lassen.

Gewöhn dich daran, Junge. Einige Menschen haben nichts Besseres verdient.

Nicht alle Pflegefamilien waren schlimm gewesen. Die meisten Familien waren ziemlich anständig gewesen und hatten ihm ein besseres Leben geboten, als er es bei seiner Mom gehabt hätte. Della hatte ihn nie schlecht behandelt und hatte ihn vielleicht sogar geliebt, doch ihr Heroin hatte sie noch mehr geliebt.

Es klopfte. Er blickte auf und sah Beck in der offenen Tür stehen.

Der über einen Meter achtzig große selbst ernannte Sexgott kam ins Büro und setzte sich auf den Stuhl vor dem Schreibtisch. Er hatte Schneeflocken im Haar. Das Weiß der Flocken verlieh seinen goldblonden und braunen Strähnen zusätzliche Tiefe.

Beck nahm seinen Kaschmirschal ab und schlüpfte aus seinem Mantel. „Ich habe auf dem Weg ins Büro Jessie Kay und Daniel Porter gesehen. Geht es dir gut?"

Er wünschte, seine Freunde wüssten nichts über seinen innerlichen Kampf – dass er Jessie Kay zwar wollte, aber nicht wollte, dass es so war. „Mir geht es gut."

„Tja, könntest du mir einen Gefallen tun und das auch deinem Gesicht mitteilen? Du siehst aus, als hättest du eine schlimme Verstopfung."

„Hast du es noch nicht gehört? Verstopfung ist das neue Schwarz. Alle coolen Kids machen das heutzutage – oder machen es eben nicht."

Beck prustete los. Seine braunen Augen funkelten. Leider hielt die Belustigung nicht lange an.

„Ernsthaft, Mann. Geht es dir gut?"

Der Typ machte sich wirklich Sorgen um ihn. Das war nichts Neues. Wenn er ehrlich war, musste West einräumen, dass er sich selbst Sorgen um sich machte.

Als Kind hatte er geschworen, nicht so zu werden wie seine Mutter. Und den Großteil seiner Jugend über war ihm das auch gelungen. Er hatte Drogen und Alkohol wie seine schlimmsten Feinde behandelt. Dann war Jase für ein Verbrechen ins Gefängnis gesteckt worden, das er und Beck mit ihm zusammen begangen hatten, und er hatte der Realität entfliehen wollen. Nur für eine Weile. *Kokain ist kein Heroin.* Das hatte er sich zumindest eingeredet. Immer und immer wieder …

Nach Tessas Tod hatte der Höhepunkt seines Tages darin bestanden, von jeder glatten Oberfläche, die er finden konnte, eine Line zu ziehen – um dann am nächsten Morgen in seiner eigenen Kotze aufzuwachen.

Irgendwann hatte er auch sein Stipendium am *Massachusetts Institute of Technology* verloren. Noch ein Grund, high zu werden. Er hatte sich selbst enttäuscht. Doch was viel schlimmer war: Er hatte seine Freunde enttäuscht. Jase hatte die Verantwortung für das Verbrechen übernommen, sodass er zur Schule gehen, einen Abschluss schaffen und etwas aus seinem

Leben machen konnte. Beck hatte Jahre damit zugebracht, ihn dazu zu bringen, die Finger von den Drogen zu lassen und clean zu werden.

Selbst jetzt waren die Schuldgefühle zu groß, um sie abzuschütteln.

Am schlimmsten hatte er Tessa im Stich gelassen und enttäuscht. Und er hatte sogar seine Mom enttäuscht. Als er endlich clean und in der Lage gewesen war, ihr bei ihren Schwierigkeiten helfen zu können, war es zu spät. Sie war schon tot gewesen. Eine Überdosis zu viel.

„Keine Sorge. Ich werde keinen Rückfall bekommen. Ich fühle mich zu Jessie Kay hingezogen, aber ich bin nicht verliebt in sie." Er würde sich nie wieder erlauben, so viel für jemanden zu empfinden.

„Warum nicht? Sie hat alles, ist eine Dame in der Küche und eine Wildkatze ..."

„Halt den Mund", presste West zwischen zusammengebissenen Zähnen hervor.

„... in allen anderen Bereichen."

Beck hatte in angespannten Situationen schon immer auf zwei Arten reagiert: Entweder hatte er gestichelt oder er hatte gespöttelt.

„Warum? Was, dachtest du, würde ich sagen?"

Nimm es ihm nicht übel. „Wenn sie so supertoll ist, wieso hast du dich dann nicht in sie verliebt?"

„Das ist eine Gefahr dabei, zu früh mit jemandem ins Bett zu gehen." Beck zuckte die Achseln. „Man findet später heraus, dass es besser ist, nur befreundet zu sein. Ansonsten ist sie nicht Harlow."

Sie war auch nicht Tessa. Und diese Unterhaltung war jetzt beendet. „Also gut. Falls ich den heutigen Alkoholtest bestanden habe, würde ich dann jetzt weiterarbeiten."

„Es freut mich, dir verkünden zu können, dass du den

Alkoholtest bestanden hast. Beim Arschlochtest bist du allerdings durchgefallen."

„Nicht das. Alles, nur das nicht!" West hob mit übertrieben verzweifelter Miene eine Faust gen Decke. „Warum? Warum ich?"

„Und jetzt bist du auch noch durch den Idiotentest gerasselt. Wo ist mein Dankeschön dafür, dass ich trotz des Wetters hier aufgetaucht bin, weil ich weiß, dass mein bester Freund ein Workaholic ist und ausgerastet wäre, wenn ich vorgeschlagen hätte, heute wegen Eis und Schnee einen freien Tag einzuschieben?"

„Hier." West zeigte ihm den Mittelfinger. „Hier ist dein Dankeschön."

Grinsend erhob Beck sich und sammelte seine Sachen ein. „Herzerwärmend. Ich bin dann in meinem Büro, falls du mich brauchst."

Wieder allein musste West sich eingestehen, dass er trotz seiner scheinbaren Unbeschwertheit in keiner guten Verfassung war. Könnte er einen echten Drogentest bestehen? Könnte er der Versuchung widerstehen?

Mal sehen.

Er schloss die unterste Schublade seines Schreibtisches auf und zog sie auf. Sein Blick fiel auf die Flasche Whiskey. Er strich mit einer Fingerspitze über das kühle Glas.

Trink mich. Der Whiskey schien mit ihm zu sprechen. *Nur einen Schluck. Ich werde dir helfen, dich zu entspannen.*

Wie wahr diese Worte doch waren. Aber West wusste, dass die Entspannung nur für einen kleinen Moment anhalten würde. Danach würde er wieder in seine schlechte Laune zurückfallen und noch einen Drink brauchen ... Und später würde er sich dem Kokain zuwenden. Das war sein Fluch. Der Dämon in ihm.

In den Zeiten seiner Abhängigkeit hatte es viele Morgen

gegeben, an denen er auf der Suche nach Geld durch die Wohnung getigert war. Er hatte in den Ritzen zwischen den Couchkissen, in der Waschmaschine oder im Trockner nach Geldscheinen gesucht. Wenn er nichts gefunden hatte, war er in Becks Zimmer geschlichen, um dort die Schubladen der Kommode zu durchwühlen. Seine Verzweiflung war stärker gewesen als seine Scham.

Er hatte Stoff gebraucht, und zwar dringend, aber ohne Geld hätte er von seinem Dealer nur ein müdes Lächeln bekommen. Er hatte sogar mit dem Gedanken gespielt, das zu tun, was seine Mutter getan hatte, um sich *ihre* Drogen zu finanzieren …

Er strich sich übers Gesicht und versuchte zu vergessen … *Das werde ich niemals vergessen.* Seine Mutter hatte ihren ebenfalls drogenabhängigen Freunden damals erlaubt, alles mit ihrem Körper anzustellen, was sie wollten, solange sie dafür ihre Drogen mit ihr teilten. Manchmal hatte sie ihren Körper sogar an Fremde verkauft. An jeden, der ein paar Dollar übrig gehabt hatte.

Ein Kerl …

Du kannst mich Onkel Sam nennen.

West erschauderte. Wenn Sam mit Della fertig gewesen war, hatte er nach ihm gesucht. West hatte sich nicht anders zu helfen gewusst, als sich in Schränken, unter seinem Bett oder sogar im Mülleimer zu verstecken. Manchmal war es ihm gelungen, nicht entdeckt zu werden. Doch hin und wieder war er gefunden worden.

Die Tatsache, dass er je mit dem Gedanken geliebäugelt hatte, seinen Körper zu verkaufen …

Er schüttelte den Kopf, um die quälenden Erinnerungen zu vertreiben. Seine Selbstverachtung blieb.

„Trinken steht nicht auf meinem Terminplan." Mit Nachdruck machte er die Schublade zu, schloss sie ab und atmete bewusst ein paar Mal tief durch. Er hielt sich immer an seinen Zeitplan. Eine Angewohnheit, die er in der Entzugsklinik angenommen hatte. Eine feste Struktur hielt das Chaos – einen Auslöser – in Schach. Jede Aufgabe auf dem Plan war ein winziger Schritt, der Zeit und Aufmerksamkeit erforderte und der ihm dadurch Stück für Stück half, einen weiteren Tag als nüchterner, cleaner Mann zu überstehen.

Zu viele dunkle Flecken auf meiner Seele.

Da er gerade an seinen Terminplan dachte … fünf kleine Worte starrten ihn vom Display seines Handys aus an: *Jessie Kay nach Hause folgen.*

Warum hatte er eine so undankbare Aufgabe eingetragen?

Weil es ihm gefiel, wie zartes Rot ihre sonnengebräunte Haut überzog, wenn sie wütend wurde? Weil es ihm gefiel, was für bissige Worte ihr über die Lippen kamen? Lippen, die er gern einmal schmecken würde. Weil es ihm gefiel, wie sein Herz jedes Mal schneller schlug, wenn sie einen Raum betrat? Weil ihm jeder Schlagabtausch mit ihr gefiel?

Weil er nicht wollte, dass dieser Wahnsinn aufhörte?

Idiot! Trottel! Ein Mann konnte süchtig nach einer Frau wie ihr werden. Vor allem ein Mann wie er. Dennoch nahm er das Telefon in die Hand und drückte die Kurzwahltaste, die ihn mit Beck verband.

„Ich bin mal kurz unterwegs."

Am Samstagmorgen zog West seine Laufshorts und ein T-Shirt an, auf dem *Goal Scouts* stand. Während der Fußballsaison – von März bis Oktober – trainierte er ein Team von unterprivilegierten Kids. In der Nebensaison spielte er mit den großen Jungs in der Halle. Eine großartige Form der Therapie.

Er legte seine Schienbeinschoner an, schnürte seine Schuhe und warf einen Blick auf die Uhr. Es war 8:59 Uhr. Pünktlich. Er strich die Bettdecke glatt, sah noch einmal nach, ob der Deckel des Wäschekorbes geschlossen war, und rauschte dann in die Küche, um drei Proteinshakes zu mixen.

„Hey, Mann." Jase kam herein. Er war angezogen und bereit für das Spiel.

Jase und Beck hatten beschlossen, ebenfalls mitzuspielen, statt sich die Action nur von der Tribüne aus anzusehen.

Jase war der Torwart des Teams. Er war gebaut wie ein Schrank, und kein Ball kam an ihm vorbei. Außerdem neigten gegnerische Mannschaften dazu, sich in die Hose zu machen, wenn sie ihn erblickten. Alles an ihm – von den aufgestellten dunklen Haaren bis hin zum wilden Ausdruck in seinen grünen Augen – sagte: *Wenn du dich mit mir anlegst, kannst du was erleben.*

Keine leere Drohung. Nachdem er fast zehn Jahre hinter Gittern verbracht hatte, hatte er ein paar Probleme und jede Menge aufgestauter Wut.

Und schon spürte West wieder das schlechte Gewissen. „Hey." Er konnte seinem Freund nicht in die Augen blicken, als er ihm einen Proteinshake zuschob. „Trink das."

„Jetzt ernsthaft?" Jase zwang ihn dazu, ihn anzusehen. „So willst du den Morgen beginnen?"

„Seit wann hast du ein Problem mit Proteinen?"

„Die Proteine sind mir vollkommen egal, und das weißt du auch. Mir geht es darum, wie du mich gerade ansiehst. Oder vielmehr krampfhaft versuchst, mich *nicht* anzusehen."

Genau. Jase erwartete von ihm, dass er sich selbst verzieh, welche Rolle er bei der Gefängnisstrafe gespielt hatte. Eine Weile hatte West es sogar versucht. Doch das schlechte Gewissen war ein Monster, das in seinem Innern lebte, immer da war, immer lauerte und nur auf den richtigen Moment wartete, um zuzuschlagen. Sein Freund hatte Unvorstellbares erdulden müssen, und wofür? Damit er, West, sein Leben vergeudete?

Also, nein, er würde sich in nächster Zukunft wohl nicht verzeihen.

„Du bist der Grund dafür, dass Brook Lynn mich für den

Traum einer jeden Leserin von Liebesromanen hält. Geläutert und reich", sagte Jase. „Ich bin dir dankbar."

West hatte *WOH Industries* nur ins Leben gerufen, um sich während der Zeit seiner Genesung abzulenken. Aus dem Hobby war schnell eine lukrative Einnahmequelle geworden. „Du wärst überhaupt nicht ins Gefängnis gekommen, wenn ich anders auf Tessas …"

Er konnte das Wort nicht aussprechen.

In der Nacht, als es passiert war, war er achtzehn Jahre alt gewesen und dem Pflegesystem gerade entkommen. Er hatte mit seinen Freunden zusammengelebt und seinen Blick auf ein Ziel gerichtet: ein Happy End. Tessa hatte ihn zu einer Party eingeladen, aber in letzter Minute hatte er sich dazu entschieden, zu Hause zu bleiben und an einer Hauptplatine für einen Rechner zu arbeiten. Er wollte ihn anschließend verkaufen, Geld verdienen und seinem Mädchen die Welt zu Füßen legen. Sie war stattdessen mit ihrer Cousine zu der Party gegangen. Beck hatte ein Date mit einem Mädchen gehabt, das er kurz vorher kennengelernt hatte, und Jase, ein Tischler, war noch bei der Arbeit gewesen.

Mitten in der Nacht war Tessa in Tränen aufgelöst nach Hause gekommen. Sie war immer sehr emotional, also hatte er es erst nicht ernst genommen. Dann hatte sie sich ihm in die Arme geworfen und hervorgestoßen: „Er … er … West, er hat mich *vergewaltigt.*" Damit hatte sich alles verändert.

Finsterer Zorn hatte ihn erfüllt. Er hatte alle nötigen Informationen aus Tessa herausbekommen, hatte Jase und Beck geweckt und zusammen mit ihnen das Stück Scheiße gesucht, das für diesen Albtraum verantwortlich gewesen war. Der Kerl hatte friedlich schlafend in seinem Bett gelegen.

Ja. Sie waren in seine Wohnung eingebrochen.

Er hatte als Erster zugeschlagen. Als er gespürt hatte, wie die Nase des Kerls brach, und gesehen hatte, wie das Blut ihm über die Lippen gequollen war, die Tessa missbraucht hatten, hatte er freudlos gelächelt. Er hatte noch mehr Blut sehen wollen, noch mehr Zerstörung – er hatte dem Typen noch mehr Schmerz zufügen wollen.

Der junge Mann war zu Boden gegangen und hatte geweint. „Sie wollte es auch!"

Zwar hatte der Kerl versucht, wegzukriechen, doch er hatte ihm in die Rippen getreten. Das war ein Startschuss gewesen. Jase und Beck hatten ebenfalls zugetreten. Es war brutal. Wild. Entfesselter Zorn. Unvorstellbare Gewalt. Sie drei hatten weitergemacht, bis der Mistkerl aufgehört hatte, sich zu bewegen … bis er aufgehört hatte, zu stöhnen … bis er aufgehört hatte, zu atmen.

„West." Jases Stimme holte ihn zurück in die Gegenwart.

„Du hättest uns nicht bitten sollen, zu verheimlichen, dass wir an der Tat beteiligt waren." Damals hatten sie einen strikten Code befolgt: Was der eine wollte, taten die anderen. Punktum. Aber er hatte sich schon bald in einem Gefängnis der ganz anderen Art wiedergefunden, einem Gefängnis, dessen Mauern aus Schuldgefühlen errichtet und dessen Gitter aus Scham geschmiedet waren. „Vor allem mich nicht. Du hast von mir erwartet, nach Massachusetts zu ziehen, die Schule zu beenden und dann mit Tessa eine Familie zu gründen." Er atmete scharf aus. „Ich habe Oklahoma nie verlassen. Und du weißt, was mit meiner Freundin passiert ist."

„Ich bereue meine Entscheidung nicht. Das habe ich nie getan."

Nein. Das war nicht wahr. „Du musst es bereut haben." Emotionen schnürten West die Kehle zu. „Beck und ich haben dich jede Woche besucht. Ich habe deine Verletzungen gesehen … Ich weiß, was hinter Gittern mit jungen, schlanken Männern geschieht …" Mit achtzehn war Jase sehr schlank gewesen.

Im Kiefer seines Freundes zuckte ein Muskel. „Das ist längst vergangen. Aus. Vorbei."

„Ist es das?" Manchmal wachte er nachts auf, weil Jase schrie.

Ich hätte das Thema nicht ansprechen sollen. Es ist für uns beide zu schmerzhaft.

Ich kann das. Er setzte ein Lächeln auf und nahm es so hin. „Du hast recht. Natürlich. Es ist aus und vorbei. Jetzt sei ein braver Junge und trink dein Frühstück."

Jase sah ihn eine ganze Weile schweigend an, bevor er schließlich seufzte. Er nahm einen Schluck vom Shake und verzog das Gesicht. „Was hast du da reingemixt? Arsen?"

„So schlimm kann es gar nicht sein." West nahm ebenfalls einen Schluck und erschauderte. Doch. Es war tatsächlich so schlimm. „Arsen hätte vermutlich besser geschmeckt. Ist Brook Lynn schon wach?" Das Mädchen war eine Zauberin in der Küche. Sie könnte ein paar Zutaten zusammenwerfen ...

„Sie ist heute ganz früh aus dem Haus, um ihr Kleid noch einmal anzuprobieren. Sie meinte, sie hätte ein Pfund zugenommen und würde aus allen Nähten platzen."

Frauen und ihr Gewicht. Wann würde ihnen klar werden, dass Haut und Knochen nur auf andere Frauen Eindruck machten? Männer bevorzugten es üppig und weich ... Wie zum Beispiel bei Frauen wie Jessie Kay, die an den richtigen Stellen Rundungen hatten.

Ruhig, Junge. „Vielleicht kann Harlow ..."

„Nein." Jase schüttelte den Kopf. „Sie hilft Jessie Kay bei der Auslieferung der Frühstücksbestellungen."

Erst hatte er den Namen nur gedacht. Nun hatte er ihn gehört. *Ich kann ihr anscheinend nicht entkommen.*

„Ach, und bevor ich es vergesse", sagte Jase und wechselte dankenswerterweise das Thema, „ich habe mich für ein Bauunternehmen entschieden."

„Gut." Vor ein paar Wochen hatten sie beschlossen, zwei

weitere Häuser auf ihrem Grundstück errichten zu lassen. Eins für Jase und Brook Lynn und das andere für ihn und sein Selbstmitleid. Beck und Harlow würden im Farmhaus bleiben, da sie dort aufgewachsen war und das Haus fast genauso sehr liebte wie ihren Verlobten. „Was soll ich tun?"

„Ruf Montag mal bei dem Bauunternehmer an und sag ihm, was du dir vorstellst. Ich schicke dir seine Nummer."

Beck kam in die Küche gestolpert. Er war angezogen und bereit, loszugehen, aber sein Haar war ungekämmt und seine Augen waren rot gerändert. „Worüber redet ihr?"

„Über deinen Junggesellenabschied", entgegnete Jase trocken. „Willst du eine Stripperin oder lieber vier?"

„Mann." Beck kratzte sich die Brust. „Mein Leben war ein einziger Junggesellenabschied. Ich brauche keinen weiteren."

Jase lachte. „Hast du Angst, dass deine kleine Frau protestieren könnte?"

Als wäre er nicht genauso geschlagen.

„Genau genommen habe ich Angst davor, dass meine kleine Frau die Stripperin nach Tipps fragt und ich einen Herzanfall bekomme und sterbe, bevor ich mein Eheversprechen geben darf."

West reichte ihm einen Proteindrink. „Hör auf, mit deinem Liebesleben anzugeben, und trink dein Frühstück, Becky. Du wirst es brauchen." Der Mann war offensiver Mittelfeldspieler und sein Talent am Ball war unübertroffen. Er blieb auch unter Druck ruhig und konnte ganz schön austeilen. „Wenn du im Halbschlaf auf den Platz schleichst, wird man dir deinen Arsch auf dem Silbertablett präsentieren."

„Also, *ich* würde mich darüber freuen." Beck trank den Shake zur Hälfte aus, ohne sich am bitteren Geschmack zu stören. „Es ist nämlich ein ziemlich hübscher Arsch."

„Deine Bescheidenheit ist echt legendär." West war schnell und beweglich, daher war er Mittelstürmer. Er holte sich den

Ball – seinen Ball –, wann immer es nötig war. Und es *war* sein Ball. Immer. Wenn er den Platz betrat, erfasste ihn ein Gefühl der Raffgier. *Meins.* Das war wahrscheinlich der Grund dafür, dass er nach jedem Spiel als Torschützenkönig vom Platz ging.

Das und sein Talent, seine Beharrlichkeit und seine Kraft. Er verbrachte einen Großteil des Tages im Fitnessraum. Er wollte nie wieder schwach sein. Er hasste Hilflosigkeit fast genauso sehr wie Chaos.

„Meine Bescheidenheit ist nur einer von vielen tollen Charakterzügen an mir." Beck trank den Shake aus. „Gutes Zeug. Danke."

West warf einen Blick auf seine Armbanduhr. 9:28 Uhr. Sehr gut. „Zeit, zu gehen."

Er packte seine Tasche, in der Klamotten zum Wechseln waren, und nahm auf dem Fahrersitz seines Mercedes Platz. Jase hatte für alle Zeiten Anspruch auf den Beifahrersitz, und Beck machte es sich auf der Rückbank gemütlich. Keiner beklagte sich. Die beiden respektierten ihn und seine Terminpläne.

Meine Seelenverwandten.

Er fuhr über den Marktplatz, wo einige Familien auf den Gehwegen unterwegs waren. Alle hatten sich warm angezogen und *alle* blieben stehen, lächelten und winkten ihnen zu.

West kam es vor wie eine Szene aus einem Film – fast zu perfekt, um wahr zu sein –, doch er lächelte und winkte zurück.

„Gegen wen spielen wir heute?", fragte Jase, als sie den Highway entlangkrochen. Es war Sand und Salz gestreut worden, aber stellenweise war es noch immer gefährlich glatt. Wenn es in diesem Tempo weiterginge, würden sie die Innenstadt von Oklahoma City in ungefähr fünfzig Jahren erreichen.

„Gegen die *Ball Busters.*"

„Sie waren im letzten Jahr die Erstplatzierten der Liga." Beck grinste. Es wirkte ein bisschen gefährlich, als er die Zähne dabei leicht bleckte. „Das wird unseren Sieg heute noch viel süßer machen."

„Genau. Zeigt keine Gnade." West richtete das Lüftungsgebläse aus, damit Beck auf der Rückbank auch etwas von der warmen Luft abbekam. „Nachdem wir den Platz mit ihnen aufgewischt haben, werden sie aus dem diesjährigen Endspiel ausscheiden."

„Ihr lästert schon ganz passabel ab." Jase nickte beifällig. „Ich habe euch gut erzogen." Sein Handy piepste. Er sah auf das Display und fluchte.

„Was ist?", fragten West und Beck wie aus einem Munde.

Jase rieb sich den Nacken. „Brook Lynn kommt zu spät zum Spiel."

Eine so heftige Reaktion wegen einer solchen Kleinigkeit? Als könnte der Mann es nicht ertragen, einen halben Tag lang von seinem Mädchen getrennt zu sein.

Falls er jemals mit Jessie Kay zusammenkommen würde …

Soll das ein Witz sein? West unterdrückte einen Seufzer. War es nicht möglich, einfach mal einen Tag, eine Stunde lang nicht an sie zu denken? Sie nicht zu hassen und sich nicht nach ihr zu sehnen? Nicht fast den Verstand zu verlieren, weil er sie berühren wollte? Weil er sie schütteln, sie erkunden wollte … Und weil er noch viel, viel mehr mit ihr anstellen wollte?

„Jase, mein Lieber, ich mag dich. Wirklich." West betätigte den Blinker, ehe er die Spur wechselte. „Aber Abhängigkeit ist echt scheiße."

Beck streckte einen Arm aus und klopfte Jase auf die Schulter. „Was er sagt, stimmt. Aber mach dir nichts draus. Miststücke stehen auf uns."

Das war allerdings die Wahrheit. Ob jung, ob alt, ob Single oder verheiratet – die Frauen konnten einfach nicht genug bekommen, Bad Boys wie Beck und Jase waren ihr Kryptonit. Er bekam selbst reichlich Aufmerksamkeit vom anderen

Geschlecht, aber nicht in dem Ausmaß wie seine beiden Freunde. Die meisten Frauen ahnten wohl, dass er nicht nur ein Bad Boy, sondern dass er innerlich zerrissen und verletzt war.

Als sie die Fußballhalle erreichten, parkte er den Wagen dahinter, packte seine Tasche und rannte hinein. Die eisige Luft war wie unzählige Nadelstiche auf der Haut und roch nach Autoabgasen und verbranntem Holz statt nach Walderdbeeren. Irgendwie duftete es in Strawberry Valley sogar im Winter nach Erdbeeren. Und dieser Duft stand für ihn für sein Zuhause.

Als Jase verkündet hatte, einen Neuanfang in einer Kleinstadt wagen zu wollen, in der es viel Platz und ein Gemeinschaftsgefühl gab, das sie in der Obhut verschiedener Pflegefamilien nie erlebt hatten, hatte er Panik bekommen. Der Gedanke, sein Penthouse-Apartment zu verlassen, der Gedanke, seine alltägliche Routine hinter sich zu lassen, war für ihn unvorstellbar gewesen. *Niemals!* Es sei denn, die Bitte kam von seinen Freunden. Für sie tat er alles. Er verdankte Jase und Beck sein Leben, und bei allem, was ihm heilig war, er würde seine Schuld begleichen.

Es ist immer besser, der Kreditgeber als der Schuldner zu sein.

Anfangs hatte er Strawberry Valley gehasst. Für die Bewohner war sein Privatleben oder auch sein Kontostand ganz klar Thema des öffentlichen Interesses. Doch ebendiese Bewohner hatten Jase den Rücken gestärkt und zu ihm gehalten, während der Rest der Welt ihn am liebsten mit Mistgabeln und Fackeln aus dem Dorf gejagt hätte.

Inzwischen gab es keinen Ort mehr, an dem er lieber leben würde.

Ein paar Schritte hinter der Tür blieb er wie angewurzelt stehen. Er hatte das Gefühl, als hätte ihm jemand in den Magen geboxt.

Nein. Bitte, nein.

Jessie Kay war hier.

Sie und Harlow warteten am Imbissstand. Sie waren sich der Horde sabbernder Männer, die sie anstarrte, offensichtlich nicht bewusst. Einige der Kerle scharrten schon mit den Hufen, um sich bei nächster Gelegenheit auf die Frauen zu stürzen.

Kein Wunder. Harlows Haar war so schwarz, dass es einen blauen Schimmer hatte, und ihre Augen hatten die Farbe des Morgenhimmels. Sie war die fleischgewordene Disney-Prinzessin. Angesichts ihrer Schwäche für Liebesromane passte die Beschreibung perfekt. Jessie Kay hingegen war in diesem Märchen die Böse. Die gnadenlos bösartige Königin – so wunderschön, so makellos, die Bewegungen und Worte voll schwarzer Magie – zog alle in ihren Bann.

Das lag nicht nur an ihrer Haut, die zart wie Seide war, oder an den blonden Haaren, die ihr über den Rücken fielen und in die man die Hände schieben wollte. Es lag nicht an ihren Augen, die so tief und so blau waren, dass man darin ertrank. Es lag auch nicht an den vollen roten Lippen, die dazu geschaffen zu sein schienen, zu küssen – und geküsst zu werden. Es lag an ihrem Wesen: die pure, sinnliche Verführung.

Sie fuchtelte mit den Händen in der Luft herum, während sie mit Harlow sprach. Ihr Brustkorb hob und senkte sich schnell. Es war ein üppiger Busen, der in einem zu engen T-Shirt steckte, auf dem stand: *Goal Scout Lieferungen heute gratis.* Ihre Jeans schien nur aufgemalt zu sein, und auf den Cowgirl-Boots, die sie trug, waren genug Strasssteine verarbeitet, um die Sonne in den Schatten zu stellen.

Sie raubte ihm schier den Atem.

Jase blieb neben ihm stehen und schlug ihm mit solcher Wucht auf die Schulter, dass jeder andere eingeknickt wäre.

„Jetzt weißt du es. Brook Lynn hat an ihrer Stelle Jessie Kay geschickt. Ich habe gehofft, wir wären schneller hier, dann hättest du nicht mal mitbekommen, dass sie da ist. Tut mir leid."

Tja. Jetzt ergab der kleine Ausbruch nach Brook Lynns Textnachricht natürlich einen Sinn.

Beck ging zielstrebig an ihnen vorbei. Wie immer, wenn seine Verlobte in der Nähe war, verwandelte er sich in eine extrem besitzergreifende Mischung aus Mann und Tier. Jedem Kerl in Harlows Nähe warf er mörderische Blicke zu. *Sie gehört mir, und ich töte lieber, als zu teilen.*

Harlow stieß einen Jubelschrei aus, so freute sie sich, ihn zu sehen. Jessie Kay erstarrte und drehte sich langsam zur Tür um, als bräuchte sie noch einen Moment, um sich innerlich auf das unweigerlich Folgende vorzubereiten. Ihr Blick traf seinen und … Von einer Sekunde auf die andere schien die Welt um ihn herum nicht mehr zu existieren. Verlangen breitete sich in ihm aus. Die Spannung zwischen ihnen war fast mit Händen greifbar, die Luft sprühte förmlich Funken. Das Atmen fiel ihm schwer – als es ihm endlich gelang, wieder Luft zu holen.

Wie schaffte sie das? Wie konnte sie ihn so leicht verführen und um den Finger wickeln? Und das mit nur einem einzigen Blick?

Eine Droge. Sie ist eine Droge.

Eine andere Möglichkeit gab es nicht. Nur Kokain hatte sonst diese Wirkung auf ihn.

In diesem Moment war es ihm egal, was genau sie war. *Verwandeln …*

Meins. Ich will.

Eine Gruppe von Leuten kam durch die Tür herein, und jemand rempelte ihn an. Als er ins Taumeln geriet und sich gerade noch auf den Beinen halten konnte, hörte das, was auch immer zwischen ihm und Jessie Kay gewesen war, abrupt auf.

Wut verdrängte die Faszination, und er stieß einen Fluch in Richtung des Typs aus, der ihn angestoßen hatte. Einen Fluch, den er dann gegen sich selbst richtete.

„Tut mir leid, tut mir leid“, rief der Kerl und ging weiter.

West sah wieder zu Jessie Kay. Er konnte nicht anders, auch wenn er sich dafür hasste. Inzwischen war sie jedoch am Imbissstand angekommen und wandte ihre schwarze Magie nun bei dem pickeligen Teenager hinter dem Tresen an.

West biss die Zähne zusammen und ging in die Umkleidekabine, um seine Tasche zu verstauen.

„... hast du die Blonde gesehen?“, fragte ein Mann gerade.

Es war der Typ, der ihn angerempelt hatte. Nachdem der Kerl seinen Mantel ausgezogen hatte, konnte West das schwarzrot gestreifte Shirt sehen, auf dessen Rückseite *Ball Busters* stand.

„Die mit den Cowboystiefeln? Mann. Wie hätte ich die übersehen sollen?“, erwiderte ein anderes Mitglied der *Ball Busters*. „Die Titten sind einmalig.“

Ohne sich dessen bewusst zu sein, hatte West die Umkleidekabine durchquert, stand nun vor dem Typ und hatte die Hand an den Hals des Kerls gelegt. Er kochte vor Zorn und seine Worte wirkten wie Peitschenhiebe. „Du Arschloch.“ Er drängte den Mann gegen die Spindreihe. „Sprich nie wieder so über sie. Nie mehr.“

Die braunen Augen des Mannes traten hervor, als West ihm die Luft abdrückte.

„Tut ihm leid, Mann. *Uns* tut es leid“, beeilte sich sein Freund zu sagen. „Wir wussten nicht, dass sie deine Freundin ist. Lass ihn los, ja?“

„Lass ihn los“, wiederholte Jase, der jetzt neben ihm stand. „Einem Idioten das Leben zu nehmen, steht heute nicht auf deinem Terminplan.“

West wurde bewusst, dass er keuchte, als hätte er ein paar Stunden lang den Ball übers Feld gedribbelt. Jeden Augenblick würde er die Beherrschung verlieren, dann gäbe es kein Halten mehr, bis es zu spät wäre.

Ich darf das nicht zulassen. Nicht, wenn Jase dabei ist.

West drückte den Hals des Mannes noch einmal zu, bevor er die Hand löste und einen Schritt zurücktrat. Die beiden Männer rannten aus der Umkleidekabine, als würden sie in Flammen stehen. Raubtierinstinkte kamen in ihm hoch, der Wunsch, ihnen hinterherzujagen, war beinahe überwältigend.

„Ich weiß, dass du Jessie Kay willst", sagte Jase leise. „Ich weiß, dass du dir wünschst, es wäre nicht so. Du musst mit ihr ausgehen oder sie vergessen, denn so kannst du nicht weitermachen. Das habe ich inzwischen begriffen."

Er selbst hatte es auch begriffen, doch er konnte weder mit ihr ausgehen noch würde er sie jemals einfach vergessen können.

Trotzdem sagte er: „Ich reiße mich zusammen und komme darüber hinweg." Worte der Besserung. In diesem Fall einhundertprozentig wahr. „Du hast mein Wort."

Dieses Verhalten war nicht gut für ihn, und es sah ihm gar nicht ähnlich. Er war derjenige, der immer alles genau durchdachte, der vom Anfang bis zum Ende alles plante, bevor er handelte. Doch es lag an ihr – an Jessie Kay. Sie war für diesen ungewöhnlichen Ausbruch verantwortlich. Nachdem er sie monatelang angeschaut hatte, sich mit ihr gestritten hatte und von ihr geträumt hatte, ohne sie tatsächlich zu berühren, war die äußerlich ruhige Schale, die er sich zugelegt hatte, als er bei seiner Mom lebte, zerbrochen.

Er erinnerte sich genau an den Tag, als er lernte, dass es besser war, seine Gefühle zu verbergen, statt sie mit jemandem zu teilen. Er hatte den entsetzlichen Fehler begangen, seiner Mom von Sam zu erzählen, und sie hatte daraufhin tagelang geweint und noch mehr Drogen konsumiert als sonst, bis sie sich irgendwann die Überdosis injizierte. Damals war er fünf Jahre alt gewesen, und er hatte versucht, eine Herz-Lungen-Reanimation durchzuführen. Er hatte es im Fernsehen gesehen – leider hatte er es nicht richtig verstanden, wie sich herausstellte. Als die

Wiederbelebung misslang, hatte er an die Tür des Nachbarn geklopft und um Hilfe gebeten.

Der Nachbar hatte ihm geholfen. Er hatte den Notruf gewählt und das Jugendamt informiert. West war zum ersten Mal weggebracht worden.

„Wir können uns keinen Ärger mit dem Gesetz erlauben“, ermahnte Jase ihn. „Vor allem nicht solchen Ärger.“

„Ich weiß. Mach dir keine Sorgen um mich. Ernsthaft.“ West ballte die Hände zu Fäusten. „Ich bin nur voller Adrenalin wegen des Spiels.“

Man konnte an Jases Gesicht ablesen, dass er ihm nicht glaubte, doch er sagte: „Vielleicht solltest du eine kleine Auszeit nehmen und die erste Halbzeit auf der Bank verbringen.“

„Eher würde ich eine Handvoll Nägel schlucken. Der Platz ist der einzige Ort, an dem ich legal Dampf ablassen kann.“

„Achte nur darauf, dass diejenigen, an denen du Dampf ablässt, nicht auf der Bahre vom Platz getragen werden müssen.“

Die Titten sind einmalig.

West lachte freudlos. „Das kann ich nicht versprechen.“

3. Kapitel

Jessie Kay saß auf der Tribüne und war peinlicherweise tief beeindruckt. West war ein Krieger, und der Platz war sein Schlachtfeld, sein Körper seine Waffe. Und was für eine Waffe das war.

Er *besaß* den Ball. Wenn jemand anders ihn hatte, holte er ihn sich. Wenn er ihn hatte und jemand versuchte, ihm den Ball abzunehmen, stieß er denjenigen mit voller Wucht um. Er verteilte Beleidigungen und zusätzlich Stöße mit den Ellbogen und den Knien im Überfluss.

Morgen würden sich die Mitglieder von Team *Ball Busters* fühlen, als wären sie in einen Tornado der Stärke F5 geraten und wieder ausgespuckt worden. Garantiert.

Es war … sexy. West war sexy.

Jessie Kays Blick blieb auf ihn gerichtet. Schweißperlen glitzerten auf seiner bronzefarbenen Haut, und Blut quoll aus einigen Platzwunden, die er sich zugezogen hatte. Die Verletzungen machten ihn nur noch anziehender. Sie wollte ihm die Schmerzen fortküssen. Mit Zunge.

Verflucht. Für ihre Zukunft als „gutes Mädchen" sah es düster aus.

Er stieß wieder jemanden gegen die Hallenwand. Es gab ein hässliches Geräusch. Jessie Kay seufzte verträumt.

Harlow keuchte erschrocken. „Da brat mir doch einer einen Storch. Dieser Sport ist brutal. Da zieht sich mir innerlich alles zusammen."

„Vor Freude, oder?" *Brutal* war toll.

„Würde ich in dem Fall eine Kotztüte brauchen?"

„Wahrscheinlich nicht."

„Tja, dann wohl nicht vor Freude. Beck hat eine gewalttätige Vergangenheit. Ich mache mir Sorgen, dass diese Aggression zu Flashbacks und Albträumen führt."

Jessie Kay wusste, dass Beck genau wie West und Jase in verschiedenen Pflegefamilien aufgewachsen war und dass nicht alle Pflegefamilien für die drei Jungen eine sichere Zuflucht gewesen waren. „Beck sieht auf dem Platz nicht aus, als würde er leiden, Süße. Er sieht vielmehr aus, als wäre er glücklich und aufgeregt – wie ein Bulle mit Euter."

Harlow verdrehte die Augen. „Ein Bulle würde sich nicht über ein Euter freuen."

„Woher willst du das wissen? Ein Typ mit Brüsten wäre außer sich vor Freude. Wie auch immer. Du hast Becks Vergangenheit angesprochen. Was weißt du über Wests Vergangenheit?" *Unauffällig, Jessie Kay, unauffällig.*

„Genauso viel wie du, würde ich meinen. Und das heißt, nicht besonders viel."

Mist.

Ihr Handy vibrierte, und sie sah aufs Display.

Sunny: *Hab gerade gehört, dass heute die Party des Jahrhunderts stattfindet. Bock??*

Sie musste nicht lange über die Antwort nachdenken.

Sie: *Nein danke, aber erzähl mir morgen früh davon.* ☺ ☺

Sunny: *Mann, du weißt, dass ich mich da wahrscheinlich an nichts mehr erinnern kann, oder??*

Ja. Und das war eins der größeren Probleme für Jessie Kay. Sie hasste es, sich an die Dinge zu erinnern, die sie getan hatte, doch sie hasste es noch mehr, sich *nicht* daran erinnern zu können.

„Also, was hältst du von ihm?", fragte sie Harlow. „Von West, meine ich."

Harlow blickte sie eindringlich an. „Na ja, er ist ein charmanter Kerl, oder? Warum?"

Jessie Kay ging nicht auf die Frage ein. „Natürlich hältst du ihn für charmant. Zu dir ist er ja auch nett."

„Das ist er. Deshalb glaube ich wahrscheinlich auch, dass er klug, ehrgeizig und geistreich ist. Und gut aussehend. Und stark. Ich liebe seine Hingabe an Beck und Jase."

„Aber?"

„Aber … Manchmal kann er im hellen Licht stehen, und ich habe trotzdem das Gefühl, dass er von Dunkelheit umgeben ist."

Ja! Genau das! „Ich dachte, ich wäre die Einzige, der das auffällt." Sie hatte sich oft gefragt, ob ihm als Kind etwas Schlimmes widerfahren sein könnte. Etwas Schlimmeres als die paar Dinge, die sie im Laufe der Monate herausgefunden hatte. Er war schon früh Waise geworden. Seine Freundin war gestorben. Er hatte ein Stipendium verloren. „Ich wette, dass diese Art der Aggression eine Erlösung, eine Art Ventil für ihn ist. Und für Beck. Weil es bei dieser Unterhaltung *nicht* um West geht. Ich wette, eine brutale Mannschaftssportart wäre auch eine Erlösung und ein Ventil für mich. Hey! Vielleicht sollten wir unsere eigene Mannschaft gründen."

„Auf gar keinen Fall."

Aufregung erfasste sie, und sie klatschte in die Hände. „Wir werden uns *Victorious Secret* nennen, und unser Motto wird lauten: *Wir leben, um euch zu schlagen.* Mann. Ja! Ich bin der klügste Mensch auf Erden. Bist du dabei? Natürlich bist du dabei. Das Training beginnt morgen."

„Ich bin *raus.*" Harlow erschauderte. „Ich habe überhaupt keine Lust dazu, mich wie einen Punchingball behandeln zu lassen, weil ich im Besitz eines Balles bin, den man in jedem Sportgeschäft für unter zwanzig Dollar kaufen kann."

„Feigling! Du hast jahrelang die Stadt tyrannisiert. Wo ist dein Raubtierinstinkt geblieben?"

„Mir ist das Herz in die Hose gerutscht", entgegnete Harlow trocken, „wo Beck gern mal nachsieht."

Ja. Gut. Die Tatsache, dass sie, Jessie Kay, seit dem Jase/Beck-Debakel keinen derartigen Besuch mehr bekommen hatte, erklärte wahrscheinlich ihr Verlangen, Fremde anzugreifen, sich in ihrem Elend zu suhlen und in ihrem Blut zu tanzen. Das und die Furcht, dass sie nicht nur als Mensch eine Enttäuschung war, sondern auch als Liebhaberin. Warum sonst sollten so viele Typen sie gleich wieder abservieren?

Im Laufe ihres Lebens hatte sie zu viele Affären und zu wenige Beziehungen gehabt. Und keine dieser Beziehungen hatte länger als ein paar Wochen gehalten. Meistens oder um genau zu sein, *immer* war es der Mann gewesen, der sie verlassen hatte, und nicht umgekehrt.

Warum war sie so eine Versagerin? Was machte sie unwürdig, mehr zu bekommen?

Ihre gewinnende Persönlichkeit hätte den Deal eigentlich leicht besiegeln müssen.

Wie Daniel schon gesagt hatte, er hatte bei ihren Dates den Spaß seines Lebens gehabt und mit ihr gelacht – nicht *über* sie –, bis er nicht mehr konnte. Trotzdem hatte er sie verlassen. Nach der Geschichte mit ihm war sie mit Dorian Oliver ausgegangen, einem Freund von Beck, der vor Jahren seine Ehefrau durch eine schwere Krebserkrankung verlor. Er hatte gehofft, sich wieder zu verlieben. Und er hatte anscheinend auch großes Interesse an ihr gehabt und sich immer neue Ausreden einfallen lassen, um sie zu berühren.

Ist dir kalt?

Doch nach nur drei Dates, die alle mit leidenschaftlichen Küssen vor ihrer Haustür endeten, hatte er die Reißleine gezogen.

Genau genommen eine gute Sache.

Ihre Momma hatte immer gesagt, ein Mädchen dürfe seine Perlen nicht vor die Säue werfen. Dorian war zwar alles andere als ein Schwein – er war vielmehr ein netter Kerl, der sie mit Respekt und Höflichkeit behandelt hatte –, aber die Redewendung passte trotzdem. Wenn sie keine Zukunft mit einem Mann sah, sollte sie ihre wertvolle Zeit auch nicht an ihn verschwenden, oder? Vor allem, wenn sie bedachte, wie viel Zeit sie schon vergeudet hatte.

Sie war siebenundzwanzig Jahre alt, und die grauenvolle Dreißig kroch unaufhaltsam näher wie eine Spinne. Und existierte ein möglicher Kandidat für eine Beziehung? Nein! Der einzige Kerl, der immer wieder eine Reaktion bei ihr hervorrief, war an manchen Tagen – an den meisten sogar – ein Arsch vor dem Herrn, während er an den anderen ein einzigartiger Charmeur war. Allerdings versprühte er diesen außerordentlichen Charme bei allen außer bei ihr – warum das so war, lag an Gründen, die er anscheinend nicht mit ihr teilen wollte. Nicht, dass es eine Rolle spielte. Auch wenn er ihr Höschen mit nur einem Blick in Brand setzen konnte …

Der nächste Leckerbissen, den sie in ihrem Bett willkommen hieß, würde sie verdammt noch mal mögen. Ende.

Du strahlst heller als die Sonne, Anna Grace. Es gibt nichts an dir, das ich verändern würde.

Diese Worte ihres Vaters an ihre Mutter unterstrichen dieses Versprechen eindrucksvoll. Jessie Kays nächster Mann würde ihre Beziehung nicht als etwas Vorübergehendes betrachten, wie *einige* Menschen, die sie kannte, es taten. Der nächste Mann würde mit allen Mitteln darum kämpfen, mit ihr zusammenzubleiben – egal, was kommen mochte.

Im Grunde genommen sollte er sich so verhalten wie West beim Fußballspielen.

Wieder vibrierte ihr Handy, und als sie auf das Display sah, breitete sich ein Lächeln auf ihrem Gesicht aus. Seit ihrer zufälligen Begegnung mit Daniel vor ein paar Tagen standen sie in regem Kontakt. Die Nachricht war von ihm.

Daniel: *Komm heute Abend zu mir. Wir werden* Spaghettis *essen. Meine Lieblingsnudeln. Um deine Gesellschaft genießen zu können, bin ich bereit,* The Big Bang Theory, How I Met Your Mother *oder* New Girl *zu gucken.*

Sie: *Weißt du, was cool wäre??? Wenn die drei Sendungen kombiniert werden würden.* How I Banged the New Girl Before I Met Your Mother. ☺ ☺ ☺

Daniel: *Okay. Jetzt schuldest du mir ein neues Handy. Ich habe gerade beim Lachen meinen Kaffee draufgespuckt.*

Sie: *Betrachte es als Preis dafür, mit einem Mädchen mit einem so „losen Mundwerk" (O-Ton Mom) befreundet zu sein. Pech für dich, ich bin heute mit meinen Freundinnen verabredet.*

Daniel: *Merk mich mal vor. Biiitte (sieh mich an, ich bettle).*

Sie: *Wir werden sehen!*

Daniel: *Da ich nicht mit dir schlafe, bin ich wegen des Spaßes mit dir befreundet, schon vergessen?*

Sie: *Also gut. Ich denke darüber nach, dir morgen ein paar Minuten meiner Zeit zu schenken – aber ein Danke will ich bereits heute hören!*

Daniel: *Jemand sollte dir den Hintern versohlen … aber danke.*

Sie wollte sich eigentlich nicht über seine Bitte freuen, Zeit mit ihr zu verbringen, aber, verdammt, sie freute sich. Vielleicht sollte sie doch versuchen, wieder etwas mit ihm anzufangen …

Nein. Nein! Keine zweite Chance, wenn es um die Liebe ging. Niemals.

Bau ein Haus auf Sand, und der erste Sturm, der aufzieht, wird es zerstören. Bau ein Haus auf ein solides Fundament, und das Haus wird allen Stürmen trotzen. Das hatte ihre Mom immer gesagt. Sie würde alles geben, um nur noch einmal mit ihrer Mom reden zu können, um sie noch einmal umarmen zu können.

Die Menge brach in blutrünstigen Jubel aus und riss sie aus ihren Gedanken. Sie blickte gerade rechtzeitig auf, um zu sehen, wie ein weiteres Mitglied der *Ball Busters* gegen die Bande krachte. Der Aufprall war so heftig, dass die Tribüne erbebte. Als der Typ an der Bande hinab zu Boden glitt, hinterließ er eine rote Spur. Jessie Kays Blick traf Wests Blick.

In seinen Augen sah sie Hunger … quälenden Hunger …

Sein Blick war so roh, so sinnlich, dass sie das Gefühl hatte, von einer Sekunde auf die andere nackt bis auf die Haut zu sein. Der Blick schien zu sagen, dass West es nicht eine Minute länger aushalten konnte, ohne sie in seinem Bett zu haben. Dass er ohne sie ersticken würde. Dass sie zum Mittelpunkt seiner Welt geworden war – seine Gravitation, pure Anziehungskraft.

Es war eine Lüge. Eine gemeine Lüge.

Oder sie sah nur, was sie sehen wollte. Das war ihr Problem.

Trotzdem bekam sie eine Gänsehaut, und gleichzeitig schien Feuer durch ihre Adern zu strömen. *Wildes, sexy Biest. Gib's mir.*

Bevor sie eine Dummheit beging – wie zum Beispiel das, was von ihrem Höschen noch übrig war, in Wests Richtung zu werfen –, konzentrierte sie sich lieber auf ihre Nägel und polierte sie.

„Hey, Jessie Kay, Harlow. Ich habe es endlich geschafft."

Sie drehte sich um, erblickte Brook Lynn, die auf die Tribüne geklettert kam, und seufzte vor Erleichterung. Ihre Schwester war schon immer ihre Rettung gewesen.

Die blonde Schönheit mit den strahlend blauen Augen hatte sie im Laufe der Jahre aus so vielen schwierigen Situationen gerettet, dass sie einen Jessie-Kay-Lebensretter-Orden verdient hätte. Wenn die liebe Brook Lynn, obwohl sie zwei Jahre jünger war als sie, nicht die Rolle der Mutter übernommen hätte, die sie verloren hatten, dann wäre sie auf der Straße gelandet …

Oh Mist. Schuldgefühle nagten an ihr. Schuldgefühle, die sie jahrelang nicht hatte – weil sie sie verdrängte, indem sie sich mit Bier und „Romanzen" betäubte.

Sie war die schlechteste Schwester aller Zeiten. Sie hatte Brook Lynns Welt zerstört. Sie war die schlechteste *Tochter* aller Zeiten. Sie hatte ihre Mutter an die Pforte des Todes getrieben, hatte geklingelt und war dann weggerannt. Sie hatte ihren Vater nur Stunden, bevor er ums Leben gekommen war, beschimpft und beleidigt und, und, und …

Sie erinnerte sich daran. Es war das am wenigsten schreckliche Verbrechen, das sie begangen hatte. Sie hoffte, dass sie mit der Erinnerung die Panikattacke im Zaum halten konnte. Und einen Moment lang funktionierte es auch. Der Fußballplatz trat in den Hintergrund, und stattdessen sah sie vor ihrem inneren Auge die Küche in dem Haus, in dem sie aufgewachsen war – dem Haus, in dem sie noch immer lebte. Die Morgensonne schien durch das große Erkerfenster …

„Zieh die Shorts aus und etwas Anständiges an", forderte ihr Vater sie auf.

„Aber, Daddy …“

„Du bist noch immer ein Kind, Jessie Kay. Mein Baby. Du solltest keine hautengen Shorts tragen, auf deren Rückseite ‚naughty‘ steht.“

„Ich bin kein Kind mehr! Ich bin …“

„Keine Widerrede. Tu es einfach.“

Sie stampfte mit dem Fuß auf. „Sunny hat auch solche Shorts, und ihr Dad findet sie cool.“

„Er ist aber nicht dein Dad. Zieh dich um.“

„Ich wünschte, er wäre mein Dad!“, schrie sie. „Ich mag ihn viel lieber.“

Sie rannte in ihr Zimmer, und kurz darauf ging ihr Vater zur Arbeit … Doch er kehrte nie mehr nach Hause zurück.

Als Manager von *Dairyland* hatte er sich gerade mit einem Ingenieur über eine kaputte Maschine unterhalten, als die vollkommen unerwartet explodierte und dabei ihn und die Hälfte der Mitarbeiter in den Tod riss.

Ihr Dad war in dem Glauben gestorben, sie hätte sich einen anderen Vater gewünscht.

„Hey, hey. Geht es dir gut?“

Jemand legte seine Hände an ihr Gesicht. Jessie Kay blinzelte und erblickte ihre Schwester, die neben ihr saß. Ihre Miene war besorgt. „Mir geht es gut.“ Sie umarmte Brook Lynn und hielt sie wahrscheinlich ein bisschen zu lange und ein bisschen zu fest umschlungen. Aber, verdammt, sie liebte dieses Mädchen. „Ich musste nur gerade an Daddy denken“, sagte sie, als sie sich voneinander lösten. Sie achtete darauf, deutlich zu sprechen.

Brook Lynn war mit einer schweren Form der Hyperakusis, einer Überempfindlichkeit des Hörsinnes, auf die Welt gekommen. Sie hörte selbst die leisesten Alltagsgeräusche in höchster Lautstärke. Daher war sie gezwungen, unförmige Geräte in beiden Ohren zu tragen, die die Geräusche dämpften oder sogar völlig ausblendeten.

„Wir haben schon so oft darüber geredet.“ Brook Lynn schlug ihr sanft, aber bestimmt auf die Wangen. „Muss ich dir wirklich noch einen Vortrag halten?“

Jessie Kay erinnerte sich an Brook Lynns Worte: *Eltern und Kinder streiten sich. Das gehört zum Leben dazu. Du und Dad habt euch gemeine Dinge an den Kopf geworfen. Komm damit klar. Ihr wusstet trotzdem beide, dass ihr einander liebt.*

Brook Lynn hatte den Streit nicht mitbekommen. Eigentlich hatte Jessie Kay nicht über die Einzelheiten sprechen wollen, doch sie hatte es getan. Damals litt sie oft unter Panikattacken, und ihre Schwester hatte das Recht, einen der vielen Gründe dafür zu erfahren.

„Nein danke. Ich kann mich noch an die letzten zwanzigtausend erinnern.“

„Gut.“ Brook Lynn nickte zufrieden. „Jetzt erzähl mir, was ich bisher hier verpasst habe.“

Das Spiel. Eine Rettungsinsel. „West hat versucht, jeden auf dem Platz umzubringen, und Jase hat das Tor gehütet, als würde er deine Ehre verteidigen.“

„Mit anderen Worten“, sagte Brook Lynn grinsend, „wir gewinnen.“

Genau. „Und wie lief die Anprobe?“

„Du meinst die moderne Art der Folter, für die ich mich freiwillig gemeldet habe? Tja, falls du jemals beschließen solltest, dir einen Minderwertigkeitskomplex bezüglich deines Körpers zuzulegen, dann nimm einfach ein paar Pfund zu, bevor du versuchst, bei einer der letzten Anproben den Reißverschluss deines Hochzeitskleides zuzuziehen, und beobachte dabei im Spiegel das Entsetzen auf dem Gesicht der Schneiderin.“

Niemand beleidigt meine Schwester – außer mir. „Dann hast du eben ein paar Pfund zugenommen. Na und? Du hast Jase einen Gefallen getan. Jetzt hat er mehr von dir, das er lieben kann.“

Harlow prustete los. „Deine Logik ist echt überzeugend …"
„Ich weiß. Gern geschehen, Jase", brüllte Jessie Kay Richtung Spielfeld.

Er konnte sie über die Jubelschreie und Buhrufe der Zuschauer hinweg nicht hören, aber irgendwie hörte West sie und sah sie finster an. Für diesen Moment der Unaufmerksamkeit musste er bezahlen. Er hatte darauf gewartet, dass der Ball die Mittellinie überquerte. Als es passierte, verpasste er ihn jedoch. Zum ersten Mal gelang es einem Spieler der gegnerischen Mannschaft, an ihm vorbeizulaufen und in Richtung Tor zu stürmen.

Ups.

„… werde eine Selbstmitleidsorgie veranstalten, wenn die Brownies von gestern – und die Cupcakes von heute Morgen – *mein* Hochzeitskleid ruinieren", sagte Harlow gerade.

Jessie Kay hatte ihrer Freundin kaum zugehört und murrte: „Du heiratest dieses Wochenende. Das Einzige, worüber du dir Sorgen machen musst, ist das Ende deines Dating-Lebens."

„Bevor ich Beck kennengelernt habe, hatte ich keine Dates. Meine Narben …"

„… sind schrecklich. Das wissen wir. Du hast es uns erzählt." Jessie Kay beobachtete, wie West sich ins Getümmel stürzte und sich mit voller Wucht gegen den Typen warf, der in Ballbesitz war. „Wir lieben dich trotzdem."

Als der Abpfiff ertönte, hatten die *Goal Scouts* vier zu null gewonnen.

Ihre Erkenntnis? Beim Fußball gab es keine Gnade.

Da die Jungs noch duschen und sich umziehen mussten, gingen sie in die Lobby, um dort zu warten. Die *Ball Busters* kamen zuerst heraus. Jeder von ihnen achtete darauf, sie, Jessie Kay, ja nicht anzusehen, als sie an ihr vorbeigingen.

Hatte sie sich seit dem Anpfiff in irgendetwas Widerwärtiges verwandelt?

„Jase", kreischte Brook Lynn und rannte zu ihrem Verlobten, als der aus der Umkleidekabine trat. Sein Haar war feucht und er war blitzeblank. „Du warst toll."

Er zwinkerte ihr zu. „Du weißt, dass ich nichts dagegen tun kann."

„Hey. Das sage eigentlich immer ich." Beck drängte sich an seinem Freund vorbei, um zu Harlow zu gelangen. „Wir wollen ausgehen, um unseren Sieg zu feiern. Sag mir, dass du mitkommst, meine Liebste, oder du brichst das Herz, das du gerade erst repariert und wieder zum Leben erweckt hast."

Harlow warf ihm ein strahlendes Lächeln zu. „Zahlst du?"

Jessie Kays Handflächen begannen zu schwitzen, als sie West erblickte. Er hatte die Augen auf den Ausgang gerichtet, als könnte er es kaum erwarten, endlich zu verschwinden. Er trug einen schwarzen Kaschmir-Pullover und eine zerschlissene Jeans, die er in seine geliebten Springerstiefel gesteckt hatte. Sein Äußeres strahlte lässige Perfektion aus. Er war ein Alphamännchen. Hier im Raum überstrahlte er alle anderen Männer.

„Ich zahle nicht", erklärte Beck, und Harlow schmollte. „Aber West."

Harlow, die sie in ihrem Wagen mitnahm, reckte die Faust in die Luft.

West zog eine dunkle Augenbraue hoch. „Ach, tue ich das?"

„Tja, dann kommen wir auf jeden Fall mit." Harlow stieß sie mit dem Ellbogen an. „Stimmt's, Jessie Kay?"

Eine Gratismahlzeit? „Klar. Ich bin dabei."

West wies mit einem knappen Kopfnicken Richtung Ausgang, und sie dachte – hoffte –, dass er die Hand auf ihren Rücken legen würde, um sie sanft hinauszuschieben. Doch er hielt Abstand zu ihr. Natürlich beschloss Jase, mit in Brook Lynns Wagen zu fahren, und Beck fuhr mit Harlow, sodass die beiden Pärchen in die entsprechenden Autos einstiegen. Sie und West blieben übrig. Allein.

West fühlte sich *überhaupt nicht* unwohl oder so.

Er hielt ihr die Beifahrertür seines Wagens auf. „Steig ein."

Überrascht über diese höfliche Geste, jedoch nicht über den kurzen Befehl, stieg sie in das Auto. Und bereute es sofort. Im Wagen duftete es nach ihm – pure Verführung und süßes Karamell. Zitternd schnallte sie sich an und blickte aus dem Seitenfenster. Sie erlaubte es sich nicht, dem Drang nachzugeben, seine starken Hände zu betrachten, mit denen er das Steuer umfasste.

„Übrigens", knurrte er, „schuldest du mir noch ein Sandwich."

„Da steht Aussage gegen Aussage." Sie beschloss, lässig zu bleiben. „Also, wohin fahren wir?"

„In ein Hamburger-Lokal, das ich schon als Kind mochte."

„Warte mal. Moment, Moment. Du warst mal ein Kind?" Sie keuchte übertrieben und legte eine Hand auf ihr Herz. „Es tut mir leid, aber dafür hätte ich gern einen Beweis."

„Pech für dich. Den gibt es nicht."

Bitte. „Sicherlich existieren doch Bilder von dir."

„Nein."

„Tja, warum zum Teufel nicht? Hast du sie vernichtet? Ich wette, du hast sie vernichtet. Du dachtest bestimmt, du siehst darauf nicht gut aus, oder?"

Ohne die Miene zu verziehen, erwiderte er: „Genau genommen gab es niemanden, dem ich wichtig genug gewesen wäre, dass er oder sie Fotos von mir gemacht hätte."

Nein. Nein, das wollte sie nicht glauben. Wenn er jetzt trotz der Schatten in seinen Augen und der Anspannung, die er immer zu verströmen schien, schon diese Wirkung hatte, dann hatte er als Kind mit Sicherheit reihenweise Herzen zum Schmelzen gebracht.

Als sie ihn jedoch ansah, geriet ihre Überzeugung ins Wanken. Er hielt den Blick auf die Straße gerichtet, die Haltung starr, das Lenkrad so fest umklammert, dass seine Fingerknöchel weiß hervortraten. In diesem Moment war er ein Mann, der mehr über sich preisgegeben hatte, als ihm lieb war.

Er hatte gerade die Wahrheit gesagt, nicht wahr?

Wow. Weder seine eigenen Eltern, mit denen er ja nur eine gewisse Zeit verbracht hatte, noch die unterschiedlichen Pflegeeltern hatten sich ein paar Minuten genommen, um einige Augenblicke seiner Kindheit für immer festzuhalten? Wie herzzerreißend. Und so falsch.

Sie empfand Mitleid mit dem kleinen Jungen, der er einmal gewesen war. „Tut mir leid", sagte sie leise. „Selbst wenn du so ausgesehen hättest, als wärst du auf dem Plumpsklo auf die Welt gekommen, hätte ich bestimmt ganz viele Fotos von dir gemacht. Und dann hätte ich diese Fotos benutzt, um dich später damit zu erpressen. Aber meine Gründe dafür sind ja jetzt unwichtig."

„Danke." Er wechselte die Spur, um einen Minivan zu überholen. „Es ist ja nicht so, als hätte ich als Einziger eine grauenvolle Kindheit gehabt."

„In diesem Wagen allerdings schon. Ich hatte eine tolle Kindheit."

„Bist du dir da sicher? Du warst ungefähr dreizehn, als dein Vater bei einer Explosion ums Leben gekommen ist, oder? Und du warst siebzehn, als deine Mom ertrunken und dein Onkel aufgetaucht ist, um euch zu retten – nur, um dann mit dem Geld der Versicherung abzuhauen."

Verwirrt blinzelnd sah sie ihn an. Der ganze Ort kannte ihre Geschichte – zumindest glaubten die Leute, die Geschichte zu kennen –, also war es keine Überraschung, dass West die Eckdaten wusste. Er war allerdings der Erste, der die Fakten so sachlich aussprach. „Ich war in beiden Fällen bereits ein Teenager, kein Kind mehr. Das ist ein großer Unterschied."

„Eigentlich nicht. Schmerz ist Schmerz."

„Glaub jetzt bloß nicht, dass du alles über mich weißt“, fügte sie hinzu, als hätte er gar nichts gesagt. „Hinter beiden Geschichten steckt mehr. Viel mehr.“

„Dann erzähl es mir.“

Damit sie ihre dunkelsten Geheimnisse mit einem Mann teilte, der sie anscheinend für den letzten Dreck hielt? „Nein danke.“ Ihre Vergangenheit machte ihr schon ohne seine Kommentare dazu genug zu schaffen.

Auch in diesem Moment dachte sie wieder daran, wie ihre Mutter gefallen war – *meinetwegen*. Sie dachte daran, wie ihre Mutter geschrien hatte, wie sie um Hilfe gerufen hatte – *meinetwegen*. Und sie wollte wie ein Baby weinen, das seine Lieblingskuscheldecke verloren hatte, wollte Brook Lynn umarmen, wollte sich entschuldigen und …

Als sie die Panikattacke kommen spürte, spulte sie in Gedanken bis zur Beerdigung ihrer Mutter vor, auf der sie zusammengebrochen war. Sie hatte sich zum allerersten Mal betrunken und hatte ihre Unschuld an einen ekeligen Jungen verschenkt, der in derselben Straße gewohnt hatte. Er hatte sich für das Geschenk Gottes an die ganze Stadt gehalten. Und er hatte all seinen Freunden erzählt, dass sie leicht zu haben sei.

Von dem Moment an war es auch so gewesen.

Sie hatte nicht auf Brook Lynn geachtet, weil sie sich darauf verlassen hatte, dass Onkel Kurt sich um alles kümmerte. Er hatte es schließlich versprochen. Doch, wie West schon sagte, hatte Kurt sich aus dem Staub gemacht, kurz nachdem er den Scheck der Versicherung erhalten hatte. Zu dem Zeitpunkt war sie bereits vollkommen neben der Spur gewesen, sodass die fünfzehnjährige Brook Lynn einspringen musste. Brook Lynn hatte sich einen Job als Zeitungsausträgerin gesucht, hatte Spenden von der *Strawberry Valley Community Church* geholt und alles in ihrer Macht Stehende getan, damit sie, beide minderjährig, zusammenbleiben konnten, damit sie etwas zu essen, Kleidung und ein Dach über dem Kopf hatten und, und, und …

Ich kriege keine Luft mehr. Ich muss atmen.

Eine warme Hand berührte ihr Knie. Durch diese Berührung wurde sie aus ihren Gedanken gerissen und konnte sich auf etwas anderes als die Vergangenheit konzentrieren.

„Jessie Kay?“

Die Warmherzigkeit in Wests Stimme erschreckte sie mehr als die Berührung.

Einatmen, gut. Ausatmen, noch besser. „Mir geht es gut. Echt.“ Zumindest würde es ihr bald wieder gut gehen. Sobald sie bei ihrer Schwester wäre. Brook Lynn schaffte es immer, sie zu trösten und ihr Mut zu machen.

„Sicher?“

Überzeuge ihn. Mach weiter. Sie setzte das strahlendste Lächeln auf, das sie zustande brachte. „Geht es *dir* gut? Du scheinst dir tatsächlich Sorgen um mein Wohlergehen zu machen.“

Abrupt zog er die Hand zurück. „Ich weiß nicht, ob du die Gerüchte gehört hast, aber mein Herz ist aus Stein. Natürlich mache ich mir keine Sorgen.“

Sie erinnerte sich an den Blick, den er ihr während des Fußballspiels zugeworfen hatte, und wusste, dass sein Herz nicht aus Stein, sondern aus Feuer war.

Nicht, dass sie über diese Beobachtung sprechen würde. Aber vielleicht könnte sie ihn dazu bringen, es zuzugeben.

„Du hast recht. Wegen meiner Kindheit. Sie war absolut tragisch.“ Mit einem übertriebenen Stirnrunzeln strich sie mit zwei Fingern ihre Wangen hinab, als würde sie Tränen nachahmen. „Du solltest Mitleid mit mir haben und von jetzt an supernett zu mir sein.“

Plötzlich sah er aus, als würde er ein Lächeln unterdrücken.

„Weißt du, bei näherem Nachdenken bin ich mir sicher, dass

meine Kindheit doch viel schlimmer war als deine. *Du* solltest also Mitleid mit *mir* haben und alles tun, um was ich dich bitte."

Sieh an, sieh an. „Nimm bitte zur Kenntnis, dass ich fasziniert und gefesselt bin. Was ist das Erste, das ich für dich tun soll?"

Er warf ihr einen Blick zu und bestätigte damit ihre Theorie: Feuer.

„Ich möchte, dass du …"

Sie erschauerte und …

„… mir mehr über deine Kindheit erzählst."

… sank auf ihrem Sitz zusammen. „Was willst du wissen?"

„Was wolltest du werden, als du klein warst?"

Höfliches Interesse? Oder war er wirklich an der Antwort interessiert? „Du wirst lachen."

„Vielleicht. Wahrscheinlich."

Sie musste seine Ehrlichkeit anerkennen. „Meistens wollte ich die *verrückte Katzenlady* werden."

Er hätte sich beinahe verschluckt. „Eine alte Frau mit Lockenwicklern in den Haaren und mit einem Morgenmantel bekleidet, durch deren Haus ungefähr hundert Katzen wuseln?"

„Genau. Ich wollte eine Katze haben, aber Dad war allergisch. Einmal im Monat fuhr Mom mit mir zum Tierheim, wo ich in einem Raum mit Katzen spielen und schmusen konnte. Die Mitarbeiter dort machten sich immer über eine verrückte Katzenlady lustig, die alle paar Wochen ins Tierheim kam, um eine neue Katze zu adoptieren. Ich war so neidisch auf sie."

„Das ist …" Er zog die Stirn in Falten. „Lächerlich liebenswert." Er klang überrascht.

„Was ist mit dir? Was wolltest du werden?"

„Tut mir leid, aber wir sind noch nicht fertig mit dir. Was wolltest du werden, als dir klar wurde, dass man als verrückte Katzenlady seine Rechnungen nicht bezahlen kann?"

„Ich wollte Lehrerin an der Highschool werden."

„Welches Fach?“

„Englisch.“

Er wackelte mit den Augenbrauen. „Wie viele Lehrer braucht man, um eine Glühbirne zu wechseln?“

Sie zog die Stirn kraus. „Äh ... Wie viele?“

„Zwei. Einen, der sie wechselt, und einen, der es besser kann.“

Sie lachte. „Ha, ha.“ *Blödmann.*

Sexy Mann.

„Jetzt will ich hören, wovon du als Kind geträumt hast“, sagte sie. „Erzähl es mir!“

„Ich hatte große Pläne, wollte der jüngste und heißeste Cop von allen sein.“

Mit einem Mal schien sich ein Puzzleteil ins Bild einzufügen. „Du hast davon geträumt, die Bösen dingfest zu machen, oder?“ Das ergab Sinn, wenn man bedachte, unter welchen Umständen er in manchen Pflegefamilien hatte leben müssen.

„So etwas in der Art.“

„Jetzt programmierst du Computerspiele, die es dir erlauben, alle möglichen bösen Menschen zu bezwingen – also hast du dein Ziel in gewisser Weise erreicht.“

„Das stimmt.“ Eine knisternde Pause entstand. „Kennst du meine Spiele? Hast du sie gespielt?“

Erwischt! „Ein- oder zweimal“, gab sie zu. Jahrelang hatte sie gegen ihre Sucht nach *Donkey Kong* angekämpft. Vergeblich. Die Fässer! Die Lady! Ihr Dad hatte ihr beigebracht, wie man das Spiel spielte. Damit hatten sie ihre gemeinsame Zeit verbracht und viel Spaß zusammen gehabt. Und irgendwie, irgendwann war es für sie zur Obsession geworden, zu gewinnen.

Als sie erfuhr, was West alles programmiert hatte, hatte sie sich seine größten Hits gekauft. *Alice in Zombieland. Lords of the Underworld. Angels of the Dark. Everlife.* Natürlich gebraucht, weil sie sich die neuen Spiele nicht hatte leisten können.

„Das Böse ist überall“, fügte sie hinzu. „Aber die Guten gewinnen jedes Mal.“

Sein Blick verfinsterte sich wieder. „Lass uns Radio hören.“ Er drehte das Radio lauter.

Gefiel ihm ihre Beobachtung nicht? „Dich mit Schweigen zu strafen, dürfte kein Problem sein“, rief sie über die laute Musik hinweg.

„Wirklich? Weil du immer noch redest.“

„Oh, das war kein Reden. *Das* hier ist Reden.“ Die restliche Fahrt über plapperte sie über alles und nichts. Laut. Über das Wetter, über ihre Liebe zu Donuts, über den Preis für Tangas – *So wenig Stoff sollte nicht so viel kosten!* – und schließlich über ihre letzte gynäkologische Untersuchung.

Sie erreichten das Diner in dem Moment, als sie gerade über das kalte Spekulum ansetzen wollte. West parkte den Wagen und seufzte erleichtert, als sie endlich den Mund hielt.

Statt darauf zu warten, dass er ihr die Tür aufhielt – *würde er es tun oder würde er es lassen?* –, stieg sie aus.

„Musst du dich so bewegen?“, rief West, als er ebenfalls ausstieg.

„Wie bewege ich mich denn?“

„Als wärst du irgendwie … scharf oder so.“

Sie kniff die Augen zu schmalen Schlitzen zusammen. „Wenn's dir nicht gefällt, dann sieh nicht hin.“

„Unmöglich“, murmelte er – oder auch nicht.

Was soll's!

Die anderen waren bereits im Restaurant und saßen an einem klapprigen Tisch in der hinteren Ecke neben einem Weihnachtsbaum. *Igitt.* Weihnachten. Das Fest, das sie am wenigsten mochte, war schon in dreieinhalb Wochen. Sie und Brook Lynn würden – wieder einmal – ohne ihre Eltern feiern müssen.

Ich hasse die Feiertage!

Trotz der festlichen Dekoration verliebte Jessie Kay sich auf den ersten Blick in das Diner. Die roten Sitzbänke aus Vinyl und der schwarz-weiß geflieste Boden waren entzückend. Obwohl die mintgrünen Wände schon ein bisschen mitgenommen aussahen und es an der Decke einige Wasserflecke gab, schienen diese kleinen Makel dem Restaurant nur mehr Persönlichkeit zu verleihen. Hier wurde gelebt. Und wie sollte man sich überhaupt über einen Ort beschweren, an dem der köstliche Duft von Hamburgern, Bacon und Chili-Dogs in der Luft hing?

Am Tisch waren nur noch zwei Plätze frei, und natürlich waren sie nebeneinander.

West zog ihr den Stuhl zurück, und wieder erschrak Jessie Kay darüber, wie höflich und formvollendet er sich manchmal benahm.

„Danke", murmelte sie, als sie sich setzte.

„Gern geschehen", erwiderte er genauso leise und nahm neben ihr Platz.

Zwischen ihnen war die Stimmung immer angespannt. Doch nachdem sie nun während ihrer drohenden Panikattacke seine Sorge um sie erlebt hatte, nachdem sie wusste, wie sich seine Hand auf ihrem Körper anfühlte, und nachdem sie erfahren hatte, wie nett er selbst zu jemandem war, den er gar nicht mochte, erreichte diese Anspannung ein neues Level. *Ich will! Gefahr! Ich steuere auf eine Gefahrenzone zu.*

„Also … Wartet ihr schon lange?", fragte sie und hoffte auf Ablenkung.

Niemand schenkte ihr Beachtung. Da Harlow Beck heiraten würde – an diesem Wochenende –, und da Brook Lynn Jase heiraten würde – in weniger als fünf Monaten –, waren die Frauen in eine Unterhaltung über ihre Hochzeiten vertieft, während die Männer in Erinnerungen daran schwelgten, wie sie die *Ball Busters* fertiggemacht hatten.

Mann. Ich dachte, du hättest ihm den Oberschenkel gebrochen. Glückwunsch!

Die Bedienung kam an den Tisch und legte sehr zu Jessie Kays Verwunderung die Hand auf Wests Schulter, als hätte sie jedes Recht dazu.

„Wisst ihr schon, was ihr trinken wollt?“

Ein bisschen zu freundlich?

Die anderen richteten ihre Aufmerksamkeit auf die Kellnerin, und Jase bestellte als Erster. Als West an der Reihe war, zog die Kellnerin ihn beinahe mit den Augen aus und säuselte: „Keine Sorge, Süßer. Ich weiß noch, was du gern hättest. Ich werde mich darum kümmern, versprochen.“

Mit einem Zwinkern und einem Grinsen tänzelte sie davon. Verdammt, selbst Jessie Kay musste zugeben, dass sie eine enorme Wirkung auf die Männerwelt hatte. Die Frau war klein und schlank und hatte Kurven, für die andere Frauen jahrelang ins Fitnessstudio rennen oder Tausende von Dollar in Schönheitsoperationen investieren mussten. Ihr dunkles Haar hatte sie zu einem Pferdeschwanz gebunden, der hin- und herschwang – fast so auffordernd wie ein Finger, der jeden mit einem Penis aufzufordern schien, ihr zu folgen.

„Sieht aus, als hättest du ein Groupie.“ Der giftige Unterton in ihrer eigenen Stimme erstaunte Jessie Kay.

Ich bin nicht eifersüchtig. Ich kann nicht eifersüchtig sein.

West bedeutete ihr schließlich nichts.

Sie versuchte es auf die nette Art. „Wie schön das für dich sein muss.“ Und wie schön für Miss Pferdeschwanz. Die Tatsache, dass sie nicht den schrecklichen Fehler begangen hatte, mit Wests Freunden zu schlafen, verschaffte ihr vielleicht die Chance, bei ihm zu landen.

„*Ein* Groupie?“ Er schüttelte übertrieben selbstsicher den Kopf. „Wie süß.“

„Du hättest die Frau sehen sollen, die vor ein paar Tagen im Büro aufgetaucht ist.“ Beck legte einen Arm über die Rückenlehne von Harlows Stuhl.

Das hatte ihr Dad immer getan, wenn er neben ihrer Mom gesessen hatte. Daddy hatte es nie besonders lange ausgehalten, Mom nicht zu berühren.

Wenn wir nicht zusammen sind, Anna Grace, denke ich an dich. Und wenn ich an dich denke, muss ich lächeln.

„Sie und West haben einander nur die Hand geschüttelt", fuhr Beck fort, „und ich schwöre, sie haben dabei ein Baby gemacht."

„Zwillinge sogar." West rieb sich das Kinn, auf dem ein Bartschatten zu sehen war. „Vielleicht auch Drillinge."

„Du bist *so* romantisch." Jessie Kay drückte die Serviette an ihre Brust. „Wie kann dir überhaupt irgendjemand widerstehen?"

„Das ist eine sehr gute Frage."

Er sah ihr in die Augen, und es erschreckte sie – erregte sie –, zu sehen, wie seine Pupillen sich weiteten, bis sie fast schwarz wirkten. Ein Waldbrand mit viel Rauch.

„Warum lieferst du nicht die Antwort?"

Alle Blicke richteten sich auf sie, und sie rutschte unsicher auf ihrem Stuhl hin und her. „Meine Meinung zählt nicht. Für mich bist du wie ein entfernter Cousin."

„Dann … küsst du deine Cousins?", fragte Jase.

Während sie vor Empörung nach Luft rang, kehrte Miss Pferdeschwanz mit den Drinks zurück und achtete darauf, ihre Brüste direkt in Wests Blickfeld zu halten. Hatte sie überhaupt kein Schamgefühl?

„Habt ihr gewählt?"

„Klar." West tätschelte die Hand des Mädchens, die schon wieder auf seiner Schulter gelandet war. „Ich nehme das Tagesangebot – was auch immer das ist."

Nachdem sie alle ebenfalls das Tagesangebot nahmen, machte Miss Pferdeschwanz sich auf den Weg, um die Bestellung an den Koch weiterzugeben.

„Ich nehme alles zurück." Jessie Kay warf West einen finsteren Blick zu. „Du hast kein Groupie. *Du* bist ein Groupie. Ihre *Zwillinge* haben dich mehr als fasziniert."

„Wohl kaum." Er sah sie eindringlich an.

Man sah ihm an, wie es in seinem Kopf arbeitete. Schließlich nickte er leicht, als hätte er eine Entscheidung getroffen. Er beugte sich zu ihr hinüber, kam ihr näher und näher. Er senkte die Stimme, sodass nur sie ihn hören konnte, und sagte heiser: „Ich bin ein Fan der Zwillinge von jemand anders."

Ihr klappte die Kinnlade herunter, und mit einem Mal war ihr Mund trocken. Hatte er … Nein, nein, das war nicht möglich. Aber … vielleicht doch … Hatte er sie gerade angemacht?

Mit großen Augen wandte sie ihre Aufmerksamkeit Jase zu. „Hat West sich während des Spiels eine massive Hirnverletzung zugezogen?" Erst war er nett zu ihr gewesen. Dann hatte er ihr ein Kompliment für ihre Bewegungen gemacht. Ja! Und jetzt flirtete er auch noch mit ihr.

Offenbar war er sehr schwer verletzt. Womöglich würde er sogar sterben.

„Warum?", fragten Brook Lynn und Harlow wie aus einem Munde. Sie wirkten besorgt.

„Was ist los?", wollte Brook Lynn wissen.

Die Männer grinsten sie verschmitzt an, als wären sie in ein Geheimnis eingeweiht.

„Vielleicht ist er nur plötzlich zur Vernunft gekommen", sagte Beck.

„Vielleicht wollte jemand anders das, was er eigentlich will, und er hat sich entschieden, es sich zu nehmen. Endlich", fügte Jase hinzu.

Das hieß … jemand anders hatte sie gewollt, und West hatte beschlossen, etwas zu unternehmen?

Auf keinen Fall. Auf gar keinen Fall. Nur Daniel wollte sie, und der zählte nicht.

Verwirrt brauchte sie einen Moment, um sich zu sammeln. Sie warf die Serviette auf den Tisch. Und um etwas Unangebrachtes zu sagen, erklärte sie: „Ich gehe jetzt zum Klo. Allein." Sie sah die Frauen an. „Es wird eine ganze Zeit lang dauern. Ihr braucht nicht nach mir zu sehen."

Brook Lynn schlug die Hände vors Gesicht und stöhnte. „Meine Schwester hat das gerade *nicht* laut gesagt." Sie fing an zu summen. „Ich bin an einem schönen Ort. Mit Schmetterlingen und Rosen."

West starrte sie weiterhin an. Der Waldbrand in seinem Blick schien stärker zu werden … Er war mittlerweile so heiß, dass der Rauch sie erreichte und sie einhüllte. Jessie Kay hatte das Gefühl, kaum noch Luft zu bekommen, und wich zurück. Was auch immer es war, was auch immer sich zwischen ihnen verändert hatte, was auch immer er tat – sie wollte damit nichts zu tun haben. Denn tief in ihrem Inneren wollte sie *alles*.

4. Kapitel

Was zum Teufel ist bloß los mit mir, fragte West sich. Hatte er sich möglicherweise *wirklich* eine Kopfverletzung zugezogen?

Er hatte Jessie Kay aufgezogen. Er hatte mit ihr geflirtet, hatte sie tatsächlich angemacht und hatte sich nicht mal Mühe gegeben, es irgendwie raffiniert und subtil anzustellen. Und vorher hatte er sogar ein wenig von seiner Vergangenheit preisgegeben, was er sonst nur gegenüber Jase und Beck tat. Er hatte sie nach ihrer Kindheit gefragt, und es hatte ihn aufrichtig interessiert!

Und im Auto, als sie blass geworden war und nach Luft gerungen hatte, hatte er den instinktiven Wunsch verspürt, ihr zu helfen. Was auch immer der Grund für ihre Aufregung gewesen war, er hatte sie beruhigen wollen. Er hatte sie trösten wollen, hatte ihr etwas Gutes tun wollen. Diesem hübschen Mädchen mit dem scharfen Verstand, dem Witz und der rachsüchtigen Art. Wer sonst hätte ihm von einem Abstrich beim Gynäkologen erzählt?

Sie verzauberte ihn, und dieser Wahnsinn musste ein Ende haben. Aus all den Gründen, über die er bereits nachgedacht hatte, und aus unzähligen Gründen mehr.

Wenn sie zusammenkämen, würde die Beziehung in zwei Monaten scheitern. Nach genau zwei Monaten. Nicht mehr und nicht weniger. Denn er führte sogar seine Beziehungen nach einem strengen Terminplan – wie alles andere auch. Er wich nie von diesem Plan ab. Dafür hatte er seine Gründe, über die er mit niemandem sprach.

Mit Jessie Kays Aufregung und Wut über die Situation würde

er umgehen können. Doch bei den anderen sah das anders aus. Brook Lynn und Harlow würden sich auf Jessie Kays Seite schlagen und ihn hassen. Und obwohl Jase und Beck natürlich auf seiner Seite wären, müssten sie sich solidarisch mit ihren Freundinnen zeigen. Irgendwann würde er aus diesem Kreis ausgeschlossen werden.

Er brauchte seine Freunde, wie er die Luft zum Atmen brauchte. Er konnte nicht ohne sie leben.

Brook Lynn pustete ihm die Hülle ihres Strohhalms entgegen. „Du fängst besser damit an, netter zu meiner Schwester zu sein, Lincoln West."

„Ich war nicht gemein. Jedenfalls nicht heute", knurrte er.

„Sie hat eine harte Schale, aber innen ist sie weich wie ein Marshmallow."

War sie das? Er wusste kaum etwas über ihre Vergangenheit.

Hinter beiden Geschichten steckt mehr ... viel mehr.

Wenn er alles über sie wüsste, würde sein Verlangen nach ihr dann abnehmen? Oder würde es noch stärker werden?

Wäre das überhaupt möglich? Er sehnte sich bereits jetzt jede Minute jeden Tages nach ihr.

Keiner seiner Freunde hatte bemerkt, dass er sich schon bei der ersten Begegnung zu Jessie Kay hingezogen gefühlt hatte. Und er würde es den beiden auch niemals erzählen. Er wollte nicht, dass sie mit der Schuld leben mussten, etwas oder vielmehr jemanden genommen zu haben, den er wollte. Und mit dieser Person geschlafen zu haben. Das war sein ganz privates Dilemma.

Er hatte Jessie Kay beim Barbecue anlässlich der Feierlichkeiten zum 4. Juli kennengelernt. Ein paar Stunden, nachdem er praktisch vor ihr geflohen war, war er zurückgekehrt und hatte sich der Frau vorstellen wollen, die er nicht mehr aus dem Kopf bekam. Doch zu dem Zeitpunkt hatte Beck bereits ein Auge auf sie geworfen. Und wenn einer seiner Freunde Interesse an irgendetwas bekundete, dann setzte er, West, Himmel und Erde in Bewegung, damit er es erhielt. Punktum. Wenn man als Kind so vieles entbehrt hatte, dann hatte man sich als Erwachsener alle möglichen Extravaganzen verdient. *Ich schulde ihnen so viel. Ich schulde ihnen alles.*

Also hatte er sich zurückgezogen. Und er bereute es nicht, dass er damals keinen Anspruch auf Jessie Kay angemeldet hatte. Nein. Nicht mal ein klitzekleines bisschen.

Jase hauchte seiner Verlobten einen Kuss auf die Fingerknöchel. „Du hast gerade einen schlimmen taktischen Fehler begangen, mein Engel. Erzähle einem Mann niemals, dass eine Frau weich wie ein Marshmallow ist."

„Warum nicht?", fragte sie und wirkte ehrlich verwirrt.

Beck zog eine Augenbraue hoch. „Warum wohl? Weil er sie dann *vernaschen* will."

Harlow schlug ihm auf die Brust. „Oh Gott! Du bist so ein Schwein."

Der Mann ließ sich dadurch überhaupt nicht beirren. „Sag es ihr, Westlina."

West lächelte freudlos. „Das stimmt. Wenn der Mann auf Süßes steht."

„So wie du gerade meine Schwester angesehen hast ... Du stehst besser nicht auf Süßes." Brook Lynn fuchtelte mit dem Zeigefinger vor seiner Nase herum. „Ich mache mir schon genug Sorgen um sie. Sie lebt allein in einem vollkommen heruntergekommenen Haus. Sie kämpft darum, über die Runden zu kommen, und sie ist entschlossen, nicht mehr vom rechten Weg abzuweichen. Es gibt also keinen Grund, sie vom Pfad der Tugend zu locken."

Führe ich sie in Versuchung?

Jeder Muskel in seinem Körper war mit einem Mal angespannt. Jeder einzelne. „Keine Sorge. Ich bevorzuge etwas Herzhaftes." Zumindest war es bisher so gewesen.

Die Anspannung wurde noch schlimmer, als Jessie Kay um die Ecke kam. Sie hielt ihre blauen Augen geradeaus gerichtet und ignorierte ihn. Wahrscheinlich war es gut so. Ihr Duft nach Pekannüssen in Sahne mit Zimt wehte ihm in die Nase und griff seine Sinne an – schlimmer als jede Droge. Seine Körpertemperatur schien zu steigen, bis er fast verging, und ihr Duft berauschte ihn, bis ihm der Kopf schwirrte. Es waren eine Hitze und ein Hochgefühl, die er mit jeder Faser seines Körpers vermisst hatte. Eine Hitze und ein Hochgefühl, die zu genießen er sich selbst verbot. Je mehr er es genoss, desto stärker würde sein Verlangen werden. Und es würde immer schwieriger werden, loszulassen.

Es war klar, dass er sich eine neue Beziehung suchen musste. Für gewöhnlich hatte er im August einen Fisch an der Angel, den er dann im Oktober wieder ins Meer warf. So vermied er es, die Feiertage mit der Frau verbringen zu müssen. Der Umzug nach Strawberry Valley hatte seinen Zeitplan allerdings gehörig durcheinandergebracht.

Und obwohl sexuelle Erfüllung kein Allheilmittel wäre, würde sie helfen, und das reichte ihm schon. Alles war besser als die Durststrecke, die er im Moment durchmachte.

„Ihr seid verdächtig still.“ Stirnrunzelnd nahm Jessie Kay Platz. „Das gefällt mir nicht. Da möchte ich euch bewusstlos schlagen und euch dann schlagen, weil ihr pennt. Jemand sollte etwas sagen, bevor ich anfange, euch *en detail* von meiner letzten Periode zu erzählen.“

„*Bitte*, sagt etwas“, flehte West beinahe verzweifelt.

Brook Lynn stöhnte. „Schöner Ort, schöner Ort.“

„Jessie Kay, warum erzählst du nicht von dem Indoor-Fußball-Team, das du zusammenstellen willst?“, schlug Harlow vor.

Überrascht stellte Beck sein Glas auf dem Tisch ab. „Du willst ein Team zusammenstellen? Hast du denn jemals Fußball gespielt?“

„Nein, aber ich habe viel Erfahrung darin, Leute herumzuschubsen“, entgegnete Jessie Kay und reckte die Faust ein paar Mal in die Luft. „Ich brauche nur einen Trainer. Jemanden wie West. Sein Talent ist …“

„Oh nein, nein, nein.“ West schüttelte den Kopf, um seinen Worten Nachdruck zu verleihen.

Sie strich sich mit der Zungenspitze über die Zähne, ohne ihn anzusehen. „Warum nicht?“

„Wir würden einander umbringen.“ Und, was schlimmer wäre: Er würde noch vor Ende von Lektion eins über sie herfallen.

„Vielleicht bin ich ja der nächste David Beckham“, sagte sie und hob das Kinn.

„Die Fähigkeit, den Ball zu beherrschen, fällt einem nicht einfach so in den Schoß“, entgegnete West und schnipste mit den Fingern.

Sie verengte die Augen zu schmalen Schlitzen. In ihrem Blick schien sich ein Sturm zusammenzubrauen.

„Tja, tolle Neuigkeiten: Ich bin bereits sehr gut darin, mit … Bällen zu hantieren. Frag deine Freunde.“

West biss die Zähne zusammen.

Brook Lynn stöhnte und schlug sich wieder die Hände vors Gesicht. „Schöner Ort. Schöner Ort.“

Beck verschluckte sich an dem Getränk, an dem er gerade genippt hatte.

Harlow klopfte ihm auf den Rücken. „Jessie Kay Dillon, du verkneifst dir ab sofort diese Sprüche. Meine männliche Schlampe hier tut gern so, als wäre ich die einzige Frau, mit der er je etwas hatte. Erinnerungen an seine vergangenen Sexabenteuer verwirren ihn nur.“

Jessie Kay sank in sich zusammen, ihre Miene spiegelte Reue und Scham wider. „Tut mir leid. Mein Temperament …“

Vielleicht war sie *doch* so weich wie ein Marshmallow.

„Warte. Habe ich gerade unsere Wette gewonnen?" Brook Lynn war mit einem Mal ganz aufgeregt. „Hä? Hä? Habe ich?"

„Nein! Willst du mich verarschen?" Jessie Kay wies mit der Gabel auf ihre Schwester. „Wisch dir sofort das dreckige Grinsen aus dem Gesicht. In der Wette heißt es, dass etwas geworfen werden muss. Eine Faust, ein Ellbogen, eine Handtasche."

„Auch Beleidigungen kann man jemandem an den Kopf werfen", beharrte Brook Lynn.

„Das stimmt, aber ich habe mir gerade ein *Kompliment* gemacht. Das hat jeder hier gehört."

Sie warf sich das seidige Haar über die Schultern. Bei dieser Geste, die so unglaublich weiblich wirkte, zog sich Wests Innerstes zusammen.

„Da West sich so lächerlich verhält, werde ich eben Beck engagieren ..."

„Keine Chance." Beck schüttelte den Kopf. „Ich liebe dich wie eine Schwester, aber nein."

Sie versuchte es noch einmal. „Jase wird ..."

„Nein, Jase wird nicht." Jase schüttelte ebenfalls den Kopf. „Ich liebe dich auch wie eine Schwester, doch das wird nicht passieren."

Jessie Kay seufzte schwer. „Gut. Dann heuere ich eben einen Fremden an. Falls er sich in mich verliebt, mich dann stalkt und ermordet, weil ich seine Zuneigung nicht erwidere, ist das eure Schuld. Es ist nur ... ich brauche *dringend* ein Ventil für mein ... Temperament." Sie errötete zart. „Ja. Mein Temperament. Ihr habt gehört, dass Brook Lynn ihr Bestes tut, um mich zu provozieren, stimmt's? Sie ist eine fiese Betrügerin, und ich kann nicht zulassen, dass sie gewinnt."

Die Röte zog sich bis zu ihrem Dekolleté. Wie weit sie noch reichen mochte? Wie heiß brannte sie?

Das Verlangen nach ihr war wie ein Stich in Wests Brust. Er packte die Lehnen seines Stuhls, um dem Wunsch zu widerstehen, Jessie Kay zu berühren.

Nur eine Berührung …

Im nächsten Moment tauchte die Kellnerin auf und reichte ihnen die Teller, auf denen je ein panierter Beefsteakburger mit Käse und Soße und Kartoffeln lagen. Die Bedienung war neu hier, und er hatte sie vielleicht viermal getroffen, doch sie lächelte ihn an, als wären sie die besten Freunde. Etwas, das sie während seiner letzten drei Besuche nicht getan hatte. Er fragte sich, ob sie ihn gegoogelt und herausgefunden hatte, wie vermögend er war.

Das wäre nicht das erste Mal.

„Danke", murmelte er.

„Gern geschehen, Süßer."

„Nehmt euch ein Zimmer", stieß Jessie Kay gedämpft hervor.

Die Kellnerin tat so, als hätte sie es nicht gehört, und beugte sich vor, um ihm ins Ohr zu flüstern: „Willst du ein Dessert bestellen? Unser weltberühmter Schokoladenkuchen ist so gut wie ausverkauft, aber ich lege dir ein Stück zurück, wenn du willst …"

„Ja." Sein Blick fiel auf Jessie Kay. „Plötzlich verspüre ich ein ziemliches Verlangen nach etwas Süßem."

„Tja, dann solltest du vielleicht eine Portion von mir probieren?" Zwinkernd tänzelte die Kellnerin davon, um sich um die Gäste an einem anderen Tisch zu kümmern.

Jessie Kay nahm einen Bissen von ihrem Burger. Sie schloss die Augen und stöhnte zufrieden auf. „Ist dies das Beste, was ich je gegessen habe? Nein." Mit dem Finger fing sie einen Tropfen Soße auf und leckte ihn ab. „Aber wenn jemand versuchen sollte, mir das hier wegzunehmen, werde ich ihn umbringen, ohne mit der Wimper zu zucken."

West musste ein Grinsen unterdrücken. Ihre Frische, ihre Frechheit war bezaubernd. Anders als bei der Kellnerin musste er sich bei Jessie Kay nicht nach ihren Motiven fragen. Sie genoss, was sie genießen wollte, hasste das, was sie nun einmal hasste, und wollte das, was sie wollte. Ansonsten beeinflusste nichts ihre Entscheidungen.

„Nimm es ihr weg", flüsterte Brook Lynn seinem Kumpel Jase zu. „Hilf mir dabei, die Wette zu gewinnen. Bitte, bitte, bitte."

Jase wackelte mit den Augenbrauen, über denen ihm einige Locken in die Stirn hingen. „Der Sieg ist dir also wichtiger als mein Leben?"

„In diesem Augenblick? Ja!"

Die Art, wie die beiden miteinander umgingen, sich aneinanderlehnten, ganz ungezwungen, spielerisch, flirtend, und sich der Zuneigung und Liebe des anderen sicher waren, weckte Wests Eifersucht. Er vermisste Tessa in diesem Moment mehr als sonst – ihr Lachen und die Art, wie sie manchmal zu singen angefangen hatte und durchs Zimmer getanzt war. Er vergaß dann die schwierigen Zeiten, wenn sie in tiefe Depressionen versunken war und sich geweigert hatte, etwas zu essen oder ihr Bett zu verlassen.

Jessie Kay stieß ihn mit der Schulter an. „Hey. Du hast im Stadion gar nichts gesagt. Du *zahlst* doch für alles, oder?"

„Ja."

Sie hob den Arm und gab der Bedienung ein Zeichen. „Ich brauche noch eins davon zum Mitnehmen." Sie wies auf ihr Sandwich. „Ach, und ein Dessert für mich. Den Schokoladenkuchen, um genau zu sein. Und versuch nicht, mir zu erzählen, dass er ausverkauft ist. Dann passiert etwas richtig Schlimmes."

„Aber …"

Sie zeigte mit dem Daumen in Wests Richtung. „Das geht alles auf seine Rechnung. Er hat darauf bestanden."

„Sicher." Die Kellnerin schürzte die Lippen und eilte davon.

„Schöner Ort“, murmelte Brook Lynn.

„Was ist?“ Jessie Kay blickte in die Runde. „Was habe ich denn jetzt schon wieder getan?“

Brook Lynn seufzte. „Dass jemand anders die Rechnung übernimmt, bedeutet nicht, dass du den Hummer bestellen sollst.“

Jessie Kays blaue Augen begannen zu leuchten. „Hier gibt es Hummer?“

„Schöner Ort. Schöner Ort.“

Jessie Kay spritzte ihre Schwester mit einem Schluck ihres Getränks voll. „Hey! Ich liebe dich, und mein Lebensziel ist es, dir zu zeigen, wie sehr. Aber das wird mich nicht davon abhalten, dein Gehirn aus deinen Ohren zu schütteln, wenn du mir jetzt nicht sagst, ob es hier Hummer gibt oder nicht.“

„Sie haben keinen Hummer.“

Jessie Kay ließ enttäuscht die Schultern sinken, und West musste sich wieder ein Grinsen verkneifen. Sie mochte ihn vielleicht nicht des Geldes wegen, doch sie hatte auch keine Angst, welches auszugeben. Seltsamerweise mochte er sie dafür nur noch mehr. Ihr war es vollkommen egal, was er von ihr hielt. Ungewöhnlich.

Die Kellnerin kam an ihren Tisch zurück und blickte ihn schmollend an. „Schlechte Neuigkeiten. Weil deine Schwester den letzten Schokoladenkuchen bestellt hat, gibt es nur noch *S'mores Trifle*, also über dem offenen Feuer gebackenen Trifle. Der schmeckt auch lecker. Bist du damit einverstanden, Süßer?“

„Schwester?“ Jessie Kay blickte sie finster an. „Sehe ich aus wie seine Schwester? Ich stamme aus einer erstklassigen Familie, während seine Vorfahren an der einen oder anderen Stelle ein paar echt schlechte Entscheidungen getroffen haben.“

Ein *bemerkenswertes* Wesen. „Ja“, sagte West zur Kellnerin. „Ich nehme das Trifle, aber sorg dafür, dass eine Extraportion Marshmallows dabei ist.“

Die Woche verging wie im Flug. West musste seinen Zeitplan geringfügig ändern. Änderungen, die er nur machte, weil er seine nächste Beziehungspartnerin gefunden hatte: Monica Gentry, Besitzerin von *Bodies by Monica.*

Sie war am Mittwoch bei *WOH Industries* aufgetaucht und hatte gehofft, ihn engagieren zu können, damit er ihr erstes Workout-Video filmte. Dass er nur Computerprogramme, Videospiele und animierte Werbespots programmierte, war ihr nicht klar gewesen. Statt also den Auftrag zu besprechen, hatten sie zusammen zu Mittag gegessen.

Sie war ihm seltsam bekannt vorgekommen, doch als er sie später am Abend gegoogelt hatte, stellte er fest, dass er nichts über sie wusste. Was er jedoch herausgefunden hatte: Eine Handvoll ihrer ehemaligen Mitarbeiter hasste sie. Sie hatten verletzende Bemerkungen über ihre Fähigkeiten als Chefin im Internet gepostet, hatten sie als anstrengend und neurotisch bezeichnet. Aber welcher Mensch war schon frei von Neurosen?

Und sie hatte streng und entschlossen sein müssen, um ihr Unternehmen, ihr Fitnessstudio, allein von Grund auf aufzubauen. Ein Kraftakt, den er bewunderte. Er und Beck hatten sich selbst gegen Ablehnung und Zurückweisung, gegen unzählige Widerstände durchsetzen müssen. Doch die ganze Zeit über hatte er weiterhin Spiele programmiert, und Beck hatte unermüdlich herumtelefoniert, hatte zahllose Verkaufsgespräche geführt und war von Tür zu Tür gegangen. Bis zu dem Tag, als Dane Michaelson von *MG&E* schließlich sehr viel Geld für die alleinigen Rechte an einer Software gezahlt hatte, mit der man den Weg von Öl und Gas von der Gewinnung bis hin zum Käufer verfolgen konnte. Der Deal hatte *WOH Industries* ins Visier anderer Firmen gerückt, und sie hatten darüber hinaus mit Dane einen guten Freund gewonnen. Dane hatte ihn in seine Heimatstadt Strawberry Valley eingeladen. Und er hatte Jase daraufhin auf den reizenden kleinen Ort aufmerksam gemacht, als dessen Wunsch, umzuziehen, konkret geworden war.

West warf einen Blick auf die Uhr auf seinem Nachttischchen. 7:59 Uhr. Becks Hochzeit sollte in drei Stunden und einer Minute stattfinden.

Er stand auf, machte sein Bett, duschte zehn Minuten lang und trocknete sich zwei Minuten lang ab, ehe er zehn weitere Minuten sein Gesicht rasierte. Danach zog er sich an und tauschte dabei das Fußballtrikot, das er sonst samstags trug, gegen einen Smoking.

Er hätte niemals gedacht, dass dieser Tag einmal kommen würde. Vielmehr hätte er den Großteil seines Vermögens darauf verwettet, dass Beck für immer Single bleiben würde. Dann war Harlow auf der Bildfläche erschienen. Die schwarzhaarige Schönheit hatte den Mann von der ersten Sekunde an gefesselt, und am Ende hatte er sich der Verantwortung gestellt und war für sie ein besserer Mensch geworden.

Hätte ich mich für Tessa auch verändert und mehr Verantwortung übernommen, wenn sie den Unfall überlebt hätte?

Die eigentliche Frage musste lauten: Hätte er es geschafft, clean zu werden?

Während ihrer Depressionen hatte nichts, was er gesagt oder getan hatte, ihr helfen können. Schuldgefühle und Frust hatten an ihm genagt, und er hatte daraufhin des Öfteren seine Koks-Dosis erhöht. Und damit am nächsten Tag noch schlimmer in den Seilen gehangen. Und noch schlechtere Laune gehabt. Seine schlechte Laune hatte sie weiter runtergezogen. Es war ein Teufelskreis gewesen.

Er sah auf die Uhr. 8:40 Uhr. Genau im Zeitplan. Gestern hatte er Monica angerufen und sie gefragt, ob sie ihn zur Hochzeitsfeier begleiten würde. Sie war eine attraktive Frau Ende zwanzig, und sie erfüllte seine Kriterien. Sie wirkte unkompliziert und willig, und es lag bei ihm, etwas mit ihr anzufangen oder auch nicht. Er brauchte sie nicht so sehr wie die Luft zum Atmen, und wenn sie getrennt waren, wünschte er sich nicht, sie wären zusammen.

Er ging in die Küche, wo Beck am Herd stand und mit erstaunlich ruhiger Hand die Pancakes in der Pfanne wendete. Seine Züge, die viele als „halb engelsgleich, halb dämonisch" bezeichneten, wirkten entspannt. Und … glücklich?

West nahm am Tisch Platz. „Das ist seltsam. Du solltest eigentlich kurz vorm Durchdrehen sein und mich anflehen, dir dabei zu helfen, aus dem Land zu fliehen. Stattdessen stehst du hier und machst Frühstück."

Sein Freund lächelte – und West erhaschte einen Blick auf seine engelsgleiche Seite.

„Ich werde Harlow heiraten und sie vor dem Gesetz an mich binden. Warum sollte ich da durchdrehen?"

West fielen einige Gründe ein. „Dein Leben wird sich für immer verändern. Du wirst einen ganz neuen, unbekannten Weg beschreiten, und dein Glück wird ohne Wenn und Aber an das Glück eines anderen Menschen gebunden sein."

„Ich habe erwähnt, dass Harlow vor dem Gesetz an mich gebunden wird, oder? Mein Leben wird sich auf die beste Art ändern, die es geben kann. Ich werde diesen neuen, unbekannten Weg gemeinsam mit ihr gehen und nicht allein. Und mein Glück ist schon ohne Wenn und Aber mit ihrem verbunden. Sie ist meine zweite Hälfte."

West beneidete seinen Freund. Er konnte sich nicht vorstellen, so optimistisch zu sein. Nicht durch eine Hochzeit mit Tessa. Nicht durch Sex mit Monica. Nicht einmal durch Sex mit Jessie Kay.

Tief in seinem Innersten breitete sich Hitze aus. Vielleicht würde er sich zumindest *ein bisschen* optimistischer fühlen, wenn er die Blondine in sein Bett locken könnte.

Die ganze Woche über war er ihr bewusst aus dem Weg

gegangen und hatte nicht mal ein Sandwich bestellt. Jedes Mal, wenn sie aufgetaucht war, um sich zu unterhalten, hatte er den Raum verlassen. Wenn er an sie gedacht hatte, hatte er sich schnell mit Arbeit oder mit Sport abgelenkt.

Er hatte sehr viel gearbeitet und noch mehr Sport gemacht.

Zu seinem Entsetzen war sie ihm trotzdem im Kopf geblieben. Er hatte die Faszination, die er für sie empfand, nicht abschütteln können. Er hatte sogar mit dem Gedanken gespielt, von seiner gewohnten Vorgehensweise abzuweichen – an und für sich eine große Leistung – und mit ihr zu schlafen. Nur ein einziges Mal. Nichts weiter.

Das Problem war, dass „nur ein einziges Mal" in der Vergangenheit für ihn nie funktioniert hatte.

Beck stellte einen Teller mit Pancakes vor ihn und sagte: „Du driftest in letzter Zeit oft gedanklich ab, weil du an Jessie Kay denkst." Es war eher eine Feststellung und keine Frage. „Versuch nicht, es zu leugnen. Ich erkenne die Zeichen. Hunger in deinem Blick. Ein angespannter Zug um den Mund. Ein Muskel, der in deinem Kiefer zuckt. Jase hat auch so ausgesehen, als er Brook Lynn kennenlernte. Ich bin natürlich aus einem anderen Holz geschnitzt und habe deshalb viel cooler gewirkt, als ich Harlow getroffen habe."

„Nein, ich …"

„Sogar jetzt sind deine Hände verkrampft."

West betrachtete seine Hände – ja, sie waren verkrampft. Er löste seine Finger. „Mach dir nichts vor. Du hattest praktisch Schaum vorm Mund, als du Harlow kennengelernt hast."

„Dir ist schon klar, dass du gerade dich selbst beschreibst, oder?" Beck ließ ihm keine Zeit für eine Antwort. „Warum widerstehst du der smarten Südstaaten-Schönheit überhaupt? Wenn du denkst, dass es Jase und mir irgendetwas ausmacht …"

„Nein." West lehnte sich auf seinem Stuhl zurück und verschränkte die Arme vor der Brust. „Hättest du es mir übel genommen, wenn du erfahren hättest, dass ich mit Harlow geschlafen habe, bevor du dich in sie verliebt hast?“

Becks Augen begannen zu funkeln. „Aha. Ich verstehe. Du hast Angst davor, dass du deinem Mädchen gegenüber vereinnahmend und besitzergreifend wirst und dich deinen Freunden gegenüber deshalb schäbig verhalten könntest.“

West richtete seine Manschettenknöpfe und nickte knapp.

„Wie Jessie Kay sagen würde: Du machst dir viel zu viele Gedanken über alles Mögliche.“ Beck nahm einen Bissen von den Pancakes. „Lass uns mal annehmen, du hättest einige Jahre mit Harlow zusammen verbracht und ihr hättet euch die Seele aus dem Leib gevögelt. Heute, in diesem Moment, hätte es keinen Einfluss auf meine Gefühle für euch. Du wärst ihre Vergangenheit, und ich werde immer ihre Zukunft sein. Ich liebe euch beide. Ich brauche euch beide. Ich nehme euch so, wie ihr seid und wie ich euch bekommen kann.“

Wests Innerstes zog sich beinahe schmerzhaft zusammen. Waren die Dinge wirklich so einfach?

„Was ist los?“ Jase kam in die Küche getapst. Das dunkle Haar stand ihm vom Kopf ab. Er trug kein Hemd, sondern nur eine zerschlissene Jogginghose.

„West versucht gerade zu entscheiden, ob er sich an Jessie Kay ranmachen soll“, erwiderte Beck.

„Ich tendiere jetzt doch eher zu einem Nein. Es sei denn, du willst ihr ernsthaft eine Chance geben.“ Jase kratzte sich an der Brust. „Sie ist besser für dich, als sie es für uns war, aber es wird ein ernstes Nachspiel haben, wenn du sie fallen lässt.“

Wenn, nicht *falls.* Das Ende stand immer außer Frage.

West schürzte die Lippen. „Ihr seid mit dem Nachspiel eures One-Night-Stands ganz gut zurechtgekommen.“

„Wer sagt überhaupt, dass sie mehr als zwei Monate mit ihm zusammen verbringen möchte?“, gab Beck zu bedenken. „Wer sagt denn, dass nicht *sie ihn* fallen lässt?“

Ja. Wer sagt das?

West rieb sich übers Gesicht. „Falls ich sie daten *würde* und sie dann verlassen *würde* und es ein Nachspiel gäbe, würden eure Freundinnen mich hassen."

Jase schenkte sich Orangensaft ein. „Das stimmt. Brook Lynn kann alles verzeihen – außer einen Angriff auf ihre Schwester."

„Aber die Mädchen lieben uns und würden nicht versuchen, dich von uns fernzuhalten", sagte Beck.

„Macht dir das so große Angst?", wollte Jase wissen.

„Vielleicht." Aufgewühlt warf West einen Blick auf seine Armbanduhr. 9:16 Uhr. *Scheiße.* Er hatte eigentlich vorgehabt, das Haus um 9:10 Uhr zu verlassen. „Ich muss Monica abholen. Wir sehen uns dann in der Kirche."

Er holte die verlorene Zeit auf der Fahrt wieder auf. Vor ein paar Jahren hatte er für die Recherche für ein Videospiel einen Kurs für defensives Fahrverhalten belegt, die Tipps und Tricks, die er dort gelernt hatte, kamen ihm immer wieder zugute.

Als er auf Monicas Auffahrt hielt, piepste sein Handy. Er blickte aufs Display. Sein Magen zog sich zusammen, als er ausgerechnet ihren Namen aufleuchten sah.

Jessie Kay: *Welches Paar findest du besser?*

Sie hatte zwei Fotos angehängt. Auf dem ersten war ein Paar glitzernder High Heels mit Seidenblüten auf dem Fesselriemen zu sehen. Das zweite Bild zeigte ein Paar schlichte, flache weiße Schuhe.

Er: *Was für eine Rolle spielen da meine Vorlieben?*

Jessie Kay: *Na, dein bester Freund heiratet & die Frau, die er liebt, will, dass jedes Detail perfekt ist. Du kennst ihn besser als jeder andere, also …* ☺ ☺

Er: *Und deine Schuhe gehören zu diesen perfekten Details?*

Jessie Kay: *Ach, das sind doch Harlows Schuhe. Sie kann sich nicht zwischen Mode und Komfort entscheiden, obwohl niemand außer Beck ihre Füße sehen wird – & auch er wird sie erst sehen, wenn er sie auszieht & sich auf sie stürzt. Ich sollte es wissen, oder?*

Unwillkürlich umklammerte er das Telefon ein bisschen fester. Sie liebte es, ihn an ihre Vergangenheit zu erinnern.

Dann kam die nächste Nachricht, und er vergaß, warum er wütend auf sie war.

Jessie Kay: *Das hier sind übrigens meine.* ☺ ☺

Auf dem beigefügten Foto sah er schwarze High Heels mit einer dicken roten Schleife am Knöchel. Ein Geschenk, das nur darauf wartete, ausgepackt zu werden. Von seinen Zähnen. Nachdem er sie ausgezogen und aufs Bett geworfen hatte.

Sexträume von Jessie Kay? Jetzt? *Wirklich?* Er schlug mit der Faust auf das Lenkrad und traf die Hupe, die laut losblökte.

Ein paar Sekunden später trat Monica vor das Haus, und er fühlte sich wie ein Arsch, weil er sie nicht anständig begrüßt hatte. Trotz der eisigen Temperaturen trug sie ein schwarzes Kleidchen mit Spaghettiträgern und einem Saum, der wenige Zentimeter unter ihrem Po endete. Keine Mütze, kein Mantel und auch keine Handschuhe hielten sie warm. Das bewies eindeutig, dass ihr die Mode wichtiger war als der Komfort. Sie kam nicht zum Auto, sondern hielt den Zeigefinger hoch, um West zu bedeuten, noch kurz auf sie zu warten.

Die üblichen fünfzehn Minuten Verspätung, die alle Frauen hatten (auch wenn sie wussten, wann er bei ihnen sein würde), hatte er schon eingeplant. Also nickte er ihr kurz zu. Monica lebte in einem Bungalow, der im amerikanischen Craftsman-Stil gebaut war, mit zwei Stockwerken und einer Veranda, die komplett um das Haus führte. Er hätte ihr folgen können, doch stattdessen steckte er sich ein Karamellbonbon in den Mund und blieb im Wagen sitzen. Auch wenn er damit gerechnet hatte, warten zu müssen, machte ihn dieser Mangel an Respekt jedes Mal wieder wütend.

Er und Monica würden heute Abend darüber reden – und über seine Erwartungen. Wenn sie offen für sein Limit von zwei Monaten wäre, würde ihre Beziehung mit dem heutigen Tag beginnen. Er würde ihr eine Armbanduhr schenken und erwarten, dass sie sie auch benutzte. Sie würden miteinander ins Bett gehen, und am Morgen hätte er dann vergessen, dass er jemals Jessie Kay begehrt hatte.

Seine Freunde mochten Jessie Kay ins Herz geschlossen haben, und ihnen mochte die Vorstellung von ihnen beiden als Paar gefallen, doch die Risiken waren zu groß, der Lohn dafür nicht hoch genug.

Er schickte ihr eine weitere Nachricht.

Er: *Sag Harlow, dass sie ohne BH gehen soll, & Beck wird nicht einen Blick auf ihre Füße werfen.*

Er wartete auf Jessie Kays Antwort. Eine Antwort, die nicht kam. Er wollte sie anrufen und hätte dieser Versuchung auch nachgegeben, wenn nicht just in diesem Moment Monica aus dem Haus gekommen wäre. Endlich. Er sah auf seine Uhr. Siebzehn Minuten. Sein Ärger steigerte sich noch, als er aus dem Auto stieg, um ihr die Beifahrertür aufzuhalten.

Obwohl sie vor Kälte mit den Zähnen klapperte, blieb sie stehen, um ihm einen Kuss auf die Wange zu geben, bevor sie auf dem Beifahrersitz Platz nahm.

„Nimmst du mich so mit?“, fragte sie, nachdem er sich ans Steuer gesetzt hatte.

„Du siehst perfekt aus.“ Das entsprach der Wahrheit. Es störte nichts. Ihr Make-up war so makellos, dass sie damit auf den roten Teppich hätte gehen können. Ihr Kleid war der feuchte Traum eines jeden Mannes.

Also, warum empfinde ich nichts für sie?

„Oh, ich wünschte, es wäre so.“ Sie strich über den Saum ihres Kleides. „Ich hatte gehofft, dir ein ‚Wow‘ zu entlocken und dich umzuwerfen, aber meine Haare wollten nicht so wie ich. Und egal, wie viel Sport ich auch getrieben habe, konnte ich das Extrapfund auf meinen Rippen leider nicht wieder abtrainieren.“

Falsche Bescheidenheit? Oder war sie einfach nur verrückt, wie Frauen es manchmal waren?

Jessie Kay hätte geantwortet: *Ich weiß! Du hast mich gar nicht verdient.* Und er hätte verzaubert gelächelt. Er war immer verzaubert von ihr. Doch bei seinen Partnerinnen auf Zeit ging es ihm nicht um Freundschaft oder Vertrautheit. Also schwieg er.

Monica musterte ihn, und er hatte für einen winzigen Moment den Eindruck, etwas von der Kompliziertheit zu sehen, die einer ihrer ehemaligen Angestellten erwähnt hatte.

„Sieh dich an. Sex auf zwei Beinen und absolut umwerfend.“

„Danke.“

Sie sah ihn stirnrunzelnd an. Hatte sie erwartet, dass er widersprach?

„Ernsthaft.“ Sie senkte die Stimme zu einem Flüstern, das durch den Wagen wehte. „Ich bin mir nicht sicher, ob ich meine Hände bei mir behalten kann.“

Wie würde Jessie Kay reagieren, falls Monica ihn während der Trauung berühren sollte? Wäre sie eifersüchtig? Oder wäre es ihr egal?

Bitte, lass es Eifersucht sein. Er wünschte sich so sehr, sie eifersüchtig zu erleben, dass er bebte. Und das, obwohl er kein Recht dazu hatte, sie zu begehren. Er hatte kein Recht, weiterhin an sie zu denken. Sie waren nicht zusammen. Tatsächlich hatte er alles in seiner Macht Stehende getan, um sie zu vertreiben. Er hatte sie angeknurrt, hatte sie provoziert. Wieder und wieder hatte er sie beleidigt.

Ich bin echt scheiße.

Er hatte sich ihr gegenüber wie ein Arsch verhalten, und in diesem Augenblick schämte er sich dafür. Seine Mutter hatte ihn zwar nicht besser erzogen, aber nur ein Idiot hätte das nicht irgendwann auch von allein gelernt.

Beobachten. Verstehen. Handeln.

Beobachten: Er schuldete ihr eine Entschuldigung.

Verstehen: Dann sehnte er sich eben nach ihr. Na und? Dann erlaubte er es sich eben nicht, etwas mit ihr anzufangen. Na und? Das war nicht ihr Problem; es war seins. Er hatte kein Recht, sie wie seine Todfeindin zu behandeln.

Handeln: Er würde sich entschuldigen, und er würde es mit einem Lächeln tun. Anschließend würde es keinen Streit mehr mit ihr geben. Keine abfälligen Bemerkungen mehr über *irgendetwas*. Er würde auf Distanz gehen, und er würde sich ihr gegenüber höflich verhalten. Er würde sich auf Monica konzentrieren.

Zum ersten Mal, seit er nach Strawberry Valley gezogen war, würde sein Leben wieder in normalen Bahnen verlaufen.

5. Kapitel

West hat ein Date mitgebracht.

Die Erkenntnis traf Jessie Kay wie ein Blitz in einem Gewittersturm. *Toll! Wundervoll!* Während sie beschlossen hatte, Daniel nicht mitzunehmen, damit West nicht der einzige Single auf der Feier war und sich nicht so allein fühlte, hatte er sich entschieden, seine nächste „Zweimonatsbeziehung" mitzubringen und sie hängen zu lassen.

Sie wusste, dass die Frau nicht länger als zwei Monate an seiner Seite bleiben würde. Er hatte seine eigenen verrückten Regeln, und die hielt er ohne Wenn und Aber ein.

Jessie Kay stand in einem Durchgang im hinteren Teil des Altarraums, der für gewöhnlich nur von den Mitarbeitern benutzt wurde. Harlow hatte um einen – *hüstel, kreisch, hüstel* – Statusbericht gebeten, also hatte sie ihren wertvollen Lockenstab Lockenstab sein lassen, um sich in die Kirche zu schleichen und einen Blick auf die Männer zu erhaschen.

Stirnrunzelnd zog sie das Handy aus der Tasche ihres Kleides, um Daniel eine Nachricht zu schicken. *Ups.* Sie hatte eine SMS von ihrer Freundin Sunny bekommen.

Sunny: *Bock auf Party heute Abend?????*

Jessie Kay nahm sich vor, Sunny später zu antworten, und formulierte eine Nachricht an Daniel.

Sie: *Ich bin in der Kirche. Wie schnell kannst du hier sein? Ich brauche einen Freund/ein Date für Harlows Hochzeit.*

Die Antwort kam nicht sofort. Vielleicht war er noch im Bett. Er hatte am Abend zuvor ein heißes Date gehabt, und die Frau war über Nacht bei ihm geblieben. Jessie Kay wusste es, weil er eine SMS geschickt und gefragt hatte, wie schnell er die „Schnarchqueen“ rausschmeißen könne.

Ich bin sehr erleichtert, dass ich nichts mit ihm angefangen habe.

Endlich vibrierte ihr Handy.

Daniel: *Zu jeder anderen Zeit wäre ich sofort zur Rettung geeilt, auch wenn Hochzeiten schnarchlangweilig sind. Heute bin ich allerdings in der Stadt & muss arbeiten.*

Er hatte zusammen mit ein paar ehemaligen Kameraden aus der Army eine Sicherheitsfirma aufgemacht, die sich auf hochriskante Fälle spezialisiert hatte.

Sie: *Gut. Du bist ein Arsch. Ich muss noch mal über unsere Freundschaft nachdenken.*

Daniel: *Ich werde es wiedergutmachen. Ich schwöre es. Möchtest du mit mir zu Abend essen???*

Ohne zu antworten, steckte sie das Handy ein. Sie würde ihm wie Sunny Day später schreiben. Wenn er seinen Job wichtiger nahm als ihre kleinen Bedürfnisse, dann hatte er es verdient, ein wenig zu leiden.

Wie von selbst ging ihr Blick zu West. In der vergangenen Woche hatte sie ihn nur zweimal gesehen. Beide Male war sie ins Farmhaus gegangen, um ihrer Schwester bei den Vorbereitungen der Sandwiches und Aufläufe für den Tag zu helfen. Beide Male hatte er ihr nur einen Blick zugeworfen, hatte sich seinen Wagenschlüssel geschnappt und war weggefahren.

Wäre es zu viel von ihm verlangt gewesen, ihre Anwesenheit zumindest zur Kenntnis zu nehmen, indem er ihr wie immer eine deftige Beschimpfung an den Kopf warf? Immerhin hatte er im Diner den Mut gehabt, mit ihr zu flirten und sie anzusehen, als wäre sie splitternackt und würde ihn anflehen, *sie* zum Dessert zu nehmen. Und plötzlich ignorierte er sie?

Männer! Und vor allem dieser.

Jessie Kays Wut auf West steigerte sich noch, als er Kenna Starr und ihrem Verlobten Dane Michaelson nun sein Date vorstellte. Kenna war eine umwerfende rothaarige Frau, die schon immer Brook Lynns Komplizin gewesen war. Die Frau, die getan hatte, was sie versäumt hatte – sie hatte Brook Lynn jedes Mal gerettet, wenn die in Schwierigkeiten geraten war.

Als Nächstes stellte West seine Begleiterin Daphne, der Mutter von Jases neunjähriger Tochter Hope, vor. Danach Brad Lintz, Daphnes Freund.

Jase und Beck traten zu der fröhlichen kleinen Gruppe, doch die brünette Frau wandte den Blick nicht von West ab. Sie hing an seinen Lippen. Ihre Bewunderung und Zuneigung waren praktisch mit Händen greifbar.

Das zu sehen, versetzte Jessie Kay einen schmerzhaften Stich. Sie legte eine Hand auf ihr Herz. *Zu jung für eine Herzattacke. Eine Magenverstimmung vielleicht?*

Ja. Das muss es sein.

Das Paar hätte nicht seltsamer aussehen können. West war sehr groß und die Brünette viel zu klein für ihn. Wie ein Wolkenkratzer neben einem Flachdachbungalow. Aber trotz des Größenunterschieds ergänzten sie einander irgendwie.

Und die Bewunderung der jungen Frau tat ihm bestimmt gut. Genau wie Daniels Komplimente ihr, Jessie Kay, Auftrieb gaben, musste die Zuneigung dieser Frau West schmeicheln. Allerdings auf einem ganz anderen Level, denn immerhin war diese Frau für ihn mehr als nur eine Freundin.

Jessie Kay stellte fest, dass sie sich irgendwie für West … freute. *Mist!* Doch da seine Kindheit so schrecklich grauenvoll und furchtbar gewesen war, verdiente er jetzt ein großes Stück vom Glück.

Sieh an, ich verhalte mich wie eine Erwachsene.

West legte einen Arm um die Taille der brünetten Frau, zog sie an sich, und Jessie Kay bohrte unwillkürlich die Fingernägel in ihre Handflächen.

Ich freue mich für ihn, schon vergessen? Im Übrigen wollten Erwachsene andere Frauen nicht vor einen Bus stoßen, der gerade Gas gab. Na ja, vielleicht wünschten sie es sich ganz tief in ihrem Innersten, aber sie gaben dem Drang natürlich nicht nach.

Ihr Handy vibrierte. Sie warf einen Blick aufs Display.

Brook Lynn: *Beeil dich! Brautzilla läuft Amok!*

Sie: *Erzähl der zukünftigen Mrs. Ockley, dass die Kerle in ihren Smokings umwerfend aussehen – bisher keine Flecken & keine Tränen – & die Kirche ist toll geschmückt. Oder sag ihr einfach, dass sich verdammt noch mal nichts geändert hat!*

Sie drei waren aufs Ganze gegangen, obwohl die Zeremonie eine kleine intime Angelegenheit werden sollte. Es gab rote und weiße Rosen am Ende jeder Kirchenbank, und vor der Kanzel stand ein elfenbeinfarbener Bogen mit zarter Spitze besetzt, auf der Strass-Steinchen funkelten.

Seufzend hängte sie an ihre Nachricht einen liebenswürdigen Smiley, der süß war und zeigen sollte: *Ich schreie dich nicht an. Ich bin vollkommen ruhig und entspannt.*

Senden.

Die Antwort kam umgehend.

Brook Lynn: *Harlow will einen detaillierten Spielkommentar vom Geschehen.*

Also gut.

Sie: *Beck spricht gerade mit Pastor Washington. Jase, Dane, Kenna, Daphne & Brad sind in eine Unterhaltung vertieft. Hope spielt auf dem Boden mit ihrer Puppe. Zufrieden?*

Sie fügte nicht hinzu, dass West sich ganz auf die umwerfende Brünette konzentrierte, die nach wie vor an ihm klebte.

Die junge Frau hatte ein seltsam vertrautes Gesicht … *Wo habe ich sie schon mal gesehen?* Ihr Körper war so durchtrainiert, dass Jessie Kay ungefähr tausend *Twinkies* in ihren Rachen schieben wollte, damit der Rest der weiblichen Bevölkerung auch eine Chance hatte – ausgleichende Gerechtigkeit nannte man das. Ihr Designerkleid war aus schwarzer Seide und schmiegte sich an ihre Kurven wie ein liebestrunkener Liebhaber.

Wie West es später noch tun würde?

Jessie Kay biss die Zähne zusammen und blickte an ihrem eigenen Kleid hinab, das sie in ihrer Freizeit selbst genäht hatte. Nicht schlecht – eigentlich sogar ziemlich gut –, doch wenn das Kleid der Tussi ein köstlicher Apfel war, ähnelte ihres einer schrumpeligen Orange.

Wieder erfasste sie Eifersucht – und zwar noch schlimmer. *Verdammt!* Eifersucht war ein blödes, überflüssiges Gefühl. Sie selbst sah nicht schlecht aus. Genau genommen konnte sie es überall und jederzeit mit jedem aufnehmen. Aber … aber …

Sie schleppte einige Altlasten mit sich herum.

Mit einem Mal wirkte West angespannt, als würde er spüren, dass er beobachtet wurde. Langsam wandte er sich in ihre Richtung um. Ihr Herz hämmerte so wild, dass es aus ihrer Brust zu springen drohte, und sie floh in Harlows Brautzimmer – in das Chorzimmer.

Harlow legte gerade letzte Hand an ihre Locken, die sie mit dem Lockenstab bearbeitet hatte, und Brook Lynn frischte noch einmal ihren Lipgloss auf.

„Willkommen in meinem Albtraum“, verkündete Jessie Kay. „Eigentlich kann ich mir auch gleich Lockenwickler ins Haar drehen, eine altbackene Jeans anziehen und mir zehntausend Katzen zulegen.“ *Katzen! Ich liebe sie!* „Ich bin jetzt offiziell eine alte Jungfer ohne Aussicht darauf, dass sich daran jemals etwas ändern wird.“

Brook Lynn zog die Augenbrauen zusammen. „Wovon sprichst du?“

„Alle sind da – sogar West und sein Date. Ich bin die einzige alleinstehende Frau in unserem Freundeskreis, und das bedeutet, dass ihr mich möglichst schnell mit eurem Lieblingskumpel bekannt machen solltet. Ich suche natürlich nach einer Neun oder Zehn. Helft mir. Bitte und danke.“

Harlow erstarrte. „West hat ein Date mitgebracht? Wer ist sie?“

War gerade Qualm aus ihrer Nase aufgestiegen? „Nur irgendein Mädchen.“

Harlow legte eine Hand auf ihren Bauch, in dem ein riesiger Aufruhr herrschen musste. „Ich will nicht, dass ‚nur irgendein Mädchen‘ Gast auf meiner ersten Hochzeit ist.“

„Planst du schon, dich wieder von Beck scheiden zu lassen?“

Harlow blickte sie finster an. „Das ist nicht lustig. Du weißt doch, dass wir im nächsten Jahr eine größere Feier ausrichten wollen.“

Jessie Kay hob beschwichtigend die Hände. „Du hast ja recht. Und du hast mich überzeugt. Ich werde die Bitch sofort rausschmeißen.“ *Und ich werde es genießen – in Harlows Auftrag.*

„Nein. Nein. Ich will keine Szene." Harlow stampfte mit dem Fuß auf und fügte hinzu: „Was hat West sich nur dabei gedacht? Er hat alles ruiniert!"

Okay. Das war jetzt vielleicht ein bisschen zu dramatisch. „Ich bezweifle, dass er überhaupt nachgedacht hat. Falls der Typ je eine Idee gehabt hat, ist sie an Einsamkeit gestorben." *Zu viel?* „Wie auch immer. Ich bin mir sicher, dass du ein oder sechs Gläser Champagner gebrauchen könntest. Ich werde die Flasche für uns öffnen – für dich. Gern geschehen."

Ein Blumenarmband traf sie an der Brust.

„Das hier ist *mein* Tag, Jessica Dillon." Harlow wies mit dem Daumen auf sich selbst. „Meiner! Du wirst stocknüchtern bleiben, oder ich reiße dir den Kopf ab, spieße ihn auf einen Stock und stelle ihn zur Schau, während deine Schwester neben deiner blutüberströmten Leiche hockt und weint."

Wow. „Das ist ziemlich detailliert beschrieben. Ich habe verstanden. Kein Alkohol für mich, Ma'am." Sie salutierte. „Ich meine, kein Alkohol für mich, Miss Brautzilla, Sir."

„Ha, ha." Harlow verwandelte sich von einer Sekunde auf die andere vom feuerspeienden Drachen in eine Märchenprinzessin. Sie drehte sich um sich selbst. „Und jetzt hört auf und sagt mir lieber, wie umwerfend ich aussehe. Und zögert nicht, die Worte ‚unübertroffen' und ‚magisch' zu verwenden."

Die Haare waren an ihren Schläfen zusammengenommen und zurückgesteckt worden, während das restliche Haar ihr in Locken, die so schwarz waren, dass sie blau schimmerten, bis zu den Ellbogen reichte. Das Kleid hatte angeschnittene Ärmel und einen geraden Ausschnitt mit einer geschnürten Taille. Der fließende Stoff fiel in Falten bis zum Boden und verdeckte die schlichten Schuhe, die sie auf Wests Ratschlag hin trug. „Du siehst ... unübertroffen magisch aus", sagte Jessie Kay leise.

„Magisch und unübertroffen", stimmte Brook Lynn zu und nickte.

„Und meine Narben sind nicht scheußlich?“ Unsicher strich Harlow über die gefurchten pinkfarbenen Linien, die zwischen ihren Brüsten zu erkennen waren. Die Narben hatte sie von einem Angriff in ihrer Jugend zurückbehalten, den sie wie durch ein Wunder überlebt hatte.

„Machst du Scherze? Mit den Narben siehst du unglaublich verwegen aus.“ Jessie Kay machte sich mit dem Lockenstab noch ein paar Locken. „Ich bin ein bisschen deprimiert, weil meine Haut so langweilig makellos ist.“

Harlow schnaubte. „Ja, wir fühlen mit dir, du Arme.“

Jessie Kay sah ihre Schwester missmutig an. „Wenn du heiratest, solltest du besser nicht so drauf sein. Zwei von eurer Sorte überlebe ich nicht.“

Brook Lynn hob unschuldig die manikürten Hände.

„Na ja.“ Jessie Kay sah auf eine Armbanduhr, die sie nicht trug, und ahmte West nach. „Wir haben zwanzig Minuten, bevor die Feier losgeht. Brauchst du noch etwas?“

Harlow legte wieder eine Hand auf ihren Bauch. Sie wurde kreidebleich. „Ja. Beck.“

Jessie Kay blinzelte verwirrt. Sicherlich hatte sie sich verhört. „Wie bitte?“, stieß sie hervor. Heck, Deck, Fleck. Bestimmt hatte Harlow nicht „Beck“ gesagt. „Der Bräutigam darf die Braut vor der …“

„Ich brauche Beck.“ Harlow stampfte mit dem Fuß auf. *„Sofort.“*

„Hast du es dir doch anders überlegt?“, fragte Brook Lynn. „Falls ja, werden wir …“

„Nein, nein. Nichts dergleichen.“ Harlow ging nervös auf und ab. „Ich muss … Ich muss ihn nur sehen. Er hasst Veränderungen, und das hier ist die größte Veränderung, die man sich vorstellen kann, und ich muss mit ihm reden, bevor ich total ausflippe. Okay? Alles klar?“

„Die Veränderung ist gar nicht so groß, Süße. Nicht so groß

jedenfalls, wie du gerade denkst.“ Wer hätte gedacht, dass sie, Jessie Kay, in einer Situation wie dieser die Stimme der Vernunft sein würde? Oder überhaupt in *irgendeiner* Situation? „Ihr lebt doch schon zusammen.“

„Beck!“, beharrte Harlow. „Beck, Beck, Beck.“

„Tobsuchtsanfälle wirken nicht besonders anziehend.“ Jessie Kay wechselte besorgt einen Blick mit ihrer Schwester, die kurz nickte. „Also gut. Ein Beck – kommt sofort.“ So schnell, wie ihre hohe Hacken es zuließen, rannte sie zurück in den Altarraum.

Sie vermied es, in Wests Richtung zu sehen, und konzentrierte sich ganz auf den Bräutigam. „Harlow hat beschlossen, eine jahrhundertealte Tradition über Bord zu werfen. Sie will dich sehen. Auf der Stelle. Trägst du einen Tiefschutz? Ich würde einen Tiefschutz tragen. Viel Glück.“

Beck hatte sich gerade mit Jase unterhalten, und wie Harlow wurde auch er kreidebleich. „Stimmt etwas nicht?“ Er wartete die Antwort nicht ab, sondern rannte an ihr vorbei, wobei er sie beinahe umstieß.

Sie geriet ins Taumeln, und West eilte zu ihr und packte sie am Handgelenk, um sie festzuhalten. Bei der Berührung wurden ihr die Knie weich. Seine Hände waren rau, seine Finger stark. Seine Stärke war beispiellos, und seine Haut war so heiß, dass Jessie Kay das Gefühl hatte, zu verbrennen. Elektrische Impulse schienen sie zu durchzucken, und mit einem Mal nahm sie um sich herum nichts mehr wahr außer West.

Sie rang nach Luft und starrte ihn an. Sein Blick fiel auf ihre Lippen. Er verengte die Augen zu schmalen Schlitzen. Ein roher, sinnlicher Ausdruck lag darin. Es wirkte fast so, als würde er nur noch sie wahrnehmen – als würde er nichts und niemanden sonst wollen. Doch als er langsam den Arm sinken ließ und sich zurückzog, kehrte auch der Rest der Welt in Jessie Kays Bewusstsein zurück.

Der Mistkerl hat ein Date mitgebracht.

Genau. Sie räusperte sich. Ihre starke Reaktion auf ihn war ihr peinlich. „Danke."

In seinem Kiefer zuckte ein Muskel. Ein Zeichen, dass er wütend war?

„Darf ich kurz ungestört mit dir reden?"

Äh … „Warum?"

„Bitte."

Was zum Teufel war denn jetzt los? Hatte Lincoln West gerade tatsächlich „Bitte" gesagt? Zu ihr? „Was auch immer du mir zu sagen hast …" Ganz sicher war es nur eine Beleidigung. „… kann warten. Du solltest zu deiner derzeit angesagten Lady zurückkehren." Sie beschloss, ehrlich zu sein, und fügte widerwillig hinzu: „Ihr seid ein schönes Paar. Ihr seht gut zusammen aus."

Wieder zuckte der Muskel in seinem Kiefer, und zwar noch heftiger.

„Du findest, dass wir ein schönes Paar sind und gut zusammen aussehen?"

„Ja, sehr sogar." Zwei perfekte Menschen. „Ich bin nicht sarkastisch, falls du das denkst. Wer ist sie?"

„Monica Gentry. Ein Fitnessguru aus der Stadt."

Tja. Das erklärte, wieso die Frau ihr bekannt vorgekommen war. Und ihr Körper. Jessie Kay hatte vor einiger Zeit kurz mit dem Gedanken gespielt, mit Monicas Video ein bisschen zu Hause zu trainieren. Dann hatte sie eine Tüte mit *Kitkat Minis* gefunden und die verrückte Idee wieder verworfen. „Sie ist eine gute Wahl. Schön. Erfolgreich. Ehrgeizig. Und egal, was du über mich denkst, egal, welche Feindseligkeit zwischen uns herrscht – ich will, dass du glücklich bist. Ich weiß! Ich bin darüber genauso erschrocken wie du."

Sie wollte nicht, dass er glücklich war, nur weil er eine schlimme Kindheit gehabt hatte. Das war ihr bewusst geworden. Er war ein Teil ihrer Familie – wohl oder übel. Ein Mädchen machte für die Familie Ausnahmen. Selbst für die idiotischen Mitglieder.

Er kniff leicht die Augen zusammen. „Wir werden uns unterhalten, Jessie Kay, ob es dir nun gefällt oder nicht. Die einzige Entscheidung, die du treffen musst, ist, ob du auf deinen eigenen Beinen rausgehen willst oder nicht. Ich bin sehr gern bereit, dich zu tragen."

Ein Mädchen hatte auch das Recht, einem Familienmitglied eine zu scheuern. „Du wirst mir nur sagen, dass ich mein grauenvolles Kleid wechseln soll. Und ich werde darauf erwidern, dass ich kurz davor stehe, deine Geburtsurkunde annullieren zu lassen."

Da Harlow ihr gesagt hatte, sie könne anziehen, was sie wolle, hatte sie genau das getan. Sie hatte sich ein blutrotes schulterfreies Kleid mit Bleistiftrock genäht, das sich wie eine zweite Haut an ihre Kurven schmiegte ... Sie hatte es aus den Resten eines Vorhangstoffs gefertigt.

Scarlett O'Hara kann mir nicht das Wasser reichen!

Jessie Kay war stolz auf ihre Arbeit, doch sie sah auch die kleinen Makel. Es waren Jahre vergangen, seit sie zuletzt etwas geschneidert hatte, und sie war ein bisschen eingerostet.

West musterte sie erneut – und noch ein zweites Mal – von Kopf bis Fuß. Feuer stand in seinem Blick.

„Warum sollte ich dir sagen, dass du dich umziehen sollst?" Er senkte die Stimme, die rau und heiser klang, als er hinzufügte: „Du und das Kleid, ihr seid ein wahr gewordener Traum."

Äh, was ist das jetzt? Hatte Lincoln West sie tatsächlich einen „Traum" genannt?

Das kann ich kaum verarbeiten ...

„Vielleicht solltest du mich in die Notaufnahme schaffen. Ich bin mir ziemlich sicher, dass mir gerade ein Blutgefäß im Gehirn geplatzt ist." Sie rieb sich die Schläfen. „Ich halluziniere."

„Halluzinationen sind kein Symptom, du Komikerin."

Er fuhr sich mit der Zungenspitze über die Zähne und ergriff ihre Hand. Während Monica seinen Namen rief, zog er sie, Jessie Kay, mit sich in einen kleinen Raum im hinteren Teil der Kirche. Es stellte sich heraus, dass es ein Putzschrank war, in dem es nach Desinfektionsmittel roch. Jeder Zentimeter war ganz und gar ausgenutzt worden. Überall standen überladene Regale.

„Wann hast du beschlossen, umzuschulen und Höhlenmensch zu werden?", fragte sie.

„Als du beschlossen hast, umzuschulen und Femme fatale zu werden."

Hab Erbarmen mit meiner Seele.

Er ließ sie los und strich sich mit gespreizten Fingern durchs Haar. Die Haare standen in alle Richtungen ab. „Hör mal. Ich schulde dir eine Entschuldigung dafür, wie ich mich in der Vergangenheit benommen habe. Auch dafür, wie ich mich heute dir gegenüber verhalten habe. Ich hätte dich nicht so grob behandeln dürfen, und es tut mir leid."

Ihre Augen wurden groß. Was war denn bloß mit diesem Mann passiert? Innerhalb von fünf Minuten hatte er alles auf den Kopf gestellt, was sie in der Regel von ihm erwartete.

Und er war noch nicht fertig!

„Mir tun all die verletzenden Dinge leid, die ich zu dir gesagt habe. Es tut mir leid, dass ich dir das Gefühl gegeben habe, dich für das schämen zu müssen, was du bist und was du getan hast. Es tut mir leid ..."

„Hör auf. Hör einfach auf." Sie legte sich die Finger über die Ohren für den Fall, dass er ihre Bitte ignorieren sollte. „Ich verstehe nicht, was hier los ist."

Er löste sanft ihre Hände von ihrem Kopf und hielt ihre Handgelenke fest. „Was los ist? Ich räume meine Fehler ein und hoffe, dass du mir verzeihen kannst."

„Willst du mein Freund sein?“ Ihre Stimme klang seltsam schrill.

„Ja, ich glaube, ja.“

Er *glaubte* es? „Da gibt es ein Problem: Du bist ein Hund und ich bin eine Katze, und wir werden nicht miteinander auskommen. Niemals.“

Belustigt hob er einen Mundwinkel, und ihr Herz schlug schneller.

„Ich glaube, du irrst dich … Kätzchen.“

Kätzchen. Ein überraschend bezaubernder Kosename und absolut perfekt für sie, auch wenn er absolut unerwartet war.

Oh, sie hatte gewusst, dass er ihr früher oder später einen Kosenamen geben würde. Er und seine Freunde waren da vom alten Schlag und fanden es gut, den Frauen in ihrem Leben einen neuen Namen zu geben. Jase nannte Brook Lynn „Engel“. Und Beck hatte für Harlow verschiedene Namen – von „Schönheit“ bis „HAG“, was nicht nur ihre Initialen waren, sondern auch das englische Wort für Hexe. Tja, vor der Hochzeit hatte es durchaus gestimmt.

Sie hingegen hatte sich als infrage kommende Namen auf „Teufelin“ oder die allseits beliebte „Bitch“ eingestellt.

„Hunde und Katzen können Freunde sein“, fuhr er fort, „vor allem, wenn der Hund auf sein Benehmen achtet. Ich verspreche dir, dass von jetzt an alles anders wird.“

„Tja.“ Da ihr der Kopf schwirrte, fiel ihr keine geistreiche Erwiderung ein. „Ich schätze, wir können es versuchen.“

„Gut.“

Sein Blick fiel erneut auf ihre Lippen und wurde noch heißer.

„Jetzt müssen wir uns darauf einigen, *was* für Freunde wir sein wollen.“

Ihr Herz schlug schon wieder schneller, und sie hatte das Gefühl, nicht mehr richtig atmen zu können. „Was meinst du damit?“

„Sollen wir uns regelmäßig Nachrichten schreiben? Sollen wir uns ab und zu gegenseitig anrufen? Sollen wir uns nur unterhalten, wenn wir mit unseren anderen Freunden zusammen sind?“ Er drängte sie gegen eins der Regale, und die Dosen klapperten und drohten, herunterzufallen. „Oder sollen wir Freunde mit gewissen Vorzügen werden?“

Und wieder verspürte sie dieses Kribbeln, das sich auf ihrer Haut ausbreitete und tief in ihr Innerstes drang. Das Verlangen wurde so stark, dass sie beinahe in die Knie ging. Wie lange war es her, dass ein Mann sich ganz und gar auf sie konzentriert hatte? Schon viel zu lange, und noch nie war es so gewesen wie jetzt. West brachte alles auf ein völlig neues Level. Irgendwie schaffte er es, dass sie in seiner Gegenwart nicht mehr als ein bebendes Bündel Weiblichkeit und „Hur-mone“ war.

„Ich denke … wir sollten uns nur unterhalten, wenn wir mit unseren anderen Freunden zusammen sind“, sagte sie. Das atemlose Zittern in ihrer Stimme war ihr ein bisschen unangenehm.

„Was ist, wenn ich alles will?“ Er nahm ihr Gesicht in beide Hände, und einige der Dosen fielen auf den Boden. „Die Nachrichten, die Telefonanrufe … und die gewissen Vorzüge.“

„Nein?“ *Eine Frage? Wirklich?* „Nein, auf gar keinen Fall.“ *Schon besser.* „Du hast ein Date.“

Er blickte sie so finster an, als hätte *sie* etwas falsch gemacht. „Siehst du, das ist das eigentliche Problem, Kätzchen. Ich will sie nicht. Ich will dich.“

West schimpfte sich selbst einen Idioten. Er hatte vorgehabt, sich zu entschuldigen, in den Altarraum zurückzukehren, an der Hochzeit seines Freundes teilzunehmen und dann die gemeinsame Zeit mit Monica zu beginnen. In dem Moment jedoch, als er Jessie Kay in den Putzschrank gebracht hatte und ihm ihr Duft nach Pekannüssen und Zimt in die Nase gestiegen war, hatten sich diese Pläne in Luft aufgelöst. Jetzt zählte nur noch eine Sache.

Er wollte sie berühren.

Vom ersten Tag an hatte sie eine Anziehung auf ihn ausgeübt, der er kaum widerstehen konnte – sie zog ihn unaufhaltsam in einen Strudel hinab. Er hatte jeden Tag dagegen angekämpft, aber keine Fortschritte gemacht. Warum also sollte er nicht aufgeben? Warum sollte er dem Wahnsinn nicht ein Ende setzen?

Nur ein einziges Mal …

„Wir gehen diesem Moment, dieser Entscheidung schon seit Monaten aus dem Weg", sagte er. „Es ist schäbig von mir, ausgerechnet diesen Augenblick zu wählen, um das hier mit dir zu besprechen. Morgen werde ich mir bestimmt Gedanken darüber machen, ob es richtig war oder nicht. Jetzt gerade glaube ich jedoch, dass es längst überfällig ist, wegen unserer Gefühle etwas zu unternehmen."

„Ich finde nicht …" Sie wurde weich, schmiegte sich unwillkürlich an ihn. Doch im nächsten Moment nahm sie Haltung an. „Nein. Absolut nicht. Ich kann nicht."

„Du *willst* nicht." *Aber ich kann dich dazu bringen, deine Meinung zu ändern …*

Sie nagte an ihrer Unterlippe.

Das würde er so gern selbst tun. Also machte er es einfach. Er beugte sich hinunter, nahm ihre Unterlippe zwischen die Zähne und knabberte sacht an diesem Leckerbissen. „Willst du mich, Jessie Kay?"

Sie schloss für einen Moment die Augen und erschauerte. „Du hast gesagt, dass du dich morgen darum kümmern wirst, also werde ich dir morgen meine Antwort geben. Was heute betrifft, werde ich … ich … ich werde gehen."

Sie machte jedoch keine Anstalten, tatsächlich zu gehen. In der Sekunde wusste er Bescheid. Jessie Kay wollte ihn. Genauso sehr wie er sie wollte.

„Ja. Ich gehe. Gleich. Sofort …“

Er handelte, ohne nachzudenken, aus dem Instinkt heraus, und legte die Hände auf ihre Taille. Dann zog er Jessie Kay an sich und drängte sich gegen sie. „Ich will, dass du bleibst. Ich will dich. Punkt.“

„West.“

Das Zittern in ihrer Stimme jagte Adrenalin durch seinen Körper und erregte ihn.

„Du hast es selbst gesagt. Es ist schäbig von dir. Das hier ist falsch.“

Die freudige Erregung siegte über den Drang, es abzustreiten. „Macht dir das etwas aus?“ Er ließ eine Hand bis zu ihrem Po hinuntergleiten und umfasste die perfekt geformten Pobacken. Dann zog er sie an sich und drängte seine Erektion an sie. Die Frau, die seine Tage zur Hölle gemacht hatte und in seine Träume eingedrungen war, stöhnte auf. Dieses Stöhnen zu hören, veränderte etwas in ihm. Es verstärkte sein Verlangen nach ihr noch.

Eigentlich war sie nicht das, was er sich wünschen sollte, aber irgendwie konnte er ihr auch nicht widerstehen, und er war es leid, so leid, ständig vor ihr davonzurennen.

„Macht es dir etwas aus?“, beharrte er. „Sag Ja, dann werde ich sofort verschwinden. Ich will nicht, dass du das hier bereust.“ Er wollte, dass sie sich nach mehr sehnte.

Sie wandte den Blick ab und fuhr sich mit der Zungenspitze über die Lippen. „In diesem Moment? Nein. In diesem Moment macht es mir nichts aus.“ Ihre Stimme war nicht mehr als ein Flüstern.

Es war ein Triumph für ihn, und er verstärkte seinen Griff um sie.

„Aber morgen …“, fügte sie hinzu.

Ja. Morgen. Er war nicht der Einzige, der vor dem Knistern zwischen ihnen davongelaufen war, doch heute würde er sie nicht gehen lassen. Immerhin hatte sie Zustimmung geäußert.

Ein Blick auf sie hatte gereicht, dass er seine Pläne über den Haufen warf. Jetzt würde sie den Preis dafür zahlen. Jetzt würde sie alles besser machen.

„Ich *werde* es bereuen", sagte sie. „Das ist ein Fehler, den ich in der Vergangenheit schon viel zu oft begangen habe."

Unterschiedlichste Emotionen spiegelten sich auf ihrem Gesicht. Einem Gesicht, das so fein und zart war, dass er vom Wunsch erfüllt war, sie vor allem und jedem zu beschützen – außer vor sich selbst.

Er sah Leid, Verlangen, Angst, Reue, Hoffnung und Wut. Die Wut machte ihm Sorgen. Diese Südstaatenschönheit konnte einem Mann mit einem einzigen Stoß mit dem Knie echte Schmerzen bereiten. Trotzdem ging er nicht.

„Es wäre durchaus denkbar, dass die Welt morgen untergeht. Wir sollten uns also auf heute konzentrieren. Du sagst mir, was du dir von mir wünschst", erklärte er und drückte seine Nase zärtlich an ihre Wange, „und ich werde es tun."

Sie zitterte. Mit ihren schlanken Fingern strich sie seine Krawatte hinauf und rückte den Knoten zurecht – eine Geste, die sexy, süß und zugleich sündhaft war.

„Ich möchte, dass du ... zu deinem Date zurückkehrst. Du und ich, wir werden Freunde sein und wir werden so tun, als wäre das hier niemals passiert." Sie schob ihn weg, doch er rührte sich nicht.

Sein Date. Er hatte Monica völlig vergessen, bis Jessie Kay sie erwähnte. Andererseits vergaß er alles, sobald die sinnliche Blondine einen Raum betrat. Alles in ihm verzehrte sich nach ihr. Es war mehr als irritierend. Es war eine Krankheit, die geheilt werden musste, ein Hindernis, das überwunden werden musste, eine Abhängigkeit, eine Sucht, der er eigentlich aus dem Weg gehen musste. Wenn er das hier wirklich täte, würde er es bereuen – dennoch bestand kein Zweifel daran, dass er auch jede Sekunde davon genießen würde.

Er schob den Saum ihres Kleides hoch und strich mit den Fingerspitzen über die seidige Hitze ihres nackten Schenkels. Ihr stockte der Atem, und das zu sehen, machte ihn fast wahnsinnig. „Du hast mir gerade gesagt, was du für richtig und vernünftig hältst." Seine Stimme klang heiser. Sein Mund war nur noch Zentimeter von ihrem entfernt. Er berührte sie nicht, reizte sie jedoch mit dem Versprechen, was sein könnte. „Jetzt sag mir, was ich tun soll. Sag mir, was du wirklich willst."

Der Blick aus ihren blauen Augen war beinahe flehentlich. Ihr Widerstand ließ nach, zurück blieben Verlangen und pure Verletzlichkeit.

„Kein Mann gibt zu, dass er eine Frau nur benutzt, um mit ihr zu schlafen. Aber genau das wirst du machen, oder? Ist es nicht so? Du wirst mich benutzen und dann fallen lassen – so wie die anderen."

In diesem Moment sah sie so zerbrechlich, so verletzt aus. Er hasste sich dafür. Denn sie hatte recht. Ob er sie nun für eine einzige Nacht oder für zwei Monate nehmen würde, das Ergebnis wäre das gleiche. Egal, wie sehr es sie verletzen würde, egal, wie sehr es ihn selbst verletzen würde, am Ende würde er gehen.

6. Kapitel

Bei Jessie Kay schrillten sämtliche Alarmglocken. Zuvor hatte sie sich Gedanken über Wests Gefühle für sie gemacht. Wieso er so schroff zu ihr war und weshalb er versucht hatte, im Diner mit ihr zu flirten. Nun hatte sie eine Ahnung. Er wollte sie, aber er wehrte sich zugleich dagegen. Genauso, wie sie ihn begehrte und sich dagegen sträubte.

Er hätte nicht deutlicher ausdrücken können, wie sehr er sie begehrte und mit ihr schlafen wollte, wenn er ihr seine Erektion zwischen die Beine gedrängt hätte – was er genau genommen getan hatte. Sogar jetzt rang sie noch nach Luft und versuchte, das Band zu ihm zu zerschneiden, indem sie mit Logik, Menschenverstand und dem Willen, sich selbst zu schützen, an die Sache heranging.

Ich weiß, dass deine Eltern nicht wollen, dass wir zusammen sind, Anna Grace. Ich komme aus dem falschen Viertel der Stadt und du bist … du. Du bist das Mädchen, das jedes andere Mädchen gern wäre, das Mädchen, mit dem sich jeder Junge gern verabreden würde. Aber wenn es um den Mann geht, den du heiraten möchtest, sollte nur eine Sache eine Rolle spielen: Wer ist bereit, alles zu tun, um dich glücklich zu machen? Und die Antwort lautet: ich. Ich bin dieser Mann.

„Willst du einen One-Night-Stand?", fragte Jessie Kay und hoffte … betete, dass er Nein sagte.

„Ja." Wests Stimme war nicht mehr als ein raues Flüstern.

Tja. Seine Bestätigung war eigentlich keine Überraschung, doch sie war eine Enttäuschung. Er würde sie hier und jetzt nehmen, dann zu seinem Date zurückkehren und so tun, als wäre nichts passiert. Weil es so war – genau genommen war nichts passiert. Jedenfalls für ihn nicht. Sie bedeutete ihm nichts. Ein Moment der Lust, der schnell wieder vergessen war.

Ich bin ein Appetithäppchen, sie ist die Mahlzeit.

Ich bin der Drive-in, sie ist das Fünf-Sterne-Restaurant.

Ich bin die Schlampe, mit der ein Mann vögeln kann, und niemals das Mädchen, das er seiner Mutter vorstellt.

Diese Erkenntnis verletzte Jessie Kay tief. Es fühlte sich an, als wäre Salz in eine entzündete Wunde gestreut worden. West hatte sie nicht gebeten, mit ihm zu dieser Hochzeit zu gehen – und er würde es auch nie tun.

„Hast du viele davon?", wollte sie wissen und versuchte, sich zusammenzureißen. „One-Night-Stands, meine ich."

„Nein." Sein Griff am Ausschnitt ihres Kleides verstärkte sich, und er zog den Stoff herunter, bis der obere Teil ihres BHs zu sehen war. „Du wärst mein erster."

Die Bestimmtheit in seiner Stimme sagte ihr, dass sie auch der letzte wäre. „Warum machst du für mich eine Ausnahme? Weil ich etwas *Besonderes* bin?"

Angesichts ihres spöttischen Tons runzelte er die Stirn. „Weil wir zusammen einfach gut wären. Weil ich nicht aufhören kann, an dich zu denken."

Hübsche Worte, aber keine Antwort auf die Frage.

„Ich werde mich um dich kümmern, Jessie Kay."

Oh ja, das würde er, daran hatte sie keinen Zweifel. Doch er würde sich nur so lange um sie kümmern, bis er fertig wäre und seinen Reißverschluss wieder hochgezogen hätte. „Und dann? Tun wir so, als wäre nichts passiert?"

Er verengte die Augen zu schmalen Schlitzen. Flammen standen in seinem Blick. „Ja", knurrte er. „Wir tun so als ob. Wir werden Freunde, wie es geplant war."

Irgendetwas in ihr zerriss, und sie schlug mit den Fäusten auf ihn ein. „Du glaubst, ich sei leicht zu haben und leicht wieder zu verlassen. Tja, ich halte dich für einen Mistkerl. Wie ist das?"

„Ich glaube, dass du eine Frau mit Bedürfnissen bist. Ich weiß, dass ich ein Mann mit Bedürfnissen bin, und ich weiß, dass wir uns gegenseitig helfen können."

Sich gegenseitig helfen. Der Satz hallte in ihrem Kopf wider, ließ sie nicht los, und sie fühlte sich von Minute zu Minute gekränkter. „Ich brauche deine Hilfe nicht, West. Ich kann mich *sehr gut* um mich selbst kümmern."

„Aber mit mir würde es mehr Spaß machen."

„Sei dir da nicht so sicher. Du hast nicht gesehen, was diese Finger alles können."

Seine Wildheit änderte die Richtung und wurde von lustvollem Hunger und dem Wunsch verdrängt, ihr das Höschen vom Leib zu reißen. Sie hatte das Gefühl, unter seinem Blick zu verbrennen.

„Ich bin nicht auf der Suche nach einem One-Night-Stand oder nach einer zweimonatigen Affäre", erklärte sie. Nicht, dass er Letzteres direkt angeboten hätte. Sie schlug ihm noch einmal auf die Schulter, und dieses Mal wich er zurück und gab ihr Raum. „Und vor allen Dingen bin ich nicht daran interessiert, die Beilage zu deinem Hauptgericht zu werden."

„Du wärst keine Beilage." Er sah sie mit einem sinnlichen Ausdruck in den Augen an, und der Zug um seinen Mund wurde weich. „Du wärst die volle Mahlzeit."

Zum Teufel mit ihm! Sie erschauerte. „Deine Freundin wartet draußen. Du hast vor, mit mir zu schlafen und dann zu ihr zurückzukehren. Heute Abend wirst du mit ihr ins Bett gehen."

„Monica ist noch nicht meine Freundin."

Jessie Kay wurde allmählich unsicher. *Die Brünette ist nicht seine Freundin; es besteht also die Chance, dass ich ihn für mich gewinnen kann.* Doch im nächsten Moment erstarrte sie. Sie ist *noch* nicht meine Freundin, hatte er gesagt. *Noch nicht.* Er hatte demnach vor, mit dieser Frau weiterzugehen. Mehr noch: Er hatte den Rest ihrer Behauptung nicht bestritten. Er *würde* zu Monica zurückkehren. Er *würde* heute Nacht mit ihr schlafen.

Er will jetzt seine Lust befriedigen, um anschließend ganz planmäßig weiterzumachen. Vielleicht würde er wie Jase und Beck beschließen, die Frau, die nach ihr kam, zu heiraten.

Finstere Emotionen durchströmten sie und raubten ihr die Luft, bis sie fürchtete, zu ersticken. „Der nächste Mann, mit dem ich zusammen sein werde, wird mich wertschätzen. Ich werde ihm etwas bedeuten."

Seine Nasenflügel bebten. „Du bedeutest mir etwas."

„Mach dir nichts vor. Wenn ich dir irgendwas bedeuten würde, hättest du mich gar nicht in diese Lage gebracht."

Er strich sich übers Gesicht und wich einen weiteren Schritt zurück.

„Hast du eine Ahnung, wie weh es tat, als deine Freunde mich abserviert haben, als hätte ich es gewagt, ihre Gastfreundschaft überzustrapazieren? Nein", sagte sie und schüttelte den Kopf. „Das weißt du nicht, weil du mich nicht kennst. Du kannst mich gar nicht kennen, sonst würdest du nicht versuchen, das Gleiche noch einmal mit mir zu machen."

Er schob die Hände in die Hosentaschen und starrte auf seine Füße. „Du irrst dich", entgegnete er, und seine Stimme klang ausnahmsweise tonlos. „Ich weiß, wie es sich anfühlt, abserviert zu werden. Aber das ändert nichts am Verlangen, das ich für dich verspüre, an diesem Hunger, den nichts stillen kann."

Sie durfte sich nicht erlauben, diesen Worten zu viel Bedeutung beizumessen. *Es ändert nichts am Verlangen, das ich für dich verspüre …* Sie würde nachgeben, fühlte schon, wie ihr Widerstand bröckelte. „Du willst mir erzählen, dass eine Frau dich verlassen hat?"

„Viele Frauen haben das getan – aber nicht so, wie du denkst."

Er sah ihr offen in die Augen und wirkte immer aufgewühlter, verletzlicher.

„Nicht im romantischen Sinn."

„Wie denn dann …" *Oh.* Emotional. Wahrscheinlich seine Pflegemütter. Sie hatten ihn benutzt, um ihren monatlichen Scheck zu kassieren, und hatten ihn fallen lassen, als das Geld nicht mehr geflossen war? Verdammt, der Schmerz kehrte zurück, und sie hätte ihre Seele verkauft, um die Chance zu bekommen, den Jungen zu trösten, der er gewesen war – den Mann, der er nun war. „Du weißt, dass es ein Fehler wäre, jetzt mit mir zusammenzukommen. Du hast es selbst gesagt."

„Für mich spielt es immer weniger eine Rolle, was richtig ist. Für mich zählt nur, dich in meinen Armen halten zu können."

Sein abgehackter, aufgewühlter Ton wirkte wie eine heiße Liebkosung, die eine Spur von Flammen hinterließ und ihr Inneres in Brand setzte. „Schöne Worte bedeuten nichts. Nur Taten zählen."

Willst du deine Zukunft genießen? Das hatte ihre Momma sie einmal gefragt. *Dann behandle deine Gegenwart mit Respekt. Schon bald wird sie deine Vergangenheit sein.*

West streckte einen Arm aus, strich mit einem Finger über ihre Unterlippe und legte die Hand in ihren Nacken. „Was wäre, wenn ich dir nicht nur eine Nacht, sondern zwei Monate bieten würde?"

Ihr Mund wurde trocken. „Warst du je länger mit einer Frau zusammen?"

„Ja. Mit Tessa."

„Wie lange wart ihr ein Paar?"

„Drei Jahre."

„Warst du treu?", fragte sie.

„Natürlich."

„Und seitdem hast du es mit keiner Frau länger als zwei Monate ausgehalten?"

„Das stimmt."

Sie schlug auf sein Handgelenk, um ihn wegzustoßen, doch stattdessen hielt sie ihn fest. Sie klammerte sich an ihn, weil sie in einem endlosen Meer der Versuchung wegzutreiben drohte und einen Anker brauchte. „Wärst du noch immer mit Tessa zusammen, wenn sie leben würde?"

Er zögerte kurz, bevor er knapp nickte.

Dieses Zögern faszinierte sie. „Warum gibt es jetzt diese zeitliche Begrenzung?"

Er schloss die Augen und atmete tief durch. „Die anderen haben mich ebenfalls danach gefragt, aber ich spreche nicht darüber. Mit niemandem."

„So ein Jammer. Die Vergangenheit und die Geheimnisse zu teilen gehört dazu, wenn man miteinander befreundet ist. Und auch mit der Frau, die man begehrt, bespricht man so etwas."

Schweigend blickte er sie an. Trotz des Lichts, das ihn von oben beleuchtete, schien ihn Dunkelheit zu umgeben. Sie lag in seinen Augen, zerstörte und zerriss alles, was ihr Verlangen nach ihm wiederbelebt hatte, und ließ sie als ausgehöhlte, leere Schale zurück. Das Gleiche hatte sie empfunden, als ihre Eltern gestorben waren. Jahrelang hatte sie versucht, dieses Gefühl zu vertreiben und die Leere zu füllen, indem sie gefeiert und Männer verführt hatte. Wie leicht es wäre, wieder in dieses alte Muster zu verfallen und Trost im Vertrauten zu finden – wenn auch nur für einen kurzen Moment.

„Falls du irgendwann noch mal über deine Antwort nachdenken willst", flüsterte sie, „können wir gern über die Bedingungen unserer Freundschaft reden. Im Augenblick sage ich Nein, denn ich verdiene mehr als nur zwei Monate. Ich verdiene etwas Besseres."

Ohne zu zögern, nickte er. „Du hast recht. Du hast mehr verdient." Unvermittelt schlug er mit der Faust in die Reihe von Dosen neben ihrem Kopf. Einige krachten gegen die Wand hinter dem Regal und hinterließen dort Sprünge und Löcher im Putz.

Trotz dieses Ausbruchs wusste sie, dass er die Kontrolle nicht verloren hatte. Er strahlte eine Selbstbeherrschung aus, die ihn aufrecht hielt, die ihn fest im Griff hatte und die keine Gnade kannte. Er hatte genau gewusst, was er tat, und hatte gehofft … Ja, was hatte er gehofft? Hatte er ihr Angst machen wollen? Hatte er sie so in die Flucht schlagen wollen?

Bitte. Sie hatte diesen Mann immer wieder wütend gemacht, hatte ihn beleidigt und im Gegenzug genauso viele Beleidigungen einstecken müssen. Doch er hatte sie nie körperlich bedroht. Weder mit Worten noch mit Taten. Er hatte seine Fehler – *viele* Fehler sogar –, aber Gewalt gegen Frauen gehörte nicht dazu. Wenn überhaupt, behandelte er Frauen mit Achtung, hielt ihnen die Wagentür auf oder zog Stühle für sie hervor. Und das tat er selbst für seine Feinde.

„Fühlst du dich jetzt besser?“, wollte sie wissen.

„Nein.“ Er atmete schwer aus. „Aber nun schulde ich dir noch eine Entschuldigung, Kätzchen.“

Erschauern, Kribbeln, Hitze. „Hör auf, mich mit diesem lächerlichen Namen anzusprechen.“

„Du hast Krallen. Du bist zart und weich. Und für eine Sekunde konnte ich dich sogar zum Schnurren bringen. Du bist ein Kätzchen. So einfach ist das. Und jetzt sei ein braves Kätzchen und erlaube mir, mich bei dir zu entschuldigen. Ich habe mich heute edelmütig verhalten …“

„Pfff. So hochtrabende Worte sind blöd. Sie sind alles andere als Antörner.“ Oh doch, das waren sie. Das waren sie absolut. „Sprich mit mir, als wäre ich fünf Jahre alt und würde einen Kurs nicht bestehen.“

Er kniff leicht die Augen zusammen. „Aber deine Nippel sind gerade hart geworden.“

Gott im Himmel. „Erstens: Du würdest mit einer Fünfjährigen wohl niemals so reden. Und zweitens: Wieso starrst du auf meine Nippel? Hör auf damit.“

„Ich bin ein Mann, und sie haben sich aufgerichtet und Hallo gesagt. Was sollte ich denn machen? Sie ignorieren?“

„Ja!"

„Warum sind große, hochtrabende Worte ein Antörner für dich?"

„Warum ist der Himmel blau?"

„Moleküle in der Luft streuen das Licht der Sonne."

Ihre Nippel wurden noch härter. Offensichtlich törnten kluge Antworten sie ebenfalls an.

„Ich brauche jetzt einen Drink!", murmelte er und fuhr sich mit der Hand übers Gesicht. „Ich werde diesen Tag niemals überleben."

Die Art, wie er das sagte – *ich brauche jetzt einen Drink* –, wirkte wie eine Explosion in ihrem Kopf, die unterschiedlichen Emotionen in seiner Stimme kamen Granaten gleich. Verlangen. Reue. Scham. Hass.

„Ich weiß Bescheid. Du bist ein Drogenabhängiger auf dem Weg der Besserung, und Alkohol ist deine Einstiegsdroge." Er hatte ihre Vergangenheit mal mit ähnlich schlichten Worten zusammengefasst, also hatte sie kein Problem damit, es genauso zu machen. Außerdem hatte sie ihn einmal trinken sehen. Es war auf einer Party gewesen, die er zu Tessas Ehren gegeben hatte. Er war kein fröhlicher Betrunkener gewesen. „Du brauchst keinen Drink", sagte sie. „Du brauchst einen schönen festen Klaps auf den Hintern."

Argwöhnisch rieb er sich den Nacken. „Woher weißt du von den Drogen?"

„Ich habe gehört, wie Brook Lynn und Jase sich unterhalten haben – als ich mein Ohr an ihre Tür gedrückt habe."

„Ist das der Grund, weshalb du nicht mit mir zusammen sein willst? Bin ich eine schlechte Partie?"

„Ich will nicht mit dir zusammen sein, weil du ein Arsch mit einer nicht nachvollziehbaren zeitlichen Begrenzung für Beziehungen bist. Und weil du eine Freundin hast! Ich habe beschlossen, im Namen deiner Freundin wütend auf dich zu sein."

„Sie ist nicht meine …“

„Aber ich glaube nicht eine Sekunde lang, dass du ein Mensch bist, der eines Tages der finsteren Anziehung der Drogen nachgeben wird. Die Stärke, die du gebraucht hast, um clean zu werden … Zuckerbärchen, *das* törnt mich richtig an.“

Er lachte auf, und seine Anspannung ließ ein wenig nach. „Du hast gesagt, dass Freunde sich über ihre Vergangenheit unterhalten. Ich spiele mit dem Gedanken, dir von meiner zu erzählen. Das habe ich noch keiner anderen versprochen.“

Ihr Herz setzte einen Schlag lang aus. Das war mehr, als er für die anderen getan hatte – und mehr, als sie von ihm erwartet hätte.

„Vergiss nicht. Deine Vergangenheit ist nicht so tragisch wie meine“, sagte sie, „also kann ich unmöglich Mitleid mit dir haben.“

„Meine Vergangenheit ist viel schlimmer als deine. Wenn du davon hörst, solltest du wie ein Baby weinen.“

Er legte die Hände auf ihre Hüften und hielt sie fest, als würde der Boden unter seinen Füßen nachgeben und sie wäre sein einziger Halt. Ein besitzergreifender Griff, unter dem ihr Körper zu schmelzen schien, während ihre Brustspitzen sich vor Verlangen – einem Verlangen, das sie nicht länger leugnen konnte – aufrichteten. Ihre starre Haltung löste sich, und sie beugte sich unwillkürlich vor, brachte ihren Körper, der begierig nach Berührung war, mit seinem in Kontakt.

„Sag mir … würdest *du* mir den Klaps denn verpassen?“ Er streichelte mit seiner Nasenspitze ihre, und sein warmer Atem streifte ihre Lippen.

„Wenn du mein Mann wärst, würde ich täglich auf deine Disziplin achten. So freundlich bin ich dann doch.“ Sie strich über die Aufschläge seines Jacketts und hoffte, dass er ihr Zittern nicht bemerkte. „Und jetzt werde ich gehen. Diese Unterhaltung kann nur auf gefährliches Terrain führen.“ Sie richtete seine Krawatte, ehe sie zur Tür ging.

„Kätzchen“, rief er, als sie die Hand auf den Türknauf des geräumigen Putzschranks legte.

Sie hielt inne. Ein Teil von ihr hoffte, dass er zu ihr kam und sie an sich zog, dass er sie küsste, ihr den Atem raubte und mit seinen starken Händen ihren Körper erkundete ... ihren ganzen Körper. Sie hoffte, dass er endlich die Qual beendete, in der sie lebte, seit sie ihm zum ersten Mal begegnet war. Der andere Teil von ihr, der Teil, der sich wünschte, dass er sie nicht nur heute, sondern auch morgen, übermorgen und für immer begehrte, weigerte sich, sich auch nur einen Zentimeter auf ihn zuzubewegen.

„Was?“, fragte sie mit zitternder Stimme.

„Du schuldest mir noch ein Sandwich.“

Die Hochzeitszeremonie begann siebenundvierzig Minuten zu spät. Damit war Wests Terminplan vollkommen durcheinandergeraten. Die mangelnde Ordnung störte ihn, quälte ihn wie ein Stachel unter der Haut, doch er schwieg. Seine Freunde waren wichtiger als alles andere. Und er war abgelenkt, denn mit den Gedanken war er unentwegt bei Jessie Kay und ihrer Unterhaltung im Putzschrank.

Er hatte ihr einen One-Night-Stand angeboten, und sie hatte mit Bitterkeit darauf reagiert. Jetzt verfluchte er die Männer, die es vor ihm gegeben hatte. Ja, auch seine Freunde. Dann verfluchte er sich selbst. Er hatte zwar nicht mit ihr geschlafen, aber er hatte sie mindestens genauso verletzt, indem er ihr dieses *einmalige Abenteuer* vorgeschlagen hatte. *Einmal und nie wieder. Sex und hopp.* Kein Wunder, dass sie ihn so entschieden zurückgewiesen hatte.

Jase hatte an der Wand gelehnt, als er aus dem Putzschrank gekommen war, hatte an ihm hinabgeblickt und eine Augenbraue hochgezogen. „Ist das meinetwegen? Mann, ich fühle mich echt geschmeichelt. Ich hatte keinen Schimmer, dass du so für mich empfindest. Also gut, du hast mich erwischt. Ich hatte schon so eine Ahnung. Du weißt aber, dass ich mit Brook Lynn verlobt bin, oder?“

West hatte ihm gegen die Schulter geboxt. „Tief in deinem Inneren wünschst du dir, dass das hier für dich wäre.“

„Nur in deinen Träumen. Hör mal. Dein Date veranstaltet gerade eine Szene, fragt alle, wo du steckst, und sucht überall nach dir. Du hast Glück, dass ich so ein guter Freund bin, sonst wäre sie in den Putzschrank geplatzt. Beruhige sie, bevor ich gezwungen bin, sie rauszuschmeißen. Ich will nicht, dass Beck oder Harlow sich aufregen.“

Er hatte dankbar genickt und sich auf die Suche nach Monica gemacht. Sie hatte versucht, ihn in eine Unterhaltung zu verstricken – *wir haben so viel gemeinsam: die Liebe zu Terminplänen, Karamellbonbons und Mercedes!* –, und seine Einsilbigkeit hatte sie nur noch mehr aufgeregt. Woher wusste sie überhaupt über die Terminpläne und Süßigkeiten Bescheid? Google?

Als er nur knappe Antworten geknurrt hatte, war sie wütend geworden.

„Wer ist die blonde Frau, mit der du verschwunden bist?“

Als hätte sie das Recht, eifersüchtig zu sein. Wütend, ja. Sie war sein Date, und er hatte einer anderen Frau viel mehr Aufmerksamkeit geschenkt als ihr. Aber sie hatte kein Recht, eifersüchtig zu sein. Noch nicht.

„Sie ist die beste Freundin der Braut.“ Mehr hatte er nicht dazu gesagt.

Monica hatte die Sache selbst in die Hand genommen und Jessie Kay angesprochen.

Er hätte sie beinahe zurückgepfiffen. Er hatte nicht gewollt, dass die Frau, die den Reiz für ihn schon verloren hatte, sich mit der Frau unterhielt, die ihn fesselte – die Frau, die er nach wie vor begehrte. Doch er hatte die Lippen aufeinandergepresst und geschwiegen.

Als er mit Jessie Kay zusammen im Putzschrank gewesen war, wäre er fast in Flammen aufgegangen. Es hatte nicht lange gedauert und seine mühsam aufrechterhaltene Zurückhaltung und seine Selbstbeherrschung waren ins Wanken geraten. Er hatte sie gegen die Regale gedrängt. Sie zu küssen, war mehr als nur ein Wunsch gewesen. Sie zu küssen, war ihm ein Bedürfnis gewesen. Aber er hatte widerstanden. Für den Rest ihres Lebens hätte sie das Timing bereut, und er hätte ihre Reue bereut.

Trotzdem wäre es das alles vielleicht wert gewesen.

Ihre zarten Kurven hatten sich unglaublich gut an seinen harten Körper geschmiegt. Jetzt waren seine Sehnsucht nach ihr und seine Begierde sogar stärker geworden. Sein Wunsch nach Erlösung. Sein Verlangen nach ihr.

Keine andere Frau würde diesen Wunsch erfüllen.

Sie zu bekommen, war eine Obsession geworden. Eine Krankheit, die weder Drogen noch eine Therapie heilten.

Er *war* bereits süchtig nach ihr. War es nicht so?

Dieses Mal konnte er nicht so einfach gehen und weitermachen. Er brauchte mehr von dieser einen Frau. Er würde fast alles tun, um sie zu bekommen.

Unwillkürlich ballte er die Hände zu Fäusten. Er hasste es, sich so hilflos zu fühlen, hasste das Gefühl, in freiem Fall ins Ungewisse zu stürzen. Ohne einen Fallschirm würde er abstürzen.

Manchmal ließ sich der Absturz jedoch nicht verhindern.

Panik erfasste ihn, doch er kämpfte dagegen an und zählte die Sekunden auf seiner Armbanduhr. *Eins, zwei … zehn … zwanzig … vierzig …* Er hatte sich schon fast wieder unter Kontrolle, als Beck und Harlow aus dem Chorraum kamen. Sie lächelten breit. Es war offensichtlich, dass sie mehr getan hatten, als nur zu reden. Viel mehr. Vorher waren sie makellos und perfekt gestylt gewesen, jetzt waren sie beide zart errötet, ihr Haar zerzaust und ihre Kleider zerknittert.

Harlow bemerkte die Blicke und die wissend grinsenden

Mienen, und etwas von ihrem Glühen verschwand. „Oh … äh …“

„Harlow Adrienne Glass, kurz HAG, du Hexe“, rief Jessie Kay laut aus. „Du durchtriebenes kleines Luder. Du verführst deinen Bräutigam, während der Pastor schon wartet? Deine Eier sind anscheinend größer als meine. Aber wir können es ja mal austesten, um sicherzugehen.“

Wieder errötete Harlow und suchte nach Worten. Doch das fiel kaum jemandem auf, denn alle waren damit beschäftigt, Jessie Kay mit erhobenem Zeigefinger zurechtzuweisen.

West staunte und sah Jessie Kay auf einmal in einem ganz neuen Licht. Sie hatte sich selbst in den Mittelpunkt gerückt, um die Spannung zu lockern und die Aufmerksamkeit von ihrer Freundin abzulenken.

Diese Frau … Sie hatte tatsächlich einen weichen Marshmallow-Kern.

Und er stand definitiv auf Süßes.

Harlow konzentrierte sich auf den Pastor, der sein Bestes tat, um nicht zu lachen. „Wir haben nicht … Wir würden nie … Ich meine, es wäre fast so weit gekommen, aber …“ Sie schmiegte den Kopf in Becks Halsbeuge. „Hilf mir.“

Beck kam ihr zu Hilfe und sagte: „Sie hat sich auf mich gestürzt, und ich konnte sie kaum davon abhalten, unanständige Dinge mit mir zu machen. Wir müssen so schnell wie möglich eine ehrenwerte Frau aus ihr machen, Pastor Washington. Um ihre Seele zu retten.“

Harlow keuchte und schlug ihm gegen die Brust. „Du Schuft.“

Beck packte ihre Hand, zwinkerte ihr zu und hauchte einen Kuss auf ihre Handfläche. „Anders würdest du mich doch gar nicht haben wollen, Klößchen.“

„Doch, das würde ich. Das würde ich wirklich.“

Alle nahmen ihre Plätze ein. Beck und Harlow traten unter

den Bogen, und der Pastor stellte sich vor sie. Jessie Kay und Brook Lynn standen auf Harlows linker Seite, während Jase und West rechts von Beck standen. Dane, Kenna, Daphne, Brad und Hope hatten sich in die erste Reihe gesetzt. Monica saß in der zweiten Bank und richtete ihren Blick bewundernd auf West. Zu bewundernd, wenn man bedachte, dass sie beide sich erst seit Kurzem kannten. Er wünschte, er hätte dem Impuls widerstanden, sie mit auf die Hochzeit zu nehmen.

Beck schwor, seine Ehefrau zu lieben, zu ehren und zu achten, und fügte scherzhaft hinzu: „Aber ich erwarte, dass du mir immer gehorchst. In dem Punkt lasse ich mich nicht umstimmen. Das ist eine Tradition."

Harlow lachte glücklich. Sie wirkte entspannt und unbekümmert. „Ich werde dir gehorchen, und zwar … niemals."

„Herausforderung angenommen." Beck küsste sie, als könnte er es keine Sekunde länger aushalten, sie nicht zu schmecken.

„Noch nicht, junger Mann." Pastor Washington seufzte belustigt und auch ein bisschen verzweifelt.

Beck hörte nicht auf, und Harlow versuchte nicht, ihn davon abzuhalten. Die Freude, die die beiden ausstrahlten, fesselte und faszinierte West, aber sie berührte, sie traf ihn auch. Was würde er empfinden, wenn er Jessie Kay tatsächlich küsste?

Wenn, nicht *falls.* Wäre es ein Fehler? Oder wäre es richtig, wäre es die Wahrheit?

Er beobachtete Jessie Kay, die der Zeremonie folgte. Tränen schimmerten in ihren Augen. Ein paar Tränen waren ihr sogar über die Wangen gelaufen. Sie hatte nicht nur ein weiches Herz, sondern auch romantische Illusionen. Sie war die Art von Frau, die er für gewöhnlich mied. Doch sich von ihr fernzuhalten, war keine Option mehr.

Pastor Washington schüttelte den Kopf und murmelte: „Hiermit erkläre ich euch zu Mann und Frau. Sie dürfen die Braut jetzt küssen."

Jessie Kay spürte seinen Blick anscheinend, denn sie sah zu ihm herüber. Zwischen ihnen sprühten Funken, und der Wunsch, zu ihr zu gehen, sie zu packen und sie rauszutragen, war beinahe übermächtig. Vor seinem inneren Auge tauchte ein Bild, tauchte eine Fantasie auf, von der er gar nicht gewusst hatte, dass sie für ihn existierte: Jessie Kay saß neben ihm auf der Couch, und er hatte den Arm um ihre Schultern gelegt, während sie gestenreich etwas erzählte und sie beide lachten. Friede und Glück umgaben sie. So viel Glück.

Was auch immer in diesem Moment auf seinem Gesicht abzulesen war, es berührte Jessie Kay. Sie machte einen Schritt auf ihn zu, er machte einen Schritt auf sie zu. Sie würden sich in der Mitte treffen und …

Beck und Harlow beendeten endlich den Kuss. Jase jubelte, und Jessie Kay zuckte zusammen und kehrte auf ihren Platz in der Reihe der Brautjungfern zurück. West fluchte unterdrückt. Monica sprang auf und klatschte. Sie lächelte ihn an, als hätte *er* etwas Unglaubliches getan. Dane, Kenna, Daphne, Hope und Brad johlten.

Jessie Kay ließ ihn nicht aus den Augen, und er erwiderte ihren Blick.

Einen Moment lang, einen bedeutenden Augenblick lang, erinnerte West sich daran, wie es sich anfühlte, vollständig zu sein. Wie es sich anfühlte, ein Mensch mit einer Zukunft und Hoffnung auf etwas Besseres zu sein. Ein Mensch, der etwas Besseres wollte, davon träumte und es *erwartete*.

Das, das war die eigentliche Gefahr, die es bedeutete, mit Jessie Kay zusammen zu sein. Er würde etwas Besseres haben, doch er wäre nicht in der Lage, es auch zu halten.

Zwei Monate. Nicht mehr und nicht weniger.

7. Kapitel

Am Montag beendete Jessie Kay ihre Mittagsauslieferungen für *Sie haben es sich verdient* und fuhr so schnell wie möglich nach Hause. Sie wollte ein Nickerchen machen. Falls jemand ihr kleines Schläfchen stören sollte, konnte er einpacken. Es sei denn, derjenige bot ihr als Wiedergutmachung eine Schachtel Pralinen und zehn Millionen Dollar an. In der Hinsicht war sie käuflich.

Was für ein beschissener Tag es bisher doch war. Ein Mechaniker, mit dem sie im vergangenen Jahr ein Date gehabt hatte, hatte etwas zu essen bestellt. Sie hatte das Sandwich zu *Lintz Automotive – Dr. Vergaser lässt bitten!* gebracht. Als sie gegangen war, hatte der Typ ihr einen Klaps auf den Hintern gegeben, als hätte er jedes Recht dazu. Seine Freunde hatten gepfiffen und gelacht.

Männer waren zum Kotzen. *Die können mir alle mal gestohlen bleiben.*

Na ja, bis auf Daniel. Er war so fantastisch, dass er fast schon als Frau durchgehen könnte.

Da sie gerade an ihren neuen besten Freund dachte – er hatte sich mit ihr zum Abendessen verabredet. Danach würden sie eine DVD ihrer Wahl schauen.

Mentale Notiz: Bitte ihn, die Pralinen und das ganze Geld mitzubringen.

Die Hälfte des Geldes?

Was auch immer er entbehren kann?

Gut. Kein Geld.

Zu Hause machte sie es sich mit einem Kissen und einer

flauschigen Decke auf der Couch bequem. Seufzend schloss sie die Augen und …

Die Türklingel schrillte. Natürlich.

Grummelnd marschierte sie zur Tür. Sie hatte die volle Absicht, einen kaltblütigen Mord zu begehen. Als sie jedoch sah, was sie auf der Veranda erwartete, keuchte sie erschrocken. Es war das schönste Bouquet aus gelben und weißen Blumen, das sie je gesehen hatte.

„Für dich."

Pearl Harris aus dem *Secret Garden* war eine rotblonde Frau mit alabasterfarbener Haut und reizenden Sommersprossen auf der Nase. Pearl reichte ihr das Blumenarrangement. Die Blüten verströmten einen Duft von Schokolade und Vanille.

„Mann, du hast einen Verehrer, der es echt ernst meint. Er ist ins Geschäft gekommen und hat das Arrangement selbst zusammengestellt."

„Und *er* ist …" Niemand hatte ihr jemals Blumen schicken lassen.

„Als würde ich die Überraschung verderben. Du musst die Karte lesen, um es herauszufinden. Falls er sie unterschrieben hat. Ich habe versucht, ihn dazu zu überreden, mir die Karte zu diktieren, aber das hat er abgelehnt. Er hat jedes Wort selbst geschrieben, dann den Umschlag zugeklebt und zusätzlich noch Klebeband benutzt." Pearl zog den Umschlag mit der Karte aus dem Strauß.

Jessie Kay drückte die Vase mit den Blumen an ihre Hüfte und nahm Pearl die Karte ab. Ihre Hand zitterte.

Pearl beugte sich neugierig vor. „Und? Was steht da?"

„Ich werde sie allein lesen. Danke." Jessie Kay ging ins Haus zurück und schloss die Glastür hinter sich.

Pearl schmollte.

So ein Jammer. Jessie Kay stieß die Eingangstür aus Holz mit einem Fuß zu.

Ihr Herz schlug wie wild, als sie die Vase auf den Küchentisch stellte und den Umschlag aufriss.

Kätzchen,
ich weiß, dass ich mich für mein Verhalten entschuldigen sollte – schon wieder. Doch ich bringe es nicht über mich, zu bereuen, dass ich dich berührt habe. Ich hatte nie etwas so Schönes in den Armen. Betrachte die Blumen als Zeichen meiner Wertschätzung.
Dein
Lincoln West

Ach, du lieber Himmel. Wollte er sie umbringen? Tod durch spontane Selbstentzündung?

Lichtstrahlen fielen zum Erkerfenster in die Küche herein und liebkosten die bunten Blüten. Jessie Kay konnte nicht aufhören zu lächeln, als sie ein-, zwei-, dreimal den Duft der Rosen einsog. Und sie lächelte immer noch, als sie ihr Handy nahm, um Mr. Lincoln West eine Nachricht zu schreiben.

Sie: *Deine Nicht-Entschuldigung ist angenommen. Die Blumen sind umwerfend. Danke!* ☺

Seine Antwort kam ein paar Sekunden später.

West: *Ich habe die Blumen gewählt, die besonders süß duften. Sie haben mich an dich erinnert – zum Vernaschen.*

Ihr Herz schlug schneller. Sie war ein wenig schockiert.

Sie: *Flirtest du etwa mit mir?*

West: *Vielleicht ein bisschen. Du bist unwiderstehlich. Daran musst du arbeiten.*

Sie: *Um meine Perfektion zu versauen? Nein.*

West: *Sehr guter Einwand. Die männliche Spezies ist dem Untergang geweiht (und glücklich darüber).*

Sie drückte das Handy an ihre Brust und drehte sich im Kreis. Niemals, nicht in einer Million Jahren, hätte sie gedacht, dass ihre Beziehung zu West sich weiterentwickeln, dass es zu Beinahe-Küssen im Putzschrank und zu SMS-Flirts kommen würde. Es bahnte sich tatsächlich eine Freundschaft an. Und wie West hatte sie Probleme damit, es zu bereuen …

Am Mittwoch verpuffte Wests gute Laune. Von einer Sekunde auf die andere war sie verschwunden. Zurück blieb sein wutschnaubendes Ich. Es passierte in dem Moment, als sein Büro zur Gerüchteküche wurde. Edna Mills, die Besitzerin des *Rhinestone Cowgirls*, eines Schmuckladens, der nicht weit von *WOH Industries* entfernt war, war die Köchin. Edna erzählte davon, wie sie eine Stunde zuvor Jessie Kay in Begleitung von Daniel Porter im *Great Escape Café* gesehen hatte. Sie sagte, die beiden hätten beim gemeinsamen Frühstück sehr vertraut gewirkt. Bei der ersten Mahlzeit am Tag danach …

Hatten sie etwa die Nacht zusammen verbracht?

West war sich nicht sicher, wieso es ihm so viel ausmachte. Immerhin datete er Jessie Kay ja nicht. Sie hätten sich beinahe geküsst. Sie hatten geflirtet. Nicht mehr und nicht weniger. Keine große Sache. Er hatte jede Nacht intimeren Kontakt zu seinem Kopfkissen.

Das Problem – und genau das *musste* das Problem sein – war, dass er es satthatte, immer von glücklichen Pärchen umgeben zu sein. Beck und Harlow hatten beschlossen, nicht in die Flitterwochen zu fahren und sich stattdessen in ihrem Schlafzimmer im Farmhaus einzuigeln. Wenn er noch einen Spruch über Thor und seinen mächtigen Hammer hörte, dann …

Jase und Brook Lynn waren nicht viel besser. Brook Lynn hatte außerdem ein übertrieben inniges Verhältnis zu ihrem Haustier Sparkles, dem schlimmsten Hund der Welt. *Wer ist ein guter Junge? Du bist ein guter Junge, ja, ja, das bist du. Ach, Mommy liebt dich.*

Hope hatte neulich auch eine Nacht im Farmhaus verbracht und Steve, den anderen schlimmsten Hund der Welt, mitgebracht. Den ganzen Abend hatte sie ohne Punkt und Komma geplappert und von Bobby Yates, dem süßesten Jungen in ihrer Klasse, erzählt.

Seit der Hochzeit hatte Monica jeden Tag angerufen, obwohl er ihr ausgewichen war, als sie ihn hatte küssen wollen, und sie sich an der Tür mit einer unbeholfenen Umarmung verabschiedet hatten. Er hatte für sich beschlossen, dass er sich nicht mit einem Ersatz zufriedengeben mochte. Warum sollte er nicht auf Jessie Kay warten – die Frau, die er wirklich wollte?

Die Frau, die die Nacht möglicherweise mit Daniel verbracht hatte.

West rieb sich die plötzlich schmerzende Brust. Er sollte Monica anrufen und noch ein Date mit ihr ausmachen. Mit ihr zusammen zu sein wäre ganz leicht. Er könnte zwei Monate lang Sex und Spaß haben und so tun, als wäre er ein normaler Mensch mit einer normalen Vergangenheit – eine Art Atempause, bevor er sich wieder in sein Unglück ergab. Vielleicht brauchte er genau das, um den Kopf freizubekommen.

Mit einem Mal fing nebenan das Betthaupt an, gegen die Wand zu knallen. Da Becks Zimmer direkt neben seinem lag, musste West nicht lange darüber nachdenken, was los war. Jeden Moment würde ein Stöhnen zu hören sein …

„Oh, Beck. Ja. Ja!"

Ja. Genau das. Wenigstens hatte sie nicht geschrien: Thor!

Er schlenderte in die Küche, wo er wie angewurzelt stehen blieb, als er Jase und Brook Lynn erblickte, die auf dem Küchentisch rummachten. Den Tisch würde er verbrennen müssen – zusammen mit seinen Hornhäuten.

Hier kann ich nicht bleiben.

Er ging in sein Zimmer zurück und nahm eine Tasche aus dem Schrank. Unterdrückt fluchend stopfte er Klamotten und seine Badutensilien hinein.

Bumm, bumm, bumm.

Er beeilte sich und schnappte sich blind einfach alles, was er eventuell brauchte. Am Montag hatte er mit dem Bauunternehmer gesprochen. Die Pläne für sein neues Haus waren in Arbeit. Aber es gab da noch ein Problem: Es könnte ein Jahr dauern, das über vierhundertfünfzig Quadratmeter große Baby zu errichten – vielleicht auch länger.

Das würde er nicht überstehen.

Er nahm den USB-Stick mit den Details der bevorstehenden Weihnachtsfeier von *WOH Industries* vom Schreibtisch. Eigentlich war Brook Lynn inzwischen die Planerin für alle Veranstaltungen, doch sie war so beschäftigt mit ihrer eigenen kleinen Firma und natürlich mit den Vorbereitungen für ihre Hochzeit, dass Jase ihr die Last der Partyplanung nicht auch noch auf die „schmalen" Schultern hatte laden wollen.

West schrieb eine Notiz für die anderen:

Ich komme eine Weile woanders unter. Ihr macht mich krank. Ich lasse euch wissen, wo ich stecke.
W.

Er klebte den Zettel an seine Schlafzimmertür und ging zu seinem Mercedes.

Die Nacht war dunkel und trostlos. Der Vollmond wurde von grauen Wolkenfetzen verdeckt, die vorbeizogen. Wenn er in einem Computerspiel gelebt hätte, hätte er den Mond einen Werwolf-Mond genannt und damit gerechnet, um Mitternacht gebissen zu werden. Wenigstens war das Eis geschmolzen.

Wo sollte er jetzt hin? Harlow hatte eine Zeit lang in einem Wohnwagen auf dem Grundstück gewohnt, aber Beck hatte das Fahrzeug kürzlich versteckt, um sie daran zu hindern, sich immer wieder dorthin zurückzuziehen, wenn sie wütend auf ihn war.

Er könnte natürlich erst einmal ins Büro ziehen. Es wäre nicht das erste Mal, dass er auf der Couch schlief. Doch er hatte keine Lust, sich Coras bohrenden Fragen zu stellen. Die Frau war gnadenlos.

Es gab auch noch das *Strawberry Inn*, das einzige Motel im Ort … Und spätestens morgen früh würde ausnahmslos jeder im Ort über seine Angelegenheiten Bescheid wissen.

Selbstverständlich könnte er bei Monica Unterschlupf finden.

Er umklammerte das Lenkrad fester. *Ja.* Er würde zu Monica fahren und endlich tun, was getan werden musste. Bedeutungslose Unterhaltungen, emotionsloser Sex, eine unkomplizierte Beziehung – in der Reihenfolge.

Aber am Ende stand er nicht auf der Auffahrt zu Monicas Haus.

Ich stecke in Schwierigkeiten.

Er schob sich ein Karamellbonbon in den Mund. Der süße Geschmack erdete ihn und erinnerte ihn an die wenigen Momente, in denen seine Mom ihn in den Armen gehalten und ihm, während sie zusammen Süßigkeiten gegessen hatten, ins Ohr geflüstert hatte, wie sehr sie ihn liebte.

Ich bin genau dort, wo ich sein will. Ich werde mich den Konsequenzen stellen.

Er packte den Griff seiner Tasche und ging zur Eingangstür von Jessie Kays Heim.

Dieses arme Viertel von Strawberry Valley war wie jedes andere arme Viertel jeder anderen Stadt. Es gab heruntergekommene Häuser auf kleinen Parzellen. Ein paar Gärten sahen aus, als würde dort ein Messi wohnen – der Müll stapelte sich meterhoch. Andere Gärten waren vertrocknet, verkommen und ungepflegt. Jemand hatte anscheinend versucht, Jessie Kays Garten zu pflegen, doch es wäre ein Rundumschlag nötig, um das Grundstück auf Vordermann zu bringen.

Das Gleiche galt für die Veranda. Der Betonsockel war rissig, und West sah, dass die Holzplanken so verrottet waren, dass sie vermutlich jede Sekunde zusammenbrechen würden.

Er hatte mehr Geld, als er in seinem Leben würde ausgeben können, und Jessie Kay lebte so?

Sein Klopfen fiel lauter aus, als er es beabsichtigt hatte. Die Minuten verstrichen. Wenn sie sich gerade mit Daniel traf … Oder noch schlimmer: Wenn sie gerade mit Daniel *im Haus* und abgelenkt war …

Er klopfte noch einmal, und die Tür wäre beinahe aus den Angeln gefallen.

West erinnerte sich an die Zeit, als Jessie Kay sich mit Dorian Oliver getroffen hatte, einem engen Freund von Beck. Die beiden waren nur ein paar Wochen miteinander ausgegangen, und er hatte sich immer gefragt, ob er möglicherweise der Grund für die Trennung gewesen sein mochte. Er hatte sich gefragt, ob Dorian es leid gewesen war, dass er jeden Tag angerufen und sich im unfreundlichen Ton erkundigt hatte, wie es so lief.

Vielleicht sollte er sich Daniels Telefonnummer besorgen.

Beobachten. Verstehen. Handeln.

Er drehte den Türknauf, stellte fest, dass die Tür nicht abgeschlossen war, und wollte zugleich lächeln und fluchen. „Jessie Kay“, rief er und betrat das Wohnzimmer. Einen Flur oder einen Eingangsbereich gab es nicht. Er hatte eigentlich damit gerechnet, dass es wohlig warm sein würde, aber ihm schlug Kälte entgegen, als hätte Jessie Kay die Heizung nicht angestellt. „Bist du da?“

Während er darauf wartete, dass sie um die Ecke kam – vielleicht hatte er sie beim Baden gestört und sie würde nur ein Handtuch und ein paar Tropfen auf der Haut tragen –, sah er sich um. Abgenutzte Möbel von *Goodwill*, wie er vermutete. Abgewetzte Stellen im Flokati. Vergilbte Tapete, die sich in den Ecken ablöste. Ein Haufen Wäsche lag an einem Ende der Couch, und leere Verpackungen von Schokoriegeln und ausgetrunkene Coladosen lagen auf dem Couchtisch verstreut.

Plötzlich erklang ein fieses Kreischen aus dem hinteren Teil des Hauses. Wurde da gerade eine Katze ermordet?

West ließ seine Tasche fallen und ging in Richtung des höllischen Lärms. In der Küchentür blieb er stehen und musste sich das Lachen verkneifen. Da stand Jessie Kay, allein, mit Kopfhörern in den Ohren. Sie sang zu … einem Lied, das er absolut nicht erkennen konnte.

„Gonna love you foreverrr … something something something … give it to you so goood.“ Während sie einen Teller abtrocknete, ließ sie aufreizend die Hüften kreisen.

Mit einem Mal war der Drang, zu lachen, verschwunden. Begierde machte sich bei ihm breit – und zwar unerbittlich.

Das blonde Haar fiel ihr über den Rücken und schimmerte wie flüssiger Honig, als sie sich hin und her bewegte. Das langärmelige Shirt, das sie anhatte, war ihr von einer Schulter gerutscht und gab den Blick auf ihre Haut frei, sodass ihm das Wasser im Mund zusammenlief. Sie trug eine hautenge Hose, die in ein Paar halbhohe Boots mit einem Rand aus falschem Pelz gesteckt war.

Diese Beine … Er wollte sie zuerst an seinem Gesicht spüren und später an seiner Taille.

Sie verkörperte all seine Fantasien, und sein Blut schien zu kochen. Seine Hände sehnten sich danach, sie zu berühren.

Als sie eine besonders hohe Note schmetterte und ihn damit bezauberte, auch wenn er zugegebenermaßen zusammenzuckte, wirbelte sie herum, um den Teller ins Regal zu stellen. Sie erblickte ihn, stieß einen Schrei aus, der laut genug war, um seine Trommelfelle platzen zu lassen, sprang zurück, stolperte und fiel. Keuchend rang sie nach Luft und hielt den Teller vor sich, als wäre er eine tödliche Waffe.

„Ich bin es nur, Kätzchen."

„West? Was zum Teufel …" Sie funkelte ihn wütend an, ließ den Teller sinken und riss sich die Kopfhörer aus den Ohren. „Was machst du hier?"

„Würdest du mir glauben, wenn ich sage, dass ich die Show genieße?"

Finster starrte sie ihn an. „Wenn es dein Ziel war, mir einen amtlichen Herzinfarkt zu verpassen, dann gratuliere ich – Mission erfüllt." Sie verzog das Gesicht und rieb sich den unteren Rücken. „Ich fürchte, ich habe mir mein Pankreas gequetscht."

„Das heilt wieder." Er streckte ihr eine Hand entgegen, um ihr aufzuhelfen.

Sie ignorierte sie und kam allein auf die Beine. „Wenn du wegen deines Sandwiches gekommen bist, darfst du dir gern eins mit Erdnussbutter und Marmelade schmieren. Auf das Mindesthaltbarkeitsdatum solltest du aber nicht so genau achten. Das hat sowieso nichts zu bedeuten. Pass auf, dass du beim Rausgehen nicht die Tür in den Rücken bekommst. Oder auch nicht. Wie auch immer."

„Die Sache mit dem Sandwich klären wir ein andermal." Ihm fiel das Blumenarrangement auf, das mitten auf dem Tisch stand, und ein Gefühl der Zufriedenheit verlockte ihn, sich auf die Brust zu schlagen wie ein Gorilla. „Heute Abend geht es um etwas anderes."

„Also gut. Klär mich auf." Sie verschränkte die Arme.

Alles zu seiner Zeit. „Erklär du mir erst, wieso deine Tür nicht abgeschlossen war."

„Weil ich es so mag."

„Jeder hätte hier reinkommen können."

Mit geschürzten Lippen wies sie mit dem Teller auf ihn. „Offensichtlich."

„Du verstehst mich nicht, Kätzchen." Er nahm ihr das Geschirr ab und stellte es auf die Anrichte, während er sie mit einem so drohenden Blick ansah, dass sie Angst bekam. „Jeder hätte hereinkommen können. Und derjenige hätte *alles* mit dir machen können."

„Willst du mir drohen?"

Sie hob das Kinn. Sie war furchtlos, stur und wunderschön und verkörperte all das Positive in einer negativen Welt.

Eine Täuschung. Alle seine aktuellen Probleme begannen und endeten mit Jessie Kay Dillon.

„Falls ich dir jemals drohen sollte, Kätzchen, musst du nicht erst nachfragen. Ich will nur auf eine Sicherheitslücke hinweisen."

„Tja." Etwas von ihrer starren Anspannung wich. „Ich versichere dir, dass sich in diesem Haus nichts befindet, dass es wert wäre, gestohlen zu werden."

„Bist du dir da sicher?" Er ließ den Blick über sie gleiten. Sie war eine Frau, die so perfekt war, dass keine andere ihr das Wasser reichen konnte. „Ich kann dir ein paar Dinge nennen, die ich gern nehmen würde …"

Ihr stockte der Atem, der immer schneller und heftiger ging. „Du flirtest."

„Gern geschehen."

Sie hob drohend die Faust. „Weißt du nicht, dass du in dem Moment, in dem du anfängst, mit der Versuchung zu spielen, den gesamten Krieg verloren hast?"

„Wir sind im Krieg?“

„Ja! Dein Körper will eindeutig in meinen einfallen.“

Er schnaubte, senkte den Blick und sagte: „Ruhig, Männer. Wir sind in feindliches Gebiet eingedrungen.“

Einen Moment lang wirkte sie, als würde sie jede Sekunde in Gelächter ausbrechen. Doch der Moment verstrich und die Belustigung verschwand. Sie seufzte und spielte mit einer Haarsträhne – unglaublich feminin und süßer als Zucker.

„Heute war ein echt schlimmer Tag.“

„Was ist passiert?“, wollte er alarmiert wissen.

„Was immer passiert, wenn ich durch einen Gurkengarten gehe.“

Er dachte nach, doch ihm fiel dazu nichts ein. „Gurkengarten?“

„Ein Meer von Erektionen. Geile Männer. Im Grunde genommen ein Raum voller Männer, mit denen ich mal ausgegangen bin.“

„Verstanden. Was ist passiert?“

Verächtlich verzog sie das Gesicht. „Man hat mir auf den Hintern gehauen. Mehr als sonst. Ich glaube, ich habe ein paar blaue Flecke davongetragen.“

Innerlich explodierte er vor Wut, die Splitter bohrten sich in seine mühsam aufrechterhaltene Selbstbeherrschung. „Wer war es? Nenn mir Namen und ich sorge dafür, dass so etwas nie wieder passiert.“

„Das ist ein nettes Angebot“, entgegnete sie, und ihr Gesicht erhellte sich. „Leider muss ich ablehnen. Ich habe den entsprechenden Kerlen schon eine verpasst.“

„Hat es wenigstens geblutet?“

Sie schüttelte ihr Haar auf. „Ein paar Tropfen.“

„Dann bin ich zufrieden, du hast Rache genommen.“ *Vorerst.* „Jetzt verrate mir noch etwas …“ Er sollte nicht fragen, er wusste es eigentlich besser. Doch er tat es trotzdem. „Ist Daniel Porter ein ehemaliger Freund … oder dein aktueller?“

„Was? Also bitte. Er ist wie eine Schwester für mich.“

Etwas von der Anspannung, die er seit seiner Begegnung mit Jessie verspürt hatte, löste sich mit einem Mal in Luft auf. Er musste ein Grinsen unterdrücken. „Ab jetzt solltest du die Tür abschließen. Oder noch besser: Ich fange damit an, sie für dich abzuschließen.“

In ihren blauen Augen lag eine Mischung aus Überraschung und Verwirrung.

„Okay, ich gebe es zu: Ich kann nicht mehr folgen. Hast du vor, jeden Abend vorbeizukommen, um meine Tür abzuschließen?“ Sie zog eine Augenbraue hoch. „Wirst du mich bei der Gelegenheit auch ins Bett bringen?“

„Ich bin gern bereit, beides zu tun, aber anschließend werde ich nicht mehr gehen.“ *Bleib locker.* „Großartige Neuigkeiten, Kätzchen. Ich ziehe bei dir ein.“ Im Diner hatte Brook Lynn geäußert, dass sie sich Sorgen um Jessie Kay machte, weil die allein in dem Haus lebte und immer kämpfen musste, um ihre Rechnungen bezahlen zu können. Tja, er könnte sie unterstützen. So hilfsbereit war er.

Stirnrunzelnd schob sie eine Hüfte vor. „Ich glaube, ich hatte gerade einen Schlaganfall. Ich kann unmöglich gehört haben, dass du gesagt hast …“

„Ich ziehe bei dir ein. Ja. Wir werden Mitbewohner. Von heute Abend an.“

Sie schüttelte den Kopf. Und lehnte knapp ab: „Nein.“

„Das Farmhaus ist überlaufen von glücklichen Paaren und …“

„Nein. Und es gibt dort nur zwei glückliche Paare. Da kann man wohl kaum von ‚überlaufen‘ sprechen.“

„Romantik ist eine ansteckende Krankheit. Mein Innerstes braucht eine Dusche, bevor es sich womöglich infiziert.“

„Mir blutet das Herz, doch meine Antwort lautet nein, nein und noch mal nein. Es gibt unzählige andere Orte, an denen du Unterschlupf finden kannst. Zum Beispiel in deinem Büro. Oder im *Inn*. Hey, ich weiß. Wie wäre es, wenn du deine neue Freundin fragst? Ich bin mir sicher, dass sie sich super freuen wird, dich in ihren vier Wänden begrüßen zu dürfen."

„Erstens: Ich will ja nicht deine Mathekenntnisse infrage stellen, aber drei ist nicht gleich ‚unzählig'. Zweitens: Ich habe die Orte auch schon in Betracht gezogen, trotzdem bin ich hier. Drittens: Ich habe keine Freundin."

Wieder schüttelte sie den Kopf. „Nein. Dann … ich weiß nicht … kauf dir doch einfach ein neues Haus oder so."

„Das dauert zu lange."

„Miete ein Haus."

„So, wie der Markt gerade aussieht?" Er hoffte, dass sie nichts über den Markt wusste. Da er nun mal hier war, wollte er nicht mehr gehen.

„Was ist mit unserer Lust aufeinander?"

Ihm gefiel, dass sie das Thema nicht mied oder abzustreiten versuchte, was sie füreinander empfanden. *Bleib locker.* „Kannst du mir nicht widerstehen? Es ist schon in Ordnung, wenn du es nicht schaffst, aber …"

Sie warf ihm das Spültuch an den Kopf.

„Wie wäre es damit?" Er rieb sich die nasse Stelle oberhalb seines Herzens. „Wenn ich bleiben darf, zahle ich Miete." Er hielt sein Startgebot bewusst niedrig und gab ihr so Raum, um zu verhandeln.

Keine Frau konnte einem guten Handel widerstehen.

„Auf keinen Fall …"

Sie nagte an ihrer vollen Unterlippe. Unwillkürlich musste er an ihre Begegnung im Putzschrank denken, als er derjenige gewesen war, der diese Lippe gereizt hatte.

„Du bezahlst die Miete *und* die Nebenkosten. Und du zahlst noch ein bisschen mehr für die …"

„Lass mich raten." Er unterdrückte wieder ein Lächeln. „Für deine seelischen Qualen."

„So ein kluger Junge." Sie tätschelte ihm die Wange. „Ach, nur zu deiner Information: Ich installiere Sprengfallen in meinem Schlafzimmer."

„Nur zu *deiner* Information: Sprengfallen zu entschärfen ist meine Spezialität."

„Und meine Spezialität ist der Umgang mit einer Handfeuerwaffe Kaliber 22."

Ob das die Wahrheit war? „Das ist heiß."

„Das ist nicht mein Problem. Also. Ich zeige dir dein Zimmer, und dort wirst du den Großteil deiner Zeit verbringen. Habe ich vergessen, zu erwähnen, dass das Wohnzimmer und die Küche tabu sind?"

„Es sei denn, ich zahle extra, stimmt's?"

„Sehr, sehr gut, Mr. West. Jemand läuft Gefahr, der Lieblingsschüler des Lehrers zu werden!"

Er zog seine Brieftasche hervor und reichte ihr einen Hundertdollarschein. „Das sollte die Extras abdecken."

„Ja, für eine Nacht." Sie steckte sich den Schein in den BH, bevor sie ihm ein Zeichen gab, ihr zu folgen.

Er ging hinter ihr her den Flur entlang. Eine ganz besondere Qual. Die Art, wie sie mit den Hüften wackelte, faszinierte ihn. Die Art, wie sich ihr Haar an den Spitzen lockte, zog ihn magisch an. *Pack mich. Halt mich.* Die Form ihres Pos überwältigte ihn. Zwei perfekte Halbkugeln, schön prall. Straff und verlockend.

Hierherzukommen, war vielleicht nicht seine beste Idee gewesen.

Mein Lieblingsfehler.

„Tja", sagte sie und blieb vor der zweiten Tür auf der rechten Seite stehen. „Das wäre es dann."

Er trat hinter sie, wollte ihr näher kommen, musste ihr näher kommen. Mit einem Meter zweiundsiebzig war sie groß, doch er war mit eins neunzig viel größer. Sie erstarrte – anfangs. Aber von Sekunde zu Sekunde entspannte sie sich mehr. Die Hitze, die sie verströmte, nahm zu und umhüllte ihn, bis er sich umarmt fühlte.

„Was denkst du?“, fragte sie und klang atemlos. So, wie er es mochte.

Das Zimmer war klein und wie für eine Prinzessin eingerichtet. Das Himmelbett war mit pinkfarbenem Bettzeug bezogen und hatte Rüschen am Rand. Es passte perfekt zur weißen Frisierkommode mit geschliffenem Spiegel. „Ich kann es kaum erwarten, mir die Haare zu machen und mich zu schminken“, sagte er trocken.

„Bei deinem Hautton würde ich zu Rosatönen greifen“, erwiderte sie.

Ein leichter fruchtiger Duft hing in der Luft. Ein Parfüm, dessen Geruch schon bald in seine Kleider ziehen würde. Überall war Glitzer – sogar im Teppich. Wahrscheinlich würde es nicht lange dauern, bis es sich auf seinen Kleidern verteilt hätte und er aussähe wie … ein Stripper namens Wild Wild West.

„Willst du immer noch bleiben?“, fragte Jessie Kay und grinste schadenfroh.

Dieses Lächeln fesselte ihn. Es erinnerte ihn an den Frieden, den er bei der Hochzeit verspürt hatte. Es hatte sich *richtig* angefühlt. Mehr als alles andere auf der Welt wollte er hierbleiben. „Tja, so schnell wirst du mich anscheinend nicht mehr los, Kätzchen.“

„Dein männliches Zartgefühl wird von der Dekoration nicht verletzt?“

„Wenn du mir ein paar Mal am Tag etwas ganz … Privates von dir zeigst, wird es meinem männlichen Zartgefühl völlig egal sein, weil es zu trunken von Testosteron sein wird.“

„Ich soll dir etwas Privates zeigen? Kein Problem.“ Sie reckte ihm die Mittelfinger entgegen. Als er lachte, fügte sie hinzu: „Da ich bisher der einzige Mensch war, der hier gewohnt hat – frag *nicht* nach den Waschbären –, habe ich die Toilette in deinem Bad nicht reparieren lassen. Und auch die Toilette am Ende des Flurs nicht. Wenn du also nicht jedes Mal einen Tausender löhnen willst, damit du mein Klo benutzen darfst, musst du wohl einen Klempner engagieren. Auf deine Kosten natürlich. Das hier ist übrigens Brook Lynns ehemaliges Zimmer. Daher lass dir nicht einfallen, irgendetwas zu verändern. Falls sie und Jase sich trennen sollten, wird sie wieder hier einziehen, und ich will, dass sie es schön hat."

„Ist das dein Ernst? Die beiden werden sich niemals trennen."

„Du willst mir sagen, dass *du* an ein Happy End glaubst?"

„Ja. Mit der richtigen Person." Er ging an ihr vorbei ins Zimmer. Denn die einzige Alternative wäre gewesen, sie zu packen und sie zu küssen.

„Also … Du glaubst tatsächlich, dass es für jeden Menschen die wahre Liebe gibt, ja? Glaubst du auch an Einhörner und Feenstaub?"

„Und Drachen und Trolle."

„Zombies?"

„Mach dich nicht lächerlich", brummte er.

Sie prustete los.

„Du zweifelst nur, weil du noch nie ernsthaft verliebt warst." Als er spürte, wie unvermittelt Wut in ihm brodelte, wurde ihm bewusst, dass ihm der Gedanke, sie könnte sich in Zukunft ernsthaft verlieben, überhaupt nicht gefiel.

„Ich habe die wahre Liebe gesehen. Ich bezweifle nicht, dass es sie gibt … bei anderen." Sie machte eine Pause, die so tief war wie der Ozean und so turbulent wie ein Sturm. Die spielerische Leichtigkeit war verschwunden. „War Tessa deine wahre Liebe?"

Er nickte knapp.

Wehmütig sagte sie: „Woher wusstest du, dass sie diejenige war, mit der du für immer zusammen sein wolltest?"

„Ich habe sie angesehen und konnte mir eine Zukunft ohne sie nicht vorstellen."

Sehnsucht machte ihre Züge weicher. Sie spielte mit dem Saum ihres Shirts.

„Mein Dad hat über meine Mom etwas ganz Ähnliches gesagt." Sie machte eine Pause. „Was siehst du, wenn du *mich* anblickst?"

Er hätte dem Thema ausweichen können, doch er begegnete ihrer Offenheit mit der gleichen Offenheit. „Wenn ich dich sehe, stelle ich mir vor, wie du nackt in meinem Bett liegst. Ich frage mich, ob du süßer als Karamell schmeckst, ob du meinen Namen flüsterst oder ihn herausschreist. Ich frage mich, ob du es lieber sanft und ruhig oder hart und wild magst."

Sie legte ihre zitternde Hand auf ihr Herz und trat einen Schritt zurück. „West." Es war nicht mehr als ein raues Flüstern.

Er blickte ihr in die Augen. „Was siehst du, wenn du mich anblickst?"

Sie machte den Mund auf und schloss ihn wieder, aber es kam kein Laut über ihre Lippen.

„Was siehst du?", beharrte er. Er musste es wissen.

„West ... frag mich nicht ... Ich glaube, die Antwort wird dir nicht gefallen."

„Verrat sie mir trotzdem."

„Ich sehe ... ein gebrochenes Herz. Es tut mir leid." Damit drehte sie sich um, floh in ihr Zimmer und schlug die Tür hinter sich zu.

8. Kapitel

Jessie Kay empfand es als angenehm warm – zum ersten Mal seit Beginn des Winters. Sie streckte sich träge im Bett aus. Als sie die Augen öffnete, sah sie das helle Morgenlicht, das durch den Spalt in den Vorhängen fiel, die sie aus der Tagesdecke genäht hatte, die sie als Kind gehabt hatte. Sie liebte die eleganten Ballerinas und die bunten Schmetterlinge noch immer. Was würde West davon halten …

West!

Sie sprang aus dem Bett, und ihr Herz hämmerte wie verrückt. Er war bei ihr eingezogen. Er war hier, lag im Schlafzimmer auf der anderen Seite des Flurs.

Wenn ich dich sehe, stelle ich mir vor, wie du nackt in meinem Bett liegst. Ich frage mich, ob du süßer als Karamell schmeckst, ob du meinen Namen flüsterst oder ihn herausschreist. Ich frage mich, ob du es lieber sanft und ruhig oder hart und wild magst.

Ein leises Wimmern kam ihr über die Lippen. Diese Worte hatten ihr die Sprache verschlagen. Sie hatten sie erregt. Sie hatten ihr unglaubliche Angst eingejagt. Und sie hatten sie wütend gemacht. Er hatte Tessa angeschaut und seine Zukunft gesehen. Er sah sie an und dachte an Sex. Weil er sie mit Lust gleichsetzte – und zwar nur mit Lust. Nicht mit Freundschaft. Nicht mit Partnerschaft. Nicht einmal mit Glück. Nur Feld-Wald-und-Wiesen-Lust, die jeder beliebige Mann für jede beliebige Frau empfinden konnte.

Ein Mädchen kann sogar aus einem Keks eine Reaktion hervorkitzeln. Das hat überhaupt nichts zu bedeuten.

Ich wünschte, ich hätte damals auf dich gehört, Momma.

Seufzend nahm Jessie Kay ihr Handy in die Hand. Sie wollte Daniel eine SMS schicken. Sie waren zum Frühstück verabredet. Sie genoss es, am Morgen mit ihm Zeit zu verbringen. Der perfekte Start in den Tag. Als sie zwei Nachrichten von Sunny entdeckte, hielt sie inne.

Sunny: *Was höre ich da? Du bekommst Blumen geschenkt? Umwirbt da jemand mein Mädchen?*

Sunny: *Hey, wenn ich sage „Heute Abend Party!", dann sag mir bitte, dass du dabei bist. Biiiiitte! Ich vermisse die alten Zeiten, in denen du noch lustig warst!*

Jessie Kay antwortete ihr.

Sie: *Tut mir leid, Chica, aber das Mädchen hat den Partyhut an den Nagel gehängt. Für immer. Falls du dich jemals entschließen solltest, Pullover zu stricken oder Bingo zu spielen, bin ich dabei!* ☺

Sie ignorierte die Frage über die Blumen. Was zwischen ihr und West passierte, war privat.

Sunny: *Das ist verrückt! Das kann nicht stimmen.*

Doch. Zum ersten Mal in ihrem Leben meinte sie es ernst.

Sie tippte die Nachricht an Daniel. Noch immer war sie erstaunt, wie schnell er zu einem ihrer liebsten Freunde geworden war. Aber er versuchte ja auch nie, sie anzumachen, und er schien ihre Gesellschaft wirklich zu genießen.

Sie: *Ich bin zu müde fürs Frühstück. Hast du stattdessen Zeit für ein gemeinsames Abendessen?*

Zum Mittagessen war Jessie Kay bereits mit ihrer Schwester, Kenna und Harlow im *Two Farms* verabredet, um ein bisschen Mädchen-Zeit zu verbringen.

Daniel: *Habe ich. Ich hole dich um 7 ab.*

Sie: *Hol mich um 5 ab.*

Daniel: *Nur Leute über 60 essen schon um 5.*

Sie: *Wir haben nach dem Essen noch etwas vor (ich fange an, Fußball zu spielen, & du fängst an, Fußball zu gucken).*

Daniel: *Werden heiße Mädchen da sein???*

Sie: *Du meinst, außer mir?*

Daniel: *Das ist so offensichtlich, dass ich gedacht hätte, es müsste nicht extra erwähnt werden.*

Sie: *Ich weiß nichts über andere heiße Mädchen (sorry). Übrigens fährst du.*

Daniel: *Gut. Ich werde mich durchs Seniorenmenü & dein Training quälen, aber dafür schuldest du mir was.*

Sie: *Kopf hoch. Du profitierst auch davon – immerhin verbringst du Zeit mit mir.*

Sie fühlte sich schon besser und duschte, wobei sie hoffte, das heiße Wasser werde die Auswirkungen von Wests Geständnis wegspülen – die Gänsehaut, das Kribbeln, die Sehnsucht und das leichte Fieber der Leidenschaft. Für eine Weile funktionierte es.

Doch als sie sich Kleider anzog, die viel zu sexy waren, um darin Sandwiches auszuliefern, kehrten die Empfindungen zurück, wurden noch stärker und quälten sie.

Falls sie diesen Tag überstand, wäre es das reinste Wunder.

Die Türangeln quietschten, als sie die Tür ihres Schlafzimmers aufmachte und in den Flur spähte. Keine Spur von West. Sie stieß die Luft aus, die sie unwillkürlich angehalten hatte. Vielleicht hatte er ja beschlossen, sich von den Fesseln seines Daseins als Workaholic zu befreien und an diesem Donnerstag einfach mal auszuschlafen. Und vielleicht würde es ihr gelingen, ihn den ganzen Tag über nicht zu sehen. Er hatte auch noch nichts zu essen bestellt.

Als sie auf Zehenspitzen durchs Wohnzimmer schlich, überkam sie ein überwältigendes Gefühl der Verwirrung. Es kam ihr vor, als wäre sie bei jemand anders zu Hause. Die leeren Verpackungen und Dosen waren verschwunden. Die Decken waren ordentlich zusammengefaltet. Ein neues – größeres – Fernsehgerät stand auf dem Platz ihres alten Apparats. Die drei Fernbedienungen lagen säuberlich aufgereiht auf dem Couchtisch.

In der Küche dann ... *Mist.* West. *Und wow.* Er hatte kein Hemd und keine Hose an. Das Einzige, was ihren gierigen Blick von seinen intimsten Geheimnissen trennte, war ein Handtuch, das er sich um die Hüften geschlungen hatte. Wie sie hatte auch er gerade geduscht. Sein feuchtes Haar wirkte dunkler als sonst.

Ich möchte mit den Händen durch diese Haare streichen.

Er stand vor dem Herd und wandte ihr den Rücken zu. Die Stärke, die sie in seinen breiten Schultern sah, erschreckte und faszinierte sie. Sie hatte angenommen, dass er unter seinen Anzügen und Sportklamotten muskulös war, aber sie hatte keine Ahnung gehabt, dass er sie umhauen würde. Die sich abzeichnenden Muskeln und Sehnen schienen wie in Stein gemeißelt zu sein. Die Grübchen über seinem Po flehten sie förmlich an, sie zu küssen, zu lecken ...

Computernerds und Schreibtischtäter sollten nicht so aussehen ...

Ihm fiel ein Stück Bacon herunter. Statt sich jedoch zu bücken und es aufzuheben, starrte er es an, als hätte es ihn gerade mit dem Tode bedroht. Er wich sogar zurück. Erst die Anrichte hielt ihn auf. Von der Gabel, die er erhoben in der Hand hielt, tropfte Fett auf seinen Arm. Die Baconstücke, die in der Pfanne brutzelten, qualmten und verbrannten, doch er schien es gar nicht zu bemerken.

Wie seltsam. „Ich kümmere mich darum." Jessie Kay hastete zum Herd, um die Pfanne von der heißen Platte zu ziehen und das Gas abzustellen. Dann hob sie das himmlische Manna auf – *Ruhe in Frieden, köstlicher Leckerbissen!* –, warf es in den Mülleimer und wischte das Fett vom Boden auf.

Als sie sich aufrichtete, betrachtete sie Wests durchtrainierten Oberkörper noch einmal ganz genau aus der Nähe. Auf die linke Brust hatte er sich ein Herz mit dem Namen Tessa darüber tätowieren lassen. Eine Welle der Sehnsucht durchströmte Jessie Kay. Ach, hätte sie doch einen genauso starken Mann, der ihr so ergeben wäre, dass er sich ihren Namen unter die Haut stechen ließe. Ein Mal, das ihn für immer zeichnete.

West starrte nach wie vor auf den Fußboden, wo der Bacon gelegen hatte.

Hatte er eine Art Tagtraum? War er mit den Gedanken woanders? Oder hatte er wie sie bei ihren Panikattacken einen Flashback?

Ja, das musste es sein. Sie fühlte mit ihm. Sie erkannte die Zeichen. Um seine Augen und seinen Mund war die Anspannung deutlich zu erkennen, und sein Atem ging unregelmäßig.

Der Wunsch, das *Bedürfnis*, ihm zu helfen, überwältigte sie. Brook Lynn lenkte sie immer mit einer Berührung oder einem Witz ab und beruhigte sie damit.

Jessie Kay legte die Hände auf Wests angespannte Schultern, drang in seine Komfortzone ein und überwand die Distanz. Als er schließlich blinzelte und sie ansah, sagte sie das Schockierendste, was eine Frau einem Mann sagen konnte, der seit Langem Angst vor einer festen Bindung hatte. „Ich bin schwanger mit Drillingen. Glückwunsch, Daddy!"

Er hörte auf zu blinzeln und starrte sie an, als hätte sie sich gerade in das Stück Bacon auf dem Fußboden verwandelt.

„*Daddy* wird als Kosename niemals meine Zustimmung bekommen."

„Als würde das eine Rolle spielen." Erleichterung durchflutete sie. „Wie soll ich dich denn nennen? Was schlägst du vor?"

„Sexy. Liebster. Meine Sonne und meine Sterne."

Sie lachte, und er lachte mit ihr. Doch gleich darauf wurden sie wieder ernst. Er ergriff ihre Handgelenke, und ihr Herz schlug mit einem Mal wie wild.

„Danke", flüsterte er heiser.

„Was war los?", fragte sie zögerlich.

Anfangs dachte sie, er würde es ihr nicht erzählen. Ihre Freundschaft war frisch und hatte sich längst noch nicht bewährt. Aber er überraschte sie, indem er sagte: „In einer der Pflegefamilien … Wir durften nur vom Boden essen."

„Oh mein Gott. West! Das ist ja grauenvoll!" Sie fragte sich unwillkürlich, wie viele schreckliche Dinge er als Kind hatte erdulden müssen. Sie hasste sich, weil sie im Büro sein Sandwich auf den Fußboden fallen gelassen hatte.

Ihr wurde etwas klar. West war seinen Ballast noch längst nicht losgeworden. Clean zu werden, war nur ein Schritt auf dem Weg gewesen.

Es musste eine Möglichkeit geben, wie sie ihm helfen konnte. Eine Möglichkeit, um die schlimmen Erinnerungen durch gute zu ersetzen.

„Übrigens, du bist spät dran."

Er war wieder ganz sachlich. Wünschte er sich, er hätte die Pflegefamilie gar nicht erwähnt? Sie ließ den Themenwechsel zu, weil sie wollte, dass er sich entspannte und sich glücklich fühlte. Weil er ihr Mieter war und sie eine Wahnsinnsvermieterin.

„Wofür bin ich spät dran?", wollte sie wissen. „Für meinen morgendlichen Sabberanfall? In Zukunft musst du ein Hemd tragen."

Ein träges Lächeln breitete sich auf seinem Gesicht aus. Was für ein gefährlicher Anblick.

„Spät fürs Frühstück. Außerdem habe ich mir die Freiheit genommen, den Rest deines Tages für dich zu planen. Du findest deinen Terminplan auf dem Tisch."

„Ein Terminplan? Für mich?" Sie nahm das Blatt Papier in die Hand. „Ernsthaft?"

Donnerstag:
5:30 Uhr – Frühstück mit West.
6:00 Uhr – Aufbruch zu Brook Lynn.
6:15 Uhr – Sandwiches zubereiten.
7:00 Uhr – Sandwiches ausliefern.

Bla, bla, bla … Er hatte sogar ihre Klopausen auf den Plan geschrieben.

12:00 Uhr – Mittagessen im Büro von WOH. (Du schuldest mir noch immer ein Sandwich, Kätzchen.)

Bla, bla, bla …

Endlich hatte sie das Ende des Plans erreicht. West hatte vor, sie um 22:00 Uhr ins Bett zu stecken. Eine Randnotiz klärte sie darüber auf, wie wichtig Schönheitsschlaf war.

Er hielt den Kaffeebecher hoch. „Wie nimmst du dein Lebenselixier?"

„Mit Milch. Und mit zehn Löffeln Zucker."

„Ich habe keine Ahnung, ob das ein Scherz sein soll oder nicht."

„Natürlich ist das ein Scherz. Ich nehme zwanzig Löffel Zucker." Sie wedelte mit dem Plan in der Luft herum. „Haben alle deine Mitbewohner das Glück, so etwas zu bekommen?"

„Ja."

„Und deine Freundinnen?"

„Auch."

Das klang bissig. Er schenkte ihr Kaffee ein, fügte jedoch nur ein Schlückchen Milch und zwei jämmerliche Löffel Zucker hinzu.

Anfängerfehler. Sie nahm das Milchkännchen und gab so viel Milch in den Becher, wie möglich war. Dann schüttete sie aus der Zuckerdose so viel Zucker in den Kaffee, bis sie das Gefühl hatte: *Ich denke, das reicht jetzt – fürs Erste.*

„Wegen des Zeitplans: Du kannst meinen Tag nicht einfach durchplanen, West. Das ist *meine* Aufgabe."

„Eine Aufgabe, die du nicht erfüllst." Er nahm ihren Kaffee, probierte einen Schluck und verzog das Gesicht. „Wenn wir zusammenleben wollen, ohne uns gegenseitig umzubringen, muss es eine gewisse Ordnung geben. Der frühe Vogel macht die Pläne."

Nervensäge. Sie nahm ihren Becher wieder an sich und trank ihn zur Hälfte aus. Jetzt fühlte sie sich ein bisschen menschlicher. „Es tut mir leid, aber dein Terminplan – den ich absolut *nicht* zu schätzen weiß – wird für mich nicht funktionieren. Ich treffe mich zum Mittagessen mit meinen Freundinnen, zum Abendessen mit Daniel und danach bekomme ich meine erste Trainingseinheit im Fußball. Die Stunde beginnt um acht. In der Stadt! Also ist es ausgeschlossen, dass ich schon um zehn ins Bett gehen kann."

Er erstarrte, und die Muskeln in seinem Rücken spannten sich an. „Abendessen. Mit Daniel."

„Yippie. Deine Ohren funktionieren."
„Warum triffst du dich mit ihm?"
„Habe ich dir doch erzählt. Weil wir Freunde sind."
„Freunde, die früher einmal zusammen waren."
„Mit Betonung auf *waren*."
„Mir gefällt es nicht, dass ihr beide Zeit miteinander verbringt", sagte er ruhig, aber sehr entschieden.
„Warum? Weil du eifersüchtig bist?"
Als ihr klar wurde, was sie gerade gesagt hatte, rang sie erschrocken nach Luft.
Er knurrte.
Sie musterte ihn wieder. Die angespannte Körperhaltung. Die tödliche Wut in seinem Blick. Die Art, wie seine Nasenflügel sich jedes Mal blähten, wenn er ausatmete. Die Farbe auf seinen Wangen. Seinen zusammengekniffenen Mund. Die stur aufeinandergepressten Zähne.
Jemand muss mich retten. Er ist *eifersüchtig.*
„Ich will nur das Beste für dich, Jessie Kay. Und er ist nicht gut für dich."
Ich darf jetzt nicht grinsen. „Klar. Was auch immer du sagst. Aber es war mein Ernst, als ich gesagt habe, dass es zwischen uns keine romantischen Gefühle gibt. Ich fühle mich nicht zu ihm hingezogen, und er fühlt sich genauso wenig zu mir hingezogen."
„Er ist ein Kerl. Glaub mir, Kätzchen, er fühlt sich zu dir hingezogen."
Zittern, Kribbeln, Hitze. „Lass uns ehrlich sein, du *junger Hüpfer*. Du hast nicht das Recht …"
„Es gefällt mir nicht", unterbrach er sie.
„Tja, mir gefällt deine Verbindung zu Monica auch nicht, aber wir beide sind *nicht* zusammen. Was uns gefällt und was nicht, spielt keine Rolle. Und mach jetzt keine Szene. Ich versuche nicht, dich irgendwie dazu zu bewegen, mich zu bitten,

deine feste Freundin zu werden oder so etwas. Ich stelle nur den Sachverhalt dar."

Mit abgehackten Bewegungen kratzte er den verbrannten Bacon aus der Pfanne in den Mülleimer. „Wer hat zugestimmt, dich zu trainieren?"

Wieder ein Themenwechsel. Auch gut. „Ein Kerl namens Mark Polo. Und, ja, das ist tatsächlich sein Name." Sie hatte in der Fußballhalle angerufen, in der die *Goal Scouts* trainierten und spielten, und Mr. Polo war der Einzige gewesen, der sich bereit erklärt hatte, sie für die paar Dollar, die sie erübrigen konnte, zu trainieren.

„Der würde das Tor nicht mal mit einer Taschenlampe und einer Karte finden." West trug eine andere Pfanne an den Tisch und gab etwas Omelett auf ihren Teller und den Rest auf seinen. „Sag das Training ab."

„Danke für das Essen und die Ratschläge. Ersteres nehme ich gern an, Letzteres muss ich leider ausschlagen."

„So ein Jammer." Er nahm ihr gegenüber Platz. „*Ich* bringe dir bei, wie man Fußball spielt."

Was? „Aber du hast gesagt ..."

„Berechnen werde ich dir das mit dem Recht, das Wohnzimmer und die Küche zu benutzen, wann immer ich will."

Das war ein Deal, dem sie nicht widerstehen konnte. Jedes Mal zur Fußballhalle hin- und wieder zurückzufahren wäre für ihren alten Wagen die reinste Hölle, und sie würde einen Großteil ihres Geldes für Benzin ausgeben müssen statt für Lebensmittel.

„Okay, wir haben einen Deal ... meine Sonne, meine Sterne."

Er lächelte sie an. „Das ist schon besser."

„Ich habe allerdings jetzt das Gefühl, mir die Zunge mal ordentlich abseifen zu müssen."

Er nahm einen Bissen von seinem Omelett und schluckte. „Dein Training beginnt um sechs. Sei pünktlich."

„Ich treffe mich um fünf mit Daniel. Die Zeit reicht nicht, um zu essen und …"

„Sechs Uhr. Komm *nicht* zu spät. Das ist mein Ernst, Jessie Kay. Pünktlichkeit ist sehr wichtig für mich. Jede Minute zählt."

„Warum?"

Ein panischer Ausdruck huschte über sein Gesicht – Panik, die sie nicht verstand.

„Es ist einfach so."

„Na gut." Sie seufzte. „Bevor ich es vergesse, du solltest wissen, dass Daniel beim Training zuschauen wird. Ich habe ihm gesagt …"

„Nein. Er darf nicht zuschauen."

„Aber ich habe es ihm *versprochen …*"

„Dann nimm dein Versprechen zurück. Und komm nicht zu spät", wiederholte West.

Er blickte sie eindringlich an. In diesem Blick lag so viel Feuer, dass sie das Gefühl hatte, zu verbrennen. Etwas, das sie in seiner Gegenwart schon öfter empfunden hatte.

„Wenn du meine Regeln nicht akzeptierst, Kätzchen, werde ich auch deine nicht respektieren."

Regeln? „Ich habe nie Regeln aufgestellt."

„Mir fallen auf Anhieb drei Stück ein." Er hob den Zeigefinger. „Ich soll immer ein Shirt tragen." Er hob einen zweiten Finger. „Ich darf nicht in dein Zimmer." Noch ein Finger. „Ich soll meine Hände bei mir behalten."

Oh … Mist. Falls er sie berührte … nur ein einziges Mal … würde das, was von ihrer Widerstandsfähigkeit noch übrig war, vollends bröckeln.

Als Jessie Kay mit ihren morgendlichen Lieferungen fertig war, lag sie siebenunddreißig Minuten hinter Wests dummem Zeitplan und war total gestresst. Sie hatte ständig auf die Uhr ihres Handys geblickt und war trotz der eisigen Temperaturen in Schweiß ausgebrochen, als Minute um Minute verstrich. Wie konnte West so leben? *Warum* wollte er so leben?

Schließlich gab sie nach und schrieb Beck eine Nachricht, um vielleicht Antworten auf diese Fragen zu erhalten. Er war leichter zu knacken als Jase.

Sie: *Ich brauche deine Hilfe. West ist zu mir gezogen & ich habe gerade meinen ersten Terminplan von ihm bekommen (*heb die Faust zum Himmel*). Warum ich????*

Beck: *Mein Junge hat mich heute Morgen angerufen & uns von dem Umzug erzählt. Wir stehen noch immer unter Schock. Sag du mir, was zwischen euch läuft, dann erzähle ich dir, was der Plan zu bedeuten hat.*

Sie: *Du willst für ein paar Einzelheiten den Ehrenkodex unter Kumpeln brechen? Als Wests Freund bist du scheiße, aber als meiner echt cool (gute Wahl!).* ☺

Beck: *Der Ehrenkodex unter Kumpeln bleibt unangetastet. Nachdem wir erfahren haben, wo West steckt, haben wir beschlossen, dir um seinetwillen (& um deinetwillen) zu helfen.*

Wenn das mal gut ging.

Sie: *Was zwischen uns läuft: Wir haben uns gestanden, dass wir scharf aufeinander sind, doch wir haben beschlossen, nur Freunde zu sein – nicht mehr. Bist du jetzt zufrieden? Sprich!*

Beck: *Die Lust, aufeinander zu ignorieren, facht das Feuer nur noch mehr an. Frag Harlow. Aber wenigstens seid ihr beide endlich auf dem richtigen Weg.*

Ihr Herz machte einen Hüpfer. Sie stellte erneut die Frage, die ihr auf den Nägeln brannte.

Sie: *Jetzt erklär mir den Terminplan, bitte.*

Beck: *Das ist etwas, das er im Entzug gelernt hat. Das beschäftigt seinen Verstand, damit er keinen Rückfall erleidet.*

Angst vor einem Rückfall. *Ding, ding, ding.* Natürlich!

Leute, die sagten, dass ein bisschen Angst nicht verkehrt sei, belogen sich nur selbst. Sie behaupteten, die Angst würde sie davon abhalten, Dummheiten zu begehen. Falsch! Das tat der gesunde Menschenverstand. *Hallo!* Angst jeglicher Art war wie ein Gefängnis und hielt einen gefangen – sie musste es schließlich wissen. Sosehr Wests Terminpläne ihm halfen, sie fesselten ihn auch. Er erlaubte sich selbst, dies zu tun und jenes zu lassen, und so gab es keinen Raum für Spontaneität.

Würde es schaden, ihm zu zeigen, dass man auch anders leben konnte? Wenn es ihm gefallen würde, dann würde es ihm gefallen; wenn nicht, dann nicht. Doch wenigstens wäre er dann besser informiert.

Mit wachsender Aufregung schrieb sie West eine Nachricht.

Sie: *Bin unterwegs zum Mittagessen mit meinen Freundinnen. Du hast nicht vergessen, dass ich dir heute kein Sandwich bringen kann, oder?* ☺ ☺ ☺

West: *Du bist abhängig von Emoticons.*

Das war es? Das war alles, was sie zurückbekam? *Ups.* Sie hatte es beschrien. Eine weitere SMS folgte.

West: *Ich habe es übrigens nicht vergessen.*

Tja. Nicht die beste Antwort, aber auch nicht die schlechteste. Egal. Sie musste ihren Plan jetzt angehen, sonst würde es nichts mehr werden …

Sie: *Ach, und bevor ich es vergesse: Ich brauche eine Kopie von deinem Zeitplan. Du willst ja nicht, dass ich ihn aus Versehen durcheinanderbringe, oder???* ☺ ☺ ☺ ☺ ☺ ☺ *(Gib zu, dass die Smileys dich auch glücklich machen!)*

Locker und lässig genug?

Als Nächstes kam eine E-Mail. Eine verdammte E-Mail.

Lincoln_West@WOH.com
Betreff: Lies es, lieb es, leb es.
Siehe Anhang. Gern geschehen.

Klugscheißer. Sie öffnete das angehängte Dokument und las die kompliziert ineinandergreifenden Pläne für seinen Tag. Duschen, ein Omelett mit grüner Paprika und Pilzen sowie Bacon für Jessie Kay zubereiten, anziehen – er hatte sogar aufgeschrieben, *was* er anziehen wollte –, zur Arbeit fahren. Er hatte die Zeit erfasst, die er im Auto sitzen würde, und hatte einen Puffer eingerechnet, falls es einen Stau geben sollte. Unter dem Punkt „Arbeit“ hatte er alles aufgelistet, was er erledigen musste, jeden Anruf, den er tätigen musste, und die Minuten notiert, die er für jede einzelne Aufgabe einplante. Das Mittagessen mit ihr hatte er bereits gestrichen und durch einen Proteinshake an seinem Schreibtisch ersetzt. Außerdem hatte er vor, Sport zu machen.

Er musste diese Muskeln schließlich irgendwie in Bestform halten.

Ein Telefonat mit Monica hatte er weggestrichen, wieder eingetragen, wieder weggestrichen und wieder eingetragen.

Jessie Kay hatte den Plan gerade durchgelesen, als sie eine weitere Nachricht bekam.

West: *Nacktbilder machen mich übrigens auch glücklich.*

Sie lächelte und freute sich diebisch. Der einzige Weg, ihm zu zeigen, wie das Leben ohne einen Zeitplan aussah, war, seinen heutigen Terminplan vollkommen durcheinanderzubringen. Und er hatte sie gerade auf die perfekte Idee gebracht, wie sie das erreichte …

Sie betrachtete noch einmal den Plan und notierte sich die Tagesordnungspunkte, die sie mal ein bisschen aufpeppen könnte. Die Telefonkonferenz mit dem Stern daneben. Das Meeting mit Beck, in dem es um zukünftige Projekte gehen sollte. Den Ich-rufe-an- oder Ich-rufe-nicht-an-Anruf bei Monica. Mit wachsender Aufregung trug Jessie Kay in ihrem Handy Erinnerungsalarme ein, um nichts zu vergessen. Dann machte sie sich auf den Weg ins *Two Farms*, dem einzigen Restaurant der gehobenen Klasse in der Gegend. Sagte niemand. Jemals. Außer Mr. Calbert, der der Besitzer war. *Er* sagte es praktisch dauernd.

Als sie den Gehweg entlangschlenderte, rief jemand: „Hey, Jessie Kay. Warte mal."

Billy Johnson rannte über die Straße und kam zu ihr. Sie waren ungefähr im gleichen Alter, und er war irgendwie süß … Sie glaubte, sich daran erinnern zu können, auf irgendeiner Party schon mal mit ihm rumgemacht zu haben.

„Ich komme eben aus dem *Style Me Tender.*" Er fuhr sich mit gespreizten Fingern durch sein frisch geschnittenes Haar. „Daniel Porter und sein Dad waren auch da."

„Das ist keine besonders außergewöhnliche Neuigkeit, Billy." Mr. Porter und Mr. Rodriguez, der Besitzer des Salons, waren die besten Freunde und hingen ständig gemeinsam ab.

„Ja, aber Mr. Porter hat Daniel gefragt, ob ihr beide zusammen seid. Er hat geantwortet, dass ihr nur befreundet wärt."

„Da hat er nicht gelogen."

„Das freut mich, zu hören. Denn ich habe mir gerade einen neuen Truck gekauft und würde dich gern mal auf eine Runde einladen."

„Auf eine Runde einladen" war der Code für „Sex auf Fummel-Hill".

Er glaubt wirklich, dass ich so leicht zu haben bin.

Ich werde für immer auf dich warten, Anna Grace.

„Tu mir einen Gefallen und richte auch allen anderen Folgendes aus", presste sie zwischen zusammengebissenen Zähnen hervor. „Jessie Kay Dillon hat ihren Süßwarenladen geschlossen. Und jetzt: Guten Tag, Sir."

„Aber …"

„Ich sagte: Guten Tag, Sir."

Während er noch nach einer Antwort suchte, ging sie weiter. Ein Glöckchen bimmelte, als sie das Restaurant betrat. Die anderen waren bereits da und hatten eine Sitzecke im hinteren Bereich ausgewählt. Als sie zu ihnen trat, nahm sie den Anblick der Holzvertäfelung, der mit Schnitzereien verzierten Tische und des Zementbodens in Marmoroptik in sich auf.

Sie und Brook Lynn hatten einige Jahre lang hier gearbeitet – und, ja, gut, ihre Schwester hatte viel härter gearbeitet als sie, und sie fühlte sich deswegen noch immer schuldig. Aber … sie hatte diesen Ort mit jeder Faser ihres Körpers gehasst. Nicht, weil ihr die Arbeit missfallen hätte, sondern weil die unterschiedlichsten Männer zu den unterschiedlichsten Zeiten hereingekommen waren und explizit danach verlangt hatten, von ihr bedient zu werden. Sie hatten gehört, dass sie ihren Gästen gern mehr bot – aka viel Spaß. Sie hatte extrem oft einen Klaps auf den Po bekommen, und ein- oder zweimal hatte ihr auch jemand an die Brust gefasst.

Inzwischen hatte sie zumindest nicht mehr das Gefühl, jedes Mal beinahe an ihrer Enttäuschung zu ersticken, wenn sie das Restaurant betrat.

Sie umarmte ihre Schwester. „Gestehe, du hast kürzlich die Beherrschung verloren, oder?“, sagte sie und ließ sich auf die Sitzbank fallen.

„Ganz bestimmt nicht. Und hör auf, vom eigentlichen Thema abzulenken.“ Brook Lynn stützte die Ellbogen auf den Tisch und machte damit deutlich, dass der Ernst des Themas sogar die Etikette in den Hintergrund stellte. „Wir haben gehört, dass West bei dir eingezogen ist? Was ist da los?“

Ach. Das.

Wie aus einem Munde sagten Kenna und Harlow: „Ja. Erzähl mal.“

„Er stand gestern plötzlich in meinem Haus und wollte vor den rücksichtslosen, entsetzlich ekeligen Pärchen flüchten, die einfach nicht die Finger voneinander lassen können. Wie hätte ich da Nein sagen sollen?“

Brook Lynn betrachtete scheinbar interessiert ihre Fingernägel. „Leute, die zum Vergnügen hassen, werden immer etwas finden, das sie hassen können.“

Harlow beugte sich vor. Ihre Miene wirkte etwas zu wild entschlossen.

„Teilt ihr euch ein Zimmer?“

„Nein“, entgegnete Jessie Kay und seufzte. „Noch nicht.“ Nachdem sie ihn mit nichts als einem Handtuch um die Hüften und einem süffisanten kleinen Lächeln auf den Lippen gesehen hatte …

Die Sache mit meinem Widerstand hat sich praktisch erledigt. Ganz und gar, um genau zu sein.

Es erklang ein vielstimmiges „Oh!“

„Ach, du meine Güte.“ Brook Lynn faltete die Hände und legte sie an ihren Mund. „Ihr beide werdet heiraten und eine Million Babys bekommen. Ich weiß es einfach.“

Jessie Kay rollte mit den Augen. „Wir waren erbitterte Feinde, und jetzt sind wir Freunde, die sich gegenseitig gestanden haben, sich heiß zu finden. Das ist alles.“

Ein warmer, gebutterter Maisbrot-Muffin traf sie an der Brust. Krümel landeten in ihren Haaren.

„Hey!“, rief sie und blickte in die Runde, um die Schuldige auszumachen.

„Was ist mit deinem selbst erwählten Sexverbot?“ Kenna nahm sich noch einen Muffin – bereit, ihn zu werfen. „Als wir das letzte Mal zusammen Mittag gegessen haben, hast du uns erzählt, dass du beschlossen hast, auf einen Mann zu warten, der dich genauso liebt, wie dein Dad deine Mom geliebt hat. Du hast gesagt, dass wir dir eine Brechstange über den Schädel ziehen sollen, falls du dich in einen unpassenden Mann verknallst.“

„Ich habe sogar eine mitgebracht.“ Harlow hielt tatsächlich eine Brechstange hoch. „Ich liebe West, aber solange du ihn nicht aus seinem Zweimonatsteufelskreis für Dates befreien kannst, kann ich nicht zulassen, dass du dich auf ihn einlässt.“

Diese Mädchen meinten es absolut ernst. Wenn es um ihr Herz ging, das sie beschützen wollten, machten sie offenbar keine Gefangenen.

Sie hatte vielleicht nicht die romantische Liebe gefunden, die ihre Eltern verbunden hatte, doch sie hatte etwas, das genauso gut war – wenn nicht noch besser: die Liebe ihrer Freunde.

„Kein Grund zur Sorge. West hat mich gefragt, ob ich mit ihm schlafen will. Es sollte eine einmalige Sache sein. Ich habe abgelehnt.“ Ihr Telefon piepste, und sie hielt den Zeigefinger hoch, um den anderen zu bedeuten, sich einen Moment zu gedulden. Sie warf einen Blick auf das Display und fing an zu lächeln. Es war an der Zeit, Mr. West das erste Bild zu schicken, das seinen Terminplan über den Haufen werfen würde.

„Wieso grinst du so?", wollte Kenna wissen. „Das gefällt mir überhaupt nicht."

Jessie Kay schaltete die Kamera-App auf ihrem Smartphone ein. „Wieso? Ein Lächeln bedeutet doch, dass man glücklich ist."

„Du siehst allerdings aus wie ein böser Unmensch, dem es endlich gelungen ist, die Welt zu zerstören."

„Ich sehe so aus, weil ich gerade Wests sorgfältig strukturierte Welt zerstöre. Vertraut mir. Es ist zu seinem eigenen Besten." Sie machte ein Selfie von ihrem Dekolleté und schickte ihm das Foto.

Sie: *Besser als ein Smiley???*

Harlow starrte sie an. „Hast du ihm gerade ein Bild von deinen Brüsten geschickt?"

„Von meinen *üppigen* Brüsten. Ja." Wenn er so reagierte, wie sie es hoffte, würde er sich während seiner Telefonkonferenz sehr unbehaglich fühlen. Doch er würde sich auch darauf freuen, etwas zu tun, das nicht auf seinem tollen Terminplan stand – sie wiedersehen.

Dreiundsechzig Sekunden später erklang ein Piepsen.

West: *Trägst du etwa keinen BH???*

Sie lachte ausgelassen.

Es kam noch eine Nachricht.

West: *Komm in mein Büro. Sofort. Persönliche Vorführungen sind besser als Bilder.*

Sie: *Ich kann nicht. Ich bin beschäftigt. Aber vielleicht schicke ich dir später noch ein Foto.*

Womöglich wäre er so begierig, es zu sehen, dass er einen spontanen Telefonanruf in seinen Plan eintrug, um sie zu bitten, sich zu beeilen.

„Oh, oh. Es hat sie erwischt", sagte Kenna.

„Ich weiß! Ist das nicht toll?" Brook Lynn strahlte.

„Wisst ihr schon, was ihr essen wollt, Ladies?"

Melba Redus, eine etwas ältere Kellnerin, mit der Jessie Kay in der Vergangenheit zusammengearbeitet hatte, kam mit einem Block und einem Stift an ihren Tisch.

„Oh ja, das wissen wir", sagte Jessie Kay und hoffte, dass damit die Unterhaltung über West beendet war.

In dem Moment, als Melba ging, brachte Brook Lynn das Thema jedoch wieder auf. „Wir müssen nur sichergehen, dass du dein eigenes Glück nicht sabotierst. Oder dich in irgendeine Sache stürzt, in die du dich nicht stürzen solltest. Also werden wir ein paar Listen machen."

Nein. Bitte, nein. Nicht Brook Lynns berühmt-berüchtigte Listen. Jessie Kay konnte sich noch sehr gut an die letzte Liste erinnern. Es war eine Spaß-Liste gewesen, die Punkte enthalten hatte wie:

Blaues Gatorade *aus einer Flasche mit dem Aufdruck „Glasreiniger" trinken.*
Einen Tag lang Cinderella sein.
Ein Rätsel lösen.

Ihnen war nicht klar gewesen, dass fremde Menschen den Notruf wählen würden, weil sie fürchteten, es könnte Tote geben. Oder dass Cinderella zu sein auch bedeuten konnte, den ganzen Tag lang in brütender Hitze schuften zu müssen, statt einen glamourösen Ball zu besuchen. Oder dass sich besagtes Rätsel um einen fehlenden Orgasmus drehen würde.

Moment mal. Vielleicht waren ein paar dieser Listen doch nicht so schlecht.

Nein. Böse Jessie Kay! „Hier ist die erste Liste", sagte sie. „Dinge, die ich brauche. Punkt eins: neue Freunde." Nachdenklich tippte sie sich ans Kinn. „Ja, das reicht eigentlich. Mehr muss ich nicht auf die Liste schreiben."

Kenna fuchtelte mit dem erhobenen Zeigefinger vor ihrem Gesicht herum. „Klappe halten, Dillon. Gewöhn dich an den Gedanken, dass es jetzt ein paar Listen gibt."

„Da du nicht helfen willst", sagte Brook Lynn, „machen wir nur eine. Auf dieser Liste stehen all die Dinge, die West für dich tun muss, bevor du auch nur in Betracht ziehen solltest, mit ihm zu schlafen. Später einmal wirst du uns dafür dankbar sein."

Hilf mir. „Leute, Listen sind genauso scheiße wie Terminpläne."

Die anderen ignorierten sie und warfen sich gegenseitig Ideen zu – *er darf keine anderen Frauen anschauen, wenn er sich mit Jessie Kay unterhält; er muss sie seinen Mitarbeitern voller Stolz vorstellen; er muss sie die ganze Nacht lang in den Armen halten, ohne sie anzumachen.*

Ihr Handy klingelte. Auf dem Display erschien eine Nummer, die sie nicht kannte. Dankbar für die Ablenkung nahm sie den Anruf entgegen. „Hallo?"

„Ich möchte gern Jessica Dillon sprechen."

Es war eine Frau, die ihr nicht bekannt vorkam. „Das ist sie." War das richtig? Es klang irgendwie seltsam. „Sie sprechen mit ihr." Das klang noch schlimmer. Wie auch immer. „Ich bin am Apparat. Jessie Kay."

Den Traum, Lehrerin zu werden, hatte sie sich längst abgeschminkt. Und das offensichtlich aus gutem Grund!

„Hallo, Miss Dillon. Ich bin Hilary Dumas, die Chefassistentin von Monica Gentry."

Monica Gentry, die Frau, die West mit zu Harlows Hochzeit gebracht hatte. Jessie Kay umklammerte das Telefon ein bisschen fester. Beinahe hätte das Kunststoffgehäuse unter dem Druck nachgegeben.

„Wer ist es?", flüsterte Brook Lynn.

„Monica", formte Jessie Kay lautlos mit dem Mund. Sie und Monica hatten sich vor der Zeremonie ein paar Minuten lang unterhalten, und sie hatten sich nicht im Guten getrennt.

Er hat mich *um ein Date gebeten. Er ist mit* mir *hier. Mir gefällt es nicht, wie Sie ihn ansehen.*

Vielleicht sollten Sie mit ihm *darüber reden, wie er* mich *anschaut.* Sie hatte mit den Schultern gezuckt.

Vielleicht werde ich das tun, aber jetzt spreche ich mit Ihnen. Lassen Sie ihn in Ruhe, sonst werden Sie es bereuen.

Eine Drohung, die sie akzeptierte, weil sie es nach der Aktion im Putzschrank wohl nicht anders verdient hatte.

„Wir würden *Sie haben es sich verdient* gern engagieren, um die erste Weihnachtsfeier unseres Unternehmens auszurichten", fuhr Hilary fort. Es entstand eine kurze Pause. „Am kommenden Samstag."

Was? „Ich bin nicht für die Buchungen zuständig. Und bitte sagen Sie, dass ich Sie falsch verstanden habe und dass die Feier *nicht* schon in zwei Tagen stattfinden soll."

Ihre Freundinnen wurden still und sahen sie fragend an.

„Man hat mir Ihre Nummer gegeben und mir gesagt, ich solle direkt mit Ihnen reden. Es tut mir leid, dass ich Ihnen erst so spät Bescheid geben kann", sagte Hilary. „Aber wir sind bereit, Sie für die Kurzfristigkeit zu entschädigen. Und falls Sie Interesse haben, kann ich Ihnen die Details sofort per E-Mail oder Fax schicken."

Warum Monica ausgerechnet sie engagieren wollte, konnte

Jessie Kay sich denken. Es hatte weder mit dem guten Ruf von *Sie haben es sich verdient* noch mit den tollen Bewertungen zu tun. Vielleicht hatte West ihr von seinen neuen Lebensumständen erzählt, und sie hoffte, ihr wieder drohen zu können. Vielleicht wollte die Brünette ihn erneut anmachen. Wie auch immer – Geld war Geld. „Falls ‚Wir sind bereit, Sie für die Kurzfristigkeit zu entschädigen', bedeutet, dass Sie uns das Dreifache des normalen Preises bezahlen, sind wir im Geschäft." Sicherlich würde Brook Lynn dazu nicht Nein sagen.

Hilary akzeptierte den drastisch angestiegenen Preis, ohne zu zögern. Sie verabschiedeten sich und legten auf. Vollkommen durcheinander erzählte Jessie Kay den anderen, was gerade passiert war.

„Ach du meine Güte. Wir müssen noch so vieles erledigen." Brook Lynn hüpfte auf ihrem Platz auf und ab. „Mann, ich wünschte, Mom und Dad wären hier und könnten sehen, was wir aus unserem kleinen Unternehmen gemacht haben."

Jessie Kay ließ die Schultern sinken. *Ich bin schuld, dass Mom nicht hier ist und nicht sehen kann, was wir aus unserem kleinen Unternehmen gemacht haben.*

Für den Rest ihres Lebens würde Brook Lynn auf ihre Mutter, auf deren Unterstützung und auf ihre Führung verzichten müssen. Es war klar, dass es nie eine schlechtere Schwester als sie, Jessie Kay, gegeben hatte. Und es war klar, dass es nie einen Menschen gegeben hatte, der es mehr verdiente als sie selbst, sich von dem, was er am meisten liebte, trennen zu müssen, von der Person, die er so sehr verletzt hatte …

„Hör sofort damit auf, Jessie Kay." Arme umschlangen sie, und sie wurde fest gedrückt. „Das ist mein Ernst."

Jessie Kay schmiegte ihr Gesicht in die Halsbeuge ihrer Schwester, und ihre Atmung normalisierte sich langsam.

„Was Mom zugestoßen ist, war ein Unfall. Du musst aufhören, dir die Schuld daran zu geben", sagte Brook Lynn leise.

Brook Lynn war dort gewesen, doch sie hatte nicht gesehen, wie es passiert war. Sie kannte die furchtbaren Details nur, weil Jessie Kay sie ihr eines Abends, als sie betrunken war, erzählt hatte – in der Hoffnung, dass ihre Schwester begriff, weshalb sie sie hassen sollte. Aber selbst an dem Abend hatte Brook Lynn sie unterstützt und getröstet und damit ihre Schuldgefühle nur noch verstärkt.

Jessie Kay atmete tief ein und straffte die Schultern. Sie konnte den anderen nicht in die Augen sehen. „Also gut. Wir müssen einiges planen und haben nicht viel Zeit. An die Arbeit."

Jessie Kay machte den Rest des Tages über Besorgungen und kaufte alles ein, was sie und Brook Lynn für Monicas Feier brauchten. Immer, wenn die Alarmfunktion ihres Handys sich meldete, machte sie eine kleine Pause, um West Fotos verschiedenster Körperteile zu schicken – ihre Füße in den High Heels, die sie im *Vintage Rules*, wo sie für *Sie haben es sich verdient* für gewöhnlich die Tischtücher erstanden, anprobiert, aber nicht gekauft hatte; ihre Hüfte mit einem winzigen Stück ihrer roten Spitzenunterwäsche; ihre Lippen, geschürzt zum Kuss. Die Fotos waren eine willkommene Ablenkung von ihren Sorgen.

Genau wie West. Zu allen drei Bildern schickte er eine Nachricht, in der er sie um mehr bat. Es waren Nachrichten, die sie ignorierte. Nun ja, sie tat zumindest so, als würde sie sie ignorieren. In Wirklichkeit dachte sie jedoch an nichts anderes und konnte nicht aufhören, zu grinsen.

Wie hätte sie wissen sollen, dass es so viel Spaß machte, ihn zu ärgern?

Sie schrieb Daniel.

Sie: *Ich tu's nicht gern, aber ich muss das Dinner & das Training absagen. 1) Es gibt einen neuen Catering-Job.*

2) West ist jetzt mein Fußballtrainer & das Training ist auf 6 Uhr verlegt worden. 3) Das Training findet bei mir zu Hause statt & es gibt keinen Platz für Zuschauer.

Daniel: *Kein Problem. Habe gehört, dass dein „Süßwarenladen" geschlossen hat, also wollte ich sowieso absagen.*

Als hätte er wirklich „naschen" wollen. Während ihre Freundschaft sich langsam entwickelte, stellte sich immer mehr ein Gefühl ein, als wären sie Bruder und Schwester. Na ja, Stiefbruder und Stiefschwester.

Ihr Handy vibrierte.

Daniel: *Hey, habe ich dir eigentlich je erzählt, dass West zu mir gekommen ist, nachdem wir Schluss gemacht haben?*

Sie: *Was? Das hat er getan? Warum? Sag's mir!*

Daniel: *Oh, oh, oh. Was ist los? Ist da jemand ein bisschen zu neugierig?*

Sie: *Ich bin gerade bei* Strawberries & More. *Wenn du nicht sofort sagst, was da war, werde ich eine Creme gegen Pilzinfektionen kaufen & jedem erzählen, dass sie für dich ist & dass du zu feige bist, sie dir selbst zu kaufen.*

Daniel: *Du spielst mit harten Bandagen. Genau wie er. Er meinte, dass er mich umbringt, falls ich dir noch einmal wehtue, & dass niemand meine Leiche finden würde.*

Aber … aber … Das hatte sich zu einer Zeit zugetragen, als sie und West verfeindet gewesen waren und sich ständig zankten.

Selbst da hatte er schon auf sie aufgepasst?

Ihr Handy piepste wieder, und es kam eine weitere Nachricht.

Daniel: *Der Typ kann in einer Sekunde nett sein & in der nächsten eiskalt. Wenn du auf ihn stehst, solltest du vorsichtig sein.*

Jessie Kay steckte das Handy in ihre Jackentasche und nahm sich einen Einkaufswagen, den sie durch die Gänge des Ladens schob. Tatsächlich war sie nicht bei *Strawberries & More*, sondern in einem Reformhaus in der Stadt. Brook Lynn hatte ihr eine ihrer berühmt-berüchtigten Listen geschrieben. Darauf standen die benötigten Zutaten für all die gesundheitsbewussten Horsd'oeuvres, die Monica unbedingt anbieten wollte. Von einigen der Lebensmittel hatte sie noch nie etwas gehört. Knolliger Sauerklee? Romanesco? Tigernuss?

Das Letzte will ich nicht einmal googeln.

Obwohl sie die Produkte teilweise nicht kannte, hatte sie sich freiwillig gemeldet, um einkaufen zu gehen. Vor nicht allzu langer Zeit hätte Brook Lynn ihr eine solch wichtige Aufgabe nicht anvertraut – und daran hatte sie auch gutgetan. Doch diese Tage gehörten der Vergangenheit an, und das beflügelte sie. Außerdem war ihr etwas eingefallen, um Wests Pläne fürs Abendessen durcheinanderzubringen und zugleich seine schlimmen Erinnerungen an das Essen vom Fußboden durch schöne Erinnerungen zu ersetzen. Sie konnte es kaum erwarten, zur Tat zu schreiten.

9. Kapitel

West las seinen Terminplan durch, runzelte die Stirn und las ihn noch einmal. Wie war das möglich? Er hatte nicht mal die Hälfte der Dinge geschafft, die er sich vorgenommen hatte. Nicht, dass irgendetwas davon besonders dringend gewesen wäre, doch während des Mittagessens war er irgendwie vom Kurs abgekommen und hatte die verlorene Zeit nicht wieder aufgeholt. Das war ihm nicht mal aufgefallen, bis er es jetzt gesehen hatte. Er war zu beschäftigt damit gewesen, auf die Uhr zu starren.

Als er daran dachte, warf er gleich einen Blick auf die Wanduhr in seinem Büro. 17:16 Uhr. Noch vierundvierzig Minuten, bis Jessie Kays Fußballtraining beginnen sollte. Eigentlich hatte er damit gerechnet, Furcht zu empfinden, aber im Augenblick verspürte er gespannte Erwartung.

„Was habe ich da gehört? Jessie Kay hat ihren Süßwarenladen geschlossen?", fragte Beck.

West zwang sich dazu, sich auf seinen Freund zu konzentrieren, der sich auf den Stuhl vor seinem Schreibtisch fallen ließ. „Ich habe dasselbe gehört." Einige Typen hatten ihn im Büro besucht, um ihn zu fragen, ob die schlechten Neuigkeiten schon bei ihm angekommen waren. Einige Frauen waren ebenfalls da gewesen und hatten wissen wollen, ob er mit Jessie Kay zusammen war.

Seine Antwort? „Wir sind in Verhandlungen." *Das* sollten sie erst mal verdauen.

Er hatte hinzugefügt: „Da Daniel schwul ist, wird er bestimmt eine tolle Brautjungfer abgeben, oder?"

Jase, der Brook Lynn zum Mittagessen mit ihren Freundinnen gefahren hatte, setzte sich auf den Stuhl neben Beck. „Übrigens hast du auf die Uhr gestarrt, als würdest du sie vögeln wollen."

„Ist ja auch eine sexy Uhr. Auf einer Skala von eins bis zehn eine glatte Zwölf."

„Bitte. Die Uhr ist höchstens eine Fünf, und das weißt du genau", entgegnete Beck.

„Eine knappe Sechs meiner Meinung nach", sagte Jase.

„Das kommt daher, dass du zehn Jahre hinter Gittern verbracht hast. Du bist verzweifelt", witzelte Beck.

Jase lachte laut auf.

Wie konnten die beiden so locker über Jases Inhaftierung sprechen und Witze machen?

West rieb sich übers Gesicht. „Heute war es ... anders." Er und Jessie Kay hatten ununterbrochen per SMS geflirtet, sodass er ständig erregt gewesen war, während er gearbeitet hatte. Er hatte jede Sekunde genossen und zugleich jede Sekunde *gehasst.*

Seine Neugierde war inzwischen grenzenlos. Was hatte sie zu der Frau gemacht, die sie jetzt war? Was hatte sie auf Partys und in die Arme von Männern getrieben, von denen sie gewusst hatte, dass sie nicht gut für sie waren? Was hatte sie schließlich verändert?

Fazit: Das Mädchen verzauberte ihn vollkommen.

Und einen Begriff wie „verzaubert" benutzte er nicht leichtfertig.

Wenn es in diesem Tempo weiterginge, landeten sie eher früher als später zusammen im Bett. Und ja, er wollte sie genau dort sehen. Er wollte sie mehr, als er je etwas anderes gewollt hatte. Er wollte sie nackt, feucht und bereit. Doch die Hindernisse, die Steine, die ihnen im Weg lagen, lösten sich nicht auf wundersame Weise in Wohlgefallen auf. Seine Gründe, eine Affäre mit ihr zu vermeiden, hatten sich nicht geändert.

Tatsächlich gab es mittlerweile noch einen Grund, den er auf die Liste setzen konnte. Er würde ihr wehtun – und er wollte lieber sterben, als ihr wehzutun.

Wieso hatte er dann nicht damit aufgehört, mit ihr zu flirten?

Beobachten. Verstehen. Handeln.

Er verstand es nicht, und er wollte nicht handeln.

„Warte mal. Ist das alles, was wir als Erklärung bekommen?" Beck breitete ungläubig die Arme aus. „‚Heute war es anders?'"

„Ja – das ist alles, was ihr als Erklärung bekommt." Sein Handy piepste. Dank Jessie Kays verbotener Fotos kam es bei ihm inzwischen zu einer pawlowschen Reaktion, sobald er dieses Geräusch hörte. Sein Blut geriet augenblicklich in Wallung.

Jessie Kay: *Bist du fertig mit der Arbeit? Kannst du jetzt nach Hause kommen? Ich muss dir etwas zeigen …* ☺ ☺ ☺

„Ich muss los." Er sprang auf. Während seine Freunde ihn verdattert anstarrten, schnappte er sich seinen Aktenkoffer und seine Jacke und verschwand.

Er fuhr so schnell, dass er einen neuen Geschwindigkeitsrekord aufstellte und sämtliche Geschwindigkeitsbeschränkungen übertrat.

Sheriff Lintz hielt ihn an.

Der Hüter des Gesetzes stützte sich mit den Armen auf dem offenen Autofenster ab. Seinen Stetson hatte er in den Nacken geschoben. West sah in das freundliche, vom Wetter gegerbte Gesicht.

„Was treibt Sie dazu, so schnell zu fahren, mein Sohn?"

„Ich will nur schnell nach Hause." Die Wahrheit, wenn auch nicht die ganze Wahrheit. Es gab keinen Grund, für noch mehr Gerüchte zu sorgen.

„Ich habe gehört, dass Sie zu unserer Jessie Kay gezogen sind."

„Ja, Sir."

Um Sheriff Lintz' Augen bildeten sich kleine Fältchen, als er nun lächelte. „Tja, dann kann ich es Ihnen nicht verübeln, dass Sie aufs Gaspedal treten. Sie ist eine wirklich tolle Frau. Aber tun Sie mir einen Gefallen und halten Sie die Geschwindigkeitsbegrenzungen ein. So muss ich Ihnen keinen Strafzettel ausstellen, und Jessie Kay wird nicht zum Gericht kommen, sich als Anwältin ausgeben und über die Ungerechtigkeit auf unseren Straßen schimpfen – wieder mal."

West verkniff sich ein Grinsen. „Hat sie das wirklich getan?"

„Nur jedes Mal, wenn einer ihrer Freunde einen Strafzettel bekommen hat." Sheriff Lintz richtete sich auf und klopfte auf die Kühlerhaube des Wagens. „Fahren Sie schon. Fahren Sie nach Hause zu Ihrem Mädchen."

Zu meinem Mädchen.

Diese Worte fühlten sich so … richtig an.

Auf dem Rest des Weges hielt West sich an die Geschwindigkeitsbegrenzungen. Doch bei Jessie Kay angekommen, lief er die Stufen zur Veranda so schnell hoch, als würden die Sohlen seiner Schuhe in Flammen stehen. Leider war die Eingangstür abgeschlossen, und er hatte keinen Schlüssel. Egal. Mit Büroklammern, die er von einigen Papieren in seinem Aktenkoffer nahm, ließ er sich selbst hinein. Im Haus war es angenehm warm. Er hatte ein kleines Vermögen für einen Installateur aus der Stadt bezahlt, der mitten in der Nacht kam und die Heizung reparierte, während Jessie Kay friedlich schlief.

„Jessie Kay?"

„In der Küche", rief sie.

Er riss sich zusammen und setzte eine nicht zu neugierige Miene auf, als er durch das Wohnzimmer ging. Und in der Küche …

Abrupt blieb er stehen. Jessie Kay kniete auf einer Decke, die auf dem Boden lag, und lächelte ihn an. Um sie herum standen Schüsseln mit Speisen.

„Überraschung! Wir machen ein Picknick. Ach, und ich habe das hier für dich gemacht. Ein Geschenk, um unsere Freundschaft zu feiern.“ Sie hielt ihm einen Cupcake mit einer schwarz-weiß karierten Glasur entgegen. Es war ein essbarer Fußball. „Geschmacksrichtung Cookies und Sahne – das wird dein neues Lieblingsessen.“

Sie sah so eifrig aus, so unsicher, aber auch wenn sie eine Decke auf den Fußboden gelegt hatte, blieb der Boden doch der Boden. West schüttelte den Kopf. „Es tut mir leid, Jessie Kay, aber ich kann nicht …“

„Sag nicht Nein“, stieß sie hervor. „Wir sind jetzt Mitbewohner. Wir müssen uns Zeit nehmen, um uns gegenseitig kennenzulernen.“

„Das können wir doch auch am Tisch machen. Morgen.“ Auf keinen Fall würde er etwas von diesen Gerichten essen.

Schmollend legte sie den Cupcake auf einen Teller. „Warum willst du es aufschieben? Morgen wirst du wahrscheinlich irgendetwas Dummes tun – es ist an der Zeit, den Tatsachen ins Auge zu blicken: Du bist ein Kerl, also ist es unvermeidlich, dass du es vermasselst, und ich werde mich weigern, je wieder mit dir zu reden.“

„Das ist ein Risiko, das ich eingehen werde.“ Natürlich nicht. Absolut nicht.

„Bist du dir sicher?“ Sie hob einen Arm und berührte den Kragen ihrer Bluse. Es war eine neue Bluse mit Knöpfen – die obersten drei standen offen und gaben so den Blick auf das üppigste Dekolleté frei, das er je gesehen hatte. Diesen Busen hatte er den ganzen Tag nicht aus dem Kopf bekommen. „Ich bin lustig und charmant, und du würdest mich schrecklich vermissen.“

„Das stimmt.“

„Also erspare uns weitere Diskussionen und setz dich. Sprich mit mir, iss mit mir, und du erhältst eine Belohnung."

Jeder Muskel in seinem Körper war mit einem Mal angespannt. „Was für eine Belohnung ist das?"

„Sag du es mir. Was hättest du gern?"

Dich. Um zu beenden, was sie auf der Hochzeit begonnen hatten. Endlich. Zum Glück. Sein Körper sehnte sich nach ihrem.

Zu viele Hindernisse …

Es gab nur eine Sache, die er genauso sehr wollte, wie mit dieser Frau zu schlafen.

„Deine Geheimnisse", sagte er.

Sie runzelte die Stirn. „Ich habe keine Geheimnisse, die spannend genug wären, um sie mit dir zu teilen."

„Doch, die hast du. Ich will alles über dich wissen."

Die Farbe wich aus ihren Wangen. „Aber … Wir haben gerade erst beschlossen, Freunde zu sein."

„Und wie könnte man diese Freundschaft besser festigen?"

„Da fallen mir noch ein paar andere Dinge ein. Aber wenn du unbedingt Geheimnisse hören willst …"

„Das will ich."

„… dann könnte ich dir ja von dem Tag erzählen, als mich eine Ziege über die Main Street gejagt hat."

„Das ist kein Geheimnis. Die Geschichte habe ich schon von mindestens sechs Leuten aus dem Ort gehört. Erzähl mir von den schlimmen Dingen. Den Dingen, von denen sonst niemand weiß."

„Aber …"

„Betrachte es als Vertrauensübung. Du lässt dich fallen, und ich fange dich auf. Oder ich kann mich in mein Zimmer zurückziehen und hungern …" Er machte einen Schritt zurück.

„Warte." Sie kniff leicht die Augen zusammen. „Wirst du auch *deine* Geheimnisse mit mir teilen?"

Würde er? „Wenn du darauf bestehst?“

„Das tue ich.“

Er nickte zögerlich. „Dann soll es so sein.“

„Aber ich darf den Cupcake essen und …“

„Das ist mein Cupcake.“ Er setzte sich auf die Decke, ehe er es sich noch einmal anders überlegen konnte, und schnappte sich den Cupcake. „Mein Geschenk.“

Geschenk. Das Wort hallte in seinem Kopf wider. Es *war* ein Geschenk. Ein Geschenk, das sie extra für ihn gemacht hatte. In seinem ganzen Leben hatte er nur zwei weitere Geschenke bekommen. Ein Fahrrad von einer der besseren Pflegefamilien – nicht, dass er es behalten durfte, als er schließlich wieder gehen musste – und ein Paar Schuhe von Jase und Beck, als seine alten kaputtgegangen waren, weil seine Füße einfach zu groß dafür geworden waren.

„Danke“, brummte er. Er hatte keine Ahnung, wie er ruhiger und lockerer klingen sollte, da die unterschiedlichsten Emotionen ihn durchströmten … und er darin ertrank.

„Gern geschehen. Also. Lass uns loslegen, ja?“ Sie nahm einen Teller und fing an, Speisen darauf zu stapeln. „Rate mal, wer endlich sein Sandwich bekommt? Ein Tipp: Er hält mich für die schönste Frau der Welt.“

Es gab keinen Grund, das zu bestreiten. „Das tut er.“ West lockerte seine Krawatte, zog seine Schuhe aus und versuchte entspannt zu wirken, während ihm eine Schweißperle den Nacken hinunterrann. „Wieso ein Picknick?“ Als könnte er sich das nicht denken.

Heute Morgen hatte er ihr erzählt, dass er früher gezwungen worden war, vom Boden zu essen. Das war ihre Art, den Schmerz der Erinnerung zu lindern. Eine süße Geste, aber keine, die er wirklich zu schätzen wusste.

„Hier ist eine bessere Frage. Warum *nicht*?“ Sie reichte ihm einen Teller mit Speisen und stellte sich eine etwas kleinere

Portion zusammen. „Wir sind nicht nur Mitbewohner, wir sind Freunde. Das hast du gesagt. Ich picknicke mit meinen Freunden."

„Hast du mit Daniel auch gepicknickt?" Er konnte sich die Frage nicht verkneifen.

„Nein. Wieso?" Sie grinste ihn an. „Möchtest du anrufen und ihn einladen?"

„Wenn er sich in dieses Picknick drängt, werde ich ihn ausweiden und mich an seinen Überresten laben."

Sie schnaubte. „Das ist ja *gar nicht* verstörend."

West machte es sich so bequem, wie es ging, lehnte sich an die Wand und streckte die langen Beine aus. Sein Magen zog sich zusammen, und er konnte das Sandwich kaum essen. „Hast du, als du klein warst, mit deiner Familie gepicknickt?"

Ihr Lächeln wirkte bitter. „Jeden Sommer ist mein Dad mit uns zum Camping gefahren. Wir haben eine Woche am See verbracht und haben jeden Abend gepicknickt."

Er hatte offensichtlich einen wunden Punkt berührt – eins ihrer Geheimnisse? „Hattet ihr Spaß?"

„Als er noch lebte, ja."

„Seid ihr nach seinem Tod weiterhin zum Camping gefahren?"

Jessie Kay war blass geworden und spielte mit einem Stückchen Bacon herum. „Meine Mom dachte, dass es gut für uns wäre. Um uns an ihn zu erinnern. Um das Gefühl zu haben, ihm nahe zu sein."

„Und du hattest nicht das Gefühl, ihm nahe zu sein?" Ohne sich dessen bewusst zu sein, steckte er sich ein Stück Bacon in den Mund. Der Geschmack … Es schmeckte gut.

Unsicher sagte sie: „Genug von mir jetzt. Erzähl mir eins von deinen Geheimnissen."

„Was würdest du denn gern wissen?" Er bereitete sich innerlich auf das Schlimmste vor.

Sie blickte ihm direkt in die Augen. „Wie hast du dich gefühlt, als Jase den Mann umbrachte, der Tessa vergewaltigt hat?"

Es war vielleicht nicht die unangenehmste Frage, die sie hätte stellen können, doch es war nahe dran. Wie würde sie auf die Wahrheit reagieren? „Ich war froh – weil ich ihm bei der Schlägerei geholfen habe. Genau genommen habe ich als Erster zugeschlagen."

Sie schreckte nicht zurück, wie er befürchtet hatte. Sie legte nur verwirrt den Kopf schräg. „Du warst dabei? Aber ... Brook Lynn hat nie ... Ich verstehe nicht ..."

„Du fragst dich, warum ich nicht verurteilt worden bin?" Die Muskeln in seinem Kiefer schmerzten, weil er die Zähne aufeinanderpresste. „Jase hat die volle Verantwortung übernommen und mich gebeten, den Mund zu halten." Beck erwähnte er nicht. Die Geheimnisse seines Freundes sollte der selbst erzählen – oder auch nicht. „Ich habe den Mund gehalten, und ich muss seitdem mit meinen Schuldgefühlen leben."

Sie blickte ihn lange an. War sie enttäuscht von ihm? Angewidert? Wütend, weil Jase so viel hatte aushalten müssen?

„Schuldgefühle sind wie Fliegenfänger. Im Laufe der Jahre bleibt alles von Scham bis Schrecken daran hängen."

Er nickte, konnte nicht sprechen.

„Aber warum fühlst du dich schuldig? Du hast für deinen Freund doch genau das getan, was er wollte."

„Was wir wollen, ist nicht immer das, was wir auch brauchen."

„Ja. Das stimmt", erwiderte sie leise. „Er brauchte dich."

Keine Beschwichtigungen? *Ihr wart noch halbe Kinder ...*

„Manchmal frage ich mich, ob ich den Mund gehalten habe, weil Jase mich darum gebeten hat ... oder weil ich zu feige war, es zuzugeben", sagte er genauso leise. Das Geständnis war wie Feuer, das heiß in seinem Hals, in seinem Mund, in seiner Seele brannte.

Sie streckte einen Arm aus und tätschelte seine Hand. „Spielt das denn eine Rolle? Du bist nicht mehr der Junge, der du mal warst, und du packst die Dinge heute anders an. Du bist reifer geworden und hast dazugelernt. Und wie meine Momma schon immer gesagt hat: Du solltest deine Fehler nicht mit dir herumtragen, sondern sie ablegen und sie als Stufen in eine bessere Zukunft benutzen."

Plötzlich passierte etwas sehr Merkwürdiges. Das Brennen in ihm ließ nach. Nicht viel, doch zumindest so viel, dass es ihm bewusst wurde. Er *war* jetzt ein anderer Mensch. „Ich hätte deine Momma gemocht."

„Sie war ein guter Mensch. Ich versuche neuerdings, ihre Ratschläge zu befolgen."

Faszination. Neugierde. „Erzähl mir dein größtes Geheimnis, Jessie Kay. Das Geheimnis, das dich verfolgt. Das Geheimnis, das ich in deinen Augen erkennen kann."

Sie rutschte hin und her und war sichtlich nervös. „Das verrate ich dir morgen."

„Dann bin ich also der einzige Mutige hier bei diesem Picknick? Verstehe."

„Hey!" Sie funkelte ihn an und drohte ihm mit einer Gabel. „Ich bin auch mutig."

„Beweise es."

Eine Minute verging, ohne dass sie etwas sagte. Und noch eine.

„Ich warte", sagte er. „Du hast es immerhin versprochen."

„Also gut. Ich halte meine Versprechen meist gelegentlich ein." Sie hob ihr Kinn. „Aber bist du dir sicher, dass du es auch hören willst?"

„Absolut."

„Dann mach es dir bequem. Es wird ein Weilchen dauern."

Er gab ihr ein Zeichen, anzufangen.

Sie öffnete den Mund und schloss ihn gleich wieder.

„Jessie Kay …"

„Also gut." Sie seufzte. „Der Sommer, in dem meine Momma starb, war total verregnet. Die Flüsse führten Hochwasser. Sie ermahnte uns, nur unsere Füße ins Wasser zu halten, aber ich hörte nicht auf sie. Ich wollte schwimmen, und ich dachte, sie würde sich viel zu viele Sorgen machen. Alles sah ruhig aus, es dauerte jedoch nicht lange, bis die Strömung mich mitriss. Ich schrie um Hilfe, und sie sprang ins Wasser. Es war ein kraftraubender Kampf, und schließlich gelang es ihr, mich ans Ufer zu bringen. Aber als sie versuchte, hinter mir aus dem Wasser zu kriechen, zog die Strömung sie fort. Sie rief meinen Namen, schrie und schrie, doch ich konnte sie nicht erreichen. Und plötzlich war sie verschwunden, untergetaucht, davongerissen." Sie zupfte an ihrer Bluse. „Ich ließ Brook Lynn beim Zelt zurück und rannte flussabwärts. Es kam mir wie Stunden vor. Endlich fand ich Momma. Ihr Körper war ans Ufer gespült worden. Sie war tot. Die Felsen und Baumstümpfe im Wasser hatten sie übel zugerichtet. Für sie kam jede Hilfe zu spät – mehr gibt es nicht dazu zu sagen."

Und genau wie er musste sie jeden Tag ihres Lebens mit dieser Schuld umgehen.

„Es tut mir leid, Kätzchen." Dieses Mal streichelte er ihren Arm. Er hielt ihre Hand und drückte sie. „Noch Jahre nach Tessas Tod wachte ich auf und dachte, sie würde neben mir im Bett liegen. Doch dann fiel mir immer wieder ein, was passiert war."

Tränen standen in Jessie Kays Augen. „Und dein Herz wird jedes Mal erneut zerrissen."

Er nickte knapp. Sie verstand es. Sie verstand alles, denn ihr Schmerz war ein Spiegel seines Schmerzes.

„Ich muss ständig daran denken, dass ich keine Erinnerungen mehr mit Mom sammeln werde – dass Brook Lynn keine Erinnerungen mehr mit ihr sammeln wird. Dann weine ich in mein

Kissen, bis ich keine Tränen mehr habe. Und jedes Mal, wenn etwas Gutes passiert, will ich es mit Mom teilen. Und jedes Mal, wenn etwas Schlimmes passiert, will ich mich von ihr trösten lassen. Aber mehr noch als das will ich, dass Brook Lynn die guten und die schlechten Zeiten mit ihr hätte teilen können. Denn auch wenn sie versucht, es zu verbergen, weiß ich, dass sie es sich gewünscht hätte und … und …"

Sie atmete schnell. Viel zu hektisch. Hatte sie Panik? Er beugte sich hinüber, packte sie an der Taille, zog sie auf seinen Schoß, schloss sie in seine Arme und tröstete sie. „Ich halte dich. Du bist in Sicherheit." Sanft streichelte er ihr Haar.

Sie wurde still und ruhiger, schließlich schmiegte sie sich an ihn.

„Es tut mir leid. Das war … Ja. Das war etwas peinlich."

Vorsichtig sagte er: „Danke, dass du diese Erinnerung mit mir geteilt hast."

„Du hältst sowieso so wenig von mir, und jetzt kennst du mein schlimmstes Geheimnis."

„Ich habe nie *wenig* von dir gehalten. Und das schlimmste Geheimnis zu kennen, ist nicht das Schlechteste."

„Lügner", sagte sie schlicht.

Er gab ihr einen Kuss auf die Schläfe. „Die Männer in deiner Vergangenheit kannten dich nicht. Ihnen gefiel dein Äußeres – selbstverständlich. Aber sie haben nie hinter die Fassade geblickt. Ich blicke dahinter. Ich sehe dich, und das macht die Sehnsucht nach dir, das Verlangen nur stärker."

Sie bewegte sich und richtete sich auf. Ihre Augen wurden groß.

„Woher willst du wissen, was sie gesehen haben?"

Eine Welle der Zärtlichkeit durchströmte ihn, die er so bisher nie erlebt hatte. „Wenn sie gesehen hätten, was ich sehe, wären sie noch immer mit dir zusammen."

Sie keuchte leise und strich sich mit der Zungenspitze über

die Lippen. „Schöne Worte, nicht mehr. Du hast mir immerhin nur eine Nacht angeboten."

„Das liegt ganz allein an mir und hat nichts mit dir zu tun. Und ich würde dir sehr gern zwei Monate anbieten, aber du hast mir die Antwort ja schon gegeben." Er hob sie von seinem Schoß und setzte sie ab – ansonsten könnte es passieren, dass er sie auf den Rücken warf und ihr all die Dinge zeigte, die er gern mit ihr anstellen würde. „Nur damit du es weißt, du musst mir vierundzwanzig Stunden vorher Bescheid geben, wenn du eine Panikattacke in deinen Terminplan eingefügt haben willst." Er bemühte sich um einen lockeren, lässigen Ton, obwohl es ihn in den Fingern juckte, sie anzufassen, und obwohl das Blut in seinen Adern brodelte.

Ihr entfuhr ein kleines Lachen. „Dann betrachte das hier als Ansage. In letzter Zeit habe ich jeden Tag mindestens eine Panikattacke."

„Weißt du, wodurch sie ausgelöst werden?"

„Ja. Ich denke über meine Schwester nach und über all das, was sie meinetwegen nicht mehr erleben darf. Dann bekomme ich keine Luft mehr. Ich fühle mich so … wertlos."

„Du bist nicht wertlos. Ich will nie wieder hören, dass du so etwas über dich sagst."

Sie starrte ihn mit offenem Mund an. „Du bist wütend. Du bist in meinem Namen wütend."

„Natürlich bin ich das. Du bist so weit weg von ‚wertlos', dass es schon lächerlich ist."

„Aber …"

„Du bringst mich zum Lachen. Weißt du eigentlich, wie schwierig das ist? Du tust alles in deiner Macht Stehende, damit die Menschen um dich herum sich wohlfühlen und glücklich sind – auch wenn diese Menschen deine Bemühungen oft nicht mal zu schätzen wissen. Du drohst riesigen Kerlen, wenn sie anfangen, deine Schwester zu daten, und du meinst es so, wenn du sagst: Solltest du ihr nur einmal wehtun, bist du tot."

„Das alles würde doch jeder andere ebenso tun."

„Nein. Das würden viele andere nicht tun." Er spielte mit einer ihrer Haarsträhnen. „Du musst anfangen, dich selbst zu mögen, Jessie Kay. Nur ein Verrückter würde dich nicht mögen." Er zwickte ihr sacht in die Nase. „Ich habe was für dich."

„Ein Geschenk? Für mich?"

„Nein." Er verschenkte nie etwas. „Es ist ein notwendiges Accessoire – für mich." Er stand auf und zog sie auf die Beine. „Warte hier." Er war nicht lange weg, aber sie zappelte vor Aufregung herum, als er wiederkam.

„Gib es mir!"

Er unterdrückte ein Grinsen, als er die Armbanduhr hochhielt. Er hatte sich eingeredet, sie für Monica zu kaufen. Eine ausgemachte Lüge, wie er nun wusste. Noch nie hatte er so viel Geld in eine Uhr investiert oder ein Stück gekauft, das so hübsch und mit Diamanten verziert war. „Ich möchte, dass du die hier trägst", sagte er, als er sie um ihr Handgelenk legte. Sie passte perfekt. Nicht zu groß und nicht zu klein.

„West." Jessie Kay strich mit zitternden Fingern über das Zifferblatt. „Sie ist absolut atemberaubend."

„Wirst du mir jetzt sagen, dass es zu viel ist und du sie nicht annehmen kannst?"

„Sei nicht albern. Das reicht nicht, und du hättest noch mehr ausgeben sollen. Ich bin nur … Ich habe nie eine Uhr getragen, weil *ich* bestimme, wie spät es ist."

„Eine Angewohnheit, die ich dir austreiben möchte. Gern geschehen."

Sie sah ihn nicht einmal an, sondern betrachtete weiterhin die Uhr. „So schön."

Er rieb sich über die Brust, die mit einem Mal seltsam schmerzte. „Wirst du sie auch tragen?"

„Immer. Falls du sie zurückhaben willst, wenn du ausziehst, muss ich dich leider enttäuschen. Das wird nicht passieren."

„Ich will sie nicht zurückhaben. Sie gehört dir. Damit du deinen Terminplan einhalten kannst ... Und damit ich den Verstand nicht verliere."

„Okay. Du hast mich überzeugt. Ich werde jetzt besser auf mein Zeitmanagement achten. Versprochen. Na ja, fast versprochen. Ich brauche auch ein bisschen Freiraum."

Sie akzeptierte es so einfach? Keine Diskussion wie bei so vielen anderen? Er hätte sie küssen können.

Er wollte sie küssen – erst hart und wild, dann sanft und voller Leidenschaft. Mit der Zunge, mit den Zähnen.

„Wenn du mich jetzt mal auf die Palme bringst und wütend machst, kann ich damit drohen, sie zu versetzen." Sie hielt die Uhr hoch und strich ehrfürchtig darüber, als die Diamanten im Licht noch etwas heller funkelten. „Aber das werde ich niemals tun, nicht wahr, Baby? Denn wir sind von jetzt an die besten Freunde. Für immer."

„Du sprichst mit der Uhr, oder?"

„Klar. Mit dir würde ich nie so reden."

Er unterdrückte ein Grinsen.

„Ach, stell dir mal vor", fügte sie hinzu, „ich bin nach Hause gekommen, als du noch bei der Arbeit warst, und habe daran gedacht, die Tür hinter mir abzuschließen."

„Das ist mir aufgefallen."

„Wie bist du also reingekommen?" Sie streichelte die Uhr noch immer. „Ich habe dir keinen Schlüssel gegeben."

„Kätzchen, Schlösser stellen für mich kein Problem dar."

„Einbruch ist keine Fähigkeit, die besonders viele Menschen beherrschen."

„Die meisten Menschen sind auch nicht bei einer Mutter aufgewachsen, die Drogen genommen und manchmal – genau genommen ständig – das Geld für Lebensmittel in ihren Stoff investiert hat. Wenn ich etwas essen wollte, musste ich es bei den Nachbarn stehlen.“

Sie legte eine zitternde Hand auf ihr Herz, und ein trauriger Ausdruck trat in ihre Augen.

„Du wirst den Wettbewerb ‚Wer hatte es am schwersten‘ nicht gewinnen, also hör auf, es zu versuchen.“

Nicht die Worte, die er erwartet hätte. Er lachte.

„Wenn du in Strawberry Valley gelebt hättest, hätte ich mein Pausenbrot mit dir geteilt“, erklärte sie.

„Das glaube ich. Man sagt, dass du der Schatz der Grundschule gewesen bist.“

„Wer hat dir das gesagt … Ach, Cora.“ Sie lächelte reumütig. „Ich hatte meine Momente, aber meistens war ich der Schrecken der Schule. Ich habe immer wiederholt, was ich von Erwachsenen gehört habe.“

„Und was?“

„Na ja, in der dritten Klasse habe ich zum Beispiel alle Kinder in der Kantine dazu angestiftet, zu skandieren: Ich will ein eiskaltes Bier! In der vierten Klasse habe ich, statt eine Präsentation zu halten, die Zeit genutzt, um meinen Mitschülern einen sehr unanständigen Witz beizubringen. Ich habe nicht mal genau gewusst, was er bedeutet. Ich konnte mich nur daran erinnern, wie laut Onkel Kurt gelacht hat, als er ihn erzählte.“

West wedelte mit der Hand. „Ich höre.“

„Was kommt nach neunundsechzig?“

„Siebzig.“

„Nein. Mundwasser.“

Er rieb sich über den Mund, den er zu einem Grinsen verzogen hatte. „Ungezogen, ungezogen, Jessie Kay. Hast du dafür einen Klaps auf den Po bekommen? Ach, egal. Antworte nicht darauf.“ *Zu gefährlich.* „Es ist Zeit für deine erste Trainingseinheit.“

Er nahm sich den Cupcake. Er tat es für sie. Sie hatte sich so viel Mühe gegeben, ihn zu backen, dass er auf keinen Fall zulassen würde, dass das Gebäck umkam.

Seine freie Hand legte er auf ihren Rücken, um Jessie Kay zum Gehen zu bewegen. Dabei spürte er ihre Aufregung. Das Erzittern zu fühlen ließ auch ihn erschauern.

Beachte es nicht weiter. In diesem Moment war es wichtig – noch wichtiger als ohnehin bereits –, ihr zu widerstehen. Wenn der Gedanke, ihr wehzutun, ihn schon vorher beschäftigt hatte, dann war dieses Gefühl jetzt beinahe überwältigend.

Im Wohnzimmer legte er den Cupcake auf den Couchtisch. Ohne ihn aus den Augen zu lassen, verschob er die Möbel und schuf so eine freie Fläche.

„Sollten wir nicht lieber nach draußen gehen?", fragte sie.

„Das ist nicht nötig. Nicht, um die Grundlagen zu trainieren. Stell dich neben den Fernseher", wies er sie an. „Nein, mehr nach rechts. Gut." Er ließ sich aufs Sofa fallen, warf ihr den Fußball zu, der auf einem Kissen gelegen hatte, und nahm seinen Cupcake in die Hand, ehe er die Füße auf den Couchtisch legte. „Also. Tippe im Wechsel mit dem linken und mit dem rechten Fuß auf den Ball. Mach das so schnell, wie du kannst, immer weiter."

Stirnrunzelnd hüpfte sie ein-, zweimal hoch. „So ungefähr?"

„Genau. Mach keine Pausen, wenn es geht. Und wiederhole die Übung, bis ich dir sage, dass du aufhören kannst."

Sie funkelte ihn wütend an und stemmte die Hände in die Hüften. „Das ist es also? So willst du mir beibringen, der beste Spieler aller Zeiten zu werden? Warum mache ich es nicht wie in *Karate Kid* – auftragen, polieren –, wenn ich schon dabei bin?"

Sehr lustig. „Fang an."

„Und du sitzt einfach nur rum?"

„Nein. Ich werde den Cupcake verspeisen und einen Film sehen. *Jetzt mach.*"

„Ich hoffe, du bekommst eine Magenverstimmung und kotzt dir die Seele aus dem Leib", sagte sie und fing an zu springen.

Während er durch die Kanäle zappte und so tat, als würde er auf den Bildschirm starren, aß er seinen Cupcake und hätte schwören können, im Himmel zu sein. Als Jessie Kay den Ball mit dem Fuß antippte, rollte er nach vorn. Nachdem sie ihn zurückgeholt und ihn auf den Boden gelegt hatte, tippte sie ihn wieder an, verlor das Gleichgewicht und stolperte. Die Übung war dazu gedacht, ihre Füße mit dem Ball vertraut zu machen – etwas, das sie dringend lernen musste.

Als sie zehn Minuten geübt hatte, bildeten sich allmählich Schweißperlen auf ihrer Stirn. Sie keuchte. Zu seiner Überraschung schwitzte und keuchte er ebenfalls. Nach einer Weile konzentrierte er sich ganz auf Jessie Kay. Der Bildschirm, den er sowieso kaum wahrgenommen hatte, war vergessen. Ihre Brüste hüpften auf und ab und ihre Haut war zart errötet.

Warum noch mal sollte er ihr widerstehen?

„Du hast dich übrigens geirrt", sagte sie zwischen zwei gekeuchten Atemzügen.

„Inwiefern?"

„Ich trage heute einen BH. Ich habe für das Bild nur die Spitze etwas verschoben."

Spitze … wie schön.

Sie will mich offenbar umbringen.

„Über den BH zu sprechen, ist während des Trainings verboten."

„Meine Beine …"

„Über die Beine zu sprechen, ist auch verboten."

Sie rollte mit den Augen. „Wann hast du angefangen, Fußball zu spielen?"

„In der Pflegefamilie, in der ich auch Jase und Beck kennengelernt habe. Der Vater spielte Fußball. Er hat Stunden mit uns im Garten verbracht und uns beigebracht, wie man schießt, wie man dem Gegner den Ball abnimmt und wie man abblockt. Seitdem spiele ich Fußball." Nein, das stimmte eigentlich nicht. Er hatte ein paar Jahre pausiert, weil er lieber high gewesen war.

Als er clean geworden war, hatte er eine Ablenkung gebraucht – außer seinem Zeitplan –, und das Spiel hatte ihm diese Ablenkung bieten können.

„Also gut", sagte er, als sie aussah, als würde sie jeden Moment zusammenbrechen. „Lass uns etwas Neues ausprobieren."

„Gott sei Dank", stöhnte sie und warf sich auf die Couch.

„Nimm dir deine Jacke und ein Paar Handschuhe."

„Willst du damit sagen, dass wir tatsächlich rausgehen und dass du mir mehr als die Grundlagen beibringst?"

„Nur, wenn du aufhörst zu reden, und das tust, was ich dir sage." Er ging in sein Zimmer, holte die Kegel, die Brook Lynn ihm freundlicherweise nach dem Mittagessen gebracht hatte, zog sich eine Jacke an und kehrte ins Wohnzimmer zurück. Er ging mit Jessie Kay in den Garten hinter dem Haus. Wie für die Kids, die er trainierte, baute er die Kegel in einem Viereck auf. „Du dribbelst eine Acht um die Kegel herum, ohne den Ball zu verlieren." Nebel hing in der Luft. „Nachdem du das ganze Viereck umrundet hast, wirst du einen sogenannten Seitenwechsel mit dem Innenrist machen und in die andere Richtung dribbeln."

Er demonstrierte den Trick. Den rechten Fuß stellte er hinter, den linken rechts neben den Ball. Mit dem linken Fuß ging er auf die Zehenspitzen und lief los, während er mit der Innenseite des rechten Fußes den Ball dicht vor sich herschob. Dabei wandte er sich mit dem Oberkörper immer wieder in eine andere Richtung und zwang den Ball, vor ihm zu bleiben.

„Sehr raffiniert." Sie klang beeindruckt und aufgeregt.

„Manchmal kann man so ganz leicht die Kontrolle über den Ball behalten. Manchmal nimmt man so auch das Tempo aus dem Spiel."

„Alles klar." Sie ging in Position und legte los.

Das Dribbeln war nicht ihre Stärke. Noch nicht. Alle paar Sekunden verlor sie die Kontrolle über den Ball, schoss ihn zu weit vor und war gezwungen, hinterherzurennen. Trotzdem gab sie nicht auf und beklagte sich nicht. Ihr war es nicht unangenehm, vor ihm Fehler zu machen. All das bewunderte er an ihr.

„Also … Monica Gentry hat mich angerufen", erzählte sie und rang nach Luft. „Na ja, vielmehr ihre Assistentin."

Er runzelte die Stirn. „Wieso?"

„Sie hat gefragt, ob *Sie haben es sich verdient* das Catering für ihre Weihnachtsfeier übernehmen könnte. Am Samstag."

„Das ist schon in zwei Tagen."

„Darum habe ich gesagt, dass es das Dreifache kosten wird. Wie auch immer. Ich muss morgen den ganzen Tag mit Brook Lynn in der Küche stehen – nur, damit du Bescheid weißt und es in meinen Terminplan eintragen kannst."

Kurz zuvor hatte Monica ihn angerufen und ihn zu ebendieser Weihnachtsfeier eingeladen. In einem Moment der Verzweiflung hatte er die Einladung angenommen. Er musste alles tun, was nötig war, um Jessie Kay aus dem Kopf zu bekommen und sein Leben wieder in die richtige Spur zu bringen. Doch er hatte die Entscheidung seitdem jede Sekunde bereut. Jetzt abzusagen, wäre unhöflich und feige.

„Ich werde auch da sein", gab er zu. Er klang mehr als missmutig. „Auf der Party."

Jessie Kay geriet ins Stolpern, fing sich jedoch schnell wieder. „Wirst du als … Monicas Date dort sein?"

Mit der Zungenspitze strich er über seine Zähne. „Es ist eine freundschaftliche Verabredung, keine romantische …"

„Aber ihr seht euch nach wie vor."

Weder ihr Tonfall noch ihre Miene ließen erkennen, was in ihr vorging. Plötzlich wirkte sie ungerührt, und er hielt es kaum aus. „Wir treffen uns als Freunde – wie du und Daniel. Sie hat mich gebeten, zu kommen. Ich habe Ja gesagt."

„Tja. Schön für dich." Sie hob ihr Kinn. „Ich hoffe, ihr beide habt viel Spaß. Und jetzt werde ich duschen und mich dann ins Bett legen. Ich muss morgen früh raus."

„Das Training ist noch nicht vorbei."

„Das sehe ich anders", erwiderte sie und ging weg.

Jede Zelle in seinem Körper rebellierte. *Hol sie zurück.* „Jessie Kay", rief er.

Sie blieb in der Tür stehen. „Was ist?"

Sein Verstand gewann die Oberhand über seine Libido. „Wenn du mit mir trainieren willst, kauf dir einen Sport-BH. Nichts mit Spitze."

„Tja, dann wirst du mir einen besorgen müssen." Sie umfasste ihre Brüste mit den Händen. „Und achte darauf, dass du die richtige Größe bekommst."

Im nächsten Moment fiel die Hintertür krachend ins Schloss. West wollte sich jedoch nicht damit abfinden, dass sie einfach ging. Er folgte ihr ins Haus. „Ich habe dich gefragt, ob du mit mir zusammen sein willst. Du hast es abgelehnt. Ich versuche nur, dir nicht wehzutun."

„Das ist dir nicht gelungen." Sie stürmte den Flur entlang. Vor ihrem Zimmer drehte sie sich um und blickte ihn finster an. „Du solltest dich nicht mit einer Frau zufriedengeben, die du nicht einmal magst."

„Es gibt einen Grund dafür, weshalb ich so handele."

„Verrate ihn mir."

„Nein."

Zorn blitzte in ihren blauen Augen auf, simmerte unter ihrer Haut, zeigte sich im angespannten Zug um ihre wundervollen roten Lippen.

„Du hast mehr verdient als eine oberflächliche Beziehung ohne Zukunft. Du und Miss Gentry, ihr passt nicht zusammen, und das weißt du auch. In zwei Monaten wirst du dich noch schlechter fühlen als jetzt schon."

Er wollte ihre Voraussage zurückweisen, doch er konnte es nicht. „Du hast mal gesagt, dass wir ein schönes Paar seien und dass wir gut zusammen aussehen."

„Es ist ein Riesenunterschied, ob man gut zusammen *aussieht* oder zueinander *passt*."

Er sollte sich in sein Zimmer zurückziehen. Er sollte die Diskussion beenden und nicht länger in Jessie Kay dringen.

Beobachten. Verstehen. Handeln.

Manchmal war es einfach richtig, zu gehen. Doch etwas Dunkles, Gefährliches regte sich tief in seinem Innersten. Es war ein Biest, das unstillbaren Hunger auf diese Frau hatte, und es wollte immer, immer, immer weiterdrängen, bis sie ihm alles gab, was sie geben konnte.

Verdammt.

„Ich werde Monica heute Abend anrufen … wenn du mir verrätst, warum es dir nicht gefällt, dass ich mich mit ihr treffe." Die heiser geflüsterten Worte hingen zwischen ihnen. „Sag mir, was du von mir willst."

„Ich will nicht, dass du sie siehst, weil … Ich will, dass du dich wieder verliebst", sagte sie beinahe verzweifelt. „Ich möchte, dass du dein Glück findest."

Das reichte nicht. „Das ist zu abstrakt. Du sprichst nicht über das, was dich verunsichert. Du sprichst von Dingen, die ich nicht kontrollieren kann. Werde mal etwas persönlicher", stieß er aus, und es klang fast wie ein Knurren.

„Warum sollte ich? Du legst die Verantwortung allein auf meine Schultern und übernimmst selbst keine."

Da hatte sie nicht ganz unrecht. Mit einer Hand strich er sich übers Gesicht.

„Aber lassen wir dich mal kurz außen vor. *Ich* will mich verlieben."

Sie leckte sich über die Lippen. Er beobachtete es, konnte nicht anders, und spürte Verlangen, Sehnsucht, Begehren. Vielleicht bemerkte sie es, denn mit einem Mal änderte sich ihre Körpersprache – statt steif und aufgerichtet war sie sanft und geneigt.

„Ich will das Glück finden, und das ist alles andere als abstrakt."

Sogar ihre Stimme war weicher geworden.

„Jessie Kay ..."

„Und ich kann mein Handeln kontrollieren", fuhr sie fort, „indem ich mir die Leute aussuche, die ich an meiner Seite haben möchte, und Menschen, die mein Glück verhindern, aus meinem Leben streiche."

Mit diesen wenigen Worten hatte sie ihn praktisch zerlegt. „Ich hätte gern die Chance, dich glücklich zu machen. Und ich könnte es. Ich weiß, dass ich es könnte. *Du* weißt, dass ich es könnte", sagte er. „Aber ..."

„Nur für zwei Monate."

Er nickte.

Den Blick auf ihn gerichtet, legte sie die Hände auf seine Schultern und drängte ihn zurück, bis er mit dem Rücken gegen die Wand stieß. Er hätte sie umdrehen, hätte sie zwischen ihm und der Wand gefangen halten können, doch er blieb stehen, wo er war, und ließ sie tun, was sie wollte.

Sie rieb ihre Wange an seiner. „Wie kommst du darauf, dass die Sache mit mir in zwei Monaten erledigt wäre?"

Er war erregt, und er glaubte nicht, dass die Sache mit ihr *jemals* erledigt wäre. „Erledigt oder nicht – ich werde gehen."

„Tja, tut mir leid, Zuckerbärchen, aber ich will mehr."

„Ich kann dir nicht mehr geben."

„Sei ehrlich. Du *wirst* nicht mehr geben." Sie ließ die Hüften einmal, zweimal kreisen und berührte dabei seine Erektion. Das war die reinste Verführung. Unverfälscht, sinnlich. Er liebte es.

Mit einem Mal brannte ein Feuer in ihm, brannte für sie – für mehr. Für alles.

„Sag mir, warum."

„Küss mich." Er packte sie an der Taille, war bereit, sie an sich zu ziehen, sie auszuziehen, mit ihr zu schlafen. Mit ihr zu schlafen war keine Entscheidung mehr, denn all die Gründe, ihr widerstehen zu müssen, waren mit einem Mal bedeutungslos. Sie ergriff jedoch seine Handgelenke, löste sich von ihm und schob seine Arme herunter.

Noch eine Demonstration von Stärke und Kontrolle. Er könnte locker dagegenhalten. Und wenn er es täte, könnte sie ihn nicht festhalten und zurückdrängen. Doch er wäre lieber gestorben, als ihr Angst einzujagen und sie so in die Flucht zu schlagen.

„Küss mich", wiederholte er.

„Nein", sagte sie, knabberte aber trotzdem an seinen Lippen.

„Jessie Kay", knurrte er, und ihr Name klang aus seinem Mund wie ein Fluchen oder wie ein Gebet – er war sich nicht sicher, was tatsächlich zutraf.

„Sag es mir." Sie legte den Kopf schräg und biss sachte in sein Ohrläppchen. Ihr warmer Atem strich über seine Haut. „Bitte."

Es war dieses geflüsterte „Bitte", das ihn tief erschütterte. Wenn er sie vertreiben würde, dann war es eben so, aber er musste zumindest versuchen, mehr von ihr zu bekommen. Er *musste* es versuchen. „Ich gebe dir fünf Sekunden, um dich zu entscheiden, was mich betrifft. Nimm mein Angebot an und zieh dich aus oder geh. Wenn deine Hände mich berühren, sobald ich bei null angekommen bin, werde ich die Entscheidung für dich treffen. Eins."

Sie keuchte, blieb jedoch stehen.

„Zwei. Drei."

„West." Noch immer hatte sie sich nicht von der Stelle gerührt – und er begann zu hoffen und zu beten.

„Vier."

Gerade, als er den Mund öffnete, um die letzte Zahl zu nennen, seine Erregung war kaum auszuhalten, ließ sie die Arme sinken und machte einen Schritt zurück.

Er schluckte einen Fluch hinunter.

„Eines Tages wird dein Verlangen nach der einen Frau stärker sein als deine Vernunft, Lincoln West. Du wirst sie mit jeder Faser deines Körpers begehren, doch *sie* wird diejenige sein, die *dich* verlässt. Und dann wird ein anderer kommen und ihr Herz im Sturm erobern." Damit ging sie in ihr Zimmer und schlug die Tür hinter sich zu.

Er schwankte. Er kochte innerlich. Er würde jeden Mann umbringen, der versuchte, Jessie Kays Herz im Sturm zu erobern.

Das ist mein Job. Mein Vorrecht.

Er nahm sich einen Moment, um tief durchzuatmen, um das Chaos, das ihn beherrschte, zu ordnen, und um ein bisschen zur Ruhe zu kommen. Es war richtig von ihr, zu gehen. Aber er konnte nicht zulassen, dass es so blieb. Er musste …

Die Tür ging auf, und Jessie Kay schrie: „Spinne! Töte sie! Töte sie!"

Sie versteckte sich hinter ihm und krallte die Hände in sein Hemd, sodass er nicht weggehen konnte. Er war ihr menschlicher Schild.

„Warum tust du nicht irgendwas?"

Sie plötzlich so dicht bei sich zu spüren, war sowohl ein quälendes als auch ein wunderschönes Gefühl. „Wenn du willst, dass ich in dein Zimmer gehe, Kätzchen, musst du mich schon loslassen." *Viel Glück dabei, mich wieder loszuwerden, wenn ich erst mal drin bin.*

Zögerlich löste sie Finger um Finger und ließ ihn los. Er machte einen Schritt nach vorn. Der erste Blick in ihr Allerheiligstes überraschte ihn. Die Bettwäsche zeigte Regenbögen und Einhörner, und die Vorhänge waren mit Ballerinas und Schmetterlingen dekoriert. Das Nachttischchen sah aus, als würde es auf menschlichen Füßen stehen – mit echten Tennisschuhen. Die Kommode wirkte wie ein Gegenstand aus *Alice im Wunderland*; sie war groß und schlank, neigte sich zur Seite und schien die dürren Ärmchen auszustrecken.

„Hast du sie erwischt?" Jessie Kay trat hinter ihn und spähte über seine Schulter. Im nächsten Moment stieß sie einen ohrenbetäubend schrillen Schrei aus. „Das Mistvieh hat mich gerade angestarrt und sich über die Lippen geleckt. Nimm die Pistole aus der obersten Schublade des Nachttischchens und erschieß das Ding!" Sie versuchte, ihn nach vorn zu stoßen, während sie ihn gleichzeitig zurückzog. „Wir bringen den Kadaver dieses Monsters von außen vor meinem Fenster an – als Warnung für andere Spinnen."

Dieses hinreißende, anstrengende Mädchen. „Wo ist sie?"

„Wie kannst du die faustgroße Abscheulichkeit übersehen, die gerade das Messer wetzt? Da ist sie!" Sie wies in Richtung der Spinne und zog den Arm schnell wieder zurück.

Er erblickte die Spinne, die kaum größer als ein Zehncentstück war, und rollte mit den Augen. „Was bekomme ich, wenn ich dich vor diesem wilden Biest rette?"

„Meine ewige Dankbarkeit?"

Die würde er annehmen – auch wenn er mehr wollte.

10. Kapitel

Den nächsten Tag verbrachte Jessie Kay wie geplant mit Brook Lynn und tat ihr Bestes, um der Versuchung zu widerstehen, West eine Nachricht zu schicken. Nachdem er die Spinne entfernt hatte, ohne sie zu töten – übrigens ein abscheuliches Verbrechen gegen die Menschheit –, hatte sie ihm die Rechte an ihrer Seele oder ihrem Körper geben wollen. Sollte er entscheiden, was er bevorzugte. Oder hey, warum nicht die Rechte an beiden? Er hatte eine Wirkung auf sie, wie sie es noch nie erlebt hatte.

Sich an ihn zu schmiegen, hatte ihr praktisch den Verstand geraubt.

Sich verbal mit ihm zu messen, hatte ihren Geist beflügelt.

Weshalb sollte sie ihm nicht mehr geben, als sie je einem anderen Mann gegeben hatte? Eine Chance auf mehr.

Sie hatte mit Beck telefoniert und sich einen Rat geholt. „Wieso sieht er nicht, wie gut wir zusammenpassen?", hatte sie ihn gefragt.

„Ich bin mir sicher, dass es ihm bewusst ist. Und ich bin mir sicher, dass es ihm eine Scheißangst macht. Sein Terminplan kämpft um sein Leben."

Es war durchaus sinnvoll, den Terminplan als Person zu betrachten. Der Mistkerl! Für ihn – also den Plan – war sie, Jessie Kay, die Feindin und Monica die Verbündete.

„Im Moment ist West wie ein Ertrinkender, der verzweifelt nach einer Rettungsinsel sucht", hatte Beck hinzugefügt. „Sobald er untergeht, wird der alte West sterben und der neue West wird sich erheben."

Geduld ist eine Tugend. Geduld ist eine verdammte Tugend.

Ich muss ihn haben. Und zwar schnell!

Mann. Diese Eile hatte überhaupt keinen Sinn. Für sie war Sex immer nur Sex gewesen. Einige Bekanntschaften waren gut gewesen und andere schlecht. Doch ob nun gut oder schlecht, der Akt an sich war zweitrangig. Sie hätte auch darauf verzichten können. Was davor und hinterher kam, war viel wichtiger. Zuerst die freudige Erwartung und die scheinbare Zuneigung. Dann für einen kurzen Moment das Gefühl, zu jemandem zu gehören. Und danach hatte sie immer eine furchtbare Enttäuschung erlebt.

Sie war anscheinend nie gut genug gewesen, damit man mit ihr zusammenblieb.

Wäre es mit West anders?

Dumme Frage. Er wollte entweder einen One-Night-Stand oder eine zweimonatige Affäre. Es würde sich nichts ändern. Wham, bam. Hallo und Auf Wiedersehen.

„Mir gefällt es, wie deine Uhr funkelt." Brook Lynn stand am Herd und rührte in einer süßlich duftenden Flüssigkeit.

„Ich weiß." Ihr Blick fiel immer wieder darauf. „Das Einzige, was noch schöner ist als diese Uhr, ist das Armband, das du in der dritten Klasse aus diesen entzückenden künstlichen Gänseblümchen gemacht hast."

„Das hast du immer noch?"

Als würde sie sich je davon trennen. „Klar. Einige der Stängel haben sogar noch Blüten."

„Ich hatte ja keine Ahnung, dass du so sentimental bist." Brook Lynn lächelte ihr zu.

„Nur, wenn es um dich geht."

„Vielleicht ja auch, wenn es um West geht? Er weiß jedenfalls, wie man Geschenke macht."

„Er sagt, dass es kein Geschenk ist, sondern eine Art Versicherung, damit sein Terminplan eingehalten wird." Ganz offensichtlich bereitete es ihm Probleme, ihr – oder vielleicht auch jedem anderen? – ein Geschenk zu machen. Noch eine

Schwierigkeit, die man als Pflegekind hatte? Oder war es eine Schwierigkeit, die man als Mann hatte?

Plötzlich erklang irgendwo in der Küche der Hochzeitsmarsch, und Jessie Kay runzelte die Stirn.

„Rühr die Jaboticaba-Soße um, ja?" Brook Lynn verließ ihren Posten, um ihr Handy zu holen.

Aha. Ein personalisierter Klingelton.

Während Jessie Kay die Soße umrührte, passte ihre Schwester ihre Implantate in den Ohren an und sprach mit ... Es musste ihre Schneiderin sein.

„Nein. Nein! Ich habe Ihnen gesagt, dass ich keine saphirblauen Brautjungfernkleider will, sondern himmelblaue." Brook Lynn ging in der Küche auf und ab. „Wagen Sie es ja nicht, mir zu sagen, dass es zu spät dafür ist. Wir haben fünf Monate ... Nein, nein. Hören Sie mir überhaupt zu? Ich werde ..."

„... die Nerven verlieren?", half Jessie Kay ihr aus.

„... auflegen und über alles nachdenken, was Sie mir gesagt haben." Vorsichtig legte Brook Lynn das Telefon auf den Tisch.

„Ich lehne mich mal ganz weit aus dem Fenster und rate ... Gibt es ein Problem mit den Kleidern für die Brautjungfern?"

Ihre Schwester stampfte mit dem Fuß auf. „Verflucht noch mal! Ich wünschte, die Zombieapokalypse wäre bereits losgegangen. Dann könnte ich mein Schwert benutzen, um die Situation zu klären, ohne verhaftet zu werden."

Brook Lynn glaubte fest daran, dass es Zombies gab. Es war einfach verdammt liebenswert.

Jessie Kay hasste den Gedanken, dass ihre Schwester solchen Ärger mit den Kleidern hatte, doch sie sah auch endlich eine Möglichkeit, dem Mädchen zu helfen und ihre immerwährende Liebe zu beweisen. „Denk nicht mehr darüber nach. Du suchst dir das Material aus, das dir gefällt, und ich nähe die Kleider. Und zum ersten Mal in der Geschichte der Menschheit werden die Brautjungfern die Braut absolut überstrahlen."

Brook Lynn lachte leise. Es war eine Mischung aus Erleichterung und Belustigung. „Echt? Das macht dir nichts aus?"

„Ob es mir etwas ausmacht? Ich bitte dich um die Ehre, die Kleider nähen zu dürfen. Ich möchte dir so gern helfen, wie du mir immer geholfen hast."

„Das musst du nicht …"

„Lass mich das für dich tun. Bitte."

Brook Lynn umarmte ihre Schwester fest. „Danke."

„Es ist mir ein absolutes Vergnügen."

Es klingelte an der Tür, und Brook Lynn runzelte die Stirn. „Ich erwarte eigentlich niemanden mehr."

„Ich aber." Jessie Kay legte den Löffel neben den Topf. „Ich hoffe, es macht dir nichts aus, doch ich habe Daniel eingeladen, uns zu helfen."

Aus den Augenwinkeln bemerkte sie, wie Jase aufstand. Er hatte die letzte Stunde auf der Couch verbracht und Entwürfe für sein neues Haus gezeichnet. Jessie Kay rannte an ihm vorbei und schob ihn dabei zurück in die Sitzpolster.

„Ich mach das schon."

Sie öffnete die Tür, und Daniel schenkte ihr sein patentiertes Lächeln, ehe er ihr einen Kuss auf die Wange drückte.

Sie gab ihm im Gegenzug einen flüchtigen Kuss auf den Mund. *Er* hatte ihr nie das Gefühl gegeben, dass Mädchen mit dem Namen Monica wichtiger wären als sie.

„Irgendetwas duftet hier ganz verführerisch." Er schnüffelte.

„Hör auf, zu flirten."

„Ich meinte eigentlich das Essen."

„Lügen passt gar nicht zu dir. Und jetzt komm. Wir haben noch einiges zu erledigen." Sie zog ihn am finster dreinblickenden Jase vorbei und sagte: „Ihr kennt euch, oder? Ja. Ich muss euch einander nicht vorstellen." In der Küche schob sie Daniel Richtung Tisch. „Setz dich und schneide das restliche Gemüse klein."

„Sir, ja, Sir. Zur Information: Hier sieht es aus wie in einem veganen Schlachthaus."

„Dieses Gemüse hat den Tod verdient", entgegnete Jessie Kay. „Es hat versucht, sich als menschliche Nahrung auszugeben."

„Hey, Daniel", sagte Brook Lynn und winkte ihm zu.

„Hey." Er verzog das Gesicht, als er den Berg Gemüse sah, um den er sich kümmern sollte. „Das ist alles essbar?"

„Ich weiß." Jessie Kay setzte sich auf den Stuhl rechts von ihm. „Das hier sieht wie ein haariger Hodensack aus und das hier wie der Fuß eines Dämons. Probier mal."

„Auf keinen Fall ..."

Sie legte den Fuß des Dämons an seine Lippen.

Er zuckte zusammen. „Das muss das Widerlichste sein, was ich je in meinem Mund hatte."

„Gut zu wissen." Sie machte sich eine Notiz auf einer Liste, um die Brook Lynn sie gebeten hatte.

„Du meinst, du wusstest das nicht?"

„Warum sollte ich? *Du* bist der offizielle Geschmackstester."

Jase kam in die Küche gestapft. Er sah wütend und gefährlich aus und setzte sich Daniel gegenüber an den Tisch. Er sagte kein Wort, sondern starrte ihn nur an.

Jeder andere Mann hätte sich vor Angst in die Hose gemacht, doch Daniel – ganz der *Army Ranger* – war mutiger als die meisten anderen. Er blieb ruhig und entspannt, während Jessie Kay ihm Bissen für Bissen von den rätselhaften Zutaten zu essen gab.

„Jase Hollister", sagte Brook Lynn schließlich. „Hilf mit oder verschwinde."

„Oh, ich habe meinen Beitrag schon geleistet."

Just in diesem Moment quietschten die Angeln der Eingangstür. Schritte erklangen.

„Was hast du getan?", wollte Brook Lynn mit argwöhnischer Miene wissen.

Zum ersten Mal lächelte Jase – und das war noch beängstigender als sein finsterer Blick.

West kam hereingerauscht, hängte sein Jackett über den einzigen freien Stuhl und nahm Platz. „Hallo alle miteinander." Er richtete seinen Blick auf sie und kniff leicht die Augen zusammen. „Ich dachte, ich mache meine Mittagspause mal hier."

Jessie Kays Herz schlug wie wild. Er war ihretwegen da. *Oh, gütiger Himmel …*

Was wäre, wenn er Ansprüche anmeldete?

„Dein Terminplan weint bestimmt", sagte sie.

„Er heult sogar", erwiderte er und überraschte sie damit.

„Tja." Sie räusperte sich geräuschvoll. „Ich muss euch ja nicht miteinander bekannt machen. Ich habe gehört, dass ihr euch schon getroffen habt."

West war alles andere als verlegen. „Das haben wir. Ich würde mich freuen, unsere Unterhaltung unter vier Augen fortzuführen."

Um seine Drohung wahrzumachen? „Er ist beschäftigt."

Sie wandte sich Daniel zu und flüsterte übertrieben laut: „Was auch immer du tust, gehe nicht mit ihm in einen Putzschrank. Er kann dann seine Hände nicht bei sich behalten."

„Da bin ich nicht der Einzige." West grinste sie selbstgefällig an. „Inzwischen ziehe ich Flure vor."

Röte stieg ihr in die Wangen, als vor ihrem geistigen Auge die Bilder auftauchten, wie sie ihn gegen die Wand drückte, sich an ihn schmiegte – und wie er sie berührte.

„Oh, mein Gott." Brook Lynn kam an den Tisch und lehnte sich an Jase. „Du hast meine Schwester zum Erröten gebracht, West. Ich kann mich nicht erinnern, *jemals* gesehen zu haben, dass sie rot geworden wäre. Was ist in diesem Flur passiert? Ich will alle Einzelheiten hören."

Jessie Kay hob ihr Kinn. „Es hat einen guten alten *Bump and Grind* gegeben. Das ist passiert."

„Und vorher", meldete West sich zu Wort und war noch immer kein bisschen verlegen, „saß sie auf meinem Schoß."

„Ich habe nicht … Oh. Doch. Ich habe." Und sie hatte jede Sekunde genossen.

Jase lächelte sein Ich-werde-dich-umbringen-Lächeln. „Falls du es nicht gewusst hast, Danny-Boy, West und Jessie Kay leben zusammen."

„Vorübergehend", warf Jessie Kay ein. „Und, ja, er hat es gewusst. Ich habe keine Geheimnisse vor ihm." Bis auf jenes, das sie mit West geteilt hatte.

West erstarrte. Er verengte die Augen zu schmalen Schlitzen.

„Hör mal." Daniel blickte ihn an. „Ich bin ihr Freund, und du wirst mich nicht verjagen. Wenn du mit ihr zusammen sein willst, ist das toll. Aber du musst dich an den Gedanken gewöhnen, dass ich auch da bin. Ich werde nicht verschwinden. Außerdem musst du dich zusammenreißen und sie anständig behandeln, denn sonst werde *ich dir* mal drohen."

In ihr regte sich Stolz, als sie ihn ansah. Er hatte gerade um das Privileg *gekämpft*, Zeit mit ihr verbringen zu dürfen – einfach nur Zeit, ohne Sex oder sonstiges Rumgemache.

„Daniel", sagte sie, und der Kloß in ihrem Hals wurde immer größer. „Du bist jetzt offiziell mein Held."

„Meiner auch", erklärte Brook Lynn und strahlte ihn an.

Jase verschränkte die Arme vor der Brust. „Und für mich bist du offiziell mein Ziel."

West legte eine Hand auf die Schulter seines Freundes und Jase entspannte sich sichtlich. West sah Daniel an. „Du bist ein Arsch und nervst total. Aber du hast auch recht."

Was war los? Daniel hatte gerade das Süßeste gesagt, was man sich vorstellen konnte, und West hatte einfach so seine Eifersucht verloren?

Er war noch nicht fertig. „Sie ist die liebste, dümmste, komplizierteste Person, die ich je kennengelernt habe, und sie verdient Freunde, die begreifen, was für ein Schatz sie ist. Freunde, die für sie eintreten, die sie lieben und sie glücklich machen. Sie verdient das Beste.“

Vergessen wir das, was ich gerade gedacht habe. West hatte das Süßeste gesagt, was man sich vorstellen konnte.

Er fand, dass sie ein Schatz war? War ihm nicht klar, dass diese Ehre eigentlich Brook Lynn gebührte?

„Danke“, flüsterte Jessie Kay.

Er blieb nicht, um in ihrem überraschten Glühen zu baden. Er erhob sich, verließ die Küche und das Haus. Zurück blieb Jessie Kay, die vollkommen verunsichert und durcheinander war.

Am nächsten Tag herrschte hektische Betriebsamkeit. Die Arbeit lenkte Jessie Kay zumindest vom Chaos ab, das West in ihrem Kopf und auch in ihrem Herzen verursacht hatte. Er fand, dass sie ein Schatz war!

Am Morgen hatte er neben der Kaffeekanne eine Nachricht hinterlassen.

Dein Scharfsinn ist so strahlend wie dein Lächeln.

Und neben der Zuckerdose lag ein weiterer Zettel.

Deine Überschwänglichkeit bringt mich zum Lächeln.

Am Kühlschrank hatte eine dritte Nachricht gehangen.

So brillant, wie du bist, könntest du ganz bestimmt das Ende eines Kreises finden.

Die süßen Bekenntnisse hatten sie an die Briefe erinnert, die ihr Dad ihrer Mom geschrieben hatte, und sie hatte weiche Knie bekommen.

West fühlte sich zu ihr hingezogen. Daraus machte er keinen Hehl. Und er mochte sie offensichtlich. Doch würde das reichen? Er wollte ihr trotzdem nicht den Grund für seine zeitliche Beziehungsbegrenzung auf zwei Monate erklären, und er wollte auch für sie keine Ausnahme machen und versuchen, etwas Dauerhafteres anzustreben.

Sie waren zum Scheitern verurteilt, bevor sie überhaupt irgendwas angefangen hatten …

„Und was haben wir hier?“ Eine Stimme riss sie aus ihren Grübeleien.

Ein älterer Herr in Anzug und Krawatte zog ihre Aufmerksamkeit auf sich. Sein Blick war auf das Tablett in ihrer Hand gerichtet. Eine Frau, die ungefähr dreitausend Jahre alt zu sein schien, stand neben ihm. Sie trug die Nase besonders hoch. Ein alter Sack und eine ehemalige Debütantin. *Na toll.* Monicas Weihnachtsfeier Schrägstrich Trotteltheater hatte offiziell begonnen.

Jessie Kay hob das Tablett ein Stückchen höher, damit der Mann eine Nase voll vom Duft der rätselhaften Zutaten nehmen konnte, die sich als kleine Hackbällchen verkleidet hatten. Sie setzte ein strahlendes Lächeln auf. „Das ist Ihr Glückstag. Ich habe das Beste, was Sie je im Mund hatten.“

Die beiden nahmen von den Häppchen und verschwanden ohne ein Wort.

„Gern geschehen“, murrte Jessie Kay und beschloss, dass *Sie haben es sich verdient* noch mal tausend Dollar zusätzlich zum dreifachen Honorar bekommen sollte. Wegen der viel zu knappen Zeit hatten sie und Brook Lynn kein Personal mehr einstellen können und waren nun gezwungen, selbst die Uniformen zu tragen: ein weißes Hemd, eine schwarze Stoffhose und eine Smoking-Schürze.

Immer mehr muskulöse junge Männer und durchtrainierte junge Frauen kamen durch die Torbögen herein. Ohne Zweifel Trainer. Monicas Angestellte. Monica, die so erfolgreich war, wie sie es gern wäre – doch niemals sein würde. Die Schönheit war nicht nur Hauptdarstellerin in Workout-Videos, sondern auch noch Besitzerin einer Kette von Fitnessstudios in Oklahoma City. *Bodies by Monica.*

Die älteren Gäste gehörten wahrscheinlich zu Monicas Familie. Oder sie gehörten dem Vorstand an – wenn es denn einen Vorstand gab. Oder waren sie die Finanzexperten? Wer wusste es schon so genau.

Und ich kämpfe damit, so über die Runden zu kommen. Mann, ich bin so eine Versagerin.

Jessie Kay schlängelte sich durch den Festsaal, in dem sich Luxusgegenstände befanden, von denen ein Mädchen aus der Kleinstadt nur träumen konnte. Es war unglaublich. An der gewölbten Decke mit kunstvoll gearbeiteten Rosenranken hingen zwei atemberaubende Kronleuchter, an denen unzählige tropfenförmige Kristalle funkelten. Neben den riesigen Buntglasfenstern erblickte sie Vorhänge aus wundervollem pflaumenblauem Samt und goldener Spitze. Der Stoff war zu schicken Knoten gebunden worden. Wandgemälde, auf denen englische Lords und Ladies ihr eigenes Fest feierten, dekorierten die Wände.

Ganz die hingebungsvolle Kellnerin – *hüstel*, weil sie ihre Schwester liebte, *hüstel* – blieb sie bei einer Gruppe junger Leute stehen. „Ich hoffe, Sie haben Hunger mitgebracht. Diese Babys werden Sie umhauen."

Eine der Frauen streckte die Hand aus, um sich etwas vom Tablett zu nehmen. Eine andere junge Frau schlug ihr auf die Finger und flüsterte: „Ich glaube, sie ist diejenige, vor der Monica uns gewarnt hat."

Die Gruppe wandte sich eilig ab und ging.

Autsch. Tja, scheiß auf sie. Mehr für mich. Jessie Kay steckte sich ein Hackbällchen in den Mund. *Hey!* Erstaunlich gut – vor allem, wenn man bedachte, mit welchen Zutaten Brook Lynn hatte arbeiten müssen. Ein echter Beweis für ihr Talent.

Ein blonder Gott von einem Mann näherte sich ihr. „Ich würde gern etwas von Ihnen probieren …" Er zwinkerte ihr vielsagend zu.

Sie schätzte ihn mit einem Blick ein: noch ein Mitglied der Ex-und-hopp-Fraktion. „Ein großer Junge wie Sie sollte vielleicht gleich zwei nehmen, oder?"

Er nahm sich zwei der Bällchen, steckte sie in den Mund und schluckte. „Sehr gut, aber ich habe noch immer Hunger … Haben Sie noch was anderes zu bieten?"

„Nur die Häppchen." Sie lächelte ihn an, und er erwiderte ihr Lächeln. Er war charmant. Die Art von Mann, hinter der sie früher her gewesen war, weil sie spürte, dass er begeistert von ihr war. Nur gespielt. Immer nur gespielt. Ihr Lächeln erstarb.

„Ich bin übrigens Evan."

„Tja, Sie müssen schon nachsichtig sein, Evan. Dieses Tablett mit Leckereien ist das Einzige, was mich von einer ‚Herr der Fliegen'-Situation abhält. Wenn Sie mich dann entschuldigen wollen …"

Wo zum Teufel war West? Laut seines geliebten Terminplans hätte er um Punkt zwanzig Uhr hier sein sollen. Sie sah auf die Uhr. Diese wundervolle funkelnde Uhr war mehr wert, als sie in zehn Jahren verdienen könnte. Es war 20:12 Uhr.

Möglicherweise hatte sie ihn gedanklich heraufbeschworen, denn er kam eine Sekunde später durch die Tür. Monica klebte an seiner Seite. Jessie Kay blieb wie angewurzelt stehen. Sie hatte das Gefühl, keine Luft mehr zu bekommen. Seine trainierte Figur sah in dem Nadelstreifenanzug, der maßgefertigt war, einfach toll aus. Sein dunkles Haar wirkte zugleich gebändigt und wild. Doch seine Augen … seine Augen suchten sie. Es lag eisige Kälte in ihnen und keine leidenschaftliche Hitze mehr.

Ein kalter, harter Ausdruck für Monica? Ein brennender, heißer Ausdruck für Jessie Kay?

Als die Erleichterung sich in ihr breitmachte, war ihr schwindelig vor Freude. Und sie spürte Verlangen. Großes Verlangen.

Besteh auf Liebe. Lust ist nichts Besonderes.

Aber es war nicht nur Lust. Nicht mit West. Sie waren auch Freunde.

Und als seine Freundin hatte sie beschlossen, etwas Besonderes für ihn zu tun. Etwas, das sie *Operation Collage* getauft hatte. *Ich lasse mich durch seine Dummheit – oder meine Eifersucht – nicht daran hindern.*

Auf einer Hand balancierte sie das Tablett, während sie mit der anderen das Handy aus ihrer Schürzentasche zog. Kamera – ein. Sie zoomte West heran und schoss Foto um Foto von ihm, achtete jedoch darauf, dass Monica nicht auf den Bildern zu sehen war.

Er hatte einmal erzählt, dass er niemandem genug bedeutet hatte, als dass man Fotos von ihm gemacht hätte. Sie würde ihm beweisen, wie falsch er damit lag.

Als sie fertig war, fiel ihr Blick auf Monica. Mist, das Mädchen sah unglaublich aus. Ihr rotes Kleid war mit zahllosen Strasssteinen besetzt. Der V-Ausschnitt reichte bis zu ihrem Bauchnabel. Insgesamt endete das Kleid nur knapp unter ihrem Po.

Die Frau war nicht nur heiß, sondern bekam auch noch ihr Leben auf die Reihe und hatte einen Plan für die Zukunft.

Neid zerfrisst einen innerlich, hatte ihre Momma immer gesagt.

Tja, ihr Innerstes war schon sehr angenagt. *Ich spiele ein paar Ligen unter ihr.*

Sie brauchte einen Moment, um sich zu sammeln, und zog sich in eine dunkle Ecke zurück.

Momma hatte auch gesagt, dass das Glück eines anderen dem eigenen Glück nicht im Wege stand und dass sie sich einfach darüber freuen solle, dass auf der Welt auch gute Dinge passierten.

Genau. Das stimmte, und in einer oder zwei Minuten würde sie sich gesammelt haben und sich wieder der Aufgabe widmen, einen himmlischen Gaumenschmaus an Menschen zu verteilen, die vergessen hatten, wie man „Danke“ oder „Bitte“ sagte. Bis dahin aber …

Der vergoldete Spiegel vor ihr bot einen ungehinderten Blick auf die Gäste im Festsaal. In einem Meer von Smoking tragenden Männern und Damen in Paillettenkleidern verlor sie West und Monica jedoch aus den Augen. Ob sich die Frau immer noch an ihn schmiegte?

„Die unerschütterliche Jessie Kay Dillon *versteckt* sich?“

Jessie Kay zuckte erschrocken zusammen und hätte beinahe das Tablett fallen lassen. Sie sah die blasse, zittrige Harlow an, die die gleiche Uniform trug wie sie und ein Tablett mit Bacon umwickelter Shrimps mit einer süßen Marshmallow-Creme-Soße in den Händen hielt. Die ungesündeste Speise, die auf dieser Feier angeboten wurde, und die beste.

Jessie Kay aß drei von den Shrimps, ehe sie erwiderte: „Ich mache nur meine Raucherpause.“ Stirnrunzelnd wies sie mit ihrem mit Marshmallow-Soße beschmierten Finger auf Harlow. „Was ist mit dir? Du siehst aus wie schon mal gegessen.“

„Du rauchst doch überhaupt nicht. Und mir geht es blendend.“

„Erstens: Wie kannst du es wagen? Ich lasse mich nicht diskriminieren. Als Nichtraucher verdiene ich genauso viele Pausen wie meine Kollegen. Zweitens: Habe ich erwähnt, dass du aussiehst wie rückwärts durch die Hecke gezogen?“

„Du bist so lieb zu mir“, erwiderte Harlow trocken.

„Als Brook Lynns Stellvertreterin bin ich technisch gesehen deine Chefin, und ich ordne an, dass du jetzt eine Raucherpause machst und mir erzählst, was los ist.“ Vor nicht allzu langer Zeit war Harlow von einem Trio von Idioten vergiftet worden, die ihr nicht verziehen hatten, dass sie als Kind und Jugendliche die halbe Stadt tyrannisiert hatte – und sich auch noch Beck geschnappt hatte. Vor allem, dass sie sich Beck geschnappt hatte. Sie hatten mit den Augentropfen, die sie in Harlows Getränk gemischt hatten, nur erreichen wollen, dass sie sich die Seele aus dem Leib kotzte. Doch sie hätten sie fast umgebracht. Harlow hatte einige Tage lang im Koma gelegen. Sie, Jessie Kay, hatte immer noch ein schlechtes Gewissen, weil sie sie nur zweimal besucht hatte. Besuche, die sie überhaupt nur überstanden hatte, weil sie zuvor einige Tabletten gegen ihre Angstzustände genommen hatte.

Zu ihrer Verteidigung musste gesagt werden, dass sie Krankenhäuser für Todesfallen hielt.

Obwohl Harlow unglaublich müde wirkte, brachte ein Lächeln ihr Gesicht zum Strahlen.

„Es ist wirklich nichts mit mir. Es ist alles in Ordnung. Tatsächlich bin ich … Tja, ich bin schwanger."

„Was?", rief Jessie Kay und zuckte zusammen, als ihre Stimme im Raum widerhallte.

„Oh, wow. Es fühlt sich toll an, es auszusprechen."

Etwas leiser fragte Jessie Kay: „Hast du ehrlich einen Braten in der Röhre?"

„Ja. Er oder sie wird noch sieben Monate und drei Wochen lang dort schmoren."

„Du raffiniertes kleines Luder!" Die Gefühle waren beinahe überwältigend. „Warum erzählst du es mir erst jetzt? Wer weiß davon?" Mit anderen Worten: Wer hatte sich etwas anzuhören, weil er es gewagt hatte, die Neuigkeit vor ihr geheim zu halten?

„Niemand. Du bist die Erste."

Freude breitete sich in ihr aus. „*Natürlich* bin ich das. Weil ich deine beste Freundin bin. Weil du mir vertrauen kannst, dass ich das Geheimnis so lange wie möglich für mich behalten werde – was in meinem Fall ungefähr ein oder zwei Tage sind. Aber du liebst mich so sehr, dass du mir verzeihen wirst."

Harlow lachte. „Ich kenne dich. Du kannst schweigen wie ein Grab. Beck und ich haben beschlossen, es allen zusammen zu sagen, sobald wir uns an den Gedanken gewöhnt haben. Du hast jedoch gerade meinen Baby-Glow beleidigt, und ich musste ihn verteidigen."

„Seit wann weißt du es?"

„Seit unserem Hochzeitstag."

Die Hochzeit. *Klar.* „Darum hast du dir Sorgen gemacht, dass Beck nicht mehr mit dir zusammen sein wollen könnte. Eine viel zu große Veränderung für einen Mann, der Veränderungen hasst."

„Genau. Aber er hat sich *sooo* gefreut." Harlow streichelte versonnen ihren Bauch. „Wir sind beide unglaublich glücklich."

„Tja, ich freue mich für euch." Jessie Kay hielt das Tablett zur Seite, um ihre Freundin umarmen zu können. Tränen brannten in ihren Augen, doch sie blinzelte sie fort. Sie wollte nicht, dass Harlow sie sah und einen falschen Eindruck bekam. Sie freute sich wahnsinnig für ihre Freundin, aber sie war auch ein bisschen traurig. Ihre Zukunftsvorstellung – Harlow und Brook Lynn, die sie allein ließen, um eine eigene Familie zu gründen – wurde schneller wahr, als sie gedacht hätte.

Mist, was war sie für ein furchtbarer Mensch, wenn sie sich in einem solchen Moment auf ihren Verlust und nicht auf das Glück ihrer Freundin konzentrierte? „Das ist der Beginn eines neuen perfekten Zeitalters. Eine neue Generation von Menschen. Man wird sie ‚Supermenschen' nennen. Und okay, okay. Du musst nicht fragen. Ja, ich werde dein Coach für die Geburt. Aber nur, wenn du einer Hausgeburt zustimmst. Krankenhäuser sind scheiße."

„Äh … Wow. Das ist ein echt nettes Angebot. Wirklich. Aber … äh … Beck wird mein Coach für die Geburt. Und ich werde mich trotz allem ins Krankenhaus begeben, wenn das bedeutet, dass ich genug Medikamente bekomme, um zu vergessen, dass ich eine Wassermelone durch ein Nadelöhr pressen muss."

„Ein vorläufiges Nein. Verstanden. Du brauchst noch Zeit, um nachzudenken. Geh jetzt nach Hause." Jessie Kay schob sie vorwärts. „Du solltest nicht mehr auf den Beinen sein."

„Mir geht es gut. Und dir? Kommst du klar?" Harlow warf einen Blick um die Ecke in den Festsaal, und ihre Besorgnis schmolz dahin. Sie lachte leise. „Schon gut. West ist vielleicht mit einer anderen Frau hier, aber er sieht sich nach jemand ganz Bestimmtem um. Willst du mal raten, wer das sein könnte?"

„Nein. Weil ich es nicht bin. Wir gehen uns gerade aus dem Weg." Als sie am Morgen aufgewacht war und sich rausschleichen wollte, hatte sie bemerkt, dass er bereits verschwunden war. Der Idiot.

„Er ist wütend, glaube ich", sagte Harlow. „Oh! Ich kann zwar nicht von den Lippen lesen, aber ich bin mir ziemlich sicher, dass er eben zu einem Mann gesagt hat, dass er sich verdammt noch mal verpissen soll. Geh zu ihm und erlöse ihn von seinen Qualen. Sei einfach … ich weiß nicht … sei einfach nett zu ihm oder so."

„Wovon sprichst du? Ich bin immer nett."

Harlow prustete los. „Du hast schon mal den Truck deines Freundes in sein Wohnzimmer gelenkt. Absichtlich. Du, Jessie Kay Dillon, bist kein zartes Pflänzchen."

„Besagter Freund hat mich ja auch betrogen." Unter anderem.

„Oh. Tja, dann, gute Entscheidung."

Als Jessie Kay ebenfalls um die Ecke blickte, spürte sie Furcht und Aufregung. West stand nun so, dass sie ihn sehen konnte. Er war umringt von Frauen. Monica hing noch immer an ihm, ja, und sie funkelte die Konkurrentinnen wütend an und schien zu denken: *Er gehört mir, ihr miesen Schlampen, haut ab.* Doch die „Schlampen" empfingen ihre unausgesprochene Drohung offenbar nicht. Während die Frauen sich mit West unterhielten, strichen sie über seine Jackettärmel oder spielten mit seiner Krawatte. Jessie Kay musste ihm zugutehalten, dass er die ganze Zeit über steif und distanziert blieb.

Schließlich hatte Monica die Ablenkung satt und verscheuchte die Frauen. Natürlich wurden die Damen sofort von einer Gruppe Geschäftsleute ersetzt, die genauso unerschütterlich um seine Aufmerksamkeit wetteiferten.

West blickte sich unentwegt im Saal um. Offensichtlich suchte er, genau, wie Harlow es gesagt hatte, nach einer bestimmten Person. Jessie Kay bekam weiche Knie.

Bitte, lass es mich sein.

Bitte, bitte, lass es nicht mich sein.

Als sein Blick auf sie traf, ließ er ihn sofort weiterschweifen. Jessie Kay ließ enttäuscht die Schultern sinken. Doch im nächsten Moment ging sein Blick wieder zu ihr, und er blieb auf sie gerichtet.

Als wäre sie wirklich ein Schatz?

Gefangen vom Ausdruck in seinen Augen konnte sie nur dastehen und ihn ansehen. Hitze breitete sich in ihr aus, Flammen leckten an ihr. Sie fühlte sich wie die einzige Frau, die noch existierte. Die einzige Frau, die West sah. Die einzige Frau, die er sehen wollte.

Er verengte leicht die Augen, die von dichten schwarzen Wimpern umgeben waren, und gab ihr mit dem Kinn ein Zeichen, zu ihm zu kommen.

Harlow gab ihr einen Klaps auf den Po. „Hol ihn dir, Tiger."

„Okay, aber nur, weil du mich dazu zwingst." Jessie Kay zitterte, als sie auf West zuging. Männer und Frauen traten zu ihr, um sich von den Appetithäppchen zu nehmen. Als sie das sechste Mal gestoppt wurde, gewann ihre Verärgerung darüber die Oberhand und sie stopfte sich die letzten drei Hackbällchen in den Mund. Ihr Tablett war leer.

„Es ist leider nichts mehr übrig", sagte sie zum siebten Pärchen. Gut, dabei waren ihr vielleicht ein paar Bröckchen von dem Fleisch aus dem Mund gefallen. Ihre Mutter wäre entsetzt gewesen.

Lass niemals zu, dass deine Laune dein Handeln bestimmt. Gefühle sind flüchtig. Eindrücke bleiben für immer. Noch ein Spruch ihrer Mutter.

„Jessie Kay." Belustigung und Verlangen schienen in Wests Blick um die jeweilige Vorherrschaft zu kämpfen. Er beugte sich zu ihr, um ihr einen Kuss auf die Wange zu geben, und flüsterte: „Du bist absolut hinreißend …"

Sie genoss sein Kompliment. Er schien sich nicht nur um ihre Lust, sondern auch um ihre Seele kümmern zu wollen. Eine Täuschung – oder? „Mr. West. Es freut mich, Sie wiederzusehen."

„Was hast du im Angebot?" Sein Blick ging über ihren Körper und nicht über das Tablett.

Für dich? Alles.

Nein, nein. Nichts. Nicht, wenn er ein Date mit einer anderen Frau hatte. „Ich *hatte* große köstliche Kugeln. Aber jetzt sind sie weg."

Der Mann zu Wests Linker lachte leise. Er sah sie von Kopf bis Fuß an und grinste. „Ich begleite Sie gern in die Küche, um ein neues Tablett zu holen. Unterwegs können wir uns besser kennenlernen."

„Sie braucht Ihre Hilfe nicht." West war wie erstarrt, ein angespannter Zug war um seine Lippen zu erkennen … Lippen, die voll und rosafarben waren und dazu geschaffen, einer Frau Lust zu bereiten – oder einen Feind in Stücke zu reißen.

Monica schmiegte sich an seine Schulter und funkelte sie wütend an. „Sie sind noch immer im Dienst, Miss Dillon. Ich schlage vor, dass Sie aufhören, sich mit meinen Gästen zu verbrüdern und den Job erledigen, für den ich Sie bezahle. Falls das zu kompliziert sein sollte, kann ich Ihnen gern die Tür zeigen."

Autsch. Da hat mich aber jemand in meine Schranken gewiesen.

Sie hätte zurückschlagen können. Sie wollte es. Ihr waren Auseinandersetzungen mit anderen Frauen nicht fremd. Doch es war weder der richtige Zeitpunkt noch der richtige Ort, um sich einer hemmungslosen Schlägerei hinzugeben. Wenn sie sich mit Wests Auserwählter für die nächsten zwei Monate gut stellen musste, sodass der Ruf von *Sie haben es sich verdient* nicht litt, dann würde sie das tun. Sie würde alles für ihre Schwester tun. Außerdem hatte sie nicht vor, wegen Monica Gentry den „Kampf der Temperamente" zu verlieren. Vor allem nicht, weil sie schon damit gerechnet hatte, dass Monica sich so verhalten würde.

Sie räusperte sich. „Sie haben recht. Total. Ich schleiche mich in die Küche – allein – und besorge die Dinger."

„Ich würde gern mal unter vier Augen mit dir sprechen, Monica", sagte West mit scheinbar ungerührter Stimme.

Monica grinste Jessie Kay noch einmal zu, ehe sie sich West zuwandte. „Natürlich, Darling."

Darling?

In ihren zweckmäßigen flachen Schuhen eilte Jessie Kay durch den Saal. Im Küchenbereich, der an den Saal anschloss, wollte sie ihr leeres Tablett gegen eins mit neuen Köstlichkeiten austauschen. Brook Lynn wirbelte dort herum, als wären Zombies hinter ihr her, und arrangierte Appetithäppchen für die Gäste.

„Sag mir, dass alles gut läuft", sagte Brook Lynn.

Jessie Kay setzte ein sonniges Lächeln auf. *Verbirg deinen Schmerz über die Kränkung.* „Mir die Verantwortung für die Bedienung zu übertragen war das Klügste, was du je getan hast. Ich habe nur ungefähr drei Tabletts fallen lassen, aber dank der Fünf-Sekunden-Regel hat den Gästen das Essen trotzdem gemundet."

Brook Lynn blieb mit einer Handvoll Garnierung wie angewurzelt stehen und starrte sie an. „Du hast Speisen serviert, die auf den Boden gefallen sind? Jessie Kay! Ich kratz dir die Augen aus!"

„Bekommst du gerade einen Wutanfall?"

„Was? Ich? Nein!"

„Denn es war nur ein Scherz. Es waren nur *zwei* Tabletts."

Dieses Mal rollte ihre Schwester mit den Augen. „Dein verdrehter Sinn für Humor ..."

„... weckt bei dir den Wunsch, etwas nach mir zu werfen. Mach schon. Ich habe dir unrecht getan, und ich habe es verdient, dafür bestraft zu werden."

„... ist ein Grund dafür, warum ich dich so liebe", vollendete Brook Lynn ihren Satz.

Buh. „Hey, aus reiner Neugier: Wenn ich jemandem ins Essen spucke, habe ich dann unsere Wette verloren?"

Entsetzen breitete sich auf Brook Lynns Gesicht aus. „Ja! Oh, mein Gott, ja!"

„Mann. Du solltest mal dein Gesicht sehen. Auf deiner Stirn *pulsiert* eine Ader." Sie nahm sich ein Tablett, warf ihrer Schwester eine Kusshand zu und ging zurück in den Festsaal. Sie war fest entschlossen, Monica und ihre Beleidigungen zu meiden. Genauso wie sie West und die Sehnsucht meiden wollte, die sie immer verspürte, wenn sie ihn sah.

11. Kapitel

„Ich sage das nur ein einziges Mal.“ West fixierte Monica mit einem Blick, der für gewöhnlich für Geschäftsmänner reserviert war, die versuchten, ihn um den Lohn seiner Arbeit zu prellen, die er bereits geleistet hatte. „Wenn du noch einmal so mit Jessie Kay sprichst, wirst du dein blaues Wunder erleben. Und es wird dir nicht gefallen.“

Es war nicht der richtige Zeitpunkt, um ihn zu drängen. Er hatte seit dem gestrigen Mittagessen, als Jessie Kay so hingerissen Daniel angesehen hatte, unfassbar schlechte Laune. Und zwar zu Recht. Der Kerl hatte sich hervorgetan und Jessie Kay die Unterstützung und die Zuneigung gegeben, die sie sich immer gewünscht hatte.

Vielleicht hatte Daniel dasselbe gedacht wie er. Jessie Kay fürchtete, nicht gut genug zu sein – und deshalb hatte er sich aufgemacht, ihr zu beweisen, dass sie einer der besten und tollsten Menschen war, die er je kennengelernt hatte. Daniel, dieser Mistkerl, war ihm zuvorgekommen.

„West. Bitte.“ Monica ergriff die Revers seines Jacketts. „Sei nicht wütend auf mich, weil ich das Mädchen zurechtgewiesen habe. Du siehst es nicht so, aber diese Frau bedeutet Ärger.“

Er hatte sich vor diesem Abend gefürchtet. Wegen Monica, die ihm ununterbrochen Nachrichten schickte, nachdem er zugestimmt hatte, sie zu begleiten, und die sich über Jessie Kay beklagte: *Diese Blondine von der Hochzeit sollte sich anstrengen, nicht alles zu vermasseln.* Wegen Jessie Kay, die er lieber ans Bett gefesselt hätte, um sie vor alldem zu bewahren – unter anderem. Wegen der letzten Party, die er besucht hatte, und die eine Feier zu Tessas Ehren gewesen war. Er hatte sich betrunken, und wenn er einen Dealer in Strawberry Valley gekannt hätte, hätte er sich auch Drogen besorgt.

Jessie Kay hatte ihn in jener Nacht nicht verurteilt. Sie hatte ihm vorgeschlagen, die Scheune zu verlassen, in der die Party stattgefunden hatte, um sich in seinem Zimmer zu verkriechen und Filme zu sehen. Im Gegenzug hatte er vor ihren Augen eine ihrer Freundinnen geküsst.

„Sprich einfach nicht mehr mit Jessie Kay“, sagte er nun, „dann werden wir die Party ohne weitere Zwischenfälle überstehen.“

Tränen schossen Monica in die Augen.

Er hatte sie in den Korridor vor dem Festsaal gezogen – wo er nach wie vor den Champagner riechen konnte –, um sie nicht vor ihren Angestellten in Verlegenheit zu bringen. Eine höfliche Geste, die sie Jessie Kay nicht entgegengebracht hatte. Noch eine Beleidigung und er würde seinem Zorn freien Lauf lassen – egal, wer gerade zuhörte.

Er kämpfte bereits gegen fürchterliche Wut an. Als Jessie Kay davongeeilt war, hatte sie vor Schmerz und Scham ganz rote Wangen gehabt. Die Frau, die ein Herz so weich wie ein Marshmallow hatte, sollte sich niemals so fühlen, als wäre sie Dreck.

„West …“

„Das ist mein Ernst, Monica. Sie ist tabu. In Worten und Taten.“

Die Tränen trockneten, und Monica wurde wütend. „Du beschützt sie? *Sie?* Was bedeutet sie dir?“

Sie war seine Mitbewohnerin. Seine Freundin. Seine Peinigerin. Seine fleischgewordene Fantasie. „Du und ich sind kein Paar, Monica.“ Tatsächlich würde er sie nie mehr wiedersehen. „Wir werden auch niemals zusammenkommen. Ich schulde dir keine Antworten.“

Sie wimmerte … Und vollkommen unvermittelt explodierte sie. „Du Scheißkerl!" Qualm schien aus ihrer Nase zu quellen, als sie mit dem Fuß aufstampfte.

Gleich kommt das Biest, über das ich online gelesen habe. Drei … zwei …

„Ich bedeute dir etwas", zischte sie. „Du weißt es nur nicht mehr. Du erinnerst dich nicht an mich, verdammt noch mal. Ich wollte nicht, dass du dich erinnerst, sondern dass du der Frau verfällst, die ich inzwischen geworden bin. Jetzt sehe ich allerdings keine andere Möglichkeit, als dir auf die Sprünge zu helfen."

Verwirrt runzelte West die Stirn. „Ich kann dir nicht ganz folgen."

„Stell dir mich mit einhundertzwanzig Pfund mehr auf den Rippen vor. Klingelt es nun?" Sie lachte bitter. „Vor vier Jahren warst du mit Patience Ludwick, meiner Mitbewohnerin, zusammen."

Jetzt kam ihm die Erinnerung. Monica, das dunkelhaarige Mädchen, das ihn immer beäugt hatte, als wäre er ein Gott, das an seinen Lippen gehangen hatte, als würde er die Geheimnisse des Universums enthüllen. Sie hatte damals ständig beklagt, keinen Freund zu haben, und er hatte ihr Komplimente gemacht, um ihr zu helfen, mehr Selbstbewusstsein zu bekommen.

„Zwei Monate lang warst du fast jeden Abend bei uns zu Hause. Während Patience schlief, hast du dich stundenlang mit mir unterhalten. Du warst immer so nett zu mir." Sie umklammerte sein Revers noch fester. „Ich wusste, dass du dich in mich verliebst, wenn ich abnehme. Ich wusste es! Aber eines Tages hast du Patience vollkommen unerwartet verlassen. Du hast ihr gesagt, dass du sie nicht liebst und dass sich daran niemals etwas ändern würde. Du bist verschwunden und nie mehr zurückgekehrt. Du hast ihr das Herz gebrochen. Und mir auch!"

Sie hatte gerade jede Beziehung beschrieben, die er seit Tessa gehabt hatte. „Patience wusste, wie lange die Beziehung dauern würde, bevor sie überhaupt zugestimmt hat, mit mir zusammen zu sein." Er hatte dafür gesorgt. Und am Ende war ihr Herz nicht so beteiligt gewesen – er hatte nur ihren Stolz verletzt, weil sie wie so viele andere gedacht hatte, dass er vielleicht doch noch weich werden und es sich anders überlegen würde. Ein entscheidender Fehler. Er würde ganz sicher nicht weich werden und es sich anders überlegen. Er verfolgte diesen Zeitplan aus Gründen, die sich nicht geändert hatten, und er würde sich an diesen Plan halten. Auf Gedeih und Verderb.

Monica war noch immer vollkommen entzückt von ihm. „Ich wusste tief in mir, dass du nur die Frau sehen musstest, die ich eigentlich war – die dünne Frau. Also hielt ich Diät, machte Sport und behielt dich im Auge. Ich beobachtete, wie du einmal im Jahr für zwei Monate mit einer Frau zusammen warst, bevor du Schluss machtest. Ob es dir nun klar ist oder nicht, du hast auf mich gewartet, West. Und versuche nicht, es abzustreiten. Als du mich gesehen hast, hast du dich für mich entschieden. Für mich! Die Frau, die du früher unbewusst geliebt hast und die du jetzt auch liebst. Wir können glücklich werden. Du musst mir nur die Chance geben, es dir zu beweisen."

Er machte einen Schritt zurück und löste so ihren Griff. *Scheiße. Scheiße!* Das hier war nicht seine erste „Eine verhängnisvolle Affäre"-Situation, aber es würde mit Sicherheit die letzte sein. Von jetzt an würde er die potenziellen Frauen für seine Affären genauer überprüfen. Und, ja, er hatte ein schlechtes Gewissen. Er hatte sich mit vielen sehr netten Frauen getroffen und sie fallen lassen, ohne sich Gedanken über ihre Gefühle zu machen. Er hatte sich immer mit dem Gedanken getröstet, dass er von Anfang an geradeheraus und ehrlich gewesen war.

„West. Bitte." Monica wollte ihn berühren, doch er wich weiter zurück. „Lass uns die Party sausen lassen. Wir fahren zu mir nach Hause, trinken Wein, unterhalten uns wie früher und lieben uns endlich. Und morgen werden wir über die Blondine lachen, das schwöre ich dir."

Nein, er würde niemals über seine Gefühle für „die Blondine" lachen. „Es tut mir leid, Monica." Er sprach so sanft, wie er konnte, weil er sie nicht weiter verletzen wollte, auch wenn ihm bewusst war, dass es sich nicht würde vermeiden lassen. „Ich hätte dich nie um ein Date bitten sollen. Du und ich, wir passen nicht zusammen. Wir haben unterschiedliche Wünsche und Ziele."

Sie schüttelte den Kopf. „Ich habe mich für dich aufgespart. Ich will mein erstes Mal mit dir erleben."

Er war Tessas erster Mann gewesen, und es war eine Ehre für ihn. Er hatte sich gefühlt, als wäre er der König der Welt. Er hatte eine Welle des Triumphes verspürt und hatte sich wie ein Gorilla auf die Brust trommeln wollen – wegen des Mädchens, nicht wegen ihres Status.

Jessie Kay war keine Jungfrau mehr. Und dennoch würde er sich, falls er jemals mit ihr schlafen sollte, wie ein Gorilla auf die Brust trommeln wollen.

Er begehrte sie mehr als jede andere Frau zuvor.

Oh Scheiße. Es stimmte. Der Junge, der er früher gewesen war, hatte Tessa begehrt, doch der Mann, der er inzwischen geworden war, wollte Jessie Kay. Es war kein Vergleich.

„Du und ich, wir passen einfach nicht zusammen", wiederholte er. „Ich bin an einer anderen Frau interessiert."

Monica verengte die Augen zu schmalen Schlitzen. „Du bist an *ihr* interessiert, stimmt's? Sie ist eine Hure!"

Er machte noch einen Schritt zurück, bevor er etwas tat, das er bereuen würde. „Sie ist keine Hure. Du und ich ... Wir werden uns nicht wiedersehen. Nie mehr."

„Nein. Nein!" Verzweiflung schwang in ihrer Stimme mit. „Tu das nicht. Bitte, West. Erinnere dich daran, wie gut wir uns verstanden haben vor all den Jahren. Erinnere dich daran, wie wir uns unterhalten und zusammen gelacht haben. Das können wir wieder haben."

„Ich erinnere mich." Sie war nett und schüchtern gewesen und hatte seinen Blick kaum erwidern können. „Jetzt haben wir allerdings vollkommen gegensätzliche Vorstellungen. Es tut mir leid", sagte er noch einmal.

Ihre Verzweiflung wurde schlagartig von Zorn verdrängt.

„Du Scheißkerl! Du bist so ein Scheißkerl!" Sie hob die Hand, um ihn zu schlagen, aber er packte ihr Handgelenk und hielt sie davon ab. „Ich hasse dich."

„Du kannst mich ruhig hassen. Ich habe es verdient und akzeptiere es. Du solltest jedoch darauf achten, dass du deine Wut und deinen Hass nur gegen mich richtest."

Damit ließ er sie los und verließ das Zimmer.

Ihr tränenerstickter Schrei folgte ihm. „Ich habe es nicht so gemeint, West. Es tut mir leid. Es tut mir so leid. Ich hasse dich nicht. Ich liebe dich!"

Er musste zweimal durch den gesamten Festsaal laufen, ehe er Jessie Kay erblickte – und natürlich war sie wieder von einer Gruppe sabbernder Männer umgeben. Er ging zu ihnen und schob die Männer unsanft zur Seite.

„... fass noch einmal meinen Hintern an und ich klatsch dich ab. Und zwar mitten ins Gesicht. Mit meinem Tablett", sagte Jessie Kay gerade und lächelte süß.

„Ich bin mir sicher, dass es das wert wäre", erwiderte der Kerl.

West spürte Zorn in seiner Brust, ein besitzergreifendes Gefühl. Niemand fasste sein Mädchen an. „Wenn du noch einmal Hand an sie legst, kannst du dich von der Hand verabschieden."

Der Typ wurde blass. Der Rest der Gruppe wich ein paar Schritte zurück.

„West.“ Jessie Kay erstarrte, obwohl ihre Stimme ungerührt klang. „Wie kannst du es wagen? Die Gäste zu bedrohen ist unprofessionell.“

„Wir gehen.“ Er tat das einzig Kluge – das Einzige, um im Dschungel zu überleben – und ging nicht näher darauf ein, dass ihre Ermahnung eine deutliche Schwachstelle enthielt. Er nahm das Tablett und drückte es dem jungen Mann in die Hand, der ihn mit offenem Mund anstarrte. „Bring das in die Küche. Sofort.“

„Ja, Sir.“

„Hey!“ Jessie Kay stemmte die Hände in die Hüften. „Was machst du da?“

„Ich versuche, mit dir zu verschwinden.“

„Tja, hör auf damit. Du bist mit Monica hier. Dann kannst du auch mit Monica zusammen gehen.“

Er glaubte, Eifersucht in ihren Worten zu hören. Er hatte sich gewünscht, dass sie so reagierte – aber nicht hier und nicht jetzt. Nicht mehr. Jessie Kay beherrschte das Pokerface, doch er sah das unsichere kleine Mädchen, das sich hinter dieser Fassade verbarg. Diese Frau hatte keine Ahnung, wie wertvoll und kostbar sie war. Und solange sie Freunde waren – oder was auch immer sie füreinander waren –, würde sie seine Bestärkung und Beteuerung brauchen.

Pflegeintensiv würden einige Menschen das nennen. Andererseits war er noch komplizierter und pflegeintensiver als sie. Von daher passten sie ausgezeichnet zueinander.

„Ich will nichts mehr mit Monica zu tun haben.“ Er zog Jessie Kay von den anderen Gästen weg. Dieses Mal wehrte sie sich nicht dagegen. Hatte er jemals Haut berührt, die so zart war? So warm?

„West“, sagte sie atemlos.

Als er stehen blieb, um sie anzusehen, war er sich ihrer Nähe bewusst. Es fühlte sich an, als wäre er in einer Welt gefangen, in der nur sie existierte. Er nahm ihren süßen Duft wahr und bemerkte, wie ihr der Atem stockte. Wie ihr Puls schneller ging. Wie sie sich leicht vorbeugte. Wie ihr Körper sich bereit zu machen schien für die Inbesitznahme durch seinen Körper. Wie ihre Nippel sich aufrichteten.

Mit seiner freien Hand strich er über ihre Wange. „Was machst du mit mir?"

Sie warf ihm unter gesenkten Wimpern einen Blick zu. „Das Gleiche, was du mit mir machst, hoffe ich."

Sein Innerstes schien sich vor Verlangen zusammenzuziehen. „Lass uns hier verschwinden."

„Ich möchte ja, aber ich kann nicht. Brook Lynn ..."

„... wird das verstehen. Diese Feier ist ein Gräuel für uns beide, Kätzchen."

Ein Lächeln umspielte ihre Mundwinkel. „Da haben wir es – du benutzt schon wieder ausgefallene Wörter."

„Denk nicht mal daran, dich zu widersetzen. Ich habe dich aus den Fängen einer tödlichen Spinne befreit, weißt du noch? Du schuldest mir was."

„West!", kreischte Monica unvermittelt, und der Rest der Welt rückte mit einem Schlag zurück in seinen Fokus.

Er sah zu ihr. Schwarze Wimperntusche rann über ihre tränenüberströmten Wangen. Ohne sich Gedanken über die Szene zu machen, die sie gerade veranstaltete, stürmte sie auf ihn und Jessie Kay zu.

„West!"

„Sie sieht ... Wow." Jessie Kay blieb der Mund offen stehen. „Hast du ihre Katze umgebracht?"

„Ich weiß nicht einmal, ob sie eine Katze hat. Ich habe die Sache mit ihr beendet – nicht, dass wir je richtig zusammen gewesen wären." Er versuchte, Jessie Kay mit sich zu ziehen, doch sie widersetzte sich.

„Jetzt mal langsam, Zuckerbärchen. Erklär mir, was los ist. Ich weiß, dass du gesagt hast, dass du nichts mehr mit ihr zu tun haben willst. Aber was meinst du mit: ‚Ich habe die Sache mit ihr beendet‘?“

„Ich habe ihr erklärt, dass ich sie nicht mehr wiedersehen will. Und nun will sie Blut sehen. Deins, um genau zu sein. Lass uns gehen.“ Er wollte sie wieder mit sich ziehen.

Sie blieb immer noch wie angewurzelt stehen. „Warum mein Blut? Was habe ich getan?“

„Ist das nicht offensichtlich?“ Er rieb sich über den Nacken. „Du hast das Gesicht, von dem ich träume, und das Lächeln, nach dem ich mich verzehre.“

„Ich … *was*?“

„Du hast mich gehört. Jetzt lass uns endlich gehen.“

Zu spät.

Monica trat zu ihnen und fauchte förmlich, als sie Jessie Kay und seine mit ihren verschränkten Finger sah.

„Ich hatte recht. Sie ist es. Du hast keine Ahnung, wie sie ist. Ich habe mich umgehört. Sie ist Müll! Eine Schlampe! Sie schläft mit jedem – schon immer.“

West fühlte sich, als wäre er von Zorn verschlungen worden, der so tief ging, so allumfassend war, dass er fürchtete, nie wieder den Weg hinauszufinden.

Monica war noch nicht fertig. „Ich hoffe, du genießt die ganzen Geschlechtskrankheiten, die sie dir bestimmt verpasst hat.“

„STDs? Sie meinen, *sexy Tabledances*? Keine Sorge, er wird es genießen“, zischte Jessie Kay. „Das können Sie mir glauben.“

West stellte sich zwischen die beiden Frauen. Er wusste nicht, was er tun sollte. Er ahnte nur, dass er wahrscheinlich im Gefängnis enden würde, wenn er die Dinge auf seine Art regelte.

„Hat es Ihnen ein gutes Gefühl verschafft, mich zu verletzen und niederzumachen, Schätzchen?“ Jessie Kay hob majestätisch den Kopf. „Ich hoffe es, denn das, was als Nächstes kommt, wird Ihnen Schmerzen bereiten.“ Sie nahm ihren Ellbogen zurück und ließ die Fäuste fliegen.

Zack! Ihre Fingerknöchel suchten den Kontakt, und Monicas Nase verlor diese direkte Konfrontation. Knorpelgewebe gab nach. Blut spritzte. Monica heulte auf, taumelte, geriet aus dem Gleichgewicht und fiel hin.

„Aua", schrie Jessie Kay und schüttelte ihre Hand aus. „Ich hätte nicht damit gerechnet, dass es mir auch wehtun würde."

West wollte grinsen. Und er wollte laut fluchen.

„Dafür werden Sie bezahlen", keuchte Monica.

„Dafür, dass ich mich verteidigt habe? Wohl nicht." Jessie Kay drehte sich um und blickte in die Gesichter der anderen Gäste. „Sie hat mich angegriffen. Das hat jeder hier gesehen. Sie kennen die Wahrheit. Und jemand muss meiner Schwester versichern, dass ich *nicht* die Selbstbeherrschung verloren habe. Ich war die ganze Zeit über ruhig und gelassen."

West ergriff Jessie Kays Hand, die unverletzte, während Beck und Jase sich durch die Menge drängten. Natürlich hatten seine Freunde sich in Schale geworfen und sich auf die Party geschlichen, denn Brook Lynn und Harlow waren hier.

„Mir ist klar, dass Brook Lynn wahrscheinlich glaubt, dass ihr professioneller Ruf auf dem Spiel steht", sagte West zu Jase, „also ist es ihre Entscheidung, ob sie bleiben will oder geht. Aber ich bringe jetzt Jessie Kay nach Hause."

„Ich kenne meine Frau", entgegnete Jase. „Ihre Schwester wurde beleidigt. Sie wird nicht bleiben wollen."

Die beiden Männer gingen los, um ihre Freundinnen zu suchen.

Vor dem Hotel unter den Laternen hielten Autos am erleuchteten Gehsteig und bliesen ihre Abgase in die Luft. Hausdiener stiegen in unterschiedliche Wagen, während Gäste, die von Jeans und T-Shirt bis zum Abendkleid alles Mögliche trugen, das Hotel betraten oder verließen.

„Ich gehe nicht, ohne mit meiner Schwester gesprochen zu

haben", erklärte Jessie Kay. „Oder das Honorar für sie eingetrieben zu haben."

„Ich werde sie bezahlen." West zeigte seinen Ausweis einem der Hoteldiener, der gerade zum Pult mit den Schlüsseln zurückgekehrt war.

Der Mann nickte, während er seinen Blick ein bisschen zu lange auf Jessie Kay richtete. West knurrte unwillig.

„Heute noch", presste er zwischen zusammengebissenen Zähnen hervor.

Der Mann rannte los.

„Erstens", begann Jessie Kay, „will ich nicht dein Geld, sondern Monicas. Zweitens warst du nicht derjenige, der angegriffen worden ist. Wieso die Eile? Lass mich zurückgehen, damit ich mit ..."

„Du weißt, dass deine Schwester schon zusammenpackt. Und zu der Frage, warum ich es so eilig habe: Ich habe gute Gründe. Wie viele davon möchtest du hören?"

Sie schürzte die Lippen. „Fang mit den drei wichtigsten an."

„Eins: Eine Eskalation der Situation hätte uns beide in Schwierigkeiten gebracht. Zwei: Wenn Monica zurückgeschlagen hätte, dann hätte ich mich vergessen. Ich bin wie der Hulk, und die Leute wollen mich nicht erleben, wenn ich wütend bin. Vor allem, wenn es um deinen Schutz geht. Du bist mir irgendwie ans Herz gewachsen, und ich würde schlimme Dinge tun, um dich zu beschützen."

„Das sind nur zwei Gründe", bemerkte sie und klang etwas atemlos.

„Drei: Ich will, dass du möglichst schnell deine Hand kühlst. Deine Fingerknöchel schwellen schon an."

Ihre Miene war, wie er es sich erhofft hatte, weicher geworden. Im nächsten Moment wurde sein Wagen vorgefahren, und er gab dem Hoteldiener ein Trinkgeld. Der Mann bemühte sich, nicht in Jessie Kays Richtung zu blicken. Erst, als West auf die

Straße gebogen war und das riesige Fünf-Sterne-Hotel im Rückspiegel langsam verschwamm, entspannte er sich.

„Ich habe keine Geschlechtskrankheiten", sagte Jessie Kay leise und blickte in die Nacht hinaus. „Ich war seit Monaten mit keinem Mann mehr zusammen. Seit … Du weißt schon. Und ich habe mich testen lassen."

„Gut. Ich bin auch gesund. Und, Kätzchen", sagte er genauso leise, „ich halte dich nicht für eine Schlampe."

„Das musst du doch."

„Weil Doppelmoral Voraussetzung ist, um als echter Mann angesehen zu werden?"

„Ja!"

„Wohl kaum. Ich verurteile niemanden. Du kennst meine Geschichte, oder? Wenn ich ein Mädchen wäre, hätte ich auch versucht, Jase und Beck ins Bett zu kriegen. Sie sind heiß."

Sie lächelte, doch ihre Belustigung war so schnell verschwunden, wie sie gekommen war.

„Die Vorstellung, dass ich mit den beiden zusammen war, gefällt dir bestimmt nicht."

„Mir gefällt die Vorstellung nicht, dass du überhaupt mit einem anderen Mann zusammen warst. Eine Weile habe ich geglaubt, dass ich es den beiden übel nehme, dass sie meine Frau angefasst haben. Aber inzwischen ist mir klar geworden, dass es keine Rolle spielt. Sie stehen für die Vergangenheit, ich stehe für die Gegenwart."

„Deine Frau", flüsterte sie, als könnte sie nicht glauben, dass er die Worte ausgesprochen hatte. „Die Zukunft." Sie schluckte und drehte sich auf dem Sitz so, dass sie ihn ansehen konnte. „Woher wusste Monica, dass du mich willst?"

Er umklammerte das Lenkrad noch ein bisschen fester. „Ich habe es ihr gesagt."

Es herrschte Schweigen. Es war ein Moment, in dem sein

Herz einen Schlag lang aussetzte und auf einen Grund wartete, weiterzuschlagen.

„Ich will dich auch", gab sie zu. „Das weißt du. Aber ich werde nichts unternehmen, weil ich eine langfristige Beziehung will und weil du nur bereit bist, zwei Monate zuzulassen." Es entstand eine Pause. „Stimmt's?"

Sein Körper reagierte auf ihre Worte – *ich will dich auch* –, sein Herz raste und unstillbare Gier nach Erlösung quälte ihn. „Stimmt." Er konnte einfach nicht über die Gründe für seinen Zeitplan hinwegsehen. Nicht einmal für Jessie Kay. Damit würde er Jase und Tessa und sogar Beck beleidigen. Damit würde er den Schmerz geringschätzen, den sie seinetwegen erduldet hatten.

„Warum?", fragte sie. „Warum bestehst du auf zwei Monaten? Erklär es mir. Bitte."

„Noch nicht." Er würde es ihr früher oder später sagen müssen, das sah er jetzt ein. Doch heute Abend hatte es schon genug Unruhe gegeben. „Wenn wir nicht zusammen sein können, musst du mir helfen, dir zu widerstehen. Sag mir all die schrecklichen Dinge, die du tun würdest, wenn wir zusammen wären. Würdest du klammern? Würdest du alle Einzelheiten über meine furchtbare Kindheit hören wollen?"

Eine ganze Weile schwieg sie und sah ihn sehnsüchtig und hoffnungsvoll an. Es zerriss ihn innerlich. Er glaubte nicht, dass es etwas Schlimmeres geben könnte – bis diese Emotionen von einem Ausdruck der Entschlossenheit verdrängt wurden.

„Ich würde *total* klammern", sagte sie schließlich. „Ich würde dir eine Million Fragen stellen – nicht nur über deine Kindheit, sondern auch darüber, wie dein Tag war. Und zwar jeden Tag. Und wenn ich auch nur für eine Sekunde denken würde, dass du eine andere Frau anschaust, würde ich dich bestrafen, indem ich nicht mit dir schlafe. Eine Woche lang!"

„Du meinst, du würdest *dich selbst* damit bestrafen. Aber sprich weiter. Das hilft.“ Tat es das wirklich? Der Gedanke an die Fragen und die Bestrafung störte ihn überhaupt nicht. Im Gegenteil, er war fasziniert.

„Ich würde dich entsetzlich ausnutzen“, sagte sie.

Wieder war er gefesselt, wollte mehr erfahren. „Nenn mir ein Beispiel.“

„Tja, zuerst einmal würde ich erwarten, dass du den Wagen mit mir tauschst.“

„Warum?“

„Weil mein Freund darauf *bestehen* würde, dass ich ein sichereres Auto fahre.“

Wer würde wohl schon bald ein neues – sichereres – Auto bekommen?

Doch sie war noch nicht fertig. „Und ich hoffe, du magst es, wenn deine Freundinnen schlabbrige T-Shirts und Jogginghose tragen. Denn sobald ich dich festgenagelt habe, werde ich keine Anstrengungen mehr in mein Äußeres investieren.“

Er schüttelte sich gespielt übertrieben.

„Und trotz deiner offensichtlichen Abneigung gegen Geschenke erwarte ich zu jedem Jahrestag eine Aufmerksamkeit. Und, West? Ich glaube, dass jede neue Woche, die wir zusammen verbringen, eine Art Jahrestag ist.“

Der Gedanke machte ihm Angst.

Das einzige Geschenk, das er seiner Mutter je gegeben hatte, hatte sie ins Pfandleihhaus gebracht. Das erste Geschenk, das er einer Pflegemutter gemacht hatte, hatte mit den tollen Geschenken, die sie von ihren leiblichen Kindern bekommen hatte, nicht mithalten können. Stolz hatte sie die Geschenke ihrer Kinder auf einem Tisch präsentiert, während seins – eine Zeichnung, mit der er sich abgequält hatte – zusammen mit dem Geschenkpapier in den Müll gewandert war.

„Jetzt bist du dran, mir zu helfen." Jessie Kay gab ihm ein Handzeichen. „Erzähl mir die schrecklichen Dinge, die du mir antun würdest."

Er hob ihre Hand an seinen Mund und leckte zwischen ihren Fingerknöcheln entlang. *Sie einmal schmecken … Nur ein einziges Mal …* „Am Ende des ersten Tages hätte ich dir einen genauen Terminplan eingehämmert."

„Das ist doch nichts Neues."

„Wenn du bei irgendeinem Tagesordnungspunkt nur eine Minute zu spät bist, werde ich eine Standpauke und den einen oder anderen Klaps auf den Po mit in den Plan schreiben."

Als er ihr übertriebenes Keuchen hörte, verzog er die Mundwinkel zu einem kleinen Grinsen.

Sie legte die freie Hand an ihren Hals und hauchte: „Du Biest! Ja, ich würde den Klaps verdienen und begrüßen. Aber die Standpauke? Grausam und außergewöhnlich. Wie lange würde sie dauern?"

„Stunden."

Missbilligend schnalzte sie mit der Zunge. „Ich sage es ja nicht gern, Zuckerbärchen, doch ich würde nichts davon mitbekommen. Ich wäre nämlich zu beschäftigt damit, von den Freuden des Singledaseins zu träumen."

„Lüg dir nicht in die eigene Tasche, Kätzchen. Ich werde dir die Standpauke nackt halten. Du würdest mehr von mir wollen, nicht weniger."

Eine Gänsehaut breitete sich auf ihrem Körper aus. „Was noch?"

„Ich würde verlangen, der Mittelpunkt deiner Welt zu sein." Das hatte er bisher nie getan, aber bei ihr würde er eine Ausnahme machen – da war er sich sicher. „Jede Sekunde jeden Tages würde mir gehören. Ich würde erwarten, dass du jede Nacht in meinem Bett liegst und jeden Morgen in meinen Armen aufwachst. Ich würde dich so oft und so hart nehmen, dass du nicht mehr in der Lage wärst, zu atmen, ohne an mich zu denken."

Wieder herrschte Schweigen. Noch ein Moment, in dem sein Herzschlag aussetzte.

Er erreichte das Haus und hielt auf der Auffahrt.

„Schrecklich", sagte sie schließlich, ihre Stimme war nicht mehr als ein raues Flüstern.

Er fühlte sich benommen … und wurde immer stärker in ihren Bann gezogen.

Er zitterte, als er aus dem Wagen stieg, auf die Beifahrerseite ging und ihr die Tür aufmachte. „Ich brauche noch einen Grund. Sofort."

Sie stand vor ihm und sah ihn mit ihren strahlenden Augen an. „Ich würde jeden Tag mindestens zehnmal umarmt werden wollen."

Dieses Mal musste er das Schaudern nicht spielen. „Ich hasse Umarmungen. Ich weiß nie, wie lange sie dauern müssen oder wie fest man den anderen hält."

„Tja, das Problem kann ich im Handumdrehen lösen."

Sie trat auf ihn zu, ganz dicht an ihn heran, schlang die Arme um seine Taille und schmiegte ihre Wange an seine Brust, wo sein Herz mindestens tausendmal pro Minute schlug.

„Halt mich fest, bis ich sage, dass es reicht."

Ohne groß nachzudenken, gehorchte er ihr, legte die Arme um sie und hielt sie fest.

„Fester", sagte sie. „Gut. Das ist gut." Eine spannungsgeladene Pause entstand. „Fühlst du dich schon elend?"

„Mehr als das", flüsterte er.

„Gut. Dann streich jetzt mit den Fingern durch mein Haar."

Es war ein gefährliches Spiel. Das gefährlichste Spiel, das er je gespielt hatte, und es verfehlte den Zweck dieser Übung total. Trotzdem ließ er seine Finger durch ihr Haar gleiten, und sie seufzte zufrieden.

„Jessie Kay." Seine Stimme war ein raues Flüstern.

Sie blickte auf und hauchte ihm einen zarten Kuss auf die Lippen.

Der Kontakt – wenn auch noch so kurz – riss die Schutzmauern ein, die er um seinen Verstand und sein Herz errichtet hatte. Mit einem Mal war sein Verlangen, das er bisher gezügelt hatte, offen sichtbar, wie frei liegende Nerven, pur und empfindlich.

Plötzlich konnte er nicht mehr atmen. Er neigte den Kopf, küsste sie und stahl ihren Atem, als sie den Mund für ihn öffnete.

Ihre Zungen erkundeten einander, langsam und behutsam. Jessie Kays unglaublicher Geschmack brachte ihn fast um den Verstand: Zucker, ein fester Bestandteil ihrer Ernährung, und ein Hauch von Zimt. Zwei Aromen, die er für immer mit dem Begriff „Zuhause" verbinden würde. Zuhause. Zum ersten Mal in seinem Leben fühlte er sich, als wäre er zu Hause angekommen.

„Jessie Kay." So gut der Kuss auch war, hatte er doch nichts mit Leidenschaft zu tun. Nicht in diesem gestohlenen Moment. Jede Berührung vertiefte irgendwie die Emotionen zwischen ihnen. Sie hatte Besitz von ihm ergriffen, ihn mit ihrem Zeichen versehen. Sie hatte ihn an einen Ort geführt, an dem die Vergangenheit nicht länger zählte. Es gab nur das Hier und Jetzt, und sie waren die einzigen Menschen, die existierten.

„West", keuchte sie. Unvermittelt stieß sie ihn von sich.

Sie standen eine Armlänge voneinander entfernt und atmeten schwer.

Sein Ziel war es, sie erneut in seine Arme zu schließen. Ohne sie hatte er keinen Anker und trieb haltlos herum. Die Vergangenheit drang wieder in sein Bewusstsein und drohte, den Moment zu stören.

West streckte einen Arm nach Jessie Kay aus, aber sie wich zurück. *Ich darf sie nicht gehen lassen.*

Er drängte sie gegen den Wagen und hielt sie dort gefangen, sodass sie nicht fliehen konnte. Als sie anfing zu zittern, fluchte er. Er war eigentlich nicht so – gierig, klammernd, verzweifelt.

„Nachdem wir das nun hinter uns gebracht haben und hoffentlich nicht mehr daran denken müssen", sagte sie, blickte ihm jedoch nicht in die Augen, „sollte das Verlangen abklingen."

„Ja", krächzte er. „Das Verlangen sollte enden."

Bitte. Lass es vorbei sein.

12. Kapitel

Im Laufe der folgenden Woche bemühte Jessie Kay sich, den umwerfenden Kuss zu vergessen, der sie vollkommen verändert hatte. Es war ein zärtlicher Kuss gewesen, der zärtlichste Kuss, den sie je erlebt hatte. Es war eher um Gefühle als um das körperliche Verlangen gegangen. Obwohl Verlangen spürbar gewesen war – wie es immer da war. Sie war nicht länger Jessie Kay Dillon. Jetzt war sie Jessie Kay Dillon, Besitz von West. Er *besaß* sie. Nicht, dass ihm das bewusst wäre. Nicht, dass sie es ihm jemals sagen würde.

Wir haben unterschiedliche Ziele, wollen unterschiedliche Dinge.

Doch das hielt sie nicht davon ab, weiterhin seine Freundin zu sein. Und das bedeutete, dass „Operation Collage" nicht vom Tisch war. Es gelang ihr, unauffällig unzählige Fotos von ihm zu machen, und sie hätte nicht glücklicher sein können – außer natürlich, er hätte ihr die Welt versprochen.

Warum bestand er immer noch auf einer Affäre, die nach genau zwei Monaten endete? So würde er niemals sein Glück finden, und sie wünschte sich, dass er glücklich war. Aber …

Allmählich fing sie an zu glauben, dass er gar nicht glücklich werden wollte.

Als sie vorgeschlagen hatte, dass sie sich entspannen und sich einen Film ansahen, hatte er abgelehnt, weil er aufräumen musste. Allerdings räumte er nicht nur auf, er putzte das Haus bis zum Erbrechen. Er schrubbte, polierte, wischte und saugte, und dann fing er wieder von vorn an.

War das vielleicht ein Weg, um seine Umgebung zu kontrollieren? Oder gab es einen tieferen Grund für dieses Verhalten?

Verdammt, womöglich wollte er ihr ja nur aus dem Weg gehen.

Nein, das war es nicht. Er rief sie oft genug an – einfach, um sich kurz zu melden. Obwohl jedes Telefonat mit den Worten: „Ist alles in Ordnung?“ anfing. Als würde er ständig damit rechnen, dass etwas Schlimmes passierte.

Wusste er denn nicht, dass Sorge einen innerlich auffraß?

Genau wie eine Zwangserkrankung. Abgesehen von seinem Putzzwang musste er die Computerteile, die er dauernd mit nach Hause brachte, in einer bestimmten Reihenfolge anordnen. Häufig fand sie eine Schraube in den Polsterkissen der Couch und fragte sich, ob er sie mit Absicht dort ablegte. Er war zu sorgfältig und akribisch, um es nicht zu merken, wenn eine fehlte.

Eine kleine Rebellion gegen die Ordnung?

Einmal hatte sie eine dieser Schrauben neben einer Nachricht an den Kühlschrank geklebt.

Du machst aus diesem Haus ein Nerdatorium!

Am nächsten Tag hatte sie entdeckt, dass er die Nachricht durch eine andere ersetzt hatte.

Gern geschehen.

Ihr war außerdem aufgefallen, dass er jedes Fenster und jede Tür noch einmal genau prüfte, bevor er ins Bett ging. Ach, und er verließ Jase und Beck und auch sie nicht, wenn er der Meinung war, dass sie wütend auf ihn waren. Er blieb so lange, bis alle um ihn herum lächelten.

Sie glaubte, zumindest den letzten Punkt nachvollziehen zu können. Als er Tessa zum letzten Mal gesehen hatte, war sie wütend auf ihn gewesen, hatte daraufhin eine falsche Entscheidung getroffen und ihr Leben verloren. Er fühlte sich verantwortlich dafür. Genauso, wie sie sich für ihre Eltern verantwortlich fühlte.

Sie wollte ihm so gern helfen. Und sie half ihm auch! Vielleicht. Hoffentlich. Jeden Morgen überreichte er ihr einen neuen Terminplan und eine Kopie seines eigenen Plans. Sie fuhr damit fort, ihn im Laufe des Tages hin und wieder zu stören, bat ihn um Hilfe oder erzählte ihm eine lustige Geschichte. Nicht ein einziges Mal wies er sie zurück, und immer öfter kam er mit einem Lächeln auf den Lippen von der Arbeit nach Hause.

Und vielleicht bemühte er sich deshalb so sehr, ihr den Start in den Tag zu versüßen, damit sie ihn mit einem Lächeln begann. Er stellte zum Beispiel eine Tasse Kaffee neben ihren Zeitplan. Wenn er zu Hause war, machte er kleine Scherze, wie: „Hier ist dein Zucker mit einem Spritzer Kaffee."

Oder: „Dir ist klar, dass ich dein Sugardaddy bin, oder?"

Oder: „Kein Wunder, dass du so einen süßen Hintern hast."

Ja. So weit ging er.

Wenn er das Haus schon verlassen hatte, bevor sie aus dem Bett kroch, hinterließ er ihr eine Nachricht.

Trink mich. Ich möchte heute keinen Depresso sehen.

Oder: *Du hast in letzter Zeit Lust auf eine Latte gehabt. Genieß den Moment.*

Abends brachte er ihr neue Fußballtricks bei. Sie wollte sich ja nicht selbst loben – tat es aber natürlich trotzdem –, doch das Dribbling beherrschte sie schon ziemlich gut. Sie kam sogar mit dem schnellen Richtungswechsel zurecht.

Verdammt, warum wollte er nicht länger als zwei Monate mit ihr zusammen sein?

Die Frage war wie eine giftige Saat, die in ihr aufging und vergiftete Zweige und Blätter hervorbrachte, bis sie durch das dichte Blätterwerk hindurch nichts mehr erkennen konnte.

Glücklicherweise gab es Ablenkung. Vor einigen Tagen hatte West, dieser wundervolle Mistkerl, ihr die Verantwortung für die Weihnachtsfeier von *WOH Industries* übertragen.

„Wir sind jetzt beste Freunde. Du kannst nicht Nein sagen."

„Aber Brook Lynn ..."

„... ist damit beschäftigt, ihre Hochzeit zu planen."

Das stimmte, doch sie hatte sie trotzdem angerufen. Für gewöhnlich kümmerte ihre Schwester sich um das Menü, und sie wollte ihr keine Aufgabe abnehmen, die Brook Lynn so gern erledigte.

„Du hast dich auf der Weihnachtsfeier von *Bodies by Monica* bewiesen – trotz des Schlags", hatte Brook Lynn gesagt. „Du bist übrigens in guter Form. Du hast das getan, was ich auch getan hätte, daher kann ich den Sieg unserer Wette dafür nicht beanspruchen. Zumindest noch nicht."

„Es war wirklich ein toller Schlag, oder? Falls es jemals zur Zombie-Apokalypse kommen sollte ..."

„Nicht falls, sondern wenn."

„Klar. *Wenn* die Zombie-Apokalypse also beginnt, möchte ich mir dein Schwert ausleihen. Ich bin mir absolut zu dreiundsechzig Prozent sicher, dass Monica eine der Ersten ist, die infiziert wird, aber abgesehen davon werde ich sie sowieso umbringen. Und ihren Kopf behalte ich als Trophäe."

Brook Lynn hatte gelacht. „Deine Begeisterung und Entschlossenheit beweisen, dass du die Feier von *WOH Industries* ohne Probleme organisieren kannst. Im Übrigen vertraue ich dir. West vertraut dir. Und du würdest mir einen riesigen Gefallen tun."

Das war alles, was sie hatte hören wollen.

Seit dem Telefonat hatte sie jeden Vormittag damit verbracht, Frühstück und Mittagessen auszuliefern. Anschließend hatte sie telefoniert und Pläne für die Feier gemacht. Gestern hatte Harlow ihr geholfen. Heute hatte Daniel sie unterstützt.

Beide hatten sie nach ihrer Beziehung zu West gefragt. Harlow, die Süße, weil sie bemerkt hatte, wie er sich für sie eingesetzt hatte, und Daniel, der Schatz, weil er einfach nur neugierig war. Jessie Kay hatte beiden dieselbe Antwort gegeben: „Ich weiß es nicht."

Ihr Verlangen, ihr Wunsch, in Wests Bett zu sein ... in seinen Armen zu liegen ...

Sie vergaß immer mehr, warum sie ihm eine zeitlich begrenzte Affäre verweigerte – warum sie sie ihnen beiden verweigerte. Und wenn sie sich an die Gründe dafür erinnerte, so verloren die weiter an Bedeutung.

Seufzend las sie die Liste durch, die Brook Lynn ihr im *Two Farms* geschrieben hatte – sie hatte ein Foto davon gemacht, damit sie das Papier nicht mit sich herumtragen musste, wodurch es über kurz oder lang unweigerlich in Mitleidenschaft gezogen werden würde. Dann ließ sie sich auf ihr Bett fallen.

Um Jessie Kays Herz für immer zu gewinnen, muss West:
Einen Frauenfilm mit dir schauen – nur, um dich lächeln zu sehen.
Mit dir kuscheln, ohne Sex zu haben – weil es für ihn einfach nichts Schöneres gibt, als dich in den Armen zu halten.
~~Dich mit einer Hand halten und mit der anderen verteidigen~~ (Monicas Party).
Wissen, dass es sich lohnt, um dich zu kämpfen – egal, wie schwierig es auch werden mag.
Kompromisse mit dir eingehen, weil deine Wünsche ihm genauso wichtig sind wie seine eigenen.
Dich auch mal allein machen lassen, weil er dir vertraut.
Beweisen, dass er für dich da sein wird, selbst wenn es noch so schlimm kommt.

~~Dir manchmal kleine Geschenke machen, weil er dauernd an dich denken muss~~ (morgendliche Nachrichten).
Mit dir lachen, mit dir weinen und von dir träumen.
Seine Zukunft in deinen Augen sehen.
Vergessen, dass es auf der Welt noch andere Frauen gibt.
Dich von ganzem Herzen lieben.

In fetten Lettern sah Jessie Kay all das, was sie in ihrem Leben vermisste. Alles, was sie nie gehabt und sich immer gewünscht hatte. Wie sollte sie sich jetzt mit weniger zufriedengeben?

Sie schickte Daniel das Foto der Liste. Er war vor ein paar Stunden zur Arbeit gegangen. Vielleicht würde seine Meinung über West oder Männer im Allgemeinen sie wieder auf den rechten Pfad zurückbringen. An diesem Punkt war sie verzweifelt genug, *jeden* um Rat zu bitten.

Sie: *Sei ehrlich, Danny Boy. Ist es unmöglich, dass ich das alles erwarte???*

Sie wartete eine Minute … zwei Minuten … Daniel antwortete nicht. Gut. Wie auch immer. Tief in ihrem Inneren kannte sie die Antwort bereits. Nur der letzte Punkt auf der Liste war unmöglich. Wie sollte ein Mann sie lieben, wenn sie sich nicht einmal selbst leiden konnte?

Oh … Mist. Sie mochte sich selbst nicht, und West hatte das von Anfang an gewusst.

Du musst anfangen, dich selbst zu mögen, Jessie Kay. Nur ein Verrückter würde dich nicht mögen.

Jahrelang hatte sie sich nur auf ihre Fehler konzentriert und nie ihren eigenen Wert erkannt. Sie war ein wertvoller Mensch! Und wie wertvoll sie war, hing nicht von der Meinung anderer Menschen ab.

Nur ihre eigene Meinung zählte.

Und ich bin ein ziemlich cooles Mädchen. Sie hatte einen exzellenten Geschmack, was Freunde anging, und sie würde alles für sie tun. Absolut alles! Sie konnte sich gegen jemanden, der so sexy und klug war wie West, durchaus behaupten. Sie konnte ihn sogar schwindelig reden. *Mann! Die Zeit ist zirkulär.* Sie genoss es, andere Menschen glücklich zu machen und denjenigen zu helfen, die in Not waren.

Ich bin besser als cool. Ich bin umwerfend!

Lächelnd sprang sie aus dem Bett und legte die Liste auf ihre Kommode. Sie wollte Brook Lynn eine Nachricht schreiben, um ihr von ihrer Erleuchtung zu erzählen, hielt jedoch inne. Ihre Schwester und Jase waren in die Stadt gefahren, um Stoff zu kaufen, damit sie anfangen konnte, die Kleider für die Brautjungfern zu nähen. Sollte sie die gemeinsame Zeit der beiden wirklich stören?

Mit irgendjemandem musste sie darüber reden.

„West", rief sie und rannte aus ihrem Zimmer. „West! Rate mal ..."

Die Tür zu seinem Schlafzimmer wurde geöffnet. Er ragte vor ihr auf. Das Haar stand ihm in alle Richtungen vom Kopf ab. Er war nicht nackt. *Buh!* Dennoch sah er in dem schlichten weißen T-Shirt und einer tief auf seinen Hüften sitzenden Jogginghose unglaublich sexy und männlich aus. Und, Himmel, er war gefährlicher für ihren Seelenfrieden als je zuvor und raubte ihr den Atem.

Auf seinem Gesicht lag ein seltsamer Ausdruck, während er sie musterte. Es war ein Ausdruck, mit dem er sie noch nie angesehen hatte. Es schien fast so, als überlegte er, ob er sie schütteln oder sie küssen sollte.

Welche der Möglichkeiten sie sich wohl aussuchen würde?

Schließlich sagte er: „Du hast einen sonderbar wilden Ausdruck in den Augen. Soll ich dir Schokolade zuwerfen und in Deckung gehen?"

Ohne auf seine Worte einzugehen, erklärte sie: „Ich mag mich.“ Sie sprudelte praktisch über vor Aufregung und wirbelte im Kreis herum. „Ich bin erstaunlich erstaunlich!“

Er lehnte sich mit der Schulter an den Türrahmen und verschränkte die Arme vor der Brust. „Tut mir leid, dir das sagen zu müssen, Kätzchen, aber das sind eigentlich keine Neuigkeiten.“

„Für mich schon.“ Sie packte ihn am Kragen seines T-Shirts. „Wie kannst du hier einfach so rumstehen. Das ist doch ganz eindeutig ein Disney-Moment!“

Seine Pupillen weiteten sich. „Ich bin da leicht im Nachteil. Ich habe nämlich keinen Schimmer, was ein Disney-Moment sein soll.“

„Kein Problem. Ich werde es so erklären, dass sogar ein von Testosteron zerfressenes Hirn wie deins es versteht. Ich bin die Prinzessin, und du bist meine treue Putz-Maus. Wir müssen singen und tanzen, um unsere Gefühle und unsere Freude über die Bedeutung meiner Selbsterkenntnis auszudrücken.“

„Erstens habe ich dich bereits singen gehört. Ich würde dir sogar Geld zahlen, um es nicht mehr hören zu müssen. Möchtest du stattdessen mit einem neuen Auto feiern?“

„Ja!“

„Abgemacht. Zweitens frage ich mich, warum ich die Maus sein muss? Warum kann ich nicht der Prinz sein?“

„Sei nicht albern. Ich sagte, es sei ein Disney-Moment und kein an den Haaren herbeigezogener Wunschtraum.“

Er schnaubte. „Tja, dein Moment wird jedenfalls warten müssen. Beck hat mir eine Nachricht geschickt. Harlow will heute Abend ausgehen – mit uns allen. Widerstand zwecklos.“

Oh! Vielleicht wollte sie die Baby-Bombe platzen lassen.

„Die Limousine kommt um sieben“, fuhr West fort, „und wir sollen rechtzeitig fertig sein, sonst werden wir – ich zitiere – ‚den Schmerz von tausend Toden erleiden‘.“

Limousine? „Tut mir leid, aber ich habe zu viel zu tun. Und was ist mit deinem Terminplan?“

Er zuckte mit den Schultern. „Der Plan ist sowieso schon heillos durcheinandergekommen. Jetzt kommt es auch nicht mehr darauf an.“

Sie betrachtete ihn genauer. Er war verärgert, aber nicht gestresst. Noch ein Grund mehr, wieso sie sich selbst mögen sollte – sie hatte ihm geholfen.

„Also gut. Wir werden beide gehen“, sagte sie. „Und wir werden Spaß haben.“

„Wirst du mich zum Tanzen auffordern?“

„Ich werde darauf bestehen, Zuckerbärchen.“

„Sogar, wenn ich dir dein neues Auto wegnehme?“

„Vor allem, wenn du mir mein neues Auto wegnimmst. Was für ein Auto willst du mir denn überhaupt kaufen? Da es eine Art Schmiergeld ist, sollte es schon mit allen Schikanen ausgestattet sein.“

„Das wird es.“

Er ließ den Blick über sie gleiten und ihr wurde heiß.

„Zieh auf jeden Fall was an, unter das ich meine Hände schieben kann.“ Als sie ihn unsicher ansah, fügte er hinzu: „Wir können ja anschließend einen Frauenfilm schauen. Ich sehe dein Lächeln so gern.“

Er lächelte, bevor er die Tür zumachte. Warum sollte er so etwas sagen …

Oh, Scheiße. Scheiße, Scheiße, Scheiße. Sie drückte eine Hand auf ihren Bauch, in dem sich ein unangenehmes Brennen ausgebreitet hatte. Sie hatte die Liste nicht an ihn geschickt … Nein, das konnte sie unmöglich getan haben …

Sie rannte in ihr Zimmer und schnappte sich ihr Telefon. Eilig tippte sie ihr Passwort ein, öffnete den Ordner mit den gesendeten Nachrichten und …

Mist! Sie *hatte* die Liste an West geschickt. Sie hatte gerade an ihn gedacht und offensichtlich einfach seinen Namen eingetippt und damit seine Nummer aufgerufen. Aufstöhnend schlug sie den Kopf auf ihre Kommode.

Sie hatte eben erst gelernt, sich selbst zu mögen – doch in diesem Moment hasste sie sich.

Jessie Kay rasierte sich die Beine, ölte sich ein, machte sich die Haare und legte Make-up auf. Dann wählte sie ein umwerfendes Outfit. Das Endresultat gefiel ihr. Ihr goldblondes Haar fiel ihr in schimmernden Wellen über die Schultern. Ihre Augen hatte sie dramatisch geschminkt und die Wimpern schwarz getuscht. Auf ihren Wangen hatte sie rosiges Rouge verteilt, ihre Lippen erstrahlten in einem leuchtenden Blutrot. Und ihr Kleid war eine … *todsichere Sache*. Es saß oben eng, endete in einem ausgestellten Rock und war aus einem dunkelblauen Stoff, der zu ihren Augen passte. Wild verstreute kleine Cupcakes waren auf den Stoff gedruckt. Das Kleid war unschuldig und sexy – Schulmädchen und Pin-up.

Als sie es zum ersten Mal getragen hatte, waren die Männer praktisch über sie hergefallen.

Während sie noch eine Schicht Lipgloss auftrug, kam eine SMS.

Daniel: *Heute Abend Dinner?*

Sie: *Sorry, ich gehe mit West aus!* ☺

Daniel: *Na gut. Dann gehe ich eben auf das Date, für das ich mich verabredet habe. (Ja, ich suchte nach einer Ausrede, nicht gehen zu müssen.)*

Sie: *Folgende Idee, bitte kein Mädchen um ein Date, das du nicht magst.*

Daniel: *Das ist keine Idee, sondern eine Grausamkeit gegenüber der Frauenwelt.*

Ha! Sie nahm eine schwarze Clutch aus dem Schrank und steckte das Nötigste in die kleine Tasche: Lippenstift, Pfefferminzbonbons, ein kleines Teppichmesser, einen Weinkorken, eine Handvoll der Visitenkarten, die Brook Lynn für *Sie haben es sich verdient* hatte drucken lassen, ein winziges Maßband, noch einen Lippenstift, ein Kondom … Nein, kein Kondom. Es würde ihr nur einen Grund bieten, der Versuchung nachzugeben. Sie verließ ihr Zimmer.

Im Wohnzimmer stand West am Erkerfenster und blickte in die aufziehende Dunkelheit hinaus. Sie sah ihn im Profil. Und, wow, er sah einfach gut aus. Das schwarze Hemd schmiegte sich an seine Muskeln. Er hatte seine Jeans im Used-Look in die Boots gesteckt. Die Kombination war Gift für ihren Widerstand. Um ein Handgelenk hatte er ein Lederarmband geschlungen, zwei Silberringe funkelten an seinen Fingern.

Er war der fleischgewordene Bad Boy. Ein Berg von einem Mann, den sie gern … besteigen wollte. Das Verlangen, das nur er bei ihr heraufbeschwören konnte, ließ ihre Knie weich werden. Sie zitterte überhitzt.

„Ich habe dich noch nie so lässig gesehen", sagte sie. „Das gefällt mir."

„Lässig?"

Er wandte sich ihr zu. In seinen Augen lag kein überraschter Ausdruck. Es wirkte, als wäre er sich ihrer Anwesenheit die ganze Zeit bewusst gewesen. Er warf ihr einen dieser erstaunlichen, atemberaubenden Blicke zu, musterte sie von oben bis unten und stieß ein Knurren aus, das eher animalisch als menschlich klang.

„Du siehst umwerfend aus, Kätzchen."

„Ich weiß.“ Sie drehte sich im Kreis, und der Saum des Kleides flog ein kleines Stückchen hoch. „Eine Frau wie mich nennt man auch einen heißen Feger.“

Seine Mundwinkel zuckten verdächtig.

„Praktisch und sexy.“

Sie schnaubte. „Du errätst nie, dass ich das Kleid aus einer Tischdecke genäht habe, oder?“

Verblüffung machte sich bei ihm breit. „Du hast das Kleid, das mich für immer in meinen Träumen verfolgen wird, selbst genäht? Ich bin beeindruckt.“

Sie strahlte ihn an. „Auf der Highschool habe ich versucht, einige meiner Entwürfe an Mitschülerinnen zu verkaufen, aber niemand wollte ein Kleid haben.“

„Das war wahrscheinlich besser so. Denn hätten deine Mitschülerinnen deine Kleider gekauft, wäre die Zahl der Schwangerschaften bei Teenagern bestimmt dramatisch in die Höhe geschossen.“

Ha! „Ich frage mich, was passiert wäre, wenn du und ich zusammen auf die Highschool gegangen wären. Wie warst du so?“

„Lernbegierig. Ein großer Fan von Hausaufgaben. Manchmal, wenn der Lehrer uns sagte, das Wochenende mal freizumachen, schuf ich mir meine eigenen Aufgaben.“

„Du wurdest bestimmt oft verprügelt, oder?“

„Kann sein.“ Er lächelte. „Und wie warst du?“

„Immer ein bisschen frech und vorlaut. In meinen Augen waren Hausaufgaben ein Verbrechen gegen die Menschlichkeit. Ich habe sogar einige Protestaktionen organisiert. Wir wären wahrscheinlich verfeindet gewesen.“

„Nicht, wenn ich deine Hausaufgaben für dich gemacht hätte.“

„Du hättest die Regeln für mich gebrochen?“

„Um einen Blick unter das Kleid werfen zu können? Ich hätte *alles* für dich getan.“

Die Worte waren wie eine sinnliche Liebkosung auf ihrer Haut, Honig in ihren Adern, seidige Ranken um ihre Gelenke. „West …" *Was?* Was wollte sie von ihm?

All das, was auf der dummen Liste stand.

Dinge, die er ihr nicht geben würde.

„Du bist unglaublich talentiert, Kätzchen. Wenn du beschließt, es noch mal zu versuchen, würden Frauen auf der ganzen Welt deine Kleider kaufen. Und da wir gerade davon sprechen, warum hast du es eigentlich nicht noch mal versucht?"

„Weil … Ach, einfach nur so." Zuerst einmal waren die einzigen Frauen, die ihre Entwürfe je gelobt hatten, Brook Lynn und Kenna, doch die liebten sie, also mussten sie so reagieren. „Glaubst du wirklich, dass es ein Erfolg werden könnte?"

„Das tue ich. Und ich irre mich nie." Er wippte auf den Fußsohlen vor und zurück. „Falls du Lust hast, diesen Weg weiterzuverfolgen, kann ich dir helfen. Geile Websites zu entwerfen, ist mein Talent."

„Ich … danke. Ich werde darüber nachdenken." Später. Angesichts der Feiertage, der Partys zu den Feiertagen und Brook Lynns bevorstehender Hochzeit brauchte ihre Schwester mehr Hilfe als sonst. Auf keinen Fall würde sie sie wieder im Stich lassen und sie enttäuschen.

West warf einen Blick auf seine Armbanduhr. Es war eine Angewohnheit, die sie ihm hoffentlich noch abgewöhnen würde. *Ich werde ihm beibringen, den Moment zu genießen.*

„West." Sie trat zu ihm und strich mit den Händen über seine breiten Schultern. Als ihre Blicke sich trafen, schien die Luft zwischen ihnen zu knistern. „Ich weiß, dass wir kein Paar sind, aber wir haben uns gestanden, dass wir uns anziehend finden, und wir haben uns auch schon geküsst. Wir sollten wahrscheinlich ein paar grundsätzliche Regeln für den heutigen Abend aufstellen."

„Zum Beispiel?"

„Zum Beispiel keine Flirts mit anderen Frauen."

Er zog eine Augenbraue hoch. „Du hattest vor, mit anderen Frauen zu flirten?"

„Ha, ha. Ernsthaft. Wenn du es wagen solltest, werde ich wahrscheinlich explodieren."

Seine Pupillen weiteten sich. Seine Augen wirkten fast schwarz.

„Das Gleiche gilt für dich und andere Männer."

Gut. Das war gut. „Und … Tja, ich glaube, das ist es. Mir fällt nichts mehr ein." Während seine Hitze und sein Duft sie umhüllten, konnte sie genau genommen gar nicht denken.

„Mir fällt noch was ein." Er stupste mit seiner Nasenspitze ihre an. „Wenn du Sehnsucht nach einem Mann hast … nach einem Kuss, einer Berührung, Fingern … egal, was … kommst du zu mir. Du sagst es mir. Du bekommst es von mir. Von niemand anders."

13. Kapitel

Wests Herz schlug im Takt der Musik, hart, viel zu schnell und mit einem Unterton verzweifelten Verlangens. Früher hatte er geglaubt, dass es keine schlimmeren Qualen geben könnte als den Kokain-Entzug. Der Schüttelfrost, die Schmerzen, das Zittern und die tiefen körperlichen Entbehrungen. Über Tage … über Wochen. Er hatte sich gefragt, ob er es überleben würde, und hatte sich manchmal gewünscht, einfach zu sterben. Und als die Symptome abgeklungen waren, hatte die unerträgliche Sehnsucht nach dem Hochgefühl begonnen, das er so geliebt hatte.

Doch diese … Sorge um Jessie Kay, der Hunger nach ihr und gleichzeitig der Wunsch, sie auf Distanz zu halten, waren noch viel schlimmer. Das alles brachte ihn fast um.

Er wollte sich keine Sorgen machen, aber wie sollte er verhindern, sich zu fragen, ob er sie genauso verlieren würde wie Tessa? Von einem Tag auf den anderen wäre sie einfach weg.

Wenigstens war er nicht der Einzige, der diesen Wahnsinn erlebte. Ihr ging es nicht anders. Sie begehrte ihn ebenso.

Doch er würde viel mehr tun müssen, als ihr nur eine langfristige Beziehung zu versprechen.

Er hatte ihre Liste gelesen. Er sollte seine Zukunft in ihren Augen sehen? *Check.* Er sollte sie einfach nur in die Arme nehmen? *Ach, bitte, bitte, bitte.* Er sollte um sie kämpfen? *Mit Vergnügen.* Für ihn gab es keine anderen Frauen auf der Welt.

Und, ja, er könnte sich in diese Frau verlieben.

Eine Sucht? Na und? Das war kein Problem mehr für ihn. Er würde sich den Konsequenzen stellen.

Einige der Punkte konnte er allerdings nicht erfüllen. Er konnte sie zum Beispiel nicht „allein machen lassen". Seine Vergangenheit hatte einen zu großen Einfluss auf ihn. Außerdem konnte er ihr nicht versprechen, dass es für immer und ewig sein würde. Er konnte nicht „immer für sie da sein".

Für die kommenden fünf Jahre konnte er ihr nur anbieten, dass sie einmal im Jahr für zwei Monate zusammen waren. Nach diesen fünf Jahren wäre die Zeit abgelaufen, dann änderte sich alles, und er konnte so lange mit einer Frau zusammenbleiben, wie er wollte.

West umklammerte sein Wasserglas. Die Eiswürfel darin klirrten leise. Er musste nur noch die nächsten fünf Jahre überstehen.

Würde sie auf ihn warten?

Durfte er sie darum bitten?

„Tausend Dollar für deine Gedanken", sagte Beck.

West wurde aus seinen Grübeleien gerissen. Er war im *Black Cherry*, einem Nachtclub im Herzen von Oklahoma City. Er und seine Freunde saßen am begehrtesten Tisch in der VIP-Lounge, wo die Musik nicht ganz so laut war und man sich tatsächlich unterhalten konnte. Besser noch, er hatte von der Galerie aus einen ungehinderten Blick auf die Tanzfläche, wo Jessie Kay, Brook Lynn und Harlow unbekümmert tanzten.

„Die meisten Leute zahlen nur einen Penny dafür." Und sie würden trotzdem nichts erfahren, was das Geld wert wäre.

„Inflation", erwiderte Beck und zuckte die Achseln. „Außerdem bin ich wie der teuflisch gut aussehende, unanständig reiche Tycoon in Harlows Lieblingsroman: Ich kann es mir leisten."

„Bescheiden bist du auch noch." Jase trank sein Sodawasser aus und sah West stirnrunzelnd an. „Ich kann nicht glauben, dass ich es schon wieder sagen muss, aber mir gefällt es nicht, dich so zu sehen."

„Du meinst entmannt?“ Geplagt und besessen.

„Nein. So entschlossen, dich an dein Unglück zu klammern.“

Ich bin nicht unglücklich. Nicht mehr. Vielmehr gequält. Sein Blick suchte Jessie Kay. Sie hob die Arme über den Kopf und verschränkte die Handgelenke, während sie die Hüften im Takt der Musik wiegte. Es war eine sinnliche Bewegung. Vermutlich würde sie so etwas auch im Bett mit ihm machen. Schweißperlen traten auf seine Stirn, Hitze durchflutete ihn.

„Du bestrafst dich noch immer“, stellte Jase fest. „Warum?“

„*Warum* ist die falsche Frage. Du unterstellst, dass ich wie du bin, dass ich die Vergebung meiner Sünden suche und mich nach Vergebung sehne. Das tue ich nicht. Das habe ich nie getan.“

„Ich unterstelle gar nichts. Und, nein, *warum* ist nicht die falsche Frage.“ Jase beugte sich vor und stützte die Ellbogen auf dem Tisch ab. „Ich habe nicht nach deinem Ziel gefragt, sondern nach dem Grund.“

West biss die Zähne zusammen. „Du weißt, warum. Wir haben das Thema schon besprochen.“

„Du hast recht. Das haben wir. Leider bin ich nicht zu dir durchgedrungen. Was muss passieren, damit du mir endlich glaubst, dass ich dir und Beck nie einen Vorwurf gemacht habe, weil ihr den Mund gehalten habt, als ich im Gefängnis war? Ich habe euch darum gebeten. Ich habe euch nie die Schuld an den Dingen gegeben, die mir hinter Gittern zugestoßen sind. Ich habe dir auch nie vorgeworfen, dass du das Stipendium am *Massachusetts Institute of Technology* verloren hast. Du warst verwirrt und durcheinander. Das waren wir alle. Und wenn ich dir keine Schuld gebe, warum tust du es dann?“

West knirschte mit den Zähnen. „Ich habe Pax am schlimmsten verprügelt und den größten Schaden angerichtet.“ Pax, der Tessa vergewaltigt hatte. Ein Arsch, der gut ausgesehen, aber kein Fünkchen Verstand im Leib gehabt hatte. „*Ich* habe dich abgeholt und zum Ort des Geschehens gebracht. *Ich* habe als Erster zugeschlagen. *Ich* habe als Letzter zugeschlagen. Du hast gegen ihn gekämpft, ja, und du bist bestraft worden. Ich habe es verdient, bestraft zu werden.“ Und er hatte genau das getan, er hatte sich selbst bestraft.

„Und was ist mit mir?“, fragte Beck. „Habe ich es auch verdient, bestraft zu werden? Ich war ebenfalls dort. Ich habe Pax so oft geschlagen, dass ich mir elf Knochen in der Hand gebrochen habe.“

West schüttelte den Kopf. „Noch ein Verbrechen, das mir angelastet werden kann. Ich hätte allein zu ihm gehen müssen. Ich hätte …“

„Wir haben Tessa geliebt“, unterbrach Jase ihn. „Wir hatten das Recht, sie zu rächen.“

Beck, der in seiner Gegenwart so gut wie nie trank, strich mit dem Finger über den Rand seines Glases mit Gingerale. „Lasst uns zum Punkt kommen, ja? Du willst Jessie Kay, und sie will dich. Doch du bist nur bereit, zwei Monate mit ihr zusammen zu sein, während sie darauf besteht, es für immer miteinander zu versuchen. Ja. Wir wissen das. Du hast uns vielleicht nicht alle Details verraten, aber die Frauen haben mit uns gesprochen. Du erlaubst es dir nicht, glücklich zu werden. Wie Jase schon gesagt hat, scheinst du bewusst das Unglück und den Kummer zu suchen.“

West atmete scharf ein und stieß die Luft langsam wieder aus. „Wie würdest du dich fühlen, wenn dein Handeln zu Harlows Tod geführt hätte? Wie würdest du dich fühlen, Jase, wenn dein Handeln zu Brook Lynns Tod geführt hätte? Würdest du glauben, dass du ein glückliches Leben verdient hättest? Das glückliche Leben, das deiner Frau versagt geblieben ist?“

Beide Männer wurden blass.

Ja. Das hatte er sich schon gedacht.

„Ich habe die letzten Monate in Tessas Leben versäumt“,

sagte Jase. „Aber ich erinnere mich daran, was für eine freundliche Frau sie war und was für ein großes Herz sie hatte. Ihr würde nicht gefallen, was du dir selbst angetan hast und was du dir noch immer antust. Sie würde dir sagen, dass du weitermachen solltest, dass du dein Glück suchen und es festhalten solltest."

Die Worte hätten ihn eigentlich trösten sollen, doch das taten sie nicht. In dem Moment fehlte ihm mehr als je zuvor die Euphorie, die das Kokain bei ihm ausgelöst hatte. Ihm fehlte das Gefühl, sich einfach keine Gedanken zu machen.

Ein entsetzliches Bild tauchte mit einem Mal vor seinem inneren Auge auf. Er lag auf dem dreckigen Fußboden eines Klos und um seinen Mund herum und auf seinem fleckigen, zerknitterten Hemd trocknete Kotze. Jessie Kay kniete auf ihm und versuchte verzweifelt, sein Herz wieder zum Schlagen zu bringen …

In diesem Augenblick zuckte er körperlich zusammen und schüttelte den Kopf. *Nein.* Lieber würde er sterben.

Jase beugte sich vor und klopfte ihm auf die Schulter. „Du musst mit jemandem über deine Probleme sprechen. Es muss ja kein Therapeut sein. Du kannst Jessie Kay doch mal eine Chance geben. Erzähl ihr alles. Auch die Scheiße, die mir passiert ist. Du wirst sehen, dass sich dadurch alles ändern wird."

Ja, aber zum Besseren … oder zum Schlechteren?

„Als ich Brook Lynn von meiner Vergangenheit erzählte", fuhr Jase fort, „änderte sich für mich alles."

„Nicht zum Besten. Jedenfalls nicht sofort." Brook Lynn war vor ihm davongelaufen, hatte Angst vor ihm gehabt.

„Aber sieh mich jetzt an. Sieh uns an. Uns verbindet ein untrennbares Band."

„Tessa würde wollen, dass du glücklich bist", sagte Beck.

„Es spielt keine Rolle, was Tessa wollen würde. Sie ist nicht mehr hier."

„Bist du dir da sicher?“ Jessie Kay setzte sich neben ihm auf die Sitzbank und wedelte sich Luft zu. Ihre Wangen waren gerötet. „Wenn ich gestorben wäre, würde ich von meinem Freund erwarten, dass er für immer um mich trauert. Wenn er etwas mit einer anderen anfinge, würde ich ihn so lange verfolgen, bis er ins Irrenhaus einchecken müsste. Und dann würde ich die Frau heimsuchen.“

West beugte sich zu ihr und spürte augenblicklich ein Gefühl des Friedens und des inneren Aufruhrs. Irgendwie war sie zum Auge jedes Sturmes geworden.

Jase funkelte sie missmutig an. „Du bist nicht gerade hilfreich.“

„Pfff. Die Wahrheit ist die Wahrheit“, sagte sie und kniff leicht die Augen zusammen. „Also haltet euch ein bisschen zurück, sonst lege ich richtig los. Das hier soll ein lustiger Abend werden, schon vergessen? Und ratet mal: Ich betrachte mich als verantwortlich dafür, dass West heute möglichst viel Spaß hat. Kommt damit klar.“

Beck sah aus, als wollte er ihr den Mund zuhalten.

„Nehmt euch in Acht“, sagte West zu seinen Freunden. „Nehmt euch in Acht.“

„Ich glaube, mir hat es besser gefallen, als ihr beide euch noch ständig gestritten habt“, brummte Beck.

Jase nickte zustimmend.

„Außerdem“, fuhr Jessie Kay mit einem strahlenden Lächeln fort, „müsst ihr alle lockerer werden. Ihr seht aus wie die Vorboten des Untergangs.“ Sie zwinkerte West zu. „Hast du das gehört? Ich habe auch mal ein ausgefallenes Wort benutzt.“

Sein Blick fiel auf ihre Brüste. „Leider scheint das nicht die gleiche Wirkung auf dich zu haben … Oh, ich wollte es nicht beschreien.“ Ihre Nippel drängten sich gegen den Stoff ihres Kleides, und seine Erektion drängte sich gegen den Reißverschluss seiner Hose.

Als eine Bedienung vorbeikam, schnappte Jessie Kay sich deren Stift. „Danke!" Grinsend schob sie einen von Wests Hemdsärmeln hoch. „Du brauchst Hilfe beim Entspannen, und ich weiß da eine Lösung." Sie fing an, etwas auf seinen Arm zu schreiben.

Die Spitze des Kulis strich über seine Haut. Ihr warmer Atem wehte zu ihm. Der vertraute und doch so einzigartige Duft nach Pekannüssen und Zimt berauschte ihn. Er schloss die Augen, um das dunkle, gefährliche Verlangen zu verbergen, das ihn durchströmte, das unkontrollierbar war und Boden gewann – bis nichts anderes mehr von ihm übrig war. Sie hatte ihn in Stücke zerlegt und umgearbeitet, sodass er nur noch aus Empfindungen zu bestehen schien.

Ich bin das Begehren.

„Was denkst du gerade?", fragte sie, ihre Stimme zitterte leicht.

Er schlug die Augen auf und sah, dass sie sich auf die Unterlippe biss. Den Blick abzuwenden bedurfte einer beinahe übermenschlichen Kraftanstrengung, aber es gelang ihm. Er las, was sie geschrieben hatte, und etwas, das in ihm schon lange tot gewesen zu sein schien, erwachte wieder zum Leben.

22:30 Uhr – Jase eine Ohrfeige verpassen.
22:31 Uhr – Beck eine Ohrfeige verpassen.
22:32 Uhr – in Siegerpose mit JK ein Foto machen.
22:33 Uhr – die ganze Nacht lang tanzen!

Ein Zeitplan. Ein Zeitplan, den sie für ihn geschrieben hatte.

Damit hatte sie ihn. Trotz ihrer eigenen Komplexe – oder vielleicht gerade *deswegen* – verstand sie ihn auf eine Art, wie nicht einmal seine Freunde ihn verstanden. Und er? Er war erschüttert. Innerlich lachte er.

Und dann stürzen die Wände ein.

Er musste sie haben. Ihr widerstehen zu wollen, funktionierte nicht.

Er würde mit ihr reden. Er würde ihr die Gründe für seinen Dating-Zeitplan erklären. Sie würde es verstehen. Sie musste es verstehen. Sie würde seinen Bedingungen zustimmen. Sie musste einfach zustimmen. Sie würde für die kommenden zwei Monate seine Freundin sein. Und sie würde auch in den folgenden fünf Jahren immer für zwei Monate pro Jahr an seiner Seite sein.

Später konnte ihre Beziehung alles das sein, was sie sich wünschte.

Jessie Kay beugte sich zu ihm und flüsterte ihm ins Ohr: „Schau auf die Uhr."

Er musste sie küssen, sehnte sich mehr danach als nach allem anderen, doch er blickte auf seine Armbanduhr, wie Jessie Kay es gefordert hatte. 22:30 Uhr. Er streckte den Arm aus und gab Jase eine schallende Ohrfeige.

„Hey! Was sollte das denn?" Jase rieb sich die rote Stelle auf seiner Wange.

Jessie Kay lachte und klatschte in die Hände. „Nimm es wie ein Mädchen, Jaslyn – zu deiner Information: Mädchen werden besser damit fertig als Jungs. Du hast es verdient, und das weißt du auch."

Beck lachte leise – bis es 22:31 Uhr war und West ihm ebenfalls eine Ohrfeige verpasste.

Jessie Kay riss die Faust in die Luft und schrie: „Yeah! Das habe ich gemeint!"

„Danke." West steckte die Hand in ihre Tasche und zog ihr Handy heraus. Er kannte den PIN-Code, denn er hatte unzählige Male gesehen, wie sie ihn eingegeben hatte: 1, 2, 3, 4. Er hatte versucht, sie dazu zu bewegen, ihn zu ändern, doch sie hatte es natürlich abgelehnt.

„Er ist so einfach, dass niemand auf die Idee kommen wird, die Zahlenkombination auszuprobieren", hatte sie gesagt.

„Und, was noch wichtiger ist, ich werde den Code nicht vergessen.“

Nun schmiegte er seine Wange an ihre und machte mit unterschiedlichen Gesichtsausdrücken ein paar Fotos von sich und Jessie Kay. Dann steckte er das Handy wieder in ihre Tasche zurück.

„Noch ein letzter Punkt auf deinem Terminplan, Kätzchen.“ Er ergriff ihre Hand, stand auf und zog sie ebenfalls auf die Beine. Ohne sich loszulassen, gingen sie gemeinsam die Treppe hinunter.

Über die Schulter hinweg sah er sie an und lächelte. Jase hatte sich gewünscht, dass er glücklich war. *Ich bin glücklich.*

Jessie Kay warf ihm eine Kusshand zu, woraufhin sein Puls schneller schlug, und ihm kam eine Idee. Er hatte schon lange kein Videospiel mehr für sich selbst entwickelt. Stattdessen hatte er für andere programmiert, denen die technischen Fähigkeiten fehlten. Vor seinem inneren Auge nahm die Idee für ein neues Game Gestalt an. Ein Mann, zwei Versionen von ihm – Gut gegen Böse –, ein Herz, das zu vergeben war. Der Preis? Eine große verführerische Blondine.

„Was für ein toller Tag.“ Jessie Kay legte den Kopf an seine Schulter. „Ich habe herausgefunden, dass mein Wunsch dir Befehl ist, auch wenn ich dir auftrage, deine engsten Freunde zu hintergehen. Ich muss es nur in Form eines Terminplans aufschreiben.“

„Das stimmt. Aber, Kätzchen, es gibt ein kleines Problem mit deinem Zeitplan.“

„Kann nicht sein.“

Die Spitzen ihrer blonden Haare strichen über seinen Arm. Es fühlte sich an wie eine sinnliche Liebkosung.

„Ich habe jedes Detail minuziös geplant.“

„Noch ein ausgefallenes Wort“, sagte er und drückte ihre Hand. Er hielt inne, um zu beobachten, wie sich ihre Brustspitzen unwillkürlich aufrichteten. „Aber du irrst dich. Du hast es vermasselt.“ Er dirigierte sie an der Tanzfläche vorbei in den Flur, der zu den Toiletten führte. Dort drängte er sie in eine dunkle Ecke. Ihre Augen wurden groß, als er mit beiden Händen ihr Gesicht umfasste.

„Warte mal. Was passiert jetzt? Was machst du?“

„Um mich richtig bei dir zu bedanken, brauche ich mindestens eine Stunde.“ Langsam neigte er den Kopf, um ihr genug Zeit zu geben, ihn mit einem Wort zu stoppen – obwohl er hoffte und betete, dass sie es nicht tun würde. „Du musst nur Ja sagen.“

Eine Sekunde. Eine endlose Sekunde.

„Sag Ja. Ich bin mit dir hier“, sagte er. „Mit niemand anders. Du bist mein Date. Du bist die Frau, die ich will.“

„Ja“, flüsterte sie.

Er drängte sich an sie, presste seine Lippen auf ihre und genoss zum zweiten Mal den Geschmack von Jessie Kay. Und dieses Mal zeigte er keine Spur von zärtlicher Zurückhaltung. Er verschlang sie. Drei Worte hallten in seinem Kopf wider. *Nimm sie. Jetzt.*

Ja. Ja. Sie war das Paradies. Das Nirwana. Das Elysium. Jeder Traum. Jeder Wunsch. Jede Fantasie, die er je gehabt hatte. Er küsste sie mit Hingabe und lernte sie entschlossen kennen. Jede Sekunde war mehr als Lust, jede Sekunde war Glückseligkeit. Er war überwältigt.

Er nahm und nahm. Und dann gab er. Wie könnte er dieser Frau irgendetwas verwehren? Er bedachte sie mit all der Leidenschaft, die sie in ihm weckte.

Sie flüsterte seinen Namen, als wäre er ein Gebet, schmiegte sich an ihn und liebkoste mit ihrer Zunge seine. Nerven erwachten zu neuem Leben, als etwas wie elektrische Impulse durch seinen Körper zuckte. Verlangen ging in nicht enden wollende, beinahe verzweifelte Sehnsucht über – es war eine Mischung aus Lust und bittersüßer Qual.

Er knabberte an ihrer vollen Unterlippe, schob seine Finger in ihr Haar und neigte ihren Kopf noch ein bisschen weiter, um den Kuss vertiefen zu können. Ihm entrang sich ein Laut, der eher animalisch als menschlich klang, halb Kriegs-, halb Triumphschrei. Nur sie konnte solche Empfindungen bei ihm auslösen. Der Laut kündigte eine Veränderung an, die er nicht aufhalten konnte und auch gar nicht aufhalten wollte.

„Du gehörst mir, Kätzchen." *Mir allein.* Wenn sie ihn zurückwies …

„Ja. Ja. Dir allein."

Er schmolz praktisch dahin. Wieder küsste er sie, brutal und wild. Seine Welt schien außer Kontrolle zu geraten und sich nur noch um diese Frau zu drehen. *Ich werde sie dazu bringen, zu schreien, zu keuchen, zu betteln.*

Im Saal wurde das Tempo der Musik langsamer. Es erklang ein Liebeslied. Eine getragene Melodie, sinnlich und verführerisch. Trotzdem nahm West nicht das Tempo aus seinem Kuss. Die Begierde war viel zu stark. Er verzehrte sich nach Jessie Kay, nahm mehr und gab noch mehr. Er forderte alles.

Sie packte ihn am Hemd und zog ihn so nahe an sich, wie es ging. „West", flüsterte sie erneut.

Es klang so wundervoll, dass ihm mit einem Mal klar wurde, dass es kein Hindernis gab, das er nicht überwinden würde, um noch einmal zu hören, wie sie seinen Namen aussprach.

„Ich will dich schon so lange … Mehr … gib mir mehr."

Mehr. Ja. Sofort. Während regenbogenfarbenes Licht von den Scheinwerfern auf sie fiel, küsste er sie leidenschaftlicher, stürmischer, knabberte an ihren Lippen und leckte darüber. Zog eine Spur von Küssen über ihre Wange zu der Stelle an ihrem Hals, wo man den Puls schlagen sah. Ihre seidige Haut … die Hitze, die von ihr ausging … das Parfüm, das sich mit ihrem eigenen Duft vereinte …

Er umfasste ihre Brüste, streichelte sie und strich mit den

Daumen über ihre Nippel. Die Weichheit ihrer Kurven stand im Kontrast zu seinem harten, muskulösen Körper. Die Art, wie ihr der Atem stockte, wenn er die Finger bewegte, war unglaublich. Er konnte nicht genug bekommen und war sich nicht sicher, ob er jemals genug bekommen würde.

„West … Hör nicht auf … Bitte, hör nicht auf", keuchte Jessie Kay.

„Niemals." Rasender Wahnsinn hatte die Kontrolle über ihn übernommen. Wieder fühlte er sich vollkommen entblößt. Es waren nur noch Hunger, Durst, wildes Verlangen, die in seinem Innersten brannten. „Ich will dich überall berühren – und bevor wir diesen Klub verlassen, will ich meine Hände in deinem Slip haben."

„Aber jeder könnte es sehen", wisperte sie.

Es war keine Angst, die er in ihrer Stimme mitschwingen hörte, sondern Aufregung. „Es ist dunkel, und du bist die Einzige, die ich sehe." Mit dem Kinn schob er den Ausschnitt ihres Kleides herunter, sodass ihre Brüste nackt waren. Dann nahm er einen ihrer Nippel in den Mund. „Bist du feucht, Kätzchen?"

„Total", antwortete sie stöhnend.

Er saugte weiter daran und achtete dabei nicht darauf, besonders sanft zu sein. Als sie erschauerte und keuchte, legte er seine Hände um ihre Schenkel, hob Jessie Kay hoch und drückte sie mit seinem Gewicht an die Wand hinter ihr. Sie schlang ihre langen Beine um seine Hüfte, klammerte sich an ihn und hielt ihn fest. Unwiderstehlich … Warum also sollte er versuchen, sich zurückzuhalten?

Er stöhnte auf, als sie die Fingernägel in seinen Rücken bohrte; möglicherweise zerriss sie dabei sein Hemd, aber ihm gefiel es. Wie leicht es wäre, jetzt ihr Kleid hochzuschieben, ihr Höschen zu zerreißen, seinen Reißverschluss zu öffnen und ins Paradies einzutauchen … Ins Nirwana, ins Elysium.

Wie schön es wäre, sie nicht nur zu berühren, sondern in Besitz zu nehmen.

„Ich muss dich probieren. Bitte, lass mich."

„West ..."

Er drängte seine Erektion zwischen ihre Schenkel. Es war so instinktiv und unerlässlich, wie Luft zu holen. „Bitte." Er würde betteln. Bei ihr, und nur bei ihr, würde er betteln.

Er würde sie hier im Klub nehmen. Die Vorspeise. Dann würde er sie in der Limo nehmen und zu Hause gleich noch einmal. Das Festmahl. Er würde sie mitten in der Nacht im Bett nehmen. Er würde sie im frühen Licht des Morgens auf dem Boden nehmen. Er würde sie in der Dusche nehmen und auf der Küchenanrichte.

„Du hast mich für alle anderen verdorben. Ich sollte dich dafür bestrafen, aber ich will dir nur Lust bereiten. Ich werde dir ..." Irgendetwas oder irgendjemand rempelte ihn an, und West verlor beinahe das Gleichgewicht. Er knurrte und fühlte diese weiß glühende Wut, die er zuletzt verspürt hatte, als er noch mit Tessa zusammen gewesen war.

„Sorry, Mann. Sorry", lallte ein Mann. Der Typ wankte an ihnen vorbei, murmelte, dass er zum Klo müsse, und kotzte im nächsten Moment auf seine eigenen Schuhe.

West würde diese Frau nicht neben einer Lache von Erbrochenem nehmen.

Sein Herz raste, als er Jessie Kay auf den Boden stellte und einen Schritt zurücktrat. Er zitterte, keuchte. Sie ging ihm unter die Haut, und ihm war klar, dass es von nun an keinen Tag geben würde, an dem er nicht an sie oder an sein Verlangen nach ihr denken würde. Ihr Geschmack hatte seinen Verstand beeinflusst. Er war nicht länger West – er war Jessie Kays Mann.

Jessie Kay zitterte ebenso wie er, als sie nun ihr Haar glatt strich. An ihren geröteten Lippen, die nach einem weiteren Kuss zu schreien schienen, konnte sie nichts ändern.

„Tja.“ Sie räusperte sich geräuschvoll. „Das war … interessant.“

Er schob die Hände in die Taschen, damit er nichts Dummes tat und Jessie Kay wieder an sich zog. „‚Interessant‘ ist nicht unbedingt das Wort, das mir einfallen würde.“ Spektakulär. Außergewöhnlich. Unerlässlich. „Willst du es wiederholen?“

14. Kapitel

Der Kuss hatte bei Jessie Kay deutliche Spuren hinterlassen. Mehr noch als der Kuss davor! West hatte ihren Mund in Besitz genommen. Verdammt, er hatte ihren Körper in Besitz genommen. In dem Moment hätte sie ihm alles gegeben, was er wollte. Was auch immer er gefordert hätte, sie hätte eingewilligt. Für ihn oder mit ihm oder mit ihm zusammen. Zeit und Ort hatten keine Rolle gespielt. Die Konsequenzen waren bedeutungslos gewesen. Zuschauer? Na und? *Genießt die Show.*

Nur zwei Dinge waren ihr wichtig gewesen. „Mehr" und „sofort".

Mit all den Emotionen, die in ihr getobt hatten, hatte sie sich gefühlt, als würde sie unter Strom stehen – und sie fühlte sich auch jetzt noch so. Sie hatte Sehnsucht. Ihre Haut kribbelte. Sie hatte das Gefühl, in Flammen zu stehen. Und trotz der Trennung wurde es schlimmer. Sie zitterte, rang nach Luft, ihr war schwindelig. Sie sehnte sich nach jeder Art der Erlösung.

Er hatte ihr eine Frage gestellt: *Willst du es wiederholen?*

Mit „es" meinte er den Kuss. *Ja, ja, bitte.* Doch zwischen ihnen war nichts geklärt. Und nachdem sie nun bewiesen hatte, dass der erste Kuss kein Zufall gewesen war, sondern dass er die Leidenschaft bei ihnen entfacht hatte, bekam sie Angst.

Ich will nicht nur etwas Langfristiges … Ich will etwas für die Ewigkeit.

„Im Augenblick", entgegnete sie und atmete stockend, „denke ich, sollten wir die Unterhaltung im Hinterkopf behalten und erst mal tanzen gehen."

„Wenn ich hier noch mal meine Arme um dich schlinge, werden wir wahrscheinlich wegen Erregung öffentlichen Ärgernisses verhaftet. Lass uns an den Tisch zurückgehen.“ Er zog sie hinter sich her aus der dunklen Ecke und beendete damit diesen Moment, diese gestohlenen Minuten, in denen sein Kuss wie eine Mauer zwischen der Vergangenheit und der Gegenwart gewirkt hatte, und als alles, was sie früher getan hatte, keinen Einfluss mehr auf das Hier und Jetzt gehabt hatte.

„Nur zu deiner Information, falls wir im Gefängnis landen, wird Brook Lynn uns gegen Kaution rausholen. Sie weiß, was zu tun ist.“

„Du bist schon mal verhaftet worden, oder?“

Er musste laut sprechen, damit sie ihn über die laute Musik hinweg verstehen konnte.

„Nur vier Mal.“

West zog eine Augenbraue hoch. *Ach, nur vier Mal?* „Und deine Vergehen?“ Belustigung schwang in seiner Stimme mit.

„Dreimal wegen Trunkenheit in der Öffentlichkeit und einmal wegen rücksichtslosen Verhaltens im Straßenverkehr.“

„Du böses Mädchen. Ich habe noch nie eine Kriminelle geküsst.“

Wenn sie in einer anderen Stadt gelebt hätte, in der ein anderer Sheriff das Sagen hatte, wäre sie für die Anzeige wegen rücksichtslosen Verhaltens im Straßenverkehr hinter Gitter gekommen. Wie Harlow ihr erst kürzlich in Erinnerung gerufen hatte, hatte sie ihre Rostlaube mitten in das Haus ihres Freundes gelenkt. Aber der Mistkerl hatte sie ja schließlich auch heimlich beim Sex mit ihm gefilmt. Sie hatte es nur herausgefunden, weil er seinen Freunden das Video gezeigt hatte und weil die nicht den Mund hielten, sondern sie damit aufzogen.

Wo hast du so reiten gelernt?

Ich dachte, du würdest lauter schreien.

Entsetzt und gedemütigt hatte sie sich ins Haus des Kerls geschlichen, hatte das Videomaterial gesucht, es an sich genommen und anschließend sein verdammtes Haus mit dem Auto zerstört. Erst später, nachdem sie sich die Aufnahme angesehen hatte, damit sie wusste, was genau die anderen alles gesehen hatten, fand sie heraus, dass ihr Freund sie auch noch mit Schlampen aus der Stadt betrogen hatte. Flittchen, die in der Stadt lebten und mal den Sex mit einem Landei ausprobieren wollten.

Nach der unschönen Geschichte hätte sie eigentlich klüger werden müssen, hätte sich ihre Männer vorsichtiger aussuchen müssen. Aber nein. Sie hatte, was Männer betraf, immer nur noch schlechtere Entscheidungen getroffen. Bis jetzt. Bis sie West begegnet war.

„Was ist anders?“, fragte sie und konnte ihre Unsicherheit nicht verbergen. „Wenn man eine Kriminelle küsst, meine ich.“

Er warf ihr einen Blick zu, in dem Hitze und Feuer lagen. „Es ist auf eine sehr gute Art und Weise anders. Ich würde dafür sterben, es noch einmal erleben zu dürfen.“

Sie erschauerte. „Ich auch“, gab sie schließlich zu.

Er blieb stehen, um sie anzublicken. Würde er sie wieder küssen? Hier und jetzt? Vielleicht hätte er es getan, wenn Brook Lynn und Harlow nicht plötzlich zu ihnen gekommen wären.

„Beeilt euch! Ich habe Durst“, sagte Brook Lynn.

In Wests Augen trat ein resignierter Ausdruck.

Als sie den Tisch erreichten, kuschelten die Frauen sich an ihre Männer, als wäre die zwanzigminütige Trennung die reinste *Qual* gewesen. Schon bald unterhielten die vier sich und lachten zusammen, während West und sie einander gegenübersaßen, schwiegen – und sich hungrig anblickten.

Er wusste, wie sie schmeckte, kannte die Form ihrer Brüste, wusste, wie sich ihre Nippel anfühlten, wenn sie sich vor Lust aufrichteten, und hatte das Gefühl kennengelernt, wie es war, wenn sie sich lustvoll an ihn drängte. Und, Mist, die Sehnsucht, das Verlangen waren immer noch da, es schien ihm schwerzufallen, durchzuatmen.

West leckte sich über die Lippen. Leise fragte er: „Worüber denkst du nach?"

Warum sollte sie lügen? Genauso leise erwiderte sie: „Ich denke an die Dinge, die du mit mir gemacht hast." *All das, was du bitte wieder mit mir machen sollst …*

Die Spannung zwischen ihnen nahm schlagartig noch zu.

„Teil es bitte mit dem Rest der Klasse." Beck sah sie an und wackelte mit den Augenbrauen. „Was hat er mit dir gemacht?"

„Ja", sagte Brook Lynn und versuchte ganz offensichtlich, nicht zu lachen. „Erzähl es uns."

Jessie Kay blickte Hilfe suchend zu West, doch er wiederholte nur Brook Lynns Worte: „Ja. Erzähl es uns."

Hitze stieg ihr in die Wangen.

„Warte mal. Wirst du gerade *rot*?", wollte Harlow ungläubig wissen.

„West muss magische … Fähigkeiten haben", sagte Brook Lynn und lachte.

„Ich glaube, ihr vergesst gerade, meine Damen, dass ich eure Geheimnisse kenne." Jessie Kay grinste. „Soll ich die auch mit dem Rest der Klasse teilen?"

Harlow zuckte zurück und legte unwillkürlich eine Hand auf ihren Bauch. Man konnte schon eine kleine Rundung erkennen.

„Schieß los. Ich habe keine Geheimnisse." Vollkommen selbstsicher warf Brook Lynn ihr Haar über die Schultern.

Das zu sehen, freute Jessie Kay. Früher war Brook Lynn wegen ihrer Implantate und Hörgeräte so unsicher gewesen, dass sie immer ihr Haar zurechtgezupft hatte, um sicherzugehen, dass niemand etwas davon sehen konnte.

Mit einem frechen Lächeln sah Jessie Kay zu Jase. „In der

Nacht, als Brook Lynn ihre Jungfräulichkeit verlor, hörte ich, wie sie zu dem Typ meinte, dass er ihr Bescheid geben solle, wenn sie einen Orgasmus hätte ..."

„Ach du meine Güte! Halt den Mund!", platzte Brook Lynn heraus. „Und ihr lasst jetzt meine Schwester in Ruhe und hört auf, sie zu quälen."

Jase zupfte an seinem Ohrläppchen. „Du warst dir nicht sicher ... weswegen, Engel? Dass du dahinterkommen würdest?"

„Schöner Ort, schöner Ort", summte Brook Lynn, und ihre Wangen glühten.

„Da wir gerade von schönen Orten sprechen ..." Beck gab Harlow einen Kuss auf die Schläfe. „Ich glaube, es ist Zeit, nach Hause zu fahren. Mein Augenstern hier wird ungemütlich, wenn er seinen Schönheitsschlaf nicht bekommt."

„Einverstanden." Jessie Kay tat so, als müsste sie gähnen. „Schönheitsschlaf ist wichtig."

„*Sehr* wichtig sogar", fügte West hinzu.

Gleich sind wir allein ...

„Ich werde jetzt nichts zu deiner offensichtlichen Eile sagen", wandte Brook Lynn sich an sie.

„Was denn? Ich bin müde."

„Ja. Du bist es müde, dein Kleid zu tragen."

Die anderen lachten, wobei sie zum Parkplatz gingen, wo die Limousine wartete. Die Nacht war dunkel und perfekt für Liebende. Der Mond stand als goldene Sichel am Himmel.

Gleich ...

Jessie Kay blickte während der Heimfahrt aus dem Fenster. In ihrem Kopf überschlugen sich die Gedanken. Würde West da weitermachen wollen, wo sie gerade aufgehört hatten? Würde er lieber darüber reden, was zwischen ihnen passiert war? Oder würde er das tun, wovor sie sich am meisten fürchtete, und wieder fragen, ob sie mit einer zweimonatigen Affäre einverstanden wäre?

Endlich hielt die Limousine. West stieg aus und reichte ihr die Hand, um ihr beim Aussteigen zu helfen. Er stützte sie, als ihr plötzlich die Knie weich wurden. In ihrem Kopf überschlugen sich unzählige Gedanken. Wie wünschte sie sich denn den weiteren Verlauf des Abends? Sex? Aber was dann? Und wie würde sie sich am Morgen danach fühlen?

„Ihr beide werdet so richtig miteinander rummachen." Brook Lynn lachte. Sie wollte offensichtlich Rache nehmen und genoss es. „West, achte darauf, ihr vorher ordentlich den Hintern zu versohlen."

„Keine Sorge. Den Punkt ‚Hintern versohlen' habe ich schon in meinem Zeitplan notiert."

Er machte die Wagentür zu. Den Arm um ihre Taille geschlungen, schob er sie, Jessie Kay, vorwärts. Erst als sie im Haus waren, ließ er sie los – und das auch nur, um sich vor sie zu stellen und sie zurückzudrängen, sodass sie mit dem Rücken an der geschlossenen Haustür stand.

„Ich will dich mehr als alles andere auf der Welt. Mehr als ich je etwas gewollt habe. Ich möchte dich ausziehen und mit dir eins werden. Ich will dich mit meinem Mund und meinen Händen erkunden, und ich will, dass du mich genauso erkundest."

Kribbeln. Hitze.

Unterwerfung.

Er war noch nicht fertig: „Ich kann dir in den nächsten fünf Jahren nur zwei Monate pro Jahr anbieten, in denen wir zusammen sein können."

Schon wieder das. Enttäuschung drohte sie zu überwältigen, auch wenn ein Fünkchen Hoffnung in ihr war. Er hatte ihr zwar nicht die Chance auf eine dauerhafte Beziehung angeboten, aber zumindest war er über das übliche Arrangement hinausgegangen.

„Erklär mir, warum es diese zeitliche Begrenzung gibt", sagte sie leise.

Unterhalb seines rechten Auges zuckte ein Muskel.

„Als Jase eine Haftstrafe von zehn Jahren bekam, habe ich ebenso eine Strafe von zehn Jahren bekommen."

„Von wem?"

„Ich war mein eigener Richter, meine Geschworenen und mein Scharfrichter. Ich habe mich für zehn Jahre des Unglücks entschieden. Als Tessa dann starb, erweiterte ich die Strafe um fünf Jahre."

Endlich ergab alles einen Sinn. „Du bestrafst dich selbst."

„Jemand muss es ja tun."

„Was ist mit einem Straferlass wegen guter Führung?"

„Gibt es nicht."

„Aber … du bist clean geworden. Das muss doch zählen."

„Ich hätte überhaupt nicht mit den Drogen anfangen dürfen. Meine Mom war drogenabhängig, und ich habe miterlebt, welchen Preis sie gezahlt hat. Ich hätte es besser wissen müssen. Und, was noch schlimmer ist, ich bin nicht rechtzeitig clean geworden."

„Rechtzeitig für was?"

Er atmete schwer aus. „Für so vieles. An dem Tag, als Tessa starb, war ich high. An einem anderen Tag erwischte ich zu viel und verpasste einen Besuch bei Jase. Beck kehrte blass und zitternd zurück und erzählte mir, dass Jase … Du kannst es dir sicher denken."

Ja. Ihr Magen brannte. „Erzähl es mir trotzdem. Lass alles raus."

West nickte knapp. „Beck erzählte mir, dass noch ein anderer Insasse – ein größerer Typ, älter – im Besucherraum gewesen sei und dass der Kerl Jase einige Male zugezwinkert und ihm Kusshände zugeworfen habe. Als der Mann schließlich rausging, sagte Beck, habe der Kerl Jase für das Happy End gedankt."

Sie verspürte Übelkeit. „Vergewaltigung."

„Ja. Ich war nicht für Jase da – genauso wenig, wie ich für Tessa da war. An dem Tag, in der Minute, in genau der Sekunde beschloss ich, clean zu werden. Aber weißt du was? Beim ersten Versuch gelang es mir nicht. Und auch nicht beim vierten."

Er hatte unter den Fehlschlägen gelitten. Offensichtlich. Selbst nach all den Jahren hatte er sich nicht vergeben. Er *wollte* sich nicht vergeben. Er zog es vor, sich weiterhin mit Selbstvorwürfen zu quälen. Wahrscheinlich dachte er, dass alles, was er verdient hatte, Verzweiflung sei.

Man kann niemandem helfen, der sich selbst nicht helfen will, hatte ihre Momma immer gesagt.

„Wenn du unglücklich sein willst", sagte sie und tastete sich behutsam vor, „warum datest du dann überhaupt Frauen?"

„Selbst den Verurteilten werden eheliche Besuche gestattet." Er nahm ihr Gesicht in beide Hände. „In den zwei Monaten pro Jahr, die wir zusammen sind, werde ich mich ausschließlich dir widmen. Das verspreche ich dir."

„Und was passiert im restlichen Jahr?"

„Wir bleiben Freunde."

Unmöglich. „Was ist, wenn ich mich mit anderen Männern treffe, solange wir nur Freunde sind? Denn wenn es nach deinen Überlegungen geht, würde ich mich selbst bestrafen, wenn ich Single bleibe."

Ein Muskel in seiner Wange zuckte, doch West gab ihr keine Antwort. Denn was sollte er sagen, ohne wie ein absoluter Idiot zu klingen? Er wollte nicht, dass sie sich mit anderen traf? Das wäre äußerst selbstsüchtig von ihm. Er erwartete von ihr, dass sie ihm treu ergeben blieb, während er sich selbst bestrafte? Das wäre einfach falsch von ihm.

Ohne Zweifel wollte er seinen süßen Gefängniskuchen behalten, ihn aber auch aufessen …

Früher hätte sie ihn umzustimmen versucht. Und wenn das nicht funktioniert hätte, hätte sie versucht, das Problem zu umschiffen. Sie hätte ihre Hoffnung in ihre Fähigkeit gesetzt, erfolgreich zu sein und ihn dazu zu veranlassen, die Dinge wie sie zu sehen: Wenn sie alles gab, dann konnte sie alles schaffen, oder? Sie hätte davon geträumt, dass er gegen seine Gefühle ankämpfte – einen Kampf, den er ihrer Meinung nach verlieren würde, sodass er ihr am Ende sein Herz schenkte. Doch inzwischen war sie klüger und wusste, dass sie alles geben und trotzdem verlieren konnte. Genau, wie sie wusste, dass eine Beziehung nicht von Dauer sein konnte, wenn nur einer von beiden sich darum bemühte.

„Ich will mit dir zusammen sein, West, aber nicht so. Ich werde dir nicht dabei helfen, dir selbst wehzutun. Ich werde dir nicht helfen, deinen Freunden wehzutun und … mir."

„Jessie Kay …"

„Nein. Ich habe mehr verdient. Genau wie du."

Ihm waren die Qualen, die er gerade durchmachte, anzusehen.

„Denk einfach über das nach, was ich gesagt habe, ja?", bat sie ihn leise.

Es herrschte kurz Schweigen. Dann nickte er knapp.

Sie tat ihr Bestes, um die Stimmung wieder aufzulockern. „Du solltest dich freuen, dass ich dir jetzt die Freiheit gebe. Bald ist Valentinstag, und ich würde darauf bestehen, unzählige gemeinsame Fotos zu machen. Dann würde ich die Bilder herzförmig ausschneiden und eine Collage von unserer großen Romanze anfertigen."

Enttäuschung, Reue, Verlangen, Zustimmung und Belustigung – all das blitzte in seinen Augen auf.

„Du würdest von mir erwarten, dass ich das Poster in meinem Zimmer aufhänge, oder?"

Sie klimperte mit den Wimpern. *Du Guter.* „Nachdem ich dich gezwungen hätte, es jedem einzelnen deiner Freunde zu zeigen."

„Wie böse." Er entspannte sich etwas. „Ich würde den Valentinstag wahrscheinlich vergessen."

„Wahrscheinlich? Ha! Du würdest ihn vergessen. Du bist ein Mann. Dir fehlt die Hälfte der Gehirnzellen."

„Ich würde dir in allerletzter Minute ein Geschenk kaufen und beschließen, dass Unterwäsche eine tolle Wahl ist."

„So ein Schwein", sagte sie und nickte anerkennend. „Ich würde darauf bestehen, dass das, was meins ist, meins ist und dass das, was deins ist, auch meins ist."

„Also … wenn ich dreißig Dollar hätte und du hättest zehn …"

„… dann hätte ich vierzig."

„Gutes Mädchen. Ich bin ernsthaft entsetzt."

„Guter Junge. Ich auch."

West starrte sie an. Die Belustigung schwand aus seiner Miene. Jessie Kay erwiderte seinen Blick, und ihre Entschlossenheit geriet ins Wanken. Er wollte sie. Er hatte es gesagt. Sie könnten zehn Monate lang zusammen sein, verteilt auf die kommenden fünf Jahre. Das war doch was. Mehr, als sie im Augenblick hatten. Mehr, als er je einer anderen Frau gegeben hatte. Also, was konnte es schaden?

Gefahr! Gefahr! Sie räusperte sich. „Tja. Ich schätze, jetzt heißt es Gute Nacht." Damit ging sie.

Das Traurigste am ganzen verfluchten Abend war, dass er nicht versuchte, sie aufzuhalten.

Wenn sie ihm gab, was er sich zu wünschen glaubte, würde sie an seiner persönlichen Strafe teilhaben und ihn darin unterstützen. Also, ja. Ja zu sagen, würde ihnen beiden wehtun. Und zwar sehr.

Sie verkroch sich in ihr Schlafzimmer und duschte, um sich den Abend abzuspülen – die Spuren, die West auf ihrer Haut hinterlassen hatte. Danach ging sie zu Bett. Seit sie West kannte, warf sie sich jede Nacht hin und her.

Am Morgen waren ihre Augen trocken und gereizt, und ihr Körper schmerzte. Zumindest war ihre Entschlossenheit stärker. Solange West sich nicht selbst verzieh, konnten sie nicht glücklich werden.

Sie putzte sich die Zähne und bürstete sich das Haar, zog einen roten Sweater und schwarze Leggings an und knotete sich gerade die Schnürsenkel zu, als es an der Tür klopfte.

„Der heutige Zeitplan – frisch gedruckt“, rief West. Er klang so missmutig, wie sie sich fühlte. „Zuerst einmal: Training.“

„Ja, bitte.“ Jessie Kay machte die Tür auf – und musste sich ein Wimmern verkneifen. West sah zum Anbeißen aus. Sein dunkles Haar umgab sein perfektes Gesicht. Er hatte sich nicht rasiert. Ein Bartschatten war auf seinem Kinn zu erkennen. Er trug eine Jogginghose und ein langärmeliges T-Shirt, das sich ganz wunderbar an seine muskulöse Brust und die Oberarme schmiegte.

Sein Blick aus goldenen Augen glitt über sie, und er fuhr sich mit der Zungenspitze über die Lippen, als hätte sie ihm gerade angeboten, er dürfe sie zum Frühstück vernaschen.

„Zieh dich um.“

„Warum?“

„Wir machen Sport, schon vergessen? *Training.*“

„Willst du mich verarschen? Ich dachte, du hättest *Pudding* gesagt. Auf keinen Fall mache ich jetzt Sport.“

„Einen Rückzieher gibt es nicht.“ Er reichte ihr ein Blatt Papier, auf dem in dicken Lettern der Plan für den Tag stand: *5:30 Uhr – laufen.*

„Ich bin ein Mädchen. Ich kann jederzeit *alles* zurücknehmen.“

„Ich fürchte, ich muss darauf bestehen, Kätzchen. Man sollte wirklich Vorsicht vor fremden Leuten walten lassen. Ich kann unmöglich alleine raus.“

„Vorsicht vor fremden Leuten … du meinst die alleinstehenden Mütter, die über dich herfallen könnten?“

„Genau. Also. Du musst dich umziehen. Du musst dich *jetzt* umziehen." Er machte ihr die Tür vor der Nase zu und rief: „Ich höre nicht, dass du dich umziehst."

„Und ich höre, dass du nervst." Sie zog ein Sweatshirt an, auf dem stand: *Ich werde immer* Miss Strawberry Valley *bleiben. Verneig dich.*

Ein Geschenk von Brook Lynn, nachdem ihre Regentschaft geendet hatte. Die Leggings ließ sie an und zog statt ihrer Boots Laufschuhe an. Sie beschloss, keine Jacke zu nehmen und die Kälte auszuhalten, sodass West einen erstklassigen Ausblick auf ihre wippenden Brüste genießen konnte.

Sie machte die Tür auf. Er hatte sich nicht von der Stelle gerührt und stand noch immer im Flur.

Er sah sie an. Erneut lag Hitze in seinem Blick. Eilig schaute er auf seine Uhr und nickte zufrieden. „Das hat nur zwei Minuten gedauert. Ich bin beeindruckt."

„Dann ist das Leben ja wieder lebenswert." Sie stemmte die Hände in die Hüften. „Hey, vielleicht solltest du einen Feuerlöscher einpacken. Die Reibung meiner Schenkel könnte mein Höschen in Flammen setzen."

West rollte mit den Augen und schob sie kurzerhand hinaus – wo sie sich augenblicklich wegen ihrer Dummheit verfluchte. *Diese unfassbar eisige Kälte!* Fünf Minuten und sie würde Frostbeulen haben. Ganz sicher.

„Keine Sorge", sagte er. „Spätestens bei Kilometer fünf ist dir warm."

„Was?" Sie wimmerte leise. Er wollte, dass sie fünf Kilometer lief?

West lachte laut, kniff ihr in die Nase und rannte los. Stöhnend folgte sie ihm. Bitterkalter Wind schlug ihr entgegen, und es dauerte nicht lange, bis ihre Wangen und Finger die reinsten Eisklötze waren.

„Wie laufen die Vorbereitungen für die Weihnachtsfeier?",

erkundigte er sich sachlich, als würden sie sich im Büro am Schreibtisch gegenübersitzen.

Jessie Kays Lunge brannte beim Ein- *und* beim Ausatmen. Wie war das möglich? „Sehr gut." Die Worte waren kaum zu hören. *Durchhaltevermögen? Kenne ich nicht.* „Herz ... schlägt so schnell ... ich werde an ... einem Herzmuskelinfarkt sterben."

„Versuchst du dich in deiner Freizeit an Hypochondrie? Mit dir ist alles in bester Ordnung, Kätzchen. Ich würde nicht zulassen, dass dir etwas zustößt." Er schlug ihr auf die Schulter. „Und jetzt erzähl mir mehr über die Weihnachtsfeier."

Er war halb Märchenprinz, halb Gebieter – und dummerweise mochte sie beide Seiten an ihm. „Tja", sagte sie, riss sich zusammen und versuchte, sich nichts anmerken zu lassen. „Ich habe endlich die Zusage für den mechanischen Bullen bekommen, und Edna vom *Rhinestone Cowgirl* hat zugestimmt, die kleinen Gastgeschenke zu machen. Bauchnabelringe in Form von Erdbeeren."

Er wäre beinahe über seine eigenen Füße gestolpert und hätte sich auf die Nase gelegt, konnte sich aber gerade noch halten. Sie lachte.

„Sag mir, dass das ein Scherz ist, Jessie Kay."

„Willst du, dass ich lüge?"

„Jessie Kay. Die Feier findet in ein paar Tagen statt."

„Gut. Gut. Es war ein Scherz. Alles wird erstklassig, allererste Sahne, supertoll, bla, bla, bla, langweilig. Genau so, wie du es gern hättest."

Er atmete erleichtert auf. „Danke."

Sie zuckte mit den Schultern. „Ich würde auch deine Beerdigung organisieren, wenn der Preis stimmt."

Er rannte im Kreis um sie herum und zwickte ihr noch einmal in die Nase.

„Ist dir aufgefallen, dass wir als Einzige so dämlich sind, bei dieser Kälte draußen zu sein?" Sie wies mit einer ausholenden

Handbewegung auf die menschenleere Straße. „Selbst die Autofahrer sind heute zu Hause geblieben."

„*Die* sind die Dummen. Schau dich doch nur mal um."

Ja, gut, er hatte irgendwie recht. Der sanfte gelblich rote Schimmer der Sonne war überwältigend. Der blaue Himmel ging in ein Meer von Bäumen über. Amseln flogen von Zweig zu Zweig. „Warum machen wir das hier eigentlich?"

„Was, glaubst du, könnte der Grund sein?"

Sein Tonfall war vollkommen ruhig, er klang kein bisschen angestrengt. Konnte ihn überhaupt irgendetwas aus der Puste bringen?

„Ich bin scharf. Du bist scharf. Und das hier wird helfen", sagte er.

„Also ... Wir sind Freunde, die einander helfen, indem wir unsere Lust aufeinander mit Sport kompensieren?"

„Es sei denn, du stimmst meinen Bedingungen zu."

„West ..."

„Es ist mehr, als ich je einer anderen Frau angeboten habe, Jessie Kay."

„Das stimmt wohl. Du hast Tessa nicht mehr angeboten, doch du hast ihr mehr gegeben."

„Eigentlich nicht. Kurz nachdem Jase ins Gefängnis gekommen ist, ist sie gestorben."

Also ... Dann war sie tatsächlich die Erste, der er dieses Angebot machte.

Keuchend sagte sie: „Ich sage nicht Nein, aber ich sage auch nicht Ja. Wie schon gesagt, verspüre ich nicht den Wunsch, dir dabei zu helfen, dich selbst zu bestrafen. Ich habe allerdings den Wunsch, dir zu helfen, damit alles besser wird."

Er blieb stehen. *Gott sei Dank!* Sie beugte sich vor. Ihr war kalt und zugleich heiß. Sie schwitzte und zitterte gleichzeitig. Noch immer keuchte sie, und ihre Nase lief. Ihr Magen drohte, seinen Inhalt explosionsartig wieder freizugeben.

„Ohne dich zu sein, *ist* eine Bestrafung.“ Aufgewühlt fixierte er sie.

Er verschränkte die Finger in seinem Nacken. Dann legte er den Kopf zurück und starrte in den Himmel hinauf. Sein T-Shirt rutschte ein Stückchen hoch und gab den Blick auf seine sonnengebräunte Haut preis. Jessie Kay zitterte noch stärker, und die Hitze, die sich in ihr ausgebreitet hatte, nahm ebenfalls zu.

„Mein Verlangen nach dir … ist kaum auszuhalten.“

„West …“

„Nein, es ist schon in Ordnung. Du brauchst Zeit, um nachzudenken, das verstehe ich. Ich wollte dich nicht unter Druck setzen. Lass uns nach Hause zurücklaufen.“

Sie sollte weiterlaufen? „Ich kann nicht mehr. Ich brauche eine Krankentrage und eine Infusion. Sofort.“

„Wie wäre das hier?“ Er ging leicht in die Knie, und im nächsten Moment lag sie über seiner Schulter. Natürlich dauerte es nicht lange, bis ein Wagen auftauchte. Die Fahrerin bremste ab, um aus dem Fenster zu blicken.

„Du freches Luder“, rief Sunny Day. „Kein Wunder, dass du mir in letzter Zeit so oft einen Korb gegeben hast.“

Jessie Kay breitete die Arme aus, als wollte sie sagen: „Ich trage keine Schuld daran.“

Sunny grinste und drohte ihnen spielerisch mit der Faust, ehe sie weiterfuhr.

West zeigte keinerlei Ermüdungserscheinungen, als er sie nun nach Hause trug. Erst als sie im Haus waren, setzte er sie auf dem Sofa ab. Schweigend ging er weg und kehrte kurz darauf mit einer Decke zurück, die er um sie schlang. Er kümmerte sich so liebevoll um sie, dass sie sich beinahe überzeugen ließ, dass das vollkommen ausreichte und dass der Rest keine Rolle spielte. Aber eben nur beinahe.

„Jessie Kay“, flüsterte er rau und wickelte sich eine ihrer Haarsträhnen um die Finger.

Wenn er sie jetzt küsste, wäre sie verloren. „Du hast mir gesagt, dass ich mich selbst mögen muss, West. Und nun sage ich dir das Gleiche. Du bist ein toller Mensch. Klug, ehrgeizig, geistreich, lustig. Dein Mund sollte als achtes Weltwunder eingetragen werden. Oder als tödliche Waffe, der jederzeit und überall Höschen zum Opfer fallen können. Doch du lässt zu, dass die Vergangenheit deine Zukunft bestimmt, obwohl du nicht mehr der Mann bist, der du damals warst."

Er machte den Mund auf, um etwas zu erwidern, aber sie schüttelte den Kopf.

„Nein", sagte sie und stieß ihn leicht. „Mein Herz hämmert noch immer wegen des Laufs, und ich bin mir ziemlich sicher, dass ich das hier nicht überleben werde. Keine wichtigen Diskussionen mehr. Mach mir bitte eine Tasse Zucker mit einem Spritzer Kaffee."

Eine ganze Weile blickte er sie an, bevor er sich erhob. „Also gut. Für dich tue ich ... alles."

Wenn das doch nur wahr wäre.

15. Kapitel

Zwei Tage vergingen. Jessie Kay plagte sich mit den finalen Details für die Weihnachtsfeier von *WOH Industries* ab, nahm an einer Anprobe mit Brook Lynn teil und fing an, die Kleider für die Brautjungfern zu nähen.

West hielt die meiste Zeit Abstand zu ihr. Er rief nach wie vor oft an, um sich nach ihr zu erkundigen. „Ist alles in Ordnung? Geht's dir gut?" Und er wanderte noch immer jeden Abend durchs Haus und prüfte die Türen und Fenster. Seit ihrem gemeinsamen Lauf hatte es allerdings nicht mehr als zwei Unterhaltungen gegeben.

„Du wirst auf der Weihnachtsfeier mein Date sein", hatte er gesagt, „keine Bedienung."

„Tut mir leid, Zuckerbärchen, aber das wird nichts. Brook Lynn geht mit Jase zu der Feier, und Harlow geht mit Beck. Jemand muss die Stellung halten."

„Kenna kann das übernehmen."

„Kenna geht mit Dane zur Party, und Dane ist einer eurer besten Kunden. Ich bin die Einzige, die den Job machen kann."

„Jessie Kay."

„West."

Er hatte die Arme vor der Brust verschränkt. „Und was passiert, wenn ich mit einer anderen auf die Feier gehe?"

„Dann mache ich dir eine Szene, die sich gewaschen hat, und blamiere dich vor deinen Kollegen."

Er hatte geknurrt: „Ich will, dass du an meiner Seite bist – ob wir nun zusammen sind oder nicht."

Ihr Herz hatte einen Schlag lang ausgesetzt, doch sie hatte gesagt: „So ein Pech. Ich habe jetzt Arbeitsmoral."

Er hatte sie noch einmal wütend angefunkelt, ehe er davongestürmt war.

Später am selben Tag hatte er ihr einen Schlüssel in die Hand gedrückt. „Dein neues Auto", hatte er gesagt.

„Was? Das war doch ein Scherz."

„Es hat allen Schnickschnack, den man sich vorstellen kann."

„Da habe ich keinen Zweifel. Aber ich wollte damit nicht ..."

„Deine Rostlaube ist nicht sicher."

„Ich weiß ..."

„Es ist kein Geschenk", hatte er hinzugefügt. „Es ist eine Therapie. Für mich. Jetzt kann ich aufhören, mir darüber Sorgen zu machen, dass du bei einem Unfall ums Leben kommen könntest."

Er machte sich Sorgen ...

„Würdest du mich mal aussprechen lassen?" Die meisten Frauen hätten so ein extravagantes Nicht-Geschenk wahrscheinlich dankend abgelehnt. Sie hätten gesagt, dass sie das Gefühl hatten, gekauft worden zu sein. Ihr Stil war das nicht. „Ich wollte damit eigentlich nichts andeuten. Ich freue mich total. Danke."

Sie hatte ihn umarmt, und er hatte die Umarmung erwidert. Sie hatten sich ein paar Minuten im Arm gehalten ... Vielleicht waren es auch Stunden gewesen ... Keiner von ihnen hatte loslassen wollen.

„Du wirst schon besser im Umarmen", hatte sie gesagt.

„Ich habe eine gute Lehrerin."

Seine Worte waren nicht mehr als ein Flüstern gewesen. Sie und West hatten sich eng aneinandergeschmiegt, doch unvermittelt hatten sie sich voneinander gelöst.

Jetzt, allein in ihrem Zimmer, dachte sie über das Einzige nach, das sie ablenken konnte: seinen Vorschlag, ihr eigenes kleines Unternehmen zu gründen. Eine Website, auf der sie ihre selbst genähten Kleider verkaufte. Tageskleider, formelle Kleider und sogar Hochzeitskleider. Zum ersten Mal in ihrem Leben verspürte sie bei dem Gedanken an einen Job freudige Aufregung. Sie wollte hochwertige Kleidung für Frauen kreieren, die sparen mussten.

Sie musste die Sache angehen, oder?

Nach den Feiertagen würde sie sich mit Brook Lynn zusammensetzen und über die Zukunft reden. Wenn ihre Schwester sie partout nicht verlieren wollte, würde sie die Idee mit der Website über den Haufen werfen und bei *Sie haben es sich verdient* bleiben. Nein, sobald Brook Lynn sich auch nur eine Spur enttäuscht über ihr Ausscheiden zeigen sollte, würde sie die Idee mit der Website über den Haufen werfen. Im Laufe der Jahre hatte ihre Schwester so viel für sie getan und aufgegeben. Es kam nicht infrage, dass sie nicht auch alles für Brook Lynn tat.

Schon bald würde die Zeit, die sie damit verbrachte, ihrer Schwester zu helfen, die einzige Zeit sein, die sie beide zusammen verbringen konnten. Brook Lynn hatte bald ihre eigene Familie.

Und ich werde allein sein.

Eines Tages würde sie sogar West verlieren. Sein neues Haus würde fertig sein, und er würde bei ihr ausziehen. Ob er ihr dann wohl wieder aus dem Weg ginge? Ihr kleines Unternehmen wäre möglicherweise ihr einziger Trost.

Igitt. Entscheidungen, Entscheidungen. *Zwischen steinhartem Bizeps und einem sehr harten Dickschädel.*

Sie blickte auf die Uhr, die West über ihrem Bett angebracht hatte. 15:16 Uhr. In genau vier Minuten würde er an ihre Tür klopfen. Der Tag der Weihnachtsfeier war gekommen, und er war fest entschlossen, sie zu fahren.

„Wenn ich schon nicht dein Date sein kann“, hatte er am Morgen gesagt, „werde ich eben deine Mitfahrgelegenheit. Keine Widerrede.“

Sie schnappte sich ihr Handy, um ihre Leute auf dem Laufenden zu halten. Zuerst kümmerte sie sich um Brook Lynn.

Sie: *Fahre gleich los, um im* Inn *aufzubauen. Keine Sorge! Ich werde an einem einzigen Abend wahrscheinlich nicht alles zerstören, was du aufgebaut hast.*

Dann schrieb sie Daniel.

Sie: *Kommst du nun zu der Feier oder nicht??? Ich habe dir per Mail eine Einladung geschickt, aber keine Antwort bekommen – Idiot.*

West hatte sich gewünscht, dass die Veranstaltung in einem schicken Hotel in der Stadt stattfand, so wie im Jahr zuvor, doch sie hatte ihn überstimmt. Er lebte jetzt nicht mehr in der Stadt. Er lebte in Strawberry Valley, und wertneutral, wie sie war, fand sie, dass er sein Geld auch in der Gemeinde ausgeben sollte. Abgesehen davon, dass er ebendiese Gemeinde selbstverständlich zum Fest einladen müsste. Also ungefähr jeden, der im Ort lebte. Diese Aufgabe hatte sie einfach schon mal übernommen. Überraschung!

Dann schrieb sie Harlow.

Sie: *Warum hast du den anderen nicht erzählt, dass du einen Braten in der Röhre hast?? Ich bin längst so weit, über Namen zu diskutieren. Jessica Lynn? Brook Kay?*

Schließlich schickte sie noch eine Nachricht an Jase und Beck.

Sie: *Ihr sorgt besser dafür, dass West Spaß hat, sonst überzeuge ich eure Frauen davon, dass sie einen Monat lang Keuschheitsgürtel tragen!*

Die Antworten kamen schnell.

Daniel: *Als könntest du mich davon abhalten, zu kommen. Mach dich bereit, mein Date kennenzulernen – sie ist so gefährlich & angriffslustig wie eine Klapperschlange. Ich glaube, ich werde sie heiraten.*

Harlow: *Das Geheimnis wird morgen von den Dächern gerufen! (Beck hat es einfach zu viel Spaß gemacht, es geheim zu halten.) Die Namen, die du vorgeschlagen hast, könnten eine … geringfügige Korrektur verkraften.*

Brook Lynn: *Schöner Ort!*

Jase: *Ich glaube kaum, dass es an uns liegt, ob er sich amüsiert. Aber deine Drohung hatte den gewünschten Effekt, & wenn es sein muss, mache ich für ihn den Magic Mike, nur, um ihn lächeln zu sehen.*

Beck: *Kleiner Vorschlag: Wenn du mit ihm flirtest & so tust, als wären alle anderen Kerle unsichtbar, wird er einen wundervollen Abend haben – aber notfalls werde ich natürlich auch den Magic Mike geben. (Gern geschehen, Welt.)*

Pünktlich erklang ein Klopfen an ihrer Zimmertür. Ihr Herz schlug unvermittelt wie wild.

„Einen Moment." Ein bodentiefer Spiegel hing an der Innenseite der Schranktür, und sie betrachtete sich noch einmal kritisch von oben bis unten. Pferdeschwanz – *check*. Mascara, Rouge und Lipgloss – *check*. Hässliche Klamotten – *wimmer*. Sie trug die weiße Bluse, die schwarze Stoffhose und die schwarzen flachen Schuhe, die sie auch schon auf Monicas Party getragen hatte. Anlässlich der Feiertage hatte sie das Outfit ein bisschen gepimpt. Zur weißen Bluse trug sie eine glitzernde rote Fliege, und sie hatte ein kleines Sträußchen Mistelzweige über ihrem Busen an die Bluse gesteckt.

Falls sich jemand erdreisten sollte, zu fragen, ob er ihre Brüste küssen dürfe, würde sie vermutlich explodieren. Wette mit ihrer Schwester hin oder her.

Aber was würde sie dafür geben, Gast statt Servicekraft zu sein und ein Kleid zu tragen, das sie selbst entworfen hatte. Ein sexy weißes Kleid mit roter Spitze. Sie würde Wests Geschäftspartner überwältigen – selbstverständlich –, und West würde sie voller Stolz und Zuneigung anlächeln.

Hey, es könnte passieren …

In fünf Jahren.

„Jessie Kay." Er klopfte dreimal. „Sieh auf deine Uhr. Wir müssen los."

Ihre Uhr! Sie befestigte die Schönheit an ihrem Handgelenk und erwiderte: „Mann. Ich habe noch eine Minute Zeit."

„Ja, aber ich halte es keine Sekunde länger aus, dich nicht zu sehen."

Ihr Herz schlug noch schneller, und ihr Magen machte einen Hüpfer. *Hat Momma sich so gefühlt, wenn sie Daddys Briefe las?* Jessie Kay eilte zur Tür. Wie immer stockte ihr bei Wests Anblick der Atem. In seinem Nadelstreifenanzug mit der glänzenden roten Krawatte und den sündhaft teuren italienischen Schuhen sah er einfach umwerfend aus. Er hatte sein Haar gebändigt und zurückgekämmt, doch er hatte sich nicht rasiert. Die Mischung aus Perfektion und Verwegenheit ließ sie erschauern.

Wer war er heute Abend? Das Computer-Genie, das stets die Kontrolle behielt, oder der leidenschaftliche Regelbrecher?

Er musterte sie von Kopf bis Fuß. „Du bist die schönste Frau, die ich je gesehen habe, aber der Mistelzweig muss leider weg." Er wartete nicht auf ihre Antwort, sondern nahm den

Strauß von ihrer Bluse, warf ihn auf den Fußboden und trat sicherheitshalber noch darauf.

„Hey! Brook Lynn hat mich gebeten, den zu tragen."

„Brook Lynn hatte einen Moment geistiger Umnachtung. Im Übrigen bezahle ich sie für ihre Dienste, und das heißt, dass ich ihr Chef bin – und damit auch deiner. Kein Mistelzweig."

„Glaubst du wirklich, dass sich jemand bückt, den Kopf unter meine Brüste hält und einen Kuss verlangt?", fragte sie und tat so, als hätte sie diese Möglichkeit nicht selbst schon befürchtet.

„Ich *glaube* es nicht, ich *weiß* es." Sein Tonfall war ruhig, aber bestimmt. Es war eindeutig, dass er in diesem Punkt nicht mit sich handeln ließ. „Falls das passiert, wird es Blutvergießen geben, und die Feier ist ruiniert."

„Du bist der reinste Höhlenmensch."

Er klopfte sich mit der Faust auf die Brust. „Ich, Mann. Du, meine Frau."

Während sie lachte, verschränkte er seine Finger mit ihren. Ihre Uhren stießen leise klirrend aneinander.

West zog sie an sich, um sie an die Wand zu drücken. „Hast du über mein Angebot nachgedacht?"

Ihr Mund wurde trocken, als seine Hitze und sein Duft sie umhüllten. „Ich habe an unseren letzten Kuss gedacht", gab sie zu. „Und daran, wie sehr ich mir wünsche, dich noch einmal zu küssen."

Minzfrischer Atem strich über ihr Gesicht, und die Härte seines Körpers zwang ihren zarten Körper, sich anzupassen.

„Wenn ich dich das nächste Mal küsse, werde ich erst aufhören, wenn du nackt auf dem Rücken in meinem Bett liegst. Und ich höre dann auch nur auf, weil mein Mund damit beschäftigt sein wird, andere Dinge zu tun."

Wenn sie dafür bezahlt werden würde, wie sie zitterte und erschauerte, wäre sie längst Millionärin.

„Wenn du das willst", sagte er, „lasse ich die Party liebend gern sausen. Du musst nur Ja sagen und du gehörst mir."

Er würde seinen ach so wichtigen Terminplan ändern, um mit ihr zusammen sein zu können? Es war ein berauschender Gedanke ... „Liebende für zwei Monate, Freunde für zehn, dann wieder Liebende für zwei Monate. Und so weiter und so fort."

Er nickte knapp.

Begriff er nicht, was für eine Qual die zehn Monate darstellten, die sie getrennt wären? Oder wollte er es so und rechnete damit?

„Was wäre, wenn ich dich bitten würde, dir selbst zu vergeben?", fragte sie leise. „Und mir alles zu geben?"

„Ich kann es nicht. Du weißt, dass ich es nicht kann."

Nein, er *würde* es nicht tun. Das war ein Unterschied. „Wenn du mir gehörtest", flüsterte sie, „würde ich dir mit meinem Mund, meinen Händen und meinem Körper huldigen." Sie legte die Hände auf seine Brust und spürte, wie sein Herz schlug. „Ich würde dich alles mit mir machen lassen, was du dir wünschst, würde mich von dir nehmen lassen, wie es vorher noch keiner getan hat."

Feuer lag in seinem Blick, und seine Pupillen weiteten sich. Sein Körper war angespannt, als er eine Hand auf ihre Wange legte.

„Aber du gehörst nicht mir, also müssen wir jetzt los", brachte sie heraus, obwohl ein riesiger Kloß in ihrem Hals ihr die Luft zum Atmen nahm.

West wich jedoch nicht sofort zurück. Er blickte sie weiterhin an, und in seinen Augen sah sie Verlangen, Begierde, Verzweiflung ... ein niedergeschmetterter Ausdruck.

„Ich wäre gut zu dir, Kätzchen. Das schwöre ich."

„Das hast du schon einmal gesagt, und ich glaube dir." Sie glaubte ihm wirklich. Das war einer der Gründe, weshalb ihr die Entscheidung so schwerfiel. Er wäre gut zu ihr, und sie würde zusammenbrechen, wenn sie dann „nur noch Freunde" wären.

„Heißt das Nein?", fragte er ernst.

„Ich will dir damit nur sagen, dass ich noch Zeit brauche, um nachzudenken." Wie lange würde er warten? Wann würde er beschließen, dass es reichte und die Entscheidung für sie treffen – indem er sein Angebot zurückzog?

Er überraschte sie, als er sagte: „Also gut. Nimm dir alle Zeit, die du brauchst." Und damit führte er sie zum Auto.

Das *Strawberry Inn* hatte sich in ein Winterwunderland verwandelt. West blickte sich erstaunt um. In der Mitte des großen Speisesaals standen drei Weihnachtsbäume, die ein Dreieck bildeten. Geschenke lagen darunter, und jedes Kind unter achtzehn Jahren würde eins davon bekommen. Eine Girlande aus üppig grünem Ilex rankte sich um die Lichterketten, die ihrerseits um erdbeerförmige Kronleuchter geschlungen waren. Jessie Kay hatte ihn überredet, die Lampen für Carol Mathis, der das *Strawberry Inn* gehörte, zu kaufen und sie ihr zu schenken. Ein Dankeschön dafür, dass sie die Location so kurzfristig hatten anmieten können. Künstlicher Schnee bedeckte die Wände. Die Tische und Stühle, die in einer Ecke des Raumes Platz gefunden hatten, waren in rote Spitze gehüllt.

Jessie Kay hatte damit jede Feier übertroffen, die *WOH Industries* je gegeben hatte. Noch besser wäre es nur gewesen, wenn er ihr erlaubt hätte, tatsächlich einen mechanischen Bullen zu mieten.

Na ja, nächstes Jahr.

„Tolle Party, mein Sohn, aber Sie hätten mehr Whiskey mitbringen sollen." Mr. Porter von *Swat Team 8 – Wir vernichten Flöhe, Zecken, Silberfische, Kakerlaken, Bienen, Ameisen,*

Mäuse und Ratten! klopfte ihm auf die Schulter, als er an ihm vorbeiging. „Ich dachte, das sollten Sie wissen."

„Es gibt mehr. Ich werde Ihnen ein Glas ..."

„Eine Flasche."

„... eine Flasche", korrigierte West sich grinsend, „bringen lassen."

Der ganze Ort war ins *Inn* geströmt. Edna, eine exzentrische ältere Dame, sah aus, als würde sie gerade auf der improvisierten Tanzfläche einen Krampfanfall erleiden. Anthony Rodriguez, der einzige „Stylist" im Umkreis von dreißig Kilometern – auch wenn Gerüchte besagten, dass Trisha Shay-Rivers ihre Garage dazu nutzte, den über Fünfzigjährigen Dauerwellen zu legen –, machte den Electric Slide und den Roboter. Gleichzeitig.

Die Bewohner des Ortes lachten. Kunden von *WOH Industries* – Spiel-Freaks und seriöse Geschäftsleute – wussten noch nicht ganz, was sie davon halten sollten.

West erblickte eine der Bedienungen, die Jessie Kay eingestellt hatte. Es war eine Kellnerin aus dem *Two Farms*. Er ging zu ihr. „Ich möchte gern, dass Sie persönlich dafür sorgen, dass Mr. Porters Glas immer gefüllt ist. Bleiben Sie mit einer Flasche unseres besten Whiskeys in seiner Nähe."

Das Mädchen blickte ihn an, als wäre er die Antwort auf all ihre Gebete.

„Jetzt", sagte er.

„Sicher." Sie eilte davon.

Er sah zur Tür im hinteren Teil des Saals, wo die Bedienungen mit leeren Tabletts hineingingen und mit vollen wieder herauskamen. Keine Spur von Jessie Kay. Er hatte schon einige Männer dabei beobachten müssen, die sie voller Interesse von oben bis unten musterten – als wäre sie ein Leckerbissen, den sie vernaschen wollten. Und er hatte sich extrem zusammenreißen müssen. *Sie gehört mir!*

Doch genau genommen gehörte sie nicht ihm. Noch nicht.

Bisher hatte er sieben Idioten von der Feier entfernen lassen müssen. Es waren Bewohner Strawberry Valleys, die sie beleidigt hatten.

„Bietest du zu den Shrimps auch einen Lapdance an, Jessie Kay?"

„Du siehst in deiner Uniform echt toll aus, aber ich würde dich gern ohne sehen – noch einmal."

Arschlöcher. Beim Rausgehen waren sie bedauerlicherweise gegen seine Faust gelaufen.

„Oh, West. Dich hat's erwischt." Zu seiner Linken erklang eine fröhliche weibliche Stimme. „Schlimmer, als mir klar war."

Er wandte die Aufmerksamkeit von der Tür ab – Jessie Kay hatte inzwischen sechs Minuten gehabt, um ihr Tablett wieder aufzufüllen. Viel Zeit. Wo also steckte sie?

„Wohlgemerkt, ich beklage mich nicht", fügte Brook Lynn mit einem Lächeln hinzu. „Du bist einer der wenigen, die gut genug für meine große Schwester sind."

Spöttisch zog er eine Augenbraue hoch. *„Einer der wenigen* impliziert, dass es noch andere gibt, die du dir an ihrer Seite vorstellen könntest."

„Du kennst Daniel, oder?"

Er rollte mit den Augen. Daniel war mit seinem Date da, einer über eins achtzig großen dürren Eiskönigin.

Dotty Mathis, Carols Tochter, hatte das Paar, seit es angekommen war, nicht aus den Augen gelassen.

Ihm war es aufgefallen, weil auch er Daniel beobachtet hatte. Jedes Mal, wenn Jessie Kay an ihm vorbeigekommen war, hatten die beiden lustige Grimassen gezogen. Ihr Verhältnis zueinander erinnerte ihn an die Freundschaft, die Jase und Beck mit Tessa verbunden hatte. Sie hatten sich geneckt und aufgezogen, aber immer war gegenseitiger Respekt spürbar gewesen.

„Daniel ist wie Jessie Kays Bruder", sagte er.

Brook Lynn schnaubte. „Dane Michaelson ist Kennas Stiefbruder, und trotzdem sind die beiden zusammen."

West sah Jase an, der neben Brook Lynn stand, und zog eine Augenbraue hoch. „Tu mir einen Gefallen und zügele deine Frau ein bisschen."

Jase breitete die Arme aus und wirkte wie die Hilflosigkeit in Person. „Glaubst du nicht, dass ich das schon versucht hätte?"

„Das hat er." Brook Lynn strich sich das Kleid glatt. Ein Kleid, das ihre Schwester für sie genäht hatte. In letzter Zeit hatte Jessie Kay sich oft in ihr Zimmer zurückgezogen und daran gearbeitet, die schönsten Kreationen zu entwerfen, die man jemals gesehen hatte.

West ließ den Blick durch den Raum schweifen und entdeckte Beck und Harlow. Harlow hatte gerade eine wenig schmeichelhafte grüne Gesichtsfarbe. Sie hielt sich den Bauch. Es wirkte, als hätte jemand den Stift einer Handgranate gezogen und sie hätte nur noch wenige Augenblicke, um sich auf eine verheerende Explosion vorzubereiten. Beck legte einen Arm um sie und drängte sich mit ihr durch die Menschenmenge.

„Irgendetwas stimmt nicht", sagte er zu den anderen.

Als Beck zu ihnen kam, verkündete er: „Überraschung! Harlow ist schwanger. Und jetzt gehen wir nach Hause. Sie fühlt sich nicht gut."

„Was?", stieß Brook Lynn aus.

Jase schüttelte den Kopf, als hätte er sich verhört.

West war vollkommen verdattert. Ein Baby? Ein kleiner Beck? *Ich werde Onkel.* Ein breites Lächeln erstrahlte auf seinem Gesicht ... und erstarb sofort wieder. Tessa hatte Kinder geliebt. Sie hatte einmal zu ihm gesagt, dass sie gleich nach ihrer Hochzeit versuchen würde, ein Kind zu bekommen, und dass sie gern zwei Jungs und zwei Mädchen hätte, damit die Kinder nie allein wären. Sie hätte sich gefreut, Tante zu werden.

Tessa konnte ihre Träume nicht mehr wahr machen. Und während seiner selbst auferlegten Strafe sollte er seine Träume auch nicht wahr machen dürfen.

Er rieb sich die Stelle auf seiner Brust, wo sein Herz schlug, und spürte einen neuen Schmerz, der sich atemberaubend schnell ausbreitete. Wollte Jessie Kay heiraten? Wollte sie eine eigene Familie?

Fünf Jahre. Nur fünf qualvolle Jahre, dann könnte er ihr alles geben, was sie sich wünschte. Und er könnte alles bekommen, was *er* sich wünschte. Sie … Alles von ihr. Das Verlangen nach ihr war wie ein Feuer, das in seinem Körper wütete. Ihm war bewusst, dass er sie mehr begehrte, als er je eine Frau begehrt hatte. Allmählich wurde ihm klar, dass er sich sogar mehr nach ihr sehnte als nach Kokain.

Schon allein ihre Nähe erfüllte ihn mit einem friedvollen Gefühl. Ihr Lächeln lenkte ihn ab und erfreute ihn. Ihr Lachen verzauberte ihn. Ihr Witz entzückte und bannte ihn.

Wo war sie? Wann würde sie endlich eine Entscheidung treffen?

Während Jase und Brook Lynn sich aufgeregt über Baby Becklow – oder Hark? – unterhielten, ging West zur Tür im hinteren Bereich des Saals. Unterwegs lief er Dane und Kenna in die Arme, die von der Tanzfläche zurückkamen. Die beiden glühten vor Liebe und Glück.

„Oh, oh", sagte Kenna. „Jessie Kay steckt offenbar in Schwierigkeiten."

West runzelte die Stirn. „Wie kommst du darauf?"

„Du hast diesen finsteren Blick, den du immer aufsetzt, wenn du an sie denkst."

Das konnte nicht wahr sein. „Sie steckt nicht in Schwierigkeiten." Noch nicht. „Habt ihr sie gesehen?"

Dane gab Kenna einen Kuss auf die Schläfe. Sein Mund blieb dicht an ihrem Gesicht, als er antwortete: „Als ich deinen kleinen Kracher das letzte Mal sah, musste sie gerade etwas klären. Es sah aus, als hätte sie alles unter Kontrolle", fügte er hinzu.

West erstarrte. Etwas klären? „Entschuldigt mich." Er lief zur Tür. Drei andere Pärchen kamen ihm in die Quere, doch er stürmte weiter, den Blick aufs Ziel gerichtet. Eine Bedienung eilte an ihm vorbei, das Gesicht angespannt und blass, und er ging durch die Tür.

„... diese Feier ruinieren", sagte Jessie Kay gerade.

Die Küche hatte weiße Wände, die mit kleinen Erdbeeren bemalt waren, eine lange Anrichte in Pink und Weiß und die modernsten Küchengeräte. Offensichtlich lief das Geschäft, seit Harlow hier gearbeitet hatte, viel besser, sodass Carol die längst überfälligen Modernisierungen in Angriff genommen hatte.

Zwischen dem Herd und dem Kühlschrank stand Jessie Kay – gesund und munter. Endlich konnte er wieder durchatmen. Dann erblickte er die Frau, die an einen Stuhl gefesselt vor ihr saß.

Monica Gentry.

„Mich zu fesseln ist ein Verbrechen." Monica trug ein zweiteiliges rotes Kleid, das einen Blick auf einen Streifen ihres Bauches freigab. Sie hatte sich die Haare blondiert. Die ehemals schokoladenbraunen Strähnen waren inzwischen gelbblond.

Versuchte sie, wie Jessie Kay auszusehen?

Ernsthaft. War das ein Moment, der so auch im Film *Eine verhängnisvolle Affäre* hätte vorkommen können?

„Widerrechtliches Betreten eines Gebäudes ist ebenfalls ein Verbrechen", erwiderte Jessie Kay ruhig. „Und das hier war eine Jedermann-Festnahme, also war es mein Recht, Sie zu fesseln."

„Wir sind an einem öffentlichen Ort. Ich habe nichts Falsches getan", beharrte Monica.

„Bitte. Die Feier ist nur für geladene Gäste, also privat. Aber ich werde nicht mit Ihnen diskutieren. Ich habe zu tun."

„Was ist?“ Monica reckte die Nase in die Höhe. „Angst vor einer Konkurrentin?“

„Ach, Schätzchen. Wir spielen nicht einmal in derselben Liga.“

„Das stimmt. Sie sind nichts weiter als eine Hure, die nur aufs Geld aus ist.“

In diesem Moment sah West rot. Er wusste nicht genau, was er tun würde, doch ihm war klar, dass das Ergebnis hässlich werden würde.

„Moment mal. West hat Geld?“ Jessie Kay keuchte gespielt übertrieben auf, und er blieb stehen, um sich ihre kleine Vorstellung anzusehen. „Verdammt. Ich hätte sein romantisches Angebot, eine Hochzeit und einen Stall voller Hosenscheißer, annehmen sollen. Wie konnte ich nur so dumm sein und glauben, auf Liebe bestehen zu müssen? Neeeein!“ Jessie Kay strich sich mit den Fingerspitzen über die Wangen, als würde sie weinen. „So eine vertane Chance.“

Wests blinde Wut verrauchte, und er ertappte sich dabei, wie er sich ein Grinsen verkniff.

„Sie lügen! Er würde *niemals* um die Hand von einer wie Ihnen anhalten.“ Monica versuchte, die Fesseln zu lösen. „Er wird Sie vergessen, wenn ich Ihnen erst eine Kugel ins Herz gejagt habe. Lassen Sie mich los. Sofort!“

Und wieder sah West rot.

Jessie Kay grinste Monica an. Sie hatte überhaupt keine Angst vor ihr. „Beim Talentwettbewerb der Wahl zur *Miss Strawberry Valley* habe ich ein Kalb mit dem Lasso eingefangen und es verschnürt. Sie werden es nicht schaffen, sich zu befreien, Prinzessin.“

Ein neues Bild tauchte vor Wests geistigem Auge auf: Jessie Kay mit ihrer Tiara und einer Schärpe.

„Ich habe selbst schon mindestens zwanzig Kälber eingefangen und verschnürt. Ich habe Rehe und Wildschweine geschossen und ausgeweidet. Deren Köpfe hängen als Trophäen bei meinem Dad im Arbeitszimmer. Genau dort, wo auch Ihr Kopf hängen wird, wenn ich erst mit Ihnen fertig bin."

Also gut. Das reichte. „Mach sie los, Kätzchen."

Beide Frauen wandten den Kopf in seine Richtung.

Jessie Kay funkelte ihn aufgebracht an und stampfte mit dem Fuß auf. „Nein! Niemals!"

Monicas Miene hingegen hellte sich auf, sie warf ihm ein strahlendes Lächeln zu. „West! Diese verrückte Schlampe hat mich gefesselt."

„Hey! Ich bin vielleicht eine Schlampe, aber wenigstens bin ich nicht verrückt."

„Mach ihre Fesseln los", sagte er. „Bitte."

Jessie Kay war anzusehen, dass sie gekränkt war, und er wünschte, er könnte zu ihr gehen, sie in seine Arme schließen und sie festhalten. Er wünschte sich, er könnte ihr den Trost spenden, den sie sich wünschte. Doch er wollte Monicas Wut auf keinen Fall weiter befeuern.

„Gut." Widerwillig gehorchte Jessie Kay. „Ich hoffe, du genießt die Zeit mit diesem Psycho. Sie gehört dir."

Monica kam auf ihn zugerannt und wollte sich in seine Arme werfen. Er packte ihre Handgelenke und hielt sie zurück. „Komm. Ich bringe dich raus." Mit einem Blick zu Jessie Kay sagte er: „Bleib hier."

West ging durch die Tür, die in den Flur führte und nicht in den Festsaal. Monica protestierte die ganze Zeit über. In der Lobby schrieb er Jase eine Nachricht.

Er: *Such Sheriff Lintz & bring ihn in die Lobby.*

Jase antwortete sofort.

Jase: *Wird gemacht.*

„Was ist hier los?“, wollte Monica wissen.

West sagte nichts, bis Jase und der Sheriff um die Ecke kamen. „Das hier ist Monica Gentry“, informierte er den Sheriff. „Sie ist nicht nur unbefugt hier eingedrungen, sie hat Jessie Kay auch noch bedroht.“

Monica rang nach Luft. „Ich habe nichts getan. Ich würde nie …“

„Sie hat gedroht, Jessie Kay eine Kugel ins Herz zu jagen.“

„Also.“ Lintz schob sich den Hut in den Nacken. „Wir können die Angelegenheit auf zwei Arten regeln, Miss Gentry. Ich nehme Sie fest, und Sie verbringen den Rest des Wochenendes in einer Gefängniszelle, während wir darauf warten, dass sich der Richter vom heutigen Kater erholt. Oder ich bringe Sie jetzt zu Ihrem Wagen und Sie kehren nicht mehr nach Strawberry Valley zurück. Es ist Ihre Entscheidung.“

„Das ist nicht … Das kann nicht …“

Sie presste die Lippen zusammen, als die drei sie unbeeindruckt anblickten.

„Gut.“ Sie hob das Kinn und straffte die Schultern. „Bringen Sie mich zu meinem Auto.“

West übergab sie an den Sheriff und ließ sie los. „Halte dich von Jessie Kay fern, Monica. Du und ich, wir werden niemals zusammenkommen. Weder jetzt noch in Zukunft irgendwann. Verstanden?“

Ihre Wut verrauchte, und Tränen schossen ihr in die Augen. „Aber ich liebe …“

„Du brauchst Hilfe.“

Ihr Schluchzen war noch zu hören, als er in den Festsaal zurückging.

Einige Gäste wollten stehen bleiben und sich mit ihm unterhalten, doch er ging weiter, bis er im Küchenbereich angekommen war. Und wieder keine Spur von Jessie Kay.

Einer der Kellner, ein Junge im College-Alter, der ihn augenscheinlich sehr bewunderte, tippte ihm auf die Schulter. „Sie ist da draußen, Sir", sagte er und zeigte in Richtung des Festsaals. „Und wenn ich so frei sein darf, Ihr Videospiel ist …"

Für so etwas habe ich jetzt keine Zeit. „Danke. Rufen Sie im Büro von *WOH Industries* an, dann sorge ich dafür, dass Sie eine Broschüre bekommen, in der alle verborgenen Features des Programms aufgeführt sind."

„Danke. Vielen Dank!"

West ging los und fand Jessie Kay, die ein Tablett mit Champagnergläsern in den Händen hielt. Er näherte sich ihr und erreichte sie, als sie gerade einen älteren Herrn anlächelte. Ihre sexy Ausstrahlung hätte bei dem Mann fast einen Herzinfarkt ausgelöst.

Ein einziger Blick von ihm reichte, und der Mann verschwand.

Jessie Kay wollte an ihm vorbeigehen, doch er versperrte ihr den Weg.

„Mach Platz. Ich rede nicht mehr mit dir."

Er ignorierte die Tatsache, dass an ihrer Aussage offensichtlich etwas nicht stimmte. „Warum bist du wütend?"

Jessie Kay war kein Mensch, der sich zurückhielt, und so stieß sie hervor: „Du hast dich für sie entschieden und bist mir damit in den Rücken gefallen. Und du hast es *gewagt*, mir zu Hilfe zu kommen."

„Ich habe mich nicht für sie entschieden, und ich bin dir nicht in den Rücken gefallen. Ich bin sie losgeworden. Und ich verstehe nicht, was daran schlimm ist, dass ich dir zu Hilfe gekommen bin."

„Du hast mir nicht vertraut und nicht daran geglaubt, dass ich das allein schaffe. Ein Job, für den du mich bezahlst. Wenn du mich jetzt entschuldigst." Sie machte einen Schritt zur Seite.

Wieder tat er es ihr gleich und stellte sich ihr in den Weg. Er nahm ihr das Tablett ab, das sie umklammert hielt, winkte eine

Kellnerin herbei und reichte es der jungen Frau. Dann ergriff er ihre Hand und hielt sie fest, als Jessie Kay versuchte, sich aus seinem Griff zu befreien.

„Was hast du vor?“, wollte sie wissen.

„Das, was ich schon tun wollte, seit die Feier begonnen hat. Also, halt einfach den Ball flach. Du kannst sowieso nichts daran ändern – ob es dir nun gefällt oder nicht.“

16. Kapitel

Halt einfach den Ball flach?

Mein Videogamer ist ein echter Poet.

Als West sie zur Tanzfläche führte – sie, Jessie Kay, und keinen der Ehrengäste –, starrten die Geschäftsfrauen sie an, während die weiblichen Einwohner von Strawberry Valley ihr entweder zujubelten oder schmollten, weil sie (ganz offensichtlich) die Zuneigung des begehrtesten Junggesellen des Ortes gewonnen hatte.

Als West die Mitte der Tanzfläche erreichte, zog er sie an seinen durchtrainierten Körper. Der Schock darüber ließ sie erstarren. Es passierte. Es passierte tatsächlich.

Aus dem Augenwinkel sah sie Brook Lynn, die fröhlich beide Daumen in die Höhe reckte. Jase formte lautlos mit den Lippen: „Kein Magic Mike?" Dane nickte beifällig. Kenna nahm sich eine Portion gefüllter Pilze von einem Tablett, das gerade an ihr vorbeigetragen wurde. Sie hatte in der vergangenen Nacht angerufen und sie gebeten, zusätzlich zu den anderen Speisen diese speziellen gefüllten Pilze anzubieten. „Ich habe Heißhunger darauf, und ich werde dir ewig dankbar sein, und ich sorge dafür, dass Dane einen fetten Scheck für eine wohltätige Organisation deiner Wahl ausstellt. Bitteee!" Jessie Kay hatte sich unwillkürlich gefragt, ob Kenna möglicherweise wie Harlow auch in anderen Umständen war.

„Du blamierst dich", murmelte sie. *Ach, was soll's.* Sie schmolz praktisch dahin. In Wests Armen zu sein … Noch nie hatte sich etwas so richtig und so gut angefühlt.

„Das ist meine Firma. Ich kann tun, was ich will."

„Wow. Das ist eine *wahnsinnig* erwachsene Antwort."

„Wie wäre es dann damit?" Todernst sagte er: „Ich werde keine unterwürfige Compliance zeigen oder mich von wichtigtuerischen Erwartungen quälen lassen."

Während eine Hitzewelle sie durchströmte, knabberte sie verstohlen an seinem Ohrläppchen. „Du weißt, wie sehr ich es hasse, wenn du so hochtrabend daherredest."

„Und du weißt, dass ich es hasse, dass du es hasst."

Was für ein reizender Mann. Und was für eine böse Jessie Kay. Böse! Sexuelle Belästigung in der Öffentlichkeit. „Dir ist klar, dass deine Geschäftspartner glauben, du mischst dich unters gemeine Volk, oder? Der Computer-Mogul und die arme, aber umwerfende Kellnerin."

„Ich mische mich nicht unters gemeine Volk. Wenn überhaupt, wechsele ich mal die Liga."

Sie lächelte ihn an. „Ich bin ein Großmaul, respektlos und ein bisschen primitiv." Und ein Mädchen mit einem schlechten Ruf. Man hatte ihr an diesem Abend mindestens ein Dutzend unmoralische Angebote gemacht. Ein Typ hatte sie gefragt, ob sie sich mit ihm von der Party schleichen würde, um „Seven Minutes in Heaven" zu spielen und in irgendeinem Wandschrank rumzumachen. Ein anderer Kerl hatte ihr auf den Po geschlagen und ihr gesagt, wie sehr er diesen Hintern vermisste. Alte Unsicherheiten waren mit voller Wucht zurückgekehrt, und ihr war klar geworden, dass es keine einmalige Sache, kein punktueller Erfolg war, sich selbst zu mögen. Sie würde für den Rest ihres Lebens daran arbeiten müssen. „Wie kannst du, der perfekte Gentleman, *nicht* in einer völlig anderen Liga spielen als ich?"

Er beugte sich leicht hinunter, war mit ihr auf Augenhöhe, kam ihr näher, und sie dachte, dass er sie vielleicht … vielleicht umarmen würde. Eine Umarmung, von der er mal gesagt hatte, dass er sie nicht mögen würde. Eine Umarmung, die er mittlerweile wie die Luft zum Atmen zu brauchen schien.

„Du bist die Sonne, und ich bin einer der glücklichen Planeten, die in deinem Orbit kreisen dürfen. Nichts und niemand sonst existiert für mich."

Ach du lieber Himmel. Ein weiterer Punkt, den sie von ihrer Liste streichen konnte. Ein Punkt, von dem sie nicht geglaubt hätte, dass er in Erfüllung gehen könnte: *Er muss vergessen, dass es noch andere Frauen auf der Welt gibt.*

„Was soll ich nur mit dir machen?", fragte sie seufzend.

„Ich weiß, was ich mir wünschen würde." Er küsste sie an der Stelle, wo ihre Bluse an ihrem Kragen ein Stückchen aufsprang. Mit seiner heißen Zunge strich er über die Stelle an ihrem Hals, wo ihr Pulsschlag sichtbar war. „Sag mir, dass du mir tiefer in den Kaninchenbau folgen wirst."

Ihr verräterisches Herz setzte einen Schlag lang aus. „Ich verlange eine Klarstellung. Ist ‚Kaninchenbau' ein Euphemismus für Sex? Oder der Nerd-Ausdruck für die Beziehung, die du mir anbietest?"

„Ein Nerd-Ausdruck, aber nicht nur für die Beziehung." Er hob den Kopf ein wenig an, in seinen Augen lag ein Ausdruck von Verlangen. „Ich will mehr Dateninput. Ich will alles über dich wissen."

„Du kennst die schlimmsten Dinge bereits."

„Und die besten auch. Ich will trotzdem mehr wissen."

Er umfasste ihre Taille und hielt sie fest. Falls sie vorhatte, die Flucht zu ergreifen?

„Ich will alles zwischen dem Schlimmsten und dem Besten wissen. Die Einzelheiten sind die Drogen meiner Wahl. Stille meine Gier danach."

Ging es *noch* romantischer? „Ich ... Na ja, ich weiß nicht genau, womit ich anfangen soll." Sie erschauerte, als sie seinen feurigen Blick sah. Dieser Mann ... Dieser wunderschöne Mann wollte mit ihr zusammen sein. Er wollte nicht nur sein körperliches Verlangen stillen und dann im Morgengrauen verschwinden. Er würde in ihrem Bett bleiben und sie festhalten, sie genießen. Doch am Ende ihrer zweimonatigen Affäre würde er sie trotzdem verlassen.

„Fang an, wo du willst. Ich lausche gefesselt."

„Tja, meine Lieblingsdrogen sind Taylor Swift und Carrie Underwood. ‚Ohrgasmus' pur! Wenn ich endlich mal ein Haustier habe, werde ich mir eine wilde Katze anschaffen, die mich und nur mich lieben und allen anderen die Augen auskratzen wird. Ich nenne sie Admiral Snuggles. Ach, und ich hasse Krankenhäuser genauso sehr wie Spinnen. Ein Krankenhaus ist ein Ort der Schmerzen – mir egal, was andere sagen."

„Rate mal, welche Musik von jetzt an ständig in meinem Zimmer laufen wird? Und Admiral Snuggles ist ein Name, den ich tolerieren kann. Ich nenne mich selbst oft Colonel Cuddles."

Zu liebenswert, um es in Worte zu fassen.

„Warum hasst du Krankenhäuser so?", fragte er.

Das war leicht. „Als Kind musste Brook Lynn wegen ihrer Ohren unzählige Operationen über sich ergehen lassen. Ich bin immer durch die Flure gelaufen, während ich auf die Ärzte gewartet habe, und ich habe viele Menschen gesehen, die sich vor Schmerzen gekrümmt, die Blut und andere Dinge gespuckt und sich selbst beschmutzt haben … Ich habe Menschen gehört, die um Hilfe gerufen haben … Und ich habe sogar gesehen, wie ein Mensch gestorben ist." Den letzten Satz hatte sie geflüstert.

Er hielt sie noch ein bisschen fester. „Als Harlow krank war, hast du sie besucht. Zwei Mal."

„Ja, aber nur, weil Brook Lynn an meiner Seite war. Und weil ich vorher ein paar starke Beruhigungsmittel genommen hatte."

„Du hättest zu mir kommen sollen." Er ließ seine Hände an ihrem Körper hinaufgleiten und umschloss ihr Gesicht. „Ich hätte dich abgelenkt."

Wohl kaum. „Damals hast du mich noch gehasst."

„Stimmt nicht. Ich habe meine Reaktion auf dich gehasst. Ich wollte dich, aber ich dachte, ich dürfte mir nicht erlauben, dich zu bekommen."

„Und jetzt?" Ihre Stimme kippte, als sie die Frage stellte.

„Jetzt tue ich *alles*, um dich zu bekommen."

Das war nicht die Wahrheit. Er wollte sich selbst nicht verzeihen.

Offenbar spürte er, in welche Richtung ihre Gedanken gingen, denn er wechselte das Thema: „Was ist dein Lieblingsessen?"

„Nachtisch."

„Gibt es ein besonderes Nahrungsmittel, das du liebst?", korrigierte er sich.

„Zucker. Nein, Schokolade. Nein, Zucker."

Seine Mundwinkel zuckten verdächtig. „Magst du lieber den Morgen oder den Abend?"

„Den Nachmittag. Klar. Es ist nicht zu früh und nicht zu spät."

„Das passt."

Lachend schmiegte er seine Wange an ihre. Ihre Haut kribbelte.

„Wenn du nur noch einen Tag zu leben hättest, was würdest du tun?"

Abgesehen davon, mit ihm zu schlafen – wieder und wieder? „Brook Lynn und ich haben tatsächlich einmal darüber geredet. Und weil meine Schwester so ist, wie sie nun mal ist – eine Listen-Fetischistin, die an Zombies glaubt –, habe ich schon einen Schlachtplan."

„Erzähl mir davon."

„Ich werde jeden Cent, den ich habe, von meinem Konto holen und ihn dem örtlichen Tierheim spenden. Dann werde ich meinen Facebook-Status auf ‚bald tot' ändern. Ich werde Wetten darauf annehmen, wie oft der Beitrag gelikt wird. Dann werde ich Postkarten an alle meine Freunde schreiben und Brook Lynn bitten, sie einen Monat nach meinem Tod in die Post zu stecken, damit alle glauben, ich schreibe aus dem Jenseits. Ach, und mein Lieblingsvorhaben: Ich werde einen Typen finden, der aussieht wie Khal Drogo aus *Game of Thrones*, und mit ihm ein sehr beglückendes Happy End erleben."

West zog sie an sich, verzehrte sie förmlich.

„Ich könnte dir heute Abend auch ein Happy End schenken."

Verlangen schoss wie ein Blitz durch ihren Körper. *Bleib standhaft.* „Zuckerbärchen, lass uns ehrlich sein. Mit mir wirst du nicht fertig."

„Ich brauche nur Übung."

Sie warf ihm einen Blick zu, der sagte: Träum weiter, Kumpel. „Sag mir, was du tun würdest, wenn du nur noch einen Tag zu leben hättest."

„Nachdem ich dreiundzwanzig Stunden mit dir im Bett verbracht und dir jede Menge Happy Ends geschenkt habe?"

„Natürlich."

„Ich würde ganz genau aufschreiben, wo meine Lieben meine Asche verstreuen sollen … Und jeder dieser Orte würde nur in meinen Videospielen existieren."

Während sie lachte, hörte die Musik auf, zu spielen. *Neeein!* Sie löste sich aus seiner Umarmung, obwohl sie in seinen Armen bleiben wollte, und räusperte sich. „Tja. Danke für die Unterbrechung, aber ich muss jetzt weiterarbeiten. Ohne mich ist wahrscheinlich schon alles den Bach runtergegangen."

„Jessie Kay …"

Sie eilte davon, bevor er sie womöglich dazu überredete, ihre Pflichten einfach sausen zu lassen. Wie sich herausstellte, war nicht alles den Bach runtergegangen. Alles lief glatt.

Während sie sich ihren Aufgaben widmete, ging ihr Blick immer wieder zu West. Ihr Prinz und ihr Peiniger. Jedes Mal, wenn er zu ihr sah, stockte ihr der Atem. Die Spannung zwischen ihnen war mit Händen greifbar.

Er sprach mit einer Gruppe junger Geschäftsleute, schlenderte dann weiter und zwinkerte ihr zu. Als sie ihm kurz zuwinkte, trat eine wunderschöne Frau an seine Seite. Jessie Kay stieß unsanft mit einem der Gäste zusammen und goss aus Versehen Champagner über sein Jackett.

„Scheiße! Tut mir leid“, platzte sie heraus.

„Keine Sorge. Das trocknet wieder“, entgegnete er mit einem Lächeln. „Sie sind die Frau, die mit Lincoln West getanzt hat.“

„Ja. Die bin ich.“

„Sind Sie beide zusammen?“

„Wow. Sie werden ja direkt persönlich.“

„Entschuldigen Sie. Das ist eine Angewohnheit.“ Er streckte ihr die Hand entgegen. „Ich bin Dan Escada von *Other Worlds Daily*, einem digitalen Abo für Videogamer. Ich schreibe eine Story über Mr. West und würde gern ein Interview mit Ihnen …“

„Kein Kommentar.“ Sie ging davon und reichte ihr Tablett einem der anderen Kellner. Wer war die Frau, die da bei ihrem Mann stand? Und er *war* ihr Mann – ob sie nun offiziell zusammen waren oder nicht.

„Hey. Wer ist die Hexe, die da bei West steht?“, fragte Carol Mathis sie. „Weiß sie nicht, dass er zu dir gehört?“

Edna Mills, die neben Carol stand, nickte mitfühlend. „Vielleicht stelle ich ihr ein Bein, wenn sie das nächste Mal an mir vorbeiläuft. Solche Unfälle passieren ja ständig.“

„Ihr wisst, dass ich euren Teamgeist schätze, aber West und ich sind nicht zusammen“, sagte Jessie Kay.

„Pfff.“ Carol winkte ab. „Jeder, der Augen im Kopf hat, sieht, dass ihr beide verrückt nacheinander seid. Und er ist jetzt ein Junge aus Strawberry Valley. Er braucht ein Mädchen aus Strawberry Valley. Niemand sonst ist gut genug.“

Da hatte sie nicht unrecht.

Jessie Kay beobachtete, wie besagte Schlampe mit den Fingern an Wests Krawatte hinaufstrich. *Schau weg, schau weg. Wage es nicht, durch den Saal zu stürmen und die Sache auf Dillon-Art zu klären.* Auch bekannt als GIDAT – gnadenloses In-den-Arsch-Treten.

Allerdings hatte sie kein Recht, die Fäuste fliegen zu lassen. Immerhin war West nicht ihr Freund. Sie hatten einander kein Versprechen gegeben. Und sie würden es auch nicht tun – außer, sie stimmte seinen Bedingungen zu. Aber verdammt, es würde sich anfühlen, als hätte sie kapituliert, wenn sie das täte. Als hätte sie aufgegeben. Als hätte sie einer Chance auf mehr, einer Chance auf etwas Besseres Lebewohl gesagt. Doch seinen Bedingungen nicht zuzustimmen, würde sich ebenfalls wie eine Kapitulation anfühlen. Denn dann gäbe es die Chance auf mehr erst gar nicht.

„Oh nein, sie macht gerade *nicht* seine Krawatte an, oder? Halt mal meine Schuhe fest, Edna." Carol schlüpfte aus ihren Pumps. „Ich will nicht ausrutschen, wenn ich dem Mädchen gleich so richtig in den Hintern trete."

„Ich liebe euch beide, aber ich wiederhole: Bitte, tut der Brünetten nichts an. Jedenfalls nicht hier in aller Öffentlichkeit." Ihr Blick fiel auf Daniel, der sie zu sich heranwinkte. „Ich werde gerufen. Ich muss weiter."

Sie schlängelte sich durch die Menschenmenge. Daniel begrüßte sie mit einer Umarmung, ehe er mit dem Kinn auf West wies. „Soll ich dem Kerl seine Eier in den Rachen schieben?"

„Ein wirklich reizendes Angebot von dir, aber nein."

Sein Date – eine bildhübsche Blondine – musterte sie von Kopf bis Fuß und setzte dann ein sehr gekünsteltes Lächeln auf. „Hallo."

„Kiki, das ist Jessie Kay", stellte Daniel sie einander vor. „Jessie Kay, das hier ist Kiki. Du erinnerst dich wahrscheinlich nicht an sie, aber sie hat früher in Strawberry Valley gelebt."

„Ich war in der sechsten Klasse und du in der achten", erklärte Kiki. „Aber wir waren im selben Mathekurs. Ach ja, und du hast im Sommer meines dritten Jahres auf der Highschool mit meinem Freund geschlafen."

Ich mag mich. Wirklich.

Daniel erstarrte.

„Bobby Turner, stimmt's?" Jessie Kay erschauerte voller Abscheu. „Er hat jedem erzählt, dass er dich verlassen hat. Außerdem hat er die Mädchen, mit denen er geschlafen hat, heimlich gefilmt, also solltest du mir dankbar sein. Wie auch immer. Viel Spaß auf der Party euch beiden."

Als sie sich umdrehen wollte, ergriff Daniel ihre Hand. „Bleib. Kiki schuldet dir eine Entschuldigung und …"

„Nein, sie schuldet mir gar nichts. Und ich kann nicht bleiben. Ich muss mich um die Gäste kümmern." Sie erblickte ihre Schwester und Kenna in einer Ecke des Saals und ging zu den beiden. Statt einer Begrüßung sagte sie: „Wenn ich nach Hause komme, werde ich ein Bad nehmen und Wests Krawatte verbrennen."

„Warum?" Brook Lynn stieß ihr gegen die Schulter. „Hat die Krawatte etwas Gemeines zu dir gesagt?"

Kenna verkniff sich ein Lächeln. „Ich würde mir keine Sorgen machen. Ich habe noch nie eine Krawatte gesehen, die sich so unwohl gefühlt hat."

Echt? Jessie Kay blickte zu West und der Brünetten. Ja, tatsächlich. West – und seine Krawatte – schienen extrem angespannt zu sein. Seine Haltung war starr, und er stand mit leicht gespreizten Beinen neben der Frau, als wollte er jeden Moment die Flucht ergreifen.

Brook Lynn schlang einen Arm um ihre Taille. „Rate mal, was ich gerade erfahren habe? Morgen wird unsere kleine Mädchentruppe Gesichtsbehandlungen, Massagen, Peelings, lackierte Fingernägel und als Bonus ein Haar- und Make-up-Styling bekommen."

„Es sind nur noch drei Tage bis Weihnachten, also nur noch zwei Tage, um zu shoppen“, sagte Jessie Kay. „Bisher habe ich kein einziges Weihnachtsgeschenk besorgt.“

„Ich kenne dich. Morgen früh wachst du auf, sagst dir, dass du ja noch einen Tag hast, und machst gar nichts.“ Brook Lynn drückte sie kurz. „Das machst du jedes Jahr so.“

Das … stimmte irgendwie. „Gut. Ich bin dabei.“

„Wieso hast du das Thema gewechselt?“ Kenna stieß Brook Lynn gegen die Schulter. „Das Krawatten-Flittchen braucht eine Abreibung. Ermutige deine Schwester, damit sie auf sie losgeht.“

Jessie Kay hob den Zeigefinger und sah die Rothaarige an. „Du willst, dass ich die Beherrschung verliere, damit Brook Lynn die Wette gewinnt, stimmt's? Warum? Hat sie dir angeboten, dass du dann eins meiner Outfits bestimmen darfst?“

„Das hat sie.“ Kenna rieb sich die Hände. „Ich kann mich noch nicht zwischen einem gebatikten Gymnastikanzug und einem Hot-Dog-Kostüm entscheiden.“

„Ihr seid scheiße“, murrte Jessie Kay.

Die beiden Frauen kicherten, als sie davonrauschte. Sie blieb hier und da stehen, um eine Serviette aufzuheben und verstohlen zu West zu sehen. Er zog ihre Blicke an wie kein anderer Mann zuvor – fast so, als wäre er mit ihr verbunden.

Das Krawatten-Flittchen stand noch immer neben ihm, doch er hörte ihr offensichtlich gar nicht mehr zu. Seine Augen waren auf sie gerichtet, darin loderte Feuer. Unwillkürlich musste Jessie Kay an ein Raubtier denken, das kurz davor war, zuzuschlagen.

Sie erschauerte, Hitze durchströmte sie wie flüssige Lava.

Er wird eine Antwort verlangen – und zwar schon sehr bald.

Jessie Kay fluchte. Es war der Tag nach der Party, und es war noch verdammt früh am Morgen. Brook Lynn rief an und ließ es hunderttausendmal klingeln, weil sie bereits im Wagen vor der Haustür saß, um sie für ihren gemeinsamen Ausflug ins Spa abzuholen.

Sie war viel zu lange wach geblieben, um sich mit West einen Film anzusehen. Na ja, um so zu tun, als würde sie sich einen Film ansehen, wobei sie auf eine Berührung gehofft hatte, die jedoch nicht gekommen war.

Er muss einen Frauenfilm mit dir schauen – nur, um dich lächeln zu sehen.

Während sie sich im Spa verwöhnen lassen wollten, würden West, Jase und Beck Fußball spielen – und selbstverständlich gewinnen – und ihre Zeit als beste Freunde genießen.

Seufzend rollte Jessie Kay sich aus dem Bett und schnappte sich ihre gepackte Tasche. Es war ein Rucksack mit allem, was sie in einer Notfallsituation gebrauchen könnte. Frische Klamotten, eine Packung mit Baby-Feuchttüchern, eine Zahnbürste, eine Tube Zahnpasta, eine leere sowie eine volle Wasserflasche, ein Xbox 360 Controller – falls West ihr anbieten sollte, ein Videospiel mit ihr zu spielen –, eine Tube Senf, gelbe Spülhandschuhe, eine Schachtel Tampons, ein Sixpack Bier, ein Paket Instantkaffee und eine Schachtel mit Rohzuckerpäckchen. Und das Kleid, das sie, wie ihre Schwester ihr aufgetragen hatte, mitbringen sollte.

Auf dem Weg ins Spa putzte Jessie Kay sich mit der Zahnpasta und der Zahnbürste die Zähne und spuckte den Schaum in die leere Wasserflasche. Mit den Feuchttüchern wischte sie sich übers Gesicht und die Achselhöhlen – eine „Flittchen-Wäsche", wie ihre Momma es genannt hatte –, zog sich dann den Pyjama aus und ein zerknittertes T-Shirt an, auf dem stand: *Zombies lieben dich nur deines Hirns wegen.*

Schließlich schlüpfte sie in eine Jogginghose.

„Also."

Kenna hatte den Beifahrersitz von Brook Lynns brandneuem SUV, den Jase ihr geschenkt hatte, in Beschlag genommen. Sie drehte sich um, um sie anzusehen. Jessie Kay saß neben Harlow auf der Rückbank, die ein Glas mit eingelegten Okraschoten in der Hand hielt. Das Frühstück einer Schwangeren.

„Wir haben schon mit Harlow gesprochen und sie gefragt, wie sie sich fühlt. Es geht ihr besser, falls du dir das nicht bereits gedacht hast. Jetzt möchten wir mit dir reden. Ist zwischen dir und West etwas passiert?"

„Nein. Ich war im *Inn*, um aufzuräumen. Er ist geblieben und hat mir geholfen, weil er mich mit nach Hause nehmen wollte. Dann sind wir zu mir gefahren und haben noch ein bisschen abgehangen. Wir haben nicht viel miteinander gesprochen."

Was gab es auch zu sagen?

„Haben eure Körper das Sprechen für euch übernommen?" Brook Lynn blickte in den Rückspiegel und wackelte vielsagend mit den Augenbrauen.

„Schön wär's." Ihr Körper sehnte sich nach dem Mann. Und zwar nicht zu knapp.

Der Rest der Fahrt verging wie im Fluge. Die Gemütlichkeit von Strawberry Valley wurde durch die Hektik und Eile der Großstadt verdrängt. Brook Lynn hielt auf dem Parkplatz des Spas, und Jessie Kay warf einen Blick auf ihre Armbanduhr. Pünktlich.

Sie gingen auf eine schmucklose Lagerhalle zu.

„Bist du dir sicher, dass wir hier richtig sind?", fragte Harlow.

„Wir werden es sehen." Brook Lynn machte die Tür auf, und Jessie Kay ging hinein.

Und ... *Wow.* Ja. Sie waren definitiv richtig hier. Mitten in einer luxuriös ausgestatteten Lobby befand sich ein Brunnen mit Wasserfall. Eine Meerjungfrau aus Marmor saß darauf, und bunte Muscheln schmückten den Rest des Brunnens. Die Lobby war mit flauschigem rotem Teppich ausgelegt, und die schwarzen Polstersessel, die an den Wänden standen, luden den müden Gast ein, sich zu setzen und zu entspannen.

Eine hübsch gekleidete Frau in den Zwanzigern begrüßte sie mit einem strahlenden Lächeln und führte sie in die Umkleidekabinen. Dort zogen sie sich aus, duschten und schlüpften in weiße Bademäntel. Anschließend brachte man sie in einen kleinen Raum im hinteren Teil.

„Hier bereiten Sie sich auf die herrlichen Dinge vor, die Sie erwarten.“ Damit verschwand die Rezeptionistin. Oder die Hostess?

Man konnte sich nur auf den Boden setzen. Kissen und Polster lagen verstreut um einen offenen Kamin in der Mitte des Raumes. Leichter Nebel, der nach Honig und Sonnenblumen duftete, strömte aus einigen Öffnungen über ihnen. Die Tropfen, die ab und zu herunterfielen, waren wegen des Feuers warm. Im Hintergrund erklang leise Musik.

„Also … Ich habe euch alle hingehalten.“ Jessie Kay hielt die Hände vors Feuer. „West hat mich gefragt, ob ich sein nächstes Date für zwei Monate sein möchte – für die nächsten *fünf* Jahre. Und fragt mich nicht, warum es diese zeitliche Begrenzung gibt. Ich werde es euch nicht sagen.“ Sein Vertrauen zu verletzen kam nicht infrage. Nicht einmal, um sich Rat zu holen. „Wie auch immer. Ich weiß nicht, was ich ihm antworten soll.“

„Erst mal brauchen wir mehr Einzelheiten. Sollen wir uns für dich freuen oder sollen wir beleidigt sein?“, fragte Kenna.

„Keins von beidem. Beides. Ach, ich weiß es nicht. Es ist unnötig zu sagen, dass er mir mehr angeboten hat als je einer anderen Frau zuvor.“

Was würde Mom sagen? Wahrscheinlich: Willst du die ganze Enchilada sein oder nur ein kleiner Bissen?

Musste sie wirklich über die Antwort nachdenken? „Aber wenn ich es tue“, fügte sie seufzend hinzu, „und auch wenn ich es *nicht* tue, werde ich mehr von ihm wollen. Ich *will* mehr. Ich will alles."

Harlow streckte einen Arm aus und tätschelte ihr die Hand. „Vertrau mir. Ich weiß, in welcher Zwickmühle du steckst. Ich habe mehr Liebesromane gelesen, als du dir vorstellen kannst. Darin kamen Schwerenöter, Schurken und Riesenidioten vor. Und nicht zu vergessen mein Einsatz im echten Leben: Ich habe Beck, den König der One-Night-Stands, für mich gewonnen, nachdem er mir nur zwölf Stunden in seinem Bett angeboten hat."

Nun war sie der Mittelpunkt in Becks Welt. Könnte Jessie Kay, die nie eine Beziehung hatte, die länger als ein paar Wochen andauerte, ein solches Wunder ebenfalls vollbringen? Könnte sie den Mann für sich gewinnen, den noch keine Frau vor ihr zähmen konnte? Na ja, keine Frau jedenfalls, die noch am Leben war.

Wenn sie ehrlich zu sich selbst wäre, würde sie zugeben … dass sie es versuchen wollte. Das Verlangen nach West war zu stark und nahm auch nicht ab, sondern nur zu. Aber die Furcht, zu versagen, war in ihrer Seele verankert.

Siehst du? Angst ist wie eine Fessel.

„Bisher habe ich keinen Ratschlag gehört", sagte sie. „Macht schon. Überrascht mich."

„Du würdest auf meinen Rat hören?", fragte Brook Lynn. „Das hast du doch noch nie getan."

„Du warst immer wie eine Großmutter für mich. Natürlich höre ich auf deinen Rat."

Brook Lynn verdrehte die Augen. „Ich glaube, du brauchst keinen Ratschlag. Ich glaube, du brauchst … Trommelwirbel, bitte … eine Liste mit Pro und Kontra."

„Was? Nein! Absolut nicht." Jessie Kay schüttelte unnachgiebig den Kopf. „Deine letzte Liste …"

„… war exzellent", sagte Harlow.

„… beinhaltete all das, was jede Frau von dem Mann erwarten sollte, mit dem sie den Rest ihres Lebens verbringen will", sagte Kenna.

„... wurde von West gelesen", schloss Jessie Kay.

„Gut." Brook Lynn rieb sich die Hände. Für sie war die Aufgabe zu ihrer vollsten Zufriedenheit erledigt worden. „Männer funktionieren besser, wenn sie eine Bedienungsanleitung in der Hand haben."

Ja, aber verlangte die Liste vielleicht zu viel von ihm? Oder zu wenig?

„Ich schulde West eine Antwort", sagte sie, „und ich bin das Pro und Kontra in Gedanken schon durchgegangen. Ungefähr tausend Mal. Was ist, wenn ich die falsche Entscheidung treffe? Was ist, wenn ich alles ruiniere? Was ist, wenn er mir das Herz bricht? Oh Gott, was ist, wenn ..."

Klatsch!

Eine Handfläche traf auf ihre Wange. Der Schlag brannte ein wenig, auch wenn Brook Lynn nicht fest zugeschlagen hatte. Jessie Kay funkelte ihre Schwester wütend an. „Wofür war das denn? Und habe ich damit gerade unsere Wette gewonnen?"

„Auf keinen Fall. Ich war ganz ruhig und wollte nur helfen." Brook Lynn legte sich in ihr Kissen zurück. „Du warst kurz davor, in Panik zu verfallen, und ich musste schnell handeln. Gern geschehen übrigens."

Mann. Diese verdammten Panikattacken.

„Ich erinnere mich noch an die guten alten Zeiten, als ihr beide euch gegenseitig zu Boden geworfen und die Angelegenheit mit den Fäusten geklärt habt", sagte Kenna sehnsüchtig.

„Habe ich schon gesagt, dass ihr scheiße seid?", murrte Jessie Kay.

„Hör mal", sagte Brook Lynn. „Wir haben gesehen, wie er dich gestern in den Armen gehalten hat. Du bedeutest ihm etwas. Du bedeutest ihm *eine Menge.* Aber das spielt keine Rolle, wenn du ihm nicht *genug* bedeutest."

Guter Punkt. Deprimierender Punkt.

Sie ließ die Schultern sinken. Das war nicht die Art von Ratschlag, die sie gern von ihren Freundinnen hörte. Was war aus den Klassikern geworden? *Wenn ihn jemand für sich gewinnen kann, dann du, Jessie Kay. Gib ihm noch ein bisschen Zeit.*

Kenna tätschelte ihre Hand. „Wenn du in der Luft hängst, weil du darauf wartest, dass der Typ, den du willst, dir alles gibt, was du willst, tust du nichts anderes, als dein Selbstbewusstsein zu untergraben. Ich liebe West. Ich liebe ihn wirklich. Aber ich liebe dich auch, und ich will nur das Beste für dich. Du musst eine Entscheidung treffen. Bleibst du und gibst dich mit dem zufrieden, was du bekommen kannst? Oder gehst du?“

17. Kapitel

West wartete in der Lobby des Spas. Und er war ungeduldig. Jase, Beck und Dane standen neben ihm. Sie wirkten riesig und beeindruckend. Ihm schoss durch den Kopf, dass er und seine drei Freunde wahrscheinlich größer und breiter waren als die meisten anderen, die hierherkamen.

Das wäre alles nicht so schlimm, wenn die Dame am Empfang ihn nicht anstarren würde, als wäre er ein Tanzbär im Tutu.

„Sie sind Lincoln West", sagte sie schließlich. „Ich habe Ihr Bild gerade in der heutigen Ausgabe von *Other Worlds Daily* gesehen."

Aha. Vor einer Stunde hatte ein Reporter – ein Dan Soundso – ihm den Link zu einer Story auf der Website geschickt.

> *Game On.*
> *Lincoln West, der Schöpfer einiger unserer Lieblingsvideospiele, ist ein wohlhabender und bekannter Mann. Wie die Figuren, die er zum Leben erweckt, hat er eine große Auswahl an reizenden Frauen – und es sieht so aus, als hätte er seine Wahl getroffen.*

Er hatte Bilder von sich auf der Party gesehen. Auf einigen war er mit seinen Freunden abgelichtet. Der Großteil der Fotos zeigte ihn jedoch mit Jessie Kay. Er hatte die Arme um sie geschlungen, und seine Aufmerksamkeit war vollkommen auf sie gerichtet. Es war offensichtlich, dass der Rest der Welt in diesen Momenten für ihn nicht existierte. Zu sehen, dass sein Verlangen nach ihr so offen für alle zu erkennen war, hatte ihn verunsichert.

Es hätte ihm eine Riesenangst bereitet, wenn er nicht sehen würde, dass sie ihn ebenso sehr begehrte.

Er hatte die Fotos ausgedruckt und plante, sie zu rahmen.

Auf ein paar anderen Bildern sah man die Brünette zusammen mit ihm, die ihn in die Enge getrieben und ihn an seiner Krawatte festgehalten hatte. Sie hatte unzählige Fragen über seine Arbeit gestellt und jedes Mal fast die Nerven verloren, wenn er Anstalten gemacht hatte, zu gehen. Das alles ergab jetzt Sinn. Sie war ebenfalls Reporterin und nur auf der Party gewesen, um eine Story schreiben zu können.

„Kann ich ein Autogramm bekommen?“, fragte die Dame am Empfang.

„Klar.“ Er signierte ein Blatt Papier.

„Wie lange noch?“ Beck verlagerte das Gewicht von einem Bein auf das andere. Er konnte seine Ungeduld nicht länger verbergen.

„Nur ein paar Minuten.“ Die Frau lächelte ihn, West, an. „Sie ziehen sich gerade wieder an.“

Während Jase das Verwöhnprogramm für die Damen organisiert hatte, hatte West darauf bestanden, Jessie Kays Teil der Rechnung zu übernehmen. Er liebte Jase, würde für ihn sterben und für ihn töten, doch auf keinen Fall wollte er zulassen, dass sein Freund für irgendetwas bezahlte, das mit Jessie Kay zu tun hatte. Sein Gefühl, dass Jessie Kay zu ihm gehörte, ließ das einfach nicht zu. *Sie gehört mir.*

Ob sie nun zusammen waren oder nicht.

Ihm gefiel der Gedanke, dass er das Geld, das er verdiente, für Dinge ausgab, die sie glücklich machten. Er hatte eine Erektion gehabt, als er ihr die Schlüssel für ihr neues Auto gab.

„Ich hätte ein Spa in Strawberry Valley wählen sollen“, murmelte Jase. „Mr. Rodriguez hätte den Mädchen einen Haarschnitt verpasst, und wir hätten sie eine Stunde später abholen können.“

„Rodriguez hat sich auf Igelschnitte spezialisiert", erinnerte West ihn.

„Und?"

„Ich sage es euch ja nur ungern, aber ihr seid Amateure." Beck sah sie mit einem mitleidigen Blick an. „Man gibt sein Mädchen nicht in die Hände von jemand anders. Man lässt ein Schaumbad ein, zündet ein paar Kerzen an, lackiert seiner Frau die Fußnägel, und plötzlich ist man das Beste, was ihr je passiert ist – und man muss dazu nicht einmal sein Schlafzimmer verlassen."

Schön wär's. Das Verwöhnprogramm stand ihnen jedoch zu, und der Tag würde hier im Spa noch nicht zu Ende gehen. Die Männer – auch er – hatten die Zeit, in der die Frauen beschäftigt gewesen waren, genutzt, um romantische Dates für ihre Freundinnen zu planen.

Jase würde mit Brook Lynn eine Ballonfahrt machen. Beck wollte mit Harlow zur Autogrammstunde einer Bestsellerautorin gehen, und Dane würde mit Kenna nach Los Angeles fliegen, um ein neues Schwert für ihre Sammlung zu besorgen – wie Brook Lynn glaubte sie daran, dass die Zombie-Apokalypse jederzeit beginnen konnte.

Er würde mit Jessie Kay ein Candle-Light-Dinner genießen. Ihr erstes Date.

Sie hatten noch einige Dinge zu klären.

Die Minuten verstrichen, und seine gespannte Erwartung steigerte sich weiter. Endlich kamen die Frauen in die Lobby und kreischten, als sie ihre Männer erblickten. Jessie Kay sah neugierig, aber vorsichtig ihn an und blieb stehen. Als ihre Blicke sich trafen, durchzuckte ihn ein Gefühl der Gewissheit, der Überzeugung.

Bei ihr hatte er dieses Gefühl immer.

Die goldenen Locken reichten ihr bis zu den Ellbogen. Sie hatte leichtes Make-up aufgelegt, doch ihre Augen waren dunkel und dramatisch geschminkt. Ihre Haut schimmerte bronzefarben und rosa. Die zarte Röte würde er gern schmecken. Ihr Kleid war engelhaft weiß, fließend und gefährlich kurz. *Es reizt mich …*

Sie hatte ihren Rucksack über die Schulter gehängt. Der sportliche Rucksack wollte so gar nicht zu dem schicken Kleid passen. Das war typisch Jessie Kay.

Lächelnd reichte er ihr die Hand. Sie zögerte einen Moment, und er verstand diese Zurückhaltung. Was zwischen ihnen war, war zu stark, zu mächtig. Nervös biss sie sich auf die Unterlippe. Schließlich kam sie zu ihm und verschränkte ihre Finger mit seinen.

Er hauchte einen Kuss auf ihre Fingerknöchel. „Du, Kätzchen, bist erstklassig."

Sie bekam eine Gänsehaut. „Und du, Zuckerbärchen, bist ein Traum, der wahr geworden ist."

Mit ihren blauen Augen betrachtete sie seinen Anzug und die Krawatte, und ihm wurde heiß.

Sie zupfte die Krawatte zurecht. „Ich wollte eigentlich nicht danach fragen, aber dann dachte ich: ‚Ach, was soll's?' Also, wer war die Tussi gestern Abend?"

„Eine Reporterin. Glückwunsch. Wir sind auf dem Titel einer digitalen Zeitung."

„Ernsthaft?"

„Ernsthaft." Er nahm sein Handy und rief den Artikel auf.

Ein kleines Lachen kam ihr über die Lippen, als sie den Text las. Es wirkte auf ihn wie eine sinnliche Liebkosung.

„Verdammt, ich sehe in der Uniform echt toll aus. Kein Wunder, dass du mit mir schlafen wolltest."

Er beugte sich hinunter und knabberte sacht an ihrem Ohrläppchen. „Mach aus der Vergangenheitsform die Gegenwart – ich *will* mit dir schlafen."

Ihr stockte der Atem. „Ich habe den Kerl getroffen, der das

hier geschrieben hat. Na ja, genau genommen habe ich ihm aus Versehen Champagner über das Jackett gegossen. Er hat mich gefragt, ob wir zusammen sind."

„Was hast du ihm geantwortet?"

„Kein Kommentar."

„Mir kannst du es sagen", beharrte er. „Ich werde nicht wütend." Solange sie dem Mann gegenüber zugegeben hatte, dass da trotzdem etwas zwischen ihnen war.

„Das habe ich doch gerade gesagt, Dummkopf. Ich habe ihm gesagt, dass ich mich nicht dazu äußern werde."

„Aha." Tja, das war zumindest besser als die Alternative. „Bist du fertig?"

„Willst du mit mir verschwinden?"

„Absolut. Leute", verkündete er, „wir gehen jetzt."

Beck klopfte ihm auf die Schulter. „Tu nichts, was ich nicht auch tun würde."

„Dir ist schon klar, dass du ihm damit gerade gesagt hast, dass es in Ordnung ist, jede schmutzige, verrückte Fantasie auszuleben, die er je gehabt hat, oder?" Jessie Kay zwinkerte ihrer Schwester zu und winkte den anderen zum Abschied zu. Als er sie nach draußen führte, zuckte sie zusammen. „Oh, Mist. Diese Kälte!"

Er legte ihr sein Jackett über die Schultern und öffnete ihr die Wagentür.

„Ich wollte dich was fragen", sagte sie, als er sich auf den Fahrersitz setzte. „Hast du in letzter Zeit etwas von Monica gehört?"

„Nein. Warum?" Er schaltete die Heizung auf die höchste Stufe und richtete die Lüftungsschlitze auf Jessie Kay aus. „Hat sie sich bei dir gemeldet?"

„Nein. Vielleicht. Ich weiß es nicht. Während meiner Massage habe ich achtzehn Anrufe von einer unbekannten Nummer bekommen. Die ersten Male habe ich das Gespräch noch angenommen – ich brauche übrigens keinen Vortrag über das Ausschalten von Handys, damit man sich richtig entspannen kann, denn den hat mir meine Masseurin schon gehalten –, doch es hat sich niemand gemeldet. Ich habe mich gefragt, ob das vielleicht die Durchgeknallte war."

West umklammerte das Lenkrad. „Ich werde es herausfinden." Er hatte Mittel und Wege. „Du musst dir keine Sorgen machen, dass sie bei uns zu Hause auftauchen könnte." *Bei uns zu Hause.* Ihm gefielen die Worte. „Ich habe jemanden beauftragt, der sie rund um die Uhr überwacht."

Ihre Augen wurden groß.

„Erstens: Ich habe mir keine Sorgen gemacht. Zweitens: Du bezahlst jemanden, der sie *verfolgt*?"

„Ich nehme deine Sicherheit nicht auf die leichte Schulter, Jessie Kay." Eine Tatsache, die sie akzeptieren musste. In diesem Punkt ließ er nicht mit sich verhandeln. „Falls sie je anruft und etwas sagt, lass es mich sofort wissen. Vielleicht sollten wir dir auch einfach eine neue Telefonnummer besorgen." Vielleicht sollte er eine App installieren, die es ihm erlaubte, eingehende Anrufe zurückzuverfolgen – egal, ob es nun eine Geheimnummer war oder nicht.

„Aber warum? Ich meine nicht den Teil über die neue Telefonnummer." Ihre Stimme klang leise, Unsicherheit schwang darin mit. „Wieso behandelst du mich, als wäre ich etwas Besonderes? Warst du zu deinen anderen Freundinnen auch so?"

„Nur zu Tessa." Er kannte Jessie Kay, und er wusste, dass ihre Unsicherheit – ihre persönlichen Dämonen – sich jetzt zeigen würde. Er hatte die Erfahrung gemacht, dass es Tage gab, an denen es ihr besser ging, und Tage, an denen es ihr nicht so gut ging. Einige Kämpfe konnte sie leichter durchstehen als andere. „Kätzchen, ich behandele dich, als wärst du etwas Besonderes, weil du etwas Besonderes *bist*. So einfach ist das."

Ihre Miene wurde weicher, heller.

„Erinnere ich dich an sie oder so etwas?"

„Nein. Überhaupt nicht."

Sie verlagerte das Gewicht ein wenig. Bei der Bewegung rutschte der Saum ihres Kleides ein Stückchen hoch und gab den Blick auf ihre wundervollen Schenkel preis. Sein Blut geriet in Wallung – und seine Erektion drückte gegen den Reißverschluss seiner Hose.

„Erzähl mir von ihr."

Eine Aufforderung, die er abgelehnt hätte, wenn jemand anders sie geäußert hätte. Doch sie kam von Jessie Kay, die für ihn gleichzeitig Frieden und bittersüße Qual bedeutete. Sie hatten schon so vieles miteinander geteilt. Warum nicht den Rest auch noch? „Kurz nachdem ich Beck und Jase kennengelernt hatte, begegnete ich Tessa. Beck, Jase und ich lebten in derselben Pflegefamilie, und Tessa wohnte ein paar Häuser weiter. Wir waren jung, noch nicht einmal Teenager. Sie spielte draußen mit ihren Freundinnen, und als ein Sonnenstrahl auf sie fiel, hätte ich schwören können, sie sei ein Engel, der gekommen war, um mich zu retten."

„Liebe auf den ersten Blick."

„Ja, aber damals wusste ich das noch nicht. Ich hatte noch kein wirkliches Interesse an Mädchen. Sie hatten Läuse. Tessa war jedoch lustig, und ich mochte sie. Als ich in die nächste Pflegefamilie wechselte, blieb ich mit ihr in Kontakt und schrieb ihr Briefe. Als ich sechzehn war, warfen Beck, Jase und ich unser Erspartes in einen Topf und kauften ein Auto. Ich fuhr zu Tessa, um sie zu besuchen. Von dem Tag an waren wir zusammen."

„Diese Art der Zuneigung und Hingabe ist selten", sagte sie, Wehmut schwang in ihrer Stimme mit. „Sie ist wertvoll. Ein echter Schatz."

Er würde ihr ebenfalls treu ergeben sein. Falls sie sich den Mond und die Sterne wünschen sollte, würde er alles in seiner Macht Stehende tun, um sie ihr zu besorgen. Doch die zeitliche

Einschränkung, die er ihrer Beziehung auferlegte … Noch nie hatte er mit seinem Bedürfnis, sein Glück auf kurze Phasen zu beschränken und den Rest des Jahres unglücklich zu sein, ein Problem gehabt, jetzt hasste er es jedoch.

„Tessa war unglaublich klug …“, fuhr er fort.

„Hey! Ich bin auch klug!“ Es entstand eine Pause. „Manchmal.“

„Du bist *immer* klug. Als ich sagte, dass ihr beide euch überhaupt nicht ähnlich seid, meinte ich äußerlich und vom Temperament her – sonst nichts.“

Sie nickte zufrieden. „Nur, dass du es weißt, du hast dich gerade selbst vor einer Tracht Prügel gerettet.“

Er unterdrückte ein Grinsen. „Ihre Familie legte wenig Wert auf Bildung, und sie verließ die Schule ein Jahr vor ihrem Highschoolabschluss.“ Die Belustigung war von einer Sekunde auf die andere verschwunden, und in seinen nächsten Worten schwang Schärfe mit: „Sie war nie bei einem Psychologen, doch ich glaube, sie hatte eine bipolare Störung. Es gab manische Phasen, und es gab Phasen tiefster Depressionen. Ihre Emotionen glichen einer Achterbahnfahrt.“

„Äh … Versteh mich nicht falsch, aber sie klingt ein bisschen schwierig. Warum bist du bei ihr geblieben? Liebe reicht manchmal nicht aus.“

„An den Tagen, an denen es ihr gut ging, strahlte sie. Sie lachte, tanzte, spielte. Sie konnte *mich* zum Lachen bringen, und für einen Moment hatte ich dann das Gefühl, das Kind zu sein, das ich eigentlich hätte sein sollen. Das hat vorher niemand je für mich getan.“ Womöglich hatte er eine Art Helfersyndrom entwickelt. Wenn er sie hätte retten können, was ihm bei seiner Mutter nicht gelungen war, hätte er selbst vielleicht auch ein bisschen Glück verdient.

Es entstand eine angespannte Pause. „Wie fühlst du dich bei *mir*?“

„Verrückt." Er merkte, dass sie erstarrte, und ergriff ihre Hand. „Erregt. Wild. Unsicher. Wieder jung. Erregt. Gierig. Ruhig. *Erregt.* Mit anderen Worten: verrückt."

Sie drückte seine Hand. Den Rest der Fahrt über schwiegen sie und hielten einander fest. Er fragte sich, was ihr durch den Kopf ging, doch er wusste, dass es nicht gut war, Vermutungen anzustellen. Sie war eine vielschichtige Frau mit einer ganz eigenen Logik, die er gerade erst zu verstehen begann. Sie war voller Widersprüche – unabhängig, aber hungrig nach Zuneigung, hart wie Stein und weich wie ein Marshmallow. Das alles lieb…

… *mochte* er an ihr. Er mochte es.

Das Restaurant, das er ausgesucht hatte, gehörte zu einem historischen Hotel. Der schwarz-weiße Marmorfußboden war faszinierend, die Säulen an jeder Tür bezaubernd. In der kunstvoll gearbeiteten Metalldecke spiegelte sich das Licht der beiden beeindruckenden Kronleuchter wider.

„Ein Hotel? Das ist ein bisschen anmaßend." Jessie Kay schlug ihm spielerisch auf die Schulter. „Aber nicht ganz unwillkommen."

„Ich bin hoffnungsvoll. Wir sind allerdings nicht hier, um uns ein Zimmer zu nehmen. Wenn ich dich irgendwann ins Bett locken kann, dann wird es mein eigenes sein." Und sie würden einige Tage dort verbringen. Vielleicht auch Wochen.

Ihr stockte der Atem. Es war eine sinnliche Reaktion, die ihn erregte – was im Augenblick praktisch ständig passierte.

„Das ist unser erstes richtiges Date", sagte er. „Es könnte der Beginn von etwas Großem sein, und ich hoffe, dass die Umgebung das widerspiegelt."

„West", entgegnete sie leise und strich mit den Fingerspitzen sacht über eins seiner Ohren. „Ich verleihe dir hiermit den Titel ‚Romantischster Mann aller Zeiten'."

Er stupste mit seiner Nase zärtlich gegen ihre Wange. „Nur bei dir."

„Du bist nicht verrückt – du bist verrückt nach *mir*."

Eine Mitarbeiterin des Hotels unterbrach sie. Er hätte die junge Frau beinahe angefahren, als Jessie Kay ihren Arm sinken ließ. Das Mädchen führte sie in einen großen Raum, in dem Hunderte von Kerzen brannten. Die Wände und der Teppich, die in dunklen Farben gehalten waren, unterstützten die behagliche, traumartige Atmosphäre. Wie bei der Reservierung gewünscht, stand ihr Tisch in einer Ecke, so weit weg von den anderen Gästen, wie es möglich war.

Er bestellte für Jessie Kay den edelsten Rotwein, auch wenn sie protestierte.

„Jase und Beck trinken ab und an in meiner Gegenwart, und sie haben immer ein schlechtes Gewissen dabei. Ich will nicht, dass meine Komplexe dich um etwas bringen, das du magst."

„Also gut, aber ich möchte keinen Wein. Igitt. Dieses Mädchen mag Whiskey, Scotch und Bourbon."

Er änderte die Bestellung, und während sie an ihrem Whiskey nippte, trank er sein Wasser, lehnte sich auf seinem Stuhl zurück und beobachtete die Frau, die er so sehr begehrte. Das sanfte Kerzenlicht schmeichelte ihr, sie sah wunderschön aus. Andererseits sah sie immer wunderschön aus.

„Warst du je verliebt?", fragte er.

„Ich war verliebt in die Vorstellung von der Liebe."

„Es gab keinen speziellen Mann?"

„Nein. Obwohl ich wahrscheinlich gestehen sollte, dass ich einmal zu Brook Lynn gesagt habe, dass ich Jase heiraten wolle."

„Nein." Er schüttelte den Kopf, und jede Zelle seines Körpers schien zu protestieren. „Das solltest du nicht gestehen. Nie mehr."

Sie zuckte mit den Schultern. *So ist es nun mal.* „Ich sehnte mich nach Sicherheit, das war alles. Ein einfacher Weg, um Brook Lynn aus dem Chaos zu retten, in das ich uns beide gestürzt hatte."

„Du hast sie nicht ins Chaos gestürzt. Ihre Entscheidungen hat sie immer noch selbst getroffen."

„Das stimmt, aber ich habe ihr diese Entscheidungen auch nicht leicht gemacht. Ehrlich gesagt war ich wie eine Schlinge um ihren Hals. Ihr Sargnagel."

„Jetzt bist du eins der Lichter ihres Lebens."

Die Bedienung kam, um ihre Bestellungen aufzunehmen. West gefiel es nicht, wie der junge Mann Jessie Kay anblickte. Wut wallte in ihm auf, doch er riss sich zusammen und beruhigte sich wieder – mit der unbewussten Hilfe von Jessie Kay.

„Ich möchte nur kurz klarstellen, dass er das alles hier zahlt", sagte sie zum Kellner und wies auf ihn. „Stimmt's?"

„Selbstverständlich", erwiderte West.

Sie begann zu strahlen. „Dann nehme ich das Hummermenü. Mit extra Butter. Lassen Sie die Gemüsebeilage ruhig weg und legen Sie stattdessen noch eine Hummerbeilage mit auf den Teller. Ach, und Krabbenbeine. Und einen Spieß mit Shrimps."

Der Kellner lachte, als hätte sie gerade einen Witz gemacht, aber sie sah ihn nur erwartungsvoll an. Er runzelte die Stirn. „Möchten Sie vorher … äh … einen kleinen Salat?"

„Kaninchen essen Salat. Und ich bin kein Kaninchen." Sie schüttelte sich. „Ich nehme die Hummercremesuppe. Mit einer Hummerbeilage."

Nun wirkte der Kellner verwirrt. „Sie möchten also zu einem Ihrer Hummer die Suppe?"

„Seien Sie nicht albern. Ich möchte *zusätzlich* noch einen Hummer. Niemand gibt je genug Fleisch in die Suppe."

West verbarg sein Lachen hinter der Hand. Er bestellte das Gleiche. Warum auch nicht? „Ich möchte nur darauf hinweisen, dass ich mich an dem Tag, als wir im Diner waren, an deine Liebe zu Hummern erinnert habe."

„Klopfst du dir selbst auf die Schulter, um mich zu umwerben?" Sie flüsterte übertrieben laut: „Es funktioniert."

„Ich muss zugeben, dass ich im Augenblick ein bisschen eifersüchtig auf Meeresfrüchte bin."

„Das solltest du auch." Sie nahm einen Schluck von ihrem Whiskey. „Wenn ich könnte, würde ich einen Hummer aus Maine heiraten und kleine Hummerbabys bekommen. Wenn die richtige Königskrabbe aus Alaska vorbeikäme, könnte ich mich allerdings zu einer heißen Affäre hinreißen lassen."

Er lachte leise. „Du bist die erste Frau, mit der ich ein Date habe, die keine Angst hat, in meiner Gegenwart etwas zu essen."

„Tja, ich weiß, wie es ist, Hunger zu haben. Als Teenager haben Brook Lynn und ich oft nur von Konserven gelebt, die die Kirche uns geschenkt hat. Manchmal gab es Familien, denen es noch schlechter ging als uns, also haben wir uns in solchen Fällen entschlossen, nichts anzunehmen. Ich habe nie Angst, etwas zu essen, wenn ich die Gelegenheit dazu bekomme."

Obwohl er mit dem Kind fühlte, das sie früher war, und sich vorstellen konnte, wie schwer das alles für sie gewesen sein musste, freute er sich über den kleinen Einblick in ihre Vergangenheit. Dieses Wissen verstärkte seine Bewunderung für sie nur noch. „Hast du, was uns betrifft, schon eine Entscheidung getroffen, Jessie Kay?"

Sie zwirbelte eine Haarsträhne zwischen ihren Fingern. Das helle Blond bildete einen reizenden Kontrast zu ihrer bronzefarbenen Haut.

Sie schüttelte den Kopf. „Willst du die Wahrheit hören?"

„Bitte."

„Beide Auswahlmöglichkeiten erscheinen mir richtig und zugleich falsch. Wie auch immer ich mich entscheide – ich werde am Ende verletzt. Nur auf unterschiedliche Art."

Ihr wehzutun war das Letzte, was er wollte. Er strich sich übers Gesicht.

Die Lösung für dieses Problem lag auf der Hand. Er musste

sich nur selbst vergeben. Er musste etwas Echtes ausprobieren. Etwas Festes. Etwas Dauerhaftes.

Mehr.

Konnte er das? Er wäre für Jessie Kays Glück verantwortlich, dabei war er sich nicht einmal sicher, ob er das Glück überhaupt erkennen würde, wenn es vor ihm stünde.

„Willst du eine Garantie, dass das mit uns für immer hält?", wollte er wissen.

„Nein, aber ich hätte gern die *Chance*, dass es für immer halten könnte." Sie machte den Mund auf, um fortzufahren, doch sie schloss ihn wieder. Auf, zu.

Er sah sie über den Tisch hinweg an und bewunderte das Spiel von Licht und Schatten, das die flackernden Kerzen auf ihrer Haut erzeugten. Goldene Schimmer und dunkle Nuancen leckten über ihren Körper. Seit dem Moment, als er sie zum ersten Mal gesehen hatte, war sein Verlangen nach ihr von Tag zu Tag, von Stunde zu Stunde, von Minute zu Minute größer geworden. Und auch wenn er noch so sehr hin und her überlegte, würde er die Erlösung nicht erleben – es sei denn, er gab ihr, was sie sich wünschte.

Was ein Teil von ihm sich ebenso wünschte.

„Lass uns jetzt nicht über die Zukunft reden, ja?", sagte sie. „Lass uns einfach die gemeinsame Zeit genießen."

„Na gut." So, wie er sie kannte – und er lernte sie immer besser kennen –, hoffte sie, auf diese Weise den Druck von ihm zu nehmen. Er verstand das. Er wollte auch nicht, dass sie sich unter Druck gesetzt fühlte.

„Also … Habt ihr euer Spiel heute gewonnen?"

„Das haben wir. Drei zu eins."

„Ich bin überrascht, dass du nicht noch ein Dutzend Tore mehr geschossen hast. Der Ball gehört doch dir."

West zwinkerte ihr zu. „Ich war mit den Gedanken woanders. Der Ball war nicht das, was ich wollte."

„Ha! Ich mache mir da keine Illusionen. Wenn du dich zwischen einem Fußball und mir entscheiden müsstest, würde ich mir eine Klatsche holen."

Er ließ den Zeigefinger über den Rand seines Wasserglases gleiten und malte sich aus, wie er verschiedene Stellen an Jessie Kays Körper berührte. „Kätzchen, die einzige Klatsche, die du bekommen würdest, wäre von mir – und zwar in Form eines Klapses auf den Hintern. Nachdem ich den Ball weggeschossen hätte."

Sie errötete zart und wandte den Blick ab. Mit einem Mal wirkte sie bezaubernd verlegen.

„Du hast ein Talent – bei dir klingt immer alles schmutzig."

Er zwinkerte ihr zu. „Wir sollten dein Fußballtraining wieder aufnehmen."

Eine Augenbraue hochgezogen, sah sie ihn an. „Wirst du denn tatsächlich mit mir trainieren? Oder wirst du nur den Mr. Miyagi raushängen lassen?"

Er musste lächeln, als er den Missmut in ihrer Stimme bemerkte. „Es wird jetzt praxisbezogener, das verspreche ich dir."

„Wenn ich gut genug bin, will ich in deinem Team spielen."

„Nein." Er hätte dem Thema ausweichen können, doch er wollte nicht, dass es zwischen ihnen zu Missverständnissen kam.

„Nein?" Sie schnipste mit den Fingern. „Einfach so?"

„Nein." Sein Ton, ruhig und hart, ließ keinen Raum für Widerspruch. „Einfach so."

„Verdammt, das ist brutal."

„Ich will nicht, dass du in einer gemischten Mannschaft spielst. Du könntest dich verletzen."

„Wie konnte mir entgehen, dass du ein Chauvinist bist?" Sie funkelte ihn wütend an. „Ich bin keine zarte Südstaaten-Schönheit, kapiert? Du hast bestimmt von meinem Temperament gehört, oder? Es ist berühmt-berüchtigt – in zwölf Countys!"

„Ich habe schon von deinem Temperament gehört, ja", entgegnete er. „Aber ich habe es noch nie erlebt."

„Natürlich nicht. Du lebst ja auch noch."

Er blickte sie eindringlich an. „Wenn dein Temperament schon aufbrausend ist, dann ist meins noch schlimmer. Ich bin keine zahme Hauskatze. Ich sehe nicht untätig zu, wie du verletzt wirst. Wenn irgendjemand dich stößt, werde ich ihm an die Kehle springen. Wenn irgendjemand dir den Ball wegnimmt, werde ich ihm an die Kehle springen."

Jede andere Frau hätte sich vor Angst zurückgezogen, hätte ihre Serviette auf den Tisch geworfen und wäre davongestürmt, weil sie sich vor einer solchen Aggression fürchtete. Doch nicht Jessie Kay.

Sie lehnte sich auf ihrem Stuhl zurück und sah ihn mit einem beinahe ehrfürchtigen Ausdruck in den Augen an. „Du würdest Ärger bekommen."

„Das wäre mir egal."

Ihre Ehrfurcht verstärkte sich noch. „Das ist ziemlich besitzergreifend von dir, Zuckerbärchen."

„Ich beschütze das, was mir gehört." Das musste er. Als Kind hatte er nur sehr wenig gehabt. Wenn er die Pflegefamilie wechseln musste, durfte er oft nur das mitnehmen, was in einen Koffer gepasst hatte. In einen kleinen Koffer. Er hatte Entscheidungen treffen müssen. Kleidung oder Spielsachen. Die Kleidung hatte jedes Mal gewonnen. Die Bedürfnisse hatten über den Wünschen gestanden. Und wenn er die Dinge hatte behalten wollen, die er brauchte, hatte er sie gegen andere Jungs verteidigen müssen. „Ich möchte, dass du mir gehörst."

Sie nagte an ihrer Unterlippe. Das tat sie immer, wenn sie nervös war. Ihre Zähne waren hinreißend. Die beiden oberen Schneidezähne standen ganz leicht vor den anderen.

Die Vorspeise wurde serviert. Als der Kellner wieder ging, begann keiner von ihnen, zu essen. Sie blickten einander weiterhin an. Die Spannung war fast mit Händen greifbar. Er hatte das Gefühl, nicht richtig atmen zu können – wie so oft. Allmählich gewöhnte er sich nicht nur daran, sondern genoss das Gefühl sogar.

Du weißt, was du zu tun hast …

Könnte er es? Er musste es ja nicht mögen. Er musste nur damit leben.

Würde er es Jessie Kay irgendwann einmal übelnehmen, dass sie ihn zwang, Jase und Tessa zu verweigern, was ihnen zustand?

Es spielte vermutlich keine Rolle, denn er konnte absolut nicht ohne sie leben.

„Es wird nicht einfach mit mir", sagte er. „Ich werde besessen davon sein, zu wissen, wo du genau steckst und ob es dir gut geht und du in Sicherheit bist. Ich werde nicht von deiner Seite weichen."

Sie erstarrte, schien nicht einmal mehr zu atmen.

„Es ist jetzt schon so. Du verhältst dich schon so."

„Du findest, dass das schon schlimm war? Kätzchen, das war erst ein kleiner Vorgeschmack. Ich habe mich auf eine Handvoll Anrufe oder Nachrichten pro Tag beschränkt." Wenn sie zusammen wären, würde er aufhören, zu zählen, und immer dann Kontakt zu ihr aufnehmen, wenn er das Bedürfnis dazu verspürte. Einfach nur, um sich davon zu überzeugen, dass sie in Sicherheit war, dass sie nicht wütend auf ihn oder wütend auf andere war. „Ich werde darauf bestehen, dass du dich an einen Terminplan hältst, und ich werde sauer sein, sobald du mal zu spät sein solltest. Kannst du damit umgehen?"

„Noch einmal: Ich gehe bereits damit um. Aber um jetzt mal alles auf den Tisch des Hauses zu legen, sollte ich wahrscheinlich gestehen, dass ich deinen Zeitplan absichtlich durcheinandergebracht habe."

Er runzelte die Stirn. „Erklär das bitte."

„Na ja, ich habe angerufen und Nachrichten geschickt, wenn ich wusste, dass du Telefonkonferenzen hattest."

„Und warum hast du das getan?"

„Ich wollte dir damit zeigen, wie toll Spontaneität sein kann."

Hätte sie etwas anderes gesagt, wäre er vermutlich wütend geworden. Sein außen hartes und innen so zartes Mädchen wollte jedoch, dass alle Menschen glücklich waren. Wie könnte er daran etwas auszusetzen haben?

„Tja ... mach das einfach nicht wieder", sagte er.

„Das werde ich nicht. Vielleicht. Okay, ich werde es wahrscheinlich doch wieder tun."

Man sollte nie versuchen, etwas Perfektes zu verändern. „Wie auch immer. Ich akzeptiere deine Bedingungen."

Sie zog verwirrt die Augenbrauen zusammen, doch in diese Verwirrung mischte sich Hoffnung.

„Ich verstehe nicht ..."

„Wir werden zusammen sein", sagte er. Er würde ihr geben, was sie sich wünschte – und gegen den Unmut ankämpfen. Im Gegenzug würde sie ihm geben müssen, was er sich wünschte. „Du und ich, Jessie Kay. Für immer. Kein Zeitlimit. Ich gehöre dir. Und du ... du gehörst mir."

18. Kapitel

Jessie Kay war aufgeregt. West hatte gerade … Er hatte gerade zugestimmt …

Sie würden zusammen sein? Ohne eine zeitliche Begrenzung?

„West", sagte sie und war überrascht und bis in die tiefsten Tiefen ihrer Seele aufgewühlt. „Ich weiß nicht, was ich sagen soll."

Er muss Kompromisse mit dir eingehen, weil deine Wünsche ihm genauso wichtig sind wie seine eigenen.

Er muss seine Zukunft in deinen Augen sehen.

Check und Check.

„Sag Ja, Kätzchen."

„Ja." Er hatte das Unerwartete getan. Er war einen Kompromiss eingegangen. Er hatte sich von seiner selbst auferlegten Bestrafung freigesprochen – für sie. Um eine Zukunft mit ihr zu haben. Sie war ihm wichtig. So wichtig, wie ihm zuvor noch keine andere Frau gewesen war. „Ja, ja, tausendmal ja."

Zufriedenheit flammte in den dunklen Augen auf, die sie jede Nacht in ihren Träumen sah. Dann nahm er seinen Löffel in die Hand und aß.

Ihr Magen hatte sich zusammengezogen, und sie konnte nur ein paar Löffel der cremigen Suppe hinunterbekommen, bevor sie es aufgab. Sie hatte Erfahrung im Schlafzimmer, und sie sollte eigentlich nicht nervös sein, wenn sie daran dachte, was zwischen ihnen passieren würde. Doch sie musste zugeben, dass sie aufgeregt war. Sie war noch nie mit einem Mann wie West zusammen gewesen. Einem Mann, der seinem Terminplan so ergeben war. Einem Mann, der so peinlich genau auf seinen Arbeitsbereich achtete. Einem Mann, der so besitzergreifend und angriffslustig war, wenn es um sie ging. Einem Mann, der vielleicht auch auf eine wundervolle Art und Weise etwas verdreht war.

„Hast du keinen Hunger?“, fragte er.

Nicht mal ein bisschen. Nicht mehr. Jedenfalls hatte sie keinen Hunger auf das Gericht, das vor ihr stand. „Ich schätze, ich habe erwartet, dass du mich nach Hause tragen und mich dort gleich nehmen würdest.“ Als ihr bewusst wurde, dass sie die Worte mehr oder weniger geknurrt hatte, errötete sie. „Ich dachte nicht, wir würden einfach so weitermachen, als hätte sich nichts geändert.“

„Wer sagt denn, dass ich dich nicht gerade in dieser Sekunde ‚nehme‘?“

Der samtige Ton seiner Stimme … Sie erschauerte. Verdammt, vielleicht „nahm“ er sie tatsächlich gerade.

Der Kellner brachte die restlichen Speisen. Während Jessie Kay nur auf ihrem Teller herumstocherte, aß West alles auf. Sorgfältig nahm er jeden Bissen und genoss ihn. Sie fragte sich, ob er im Bett auch so sorgfältig sein würde.

Großartig! Wieder erschauerte sie. Dieser Schauer war so heftig, dass ihr Stuhl erbebte.

West gab dem Kellner ein Zeichen und bestellte ein Dessert. Ganz offensichtlich, um sie zu quälen – da war sie sich sicher.

„Wenn du versuchen solltest, mich zu füttern“, sagte sie, „ramme ich dir meine Gabel ins Auge. Ich schwöre es.“

„Hm. Da ist das Temperament, das ich so gern einmal sehen wollte.“

„Du klingst nicht, als hättest du Angst.“ Sie warf ihm über den Rand ihres Whiskeyglases hinweg einen Blick zu. „Das werde ich ändern müssen.“

„Ich habe nur Angst vor nackten Frauen“, sagte er todernst. „Die machen mir Angst.“

Netter Versuch, Witzbold. „Willst du mir damit sagen, dass du nicht weißt, was du mit ihnen anstellen sollst?“

Er lächelte bedächtig und böse. „Wirst du es mir beibringen?“

Dieser Mann war ihr Tod.

Sie schlüpfte aus einem ihrer Schuhe und strich mit dem nackten Fuß sein Bein hinauf. Immer weiter. Doch er packte ihn und hielt ihn fest. Versonnen begann er, ihren Spann zu massieren. Er schlug sie praktisch mit ihren eigenen Mitteln. Sie musste sich zusammenreißen, um nicht aufzustöhnen.

Sein Dessert wurde eine Ewigkeit später gebracht. Es war ein Schokoladensoufflé. Aber er beachtete es nicht, sondern widmete sich lieber ihrem Fuß.

„Gibt es ein Problem?“, fragte sie.

„Ja. Du bist einfach viel zu sexy. Die Welt wäre sicherer, wenn ich dich in meinem Schlafzimmer einschließen würde.“

Sie legte eine Hand auf ihr Herz. „Nicht das. Alles, nur das nicht!“

„Doch. Genau das.“ Er gab ihren Fuß frei und warf das Geld für die Rechnung auf den Tisch. „Und jetzt geht es los.“

West erhob sich und reichte ihr die Hand, während sie eilig ihren Schuh wieder anzog. Er schlang einen Arm um ihre Taille, um sie festzuhalten. Seine Finger lagen auf ihrer Hüfte. Es war eine fürsorgliche und zugleich besitzergreifende Geste.

Als sie fertig war, führte er sie nach draußen. Die kalte Luft küsste ihre erhitzte Haut. Nachdem er die Beifahrertür für sie geöffnet und ihr beim Einsteigen geholfen hatte, ging er um den Wagen herum zur Fahrerseite.

Atemlos nahm sie ihr Handy heraus, um ihm eine Nachricht zu schicken:

Sie: *Weißt du was? Ich trage kein Unterhöschen.*

Wests Augen funkelten belustigt, als er sein Handy aus der Hosentasche zog. Aber als er den kurzen Text las, erstarrte er. Er blickte auf und sah sie durch die Windschutzscheibe hindurch an. Sein Blick war heiß wie Feuer. Jessie Kay strich sich mit der Spitze des Zeigefingers bedächtig über die Lippen, bevor sie ihn tief in ihren Mund steckte.

West riss beinahe die Fahrertür aus den Angeln. Als er Platz genommen hatte und der Motor schnurrte, sagte er: „Falls uns unterwegs etwas passiert und wir den Wagen schrotten, bist du schuld."

Sie streckte die Hand aus und strich mit der feuchten Fingerkuppe über seine Lippen. Quasi ein Kuss. „Falls wir die Fahrt überleben sollten ... Was passiert, wenn wir zu Hause sind?" Sie musste es wissen, musste sich innerlich darauf vorbereiten. Würden sie in ihr Zimmer oder in seins gehen? Würden sie direkt ins Bett springen oder würden sie sich Zeit lassen und erst reden?

Während die Fragen sich in ihrem Kopf überschlugen, rebellierten ihre Nerven und sie hatte das Gefühl, sich jeden Moment übergeben zu müssen.

Wie sexy wäre *das* denn?

Wahrscheinlich glaubte er, dass sie im Bett unglaublich sein musste. Aber wenn sie so gut wäre, hätte dann nicht längst schon ein Mann zugegriffen und sie geheiratet?

Was würde passieren, wenn sie schrecklich im Bett wäre?

„Ich werde auf dir sein", warnte er sie. „Wir machen uns von all den Monaten des Frusts frei – egal, wie lange es dauert. Das werden wir tun."

Es sei denn, ich enttäusche ihn, schoss es ihr durch den Kopf.

„West." War es so heiß im Wagen? Wann war aus dem Auto eine rollende Sauna geworden? Sie zupfte am Ausschnitt ihres Kleides. „Ich muss dir etwas sagen, das du mit Sicherheit nicht gern hören wirst."

Er erstarrte für einen Moment, entspannte sich jedoch gleich wieder. „Was auch immer es sein mag, es spielt keine Rolle."

„Doch, es spielt eine Rolle. Was ist, wenn ich nur eine Schwätzerin bin? Was ist, wenn ich schlecht im Bett bin?"

Er sah aus, als würde er sich mühsam ein Grinsen verkneifen.

„Wir werden üben. Wir werden *sehr viel* üben."

Es sei denn, ihre Unbeholfenheit sorgte dafür, dass sich bei ihm nichts mehr regte.

Oh Scheiße!

Als sie das Haus erreichten, hielt er mit quietschenden Reifen. Er wollte mit ihr zusammen sein. Jessie Kay schluckte. Der Mann würde sehr enttäuscht sein …

West lief um den Wagen herum, um ihr die Tür aufzumachen und ihr hinauszuhelfen – und um sie hochzuheben und sie sich über die Schulter zu legen.

„Du bist nicht schnell genug, Kätzchen."

Anfangs kreischte sie und lachte dann, als Belustigung ihre Nervosität besiegte. Sie schlug ihm auf den Rücken. „Lass mich los, du Biest! Ich bin eine Lady. Ich sollte verdammt noch mal anständig behandelt werden."

„Bitte um Gnade."

„Nein!"

Er schlug ihr auf den Po. „Bitte darum."

„Niemals!"

Eine ihrer Nachbarinnen – Mrs. Brashear – kam auf ihre Veranda gestürzt und rief: „Ich habe Schreie gehört. Soll ich Sheriff Lintz anrufen, Jessie Kay?"

„Nein, nein", erwiderte Jessie Kay. „Ich werde West nichts antun, das schwöre ich!"

West lachte, als er mit ihr über der Schulter ins Haus ging. Mit einem Fuß schloss er die Tür hinter ihnen und sagte: „Du und ich, wir sind anders. Unsere Beziehung ist anders. Also gehen wir auch anders vor. Ich werde dich nicht benutzen, und ich werde nichts überstürzen, um so schnell wie möglich fertig zu werden. Wir machen einen Schritt nach dem anderen. Okay?"

„Ich …" Sie konnte kaum durchatmen. „Ja. Okay."

„Gut. Schritt eins ist rummachen im Wohnzimmer." Er warf sie auf die Couch, löste seine Krawatte und nahm sie ab. „Heute Abend besteht deine Aufgabe einzig und allein darin, dich gut zu fühlen."

Sie war längst einen Schritt weiter, war warm und feucht und sehnte sich nach ihm. „Hast du vor, mich mit der Krawatte zu fesseln?"

„Nein. Ich habe nie verstanden, was das Faszinierende an Bondage sein soll. Ich möchte, dass deine Hände auf meinem Körper sind. Überall." Er stützte sich mit einem Knie neben ihr auf dem Sofa ab. Dann platzierte er das andere Knie zwischen ihren Schenkeln.

Jessie Kay keuchte auf. Es war ein ermunternder Laut.

West hob den Saum ihres Kleides an. Kühle Luft küsste ihre erhitzte Haut, als er einen Blick unter den Stoff warf.

„Ein Höschen", sagte er. „Klein, weiß und sexy. *Nett.* Da hat wohl jemand geflunkert."

„Vielleicht hat ja die zukünftige Jessie Kay die Nachricht geschickt, Mr. Smarty Pants. Ist dir das schon mal in den Sinn gekommen?"

„Unmöglich. Die zukünftige Jessie Kay ist zu befriedigt und erschöpft, um sich bewegen zu können. Das heißt, dass die gegenwärtige Jessie Kay bestraft werden muss." Mit einem kurzen Ruck zerriss er ihr Höschen. „Lektion gelernt?"

„Nein." Sie erschauerte, und er grinste und warf den zerfetzten Slip auf den Boden. „Ich verspüre den Drang, böse, böse Dinge zu tun."

„Dann muss ich streng mit dir sein. Sehr, sehr streng."

Sie hätte beinahe gelacht. Für sie war Sex immer nur Sex gewesen. Das Zusammenkommen von zwei Körpern, um ein physisches Bedürfnis zu befriedigen. Doch mit West veränderte sich diese Erfahrung schon jetzt vollkommen – und das, obwohl er noch nicht mal in ihr war! Er reizte und erfreute sie und erfüllte ein emotionales Verlangen, von dem sie nicht einmal gewusst hatte, dass es bei ihr existierte. West berührte sie nicht nur äußerlich, sondern auch geistig.

„Die gegenwärtige Jessie Kay ist verwirrt. Du willst mich nicht fesseln, aber du freust dich darauf, mich zu bestrafen?" Sie rieb mit dem Knie über seine Hüfte. „Widersprüchlich? Vielleicht." Außergewöhnlich? Absolut.

„Bei deiner kriminellen Vorgeschichte, Kätzchen, muss jemand dafür sorgen, dass du nicht aus der Reihe tanzt."

„Ist das hier ein Fall, in dem der Böse die Böse führt?"

In seinem Blick schimmerte feuriges Verlangen, als er ihr Kleid wieder glatt strich.

„Das stimmt. Aber ich bin dein Mann, und ich habe eine Aufgabe zu erfüllen, also tue ich es."

Ihr Mann ... sie erschauerte. „Die Zerstörung meiner Unterwäsche war meine Bestrafung?"

„Nein. Das war eine Belohnung. Für mich. Um dir eine Lektion zu erteilen, werde ich dir keinen neuen Slip kaufen."

„Oh Graus!"

Er öffnete einen, zwei, drei Knöpfe an seinem Hemd. Sie erhaschte einen kurzen Blick auf seine Brust, die sonnengebräunte Haut, die wundervollen Muskeln.

„Folgendes: Ich werde dich küssen und berühren. Und du kannst alles mit mir machen, was du mit mir und für dich willst. Du konzentrierst dich allein auf deine Empfindungen. Hast du verstanden?"

„Sir, ja, Sir."

Er warf ihr ein Lächeln zu und beugte sich über sie, sperrte sie praktisch ein, sodass sie auf der Couch gefangen war. Sein Körper schien sie zu umfangen. Und dann küsste er sie mit einer so umwerfenden Leidenschaft, dass sie wusste, sie würde nie mehr dieselbe sein. Mit seiner Zunge liebkoste er ihre, eroberte, gab und nahm. Die Gefühle, die scheinbar nur er bei ihr auslösen konnte, überwältigten sie. Stöhnend schmolz sie dahin.

Sie wollte ihn noch näher bei sich haben, wollte ihm so nahe sein, wie es ging, daher legte sie die Arme um ihn und zog ihn an sich, bis er beinahe auf sie fiel. Sie fühlte sich wundervoll gefangen, ehrfürchtig und doch ungesittet, wild und doch ruhig, verzweifelt und doch sicher.

West umfasste ihre Brüste, streichelte sie, und ihre Nippel richteten sich auf, als buhlten sie um seine Aufmerksamkeit.

„Du reagierst so fantastisch, Kätzchen."

„Das liegt an dir", entgegnete sie und stöhnte wieder. „Nur an dir." Lust durchflutete sie, während er sie mit ihrer eigenen Verletzlichkeit quälte.

„Denkst du an deine Aufgabe?"

„Ja, ja." *Oder? Genug!* Kein Nachdenken mehr. Keine Fragen. Er wollte, dass sie sich nur auf ihre Empfindungen konzentrierte, also würde sie sich auch nur darauf konzentrieren.

Sie sollte tun, was immer sie wollte …

Instinktiv schlang sie das Bein um seine Knie und bog den Rücken durch, sodass sie ihren Schoß an seine harte Erektion drängen konnte. Sie keuchte. Glück … Verzückung … Ein kleines Inferno, das die unterschiedlichsten Stellen ihres Körpers in Flammen setzte. Zwischen ihren Schenkeln verspürte sie ein gieriges Pochen. Verlangen berauschte sie. Als sie den Rücken erneut durchdrückte, um ihn zu spüren … und ein drittes Mal … und viertes Mal … blieb ihr der Atem weg. Ihr Verstand verabschiedete sich.

„Ich weiß nicht, ob ich jemals genug von dir bekommen werde.“ West küsste sie auf den Hals und hauchte eine Spur von Küssen bis zu ihren Brüsten hinab. Er saugte an ihren Nippeln, bevor er tiefer glitt und ihren Bauch liebkoste.

Würde er sich jetzt ihrem empfindlichsten Punkt widmen? „West.“ Ihre Stimme klang wie ein raues Flüstern. Wie eine Bitte.

West hielt inne, dann bewegte der Mistkerl sich wieder nach oben.

„Oh, oh. Du hast mich unterbrochen. Ich habe den roten Faden verloren und weiß nicht mehr, was ich vorhatte. Ich muss wohl noch mal von vorn beginnen.“

„West.“ Diesmal klang es wie ein Fluch.

„Willst du dich beklagen, Kätzchen?“ Er gab ihr einen Kuss auf den Hals, hauchte eine Spur von Küssen bis zu ihren Brüsten hinab, saugte wieder an ihren Nippeln, leckte und knabberte daran, bis Jessie Kay sich unter ihm wand. Und dann endlich spürte sie seine Lippen auf ihrem Bauch und … Ja, er strich mit den Fingern über ihre Oberschenkel und hielt am Saum ihres Kleides inne.

„Bist du bereit für mich?“

„So bereit … Hör nicht auf. Bitte, hör nicht auf.“

Sein Lachen klang gefährlich.

„Oh, oh. Du hast mich schon wieder unterbrochen.“

„Ich habe nur deine Frage beantwortet!“

Er zeigte keine Gnade. „Du hast mich definitiv unterbrochen. Ich muss noch mal von vorn beginnen.“

Jessie Kay wimmerte.

Dieses Spiel konnte man auch zu zweit spielen. Als er sie auf den Hals küsste und sie liebkoste, schob sie ihre Hände unter sein Hemd. Haut an Haut. Sie strich mit den Fingerspitzen seinen Rücken hinauf, hob die Hüften an und ließ sie an seiner Erektion kreisen.

„Ich will kommen, Zuckerbärchen. Ich *muss* kommen."

„Alles zu seiner Zeit." Seine Worte klangen angespannt, und sein Tonfall war längst nicht mehr so neckisch.

„Sofort." Sie biss ihm sacht ins Kinn. „Gib es mir."

„Du ungezogenes Kätzchen. Damit hast du dir eine weitere Bestrafung eingehandelt. Sorry – oder eigentlich nicht –, du darfst leider dein Kleid nicht anbehalten." Er richtete sie ein Stück auf, um es ihr auszuziehen. Vollkommen nackt lag sie vor ihm.

Ihre Blöße zu bedecken war keine Option. Sein Blick verzehrte sie, und sie schwelgte in diesem Gefühl.

„Das ist noch besser, als ich es mir vorgestellt habe." Er umfasste ihre Brüste und ließ die Daumen über ihre Nippel kreisen. „Ich habe so oft davon geträumt, dass du so wie jetzt vor mir liegst."

Das erregende Kribbeln, das sie bisher erlebt hatte und kannte, war nichts verglichen mit dem Sturm, der nun in ihr tobte. Die Zeit der Neckerei war vorbei. „West. Bitte. Ich will dich schon so lange."

Er verstand sie eindeutig. Seine Verzweiflung, sein Hunger wetteiferten mit ihrer Verzweiflung und ihrem Hunger. Er gab ihr einen Kuss, der sie versengte. Seine Zunge war heiß, forderte das, was ihm zustand. Doch viel zu schnell nahm er das Tempo raus und genoss sie, langsam, bedächtig.

„Nein", sagte er unvermittelt. „Nein. Ich habe dir gesagt, dass ich nichts überstürzen werde. Du fühlst dich so gut an, so verdammt perfekt, und ich möchte, dass unsere erste gemeinsame Erfahrung ein Marathon wird und kein Sprint." Mit einem Daumen reizte er immer wieder ihre aufgerichteten Nippel. Wohlige Hitze durchströmte sie. Mit dem anderen Daumen malte er Kreise auf die Innenseite ihrer Oberschenkel und kitzelte ihre Haut. Es dauerte nicht lange, und die spielerischen Liebkosungen wurden zu einer bittersüßen Qual, die sie berauschte.

„An einem guten Sprint gibt es nichts auszusetzen." Jessie Kay schob eine Hand zwischen sich und West. Mit einem Ruck riss sie sein Hemd auf. Es klaffte auseinander und gab den Blick auf den anziehendsten Oberkörper frei, den sie je gesehen hatte. Und sie erblickte den Namen seiner großen Liebe. Eifersucht und Traurigkeit wollten sich in ihr breitmachen, aber sie verdrängte die unerwünschten Emotionen. West war bei ihr. Hier und jetzt war er bei ihr, und das war alles, was zählte.

Ermutigt hob sie den Kopf, um mit der Zunge seine Nippel zu reizen.

Der Kuss veränderte sich, wurde wild, hitzig. Jessie Kay drängte sich an ihn, zog die Fingernägel über seinen Rücken, strich über die Grübchen oberhalb seines Pos und umfasste seine Pobacken. Seine Hose hielt sie davon ab, noch mehr zu tun.

Kriminelle verschaffen sich unerlaubt Zutritt. Das erwartet man praktisch von ihnen.

Also schob sie die Hände in seine Hose – und in seine Boxershorts. *Mich nicht hineinlassen*? Nicht in diesem Leben.

„Jessie Kay." West packte eins ihrer Beine, hob es an und zwang sie dazu, es zu beugen. Dann drückte er es mit seiner Hüfte an die Couch, hielt es dort fest. Jessie Kay war offen, verletzlicher als je zuvor, bereit. Er ließ sie los, um im nächsten Moment eine Hand zwischen ihre Schenkel zu legen. Unvermittelt stieß er mit einem Finger in ihre heiße, feuchte Mitte.

Jessie Kay schrie auf, bog den Rücken durch und ließ den Kopf in den Nacken fallen. „Ja. Ja!"

„Du … bist … unglaublich."

West biss die Zähne zusammen und presste die Worte hervor, während er den Puls an ihrem Hals küsste und mit dem Finger in sie drang und sich wieder zurückzog. Tief hinein und wieder hinaus. Schneller und schneller. Er führte sie unaufhaltsam auf den Gipfel der Lust … drang mit einem weiteren Finger in sie ein, dehnte sie beinahe schmerzhaft, obwohl sie so feucht war. Trotzdem war es ein gutes Gefühl, weil es *seine* Finger waren, *sein* Körper, der über ihr aufragte. Der Mann, der mehr als nur eine Nacht, mehr als nur zwei Monate mit ihr verbringen wollte. Der Mann, der sie nicht für austauschbar hielt, sondern sie begehrte.

„Ich komme gleich … Bitte." Sie biss ihm in den Hals, bohrte die Finger in seinen Rücken und zerkratzte seine Haut. „Sorry, sorry." Verlangen hatte sie fest im Griff und raubte ihr den Atem.

„Du bist so sinnlich, Kätzchen. Ich habe gedacht, ich könnte dir heute Nacht alles geben, ohne an mich zu denken, ohne zu nehmen. Wie dumm von mir." Er knabberte an ihrem Ohrläppchen, dann setzte er sich auf und schob seine Hose und seine Boxershorts ein Stückchen hinunter. „Du bist eine viel zu große Versuchung, und ich kann dir nicht widerstehen. Leck dir über die Handfläche und nimm ihn in die Hand."

Jessie Kay tat nicht nur das, sie leckte jeden einzelnen ihrer Finger. Zitternd fasste sie nach seinem langen, harten Schaft.

„Ja, Kätzchen. Genau so. Und jetzt beweg dich zusammen mit mir."

Während seine Finger tief in sie drangen, ließ sie ihre an seiner Erektion entlangstreichen. Wenn er sich zurückzog, ließ sie ihre Hand an seinem Schaft hinaufgleiten. West stieß einen dieser animalischen Laute aus, die sie schon kennengelernt hatte. Sie spürte, wie ihre Erregung weiter zunahm, erhöhte ihr Tempo und zwang ihn, es ihr gleichzutun.

Ihr Atem vermischte sich, sodass sie seine Luft einatmete und er ihre. Es war eine Intimität, die so schön wie notwendig war. Sie streichelte ihn wieder und wieder, und er fuhr fort, sie dafür zu belohnen. Jessie Kay bettelte und flehte, ihre Worte klangen zusammenhangslos, waren nicht mehr als ein abgehacktes Keuchen. Sie warf den Kopf auf dem Kissen hin und her. Ihr Haar war durcheinander und zerzaust. Schweißperlen glitzerten auf ihrer Haut und auf seiner. Sie wanden sich, rieben sich aneinander, ihre Nippel strichen über seine muskulöse Brust. Die Reibung goss Öl in die lodernden Flammen ihrer Begierde. Sie brannte innerlich, knisterte, schmolz dahin.

„Komm, Kätzchen. Gib mir deine Lust."

West drückte seinen Handballen auf die Stelle, an der Jessie Kay es sich am meisten wünschte. Und im nächsten Moment riss ihr Höhepunkt sie mit. Ihre Muskeln spannten sich an. Ein Schrei entrang sich ihr. Sie krallte die Fingernägel in seinen Rücken, drängte sich an ihn und hielt ihn umschlungen. Im Rausch musste sie seinen Schaft härter umfasst und eine Kettenreaktion bei ihm ausgelöst haben, denn eine Sekunde später hallte sein Schrei von den Wänden wider, und er ergoss sich auf ihren Bauch.

19. Kapitel

West konnte nicht verarbeiten, nicht begreifen, was gerade passiert war. Er war ein erwachsener Mann und schon mit einer ganzen Menge hübscher Frauen zusammen gewesen. Üblicherweise ließ er sich nicht von seinem Körper oder seinen Leidenschaften steuern. Doch heute, auf dem Sofa mit Jessie Kay, hatte er die Beherrschung verloren. Er war gekommen. Er war schnell gekommen. Und er war schnell gekommen, weil sie es ihm mit der Hand gemacht hatte.

Für gewöhnlich wäre ihm das unangenehm gewesen. Doch jetzt? Jetzt war er einfach zu befriedigt, um sich Gedanken darüber zu machen.

Er zog sich das kaputte Hemd aus. Wo waren eigentlich die Knöpfe geblieben? Behutsam wischte er damit Jessie Kays Bauch ab, ehe er es in Richtung Küche warf, wo er es später in den Müll entsorgen würde. Als er sich mit Jessie Kay in den Armen schließlich auf der Couch ausstreckte, schlug sein Herz allmählich etwas langsamer. Ein Gefühl der Zufriedenheit breitete sich in ihm aus. Dieses Gefühl war ihm so fremd, dass er es fast nicht erkannt hätte. Wie viele Jahre waren vergangen, seit er es zuletzt erlebt hatte? Hatte er es je so empfunden?

„Falls du ein Lebenszeichen von mir willst“, murmelte sie, „kann ich es dir leider nicht geben.“

„Gut.“ Er zog die Schublade des Beistelltisches auf und holte eins der Karamellbonbons heraus, die er dort versteckt hatte. Während er es auswickelte, sagte er: „Wenn du tot bist, kannst du wenigstens nicht meine Süßigkeiten stehlen.“

„So ein Anfängerfehler." Sie stibitzte das Bonbon und steckte es sich blitzschnell in den Mund. „Du hättest vorher meinen Puls fühlen sollen. Dann hättest du gewusst, dass ich nur auf der Lauer lag – bereit, um anzugreifen."

„Es gibt etwas, das du über mich wissen solltest …" Er schob sich auf sie und hielt ihre Hände über ihrem Kopf gefangen. Dann küsste er sie, bis sie dahinschmolz. Die Süße des Bonbons machte das Gefühl, das zwischen ihnen herrschte, nur noch besser. Oder noch schlimmer.

Wie war das möglich? Er war schon wieder erregt und hart. Der Plan, es langsam angehen und sich Zeit zu lassen, war mit einem Mal vollkommen abwegig. *Ich will sie. Jetzt.*

Er hob den Kopf, bevor sein Verstand sich vollends verabschieden konnte. „Ich glaube an die Redewendung: Auge um Auge, Zahn um Zahn", schloss er und legte sich neben sie.

Jessie Kay bekam eine Gänsehaut und leckte sich über die Lippen. Auf ihn wirkte diese Geste wie die reinste sinnliche Verführung.

„Zuckerbärchen, wenn die besten Dinge des Lebens immer in *kleinen* Paketen kommen, dann bist du das Schlechteste, was mir je passiert ist …"

Als er laut lachte, beugte sie sich über ihn, um ihr Kleid aufzuheben. Er nahm es ihr ab und warf es neben sein Hemd.

„Du hast alle Rechte an deinen Klamotten verloren. Deine Bestrafung, schon vergessen?" Als sie empört nach Worten rang, drückte er sie sanft an seine Brust. „Das ist die Stelle, an der du sagst: Danke, West. Ich weiß es zu schätzen, dass du dir die Zeit nimmst, mir Manieren beizubringen."

„Niemals! Das ist die Stelle, an der du sagst: Danke, Jessie Kay. Danke, dass du so gütig bist und meine Eier dort lässt, wo sie sind."

Er erschauderte und legte schützend eine Hand auf sein bestes Stück.

Sie lachte. „Ich lasse dir deine Eier, wenn du mir sagst, dass du Bettgeflüster in deinen Terminplan eingetragen hast."

„Das habe ich."

„Echt? Ernsthaft?"

„Du klingst überrascht."

„Das bin ich. Ich bin es nicht gewohnt, dass jemand nach dem Hauptakt noch bleibt."

Er hätte beinahe das Undenkbare gefragt – *nicht einmal Jase und Beck?* Doch er schluckte die Frage hinunter, denn ihm missfiel die Vorstellung, dass seine Freunde mit ihr zusammen gewesen waren, jetzt noch mehr als zuvor. *Sie gehört mir. Ich teile nicht.*

„Du bist wie erstarrt", stellte sie fest, Sorge schwang in ihrer Stimme mit. „Was ist los?"

„Nichts." Er gab ihr einen Kuss auf die Schläfe. „Alles ist gut."

„Wir lügen also, wenn es zu schwer, zu anstrengend ist, die Wahrheit zu sagen? So läuft diese Beziehung? Na gut."

Das war nur eine der Schwierigkeiten, mit einer einfühlsamen, scharfsinnigen und sturen Frau zusammen zu sein, sie erkannte Mist, wenn sie ihn hörte, und hatte keine Hemmungen, einen darauf anzusprechen. „Ich musste daran denken, dass du mit Jase und Beck zusammen warst", gab er zu. „Und das hat mir nicht gefallen."

Sie bohrte ihre Finger in seine Brust und hinterließ dabei rote Spuren. „Ich kann meine Vergangenheit nicht verändern, West."

„Ich weiß." Alles zwischen ihnen war neu, zaghaft, und er musste behutsam vorgehen. Aber das war ebenfalls neu für ihn – wie ging man behutsam vor?

Zum ersten Mal seit seiner Beziehung mit Tessa war es Zeit, das herauszufinden. Er hatte Monate, hatte Jahre, um die Schwierigkeiten und Probleme, die aufkommen würden, aus dem Weg zu schaffen.

„Ich will deine Vergangenheit gar nicht ändern, Kätzchen. Mir gefällt, was für einen Menschen sie aus dir gemacht hat. Aber ich kenne jetzt die Wahrheit. Sobald ein Mann diese hier berührt hat." Er legte die Hände an ihre Brüste und reizte mit den Fingerspitzen ihre Nippel. „Oder das hier ..." Er schob eine Hand zwischen ihre Schenkel über die Stelle, die nun der neue Mittelpunkt seiner Welt war. „Wird er nie wieder derselbe sein. Er wird es nicht vergessen können. Ich weiß nicht, wie meine Freunde dich ansehen können, ohne das Bedürfnis zu haben, sich auf dich zu stürzen."

„Zuerst einmal wissen wir ja schon alle, dass sie verrückt sind, weil sie mich haben gehen lassen."

„Das stimmt. Du machst süchtig."

„Vielleicht." Sie rieb mit einem Knie über seine Beine. „Ich bin wahrscheinlich die tollste Frau der Welt."

West unterdrückte ein Grinsen. Sie hatte sich bemüht, ungerührt und selbstsicher zu klingen, doch ihre Stimme war ein wenig zu belustigt gewesen und hatte eine Verletzbarkeit preisgegeben, die ihn berührte. Sein Herz zog sich zusammen.

„Wahrscheinlich", stimmte er zu.

Ein übertrieben wütendes Keuchen folgte.

„Wie kannst du es wagen!" Sie presste ihre Finger auf seine Brust. „Ich denke, du willst deine Aussage vielleicht noch mal überdenken und sie umformulieren. Du weißt ja, was sonst passiert ..."

„Absolut. Aber wir beide wissen, dass du die Leistungen meines kleinen Freundes mehr zu schätzen weißt als ich, also sei nett zu ihm und tu ihm nichts." Er nahm ihre Hände und küsste ihre Fingerknöchel. „Um deine Frage von vorhin zu beantworten, ja, ich habe wirklich Bettgeflüster eingetragen. Da ich keine Ahnung hatte, welche Entscheidung du beim Abendessen treffen würdest, habe ich einen Plan für jeden möglichen Ausgang erstellt."

„Sogar einen Plan für den Fall, dass wir auf unbestimmte Zeit ein Paar werden?"

„Also gut, nicht für *jeden* erdenklichen Ausgang."

„Tja, ich bin fasziniert."

Ihr Haar fiel über seine Brust, als sie zärtlich in eine seiner Brustwarzen biss. Er bestaunte ihre Schönheit, die makellose, von der Sonne geküsste Haut, die nun einen erdbeerfarbenen Schimmer der Befriedigung zeigte – der Befriedigung, die er ihr geschenkt hatte.

„Was hast du bei deinen unterschiedlichen Szenarien zeitlich so für das Bettgeflüster veranschlagt? Was ist die längste Zeit, die du dafür eingetragen hast?"

„Zwölf Stunden."

„Und die kürzeste?"

„Elf Stunden und neunundfünfzig Minuten."

Sie lächelte ihn an. „Warum die Abweichung von einer Minute?"

„Wenn ich nach dem Sex in einen komaähnlichen Zustand der absoluten Befriedigung fallen sollte, brauche ich bestimmt Zeit, um mich wieder zu erholen."

Sie kicherte – ein Laut, der ihn bezauberte. Und dann hauchte sie ihm oberhalb seiner Tätowierung einen Kuss auf die Brust – eine Geste, die ihm fast das Herz zerriss.

„Erinnerst du dich noch daran, dass ich gesagt habe, ich würde dir eine Million Fragen stellen, wenn wir zusammenkommen? Tja, gute Neuigkeiten: Die Befragung fängt sofort an. Wann hast du dir das Tattoo stechen lassen? Und warum hast du dir ein so grauenhaftes Bild ausgesucht?"

Solche Geschichten mit ihr zu teilen, war kein Problem. Er tat es, ohne groß darüber nachzudenken. „Ich war damals seit ungefähr einem Jahr clean und beschloss, Tessa mit einem äußeren Zeichen zu ehren und nicht nur davon zu reden. Als ich dem Tattookünstler sagte, ich wolle ein Herz, zeigte er mir all diese ordentlichen, all diese sauberen, gepflegten Entwürfe. Aber für mich war die Liebe … *ist* die Liebe nichts Sauberes, Gepflegtes. Sie kann hässlich und chaotisch sein. Deshalb habe ich ihn um dieses Motiv gebeten."

„Tja. Jetzt ist es offiziell." Sie setzte sich auf, und ihre Hüfte schmiegte sich an seine. Versonnen steckte sie sich eine Haarsträhne hinters Ohr. „Dieses Tattoo ist ab sofort das, was ich am liebsten an dir mag."

Er warf ihr einen Kuss zu, und als sie so tat, als würde sie ihn auffangen, traf ihn die Erkenntnis – und zwar heftig. Er führte nicht nur eine leidenschaftliche Beziehung mit ihr, die zeitlich nicht begrenzt war, sondern hatte auch noch Spaß dabei. Er genoss das Leben. Er genoss sie und freute sich auf den nächsten Tag.

Kein Gedanke daran, bei Jase und Beck Wiedergutmachung leisten zu müssen. Und auch kein Gedanke daran, bei Tessa Wiedergutmachung leisten zu müssen.

Bis jetzt.

Das schlechte Gewissen stieg in den Boxring in seinem Kopf und begann, auf ihn einzuprügeln.

Welches Recht hatte er, irgendetwas zu genießen? Wie konnte Jessie Kay wollen, dass er sein Leben genoss?

Sie musterte ihn einen Moment lang. Dann strich sie mit einem Finger über seine Brust. „Brauchst du etwas Zeit für dich allein? Es ist schon in Ordnung, wenn es so sein sollte."

Hatte sie sich bereits an seine Launen gewöhnt?

„Ich brauche nur dich." Er ergriff ihre Hand und legte sie an seinen Schaft. Seine Erregung steigerte sich. „*Das* hier ist das, was du am liebsten an mir magst, und das werde ich dir auch beweisen."

„Wir haben ein echtes Problem, Zuckerbärchen." Nachdem sie zum zweiten Mal miteinander rumgemacht hatten, zwängte

Jessie Kay sich zwischen ihren Freund – *ihren Freund!* – und die Rückenlehne der Couch und schob besagten Freund vom Sofa.

Er – *ihr Freund!* – landete unsanft auf dem Boden.

Diese Worte werde ich wohl niemals satthaben.

„Ich habe beim Abendessen nur in meinem Hum herumgestochert, und jetzt habe ich Hunger. Einen Bärenhunger! Als mein Freund Schrägstrich Kavalier ist es deine Aufgabe, mir etwas zu essen zu besorgen." Sie zeigte Richtung Küche. „Auf geht's, Sklave."

West stand auf und zog sich die Hose an. „Wie viele verschiedene Aufgaben habe ich denn jetzt genau?"

„Unzählige, aber im Prinzip geht es immer nur um eins: Was ich will, bekomme ich auch."

„Tja, dann. Ich gehe in die Küche und mache dir ein Sandwich." Er verschwand in die Küche.

Jessie Kay stieß den Atem aus, den sie unwillkürlich angehalten hatte. Die Sorge, gegen die sie ankämpfte, machte sich nun doch bei ihr breit. West war eine ganze Zeit lang angespannt und allem Anschein nach wütend gewesen. Die Augen hatte er zu schmalen Schlitzen verengt und die Lippen aufeinandergepresst.

Bereute er es schon, mit ihr zusammen zu sein? Wünschte er sich, er hätte nicht nachgegeben und weiterhin auf einer zweimonatigen Affäre bestanden?

Vielleicht hätte sie ihn nicht drängen sollen, ihr mehr zu geben. Was wäre, wenn die zwei Monate verstrichen und er anfing, ihr die ganze Sache übel zu nehmen?

Hatte sie sich selbst damit geschadet, darauf zu bestehen, dass alles so lief, wie sie es sich vorstellte?

Wann war das, was sie sich vorstellte, je das Richtige gewesen?

Verdammt! Sie mochte ihn. Sie mochte ihn wirklich. Mehr als sie je einen Mann gemocht hatte. Viel mehr sogar. Und obwohl sie bisher noch nicht miteinander geschlafen hatten, fühlte sie sich ihm jetzt schon viel näher als jedem anderen zuvor. Sie hatte mehr mit ihm geteilt als mit allen anderen. Und die Vorstellung, ihn zu verlieren, zerriss sie innerlich.

Tja, scheiß auf „was wäre, wenn …", die Angst lähmt einen nur.

Sie würde die Zeit, die sie zusammen hatten, in vollen Zügen genießen. Ende.

Sie breitete im Wohnzimmer eine Decke aus. Als West mit dem Sandwich zurückkehrte, klopfte sie auf den Platz neben sich auf dem Boden.

„Noch ein Picknick?" Bereitwillig setzte er sich.

„Ein Nackt-Picknick. Du hast viel zu viele Klamotten an."

Eilig zog er sich aus.

Zu ihrer Überraschung und Freude nahm er ihr das Brot aus der Hand, um sich einige Bissen zu stibitzen.

Als das Sandwich bis auf den letzten Krümel verputzt war, gab West ihr einen Kuss auf die Schulter und fragte: „Ist es jetzt Zeit für mein Dessert?"

„Ja. *Bon appétit.*"

Er hielt inne und legte den Kopf schräg. Stirnrunzelnd sah er sie an. „Ich glaube, wir bekommen Besuch."

„Was?" Jessie Kay flitzte gerade noch rechtzeitig ans Wohnzimmerfenster, um zu sehen, wie Jase, Brook Lynn, Beck und Harlow aus einem SUV stiegen, und stieß einen Schrei aus. Hektisch rannte sie ins Schlafzimmer, um sich anzuziehen.

Wie würde West sich in Gegenwart ihrer Freunde verhalten? Wie sollte er sich ihrer Meinung nach verhalten?

Das war ganz leicht: Er sollte ihr treu ergeben sein.

Als sie schließlich aus dem Schlafzimmer kam, setzte sie ein strahlendes Lächeln auf. Sie musste die Beziehung Schritt für Schritt angehen, Tag für Tag, und durfte nicht erwarten, dass gleich alles perfekt sein würde.

Jase und Brook Lynn hatten es sich bereits auf einer Seite der Couch bequem gemacht, und Harlow saß auf Becks Schoß auf der anderen Seite des Sofas. West, der sich einen Pullover und eine Jeans angezogen hatte, saß zwischen den Pärchen in der Mitte – dort, wo sie gerade noch rumgemacht hatten.

Bei der bloßen Erinnerung daran geriet ihr Blut in Wallung.

Jessie Kay winkte ihren Freunden zu. „Hi, Leute. Ich würde gern sagen, dass ich mich freue, euch zu sehen, und wenn es mir irgendwie gelingen sollte, überzeugend zu klingen, werde ich das auch tun. Was geht ab?"

„Na ja." Brook Lynn lächelte. „Jase und ich haben gerade die romantischste Ballonfahrt aller Zeiten gemacht, während der so ziemlich alle Leute in der Stadt sich bemüßigt fühlten, mich anzurufen, um sich zu erkundigen, ob mit dir alles in Ordnung ist. Es scheint, als hätte dein Mitbewohner beschlossen, handgreiflich zu werden. Er hat sich dich offenbar nicht nur über die Schulter geworfen, sondern dich auch dazu gebracht, um Gnade zu flehen."

Um Himmels willen. Mrs. Brashear! „Ich habe nie um Gnade gefleht."

„Wenn ich mich recht entsinne, war *ich* derjenige, der gebettelt hat", meldete West sich zu Wort, und alle lachten.

Er winkte sie mit dem Zeigefinger zu sich heran. Als sie in greifbarer Nähe war, packte er sie am Handgelenk und zog sie auf seinen Schoß.

Jessie Kay kuschelte sich an ihn und genoss seine Wärme und seinen Duft, der sich mit ihrem vermischte. Und sie genoss es, wie offen und beherzt er ihr vor den anderen seine Zuneigung zeigte.

Perfekt!

„Wir haben beschlossen, nach euch zu sehen und sicherzugehen, dass ihr noch lebt – und euch die Lust nicht umgebracht hat." Harlow grinste breit.

„Ihr beide wirkt auf jeden Fall entspannter als sonst." Jase rieb sich das Kinn. „Ein Tag im Spa war offenbar genau das, wozu der Doktor dir geraten hat, was, Jessie Kay?"

„Wisst ihr, wer den heutigen Abend nicht überleben wird?" Jessie Kay hob drohend die Faust. „Ihr."

„Bitte. Du brauchst mich lebendig." Brook Lynn legte den Kopf an Jases Schulter. „Morgen ist Heiligabend."

„Oh Mist. Der letzte Tag, um Geschenke zu kaufen."

West, der neben ihr saß, erstarrte. „Bleibst du in Strawberry Valley oder fährst du in die Stadt?"

„Ich fahre in die Stadt."

„Ich werde dich begleiten. Ich …"

„Oh nein, nein, nein. Du bleibst hier. Ich kaufe dein Geschenk."

Jetzt erstarrte er richtig.

„Wir schenken uns was?"

Glaubte er, dass es dafür zu früh war?

„Ja. Wir schenken uns *alle* was." Beck schlang sich eine von Harlows dunklen Strähnen um seinen Finger. „Ich bin schon darüber informiert worden. Und habe einige gar nicht mal so diskrete Hinweise darauf gefunden, was ich verschenken soll."

Harlow zuckte ungerührt mit den Schultern. „Ich dachte, du könntest Hilfe gebrauchen."

West rieb sich mit einer Hand das Gesicht, dann stand er auf und zwang die anderen dazu, sich mit ihm zusammen zu erheben.

„Ihr habt unsere Gastfreundschaft jetzt überstrapaziert. Verschwindet." Er wies zur Tür.

Jessie Kay schlug ihm auf die Hand. „Du bist *so* unhöflich."

„Ich weiß", sagte er. „Sie sitzen immer noch hier rum."

Die Jungs lachten, während Brook Lynn und Harlow kicherten. Doch schließlich gingen sie.

Brook Lynn umarmte Jessie Kay und flüsterte: „Ich freue mich so für dich." Dann folgte sie Jase hinaus.

„Lincoln West." Jessie Kay stampfte mit dem Fuß auf. „Was stimmt mit dir nicht?"

„Ich bin müde." Er führte sie in sein Schlafzimmer, zog zuerst sie und anschließend sich selbst aus und deckte sie, nachdem sie ins Bett gekrochen war, behutsam zu. Dann kuschelte er sich an sie.

Er hielt sie die ganze Nacht lang fest, ohne zu versuchen, mit ihr zu schlafen – noch ein Punkt, den sie von der Liste streichen konnte, die ihre Schwester für sie erstellt hatte.

Jessie Kay warf sich unruhig hin und her. Sie erinnerte sich daran, was er gesagt hatte, als er ihr die Uhr gegeben hatte. Kein Geschenk, sondern eine Notwendigkeit. Und sie erinnerte sich daran, was er gesagt hatte, als er ihr die Autoschlüssel gegeben hatte. Kein Geschenk, sondern eine Versicherung. Und dennoch waren es Geschenke gewesen. Ihm gefiel nur die Bezeichnung nicht. Warum?

Als die Sonne aufging, sagte Jessie Kay schließlich: „Wenn du keine Geschenke tauschen willst …"

„Es ist schon gut. Alles wird gut."

Gut. „Du klingst wie ein Mädchen."

„Ist das nicht besser, als wie ein Mann zu klingen?"

Klugscheißer. „Sprich mit mir, West. Erzähl mir, was dich so beschäftigt."

West setzte sich auf, schwang die Beine über die Bettkante und rieb sich das Gesicht. Ohne auf ihre Bitte einzugehen, sagte er: „Pass heute auf dich auf. Schreib mir zwischendurch mal. Und zwar ruhig öfter."

Dann stand er auf und tapste in die Küche. Kurz darauf hörte Jessie Kay, wie Töpfe und Pfannen klirrten.

Ihr Magen zog sich zusammen. Sie ging in ihr Schlafzimmer, um in ihrem Bad zu duschen. Sie putzte sich die Zähne und trocknete sich das Haar. Danach zog sie einen kitschigen Weihnachtspullover und Leggings an. Die ganze Zeit über versuchte sie, zu entscheiden, ob sie West dazu drängen sollte, mit ihr zu reden, oder ob sie ihn in Ruhe lassen sollte, damit er mit sich selbst ausmachen konnte, was ihn belastete.

Sie hatte erlebt, wie Jase und Beck ihn bedrängt hatten, und sie selbst hatte ihn auch schon bedrängt. Jetzt sah sie, wohin es sie gebracht hatte. Sie war unsicher und hinterfragte jede Entscheidung. Tja, dieses Mal würde sie einfach abwarten und schauen, was passierte.

Als sie ihr Zimmer verließ, kam er gerade um die Ecke in den Flur. Er sah besser aus als je zuvor. Sein Haar war feucht und dunkel, ein T-Shirt schmiegte sich an seinen Oberkörper und die Jogginghose saß tief auf seinen schmalen Hüften. Offensichtlich war er eine Runde gejoggt.

Er wurde jedoch nicht langsamer, sondern kam direkt auf sie zu. Ohne ein Wort zog er sie an sich, neigte den Kopf und küsste sie, drang mit der Zunge in ihren Mund und forderte eine Reaktion von ihr. Eine Reaktion, die sie ihm nur allzu gern gab. Sie schmolz dahin.

Er reizte sie, lockte sie und riss sie mit, umfasste ihre Brüste und strich mit den Daumen sacht über ihre Nippel. Die Knie wurden ihr weich und drohten unter ihr nachzugeben.

Er erregte sie – und zog sich unvermittelt zurück.

Sie krallte die Finger in sein T-Shirt, um nicht das Gleichgewicht zu verlieren. „Ich wünsche dir auch einen guten Morgen“, brachte sie atemlos hervor.

Mit funkelnden Augen sah er sie an. „Du vermisst mich hoffentlich, solange du weg bist.“

„Jede Sekunde.“ Die Worte, die sie rau ausstieß, waren verräterisch, viel zu verräterisch, doch sie nahm sie nicht zurück. Die Wahrheit war die Wahrheit.

Er zog einen Stift aus seiner Tasche, hielt ihren Arm fest und fing an, auf ihre Haut zu schreiben. „Hier ist dein Zeitplan. Befolge ihn, dann sorge ich dafür, dass du froh bist, ihn eingehalten zu haben." Damit ging er in sein Zimmer und schloss die Tür hinter sich.

Sie betrachtete ihren Arm – und lachte los. Da stand: *Jetzt Uhr – West eine Nachricht schreiben.*

Sie würde ihn vielleicht niemals ganz verstehen, doch langweilig würde es mit ihm bestimmt nicht werden. Lächelnd schlang sie die Träger ihrer Tasche über die Schulter und schenkte sich eine Tasse Kaffee ein. *Was zum …*

Ihr Kühlschrank und die Vorratsschränke waren voll mit Lebensmitteln und Getränken. Es waren ihre Lieblingsspeisen und -getränke, alles war süß, beinhaltete Massen an Zucker oder (die Droge ihrer Wahl) Maissirup. An die Lebensmittel, die weniger Zucker enthielten, hatte West kleine Zettel angebracht:

Du solltest das hier probieren. Dein Körper wird es lieben.

Das hier enthält Vitamine. Nein, Vitamine sind kein Mythos.

Iss mich. Ich erhöhe deine Lebenserwartung.

Tränen brannten in ihren Augen, und sie hob die zitternden Hände an den Mund. West hatte das für sie getan. Der liebe, wunderschöne West hatte dafür gesorgt, dass sie nie wieder Hunger haben musste.

Ich werde mit ihm schlafen, dass ihm Hören und Sehen vergeht.

Sie gab der Versuchung, sich direkt hier und jetzt auf ihn zu stürzen, jedoch nicht nach, sondern riss sich mühsam zusammen. *Ich kann meiner Schwester schließlich nicht bloß eine*

Kette aus Maccaroni basteln – nicht schon wieder. Sie fuhr zum Farmhaus. In ihrem brandneuen Auto. Der windschnittige schwarze Mercedes flog praktisch über die Straße.

Als sie vor dem Farmhaus parkte, kam Brook Lynn herausgestürmt und setzte sich auf den Beifahrersitz. In ihrem weißen Pullover und der zerschlissenen Bootcut-Jeans sah sie einfach toll aus.

„Sag mir bitte, dass du dir eine Liste der Dinge gemacht hast, die du kaufen willst." Sie sah sich um. „Wow, West hat Geschmack. Dieses Baby ist unglaublich."

„Nur das Beste für seine Frau." Vor Freude ging ihr das Herz auf. „Was die Geschenke betrifft, weiß ich schon, was es für West werden soll. Aber bei den anderen bin ich mir unsicher … Na ja, sagen wir einfach, dass ich weiß, was ich ihnen schenke, wenn ich es sehe."

Ihre Schwester stöhnte auf, als hätte man ihr gerade ein Messer in den Bauch gerammt. „Das hast du letztes Jahr auch gesagt, und am Ende sind wir wie kopflose Hühner durch die Geschäfte geirrt – und haben nichts gekauft."

„Warum beklagst du dich? Du hast eine wunderschöne Halskette aus Maccaroni bekommen – ein JK-Original. Die kannst du zu allem tragen."

Brook Lynn schnaubte nur.

Die schneebedeckten Bäume flogen an ihnen vorbei, als sie den Highway entlangfuhren. So früh am Morgen war auf den Straßen noch nicht besonders viel los. Zumindest nicht in der Gegend zwischen Strawberry Valley und Oklahoma City. Als sie jedoch das Shopping-Viertel erreichten, nahm der Verkehr zu. Leute wie sie, die alles bis zur letzten Sekunde aufschoben, kamen am Tag vor Weihnachten scharenweise in die Stadt, um ein Last-Minute-Geschenk zu ergattern.

„Du siehst glücklich aus", sagte Brook Lynn. „West tut dir gut."

„Das stimmt." Jessie Kay machte den Mund auf, um ihrer Schwester von seinem Vorschlag zu erzählen, sie solle ihre Kleider online verkaufen. Aber … Brook Lynn könnte bei dem Gedanken, sie zu verlieren, vielleicht traurig werden oder Panik bekommen. Warum sollte sie die Idee jetzt zur Sprache bringen und ihrer Schwester damit womöglich die Feiertage verderben? Auf ein paar Tage mehr oder weniger kam es nun auch nicht mehr an.

Jessie Kay stieß den Atem aus, den sie unbewusst angehalten hatte.

Sie waren gezwungen, eineinhalb Kilometer von der Mall entfernt zu parken, und sie und Brook Lynn waren durchgefroren, als sie das Einkaufszentrum endlich betraten. Sie suchten sich einen halbwegs ruhigen Platz, etwas abseits von den Menschenmassen, um sich zu orientieren und einen Schlachtplan zu machen.

„Weißt du, was du für Jase besorgen willst?", fragte Jessie Kay.

Brook Lynn schüttelte den Kopf. „Ich sollte es eigentlich gar nicht zugeben, weil ich dir ja gerade einen Vortrag darüber gehalten habe, aber … ich habe keine Ahnung. Er hat Geld genug und kauft sich alles, was er will und wann er es will. Was soll man einem Mann wie ihm schenken?"

„Mann. Ein Nacktbild von dir natürlich." Als sie den entsetzten Ausdruck auf Brook Lynns Gesicht sah, musste sie lachen. „Was? Ich wette, Harlow könnte im Handumdrehen ein Bild von dir malen."

„Und wo sollte Jase das Bild aufhängen? Über dem Kamin?"

„Ihr baut doch ein Haus und braucht dafür selbstverständlich auch Bilder für die Wände."

Brook Lynn sah sie stirnrunzelnd an und schüttelte den Kopf. „Dazu sage ich nicht einfach nur Nein, sondern: Verdammt, nein!"

Jessie Kay zuckte lässig die Achseln. „Tja, ich habe es versucht. Aber nachdem ich diese tolle Idee hatte, wird alles andere natürlich nicht dagegen ankommen. Nur, dass du es weißt."

Brook Lynn schlug die Hände vors Gesicht und stöhnte. „Sie hat unrecht", sagte sie zu sich selbst. „Sie muss unrecht haben."

Ich darf jetzt nicht lachen.

Brook Lynn richtete sich auf, straffte die Schultern und sagte: „Und was schenkst du *Lincoln*? Nennst du ihn so? Nachdem ihr beide euch nun gegenseitig um Gnade anfleht, meine ich."

„Ich nenne ihn Mr. Knackarsch. Und du wirst abwarten und Tee trinken müssen, dann wirst du schon sehen, was ich ihm hole. Aber es wird toll. Wahrscheinlich das tollste Geschenk, das je ein Mensch einem anderen gemacht hat. Selbst ein Nacktbild lässt sich damit nicht vergleichen."

„Sag es mir!"

„Niemals."

„Du meine Güte. Du bist so eine Hexe."

„Beschimpfungen?" Jessie Kay streckte ihrer Schwester die Zunge heraus. „Ich werde für deine Seele beten."

Brook Lynn prustete los und hakte sich bei ihr unter. „Hast du je geglaubt, dass sich unser Leben einmal so perfekt entwickeln würde? Ich meine, ich werde Jase heiraten, und du wirst West heiraten, und wir werden Schwägerinnen, also quasi angeheiratete Schwestern."

„Äh … Ich sage es dir ja nur ungern, aber wir sind bereits leibliche Schwestern. Und beruhige dich mal. Ich treffe mich nur mit dem Mann. Wir haben zusammen zu Abend gegessen und haben ein paar Mal rumgemacht. Wir sind noch längst nicht so weit, Porzellan auszusuchen." War eine Hochzeit überhaupt etwas, an dem West Interesse hätte? Oder kam das für ihn gar nicht infrage?

Scheiße! Sie hätte ihn fragen sollen, bevor sie auf die Beziehung gedrängt hatte. Was, wenn sie unterschiedliche Erwartungen hatten? Und was war mit der Liebe? Würde er sie jemals so lieben, wie er Tessa geliebt hatte?

Sie war drauf und dran, sich rettungslos in ihn zu verlieben und ... *Mist!* Sie war schon längst verliebt. Sie war praktisch bereits verloren.

„Oh, oh. Ich kenne diesen Gesichtsausdruck.“ Brook Lynn führte sie zum ersten Geschäft. „Ich hatte diesen Ausdruck auch ständig, als ich mit Jase noch in unsicheren Dating-Gewässern unterwegs war. Du musst dir keine Sorgen machen. Ich habe gesehen, wie West dich ansieht und wie ehrfürchtig er dich berührt. Er will etwas Festes, Dauerhaftes.“

Das stimmte, doch von seiner Seite aus war es nicht unbedingt freiwillig.

Jessie Kays Handy klingelte und rettete sie damit vor einer Antwort. Sie fischte das Gerät aus der Tasche. Wests Nummer stand auf dem Display. „Fang schon mal ohne mich an“, sagte sie. „Ich brauche hier noch eine Minute.“

Brook Lynn wackelte vielsagend mit den Augenbrauen. „Ich glaube, dass du mehr als nur eine Minute brauchen wirst.“

„Ha!“ Während ihre Schwester losmarschierte, nahm Jessie Kay das Gespräch an. „Hey.“

„Ist alles in Ordnung?“

Als sie die Sorge in seiner Stimme bemerkte, zog sich ihr Herz zusammen. „Alles ist super, Zuckerbärchen. Wir sind gerade in der Mall angekommen.“

„Bist du auch vorsichtig?“

„Das bin ich. Ich spiele sogar mit dem Gedanken, mich an der Packstation in Luftpolsterfolie einwickeln zu lassen. Falls ich dann von einer Horde Einkaufswütiger umgerannt werde, habe ich zumindest eine Chance, zu überleben.“

„Das ist nicht witzig.“

„Doch, irgendwie schon.“

Er seufzte. „Ich habe dir gesagt, dass ich schwierig bin, Jessie

Kay. Ich habe mich nicht genügend um Tessa gekümmert. Bei dir werde ich diesen Fehler nicht machen."

„Süß und verrückt zugleich. Aber ich verzeihe dir, weil ich toll bin und weil du so gut mit den Händen bist. Da wir gerade davon sprechen: Ich habe deinen Terminplan nicht gelesen, also weiß ich nicht, was du später noch mit mir vorhast."

Es knackte in der Leitung, ehe West mit rauer Stimme sagte: „Du wirst schon abwarten und Tee trinken müssen. Dann wirst du es sehen."

West schaltete den Lötkolben aus und nahm die Schweißermaske ab. Er betrachtete das Armband, das er aus alten Computerteilen angefertigt hatte, und runzelte die Stirn. Würde es Jessie Kay gefallen? Oder würde sie es hassen?

Ja, sie würde das Mistding wahrscheinlich hassen.

Schweißperlen glitzerten auf seiner Stirn, als er die Handschuhe auf die Werkbank warf, auf der unterschiedliche Werkzeuge lagen. Nie wieder so ein Geschenk wie für seine Mom, das er mit dem Geld bezahlte, das er auf der Straße gefunden hatte – das Geschenk, das sie ins Pfandleihhaus brachte, um es zu versetzen. Nie wieder so ein Geschenk wie das Bild, das er für seine Pflegemutter gemalt und das sie achtlos weggeworfen hatte. Er hatte keiner seiner Freundinnen je ein Geschenk gemacht. Nicht einmal Tessa hatte ein Geschenk von ihm bekommen. Jedes Jahr hatte er sie an ihrem Geburtstag zum Essen eingeladen.

Am liebsten hätte er Cora eine Kreditkarte in die Hand gedrückt und sie gebeten, etwas Schönes für Jessie Kay zu besorgen. Doch er wusste tief in seinem Innern, dass es feige wäre. Also würde er ihr dieses Scheiß-Armband geben und mit den Konsequenzen klarkommen – mit der Enttäuschung, die sich ohne Zweifel auf ihrem Gesicht breitmachen würde.

Er fluchte. Er sollte auf Nummer sicher gehen und ihr noch ein paar andere Dinge schenken, die er in Arbeit hatte. Er war …

Mit jeder Faser seines Körpers wünschte er sich, dass es gut lief und dass er es nicht vermasselte. Er schuldete es Jessie Kay. Sie hatte ihn befreit, hatte ihn mit Lust überwältigt, mit Aufregung, mit Freude. Er hatte mit ihr so viel von alldem erlebt, dass er bereits abhängig davon war. So sehr, dass Schuldgefühle, Reue und Verbitterung ihre sichere Stellung in seinem Inneren verloren hatten.

Ich darf ihr die Feiertage nicht ruinieren.

Weihnachten hatte er noch nie sonderlich gemocht. Während andere Kinder sich hatten verwöhnen lassen, war er meistens nicht beachtet worden. Es hatte Zeiten gegeben, in denen er es sogar vorgezogen hatte, nicht beachtet zu werden.

Komm her und setz dich auf Onkel Sams Schoß, Junge. Ich habe etwas für dich.

Die Erinnerung drängte an die Oberfläche, und mit einem Aufschrei schlug West die Faust gegen die Wand. Metall verbog sich. Er dachte so selten über die Zeit nach, die er mit seiner leiblichen Mutter und den Männern verbracht hatte, die sie in ihre Wohnung holte. Vor allem über die Zeit mit Sam. Einige Dinge blieben besser im Dunkeln verborgen.

West tauchte das Armband in einen Eimer mit Eiswasser, trocknete es ab und steckte es in seine Hosentasche. Er ging ins Farmhaus hinüber. Die eisige Temperatur, die draußen herrschte, kühlte bei jedem seiner Atemzüge das Feuer ab, das in seinem Innern tobte. Die Natur lenkte ihn ab. Unzählige Bäume, deren Zweige nackt und knorrig waren. Brombeersträucher, die beschnitten werden mussten, Haufen von Feuerholz, das gestapelt werden musste.

In drei Wochen würden die Bauarbeiten für sein Haus beginnen. Zeitgleich würde auch Jase mit dem Bau seines Hauses am anderen Ende des riesigen Grundstücks anfangen. Wenn alles fertig war, erwartete er, dass Jessie Kay mit ihm in das Haus einzog.

Würde sie diesem Plan zustimmen? Sie lebten schon zusammen unter einem Dach. Warum sollten sie nicht in ein größeres, neueres Haus umziehen?

Sein Handy piepte, und etwas von seiner Anspannung wich aus seinem Körper. Jessie Kay hatte ihm jede Stunde eine Nachricht geschickt, damit er sich vergewissern konnte, dass es ihr gut ging. Diese Nachrichten waren die Highlights seines Tages geworden. Sie sendete Fotos, auf denen sie mit den Schaufensterpuppen posierte oder auf Ladentischen tanzte, während die Kassiererinnen entsetzt zusehen mussten.

Dieses Mal musste er laut lachen, als er das Foto sah, das sie geschickt hatte. Sie hatte sich hinter einen Kleiderständer gemogelt und presste ihr Gesicht zwischen zwei Metallstäben hindurch. Eindeutig ein „Hier-ist-Johnny"-Moment – eine Reminiszenz an *The Shining*, die er als Fan natürlich sofort verstand.

Jessie Kay: *Diese Kriminelle fleht praktisch um eine weitere Bestrafung …*

Er mochte dieses Mädchen.

Auch die letzte Anspannung war aus ihm gewichen, als er nun durch die Hintertür das Farmhaus betrat. Jase saß am Küchentisch und packte ein Geschenk für Brook Lynn ein. Er war im Verpacken von Geschenken wirklich nicht gut. Das Papier war eingerissen und zerknittert und das Päckchen wirkte unförmig.

Stirnrunzelnd blickte er auf. „Wieso sieht das bei Frauen immer so leicht aus?"

„Wahrscheinlich üben sie heimlich, damit sie uns in der Öffentlichkeit verspotten und quälen können. Ich kann nicht glauben, dass ich je davon geträumt habe, Teil der Weihnachtsfestlichkeiten zu sein." Mit gespreizten Fingern strich er sich durchs Haar. „Der Stress bringt mich um."

Jase hielt inne. „Willst du einen Drink?“

Ein Nüchternheitstest. Längst überfällig und sehr ärgerlich. „Ich habe etwas, für das es sich zu leben lohnt. Du musst dir keine Sorgen mehr um mich machen.“

Sein Freund zog ihm einen Stuhl heran. „Willst du mir damit sagen, dass du dir endlich verziehen hast?“

West ließ sich auf den Stuhl fallen. Er beschloss, die Wahrheit zu sagen. „Nein. Ich will damit sagen, dass ich aufgehört habe, aktiv das Unglück zu wählen.“

„Das ist doch schon mal ein Anfang. Übrigens hat Brook Lynn mir eine Nachricht geschickt.“ Jase wies auf sein Handy. „Die SMS wird dich interessieren. Lies sie.“

West warf einen Blick auf das Display.

> Brook Lynn: *Es ist toll, dass West & meine Schwester zusammen sind, aber eines solltest du wissen: Falls er ihr wehtut, werde ich ihn umbringen & du wirst die Leiche entsorgen.*

Das war genau das, womit er gerechnet hatte. Doch jetzt machte es ihm keine Angst mehr. „Falls ich ihr wehtun sollte, werdet ihr mich nicht umbringen müssen. Das erledige ich dann schon selbst.“

„Das habe ich mir gedacht.“ Jase schob das hässlich eingepackte Geschenk beiseite. „Hör mal, du bist ein Problemlöser. Du kommst schon noch darauf, was du deinem Mädchen schenken kannst. Denk an die Unterhaltungen zurück, die ihr beide geführt habt, und mach eine Liste von allen Dingen, die sie erwähnt hat und die sie mag. Oder die sie sich wünscht. Oder die sie braucht.“

„Eine Liste? Du verwandelst dich allmählich in deine Freundin.“

„Ich nehme das als Kompliment. Brook Lynn hat nämlich

einen wahnsinnig guten Geschmack und immer die besten Ideen. Und jetzt halt die Klappe und tu, was ich dir gesagt habe."

Tja, ihm fiel spontan eine Sache ein. Sein Körper. Das Mädchen hatte Bock auf ihn.

Er lächelte.

„Siehst du?", sagte Jase und erhob sich. „Es wirkt schon."

20. Kapitel

Der Weihnachtsmorgen begann nicht so, wie West es sich vorgestellt hatte. Eigentlich hatte er geplant, mit Jessie Kay im Arm aufzuwachen, sie mit den Händen zum Höhepunkt zu bringen, dann mit ihr zu duschen und sie anschließend noch mal mit dem Mund zu beglücken.

Sie hatten die Nacht bei Jase, Brook Lynn, Beck und Harlow im Farmhaus verbracht, und er und Jessie Kay hatten nicht im selben Zimmer geschlafen. Tatsächlich hätten sie im selben Zimmer schlafen sollen, aber Jessie Kay war nicht ins Bett gekommen.

Sie hatte sich im Gartenhaus verschanzt und behauptet, Geschenke einpacken zu müssen, die sie besorgt hatte. Am Ende war sie einfach nicht zurück ins Haus gekommen.

Er hatte den Abend damit verbracht, zur Hintertür zu starren und auf Fragen und Witzeleien seiner Freunde zu reagieren.

„Du siehst heute reichlich angespannt aus, Bruder", hatte Beck gesagt. „Bist du bei deiner Frau schon unten durch?"

„Das Schlimme ist, dass man da unten nicht mehr so leicht herauskommt." Jase hatte gelacht.

„Ich bin nicht unten durch." Er war ein paar Mal zum Gartenhaus gegangen und hatte an die verschlossene Tür geklopft, um zu sehen, ob sie vielleicht eingeschlafen war. Jedes Mal hatte sie hektisch geantwortet, er solle auf keinen Fall reinkommen.

West ging unter die Dusche, zog sich an und lief wieder zum Gartenhaus. Er fand Jessie Kay schließlich in der Küche. Der blonde Wirbelwind stand neben Brook Lynn. Die beiden machten Frühstück und unterhielten sich.

„… wie ihr normalerweise feiert?", fragte Harlow gerade. Sie stand an der Spüle und wusch ab.

„Na ja, wir haben uns gegenseitig die billigsten Geschenke besorgt, die wir fanden – die wir uns leisten konnten –, haben sahnigen Würstchen-Brötchen-Auflauf zubereitet, den ihr auch bekommen werdet, und haben uns bei einigen alten Zombie-Filmen den Bauch vollgeschlagen", sagte Brook Lynn. „Wie war es bei euch?"

„In den letzten Jahren haben meine Mutter und ich an Heiligabend Kekse gebacken. Wir haben sie am Weihnachtsmorgen gegessen und uns gegenseitig Komplimente gemacht – das war mein schönstes Geschenk", gab Harlow zu. Tränen schossen ihr in die Augen. „Ich vermisse sie. Das ist mein erstes Weihnachten ohne sie."

Jessie Kay sah zu Brook Lynn. „Es tut mir leid, dass Mom nicht für dich da sein kann." Ihre Stimme zitterte. „Es tut mir leid, dass du so viele Weihnachtsfeste ohne sie verbringen musstest. Es tut mir leid …" Sie ließ das Messer fallen, und als es auf den Boden fiel und leise klirrte, hielt sie sich an der Anrichte fest, als wäre ihr schwindelig und als würde sie jeden Moment umfallen. Sie atmete tief durch. Ein. Aus. Ein. Aus.

West machte einen Schritt vor, doch Brook Lynn ließ schon die Brötchen liegen, die sie in kleine Stücke gerissen hatte, und strich ihrer Schwester mit mehligen Händen liebevoll durchs Haar. „Genug jetzt. Du weißt, dass ich dir nie einen Vorwurf gemacht habe."

West blieb stehen.

„Es tut mir so leid", sagte Harlow und war mit einem Mal blass. „Ich hätte nicht davon anfangen sollen …"

„Du hast nichts falsch gemacht", erklärte Brook Lynn ihr. Dann wandte sie sich wieder Jessie Kay zu. „Willst du wissen, was Jase neulich zu mir gesagt hat? Er sagte, dass es fünf Wege gibt, zu erkennen, ob eine Frau wütend auf einen ist. Erstens, sie schreit dich an. Zweitens, sie schweigt. Drittens, sie verhält sich wie immer. Viertens, sie verhält sich plötzlich anders. Fünftens, sie bringt dich kaltblütig um."

Jessie Kays Atmung ging allmählich wieder normal. Ein gutes Zeichen, doch das reichte noch nicht. West trat näher und schob Brook Lynn behutsam zur Seite. Er nahm Jessie Kays Gesicht in beide Hände und zwang sie, ihn anzusehen. Ihre Pupillen waren geweitet, und in ihren Augen lag ein panischer Ausdruck.

„Das hier ist inakzeptabel, Kätzchen", sagte er leise. „Wir haben heute keine Panikattacke auf dem Terminplan stehen."

Ihre Atmung normalisierte sich weiter.

„Wenn das so weitergeht", fuhr er fort und legte etwas Strenge in seine Stimme, „bin ich gezwungen, dich zu bestrafen."

„Hey!" Brook Lynn stemmte die Hände in die Hüften. „Du kannst meine Schwester nicht bestrafen. Sie hat nichts falsch gemacht. Und selbst wenn sie etwas falsch gemacht hätte, hättest du nicht das Recht dazu!"

„Du solltest besser abhauen", knurrte Harlow und verengte ihre blauen Augen zu schmalen Schlitzen. „Ich bin schwanger, meine Hormone laufen total aus dem Ruder, und man kann mich für mein Handeln nicht verantwortlich machen. Ich könnte dir die Zunge rausreißen, und niemand würde mich für schuldig erklären."

Er beachtete die beiden Frauen nicht, sondern richtete seine gesamte Aufmerksamkeit auf Jessie Kay. Sie hatte sich sichtlich beruhigt. Der panische Ausdruck in ihren Augen war verschwunden, und auch ihre Pupillen waren wieder normal. „Sieht aus, als würde jemand bestraft werden *wollen*", sagte er leise.

Ihre Mundwinkel zuckten verdächtig. „Werde ich meine Weihnachtsgeschenke nackt auspacken müssen?"

Ihr trockener Tonfall zauberte ihm ein Lächeln auf die Lippen. „Noch so ein Regelverstoß wie dieser und ich ziehe es ernsthaft in Betracht."

Ein lüsternes, verführerisches Funkeln erschien in ihren Augen. Ein Funkeln, das er so gern jeden Tag sehen würde – bis ans Ende ihrer ...

Er biss die Zähne zusammen. Es gab zwar keine zeitliche Begrenzung für ihre Beziehung, doch er musste vorsichtig mit seinen Erwartungen sein. Vielleicht wollte sie gar nicht für immer mit ihm zusammenbleiben.

„Lass mich kurz einen Blick auf meine Uhr werfen", sagte sie und zog den Ärmel ihres Shirts zurück. „Ja. Es ist Zeit, dir in den Hintern zu treten."

„Also ist es für uns in Ordnung, wenn West damit droht, dich zu bestrafen?", fragte Harlow verwirrt.

„Das kommt darauf an", entgegnete Beck, der in die Küche kam und sich etwas von den Würstchen nahm. Er küsste Harlow auf den Mund und rieb seine Nase zärtlich an ihrer. „Wie sieht die Bestrafung denn aus?"

„Nacktheit", antwortete Jessie Kay.

„Was ist damit?", wollte Jase wissen, der hereinkam und direkt zu seiner Verlobten ging. Er schlang die Arme um sie, zog sie an sich und gab ihr einen Kuss auf den Hals. „Fröhliche Weihnachten, Engel."

Seine Freunde so zusammen zu sehen, versetzte West einen schmerzhaften Stich ins Herz. Die beiden Paare waren so glücklich und fühlten sich so wohl miteinander. Sie schienen sich überhaupt keine Gedanken über die Geschenke und die Bescherung zu machen, die bald folgen würde.

Die Bescherung. Scheiße.

Plötzlich strich jemand mit den Fingern über seine Wange. Jessie Kays Berührung war so warm und vertraut, dass er sich an ihre Hand schmiegte.

„Geht es dir gut?", fragte sie leise.

„Komm mit." West führte sie in ihr Schlafzimmer. Er schloss die Tür und sperrte ab.

Jessie Kays Augen wurden groß. „Wollen wir jetzt rummachen?"

„Ja. Nein." Er dirigierte sie zum Bett, wo sie sich auf die Bettkante setzte, und ging dann nervös vor ihr auf und ab. „Ich muss dir etwas erklären. In den vergangenen neun Jahren haben Beck und ich an Weihnachten immer gearbeitet. Da alle anderen Firmen über die Feiertage geschlossen hatten, gab es niemanden, der uns angerufen oder gestört oder an die Tür geklopft hat. Also konnten wir uns unseren Projekten widmen, beim Chinesen etwas zu essen bestellen und einfach so tun, als wäre es ein Tag wie jeder andere."

„Oh, verdammt. Das ist echt traurig." Sie legte eine Hand auf ihr Herz.

Und es war notwendig gewesen. „Das hier ist mein erstes Weihnachtsfest mit Jase seit fast zehn Jahren." Jases erstes Weihnachtsfest in Freiheit. Das war ein echter Grund, zu feiern. „Das hier ist mein erstes Weihnachtsfest mit dir."

Sie legte den Kopf leicht schräg und betrachtete ihn. „Und du bist … nervös?"

„Ich bin glücklich. Natürlich bin ich glücklich."

„Tja, dann sollte jemand dein Gesicht darüber in Kenntnis setzen. Mein Zuckerbärchen sieht aus, als würde es jeden Moment loskotzen."

Unwillkürlich ballte er die Hände zu Fäusten. „Ich habe Geschenke für dich. Lass uns die Bescherung möglichst schnell hinter uns bringen, okay?"

„Erstens: Deine Begeisterung ist wirklich anrührend. Aber ich verstehe es jetzt. Ich begreife den Grund für deine Anfälle, sobald ich das Wort ‚Geschenk' benutze. Du *bist* nervös." Sie erhob sich und stellte sich vor ihn. „Zweitens: Alle machen ihre

Geschenke gleichzeitig im Wohnzimmer auf. So haben Brook Lynn und ich es immer gemacht, und so wollen wir es auch weiterhin handhaben."

Er spürte, wie ihm die Farbe aus dem Gesicht wich.

„Du musst dir keine Sorgen machen. Wenn du mir ein richtiges Geschenk besorgt hast und mir nicht nur ein selbst gebasteltes Gutscheinheftchen für Sex in die Hand drückst, bist du schon tausendmal einfallsreicher als jeder andere Kerl, mit dem ich je zusammen war."

„Ich hätte dir auch ein Gutscheinheftchen für Sex schenken können?", fragte er und bemühte sich, locker zu klingen, auch wenn die unterschiedlichsten Emotionen in ihm tobten.

Sie lachte. Es war ein süßes, feminines, fröhliches Lachen, das ihr Gesicht zum Strahlen brachte. Einfach so gab sie ihm das Gefühl, willkommen zu sein, als hätte sie ihn in einen geheimen Klub eingeladen: Leben und Glück mit Jessica Kay Dillon.

„Nur, weil ich dir das beste Geschenk besorgt habe, das jemals jemand einem anderen Menschen gemacht hat, musst du dich nicht schlecht fühlen, weil dein Geschenk für mich nicht dagegen ankommt." Sie gab ihm einen Kuss auf die Wange. „Ich werde dir vergeben, und wir denken einfach nicht mehr daran und machen weiter."

Wäre es so leicht? „Geschenke", korrigierte er sie. „Ich habe drei Geschenke für dich."

Ihre Miene wurde ernst. „Sie sind von dir", sagte sie leise. „Ich werde sie lieben."

Er erstarrte und war sich nicht einmal sicher, ob er noch atmete. Diese Frau … Ach, diese Frau … Wieder spürte er den plötzlichen Schmerz, diesen Stich in der Brust. Wenn er mit ihr zusammen war, hatte er oft dieses Gefühl. Er war erregt, wollte mit ihr schlafen, wollte sie in Besitz nehmen, seinen Anspruch auf sie anmelden, sie mit seinen Händen und seinem

Mund zeichnen. Er wollte hören, wie sie auf dem Gipfel der Lust seinen Namen schrie und ihn dann vollkommen befriedigt noch einmal flüsterte.

„Und du wirst mein Geschenk genauso lieben ... stimmt's?", fragte sie.

Er hörte die Unsicherheit, die in ihrer Stimme mitschwang, und ihm kam eine überraschende Erkenntnis. Er war nicht der Einzige, der wegen der Bescherung nervös war. „Absolut richtig." Ohne Frage.

Sie belohnte ihn mit einem atemberaubenden Lächeln. „Plötzlich fühle ich mich wie ein Versager. Du hast mir drei Geschenke besorgt, und nun habe ich das Gefühl, noch eine Schippe drauflegen zu müssen." Langsam ging sie vor ihm auf die Knie, und ein sinnlicher Ausdruck trat in ihre Augen. „Und da wir schon mal hier sind ... ganz allein ..."

Jeder Muskel in seiner Körpermitte war mit einem Mal angespannt. „Was machst du da?" Die Worte klangen nicht so, als würden sie von ihm stammen. Seine Stimme war viel zu rau, viel zu grimmig.

„Was meinst du wohl? Ich mache dir jetzt mein erstes Geschenk." Sie öffnete die Knöpfe seiner Hose, zog den Reißverschluss herunter und schob seine Boxershorts ein Stückchen nach unten, sodass sie seine Erektion befreien konnte. „Im Übrigen hast du mich aus der Küche geschleift und mich um mein Frühstück gebracht. Jetzt musst du mich eben ... füttern." Sie klang immer mehr wie im Rausch, wie benommen, und ihm gefiel es.

Er spürte, wie sich heißes Feuer in ihm ausbreitete und ihn ein extremes Verlangen überkam. Sie schloss ihre Lippen um die Spitze seines Schaftes ... Im nächsten Moment nahm sie ihn in sich auf. Lust durchströmte ihn, und er stöhnte.

„Jessie Kay", stieß er voller Begierde hervor.

Sie bewegte den Kopf vor und zurück, saugte an ihm. Wests

Knie wurden weich, doch er riss sich zusammen, blieb stehen.

„Härter, Kätzchen. Schneller."

Sie erfüllte ihm den Wunsch, leckte über seinen Schaft, nahm ihn auf, steigerte das Tempo. Auf und ab. Wieder und wieder. Dann hielt sie inne, öffnete ihre Jeans und schob eine Hand in ihren Slip. *Sexy kleines Ding.* Dieses Bild würde sich für immer in sein Gedächtnis brennen: Jessie Kay, die vor ihm kniete, die Lippen rot und leicht geschwollen, die Augen strahlend, ihre Entschlossenheit, sie beide zum Höhepunkt zu bringen, beinahe mit Händen greifbar.

Er strich ihr mit den Fingern durchs Haar, führte sie, half ihr, ihn tiefer in sich aufzunehmen. Oh, das war so gut. „Ich komme gleich, Kätzchen. Wenn du nicht …"

Sie saugte nur noch stärker an ihm, schneller, bis sein Höhepunkt ihn erfasste und er in ihr kam.

Dann schmiegte sie ihre Wange an seinen Bauch. Eine Umarmung, die keine wirkliche Umarmung war. Beruhigend und sinnlich zugleich. Verführerisch lächelte sie ihn an. Sie war eine Frau, die die Macht genoss, die sie über ihn hatte.

„Ich mag dich lieber als Karamellbonbons."

Er strich noch einmal durch ihr seidiges Haar, ehe er ihr dabei half, aufzustehen. Dann nahm er die Finger, die sie in ihr Höschen geschoben hatte, und leckte sie ab.

Jessie Kay stockte der Atem.

„Leg dich aufs Bett, Kätzchen."

Der sinnliche Blick aus ihren wundervollen Augen entfachte erneut das Feuer in ihm.

„Ist das deine Art, mir zu sagen, dass dir gefallen hat, was ich getan habe?" Sie klang berauscht, verzückt.

„Mir hat es sogar sehr gefallen. Aber das, was als Nächstes passiert, wird mir noch mehr gefallen." Er zog ihr die Jeans und das Höschen aus, hob Jessie Kay hoch und warf sie auf das Bett. „Du warst nicht schnell genug."

Er gab ihr nicht die Zeit, um etwas zu erwidern, sondern stürzte sich auf sie und presste sein Gesicht zwischen ihre Schenkel. Er leckte und berauschte sich an ihrem wundervollen Geschmack. Jessie Kay schrie seinen Namen und fiel in die Kissen zurück. Sie gab sich ihm vollkommen hin.

West nutzte das aus, saugte an ihr und reizte sie mit der Zunge. Sie wand sich unter ihm, hob ihre Hüften an, um ihm näher zu sein, verfiel gemeinsam mit ihm in einen sinnlichen Rhythmus. Er drang mit einem Finger in sie. Dann nahm er noch einen Finger hinzu, dehnte sie und stieß wieder und wieder tief in sie. Er liebte dieses Gefühl, liebte die feuchte Hitze, die ihn umschloss.

„Ich komme gleich. Ich komme!" Sie presste die Beine zusammen und bog den Rücken durch. Dabei riss sie an seinen Haaren und erschauerte. „Lincoln!"

Er liebte es, seinen Namen aus ihrem Mund zu hören. Er liebte, wie sie reagierte, wenn er sie erregte. Er liebte den Geschmack ihres Höhepunktes.

Er leckte sie, bis sie irgendwann erschöpft auf die Matratze sank. Beinahe trunken vor Glück hob er den Kopf.

In ihren Augen lag ein leidenschaftlicher Ausdruck. „Das war …"

Er gab ihr einen Kuss auf die Innenseite eines ihrer Oberschenkel. „Das war etwas, das ich morgens, mittags und abends mit dir machen möchte."

„Tja, meine ewige Erlaubnis hast du."

Während sie sich anzog, richtete er seine Kleider. Er führte sie ins Wohnzimmer und setzte sich auf die Couch. Als sie sich neben ihn setzen wollte, zog er sie auf seinen Schoß.

„Ich will dich ganz nahe bei mir haben." Er knabberte an ihrem Ohrläppchen und streichelte ihre Brust. „So nahe, wie es geht."

„Also gut, Leute. Das Essen ist im Ofen", sagte Brook Lynn,

als sie hereinkam. „Oh! Meine Augen! Schnell, jemand muss mir die Augen bleichen."

Jessie Kay prustete los, und West nahm zögerlich die Hand von ihrer Brust.

Jase trat zu seiner Verlobten, und Beck und Harlow kamen ebenfalls ins Wohnzimmer.

„Du reagierst über, Dramaqueen", knurrte West. Jessie Kay blieb auf seinem Schoß sitzen. „Bring mich nicht dazu, mein Versprechen zu brechen, niemals darüber zu reden, dass ich dich einmal nackt mit Jase auf der Küchenanrichte erwischt habe."

Harlow kicherte hinter vorgehaltener Hand.

„Du bist so ein …", begann Brook Lynn.

„Temperament, Temperament", sagte Jessie Kay grinsend.

„… süßer kleiner Kuchen. Du bist ein süßer kleiner Kuchen. Und jetzt ist es Zeit für die Hauptsache. Geschenke!" Mit glühenden Wangen fing Brook Lynn an, die Geschenke an ihre rechtmäßigen Empfänger zu verteilen. Stirnrunzelnd sah sie Jase an. „Macht ihr Jungs euch untereinander keine Geschenke?"

„Nein", antwortete Jase.

„Aber …"

„Wir schenken uns nie etwas", fügte Beck hinzu.

Jessie Kay drehte sich um und sah West an. „Ernsthaft? Ich weiß, dass du erzählt hast, dass ihr Jungs nicht feiern würdet, doch ich hätte nicht gedacht, dass ihr euch untereinander auch nie etwas schenkt."

Er knabberte zärtlich an ihren Lippen. „Ich glaube, wir müssen noch mal zurück ins Schlafzimmer. Ich spüre schon wieder etwas."

„Später." Sie küsste ihn. „Ich habe gerade einen neuen Zeitplan entworfen, und der erste Punkt ist, dass du dich deinen Ängsten stellen sollst."

„Ich kann nicht glauben, dass ihr Jungs euch nie etwas geschenkt habt", sagte Harlow und fing an zu weinen. „Jeder sollte ein Geschenk von allen anderen bekommen."

Mann. Die Schwangerschaftshormone waren die Hölle.

Beck zog sie an sich und umarmte sie. „Von jetzt an werden wir es so machen, Baby. Versprochen. Stimmt's, Jungs?"

„Stimmt", antworteten Jase und er wie aus einem Munde.

Jessie Kay klatschte in die Hände. Sie war nicht mehr nervös. „Mach das hier auf!" Sie hielt ihm ein Geschenk unter die Nase. „Sofort, sofort, *sofooort!*"

West lächelte, aber die Tatsache, dass er wie Espenlaub zitterte, ließ jede Freude in den Hintergrund rücken. „Du zuerst. Mach zuerst die Geschenke der anderen auf und dann meins." Wenn seine Geschenke so scheiße waren, wie er befürchtete, könnte er auf die Art seine Pakete verschwinden lassen, bevor sie sie sah, und ihr einfach wie jeder andere Arsch vor ihm einen Gutschein überreichen.

Die anderen hatten begonnen, ihre Päckchen zu öffnen. Brook Lynn freute sich über das ausklappbare Zombie-Killer-Schwert, das Jase ihr schenkte. Harlow brach in Freudentränen aus, als sie die Künstlerfarben sah, die Beck besorgt hatte und die ungefährlich für Schwangere waren. Außerdem schenkte er ihr eine Tüte mit *M&Ms*, auf denen sein Gesicht abgebildet war.

Jessie Kay riss ihre Geschenke auf. Brook Lynn hatte ihr ein T-Shirt mit einem Spruch darauf gemacht: *I Go South on West.*

Harlow hatte ein Set Weingläser besorgt und auf jedes Glas ihr Bild gemalt. Jase schenkte ihr ein pinkfarbenes Werkzeugset. Und Beck hatte ihr eine „B. Ockley Erstausgabe" geschrieben, die den Titel hatte: *West, der Super-Ignorant – Ein Ratgeber für Dummies.*

„Ihr seid ..." Jessie Kay verstummte. Tränen schimmerten in ihren Augen. „Ach, ich liebe euch. Ich liebe euch!"

Ich bin dran. Seine Geschenke waren nicht annähernd so gut, aber durchaus brauchbar. West reichte ihr das erste von drei Päckchen, und sein Zittern wurde schlimmer. Wie ein Kind an … tja, Weihnachten riss Jessie Kay das Geschenkpapier ab. Zum Vorschein kam eine schmale, dünne Schatulle.

Ein Lächeln erstreckte sich von einem Ohr zum anderen. „Es ist noch eine Uhr, habe ich recht?“, fragte sie. „Ich wusste, dass du mir noch eine Uhr schenken wirst.“ Als sie den Deckel öffnete und das Armband im Licht funkelte, rang sie nach Luft.

Schweißperlen traten ihm auf die Stirn. „Ich habe es selbst gemacht. Es ist nicht perfekt“, sagte er. Als könnte sie das nicht selbst sehen. „Wenn du es nicht tragen willst …“

„Nicht tragen? Soll das ein Scherz sein? West, das Armband ist toll. Es ist toller als toll, und die Tatsache, dass du es selbst gemacht hast … Das ist das schönste Schmuckstück, das ich je besessen habe. Und ich hatte schon einige wundervolle Stücke, denn du hast mir diese Uhr geschenkt und Brook Lynn hat mir während ihrer Zeit bei *Rhinestone Cowgirl* ein paar Halsketten und Ohrringe gemacht, die auch hübsch sind. Aber verglichen mit deinem Armband stinkt alles andere ab. Nichts für ungut, Schwesterchen.“

„Kein Problem“, entgegnete Brook Lynn lachend.

„West, ich liebe es, und ich werde es von jetzt an nie mehr ablegen.“ Jessie Kay drückte das Armband an ihre Brust. Inzwischen rannen ihr tatsächlich Tränen über die Wangen. „Danke. Ich werde es für immer in Ehren halten.“

Der plötzliche Schmerz in seiner Brust wurde unerträglich. Seine Seele schien zu bluten, und er war sich nicht sicher, ob das Blut das Gift in seinem Inneren herausspülte oder eine neue Wunde aufbrach. „Das freut mich. Öffne das nächste Geschenk.“

Nachdem sie das Armband angelegt hatte, stürzte sie sich auf das nächste Paket und zog ein Drogo-Kostüm hervor, das er besorgt hatte – in seiner Größe. Sie lachte laut auf.

„Es sind praktisch Dessous – aber nicht für dich", sagte er und wackelte vielsagend mit den Augenbrauen. Von Sekunde zu Sekunde wurde er sicherer. „Ich werde es tragen, dann kannst du einen der Punkte auf deiner Liste abhaken."

„Es ist toll. Ich liebe es!"

Er liebte ihre Freude darüber.

„Und last but not least …" Papierfetzen flogen in alle Richtungen, als sie sich über das letzte Geschenk hermachte. Als sie die Schachtel öffnete, runzelte sie verwirrt die Stirn. „Es ist wundervoll, und ich liebe es, aber … was ist das?"

„Ein USB-Stick. Ich habe an einem neuen Computerspiel gearbeitet, und du, Jessie Kay Dillon, bist der Star des Spiels."

Sie starrte ihn an. „Moment mal. Hast du gerade gesagt, dass ich der *Star* eines Computerspiels bin? Oh mein Gott. West! Erzähl mir alles. Jedes Detail!"

„Es geht um einen Krieg zwischen Dämonen und Menschen. Du bist natürlich der Engel der Barmherzigkeit." Er erklärte ihr die Einzelheiten, und sie lauschte versunken.

„Ein Engel. Ich." Sie legte sich eine zitternde Hand auf ihr Herz. „Lincoln. Ich weiß nicht, was ich sagen soll."

Sie hatte wieder seinen Vornamen verwendet, und er wusste tief in seinem Innern, dass es etwas zu bedeuten hatte. Etwas ganz Besonderes. Ihm war nur nicht klar, was.

„Das sind die *besten* Geschenke, die ich je bekommen habe. Aber jetzt möchte ich gar nicht mehr, dass du deins aufmachst. Es ist nicht zu vergleichen." Sie versuchte, ihm das Paket wegzunehmen. „Ich werde dir etwas anderes besorgen."

„Auf keinen Fall", erwiderte er und hielt das Geschenk so, dass sie es nicht erreichen konnte. „Ich will genau das hier."

„Gib es mir!"

„Ich behalte es. Gewöhn dich lieber daran."

„Aber … aber …"

Mit einer Hand hielt er sie zurück und riss mit der anderen das rot-grün gemusterte Papier auf. Er hob den Deckel einer großen weißen Schachtel an ... und fand in der Box eine zusammengefaltete Decke. Jessie Kay setzte sich wieder. Er faltete die Decke auseinander ...

... und ihm stockte der Atem.

„Ich habe die ganze Nacht damit zugebracht, die Stoffstücke zusammenzunähen", sagte sie leise. „Das habe ich in der Gartenhütte gemacht."

Auf der Decke waren unzählige Bilder von ihm zu sehen. Jessie Kay lächelte von vielen der Fotos herunter, weil sie sich auf den meisten heimlich geschossenen Aufnahmen von ihm mit abgelichtet hatte. Es waren Bilder von ihm bei der Arbeit oder zu Hause. Und er sah die Fotos, die er im Club gemacht hatte, als sie ihr Gesicht aneinandergeschmiegt hatten – ihre Siegerfotos. Ein paar Fotos zeigten ihn beim Schlafen und zwei beim Fußballspielen.

„Du hast mir mal gesagt, dass es niemanden gegeben hat, dem du wichtig genug gewesen wärst, dass er Fotos von dir gemacht hätte", sagte sie. „Ich wollte nur, dass du weißt ... Mir bist du wichtig."

21. Kapitel

In den darauffolgenden Tagen befand Jessie Kay, dass West zu daten wie Schachspielen war. Nicht, dass sie gewusst hätte, wie man Schach spielte. Aber mal ehrlich: Ihr mangelndes Wissen über das Spiel machte den Vergleich nur noch passender.

Sie bezweifelte, dass irgendeine Art von Erfahrung – ob nun beim Schach oder mit Männern – sie auf West hätte vorbereiten können. Er war eine Klasse für sich.

Nach der Bescherung hatte er sie umarmt und geküsst und sich mit Tränen in seinen wunderschönen Augen bei ihr bedankt. Doch kurz danach hatte sich zwischen ihnen eine unterschwellige, unbehagliche Spannung entwickelt. Am Ende hatten sie mit den anderen zusammen ein Frühstück in unpersönlicher Atmosphäre zu sich genommen. Sie hatten den Tag damit verbracht, Filme zu schauen, ihr neues Videospiel zu spielen – es rockte – und Zeit mit Daphne und Hope zu verbringen, die ebenfalls gekommen waren. Beim Abendessen hatten sie nebeneinandergesessen. Aber sie hatten weder Händchen gehalten noch miteinander geflirtet.

Am nächsten Abend oder um genau zu sein an *jedem* Abend danach hatte er mit ihr Fußball gespielt. Das körperliche Zusammenspiel hatte sie beide unglaublich angeregt. Sie hatten nach dem Training gemeinsam geduscht und sich anschließend mit den Händen oder dem Mund Lust geschenkt. Doch zusammen geschlafen hatten sie nie.

Allmählich begann genau das, sie tief zu verletzen.

Er sollte mit dir kuscheln, ohne Sex zu haben – weil es für ihn einfach nichts Schöneres gibt, als dich in den Armen zu halten.

Sie wollte ihn drängen, aber sie brachte es nicht über sich. Die Besonnenheit, mit der er ihre Geschenke ausgewählt hatte, hatte die Schutzmauer, die sie um ihr Herz errichtet hatte, zum Einsturz gebracht. Sie war nun so verletzlich wie noch nie zuvor in ihrem Leben – auf die schlimmste und auf die beste Art und Weise. In dem Moment, als sie das von ihm angefertigte Armband, das Game-of-Thrones-Kostüm und den USB-Stick in der Hand gehalten hatte, hatte sie sich hoffnungslos und unsterblich in ihn verliebt. Total, Hals über Kopf und unrettbar.

Sie liebte ihn. Sie liebte ihn von ganzem Herzen. Ohne jede Zurückhaltung. Er war der Richtige. Der Einzige. Der eine. Der Mann ihrer Träume. Der Mann, nach dem sie sich immer gesehnt hatte.

Der Mann, mit dem sie ihr Leben verbringen wollte.

In dieser Erkenntnis war sie sogar noch einmal bestärkt worden, als sie einen Anruf aus dem örtlichen Tierheim bekommen hatte. Ein Dankeschön für die großzügige Spende, die das Tierheim in ihrem Namen erhalten hatte. Sie hatte nicht mal nachfragen müssen, woher das Geld gekommen war. West, dieser Schatz, hatte ihr ganz genau zugehört, als sie von ihrem Plan erzählt hatte, was sie auf dem Totenbett noch alles erledigen wolle – und er hatte aus diesem Plan einen Plan des Lebens gemacht.

Ihn zu verlieren, würde sie nicht nur verletzen. Ihn zu verlieren, würde sie zerstören. Sie würde sich niemals davon erholen und nie mehr dieselbe sein. Und das machte ihr mehr Angst als alles andere!

Sie fragte sich, ob er die gleiche Reaktion auf ihr Geschenk erlebt hatte. Sie hoffte es. Sie hoffte, dass er sie liebte und dass er gerade genauso verunsichert war wie sie.

Als nun ein neuer Morgen graute und die ersten Sonnenstrahlen in ihr Zimmer fielen, bemerkte sie überrascht, dass er nicht neben ihr im Bett lag. Also kein Training. Sie schrieb Daniel eine Nachricht, um ihn zu fragen, ob er Lust auf einen Kaffee hatte. Seine Zusage kam praktisch in derselben Sekunde. Dann ging sie allein unter die Dusche. Sie zog sich an und legte das Armband und die Uhr an. Die silbernen Kettenglieder des Armbandes glitzerten fast so sehr wie die Diamanten der Uhr. Sie war fasziniert von der Schönheit des Schmuckstücks. Der Mann war mehr als talentiert mit seinen Händen.

Verdammt, sie wollte ihren Freund zurück. Den Freund, den sie immer aufzog. Den Freund, der sie im Gegenzug ebenfalls aufzog.

Seufzend schlurfte sie in die Küche. Auf dem Küchentisch lag eine Nachricht:

Kätzchen,
ich musste schnell los. Ich habe von 7:00 bis 8:00 Uhr ein wichtiges Meeting. Keine spontanen Anrufe oder Nachrichten – es sei denn, es handelt sich um einen Notfall, okay? Denk heute an mich. Ich werde auf jeden Fall an dich denken.
West

Sie hinterließ ihm eine Nachricht, die ihm mit Sicherheit gefallen würde:

Jessie Kays Zeitplan für den Tag:
Circa 6:00 Uhr – Kaffeetrinken mit Daniel; Erinnerung an den letzten Kuss von West; nachgrübeln, wann es wohl wieder passieren wird …
Circa 7:00 Uhr – mir West nackt vorstellen.
Circa 8:00 Uhr – Bestellungen ausliefern und mich fragen, ob West sich wohl vorstellt, dass ich nackt bin.
Circa 10:00 Uhr – West aufsuchen und es herausfinden.

Fröhlich ein Lied pfeifend, schnappte sie sich ihren Wagenschlüssel und verließ das Haus.

Sie traf sich wie geplant mit Daniel und fragte ihn um seinen Rat. *Wie überwinde ich Wests Schutzmauern und überzeuge ihn davon, mit mir zu schlafen?* Als sie seine einfache Antwort hörte, seufzte sie.

„Tu so, als würdest du es nicht wollen. Er wird es nicht erwarten können, dich umzustimmen."

Sie verdrehte die Augen. „Ich spiele keine Spielchen mit ihm."

Er zuckte die Achseln. „Damit bestätigst du mich nur. Du schläfst ja offensichtlich auch nicht mit ihm."

„Eines Tages wird eine Frau dein Leben vollkommen auf den Kopf stellen."

„Auf keinen Fall. Ich ziehe es vor, auf der *richtigen* Seite zu sein, wenn ich Sex habe."

Nach dem Treffen mit Daniel fuhr sie zum Farmhaus, um ihrer Schwester dabei zu helfen, Sandwiches zuzubereiten. Nachdem die Weihnachtsfeiertage vorbei waren, war der Alltag wieder eingekehrt. Sparkles, der räudige Köter, lag zu Brook Lynns Füßen und döste friedlich. Trotzdem machte er kurz ein Auge auf, um sie missmutig anzufunkeln und sie damit zu warnen, seinem Frauchen gegenüber nett zu sein.

Jessie Kay sah den Hund an. „Wenn ich eines Tages eine Katze habe, wird sie dir in den Arsch treten", murrte sie.

Brook Lynn lächelte sie an.

„Sieh mal, was ich mitgebracht habe." Jessie Kay hielt das erste Brautjungfernkleid hoch, das sie fertiggestellt hatte. Es war ein Etuikleid mit Spaghettiträgern und eingelegten Falten, die auf der Brust begannen. Das Kleid war knielang. Es war einerseits etwas ganz Besonderes, ausgefallen und dabei doch klassisch.

„Oh, Jessie Kay! Es ist traumhaft!"

„Ich weiß." *Scheiße!* Es war an der Zeit, reinen Tisch zu machen. Wenn sie auf den perfekten Zeitpunkt wartete, um mit Brook Lynn zu reden, würde sie wahrscheinlich ewig warten.

Jetzt oder nie.

Sie legte das Kleid über einen Stuhl. „Also … Ich habe nachgedacht." Ihr wurde bewusst, dass sie die Stimme erhoben hatte, und sie zuckte zusammen. Sie nahm sich einen Moment, um sich zu beruhigen. Dann schnappte sie sich eine Schüssel und eine Gabel, um Eier zu verrühren.

„Okay", entgegnete Brook Lynn. „Na ja, es ist ja nie verkehrt, wenn man nachdenkt."

Lustiges Mädchen. „Was wäre, wenn ich mir freinehmen würde?"

„Klar. Kein Ding. Ich kann Kenna oder Harlow bitten, mir zu helfen, solange du weg bist." Brook Lynn zwinkerte ihr zu. „Warum? Willst du West weglocken, um mit ihm ein sündhaftes Silvester zu erleben?"

Ihr erstes Neujahrsfest mit West. Mit ihrem Freund. Würde sich die Situation zwischen ihnen bis dahin entspannt haben? Würden sie sich um Mitternacht leidenschaftlich küssen?

„Ich habe nur … Ich habe darüber nachgedacht, wieder Kleider zu entwerfen. Ich habe meine Liebe zum Nähen wiederentdeckt. Ich meine, du erinnerst dich doch daran, wie ich aus Dads alten Anzügen Kleider für uns genäht habe, oder? Ich würde meine Entwürfe gern online verkaufen, und West hat versprochen, mir bei der Gestaltung einer Website zu helfen. Obwohl es wahrscheinlich keine gute Idee ist, Geschäftliches und Privates zu vermischen, möchte ich trotzdem, dass er mir hilft. Sehr sogar. Weil ich es *unbedingt* ausprobieren will."

„Oh, Schwesterherz." Brook Lynn warf die Arme um sie und drückte sie fest. „Ja! Ja, natürlich. Mach das."

„Echt?" So einfach war das?

„Ich wollte nie, dass du meinen Traum lebst. Ich wollte immer, dass du das tust, was du willst. Also noch einmal: Ja, ja, natürlich. Ach, und ich betrachte das hier als fristgerechte Kündigung."

Tränen der Dankbarkeit stiegen Jessie Kay in die Augen und liefen ihr über die Wangen. In letzter Zeit musste sie oft weinen. In der Dusche, wenn sie allein war. Wenn sie ihr Make-up auflegte. Wenn sie die Kleider für den Tag herauslegte. Sie war inzwischen geübt darin, lautlos zu weinen, damit West sie nicht hörte. Und sie war nicht schwanger. Sie nahm die Pille – und außerdem hatten sie und West bisher noch nicht mal miteinander geschlafen. Ihre Gefühle waren einfach in Aufruhr und überwältigten sie ab und an, das war alles. Sobald die Spannung zwischen ihnen sich etwas legen würde, würde sie sich auch wieder normal verhalten.

„Du bist so lieb zu mir", sagte sie zu Brook Lynn. „Das ist mein Ernst. Du solltest mich eigentlich verfluchen, weil ich dich im Stich lasse, und schwören, dass du mir niemals verzeihst. So etwas in der Richtung! Irgendwas!"

Brook Lynn verdrehte die Augen. „Was soll ich dir verzeihen? Ich freue mich so für dich."

„Ja, aber ich lasse dich allein. Es gibt niemanden auf der Welt, der einen so guten Angestellten abgibt wie ich."

„Ich werde es schon irgendwie überleben", erwiderte Brook Lynn trocken.

Jessie Kay stieß sie mit der Hüfte an. „Wenigstens kannst du jetzt endlich deinen Traum wahr machen, Leute zu einem Vorstellungsgespräch einzuladen und sonderbare Fragen zu stellen."

„Ja, und die erste Frage wird lauten: Wenn Sie eine Schüssel mit Cerealien wären, welche Sorte wären Sie dann und warum?"

„*Cheerios.* Natürlich. Ich bin klassisch und traditionell."

Brook Lynn versuchte, sich ein Grinsen zu verkneifen, und scheiterte. „Du wärst *Froot Loops.* Kein Zweifel."

„Tja, dieser *Froot Loop* wird es vermissen, so viel Zeit mit dir zu verbringen."

„Wir machen mindestens einmal pro Woche eine Pyjamaparty."

„Ich *liebe* Pyjamapartys."

Sie umarmten sich erneut und arbeiteten dann einige Minuten lang schweigend als eingespieltes Team weiter. Und glücklich! Plötzlich nahm Jessie Kay aus dem Augenwinkel eine Bewegung wahr – einen dunklen Blitz –, doch als sie aus dem Fenster in den Garten sah, bemerkte sie nur die Bäume, deren Zweige sich im Wind wiegten.

„Ist die Situation zwischen dir und West immer noch so angespannt?", fragte Brook Lynn.

Ihr war es also aufgefallen. War es so offensichtlich? „Ja. Ich glaube, wir haben ein neues emotionales Level erreicht, und es macht uns beiden Angst."

„Das war bei mir und Jase genauso. Sobald wir aufgehört haben, dagegen anzukämpfen ..." Ihre Schwester erschauerte. „Die Emotionen hauen mich sogar jetzt noch um."

Bei ihr klang das alles so leicht. Als müsste man nur mit den Fingern schnipsen und beschließen, dass man die Angst überwunden hatte und es einfach miteinander versuchte. „Ich trage allerdings ein paar Altlasten mehr mit mir rum."

„Das ist dein Problem. Du trägst die Last lieber mit, statt sie abzuwerfen."

„Ich würde sie gern abwerfen, aber wie ..."

Mit einem Mal schrillte der Alarm los, und Jessie Kay zuckte zusammen. Sie wirbelte herum und versuchte zu begreifen, was gerade passierte ... Der stechende Geruch von Qualm drang ihr in die Nase, da wusste sie Bescheid. Irgendwo im Haus brannte es.

Brook Lynns Gesicht war schmerzverzerrt. Sie schaltete ihre Hörgeräte auf stumm. „Jase!"

Jessie Kay packte ihre Schwester und zwang sie, sich flach auf den Boden zu legen. Jase war auch hier … *Scheiße.* Wo steckte er? Der dichter werdende Rauch zog aus dem hinteren Teil des Hauses, wo sich die Schlafzimmer befanden, bis in die Küche. Jessie Kay hustete. Sie zog ihre Schwester vorwärts Richtung Haustür. Sie würde Brook Lynn nach draußen in Sicherheit bringen und dann zurückkehren, um nach Jase zu suchen.

„Jase!" Brook Lynn hatte offensichtlich nicht vor, zu warten. „Jase!"

Mit ernster Miene kam er angerannt. „Geht es dir gut, Engel?"

„Mir geht es gut. Uns geht es gut."

Er hob Brook Lynn hoch. „Bleib direkt hinter mir, Jessie Kay." Er musste schreien, damit sie ihn über den Feueralarm hinweg hören konnte.

„Okay."

„Was ist mit Beck und Harlow?", wollte Brook Lynn wissen.

„Sie sind schon auf dem Weg nach draußen."

In dem Moment, als sie aus der Haustür stürzten, atmete Jessie Kay tief ein und füllte ihre Lunge mit kalter, frischer Luft. Jase setzte Brook Lynn neben Harlow ab. Harlow saß am Ende der Auffahrt und blickte entsetzt zum Farmhaus, wobei ihr Tränen übers Gesicht liefen. Beck hielt sie mit einem Arm fest. In der anderen Hand hielt er das Handy, mit dem er den Notruf gewählt hatte.

Schließlich legte er auf und sah Jessie Kay genauso ernst an, wie Jase es getan hatte. „Lass sie *nicht* wieder zurück ins Haus."

„Das werde ich nicht. Ich verspreche es", sagte Jessie Kay.

Während Harlow noch protestierte, rannte er mit Jase um das Haus herum. Hatten sie vor, das Feuer zu bekämpfen?

Harlow, die nur ein Tanktop und Boxershorts trug, verschluckte sich schluchzend. Dies war das Haus, in dem sie aufgewachsen war. Das Haus, mit dem sie schöne Erinnerungen an ihre Mutter verband, die sie Anfang des Jahres verloren hatte. Das Haus, in dem sie ihr eigenes Kind aufziehen wollte. Jessie Kay betrachtete ihre Freundin. Harlow musste frieren.

„Bleib hier. Das ist mein Ernst." Jessie Kay rannte zu ihrem Wagen, um den Mantel zu holen, den sie dort hatte liegen lassen, und legte ihn Harlow um die Schultern. „Wir können die Flammen nicht sehen." Nur den Rauch. „Vielleicht ist gar nicht so viel zerstört worden."

„Aber … aber … wie konnte das passieren?", stieß Harlow zwischen Schluchzern hervor.

„Ich weiß es nicht. Eine defekte Stromleitung?" Hatte Jase die Wände nicht aufgemacht, die Kabel und Rohrleitungen erneuert und alles wieder verputzt? Ihm unterliefen eigentlich keine solchen Fehler.

„Wie groß der Schaden auch sein mag", sagte Brook Lynn, „Jase kann das alles wieder herrichten. Er kann alles reparieren. Alles wird gut."

In der Ferne ertönten Sirenen. Die Geräusche fesselten die Aufmerksamkeit der Frauen. Jase und Beck kehrten zurück. Ihre Gesichter waren rußverschmiert und ihre T-Shirts nass.

„Das Feuer ist gelöscht, Baby", sagte Beck und ging vor Harlow in die Hocke. „Es war nur ein kleiner Brand, der in Wests Badezimmer ausgebrochen ist."

„Ich brauche nur einen oder zwei Tage, um die Schäden zu beseitigen", fügte Jase hinzu. „Vor allem, wenn ich mir zusätzliche Hilfe hole."

„Wirklich?" Erleichtert schmiegte Harlow sich an Becks Brust.

Jessie Kay schlang die Arme um sich. Wests Badezimmer. Glücklicherweise war er zu ihr gezogen. Wenn er hier gewesen wäre und vielleicht unter der Dusche gestanden hätte, abgelenkt … Sie erschauderte vor Entsetzen. Allein der Gedanke daran, dass er in Gefahr sein könnte, bereitete ihr Übelkeit.

„Gab es einen Kurzschluss oder etwas dergleichen?“, fragte sie.

„Das ist möglich“, entgegnete Beck.

Die Männer wechselten einen ernsten Blick, und Jessie Kay ahnte, dass es unwahrscheinlich war.

„Die Feuerwehr wird uns sagen, was tatsächlich passiert ist“, sagte Jase.

Was zum Teufel war hier los?

Der Brandermittler von Strawberry Valleys Feuerwehr begutachtete den Schaden und machte sich Notizen. Da die Gefahr nun offiziell vorüber war, sank der Adrenalinspiegel bei Jessie Kay schlagartig ab, und sie fühlte sich schwach und zittrig. Sie wünschte sich, dass West sie umarmte und tröstete. In seinen Armen könnte sie vergessen, dass etwas Schlimmes geschehen war. Aber als sie seine Nummer wählte, wurde sie direkt zur Mailbox weitergeleitet.

Warum … Ach ja, das Meeting. Doch er würde sich nicht einfach *gar nicht* zurückmelden, oder? Er war viel zu besorgt und hatte ihr geschrieben, dass sie nur in einem Notfall anrufen solle. Tja, das hier war definitiv ein Notfall.

Wieder wählte sie seine Nummer und landete erneut auf der Mailbox.

Er ignoriert mich? Offensichtlich.

Entweder glaubt er mir nicht oder ich bin ihm doch nicht so wichtig, wie ich dachte.

„Ich muss meine Kunden anrufen“, sagte Brook Lynn, „und ihnen mitteilen, dass die Bestellungen heute nicht ausgeliefert werden können.“

„Gut“, sagte Jessie Kay. Schmerz und Wut stürmten auf sie ein. „Ich …“ *Was? Ich kann nicht hierbleiben.* „Ich fahre in die

Stadt, um Stoff für meine ersten Entwürfe zu kaufen." Eine Ablenkung. Perfekt.

„Nein, nein. Fahr nicht. Nicht, solange wir nicht wissen, was genau passiert ist."

„Ich *muss* aber los." Bevor sie zusammenbrechen würde. Bevor Jase und Beck ankommen und versuchen würden, sie aufzuhalten.

Ihre Schwester ahnte anscheinend, was in ihr vorging. Sie nickte zögerlich.

„Ruf mich an."

„Das werde ich." Sie schrieb West eine Nachricht:

Sie: *Hoffe, du genießt das Meeting. Im Farmhaus hat es einen kleinen Brand gegeben. Willst du wissen, wie es mir geht? Tja, Pech gehabt.*

Jessie Kay umarmte ihre Schwester. „Wir sehen uns später, ja?" Damit stieg sie in ihren Wagen.

Ungefähr fünf Minuten danach klingelte ihr Handy. Wests Nummer stand auf dem Display. Sie lehnte das Gespräch ab und leitete es auf die Mailbox um.

Er rief erneut an, und wieder leitete sie ihn auf die Mailbox.

Als sie ihr Ziel erreicht hatte, siegte ihre Neugierde, und sie prüfte ihre Nachrichten. Anfangs klang West noch besorgt: „Es tut mir so leid, Kätzchen. Ich dachte, du würdest Spielchen spielen. Ich hätte es besser wissen müssen. Wo bist du? Ich muss deine Stimme hören."

Die zweite Nachricht auf der Mailbox klang schon wütend. „Ich habe dir gesagt, wie ich bin. Schließ mich nicht aus." *Klick.*

Ihr Zorn nahm zu. *Schließ mich nicht aus?* Idiot! *Er* war es doch, der *sie* ständig ausschloss.

Beinahe ein wenig trotzig ging sie in das erste Geschäft. Es war viel zu teuer für sie, aber es war auch extrem inspirierend.

Die Muster waren großartig. Sie machte Fotos mit ihrem Handy und schickte sich selbst Mails mit Ideen. Dabei verlor sie sich in den zahllosen Möglichkeiten. Dieser Stoff würde ein umwerfendes Tageskleid abgeben. Angeschnittene Ärmel. Gerader Ausschnitt. Taillengürtel. Horizontale Rüschen, drei Reihen. Knapp knielang. Sehr sexy. Zusammen mit der richtigen Halskette und tollen Schuhen wäre die Käuferin bereit für einen Abend in der Stadt.

Plötzlich ertönte lautes Gemurmel der weiblichen Kundschaft – einige der Frauen klangen empört, andere freudig erregt. Jessie Kay blickte von ihrem Handy auf und runzelte die Stirn. Was war ... Dann sah sie ihn. Lincoln West. Sein Blick war auf sie gerichtet, und er kam auf sie zu. Die anderen Kundinnen beachtete er nicht weiter. Er war groß, stark, sah noch besser aus als sonst und trug ein weißes Hemd und eine leicht zerknitterte schwarze Stoffhose. Keine Krawatte, kein Jackett. Sein dunkles Haar stand ihm in alle Richtungen vom Kopf ab, als hätte er es nur mit dem Handtuch abgerubbelt und an der Luft trocknen lassen.

Ihr Herz schlug wie verrückt. Seine Miene wirkte alles andere als „zivilisiert" oder „vernünftig". Der Mann, der da auf sie zukam, versteckte sich nicht mehr hinter einer auf Hochglanz polierten Fassade – diese Fassade war verschwunden, und unter ihr kam Animalisches zum Vorschein.

Entschlossen hob sie das Kinn und bereitete sich innerlich auf die unvermeidliche Auseinandersetzung vor. „Was willst du hier? Wie hast du mich gefunden?"

„Ich habe mit Brook Lynn gesprochen." Er schleuderte ihr die Worte nur so entgegen. „In dieser Gegend gibt es nicht so viele Stoffgeschäfte. Dich zu finden, war nicht besonders schwierig."

„Tja, du hättest in Strawberry Valley bleiben sollen. Ich brauchte etwas Zeit für mich."

„Keine Sorge. Du wirst Zeit für dich bekommen. Aber nicht hier und nicht jetzt. Monica hat das Feuer gelegt. Bis sie gefunden wird, brauchst du Begleitschutz."

Was? „Woher weißt du, dass sie …"

„Wenn du meine Anrufe entgegengenommen hättest …"

„Wenn *du meine* Anrufe entgegengenommen hättest."

Er verengte die Augen zu schmalen Schlitzen. „Steig in dein Auto. Ich folge dir nach Hause. Jase und Brook Lynn ziehen bei dir ein und ich … ich werde heute Abend ausgezogen sein."

22. Kapitel

Nur ein einziges Mal in seinem Leben hatte West bisher Zorn verspürt, der so alles verzehrend war wie dieser. Damals endete es mit Blutvergießen und Tod. Ein Makel auf seiner Seele, der nicht beseitigt werden konnte. Sein Terminplan hatte keine Rolle mehr gespielt. Die Zeit war unbedeutend geworden. Die Konsequenzen waren ihm egal gewesen.

Wie versprochen folgte er Jessie Kay nach Hause und wurde mit jedem Kilometer, den sie zurücklegten, unsicherer. Er hätte sie an diesem Tag verlieren können. Sie hätte sterben können. In einem Moment noch da, im nächsten verschwunden. Keine Zeit, um sich zu verabschieden. Keine Möglichkeit, um ihr zu helfen. Und wie bei Tessa hätte er mit seiner Schuld, der Einsamkeit und nicht endender Verzweiflung leben müssen.

Vielleicht würde er sowieso damit leben müssen. Er hätte Jessie Kays Anrufe annehmen müssen, hätte nicht davon ausgehen dürfen, dass sie nur wieder seinen Terminplan durcheinanderbringen wollte. Er kannte sie. Er hätte es besser wissen müssen. Sie hatte jedes Recht, wütend auf ihn zu sein.

Er schlug auf das Lenkrad. Ihm war gleich klar gewesen, wer das Feuer im Farmhaus gelegt hatte. Als er auf dem Weg in die Stadt war, hatte der Mann, den er engagiert hatte, um Monica zu beobachten, ihn angerufen und ihm gesagt, dass er sie schon in aller Herrgottsfrühe verloren und sie nicht wiedergefunden habe.

Anscheinend war sie direkt zum Farmhaus gefahren. Es blieb nur eine Frage offen: Warum hatte sie sich entschieden, ein Feuer zu legen?

Er hatte seine Hausaufgaben gemacht, nachdem Monica die Weihnachtsfeier gestört hatte. Dabei hatte er herausgefunden, dass sie die Wahrheit über ihre Jagderfahrung erzählt hatte. Sie war auf einer Ranch in einem anderen County aufgewachsen und kannte sich gut mit Pistolen, Gewehren, Messern und Bogen aus. Warum hatte sie keine dieser Waffen benutzt?

„Ruf Jase an“, sagte er laut Richtung Telefon, und ein paar Sekunden später war ein Freizeichen zu hören.

„Hast du Jessie Kay gefunden?“, fragte Jase statt einer Begrüßung. „Brook Lynn ist außer sich und wütend, weil ich ihr nicht erlaube, ihre Schwester anzurufen.“

Er hatte so verhindern wollen, dass Jessie Kay auf ihrer Fahrt in die Stadt durch Anrufe abgelenkt wurde und möglicherweise in Panik geriet. „Ihr geht es gut. Ich folge ihr nach Hause … Und dann ziehe ich ins Büro.“

Es entstand eine Pause.

„Bist du dir sicher, dass du das tun willst?“

Nein. Ja. Falls er Monicas Ziel war, wäre Jessie Kay sicherer, wenn er nicht in der Nähe war. Falls Jessie Kay das Ziel war, würde Jase sie beschützen. Als weitere Sicherheitsmaßnahme hatte er Daniel Porter und dessen neue Firma engagiert. Sie arbeiteten bereits daran, das Farmhaus sicherer zu machen. Jessie Kays Haus war als Nächstes dran.

„Es ist das Beste so. Wir sehen uns.“ Ehe Jase noch etwas sagen konnte, beendete West das Telefonat.

Bei Jessie Kay zu Hause angekommen, parkte er seinen Wagen direkt hinter ihrem Auto. Dann stürmte er die Veranda hinauf und ins Haus. Jessie Kay wartete bereits im Wohnzimmer und hatte die Hände gefaltet. Ohne ein Wort ging er an ihr vorbei und lief in sein Zimmer. Er schnappte sich seine Tasche und fing an, seine Kleider hineinzustopfen.

„West.“ Jessie Kay stand in der Tür und funkelte ihn aufgewühlt an. „Du ziehst nicht aus. Ich lasse dich nicht gehen.“

„Du kannst mich nicht aufhalten."

„Du bist wütend auf mich, und ich bin wütend auf dich. Aber wir sollten davon nicht alles zerstören lassen, was wir ..."

„Ich zerstöre gar nichts." War es schon zerstört? Er steckte ein Hemd in die Tasche. „Ich will im Augenblick nicht Schluss machen, doch ich glaube, dass wir ein bisschen Zeit jeder für sich gebrauchen könnten. Getrennt voneinander."

Einen Moment lang schloss sie die Augen. „Tu das nicht, West."

„Solange Monica nicht verhaftet worden ist, bleibst du mit Jase und deiner Schwester hier. Ich werde im Büro wohnen. Wir nutzen die Zeit, die wir getrennt sind, um nachzudenken. Wir sind beide innerlich so zerrissen, dass ich mir nicht sicher bin, ob wir ..."

„Nein. Wage es ja nicht, es auszusprechen. Wir können es gemeinsam schaffen." Sie schlang sich die Arme um ihre Taille. „Zerrissen oder nicht – zusammen geht es uns besser."

Er zog den Reißverschluss der Tasche zu und ergriff die Henkel. „Im Augenblick fühlt es sich ganz bestimmt nicht so an, als würde es uns zusammen besser gehen."

Sie starrte ihn eine Weile an. „Du gehst – egal, was ich sage, habe ich recht?"

Wie er schon zu Jase gesagt hatte ... „Es ist das Beste so."

„Eine Ausrede!" Wutentbrannt kam sie zu ihm, nahm ihm die Tasche aus der Hand und warf sie in die Ecke. „Du hast nur darauf gewartet, einen Vorwand zu finden, um die Sache zwischen uns zu beenden. Darum warst du in letzter Zeit auch so angespannt."

Ihr Zorn war entfesselt, ihre Augen sprühten förmlich Funken. Ihre Wangen waren gerötet, und sie schlug mit den Fäusten auf seine Schultern, seine Brust, auf alles ein, was sie erreichen konnte.

„Ich werde dich nicht anflehen, bei mir zu bleiben. Wenn du gehen willst, dann geh. Geh!"

„Ich versuche doch nur, dich zu beschützen." Auch sein Zorn ließ sich kaum noch zügeln.

„Du Mistkerl! Du versuchst, dich selbst zu beschützen. Du hast dich in mich verliebt, und das macht dir eine Heidenangst. Du kannst mich nicht kontrollieren, kannst nicht kontrollieren, was ich tue, wohin ich gehe, was mir zustößt, und das macht dir Angst ..."

„Das reicht."

„Du hast Angst, Angst, Angst."

Gerade noch stand er vor ihr und rang nach Luft, im nächsten Moment presste er seine Lippen auf ihre. Ihre Anschuldigungen brachten ihn fast um. Er musste sie zum Schweigen bringen. Er musste ...

Sie leistete keinen Widerstand und schlang die Arme um ihn. Mit ihrer Zunge erkundete sie ihn. Ihr Geschmack steigerte sein Verlangen nach ihr ins Unermessliche. Um seine Beherrschung war es geschehen. Er schob seine Hand in ihr Haar, ballte sie zur Faust und zog an ihren Strähnen. Jessie Kay stieß einen Laut aus, der eine Mischung aus Lust und Schmerz war, doch er löste seinen Griff nicht. Er neigte ihren Kopf, damit er sie noch tiefer, noch leidenschaftlicher küssen konnte. Hitze erfasste ihn, überwältigte ihn, aber es reichte nicht. Sie zu küssen, reichte ihm nicht mehr – egal, wie viel er forderte oder wie viel er gab.

Sie schmiegte sich an ihn, und er stöhnte. Er verlor sich in dem Gefühl, sie zu wollen, sie zu brauchen. Es war ein unstillbarer Hunger. Er drängte sich ebenfalls an sie, presste seine Erektion zwischen ihre Beine und erntete dafür ein weiteres Aufstöhnen. Der Laut schien direkt in sein Hirn zu dringen, berauschte ihn.

Irgendwie fand er die Kraft, sie loszulassen und den Kontakt zu ihr zu unterbrechen. Sie wollte ihn wieder in die Arme schließen, aber er machte einen Schritt zurück und schüttelte den Kopf.

„Zieh deine Kleider aus, Jessie Kay, und leg dich aufs Bett."

Jessie Kay zitterte vor Verlangen. Es war eine Begierde, die sie nicht länger leugnen konnte. Sie verspürte Freude und ein Gefühl des Triumphes. Ihre Wut hatte den Adrenalinspiegel in ihrem Blut ansteigen lassen, und Wests erster Kuss war wie ein Schock für sie gewesen. Doch dann hatte das Verlangen zugeschlagen. Das Verlangen, ihn endlich zu haben. Das Verlangen, ihn festzuhalten und nie mehr gehen zu lassen. Das Verlangen, alles wiedergutzumachen, Genugtuung zu bekommen. Das Verlangen, zu verzehren, ihren Besitzanspruch auf ihn deutlich zu machen.

Er gehört mir, und ich werde es beweisen.

Er wollte, dass sie sich auszog, also würde sie sich ausziehen. Sie schlüpfte aus ihren Schuhen und Socken, streifte sich das Shirt ab und warf es auf den Boden. Dann folgte ihr BH. Sie machte ihre Hose auf und zog sie aus. Als Letztes war ihr Höschen dran, das sie ebenfalls auf den Boden warf. Schließlich richtete sie sich auf, straffte die Schultern und ließ West schauen.

Als sie vor dem Objekt ihrer Begierde stand, keuchte und zitterte sie. Diese Situation, dieser Moment fühlte sich anders an als alles andere. Viel bedeutender als alles, was bisher gewesen war.

Was sie vorher gehabt hatten, gab es nicht mehr. Das hier war der Beginn von etwas Neuem.

West verzehrte sie mit seinen Blicken.

„Ich nehme übrigens die Pille“, sagte sie. „Ich will dich, ohne dass uns irgendetwas trennt. Das habe ich noch mit keinem anderen Mann getan.“

Er drehte sich mit ihr zusammen um und führte sie zum Bett. „Du bist alles, was ich mir je erträumt habe.“

Sie zitterte, setzte sich auf die Bettkante, lehnte sich zurück und spreizte die Beine. Kühle Luft strich über ihren Schoß. Ein wundervolles Gefühl, doch auch eine bittersüße Qual. Das Begehren war kaum noch auszuhalten. *Ich brauche ihn so sehr.*

Während er sie betrachtete, schien die Anspannung, die in der Luft lag, zuzunehmen, bis Jessie Kay das Gefühl hatte, dass sie jede Sekunde entzweireißen würde.

„Was machst du mit mir?", brachte sie mit rauer Stimme hervor.

Er stellte sich zwischen ihre Beine, strich mit den Fingern über ihren Schoß, und Jessie Kay erschauerte.

„Das Gleiche, was du hoffentlich mit mir machst."

Der Wortwechsel kam ihr bekannt vor, und ihr wurde bewusst, dass sie schon einmal darüber geredet hatten. Jetzt hatten sie allerdings die Rollen getauscht. Ein Beweis, dass der Kreis sich schloss.

Sie waren zwei Teile eines Ganzen.

Langsam, ganz langsam öffnete er die Knöpfe seines Hemdes. Sein Blick hielt sie gefangen, während er sich auszog, seine muskulöse Brust und die sonnengebräunte Haut entblößte. Ihr lief das Wasser im Mund zusammen, als sie ihn ansah, als sie seinen starken Oberkörper mit dem Tattoo mit Tessas Namen betrachtete, bei dessen Anblick sie verträumt und voller Verlangen seufzen musste.

Liebe mich so, wie du sie geliebt hast.

Er öffnete den Knopf seiner Hose und machte den Reißverschluss auf. Jessie Kay sog den Atem ein. *Meins, alles meins.* Seine Erektion drängte sich gegen den Stoff seiner Unterwäsche. Unterwäsche, die er auszog, ehe er seinen Schaft in die Hand nahm.

„Willst du das hier?"

„Ja, ich will." Kein Grund, so zu tun, als wäre sie schüchtern. Das Verlangen war vermutlich längst nicht mehr zu übersehen. „Gib ihn mir."

West beugte sich über sie und stützte sich auf beiden Seiten von ihr auf der Matratze ab. Dann schloss er seinen Mund um einen ihrer Nippel und saugte daran. Jessie Kay rang nach Luft und genoss diese Empfindung zwischen Rausch und Qual.

Er hauchte eine Spur von Küssen über ihren Körper. Weiter hinab. Bis er schließlich an ihrem Schoß angekommen war und seinen Mund auf sie presste.

Zu viel … nicht genug …

Sie erschauerte, und er kam hoch und leckte über ihre beiden Nippel. Dann bewegte er sich wieder nach unten, nach oben, erneut nach unten … Er versuchte, sich alles auf einmal zu nehmen.

„Lincoln." Sie legte die Beine um seine Taille, verschränkte die Fußknöchel über seinem Po und bog den Rücken durch. Endlich. Kontakt. Es fühlte sich an, als würde man einen Stecker in eine Steckdose stecken. Sie glaubte, von innen heraus zu verbrennen. „Ich brauche dich."

„Du bringst mich um, Kätzchen."

Er legte sich auf sie, während er den Kopf hob, um ihr einen Kuss zu geben, den sich jede Frau wünschte, den aber nur die wenigsten erleben durften. Einen Kuss, der sie mitriss und sie direkt im Auge eines Sturmes abwarf, wo Blitze zuckten und Donner grollte. Einen Kuss, der alles verzehrend und unanständig war. Sie konnte sich selbst auf seinen Lippen schmecken.

Jede Berührung seiner Zunge war wie ein Versprechen. Und zum ersten Mal in ihrem Leben fühlte sie sich nicht wie eine Versagerin oder eine Enttäuschung oder wie ein Mensch, der es nicht wert war, geliebt zu werden. Sie fühlte sich nicht wie diejenige, die für jede Art von Ärger verantwortlich war. Sie wurde von einem Mann begehrt, dem es gelungen war, der Versuchung von so vielen anderen Frauen zu widerstehen. Sie wurde von diesem Mann wertgeschätzt, und seine Berührungen waren so gierig wie ehrfürchtig.

„Du willst mich, ohne dass uns irgendetwas trennt?" Er legte eine Hand in ihre Kniekehle und beugte ihr Bein, sodass sie sich ihm noch weiter öffnete.

„Ja. Bitte."

„Dann sollst du mich so bekommen."

Er küsste sie wieder und hörte nicht auf, während er sich zwischen ihren Schenkeln in Position brachte und schließlich in sie drang.

In der Sekunde, als er sie erfüllte, sie dehnte, entrang sich ihr ein Schrei und ein Orgasmus riss sie mit der Wucht einer Lawine mit sich. Einfach so. Diese Lust … Umwerfend, weltbewegend. Diese Lust ergriff Besitz von ihr, übernahm die Führung und verwandelte sie in ein einziges Zittern, ein Keuchen.

West hauchte ihren Namen – ob es nun ein Gebet oder ein Fluch war, konnte sie nicht sagen. Dann begann er, in sie zu stoßen. Immer härter, immer schneller, bis das Bett erbebte. Bei ihm schien ein Damm gebrochen zu sein, denn seine Beherrschung – falls es diese Selbstkontrolle überhaupt gegeben hatte – war verschwunden. Alle Feinheit, alle Gewandtheit war wie weggeblasen. Nur noch animalische Aggression war übrig, und sie liebte es.

Sie waren verschwitzt, und die Reibung zwischen ihnen war unglaublich erregend. Jessie Kay war kurz vor dem nächsten Höhepunkt.

Er hob ihre Hüften an, sodass sie ihn noch tiefer in sich aufnahm, und sie klammerte sich an ihn, zerkratzte seinen Rücken, biss ihm in die Zunge, in die Lippen. Ihre Begierde war mit seiner verschmolzen, ihr Verlangen nach Erlösung unstillbar.

„Hör nicht auf", keuchte sie. „Hör niemals auf."

„Eher würde ich sterben." Das Betthaupt krachte gegen die Wand. „Das ist gut. Ich hätte nicht gedacht, dass es so gut sein würde."

Noch ein Stoß, noch einer und noch einer.

Als er mit der Zunge die Bewegungen seines Schafts nachahmte, raste ihr Herz und Lust schoss durch ihren Körper, umnebelte ihren Verstand, richtete ihren Fokus auf West und auf diesen Moment, diesen Orgasmus aus. Jessie Kay schrie auf, als der Höhepunkt kam, und hatte das Gefühl, sich aufzulösen.

Er fluchte, drängte sein Gesicht in ihre Halsbeuge und stieß noch einmal in sie. Als er kam, hielt er sie fest umschlungen und erschauerte.

Während er langsam wieder zur Ruhe kam, blieb er in ihr. Sein Atem strich über ihren Hals. Eine Schweißperle rann über seine Schläfe und fiel auf ihre Schulter.

West hob den Kopf und blickte ihr tief in die Augen. Er wirkte … resigniert.

Ihr Magen zog sich zusammen, und sie bereitete sich innerlich auf das Schlimmste vor.

23. Kapitel

Die Minuten zogen sich, und Jessie Kay blieb nichts anderes übrig, als sich gegen die Zurückweisung zu wappnen. Jeden Moment würde West den Blick abwenden und ihr sagen, dass es ein Fehler gewesen war. Dann würde er sich von ihr lösen, sich anziehen und sie verlassen. Doch er hielt ihren Blick weiterhin fest, als würde er etwas ... suchen.

Bloß *was*?

„Habe ich dir wehgetan?", fragte er schließlich.

Seine Stimme klang schroff. Seine Emotionen hielt er verborgen.

Okay. Kein schlechter Anfang. „Nein. Falls es dir nicht aufgefallen sein sollte, ich habe deine raue Seite genossen."

Er sah sie noch ein paar Sekunden lang an, dann löste er sich von ihr und drehte sich auf die Seite. Er würde sie *nicht* verlassen?

„Es tut mir leid, dass ich dich angeschrien habe. Und es tut mir leid, dass ich gedroht habe, dich zu verlassen", sagte er. „Ich *sollte* dich verlassen. Bis Monica gefunden und verhaftet worden ist."

„Nein", entgegnete sie. „Ich will, dass du bei mir bist. Und es tut mir so leid, dass ich dich beunruhigt habe. Ich verstehe deine Angst. Wirklich. Der Gedanke, dass Monica dir wehtut ..."

„Bei Jase bist du in Sicherheit."

„Er ist damit beschäftigt, Brook Lynn zu beschützen – und das zu Recht. Du und ich, wir können uns gegenseitig beschützen."

Er dachte einen Moment lang nach und seufzte. „Ich werde Daniel anrufen. Vielleicht kann er noch mehr tun. Zum Beispiel Kameras aufstellen, die uns alarmieren, sobald jemand unser Grundstück auch nur schief ansieht."

„Danke", erwiderte sie leise. Ihr Herz zog sich zusammen. Er wollte keine Pause machen, wollte sich nicht vorübergehend von ihr trennen und sie nicht mehr sehen. Stattdessen hakte er einen weiteren Punkt auf der Liste ab.

Er muss wissen, dass es sich lohnt, um dich zu kämpfen – egal, wie schwierig es auch werden mag.

Was für ein wundervoller Mann.

„Ich weiß, dass es mit mir nicht einfach ist", sagte er. „Ich weiß, dass ich mir zu viele Sorgen mache und dass ich extrem reagiere. Ich will nur ... Ich will dich nur nicht verlieren."

„Ich will dich auch nicht verlieren." Sie küsste ihn. Es war ein süßer, bedächtiger Kuss. Wärme umhüllte sie, und sein Duft, der sich mit ihrem vermischte, berauschte sie, als sie ihn einatmete.

„Falls dir irgendwas zustößt oder dir irgendwas in deiner Nähe seltsam vorkommt", sagte er, „musst du mir das sofort sagen. Du darfst mich nicht im Unklaren lassen. Und ich schwöre dir hier und jetzt, dass ich deine Anrufe und Nachrichten nie mehr absichtlich ignorieren werde."

„Ich werde dich nicht absichtlich beunruhigen", versprach sie. „Nie mehr."

„An dem Tag, als Tessa den Unfall hatte ..." Er erstarrte, sprach nach einer kurzen Pause jedoch weiter: „Ich hatte ihr versprochen, ihr eine Party zu schmeißen, weil sie den Abschluss gemacht hatte. Sie freute sich auf ihre Gäste, die Geschenke und die Partyspiele, als sie zu mir kam, aber es waren nur Beck und ich da – und ich war vollkommen zugedröhnt. Sie brach zusammen, schrie mich an und warf mir vor, dass ich der schlechteste Freund der Welt sei. Dann fuhr sie weg. Ich war nicht in der Lage, ihr zu folgen, und konsumierte stattdessen noch mehr Koks. Ein paar Stunden später bekam ich einen Anruf. Tessa war gegen einen Baum gerast und durch die Windschutzscheibe geflogen. Sie war auf dem Weg ins Krankenhaus gestorben."

„Oh, West. Es tut mir so leid."

„Ihr Gesicht wurde bei dem Unfall so entstellt, dass ich sie anhand eines Muttermals auf ihrem Po identifizieren musste."

Tränen rannen über Jessie Kays Wangen. Kein Wunder, dass er immer mit dem Schlimmsten rechnete.

Und sie ... sie hatte sich bei ihren Entscheidungen von ihren Ängsten leiten lassen, und die Konsequenz war, dass sie diesen starken Mann dazu gebracht hatte, sich ständig um ihr Wohlbefinden zu sorgen.

Mit den Fingerspitzen strich er sacht über die Glieder ihres Uhrenarmbandes und über ihr Armband. „Ich glaube nicht, dass ich jemals völlig vernünftig und vollkommen rational entscheiden und handeln werde, wenn es um deine Sicherheit geht."

„Wir werden daran arbeiten. Wir werden auch an meiner reflexartigen Reaktion arbeiten, um mich zu schlagen, wenn ich mich verletzt fühle. Wir werden uns endlich ganz und gar auf die Beziehung einlassen."

„Ich habe mich schon ganz darauf eingelassen, Kätzchen."

„Mach dir nichts vor. Wir haben beide unser Bestes getan, um diese Beziehung zu beschränken und abzubremsen. Man will sich gegenseitig, aber nicht zu sehr. Man ist zusammen, hält aber trotzdem Distanz. Man ist vertraut, aber nicht zu vertraut. Wir haben versucht, uns zu schützen, und haben nicht verstanden, dass wir zusammen stärker sind."

Er erwiderte nichts.

Sie sprach dennoch weiter: „Ich werde tun, was auch immer nötig ist, um dich zu halten, Lincoln West." Ihn fast zu verlieren, hatte wie eine kalte Dusche auf sie gewirkt. Wenn sie diesen Mann wollte, musste sie jeden Tag um ihn kämpfen. Es würde ein stetiger Kampf werden – so wie ihr Kampf, sich selbst zu mögen. Doch es würde sich lohnen.

Mit dem heutigen Tag würde sie sich dazu verpflichten.

Ein Moment verstrich, und er erwiderte noch immer nichts. Obwohl es sie beunruhigte und ihre Gefühle verletzte, nahm sie es klaglos hin. Die Sache mit Monica hatte die alten Schuldgefühle wegen Tessa wieder an die Oberfläche gebracht, und wahrscheinlich hatte West auch noch nicht vollständig das tief verwurzelte Bedürfnis aufgegeben, sich selbst zu bestrafen.

Sie konnte geduldig sein. Sie musste geduldig sein.

Um die Spannung zu lösen und die Stimmung aufzuhellen, sagte sie: „Nachdem es nun endlich amtlich ist …"

„Endlich?"

„… sollten wir wahrscheinlich unsere Terminpläne aufeinander abstimmen."

„Einverstanden. Tatsächlich wird auf deinem Terminplan stehen, dass du vorläufig das Haus nicht mehr allein verlassen wirst."

„Ist das deine Art, mir zu sagen, dass du bei meinen täglichen Erledigungen dabei sein willst?"

„Ja. Ich werde alles tun, was nötig ist, um für deine Sicherheit zu sorgen."

Es war etwas, das auch ihr Dad zu ihrer Mom gesagt hätte, und es brachte sie vollkommen durcheinander. Sie spürte Freude, die sich bei ihr breitmachte. Diese Freude wirkte wie ein beruhigender Balsam, von dem sie gar nicht gewusst hatte, dass sie ihn brauchte.

„Wenn Monica das nächste Mal zuschlägt …", begann sie, und West erstarrte. *Ups.* „Ich meine, *falls* sie zuschlagen sollte, was sie wahrscheinlich nicht tun wird, weil du sie geschnappt und zu Tode erschreckt haben wirst … Aber falls sie es doch tut – was sie wahrscheinlich nicht wird", wiederholte Jessie Kay, „dann werde ich darauf vorbereitet sein."

Er hob ihre Hand an seinen Mund und hauchte einen Kuss auf ihre Fingerknöchel. „Du bist mein Lieblingsmensch. Ich kann dich nicht verlieren."

Entzückt – *ich bin sein Lieblingsmensch* – knabberte sie an einer seiner Brustwarzen. „Ich bin stolz auf dich, weil du etwas so Peinliches zugibst, aber du musst immer noch erfolgreich mein Vorstellungsgespräch überstehen, bevor ich dir die hochrangige Stelle als mein Freund geben kann." Brook Lynn war nicht die Einzige, die davon träumte, ein Einstellungsgespräch zu führen.

„Bevor?", fragte er mit hochgezogenen Augenbrauen. „Obwohl wir nackt zusammen im Bett liegen?"

„Ja, trotzdem", sagte sie so ernst wie möglich, auch wenn sie sich mühsam ein Kichern verkneifen musste.

„Gut. Dann sollten wir das Vorstellungsgespräch schnell hinter uns bringen."

Wie begeistert er klang. „Beschreibe dein Leben mit einem Filmtitel. Und du musst ehrlich antworten. Wenn du lügst, merke ich das, und dann muss ich leider deinen kleinen Freund quälen."

„Oh, ich bin ehrlich. Wenn du nicht zugibst, dass du zu mir gehörst, lautet die Antwort: *American Psycho.*"

Ha! Lustiger Kerl. „Ich schätze, das bedeutet, meine Antwort heißt: *Der Feind in meinem Bett.*"

Er gab ihr einen leichten Klaps auf den Po, und sie musste nun doch kichern.

„Was ist dein Totem-Tier?", fragte sie, als sie sich wieder beruhigt hatte. Sie tat ihr Bestes, um sachlich und professionell zu klingen – was praktisch unmöglich war, da sie mit einem Knie aufreizend an seinen Beinen entlangstrich.

„Ich würde da … Pikachu nehmen."

Pik-a-was? „Du kannst dir nicht einfach Tiere ausdenken, Westlina."

„Du, Kätzchen, musst die Nerd-Sprache lernen. Genau genommen bestehe ich darauf – wenn du die hochrangige Position als meine Freundin behalten willst. Ich versichere dir, dass Pikachu echt ist."

„Warum hast du ihn dann gewählt?", fragte sie verärgert.

„Weil ich mich auch weigern würde, mich von einem Pokéball einfangen zu lassen."

„Was soll das bedeuten? Weißt du was? Es ist egal. Beschreibe dich mit vier Nicht-Nerd-Wörtern."

„Fertig mit dem Vorstellungsgespräch."

Er rollte auf sie. Ganz automatisch spreizte sie die Beine, damit er sich zwischen ihre Schenkel legen konnte. Er nutzte das aus und drängte seine Erektion an sie.

„Jetzt sag mir, dass ich zu dir gehöre. Ansonsten werde ich dich ans Bett fesseln. Du wirst meine Gefangene sein."

Ihn aufzuziehen und zu reizen machte Spaß, doch in seinen Augen erkannte sie ein ernstes, verzweifeltes Funkeln, ein bisschen gequält und sehr beklommen. Ihn zu beruhigen, würde noch viel mehr Spaß machen. Sie schlang die Arme um seinen Nacken und schmiegte sich an ihn. „Du glücklicher, glücklicher Mann. Ich gehöre zu dir. Jetzt. Was wirst du mit mir machen?"

Ein bedächtiges Lächeln breitete sich auf seinem Gesicht aus. „Ich werde jede Minute genießen, die ich mit dir habe", sagte er und drang in sie.

West ließ Jessie Kay für den Rest des Tages und die ganze Nacht nicht mehr aus dem Bett. Nur zweimal durfte sie kurz die Geborgenheit seiner Umarmung verlassen. Beim ersten Mal kamen Daniel und seine Army-Freunde, um sich um die Sicherheit des Hauses zu kümmern. Und dann ließ er sie noch einmal aus dem Bett, damit sie für sie beide ein Sandwich machen konnte – aber auch nur, weil sie vor Hunger umkamen.

Wenn sie sich nicht gerade liebten, arbeiteten sie an Jessie Kays neuer Homepage. Er hatte tiefer in ihre Vergangenheit eintauchen müssen, um die Seite mit ein paar Infos zu ihrer Person zu ergänzen. Was er dabei erfahren hatte, machte sie in seinen Augen nur noch liebenswerter.

Ihre Großmutter väterlicherseits hatte ihr das Nähen beigebracht. Dann hatte Jessie Kay ihrer Mutter beigebracht, wie man mit Nadel und Faden umging. Die beiden hatten zusammen Schnittmuster ausgewählt und waren auf „Stoff-Dates" gegangen.

Wenn sie ein Kleid nähte, dachte sie nicht an ihre Vergangenheit, nicht an ihre Fehler, sondern nur an das Lächeln, das Brook Lynn ihr schenken würde, wenn sie fertig wäre. Und das war in seinen Augen genau das, was diesen Beruf anders als alle anderen machte. Es war *kein* Beruf. Es war eine Berufung, eine Leidenschaft, für die man bezahlt wurde.

Als der neue Morgen graute und es donnerte und regnete, empfand er tiefe Zufriedenheit, die ihn umhüllte.

Er liebte diese Zufriedenheit, doch er war es nicht gewohnt, so zu empfinden, und er war sich nicht sicher, wie lange dieses Gefühl andauern würde. Er wollte, dass es blieb, aber für gewöhnlich ging immer alles irgendwann den Bach runter.

Die Sorge trieb ihn aus dem Bett. Er achtete darauf, Jessie Kay nicht aufzuwecken, als er aufstand.

Was würde passieren, wenn er sie verlor?

Er zog eine Jogginghose an, die tief auf seinen Hüften saß, und ging leise in die Küche. Doch statt den Kühlschrank zu durchsuchen und mit den Frühstücksvorbereitungen zu beginnen, blieb er an der Spüle stehen, legte die Finger auf den Rand und blickte aus dem Fenster. Es hagelte.

Plötzlich fühlte er sich wie der Boden draußen im Garten. Als würde jemand ihm lauter Schläge versetzen.

Er hatte so lange mit dem Schmerz und dem Unglück gelebt und sich sogar bewusst dazu entschieden, so zu leben, dass er keine Ahnung hatte, wie er mit diesem Glück umgehen sollte. Doch er musste es herausfinden. Und zwar schnell. Jessie Kay hatte die Sache auf den Punkt gebracht.

Wir haben beide unser Bestes getan, um diese Beziehung zu beschränken und abzubremsen. Man will sich gegenseitig, aber nicht zu sehr. Man ist zusammen, hält aber trotzdem Distanz. Man ist vertraut, aber nicht zu vertraut.

Er hatte geglaubt, sich schon ganz und gar auf die Beziehung eingelassen zu haben. Doch dem war nicht so gewesen.

Bis jetzt.

Er hatte versucht, ihr etwas zu geben, aber nicht alles. Er hatte versucht, zu genießen, aber nicht zu sehr. Und es hatte nichts geändert. Er hätte sie beinahe verloren. Obwohl er versucht hatte, einen Teil von sich zurückzuhalten, obwohl er versucht hatte, sein Herz zu schützen, hätte er sich am Ende doch genauso gefühlt, als wenn er alles gegeben hätte: am Boden zerstört.

Er senkte den Kopf und legte das Kinn auf die Brust. Er hatte sich mal geschworen, sich nicht zu verlieben, niemals zu heiraten und keine Familie zu haben, weil auch Tessa all das nicht mehr haben konnte. Zehn Jahre lang hatte er sich an das Versprechen gehalten. Er war mit Frauen zusammen gewesen, die er zwar körperlich begehrt, aber nicht gemocht, geschweige denn geliebt hatte, und es hatte ihm nichts ausgemacht, sich wieder von ihnen zu trennen.

Bis er Jessie Kay traf.

Auf dem Papier war sie auf keinen Fall die Richtige für ihn. Sie hatte eine Vergangenheit, die genauso bewegt war wie seine. Sie war mit seinen beiden besten Freunden im Bett gewesen. Sie funktionierte nach „Jessie-Kay-Standard-Zeit“ und beachtete die „West-Central-Zeit“ manchmal überhaupt nicht. Doch trotz alledem ergänzte sie sein Leben. Sie brachte ihn zum Lachen. Sie überraschte ihn ständig mit den Dingen, die sie sagte und tat. Sie hatte ein empfindsames Herz, ein fürsorgliches Herz. Ein großzügiges Herz.

Sie könnten sich zusammen etwas aufbauen.

Er musste nur loslassen, was noch von seinem schlechten Gewissen und den Schuldgefühlen übrig war, und sich diese Frau schnappen. Eine vorzeitige Entlassung. Nicht nur mit Worten, sondern mit Taten. Mit Gefühl.

Der Gedanke allein versetzte ihm schon einen schmerzhaften Stich ins Herz, und Schweißperlen traten ihm auf die Stirn.

Plötzlich schlangen sich von hinten Arme um ihn. Durch den Stoff seines T-Shirts fühlte er, wie Brüste an seinen Rücken gedrückt wurden. Er spürte Jessie Kays Herzschlag. Sie legte den Kopf an seine Schulter. Die Zartheit ihrer Haut erinnerte ihn an Seide. Der Duft von Pekannüssen und Zimt umhüllte ihn und machte ihn glücklich.

„Ich habe dich vermisst“, sagte sie leise. „Ich wollte in deinen Armen aufwachen.“

Lass das schlechte Gewissen und die Schuldgefühle los … schnapp sie dir …

„Ich habe dich einmal gebeten, mir zu vergeben, wie ich dich behandelt habe“, sagte er. „Aber welches Recht hatte ich, dich zu bitten, etwas zu tun, das ich selbst nicht tun wollte? Ich glaube, es ist an der Zeit, dass ich mir für die Vergangenheit vergebe. Für alles.“

Die Schuld war eine Fessel. Bitterkeit war Gift. Wenn das eine einen nicht umbrachte, dann das andere. Durch sie trockneten Glück, Freude und Zufriedenheit aus und verdorrten, sodass nur noch Leere übrig blieb. Eine Leere, die er einst mit Drogen und Unglück zu füllen versuchte. Eine Leere, die Jessie Kay nun mit Lachen und Licht füllte.

Es tut mir leid, dass ich dich im Stich gelassen habe, Tessa. Es tut mir leid, dass mir eine giftige Substanz wichtiger war als meine Gefühle für dich. Ich habe mich lange dafür gehasst und hart darum gekämpft, an dem festzuhalten, was hätte sein können. Aber jetzt lasse ich los.

Es tut mir leid, was ich Jase angetan habe. Es tut mir leid, dass ich geschwiegen habe und einen Freund hinter Gittern habe verrotten lassen, während ich mich hinter meinen Schuldgefühlen versteckt habe und mich davon einschränken ließ.

Er hatte aus seinen Fehlern gelernt. Er war erwachsen geworden.

„Ich bin so stolz auf dich", sagte Jessie Kay und drückte ihn.

Er starrte in den Sturm hinaus, der vor dem Fenster tobte, und zum ersten Mal seit Jahren legte sich der Sturm in seinem Innern. Die schmerzhaften Stiche ließen nach. Die Schweißperlen auf seiner Stirn trockneten. Er löste die Finger von der Spüle – einen nach dem anderen. Es war eine symbolische Geste. Er tat es. Er ließ los. Die Schuldgefühle stiegen wie ein Ballon, den man losgelassen hatte, in die Weite des Himmels hinauf.

Eine Last wich von seinen Schultern. Ein Druck, dessen er sich nicht einmal bewusst gewesen war, löste sich von seiner Brust.

Er drehte sich um und sah Jessie Kay an. Schließlich schlang er die Arme um sie und umarmte den neuen Mittelpunkt seiner Welt ganz fest. „Du hast mich vermisst, ja? Gut. Mein Plan funktioniert."

„Hm. Erzähl mir davon."

„Schritt eins war, dich in die Küche zu locken …" Er wirbelte mit ihr herum und setzte sie dann auf die Anrichte. „Schritt zwei ist nun, dich zum Frühstück zu vernaschen."

24. Kapitel

West, ihr leidenschaftlicher, sündhafter Liebhaber, entpuppte sich als gemeiner, gemeiner Verräter!

Nach einer Nacht, in der er ihrem Körper gehuldigt hatte, hatte er das Telefon genommen und Brook Lynn angerufen. „Jessie Kay hat gestern die Beherrschung verloren. Sie war wütend auf mich und hat meine Tasche quer durchs Zimmer geschleudert. Sie hat mich sogar ein bisschen verhauen, und ich habe die blauen Flecke, um es zu beweisen. Glückwunsch! Du hast die Wette gewonnen. Jetzt kassier deinen Gewinn ein."

Sie musste nun eine Woche lang die Outfits tragen, die ihre Schwester für sie aussuchte. Der reinste Horror! In zwei Stunden bekam sie die Abscheulichkeiten, mit denen sie bestraft werden würde, zum ersten Mal zu sehen, wenn sie zu Brook Lynn fuhr, um ihr bei den Bestellungen zu helfen. *Sie haben es sich verdient* war wieder auf Kurs, und das Feuer war schon fast vergessen – von allen, außer von West.

Er wich ihr nach wie vor nicht von der Seite, doch in anderen Bereichen hatte sich was getan. Sich selbst zu vergeben, hatte ihn positiv verändert. Sie war sich nicht sicher, wie sie mit ihm umgehen sollte. Die Art, wie er sie jetzt anblickte – sanft und süß, als wäre sie ein Schatz, den er zum ersten Mal sah. Die Art, wie er sie jetzt berührte – als hätte er noch nie etwas so Edles berührt oder als hätte er noch nie etwas so sehr begehrt.

„Dass du auf dem Feld deine Kondition aufbauen konntest, ist im Schlafzimmer vermutlich mein Tod", sagte er während ihres morgendlichen Fußballtrainings.

Er hatte praktisch ein Schutzdach in ihrem Garten errichtet. An einem Tor auf der linken und einem auf der rechten Seite hatte er ein Zeltdach befestigt, das hoch über ihnen hing und sie vor Wind und Regen schützte. Er hatte sogar Heizpilze aufgestellt, damit sie nicht frieren musste und ohne dicke Jacke hinausgehen konnte. Zwei strategisch positionierte Halogenfluter erhellten das Feld und verjagten die Schatten des Wintersturms.

„Nichts zu danken“, erwiderte sie. „Nicht die schlechteste Art, Abschied zu nehmen, oder?“

Er zwickte sie in die Nase. „Du bist ein echter Schatz.“

Er tat das immer wieder. Ständig überschüttete er sie mit Komplimenten. Es war verwirrend! Wenn er bisher charmant gewesen war, war er nun unwiderstehlich. Der Unterschied überwältigte und verblüffte sie, und sie war vollkommen durcheinander. Sie liebte diesen Mann nicht nur – sie würde für ihn sterben. Sie würde für ihn töten. Sie würde *alles* für ihn tun.

West warf einen Blick auf seine Uhr, und die Geste holte Jessie Kay zurück in die Gegenwart.

„Also gut, Kätzchen. Zeit für uns beide, zu duschen, sonst kommst du zu spät ins Farmhaus.“

„Zeit für *mich*, zu duschen, meinst du wohl. Denn sonst komme ich auf jeden Fall zu spät.“

„Die Zeit ist zirkulär, schon vergessen?“ Er folgte ihr ins Badezimmer. „Nach Jessie-Kay-Standard-Zeit kommst du auf keinen Fall zu spät – egal, wann du dort auftauchst.“

„Ja, aber ich bin jetzt mit Mr. Besessen zusammen. Ich musste meine Denkweise anpassen.“ Sie schenkte ihm ein Lächeln. Dann streckte sie ihm den Mittelfinger ins Gesicht und machte ihm die Tür vor der Nase zu.

Das sollte ihn lehren, nicht zu petzen!

Er brach in Gelächter aus und überraschte sie damit. Ihr Herz sprudelte über vor Freude.

„Gerade hast du dir eine neue Bestrafung eingehandelt,

Kätzchen. Für die nächsten vierundzwanzig Stunden darfst du keinen BH tragen. Und, ja, es wird eine eingehende Überprüfung geben."

Sie hatte mehr als nur ihren BH verloren – sie hatte anscheinend auch die Fähigkeit eingebüßt, Luft zu holen. Ihr stockte der Atem. Verdammt, dieser Mann war so sexy.

Sie duschte und zog sich an. Den BH ließ sie weg. Allerdings brauchte sie auch keinen. Das Kleid, das sie auswählte – eine ihrer älteren Kreationen –, hatte ein Neckholder-Bustier, das ihre Brüste perfekt umschloss und in Form hielt. Sie legte sich einen Pullover um die Schultern und wärmte ihre Beine mit einer dicken schwarzen Strumpfhose.

West überprüfte sie tatsächlich. Er stellte sich hinter sie und schob die Hände in ihr Top. Sein warmer Atem kitzelte auf ihrer Haut, als er an ihrem Ohrläppchen knabberte.

„Ich bin froh, dass du deine Bestrafung ernst nimmst."

„Da ich der moralische Kompass in dieser Beziehung bin, muss ich bessere Manieren lernen."

„Das stimmt. Das musst du. Deshalb wirst du heute Abend vor Mr. Wests Klasse treten und eine kleine Präsentation halten. Ich will alles über die Wirkung dieser besonderen Lektion hören." Er streichelte ihre Brüste und reizte mit den Fingern ihre Nippel, ehe er sie wieder losließ. „Wir sollten dich jetzt zu deiner Schwester bringen, ehe unser Zeitplan vollkommen durcheinandergerät."

Unser Zeitplan. Das hatte er gesagt. Nicht seiner. Ihr gemeinsamer Plan. Sie lächelte.

„Ich fahre dich zum Farmhaus", sagte er.

Er trug ein T-Shirt und Jeans; das bedeutete, dass er keine Meetings haben, sondern an einem Computerspiel arbeiten würde.

Sie hütete sich davor, mit ihm zu streiten und ihm zu sagen, sie würde lieber selbst fahren. Er hatte ihr mitgeteilt, wie es laufen würde, und sie hatte ihm erklärt, dass sie es verstand. Und so war es auch. Blöde Monica!

Sollte die Frau sich ruhig zeigen – das Miststück würde bezahlen. Höfliche Zurückhaltung? Nicht mehr! Warum kümmerte es sie überhaupt? Sie hatte die Wette mit ihrer Schwester längst verloren, also gab es keinen Grund mehr, sich zurückzuhalten.

Als sie ihr Ziel erreicht hatten, brachte West sie zur Tür. Er wirkte etwas panisch. Ein wilder Ausdruck lag in seinen Augen, und sein Griff um ihren Arm verstärkte sich unwillkürlich. Trotzdem überraschte er sie, als er sagte: „Schreib mir und halte mich auf dem Laufenden. Denk heute an mich. Ich bezweifle, dass ich irgendetwas anderes tun werde, als an dich zu denken."

Hatte sie je etwas Süßeres gehört? „Ich werde mich nach dir *sehnen*", flüsterte sie.

Plötzlich sah sie Verlangen in seinem Blick. Unvermittelt zog er sie zu einem leidenschaftlichen Kuss an sich. Er schob seine Zunge in ihren Mund und ahmte mit den Bewegungen den Sex nach, den sie vor dem Fußballtraining miteinander erlebt hatten. Dieser Kuss dauerte nicht lange, doch es reichte, um ihre Lust zu entfachen.

Als West sich von ihr löste und sich aufrichtete, wisperte er ihr ins Ohr: „Du bist das Beste, was mir je passiert ist."

Dann ging er einfach …

Die Knie drohten unter ihr nachzugeben. *Du lieber Himmel.* Sie musste sich Luft zuwedeln, als sie in die Küche ging. West war ohne Zweifel der perfekteste Mann der Welt. Er sagte nicht nur die schönsten Dinge, er hatte auch beschlossen, ihr zu vertrauen, dass sie auf sich selbst aufpas…

Nein. Er hatte nicht beschlossen, ihr zu vertrauen, dass sie auf sich selbst aufpassen konnte. Jase, muskelbepackt und entschlossen, stand an der Hintertür Wache.

Sie hätte es wissen müssen.

„Warum renovierst du nicht das Badezimmer?“, fragte sie. Der schwache Geruch von Rauch hing noch immer wie die ernüchternde Ermahnung in der Luft, dass das Leben sich von einer Sekunde auf die andere dramatisch verändern konnte.

Von einer Sekunde auf die andere. Ich hätte West von einer Sekunde auf die andere beinahe verloren, doch von einer Sekunde auf die andere habe ich ihn zurückgewonnen.

„Ich habe jemanden engagiert, der das übernimmt, sodass ich den Tag heute mit dir und Brook Lynn verbringen kann“, erwiderte er.

Ja. Das ist bestimmt der Grund.

„Mich nicht zu beachten führt nicht dazu, dass ich einfach verschwinde“, sagte Brook Lynn, die an der Anrichte stand und Gemüse schnitt.

Mist! „Ich weiß, dass du mein erstes Outfit hier irgendwo herumliegen hast. Zeig es mir.“

Ihre Schwester hüpfte aufgeregt auf und ab und klatschte in die Hände. „West hat eine besondere Bitte vorgebracht. Er meinte, es wäre nur gerecht, da er, was seine Prinzipien betrifft, einen Kompromiss eingegangen ist und seine Freundin verraten hat.“ Brook Lynn machte eine feierliche Pause, und ihr Lächeln wurde breiter. „Jase. Bitte, sei so gut.“

Jase trat zur Seite und gab den Blick auf die Kleidung frei, die an einem Bügel an der Tür hing. Es war eine der schusssicheren Westen, die Brook Lynn im Zombie-Schuppen aufbewahrte, kombiniert mit einer Feuerschutzhose, die Feuerwehrmänner trugen. *Tja.* Es hätte schlimmer kommen können. Nicht viel, aber okay. Wie auch immer.

„Es beginnt eine rundum erstaunliche Woche voller Spaß und Vergnügen“, sagte Brook Lynn. „Für mich.“

„Und für den Rest von uns“, fügte Jase hinzu.

Brook Lynn grinste sie an. „Silvester ist in drei Tagen, und ich schmeiße eine Party für meine engsten Freunde. Das heißt, dass du kommen musst. Und das heißt, dass du das tragen musst, was ich sage."

Das. Das war schlimmer. „Du vergisst doch nicht, dass du mich lieb hast, und sorgst dafür, dass die restlichen Outfits mir schmeicheln, stimmt's?"

„Ja. Träum weiter."

Jessie Kay lieferte mit Jase an ihrer Seite die Sandwiches aus. Der Mann war angespannt, in Alarmbereitschaft und wahrscheinlich bewaffnet. Sie hatte beschlossen, Wests Bestellung als Letzte vorzunehmen. Er hatte tatsächlich angerufen und ein belegtes Brot bestellt. Entweder wollte er sie überwachen oder er hoffte auf eine schnelle Nummer in seinem Büro. Vielleicht auch beides.

Sie drückte sich die Daumen!

Während sie und Jase am Marktplatz vorbeimarschierten, tobte der Sturm weiter. Wenigstens hagelte es nicht mehr. Unter dem gigantischen Regenschirm, den Jase in der Hand hielt, blieben sie einigermaßen trocken.

„Da ich dich sowieso nicht loswerde, habe ich beschlossen, dir einige Informationen über West zu entlocken. Und komm mir nicht mit diesem ‚Kodex-unter-Kumpeln'-Scheiß und behaupte, dass du nicht über ihn reden kannst. In dem Fall werde ich dich an unsere ehemalige … Verbindung und an die Tatsache erinnern, dass ich nie versucht habe, dich davon abzuhalten, dich an meine Schwester ranzumachen. Und, ja, ich werde das nutzen, um dich moralisch dazu zu verdonnern, für den Rest unseres Lebens zu tun, was auch immer ich will. Darauf kannst du dich schon mal einstellen."

Er verzog einen Mundwinkel zu einem schiefen Lächeln. „Ich hoffe, du bist zu West genauso."

„Weil ich toll bin und er nur das Beste verdient?"

„Diese Erklärung ist ebenso gut wie jede andere, denke ich."

Sie stieß ihm spielerisch einen Ellbogen in die Rippen.

Es gab niemanden, der verschlossener war als Jase, und sie wusste aus eigener Erfahrung, wie schwierig es war, ihn dazu zu bewegen, sich zu öffnen. Eine Aufgabe, an der sie gescheitert war. Brook Lynn dagegen hatte ihn geknackt wie eine Muschel.

„Wie war West als Kind?“ Obwohl sie an sein Gewissen appelliert hatte, rechnete sie nicht damit, eine Antwort zu bekommen.

Als der nächste Donner verhallt war, überraschte Jase sie jedoch, indem er anfing, zu erzählen: „Als wir uns kennenlernten, hatten wir beide schon viel durchgemacht und waren misstrauisch. Wir konnten niemanden an uns heranlassen. Ein kinderloses Paar hatte damals beschlossen, sich einiger elternloser Jungen anzunehmen, die besonders schwierig und problematisch waren. Beck war zusammen mit drei anderen auch bei ihnen. Ob du es glaubst oder nicht, ich war der Dürrste von allen. Nur Haut und Knochen. Den drei anderen Jungs – ich erinnere mich nicht mehr an ihre Namen – reichte ein Blick auf mich, und sie hatten ihren Prügelknaben ausgemacht.“

Jessie Kay hing an seinen Lippen und fluchte, als es wieder donnerte. „Was ist passiert?“

„Als das Paar am ersten Abend ins Bett ging, schlichen sich die Jungs in das Zimmer, das ich mir mit West und Beck teilte, und zerrten mich aus dem oberen Etagenbett, das mir zugeteilt worden war. Sie stopften mir einen Knebel in den Mund, damit ich die Pflegeeltern nicht aufweckte. Aber West und Beck waren da und hörten die Geräusche. Sie sprangen aus ihren Betten und verprügelten meine Peiniger. Zwei gegen drei, und sie gewannen haushoch. Seitdem halten wir uns gegenseitig den Rücken frei.“

Ihr Herz zog sich schmerzhaft zusammen, als sie an die Kinder dachte, die die drei damals gewesen waren. Verlassen, haltlos, misshandelt, missbraucht.

West war ein verwundeter Krieger. Als Kind war er Schlägern jeden Alters entgegengetreten. Als Erwachsener hatte er seine Ängste noch einmal durchlebt, um sie mit ihr zu teilen.

„Was hast du da an, Jessie Kay?“, rief Mr. Porter, Daniels Dad, von der anderen Straßenseite herüber.

Wie immer saß er mit Mr. Rodriguez vorm *Style Me Tender* und spielte unter der Markise Schach mit ihm. Die zwei waren zuverlässiger als der örtliche Postbote.

„Ich habe eine Wette gegen Brook Lynn verloren“, rief sie zurück. „Sie darf eine Woche lang die Kleider aussuchen, die ich den Tag über tragen muss.“

Die Männer nickten, als hätten sie nie etwas Einleuchtenderes gehört.

„Ist sie offen für Vorschläge?“, erkundigte Mr. Rodriguez sich.

„Absolut“, erwiderte Jase. „Rufen Sie sie einfach an.“

Jessie Kay schlug ihm mit der Faust gegen den Arm. Sie bogen um eine Ecke, und die beiden älteren Herren waren nicht mehr zu sehen. Das Bürogebäude von *WOH Industries* tauchte vor ihnen auf. Ihr Magen zog sich unvermittelt zusammen. West! So nahe!

„Du tust ihm gut“, sagte Jase mit einem Mal. „Er ist ein anderer Mensch, wenn du bei ihm bist. Eher wie der West, den ich als Kind kannte. Irgendwie unbeschwerter – nicht, dass wir je vollkommen unbeschwert gewesen wären –, falls das irgendeinen Sinn ergibt.“

„Das ergibt einen Sinn“, entgegnete sie und freute sich. Sie empfand es genauso. In Wests Nähe war sie unbeschwerter.

Sie erreichten das Bürogebäude. Über der Tür klingelte melodisch ein Glöckchen, als sie eintraten. Cora saß an ihrem Empfangstresen und winkte ihnen zu. Jessie Kay blieb wie angewurzelt stehen, als sie West in seinem Büro sah. Die Wände waren aus Glas, sodass man alles gut beobachten konnte. Er hätte einen Knopf drücken können, und die Scheiben wären undurchsichtig geworden, doch das hatte er nicht getan. Er stand vor seinem Schreibtisch. Eine junge Frau war bei ihm.

Das Problem dabei war, dass diese Schlampe die Hände auf seine Schultern gelegt hatte.

„Heute wird noch Blut fließen“, murrte Jessie Kay.

Jase folgte ihrem Blick und fluchte. „Das muss ein schlechter Scherz sein.“ Er sah zu Cora. „Kennen Sie den Namen der Frau? Patience … soundso?“

Cora schaute auf ihre Notizen, die vor ihr lagen, und nickte. „Das stimmt. Patience Ludwick.“

„Wer ist Patience Ludwick?“, wollte Jessie Kay wissen. Unwillkürlich schlossen sich ihre Finger um das Sandwich, das sie in der Hand hielt. Das Brot war schon reichlich zerquetscht.

„Er war mal mit ihr zusammen“, gab Jase zögerlich zu. „Ich habe sie nie kennengelernt, aber er hat mich immer auf dem Laufenden gehalten und erzählt, was bei ihm so los war, wenn er mich im Gefängnis besucht hat. Er hat mir auch Bilder gezeigt.“

Nach nur einem Schritt blieb Jessie Kay stehen. Als West Patiences Handgelenke ergriff und ihre Hände von seinen Schultern nahm, atmete sie erleichtert durch. Er drängte die Frau rückwärts gegen einen Stuhl. Als ihre Kniekehlen die Sitzfläche berührten, knickten ihre Knie ein und Patience fiel praktisch auf den Stuhl. Sofort trat West einen Schritt zurück und vergrößerte den Abstand zu ihr. Auf seinem Gesicht lag ein ernster Ausdruck, und er hatte die Lippen aufeinandergepresst. Es war nicht die sinnliche Anspannung, die er für gewöhnlich zeigte, wenn er mit ihr zusammen war, sondern vielmehr wütende Anspannung.

Sein Blick suchte sie. Jessie Kay lächelte ihn glücklich an und warf ihm eine Kusshand zu. Seine Erleichterung war deutlich zu erkennen. Patience drehte sich um, um zu sehen, was seine Aufmerksamkeit so fesselte. Als sie sie entdeckte, verfinsterte sich ihr Blick. Ihre Lippen begannen, sich zu bewegen. Offensichtlich sagte sie etwas zu West, was ihn jedoch nicht weiter zu interessieren schien. Er verließ sein Büro und kam wie magisch angezogen zu ihr.

Als er sie erreichte, schlang er die Arme um sie. „Ist heute irgendetwas Außergewöhnliches passiert?“

„Nein. Mir geht es gut.“ Jessie Kay hielt das zerdrückte Sandwich noch immer fest und umarmte West. „Jase war ein guter Bodyguard – wie ich es dir in meinen unzähligen Nachrichten geschrieben habe.“ Alle fünf Minuten hatte sie ihm eine neue SMS geschickt.

Sie: *Mir geht es gut, aber ich vermisse dich … und meinen BH.*

Sie: *Mir geht es noch besser als vorhin … aber, oh, oh, jetzt vermisse ich auch noch mein Höschen.*

Sie: *Bin gesund und munter – aber ich sehne mich nach dir.*

„Gut. Das ist gut. Keine Spur von Monica. Die Frau in meinem Büro ist Patience Ludwick, Monicas ehemalige Mitbewohnerin und damals meine …“

„Freundin. Ja, ich weiß. Du kannst das Wort ruhig aussprechen. Ich verspreche dir, dir nicht die Augen auszukratzen.“

Er kniff ihr zärtlich in die Nase, und ihr wurde bewusst, dass es eine Angewohnheit war, die er sich erst kürzlich zugelegt hatte. „Ich habe sie angerufen und mich nach Monica erkundigt, doch sie hat nichts von ihr gehört und sie auch nicht gesehen. Vor zehn Minuten ist sie dann ganz unerwartet in meinem Büro aufgetaucht.“

So, wie es aussah, hoffte sie, die Beziehung irgendwie wiederzubeleben. „Wir werden Monica finden“, sagte Jessie Kay.

„Selbst Hobbits müssen ihre Wohnhöhlen irgendwann mal verlassen."

Er grinste sie an. „Kätzchen, das ergibt sogar Sinn. Hobbits leben tatsächlich in luxuriösen Behausungen im Auenland."

„Ich weiß! Ich lerne gerade die Nerd-Sprache – so, wie du es mir gesagt hast. Weil ich ein besserer Beziehungspartner bin als du."

„Mach dich nicht lächerlich. Du bist gut, aber ich bin viel besser." Er legte einen Arm um ihre Schultern, nahm das Sandwich an sich und betrachtete die zerquetschten Reste. Er schüttelte den Kopf. „Sie, Miss Dillon, schulden mir ein Sandwich. Ich werde die Schulden heute Abend zu Hause eintreiben, nachdem du deine kleine Präsentation gehalten hast. Und ich verlange Zinsen."

Er hatte ihr Haus gerade als sein Zuhause bezeichnet. Konnte das Leben noch besser werden?

„Komm schon." Er führte sie ins Büro. „Ich stelle euch einander vor."

„Ja. Hi", rief Jase. „Ich freue mich auch, dich zu sehen, Mann."

West winkte seinem Freund zu, ohne sich zu ihm umzudrehen.

Patience erhob sich, als sie und West das Büro betraten. Die Frau war nicht so groß wie sie, aber sie war schlank und in ihrem dunkelgrünen Kostüm schick zurechtgemacht. Sie hatte ihr dunkles Haar zu einem Knoten hochgesteckt, ihre blasse Haut mit einem schimmernden Rouge getönt und ihre Lippen blutrot angemalt. Der Duft ihres Parfüms – sanft und blumig – hing in der Luft. Es sollte ohne Zweifel verlockend wirken.

„Jessie Kay, das ist Patience", stellte West sie vor. „Patience, das ist meine Freundin Jessie Kay."

Enttäuschung blitzte in den hübschen braunen Augen auf, die einen reizenden Stich ins Grüne hatten. Als Patience sah, wie West den Arm um sie gelegt hatte, wirkte sie sehnsüchtig.

„Sie können sich glücklich schätzen, Jessie Kay."

„Genau genommen kann ich mich glücklich schätzen", sagte West, bevor Jessie Kay etwas erwidern konnte.

Sie strahlte. „Und er ist ehrlich. Und klug."

„Tja, ich sollte wohl besser gehen." Patience nahm ihre Tasche, die sie auf einem Stuhl abgestellt hatte. „Ich rufe dich an, sobald ich etwas von Monica höre."

„Danke."

Im nächsten Moment war Jessie Kay mit ihrem Mann allein. Er beugte sich über den Schreibtisch, um auf einen Knopf zu drücken. Und endlich wurden die Glasscheiben undurchsichtig.

Würde es jetzt ein bisschen unanständig werden?

Er wedelte mit einem Blatt Papier vor ihrer Nase herum und zog es weg, als sie versuchte, es zu ergreifen. „Das hier ist dein Zeitplan. Du hast mich heute Morgen beim Training mit deinen wippenden Brüsten und der kurzen Hose derart abgelenkt, dass ich glatt vergessen habe, ihn dir zu geben."

Dieser sündhafte Ausdruck in seinen Augen …

Sie erschauerte. „Tut mir leid, Mr. West. Das wird nicht wieder vorkommen."

„Oh, ich bin mir sicher, dass es doch wieder vorkommen wird. Deshalb werde ich dich auch hier und jetzt dafür bestrafen." Er zerknüllte das Papier, warf es in den Mülleimer und nahm einen schwarzen Stift vom Schreibtisch. „Du wirst meinen Zeitplan auf der Haut tragen."

25. Kapitel

West spielte mit dem Gedanken, Brook Lynns Silvesterparty zu schwänzen. Er hätte lieber splitterfasernackt und Auge in Auge mit einem aufziehenden Tornado auf freiem Feld gestanden. Und wenn sich seine Eier im Sturm dann um eine Kuh und zwei Bäume geschlungen hätten, wäre das weit weniger schmerzhaft für ihn gewesen, als darauf warten zu müssen, dass Monica erneut zuschlug. Seit dem Feuer hatte niemand von ihr gehört oder sie gesehen, und es brachte ihn fast um den Verstand. Jeden Tag nahm seine Sorge zu.

Bei jedem Geräusch zuckte er zusammen. Bewegte sich irgendwo ein Schatten, griff er ihn praktisch an. Nicht, weil es ihm etwas ausgemacht hätte, was Monica ihm möglicherweise antun würde. Sollte sie es ruhig versuchen. Er machte sich vielmehr Sorgen darüber, was sie Jessie Kay antun könnte. Diese freche Blondine bedeutete ihm mittlerweile mehr als …

Scheiße. Er wusste nicht, wie tief sie ihm unter die Haut gegangen war. Er wusste nur, dass er die Welt in Schutt und Asche legen würde, wenn ihr irgendjemand etwas antun sollte.

Er hatte mit Sheriff Lintz gesprochen, doch es gab keinen Beweis dafür, dass Monica das Feuer gelegt hatte, also konnte der Gesetzeshüter nichts tun, außer die Augen nach ihr offen zu halten.

West hatte die Genehmigung, verdeckt eine Waffe mit sich zu führen, aber bisher hatte er dieses Recht kaum genutzt. Jetzt trug er in einem Holster an seinem Gürtel eine 44er. Nur für den Fall.

Jessie Kay wollte an der Party teilnehmen, und mit ein paar strategisch platzierten Küssen hatte sie ihn dazu überredet, sie zu begleiten. Sie hatte argumentiert, erstens sei die Anzahl der Gäste begrenzt – Jase und Brook Lynn, Beck und Harlow, Dane und Kenna. Und zweitens sei das Risiko minimal, denn Daniel und seine Jungs würden die ganze Nacht über das Gelände bewachen.

„Ich bin kurz davor, eine Dusche zu nehmen."

Jessie Kay kam, ohne anzuklopfen, in sein Zimmer. Nicht, dass es ihm etwas ausgemacht hätte. Was seins war, war auch ihrs. „Du bist kurz davor?"

„Willst du mit mir zusammen duschen?"

Er hatte gerade seine Waffe gereinigt, daher setzte er sie zusammen, legte sie auf das Nachttischchen und stand auf. „Du kennst die Antwort auf die Frage doch schon, Kätzchen."

„Das stimmt, ich kenne sie. Und ich weiß, dass du scheiße bist!" Sie nahm ein dreckiges T-Shirt aus seinem Wäschekorb und schleuderte es ihm entgegen. „Du bist wieder zu deinem alten Verhalten zurückgekehrt. Arsch!"

Das T-Shirt traf ihn an der Brust und fiel zu Boden. In den letzten drei Tagen – seit er seinen Terminplan auf ihre Haut geschrieben und im Büro mit ihr geschlafen hatte – hatte er seine Hände bei sich behalten. Wenn sie sich auszog, schaltete sich sein Gehirn aus. Seine Umgebung existierte für ihn dann nicht mehr. In dem Moment zählte nur noch der Höhepunkt – sein eigener genauso wie ihrer. Monica hätte sich ins Büro schleichen können, und er hätte ihr nichts als den Schwanz in seiner Hand entgegenzusetzen gehabt.

Genau. Nein danke.

Bis sie gefasst war, würde er wachsam bleiben müssen.

„Ich habe Bedürfnisse", sagte Jessie Kay und stampfte mit dem Fuß auf.

„Du wirst dich allein darum kümmern müssen. Zum Beispiel unter der Dusche." Seine Erektion, die sich gegen seinen Reißverschluss drängte, sah das natürlich ganz anders.

„Ich spreche nicht über das Bedürfnis, zu kommen, du Idiot. Ich spreche über das Bedürfnis, mit dir zusammen zu sein."

Sie bringt mich noch um. „Ich brauche dich auch, Kätzchen." Schweißperlen rannen ihm den Nacken hinunter, während Feuer sich in seinem Innern ausbreitete. „Aber deine Sicherheit ..."

„... ist wichtig. Ja, ich weiß. Das hast du mir schon gesagt. Aber Monica hat seit der Brandstiftung nichts mehr unternommen."

Sie war allerdings auch nicht in ihre Wohnung in der Stadt zurückgekehrt.

„Sie ist bestimmt längst weg", fügte Jessie Kay hinzu. „Sie hat wahrscheinlich Angst. Vor meiner Rechten."

„Die ganze *Welt* hat Angst vor deiner Rechten, aber ich kann es trotzdem nicht riskieren."

„Du lässt zu, dass sie dein Leben – *unser* Leben – ruiniert, und das tut mir weh."

Die Worte bewegten ihn. „Ich ergreife nur die Initiative. Sie weiß, wie man mit einer Waffe umgeht, Jessie Kay."

„Das weiß ich auch. Das wissen auch alle meine Freunde. Das wissen alle Bewohner dieses Landes."

„Du bist mir wichtig. Ich darf dich nicht verlieren."

„Du bist mir ebenfalls wichtig. Genau wie dein Glück. Und meins!" Sie spielte mit dem Bündchen ihres T-Shirts. Darauf stand: *Swat Team 8 – Wir vernichten Flöhe, Zecken, Silberfische, Kakerlaken, Bienen, Ameisen, Mäuse und Ratten!*

Diesen Outfit-Vorschlag hatte sie Mr. Porter zu verdanken. Brook Lynn hatte beschlossen, dass ein Barett und eine Hose in Tarnfarben das Outfit wunderbar komplettierten.

Am Tag zuvor hatte Brook Lynn sie gezwungen, ein Kleid zu tragen, das aussah, als wäre es am Set von *Unsere kleine Farm* entwendet worden. Am Tag davor hatte Jessie Kay ein T-Shirt der *Wild Hogs* tragen müssen, für das sie, als sie die Bestellungen auslieferte, beinahe ausgebuht worden wäre. Offensichtlich waren die *Wild Hogs* die größten Rivalen der *Strawberry Valley Stallions*.

„Wir sind nicht glücklich so", sagte sie.

„Es ist doch nur für eine Weile."

„Ist es das? Was passiert, wenn sie niemals gefunden wird? Was passiert, wenn die nächste Drohung kommt?"

Unter seinem rechten Auge zuckte ein Muskel. „Willst du mir damit sagen, dass ich dir die Luft zum Atmen nehme?"

„Ich versuche, mit dir über ein echtes Problem zu sprechen. Ich versuche, dir zu sagen, dass ich *irgendetwas* von dir brauche, ansonsten beschließe ich, selbst nach Monica zu suchen."

Er strich sich übers Gesicht, gefangen zwischen dem Impuls, diese Frau zu beschützen, und dem Bedürfnis, sie glücklich zu machen.

„Wenn du nicht mit mir schlafen willst, ist das okay", sagte sie. „Wie wäre es, wenn du mir noch eins deiner Geheimnisse erzählst? Du kannst doch gleichzeitig reden und mich beschützen. Stimmt's? Und ich liebe es, Neues über dich zu erfahren. Dann fühle ich mich dir so nahe."

Liebe …

Liebte sie ihn?

Wollte er, dass sie ihn liebte?

Verlangen machte sich bemerkbar. Ja, er wollte, dass sie ihn liebte, denn er liebte sie mit allem, was er hatte.

Wie konnte er es leugnen, wenn ihre Beziehung sich in jedem Winkel des Hauses widerspiegelte, in dem sie gemeinsam lebten? Ihre Stoffe waren seit Tagen auf der Couch verstreut, doch er hatte nicht das Bedürfnis, sie wegzuräumen. Die Decke, die sie für ihn genäht hatte, lag ausgebreitet auf dem Boden, wo sie vor Kurzem noch ein Picknick gemacht hatten. Ihre Notizen und Pläne für ihre Website wie auch seine USB-Sticks und Werkzeuge lagen noch auf dem Couchtisch. Es waren Dinge, die aus einem Haus ein Zuhause machten. Ihr Zuhause.

Er liebte diese Frau. Er liebte sie von ganzem Herzen, aus tiefster Seele, mit allem, was er zu geben hatte. Sie hatte seine Fesseln zerschlagen und ihn aus dem Gefängnis befreit, das er sich selbst errichtet hatte. Sie war zu seinem Leuchtturm im Sturm geworden. Sie war der Grund, weshalb er jeden Morgen aufwachte, und der Grund, weshalb er jede Nacht lächelnd einschlief.

Sie war alles, was er je gebraucht hatte. Sein Glück. Vergessen war das Unglück, das er früher gesucht hatte.

„Komm her", sagte er. Sie wollte seine Geheimnisse erfahren – sie würde sie bekommen. Die schlimmsten Geheimnisse. Er würde die Last auf seinen Schultern mit ihr teilen und darauf vertrauen, dass sie damit umgehen konnte.

Sie kam zu ihm und setzte sich auf seinen Schoß. Ganz automatisch schlang sie die Arme um seinen Nacken.

„Was ich dir jetzt erzähle, habe ich bisher niemandem anvertraut. Weder Jase und Beck noch Tessa."

Ihre Augen wurden groß. „Wirklich?"

Er nickte. „Du weißt, dass meine Mutter drogenabhängig war. Sie musste manchmal ihren Körper verkaufen, um Geld für Stoff zu beschaffen. Manchmal ließ sie mich allein in der Wohnung und machte sich auf den Weg in die Stadt. Manchmal jedoch brachte sie die Männer mit nach Hause. Mir war es lieber, wenn sie ging …"

Jessie Kay ahnte anscheinend, in welche Richtung sich diese Geschichte entwickelte, denn er spürte, wie angespannt sie mit einem Mal war.

„Wenn sie die Kerle mit nach Hause nahm, konsumierte sie Drogen, tat, was auch immer die Männer von ihr wollten, und schlief dann ein. Meistens verschwanden die Männer dann. Manchmal blieben sie. Ein paar von ihnen entdeckten das

Spielzeug, das herumlag, und machten sich auf die Suche nach mir. Es gab kaum einen Platz, an dem ich mich verstecken konnte."

Jessie Kay schauderte.

Er schauderte ebenfalls. Es kostete ihn Überwindung und Kraft, weiterzusprechen. „Beim ersten Mal schrie ich und wehrte mich und weckte meine Mom auf. Sie griff den Kerl an. Er schlug sie und verschwand. Ich weiß nicht, ob sie vergessen hatte, dass er es gewesen war, der sie geschlagen hatte, oder ob sie so verzweifelt Geld und Drogen brauchte, dass es ihr egal war, aber sie brachte ihn wieder mit nach Hause. Als er mich dann fand, war ich still ... Ich ließ ihn tun, was er wollte. Ich wollte nicht, dass er ihr erneut wehtat. Danach ..."

„Wie alt warst du damals?"

Einen Moment lang schloss er die Augen. „Es begann, als ich vier Jahre alt war. Ich war sechs, als es aufhörte."

„Ich bringe das Schwein um. Aber erst kratze ich ihm die Augen aus. Ich schneide ihm die Zunge raus und werfe sie in einen Mixer. Ich ziehe ihm die Haut ab, überschütte ihn mit Salz und ..."

West lachte leise, obwohl er angenommen hatte, dass das an dieser Stelle unmöglich sein oder dass ihm das Lachen im Halse stecken bleiben würde. Dafür, dass es doch möglich war, würde er dieser wundervollen Frau immer dankbar sein. „Er ist vor langer Zeit gestorben, Kätzchen. Ich habe es überprüft."

Sie atmete tief ein und stieß die Luft dann langsam wieder aus. „Ich fühle mit dir." Sie küsste zärtlich die Stelle an seinem Hals, an der sein Puls sichtbar wurde. „Ich teile den Schmerz mit dem Jungen, der du damals warst, und ich sehne mich nach dem Mann, der du bist. Ich brauche dich, und in diesem Moment brauchst du mich auch. Vergiss Monica und denk nicht darüber nach, was sie vielleicht tun könnte. Sie hat schon genug zerstört. Lass mich dich trösten – und damit mich selbst."

Sie hatte recht, oder? Er brauchte sie mehr als je zuvor, und er hatte Monica bereits genug zerstören lassen.

Jessie Kay hatte etwas Besseres verdient.

Und er würde es ihr geben. Er würde sich nicht mehr von seiner Angst leiten lassen. Er würde nicht tatenlos zusehen, wie die Furcht vor einer Tragödie ihm sein neues Glück nahm. Er würde den Kampf aufnehmen.

Ihm kam eine Idee, und er hätte beinahe gelächelt. „Wie wäre es mit einem Bad?", fragte er und achtete darauf, ruhig zu klingen.

„Ein Bad? Mit dir oder allein?"

„Mit mir."

„Wirklich? Ja!", rief sie, noch ehe er etwas sagen konnte. „Ja, ja und tausendmal ja. Einen Rückzieher gibt es nicht!"

Lächelnd stand er auf und zog sie auf die Beine. „Erst will ich dich anschauen. Ich habe dich vermisst."

Verlangen blitzte in ihren Augen auf. Sie bewegte sich unglaublich feminin und aufreizend, als sie die Mütze wegwarf und ihr T-Shirt auszog. West hielt die Luft an. Sein Zeitplan war noch immer auf ihrer Haut zu lesen: *13:00 Uhr – Brüste streicheln.*

Die Worte auf ihrem Schlüsselbein waren etwas verblasst. Er sah sie, und es juckte ihm in den Fingern, sie zu berühren.

Sie öffnete den mittleren Haken ihres BHs. Rote Spitze. Wirklich schön. *13:05 Uhr – Nippel kneifen.*

„Gefällt es dir bisher?", wollte sie wissen. Ihre Stimme klang tief und rau. Sie ließ die Finger zum Knopf ihrer Hose gleiten.

„Ich liebe es."

Sie erschauerte. Langsam zog sie den Reißverschluss herunter. Dann zog sie die Tarnhose aus. „Was wirst du mit mir machen?"

13:10 Uhr – hier berühren.

Die Worte erstreckten sich von einer Hüfte bis zur anderen. In der Mitte wies ein Pfeil nach unten.

„Zieh dich weiter aus, und ich zeige es dir."

Wieder erschauerte sie. Sie beobachtete ihn ganz genau, als sie ihr Höschen auszog und damit sein Blut zum Kochen brachte.

Lächelnd warf sie ihm den Schlüpfer entgegen. Sie war sich ihrer Macht über ihn bewusst. West fing den Hauch von Nichts auf, hob ihn an seine Wange und strich mit dem zarten Spitzenstoff über seine Haut.

„Du böser Junge", sagte sie.

„Dieser böse Junge wird dich zum glücklichsten Kätzchen auf der ganzen Welt machen." Mit einem Kopfnicken wies er Richtung Flur. „Stell schon mal das Wasser an. Ich komme gleich zu dir. Ich muss erst noch was erledigen."

„Aber …"

„Das ist nicht verhandelbar."

„Gut. Je länger du mich warten lässt, desto mehr … Spaß mit mir wirst du verpassen."

Die Lippen zu einem entzückenden Schmollmund verzogen, schlenderte sie den Flur entlang. Als er sah, wie sie beim Gehen die Hüften wiegte, schaffte er es kaum, sich ein Aufstöhnen zu verkneifen.

Obwohl er es nicht erwarten konnte, zu ihr zu gehen, hetzte er nicht, sondern packte die Utensilien, die er benötigte, sorgfältig in eine schwarze Tasche. Als er schließlich zu Jessie Kay ins Bad kam, lag sie bereits in der Badewanne, umgeben von Schaum.

„Wie ist das Wasser?" Er atmete den Vanilleduft ein, der in der Luft hing. Sein Mädchen wählte immer Düfte von Dingen, die man essen konnte. „Warm genug?"

„Fast perfekt."

Sie überwältigte ihn mit einem bedächtigen, verführerischen Lächeln.

„Jetzt fehlst nur noch du. Wie du siehst, hast du es rechtzeitig geschafft. Ich habe noch nicht angefangen."

Er kniete sich neben die Wanne und stellte die Tasche ab. „Wusstest du, dass wir die Zwei-Monats-Marke unserer Beziehung überschritten haben?" Sie erstarrte, und er fuhr fort: „Ich habe es bisher nicht zugegeben, doch ich war dir schon verfallen, als wir uns zum ersten Mal begegnet sind."

Langsam entspannte sie sich wieder und strich sich mit der Zungenspitze über die Lippen. „Tja, du bist ein Mann. Ihr versteht Dinge oft nicht sofort."

„Das stimmt. Ich tue auch nicht unbedingt immer sofort das Richtige, aber das kann ich ja wiedergutmachen. Beginnend mit deiner Liste." Er lächelte unschuldig. „Die Liste mit all den Dingen, die ich tun muss, bevor du für immer mir gehörst."

Sie setzte sich abrupt auf, und das Wasser schwappte über den Wannenrand. „West, du musst nicht …"

„Nach meinen Berechnungen muss ich nur noch zwei Punkte erfüllen: Ich muss aufhören, nicht von deiner Seite zu weichen und dich zu belagern, und ich muss dir trotzdem die Sicherheit geben, immer für dich da zu sein."

„Es sind drei Punkte", widersprach sie ihm mit rauer Stimme. „Du musst mich lieben."

„Darüber werden wir später reden. Im Augenblick kümmere ich mich erst mal um die beiden Punkte, die ich erwähnt habe."

Verwirrt zog sie die Augenbrauen zusammen. „Wie?"

„Es tut mir leid, Kätzchen, aber es gibt keinen anderen Weg." Er holte ein Marmeladenglas aus seiner Tasche und hielt es hoch – in dem Glas befanden sich zwei dicke, haarige Spinnen. Er hatte sie am Morgen gefunden und eigentlich vorgehabt, sie zu präsentieren und damit zu prahlen, dass er Jessie Kays Leben gerettet hatte und nun das Recht an ihrer Seele forderte.

„West." Jessie Kay keuchte. „Was machst du da? Nimm die weg, und bring sie raus!"

„Eines Tages wirst du mir dankbar dafür sein." Er schraubte das Glas auf. „Da bin ich mir sicher."

Schreiend kam sie auf die Beine. Schaum und Wasser strömten an ihrem nackten Körper hinunter. Sie riss die Arme hoch, um sich ihn vom Leib zu halten.

„Komm mir nicht näher. Wage es ja nicht."

„Ich habe begriffen, dass ich dich entweder glücklich machen oder in mein Unglück zurückkehren kann. Beides geht nicht. Glückwunsch! Ich habe mich für dich entschieden. Ich würde mich *immer* für dich entscheiden. Also. Ich werde die kleinen Biester jetzt freilassen", sagte er gnadenlos und schraubte den Deckel noch ein Stück weiter auf. „Du wirst in Gefahr sein. In der schlimmsten Gefahr, der du dich je stellen musstest. Aber ich werde dir nicht helfen. Ich vertraue dir und glaube daran, dass du diese Krise ganz allein bewältigen kannst. Nachdem du dann diese monströsen Kreaturen bezwungen hast, werde ich für dich da sein, dich in die Arme nehmen und dich trösten. Und dann werden wir über meinen neuen Terminplan reden."

„Nein. Nein!" Sie wich so schnell zurück, wie sie konnte. Als sie mit dem Rücken die kalten Fliesen berührte, keuchte sie erschrocken auf. „Bitte nicht."

Doch er tat es. Er nahm den Deckel vom Glas und ließ die Spinnen auf dem Badewannenrand frei.

Jessie Kay stieß einen markerschütternden Schrei aus, als die vielen glänzenden Punktaugen der Tiere sich auf sie richteten. Sie *wusste*, dass die Augen auf sie gerichtet waren. Sie konnte beinahe *hören*, wie die Tiere mit ihren gespaltenen Zungen über ihre rasiermesserscharfen Fänge strichen. Sie wollten Blut … *ihr* Blut. Und sie krochen vorwärts. Sie kamen direkt auf sie zu!

Keuchend sprang Jessie Kay aus dem Wasser und lief zu West. Sie versuchte, ihn als menschlichen Schild zu benutzen, doch der Mistkerl löste sich aus ihrer Umklammerung.

„Du schaffst das", sagte er. „Ich glaube an dich."

„West, du Arsch! Glaub nicht an mich. Ich schaffe das nicht. Ich kann es einfach nicht."

„Doch, du kannst es."

„Nein, nein, ich kann es wirklich nicht."

„Doch, doch, du kannst es wirklich."

Ihr Magen zog sich schmerzhaft zusammen. West würde ihr nicht helfen.

Ich habe von ihm gefordert, dass er sich seinen Ängsten stellt. Jetzt muss ich das Gleiche tun.

„Du elender Kerl", murrte sie. Obwohl sie zitterte, ging sie ins Badezimmer zurück und nahm das Marmeladenglas. Es rutschte ihr aus den Händen, als sie die kleinen Monster sah, aber sie fing es auf, ehe es in unzählige Scherben zerspringen konnte. Sie beugte sich hinunter, um die erste Spinne einzufangen, schrie aus keinem besonderen Grund los und machte einen Satz nach hinten. Der Lakai des Teufels flitzte den Wannenrand entlang und verschwand in einem Spalt zwischen den Fliesen.

Okay, okay. Gut. Nur noch eine Spinne übrig.

„Du schaffst das", rief West. „Sie haben mehr Angst vor dir als du vor ihnen."

„Lügner!" Sie machte trotzdem einen zaghaften Schritt auf das zweite Vieh zu.

Die Bestie hatte keine Angst vor ihr. Im Gegenteil. Sie stürmte auf sie zu.

Eine Mutprobe? Das Tier gewann! Mit einem lauten Aufschrei hastete Jessie Kay in die Ecke. Die gigantische Kreatur drehte in letzter Sekunde ab und verschwand unter dem Waschbecken.

Jessie Kay warf das Glas nach West, das klirrend auf den Boden fiel, und sprang ihm dann in die Arme.

Er umarmte sie und hielt sie fest. „Schon gut, schon gut, Kätzchen. Du hast es ganz allein überstanden. Du wirst es überleben, und ich bin hier, um dich zu trösten."

„Du bist so ein Arsch! Morgen früh werden wir wahrscheinlich beide tot sein. Willst du wissen, warum? Weil du die Monster freigelassen hast. Und jetzt verstecken sie sich und warten auf den perfekten Zeitpunkt, um zuzuschlagen. Während wir schlafen!"

Er lachte leise. „Du bist ein Schatz und mir unglaublich wichtig, Kätzchen. Du bist das Beste, was mir je im Leben passiert ist, und zum ersten Mal bin ich dankbar für meine Vergangenheit. Denn sie hat mich zu dir geführt. Sie hat mich für dich vorbereitet, hat mich zu dem Mann gemacht, der ich für dich sein sollte und den du brauchst. Ich liebe dich."

Sie sah ihn an und rang nach Luft. Die Spinnen waren für einen Moment vergessen. „Du ... was?"

„Ich liebe dich."

Das konnte nicht wahr sein, oder? Ihm war jedoch anzumerken, wie ernst es ihm war. An der Art, wie er sie festhielt. An der Art, wie er mit ihr redete. An der Art, wie er sie ansah. An der Art, wie er sich um sie kümmerte und sich um sie sorgte. Und daran, dass er sie nicht aufgeben wollte.

„Ich liebe dich mehr, als je ein Mann eine Frau geliebt hat."

Es war *tatsächlich* wahr.

„Ich liebe dich auch", flüsterte sie. Das Gefühl schwoll in ihrem Innern an. „Ich liebe dich, und ich mag dich, und ich danke Gott dafür, dass du vorbeigekommen bist und mir die pure, ungetrübte Freude gezeigt hast, mit einem Mann zusammen zu sein, der sich eine Zukunft mit mir vorstellen kann und nicht nur den Moment sieht." Mit einem Mann, der sie respektierte und gern mit ihr zusammen war. Mit einem Mann, der die Zeit mit ihr genoss und sie wertschätzte.

Er wurde ganz still. Es schien sogar so, als würde er nicht einmal mehr atmen.

„Du liebst mich?“

„Von ganzem Herzen. Aber noch erstaunlicher ist die Tatsache, dass ich dich nach wie vor mag, obwohl du eine Horde Spinnen im Bad freigelassen hast.“

„Es waren nur zwei.“

„Wie gesagt: eine Horde.“

„Wir jagen sie gemeinsam.“

„Nein. Das wirst du schön allein erledigen.“

Er drückte sie fest an sich. Jubelnd wirbelte er sie herum. Er lachte. Es war ein echtes Lachen, in dem keine Spur mehr von seinem früheren Unglück zu bemerken war. Es war wunderschön.

„Ich mag dich auch. Sehr sogar. Ich bin süchtig nach dir. Du bist meine Lieblingsdroge, Kätzchen, und du hast mich zum glücklichsten Mann der Welt gemacht.“

Kann das Leben noch besser werden? „Wie sieht dein neuer Plan aus?“

„Ich will von jetzt an alles tun, was in meiner Macht steht, um dich glücklich zu machen.“

„Das, du Teufel, ist der perfekte Anfang.“

„Und …“ Er kniete sich vor sie auf den Boden und hielt ihr eine silberne Schraubenmutter entgegen, die zu dem Armband passte, das er für sie angefertigt hatte. „Ich möchte dich heiraten. Ich möchte, dass du meinen Namen trägst, und ich will den Rest meines Lebens mit dir verbringen und mit dir zusammen glücklich sein.“

Jessie Kay hob die Hände vor den Mund. „Lincoln.“

„Sag Ja.“

Sie musste nicht darüber nachdenken. „Ja. Ja, ja und tausendmal ja. Ich werde dich heiraten, und eines Tages werde ich deine Kinder bekommen.“

„Ich denke da an vier.“

„Ich denke da an zwei.“

„Drei.“

„Zwei. Und ich werde dich alle Tage meines Lebens lieben und mögen – aber natürlich nicht in diesem Haus. Vergiss die Spinnenjagd. Wir fackeln die Bude einfach ab!“

26. Kapitel

Das war die beste Nacht ihres Lebens.

Jessie Kay betrachtete zum millionsten Mal ihren Ring. Sie hatte nicht aufgehört, zu lächeln, seit West ihr das einmalige Schmuckstück angesteckt hatte.

Zu seinem Ärger hatte sie lieber ihre Schwester angerufen, statt mit ihm ins Bett zu hüpfen, nachdem er die Spinnen gefunden und sie in der Wildnis ausgesetzt hatte. Ein Mädchen musste Prioritäten setzen.

Brook Lynn hatte lauter geschrien als sie, als die Spinnen sie attackiert hatten. Dann hatte ihre Schwester alle Bewohner des Ortes ins Farmhaus eingeladen, um Silvester beziehungsweise die Verlobung zu feiern.

West, der versprochen hatte, sich zu entspannen, war locker mit der Sache umgegangen. Er hatte Daniel angerufen, der mit seinen Leuten die ganze Nacht lang das Grundstück bewachen und patrouillieren würde, und hatte ihm die Änderung des Plans durchgegeben. Jetzt wimmelte es im Farmhaus von Gästen.

Brook Lynn, Harlow und Kenna strahlten sie vom anderen Ende des Wohnzimmers aus an.

Sunny Day stieß sie mit der Schulter an. „Glückwunsch, du Luder. Scheiße von dir, dass du mich im Regen stehen lässt."

Mr. Porter und Mr. Rodriguez reckten ihre Daumen hoch. Sie nahmen sich sogar einen Moment, um West auf den Rücken zu klopfen.

„Sie haben Glück, Junge. Ich hoffe, Sie wissen das", sagte Mr. Porter.

„Das tue ich."

„Und falls er es je vergessen sollte", sagte Jessie Kay, „werde ich dafür sorgen, ihn daran zu erinnern."

Pearl aus dem Blumenladen umarmte sie. „Ich wusste, dass der Mann verrückt nach dir ist, als er deinen Blumenstrauß selbst zusammengestellt hat. Das machen nicht viele, weißt du?"

Edna und Carol kamen breit lächelnd auf sie und West zu.

„Ich freue mich für euch. Aber, um ehrlich zu sein, freue ich mich noch mehr für mich", sagte Carol. Ihre Wangen waren gerötet. Sie hielt eine Flasche teuren Champagner in die Höhe. Und nahm dann einen Schluck. „Ich musste heute Abend schon sechs Annäherungsversuche abwehren."

„*Wir* mussten sechs Annäherungsversuche abwehren." Edna nahm ihr die Flasche ab und trank selbst. Die beiden Damen waren hinreißend freizügig, dabei gingen sie bereits auf die sechzig zu.

„Virgil schaut zu uns herüber", sagte Carol und kicherte hinter vorgehaltener Hand. „Meinst du, er wird mir wieder in den Po kneifen und die Zahl der Annäherungsversuche damit in die Höhe treiben?"

„Lass uns an ihm vorbeigehen und es herausfinden!"

Die beiden machten sich davon.

„Wann können wir die Leute endlich nach Hause schicken?", fragte sie West.

Es waren nur noch zwei Stunden bis Mitternacht. Sie wollte ihren Verlobten – *ihren Verlobten!* – ins Bett ziehen, sodass sie das neue Jahr mit mehr als nur einem Kuss willkommen heißen konnten.

Fang so an, wie du auch enden willst, hatte ihre Momma immer gesagt.

„Wie wäre es, wenn wir verschwinden und in meinem alten Zimmer ein bisschen rummachen?" West knabberte an ihrem

Ohrläppchen und flüsterte: „Ich habe eine kleine Privatparty in unseren Terminplan eingetragen."

Schauer durchzuckten Jessie Kay, als West sie durch den Flur führte, die Tür zu seinem Schlafzimmer aufschloss – irgendwie hatte er ja ungebetene Gäste fernhalten müssen – und sie hineinzog. Statt sie aufs Bett zu werfen, ging er mit ihr ins Badezimmer. Der Brandgeruch war verflogen, die Wände neu gestrichen, der schwarz-weiße Boden glänzte.

„Ich will dich", sagte sie.

„Du willst etwas, ich sorge dafür, dass du es bekommst. Immer."

„Tja, kein Wunder, dass ich dich liebe und sehr mag."

Er stellte die Dusche an – um die Geräusche zu übertönen, die sie machen würden, wie sie annahm – und hob sie hoch, um sie neben dem Waschbecken abzusetzen. Er spreizte ihre Beine, schob sich dazwischen und nahm im nächsten Moment ihr Gesicht in beide Hände. Sein Griff war fest, aber zärtlich.

„Du hattest übrigens recht. Ich habe zugelassen, dass Monica zwischen uns steht. Ich habe zugelassen, dass die Angst das, was zwischen uns war, zerstört hat. Und es tut mir leid."

Jessie Kay strich ihm mit den Fingern durchs Haar. „Ich habe deine Vorsicht verstanden. Und ich weiß, dass ich einen Drachentöter an meiner Seite brauche, falls irgendein Ungeheuer mich angreifen sollte. Aber ich brauche auch meinen Mann."

„Ich bin dein Mann", sagte er und lächelte bedächtig.

„Das solltest du auch besser sein, denn ich trage deinen Ring."

Er grinste sie an. „Ab morgen werde ich deinen Namen tragen."

„Wirklich? Du willst dir meinen Namen unter die Haut stechen lassen?"

„Warum nicht? Er ist ja schon in mein Herz gebrannt."

Er küsste sie voller Leidenschaft und Verlangen, erkundete mit der Zunge ihren Mund, übernahm die Führung.

Jessie Kay stöhnte vor Zufriedenheit und Lust. Sein Geschmack war verlockend und verstärkte ihre Begierde nur noch. Es dauerte nicht lange, und um ihre Selbstbeherrschung war es geschehen. Innerhalb weniger Sekunden hatte sich alles verzehrende Hitze in ihr ausgebreitet. Sie sehnte sich verzweifelt danach, diesen Mann tief in sich zu spüren. Es spielte keine Rolle, dass draußen vor der Tür eine Party tobte oder dass ihre Schwester oder Harlow kommen könnte, um nach ihr zu sehen, oder dass Jase und Beck nach West schauen könnten. Oder dass sich jeder denken konnte, wo sie steckten und was sie gerade taten, wenn niemand sie beide fand.

„Nackt", stieß sie heiser hervor und ergriff das Bündchen seines T-Shirts. Sie zog es ihm aus und warf es zur Seite. „Sofort."

Er zog ihr ebenfalls das Oberteil aus. Dann öffnete er ihren BH und befreite ihre Brüste. Kühle umspielte ihre Nippel, die sich unwillkürlich aufrichteten. Die Reaktion fesselte Wests Aufmerksamkeit. Mit den Daumen strich er über ihre Brustspitzen und jagte ihr lustvolle Schauer durch den Körper.

Eilig streifte er ihr die Schuhe ab. Er machte sich an ihrer Hose zu schaffen, und als der Knopf und der Reißverschluss endlich offen waren, befreite er sie von dem Stück Stoff. Das Höschen zog er ihr gleich mit aus. Im nächsten Moment war sie vollkommen nackt, während er noch seine Jeans anhatte. Es war unglaublich sündhaft.

„Wie sehr willst du mich in dir spüren, Kätzchen?"

„Genug, um die Sache mit den Spinnen zu vergessen", gab sie atemlos vor Begierde zu.

Er lächelte, als er ihre Knie auseinanderdrückte, und wirkte männlich, gefährlich.

„Sieh nur, wie wunderschön du bist." Er drang mit einem Finger in sie. „Wie heiß und eng. Wie feucht. Du gehörst mir."

Ein Schrei entrang sich ihr, als sie den Rücken durchbog. „Ich brauche dich. Es ist viel zu lange her. Tage ..."

Er fuhr fort, sie zu reizen, zu quälen. Mit seinen Fingern steigerte er ihr Verlangen und brachte sie in einen Zustand, in dem nur noch die Lust zählte. Sie wand sich, zog an seinen Haaren und biss ihm in die Lippen, aber was auch immer sie tat, es reichte nicht. Mehr. Sie brauchte mehr.

„Ja, ja." *Nein!* Der Höhepunkt näherte sich viel zu schnell. „Ich will gemeinsam mit dir kommen. Bitte."

„Das Wort aus deinem Mund ist unbezahlbar." Er zog sich zurück, hob sie vom Waschtisch und stellte sie auf den Boden. Dann packte er sie an den Hüften und drehte sie um, sodass sie dem Spiegel zugewandt war. Sie erblickte darin den wilden, lüsternen Ausdruck in ihren Augen. Ihr Haar war vollkommen zerzaust und hing ihr über die Schultern. Ihre Haut war von der Erregung und von seinen Bartstoppeln leicht gerötet. Ihre Pupillen waren geweitet. Ihre Augen wirkten fast schwarz. In ihnen las sie Hunger.

West sah sie im Spiegel an und hielt ihren Blick gefangen. „Schau uns an. Schau, wie gut wir zusammenpassen."

Ihr stockte der Atem. Er war so schön, als er nun hinter ihr stand. Sein Haar war so durcheinander wie ihres, seine Haut ebenso errötet. Sein Mund war angespannt, die Lippen hatte er aufeinandergepresst. Seine Schultern waren so breit, so stark, dass er sie praktisch zu umhüllen schien. Er umfasste mit den Händen ihre Brüste. Was für ein Kontrast. Der Ritter beschützte das Burgfräulein. Seine Stärke war ein Schild für ihre Verletzlichkeit.

„Ich sehe es."

„Du bist so wunderschön, dass es fast wehtut, dich anzusehen", sagte er, während er ihre Brüste streichelte.

Ihre Nippel richteten sich zwischen seinen Fingern weiter auf. Sie wirkten wie zwei kleine pinkfarbene Rosenknospen. „Das liegt an dir. Du machst mich zu dem Menschen, der ich bin."

Zärtlich knabberte er an ihrem Ohrläppchen, und die Muskeln in ihrem Unterleib zitterten. „Es ist mir egal, wie viele Männer du vor mir kanntest, Jessie Kay. Für mich zählt nur, dass niemand mehr nach mir kommt. Du gehörst zu mir – jetzt und für immer. Hast du verstanden? Du gehörst zu mir."

Seine Worte hatten die gleiche starke Wirkung wie seine Berührungen, und sie stöhnte.

Er schob eine Hand weiter nach unten, reizte sie zwischen ihren Schenkeln, bewegte seine Finger dort in kleinen Kreisen, verteilte die Feuchtigkeit … Unvermittelt stieß er in sie. Sie ließ den Kopf in den Nacken fallen, schmiegte ihn an seine Schulter und bot ihm ihren Hals dar. Er nutzte das aus und hauchte eine Spur von Küssen bis zu der Stelle, an dem ihr Puls schlug. Dann saugte er an der Stelle und hinterließ ein Mal. Sein Mal. Die Empfindungen drohten sie zu überwältigen.

„Ich will dich mit meinem Zeichen versehen – auf jede nur erdenkliche Art."

Sie hob die Arme, griff hinter sich und strich ihm durchs Haar. „Das hast du. Das hast du schon."

Ein Knurren erklang, als West ihre Beine spreizte. Er zog sich die Schuhe aus und schob seine Hose hinunter, machte sich jedoch nicht die Mühe, sie auszuziehen. Jessie Kay hörte ein lautes Geräusch, als die Hose zu Boden rutschte. Verwirrt runzelte sie die Stirn. Doch ehe sie näher darüber nachdenken konnte, legte West eine Hand auf ihren Rücken und drückte sie sanft nach vorn. Ihr Bauch berührte den kühlen Marmor des Waschtisches, und sie erschauerte vor gespannter Erwartung.

„Ich werde dich nehmen, Kätzchen. Hart."

Es war die einzige Warnung, die er aussprach, bevor er sich in Position stellte und in sie stieß. Er erfüllte sie, dehnte sie, wie sie es liebte, brachte sie dazu, zu schreien, weil der Moment einfach richtig, lustvoll und perfekt war.

Wie er es angekündigt hatte, nahm er sie hart. Die ganze Zeit über betrachtete sie ihn im Spiegel. Sie war ihm ausgeliefert, offen, verletzlich. Feuchte Haarsträhnen klebten ihm an der Stirn. Seinen Blick hatte er im Spiegel auf sie gerichtet, als könnte er ihn gar nicht abwenden. Den Mund hatte er leicht geöffnet, sodass sie seine Zähne sah – er wirkte, als wollte er sie beißen. Er war purer Sex und maskuliner Instinkt und …

Oh! Oh! Er verlagerte das Gewicht, stieß noch tiefer in sie, und sie schrie auf, als der Höhepunkt sie unvermittelt mit sich riss. Befriedigung verzehrte sie und schien ihren Körper in Flammen zu setzen. West sah sie mit weit aufgerissenen Augen an. Sie bemerkte die animalische Aggression und die Wildheit in seinem Blick. Was auch immer er in ihr gesehen haben mochte, bescherte ihm einen Orgasmus. West stöhnte und drang ein-, zwei-, dreimal in sie, ehe er in ihr kam.

Sie war sich nicht sicher, wie viel Zeit verging, bis ihr Herzschlag sich allmählich wieder normalisierte und die Hitze in ihr langsam nachließ. Schließlich zog er sich aus ihr zurück und machte erst sie und dann sich selbst mit einem Waschlappen sauber. Er zitterte. Der Anblick erfreute sie so sehr, dass sie keine Worte dafür fand. Sie zog sich an und beobachtete, wie auch er sich anzog. In diesem Moment wurde ihr klar, dass das laute Geräusch, das sie gehört hatte, als seine Hose zu Boden gefallen war, von der Pistole im Holster am Gürtel gekommen war.

Mann. Warum war das jetzt so sexy?

Sie schlang die Arme um ihn. „Das hat meine Schaltkreise zum Schmelzen gebracht. Danke."

Seine Mundwinkel zuckten verdächtig. „Seit wann bist du ein Computer?"

„Seit du mich wiederaufgebaut und neu verkabelt hast."

Er drückte sie und hauchte einen Kuss auf ihre Lippen. „Müssen wir zurück auf die Party?"

„Verdammt, nein. Du gehörst mir, und ich werde dich für mich behalten."

Er lächelte sie an. „Deine Worte sind die reinste Poesie, Kätzchen."

Sie stieß ihm sacht gegen die Brust und spürte, wie ihre Beine zitterten. „Nur eins von meinen zahllosen Tal…"

Glas splitterte. Etwas wie ein heftiger Windstoß warf sie nach vorn. Sie taumelte. Sie wäre gefallen, wenn West sie nicht festgehalten hätte. Er ließ sie nicht wieder los. Behutsam legte er sie auf den Boden – auf die Seite, nicht auf den Rücken. Sein Gesicht war bleich und die Miene gequält, entsetzt.

War er verletzt?

Jessie Kay wollte ihn fragen, doch obwohl sie die Lippen bewegte, kam kein Ton heraus. Mit einem Mal spürte sie einen stechenden Schmerz, der in ihrer Schulter explodierte und sich rasend schnell in ihrem Körper ausbreitete. Warme Flüssigkeit quoll in Wellen aus ihrer Brust. War es Blut? Ihr war kalt, und sie zitterte.

West sah sie mit einem panischen Ausdruck in den Augen an. „Es ist schon gut, Kätzchen. Alles wird gut. Sieh nur nicht nach unten. Ja? Sieh nicht nach unten, und beweg dich nicht." Er streckte eine zitternde Hand aus und nahm ein Handtuch. Als er es auf ihre Brust drückte, wurden die Schmerzen schlimmer. Er zog sein Handy aus der Hosentasche und wählte eine kurze Nummer.

Den Notruf?

Und wieso sollte sie nicht nach unten sehen? Sie sah nach unten – natürlich sah sie nach unten.

Der Schaft eines Pfeils ragte aus ihrer Brust hervor.

Oh … Scheiße. „Ich bin … Da ist ein … Das ist …" Dunkelheit umhüllte sie, und sie versank darin.

27. Kapitel

Als Jessie Kay die Augen schloss, verlor West fast den Verstand. Zitternd tastete er nach ihrem Puls. Zu schnell und ab und zu setzte er einen Schlag lang aus, aber er war zu spüren. *Gott sei Dank!*

Sein eigenes Herz schlug wie wild. Er blieb in Bodennähe, als er Jessie Kay in die Arme nahm und mit ihr zusammen aus dem Badezimmer kroch. Er wollte nicht, dass Monica noch einmal die Chance bekam, zu schießen. Und er versuchte, zu verhindern, dass er den Pfeil tiefer in die Wunde drückte oder ihn sonst wie bewegte.

Als er das Badezimmer verlassen hatte, schloss er mit einem Fußtritt die Tür und sorgte so dafür, dass man von außen nicht ins Zimmer sehen konnte. Trotzdem bückte er sich, als er mit der reglosen Jessie Kay im Arm in den Flur rannte. Sein erster Impuls war es, abzuschalten, an gar nichts mehr zu denken oder sich, falls das nicht funktionierte, in Selbstvorwürfen zu verlieren – *Es ist alles meine Schuld; meine Wachsamkeit hätte niemals nachlassen dürfen, nicht für eine Minute, nicht für eine Sekunde.* Doch er weigerte sich, den alten Ängsten nachzugeben, und zwang sich dazu, weiterzumachen. Jessie Kay war darauf angewiesen, dass er sich zusammenriss – also würde er sich zusammenreißen.

„Jase! Beck!" Die Leute erblickten ihn mit der bewusstlosen, blutüberströmten Jessie Kay in den Armen und keuchten. Einige liefen weg, andere kamen näher. Er blickte sich aufmerksam um, damit er nicht in die Nähe der Fenster kam. Als er sicher war, dass Monica ihn und Jessie Kay durch die Vorhänge hindurch nicht sehen konnte, blieb er stehen und rief: „Der Krankenwagen und die Polizei sind unterwegs, aber sie braucht *jetzt* einen Arzt."

„Ich bin Dr. Chastain."

Ein Mann, der Ende dreißig oder Anfang vierzig zu sein schien, drängte sich durch die Menschenmenge. West hatte ihn noch nie gesehen, aber er war mit einem Mal erleichtert, dass die Party diese Ausmaße angenommen hatte und dass so viele Leute aus dem Ort gekommen waren. Es wäre vielleicht auch ohne Gäste passiert – wahrscheinlich sogar.

Jase und Beck folgten dem Mann, und Brook Lynn und Harlow kamen ebenfalls dazu. Brook Lynn warf einen Blick auf ihre Schwester und schrie auf.

Sie stürzte zu ihr und keuchte: „Jessie Kay, Jessie Kay, ich bin hier. Ich bin hier. Bleib bei mir, ja?"

„Legen Sie sie auf den Couchtisch", sagte Dr. Chastain. „Achten Sie darauf, dass der Pfeil weder den Tisch noch den Boden berührt."

West tat, was der Arzt angeordnet hatte, obwohl alles in ihm protestierte, als er Jessie Kay ablegen musste. *Halt sie fest. Lass sie nicht los. Beschütze sie.*

„Sie blutet so stark", murmelte jemand.

„Wie ist das passiert?"

„Unsere arme Jessie Kay."

Das macht alles nur noch schlimmer.

West sah Jase an. „Bring alle raus. Sofort."

Jase geleitete die Gäste hinaus. Mr. Porter und Mr. Rodriguez zeigten sich stur, blieben an der Wand stehen und weigerten sich, sich von der Stelle zu rühren.

„Mein Sohn ist da draußen." Mr. Porter legte die Hand auf den Griff der Pistole, die aus einem Holster am Gürtel seiner Hose hervorblitzte. „Ich bleibe."

Daniel hatte ihn anscheinend vor der Gefahr gewarnt.

„Schere“, verlangte Dr. Chastain, und Harlow, die außer sich vor Sorge war, rannte los. Sie kehrte eine gefühlte Ewigkeit später zurück. Der Arzt schnitt Jessie Kays Shirt auseinander. Rotes Blut klebte auf ihrer Haut und durchtränkte ihren BH.

Als West den Pfeil in der Wunde sah, drehte sich ihm der Magen um. „Sagen Sie mir, dass sie durchkommen wird.“ Menschen hatten schon ganz anderes überstanden.

„Bitte“, sagte Brook Lynn mit zitternder Stimme. „Versprechen Sie es.“

„Ich kann es nicht“, gab der Arzt angespannt zu. „Wenn der Pfeil ihr Herz verletzt hat …“

West schüttelte entschieden den Kopf. „Nein. Das hat er nicht. Das hat er *nicht*.“

Brook Lynns Knie gaben nach. Jase eilte zu ihr und nahm sie in die Arme. Ein Schluchzen entrang sich ihr, als sie den Kopf in seine Halsbeuge legte.

„Es muss doch etwas geben, das Sie tun können“, sagte West zu dem Arzt. „Also, tun Sie es. Haben Sie gehört? Tun Sie etwas.“

Die Eingangstür flog auf und Daniel kam herein. In der einen Hand hielt er eine Armbrust, in der anderen eine protestierende Monica. Er warf die Waffe auf die Couch, sodass sie außer Reichweite war, sah Jessie Kay und fluchte. Auch West stieß einen Fluch aus, als er die Schlampe erblickte, die gerade versucht hatte, die Liebe seines Lebens zu ermorden. Sie hatte sich Erde ins Gesicht geschmiert, um sich zu tarnen.

„Es tut mir so leid“, brachte Daniel mit rauer Stimme hervor. „Wird Jessie Kay … Ich kann es nicht glauben … Wir haben das Miststück erst entdeckt, als die Fensterscheibe zersplittert ist.“

Monica schlug ihm mit den Fäusten gegen die Brust. Als ihr klar wurde, dass der Mann sich davon nicht im Geringsten beeindrucken ließ, drehte sie sich zu West um. Wut blitzte in ihren Augen auf.

„Sie ist die Falsche für dich. Du verstehst es noch nicht, aber du wirst es schon einsehen. Du wirst es einsehen, und dann wirst du wieder bei mir sein wollen. Ich werde dir vergeben, und wir werden zusammen sein."

West brüllte auf – und wenn Beck ihn nicht zurückgehalten hätte, hätte er sich möglicherweise vergessen und sich auf die Frau gestürzt.

Der Aufruhr weckte Jessie Kay auf. Sie stöhnte und ihre Augenlider flatterten. „West?"

Sie fragt nach mir. Nicht nach ihrer Schwester. Nach mir. Er ergriff ihre Hand. „Ich bin hier, Kätzchen. Ich bin hier."

Schmerz lag in ihrem Blick. „Monica?"

„Sie hat dich mit einer Armbrust angeschossen, aber Daniel hat sie geschnappt. Sie wird dir nie mehr wehtun, das schwöre ich. Ich will, dass du dich ausruhst und deine Kräfte schonst. Dr. Chastain ist hier, und ein Krankenwagen ist unterwegs. Du musst jetzt nur gesund werden." Sie musste wieder gesund werden.

„Nutte", fauchte Monica und versuchte, sich aus Daniels Griff zu befreien. „Du verdienst ihn nicht. Du wirst ihn niemals verdienen."

„Bringt sie zum Schweigen", knurrte West. „Sofort."

Jessie Kay begann zu zittern. „West?"

„Beruhigen Sie sie, sodass sie still liegt." Dr. Chastain schnitt Streifen aus dem Handtuch, das West auf die Wunde gedrückt hatte, und schlang sie vorsichtig um den Pfeil, damit er sich nicht bewegen konnte. „Splitter können noch mehr Schaden anrichten."

„Schh, Kätzchen." West zog Jessie Kays Kopf an seine Schulter und hielt sie mit seinem Ellbogen. „Schh. Ich weiß, dass du Angst vor Krankenhäusern hast, aber ich werde nicht von deiner Seite weichen. Wir stellen uns unseren Ängsten gemeinsam, ja?"

In der Ferne erklangen Sirenen, und Monica sackte zusammen. Ihre Knie knickten unvermittelt ein. Da sie mit einem Mal mit ihrem ganzen Gewicht zu Boden ging, entglitt sie Daniels Griff. Blitzschnell schnappte sie sich das Messer, das er in einer Scheide am Fußknöchel trug, und stach ihm damit in den Oberschenkel, ehe er dazu kam, irgendwie zu reagieren.

Aufschreiend taumelte er zurück, und Monica stürzte sich auf Jessie Kay.

Dann passierte alles innerhalb von wenigen Sekunden.

Zeitgleich zogen West, Mr. Porter und Mr. Rodriguez ihre Waffen und zielten auf Monica. Dreimal knallte es ohrenbetäubend laut. Der Geruch von Schwarzpulver hing im Raum. Jeder einzelne Schuss hätte Monica nur verletzen und außer Gefecht setzen sollen, doch zusammen wirkten sie tödlich. Monica wurde zurückgeschleudert, krachte gegen die Wand hinter ihr, rutschte daran hinab und hinterließ eine Blutspur. Einen Moment lang saß sie verdattert auf dem Boden und rang nach Luft.

„Du hast auf mich … geschossen." Sie hob den Blick, sah West an und flehte: „Hilf mir. Bitte."

Mr. Porter lief, so schnell es seine Arthrose zuließ, zu seinem Sohn und tat sein Bestes, um dessen Stichwunde zu versorgen. Mr. Rodriguez trat Monica das Messer aus der schlaffen Hand und drückte die Wunden in ihrer Brust zu.

West hielt Jessie Kay im Arm.

„West … West … Geht es dir gut?" Sie wollte sich aufsetzen, um ihm zu helfen, und richtete damit nur noch mehr Schaden in ihrem eigenen Körper an.

„Halten Sie sie fest, sie sollte sich nicht bewegen", forderte der Arzt ihn auf.

„Mir geht es gut, Kätzchen, aber du darfst dich nicht bewegen, ja? Tu es für mich. Tu es für mich."

Sie fing an, mit den Zähnen zu klappern. „J… ja. Okay."

Ein paar Sekunden später – Sekunden, die sich wie eine Ewigkeit anfühlten – eilten zwei Sanitäter mit großen schwarzen Taschen zur Tür herein.

„Hat jemand den Notruf gewählt?" Der erste Sanitäter erfasste die Szene mit einem Blick. „Ja. Hier sind wir richtig."

Die beiden Männer teilten sich auf. Einer kümmerte sich um Jessie Kay, der andere um Monica. Daniels Verletzung war im Augenblick nicht so dramatisch.

„Was ist passiert?", erkundigte sich der zweite Sanitäter.

Jase erklärte ihm die Situation, während der Mann seine Tasche öffnete und sich an die Arbeit machte.

Dr. Chastain stellte sich vor und setzte die Sanitäter über Jessie Kays Zustand ins Bild.

„Wir müssen sie ins *St. Anthony Hospital* bringen, solange sie noch stabil ist", sagte der ältere der beiden. „Also so schnell wie möglich."

„D… du kommst doch mit mir, oder?", stammelte Jessie Kay. „Bitte, West."

Er hielt ihre Hand und küsste ihre Fingerknöchel. „Ich bin bei dir. Es gibt keinen Ort auf der Welt, wo ich lieber wäre."

„Sind Sie der Ehemann?", erkundigte der Sanitäter sich, während er zu Daniel eilte und unterwegs schon die Handschuhe wechselte.

„Ja", erwiderte West. Wahrscheinlich hätten sie ihn sonst nicht mehr zu ihr gelassen.

„Sie müssen im Krankenwagen mitfahren und sich hinter die Patientin auf die Krankentrage setzen, damit sie aufrecht sitzen bleibt. Ich werde fahren, und Patrick wird die Vitalfunktionen beider Patientinnen überwachen. Ich fürchte allerdings, für die andere Frau sieht es nicht gut aus."

Einer der Sanitäter legte Daniel einen Verband an. „Für Sie ist leider kein Platz mehr im Wagen. Kann jemand ihn fahren?"

„Ich“, sagte sein Vater. „Ich werde ihn fahren.“

West setzte sich, wie der Sanitäter es ihm erklärt hatte, hinter Jessie Kay auf die Trage. Er hielt sie in aufrechter Position, als sie zum Krankenwagen gerollt wurden.

„Ich liebe dich, Kätzchen“, murmelte er auf der Fahrt wieder und wieder. Er tat sein Bestes, um sie abzulenken. Der Sanitäter versuchte, Monica wiederzubeleben, aber das Herz der jungen Frau hatte aufgehört zu schlagen. Und es würde auch nicht wieder damit anfangen.

Als sie im Krankenhaus ankamen, wurde Monica für tot erklärt. Jessie Kay wurde in die Notaufnahme gebracht.

Während der sechsstündigen OP lief West in einem privaten Wartebereich auf und ab. Jase hielt die weinende Brook Lynn in den Armen, und Beck kümmerte sich um die ebenfalls in Tränen aufgelöste Harlow.

Sheriff Lintz kam ins Krankenhaus, um alle getrennt voneinander zu befragen. West erzählte offen und ehrlich, was passiert war. Schließlich erklärte der Sheriff ihm, dass weder er noch Mr. Porter oder Mr. Rodriguez wegen des Schusswaffengebrauchs angeklagt werden würden. Sie hatten eindeutig in Notwehr gehandelt.

Während West auf Nachrichten von den Ärzten wartete, die sich um Jessie Kay kümmerten, ging ihm durch den Kopf, dass die Geschichte sich wiederholte und dass die Zeit tatsächlich zirkulär war. *Die Gegenwart wird zur Vergangenheit und die Vergangenheit wird zur Zukunft.* Doch in der Vergangenheit, als Tessa verletzt worden war, war er unter dieser Last zusammengebrochen. Er hatte sich in den Drogenrausch geflüchtet. In der jetzigen Situation hätte er in alte Muster zurückfallen können, hätte sich wieder dem Kokain zuwenden können, aber er verspürte nicht das Verlangen, diesen Weg zu gehen.

Er wollte nur Jessie Kay.

Als er endlich erfuhr, dass der Pfeil erfolgreich entfernt worden war, dass Jessie Kay sich vollständig erholen würde und dass er sie sehen konnte, sobald sie aufwachte, sank er auf einen Stuhl. Tränen brannten in seinen Augen.

Jase legte ihm eine Hand auf die Schulter und Beck eine auf die andere. Er ergriff ihre Handgelenke und hielt sie fest. Sie drei hatten schon vieles zusammen durchgemacht. Es hatte eine Zeit gegeben, als sie nur einander gehabt hatten. Inzwischen hatten sie tolle Frauen, die an ihrer Seite waren – Frauen, die das Beste aus ihnen herausholten.

Ich bin jetzt ein besserer Mensch. Ich bin ein viel besserer Mensch.

Wie seine Freunde bekam auch West endlich sein Happy End. Ein Happy End, von dem er so nie zu träumen gewagt hatte. Bis er Jessie Kay begegnet war. Bis ihr Licht die Schatten vertrieb.

Das Leben ist ein wertvolles Geschenk. Und dieses Geschenk würde er von nun an schätzen und nie mehr achtlos aufs Spiel setzen.

28. Kapitel

Während der folgenden drei Wochen kamen alle Bewohner Strawberry Valleys bei ihr zu Hause vorbei, um sie zu besuchen. Und niemand kam mit leeren Händen. Jessie Kay bekam Aufläufe, selbst gemachte Desserts, Luftballons und sogar ein Kissen in Form einer Erdbeere. Noch nie war sie so umsorgt worden, und sie beschloss, dass ein Pfeil in der Brust zu einem jährlichen Happening werden sollte.

Als sie ihre Idee West gegenüber erwähnte, drohte er ihr damit, sie übers Knie zu legen.

West, dieser süße, fürsorgliche Mann, achtete darauf, dass niemand zu lange blieb oder sie erschöpfte.

Er hatte sich tatsächlich ihren Namen tätowieren lassen. Als er ihr das Tattoo zeigte, sagte er: „Du bist der Mittelpunkt meiner Welt. Du bist der Klebstoff, der mich zusammenhält, und jetzt ist dein Name unter meiner Haut der Beweis dafür."

Ihr Name erstreckte sich von seinem Brustbein bis zu seinem Nabel. *Jessie Kay.* Die Buchstaben bildeten auf seinem Oberkörper eine perfekte Linie.

Dieser wundervolle Mann! Er hatte die Website für ihren Onlineshop fertiggestellt – *Jessie Kays Kleiderschrank.* Da sie das Bett hüten musste, hatte sie bereits die ersten Kleider entworfen, die sie dort anbieten wollte.

Er kümmerte sich in jeder Hinsicht um sie. Er achtete darauf, dass sie drei Mahlzeiten am Tag aß. Er ließ ihr jeden Morgen ein Bad ein, wusch, trocknete und stylte ihr Haar. Auch wenn sein Versuch, ihr einen Pferdeschwanz zu binden, eher zum Lachen war, war dieser Mann so unglaublich liebenswert, dass sie ihn gar nicht zurechtweisen oder verbessern konnte. Er schenkte ihr sogar eine Katze aus dem örtlichen Tierheim.

„Unser erstes gemeinsames Haustier", sagte er.

Sie liebte diese Katze! Das schwarz-weiße Fellknäuel war nicht wild genug für einen militärischen Titel, also taufte Jessie Kay sie Miss America oder kurz America. Die kleine Schönheitskönigin streifte durch die Flure, als würden sie ihr gehören. Was wohl auch so war.

West brachte ihr die Geheimnisse bei, wie man das Videospiel gewann, das er ihr zu Weihnachten geschenkt hatte. Er zeigte ihr sogar, wie sie ihn schlagen konnte! Was sie natürlich nicht schaffte. Noch nicht. Aber sie musste ihm zugutehalten, dass die Heldin des Spiels tatsächlich aussah wie sie. Groß, blond und unglaublich gut aussehend.

Hey, es war keine Prahlerei, wenn es der Wahrheit entsprach.

Als der Arzt von Strawberry Valley ihr endlich grünes Licht gab und sie wieder zu ihrem üblichen Tagesablauf zurückkehren konnte, war sie kaum noch in der Lage, ihre Lust zu zügeln. Sie fiel direkt über West her und riss ihm die Kleider vom Leib. Als sie anschließend nackt und zufrieden nebeneinanderlagen, sprachen sie über ihre Hochzeit. Anfangs wollten sie eine kleine, kurze Zeremonie wie Beck und Harlow, doch am Ende entschieden sie sich dafür, ganz Strawberry Valley einzuladen, damit jeder im Ort wusste, dass sie offiziell ein Ehepaar und absolut tabu waren.

War es ein Wunder, dass sie ihn so verdammt liebte?

Miss America würde natürlich das Blumenmädchen sein.

Jessie Kay schwebte auf Wolke sieben. Bis zu Brook Lynns Hochzeitstag. Es war ein sonniger, glücklicher Tag mit nur einer Gewitterwolke: Ihre Eltern würden nicht da sein, um mitzuerleben, wie ihre jüngste Tochter vor den Altar trat.

Nach jedem Sturm gibt es einen Regenbogen, hatte ihre

Momma immer gesagt. Schau nie zurück, sondern blicke nach vorn und geh weiter, dann wirst du ihn sehen.

Das werde ich, Momma. Von jetzt an blicke ich nur noch nach vorn und gehe meinen Weg weiter.

„Ich hab dich so lieb.“ Jessie Kay umarmte Brook Lynn. „Das weißt du, oder?“

„Ich weiß es, und ich hab dich auch lieb.“

Brook Lynn hatte sich rosafarbene Blüten in ihr helles Haar gesteckt. Und ihr Kleid ... Es war ein Meisterstück. Ihre Schwester hatte das ursprünglich vorgesehene Kleid verworfen und sie gebeten, ihr eins zu nähen. Jessie Kay hatte nichts lieber getan als das. Das Kleid war im griechischen Stil gehalten, hatte ein Neckholder-Top und war in der Taille geschnürt. Es war aus Seide und roséfarbener Brüsseler Spitze gefertigt. Die Spitze hing in unterschiedlich langen Falten herunter und war von Hand mit Perlen bestickt.

„Du bist ein Traum. Ein Engel.“

„Echt?“, fragte Brook Lynn nervös. „Findest du?“

„Echt. Und meine Meinung ist die einzige, die zählt.“ Jessie Kay lächelte, als ihre Schwester lachen musste. „Falls Jase das Kleid zerreißen sollte, wenn er es dir später auszieht, werde ich ihm das Herz mit einem rostigen Löffel herauskratzen.“

Brook Lynns Gelächter wurde zu einem Prusten. Just in dem Moment setzte hinter der Doppeltür vor ihnen die Musik ein.

Die Zeit war gekommen.

„Also gut, Schwesterherz.“ Jessie Kay straffte die Schultern und bot Brook Lynn den Arm, damit sie sich unterhakte. „Lass uns eine ehrenwerte Frau aus dir machen.“

Zusammen gingen sie durch die Tür der *Strawberry Valley Community Church.* Als Jessie Kay ihre kleine Schwester über den weißen Teppich zum Altar führte, schimmerten tatsächlich Tränen in Jases Augen.

Jessie Kay sah West an – sie konnte einfach nicht anders. Er stand neben Jase. Sein Co-Trauzeuge.

Mein Mann. Er sah in seinem Smoking unglaublich gut aus. Verdammt, sein Blick war auf sie gerichtet, und die Hitze, die in seinen Augen brannte, schien sie zu versengen. Er war so schön, so stark, und er war ihr total ergeben. Er wollte noch immer am liebsten jede Sekunde jedes neuen Tages durchplanen, doch er hatte nichts dagegen, wenn sie den Plan einfach mal zerknüllte und ihn aufforderte, auf der Stelle mit ihr zu schlafen.

Es gab nichts, was er nicht für sie tun würde, und es gab nichts, was sie nicht für ihn tun würde. Sie verbrachten jeden Tag damit, sich zu unterhalten und zusammen zu lachen, und sie verbrachten jede Nacht in den Armen des anderen. Er war so verdammt glücklich, und er kämpfte nicht dagegen an – und genau das machte sie glücklich.

Nicht, dass er sich sehr verändert hätte. Er war nach wie vor besitzergreifend und versuchte, sie vor allen Gefahren zu beschützen. Er hielt andere Menschen auch noch immer auf Abstand. Vor ein paar Tagen hatte sie ihn zu einem Geschäftsessen begleitet. Als seine Verlobte, nicht als Bedienung. Das gesamte Restaurant war von einem Unternehmen gemietet worden, mit dem West in Zukunft zusammenarbeiten wollte – *bla, bla, bla.* Obwohl er den ganzen Abend gelächelt hatte und zu den weiblichen Geschäftspartnern äußerst charmant gewesen war, hatte sie keine Eifersucht verspürt. Bei ihr war er völlig anders. Ihnen zeigte er die höfliche Version, sie bekam den echten Mann. Den gefährlichen Verführer und skrupellosen Höhlenmenschen.

„Wer übergibt diese Frau?“, fragte Pastor Washington, und seine Stimme hallte durch die Kirche.

„Ich übergebe sie nicht“, erwiderte Jessie Kay. Einige Gäste rangen hörbar nach Luft. „Was ist? Ich teile sie.“ Sie hatte früher Angst davor gehabt, ihre Schwester an Jase und die Familie zu verlieren, die die beiden gründen würden. Wie dumm von ihr. Sie war *Teil* dieser Familie – und zwar für immer.

Jase zwinkerte ihr zu und legte einen Arm um Brook Lynns Taille.

Jessie Kay nahm ihren Platz zwischen ihrer Schwester und der inzwischen unübersehbar schwangeren Harlow ein. Fasziniert sah sie sich in der Kirche um, die in ein Traumland verwandelt worden war. Ein Meer aus rosafarbenen und weißen Rosen hing von der Decke. Zarte Blüten schmückten jede Kirchenbank und zierten den Bogen, unter dem die Braut und der Bräutigam standen. Funkelnde Lichter, die wie Sterne aussahen, waren darüber angebracht, und um die Kabel waren weitere Blumenranken gewickelt worden.

Fast jeder Einwohner von Strawberry Valley war gekommen, um Zeuge davon zu werden, wie zwei wichtige Mitglieder der Gemeinschaft den Bund der Ehe schlossen.

Ihre und Wests Hochzeit würde im nächsten Monat stattfinden. Warum sollten sie noch länger warten? Lange genug hatte Angst ihre Träume zurückgedrängt, jetzt wollte sie jeden Moment auskosten.

Tränen stiegen ihr in die Augen, als Jase und Brook Lynn sich nun gegenseitig versprachen, sich für immer zu lieben. Und als Jase die Braut küsste, fing die Gemeinde an zu klatschen, zu jubeln und vor Freude irgendwelche Dinge in die Luft zu werfen. Jessie Kay glaubte, eine Fliegenklatsche zu erkennen. Und einen Wasserball – wo war der denn auf einmal hergekommen? Sogar eine Rolle Klopapier sah sie in die Luft fliegen.

Jase und Brook Lynn strahlten, als sie nach der Trauung Hand in Hand den Mittelgang der Kirche entlangschwebten. Jetzt waren sie Mann und Frau.

West bot ihr einen Arm an, und sie folgten der Braut und dem Bräutigam.

„Schämen Sie sich, Miss Dillon“, flüsterte er ihr zu. „Die

Trauzeugin sollte die Braut nicht in den Schatten stellen, aber Sie tun das ganz sicher."

Jessie Kay legte den Kopf an seine Schulter. „Das glaubst du nur, weil du mich liebst."

„Ich weiß es, weil ich Augen im Kopf habe."

Wie könnte sie diesen Mann *nicht* lieben?

Sie verließen den Altarraum und durchquerten die Gänge, bis sie schließlich hinaustraten. Für den Empfang war ein großes Zelt mit Tischen aufgebaut worden. Endlich hatte der Frühling die lang ersehnte Wärme gebracht, und die Felder mit den Walderdbeeren, die es überall im Ort gab, erwachten zu neuem Leben und verströmten ihren süßen Duft. Eine Band machte Musik, und gerade erklang eine sanfte Ballade für Verliebte.

West zog sie auf die Tanzfläche. „Ich kann es keine Sekunde länger ertragen, dich nicht in meinen Armen zu halten."

„Gut, weil ich nicht mehr atmen könnte, wenn du mich nicht endlich in deine Arme schließen würdest."

Er lachte leise, und sein warmer, minzfrischer Atem strich über ihr Ohr.

„Hast du vor, mich in Sachen Romantik auszustechen?"

„Ob ich es vorhabe?" Sie warf ihm einen mitleidigen Blick zu und tätschelte seine Wange. „Ich glaube, ich habe längst gewonnen, Zuckerbärchen."

„Tja, da mache ich mir keine Sorgen. Ich habe ja noch den Rest unseres Lebens, um es wieder wettzumachen."

„Du schaffst es, Schwesterherz!", schrie Brook Lynn von der Tribüne aus. „Ich bin so stolz auf dich!"

Jessie Kay nahm ihren Platz ein. Sie war bereit, die zweite Halbzeit ihres ersten Hallen-Fußballspiels zu beginnen. Sie hatte mit dem Besten trainiert und durfte endlich zeigen, was sie draufhatte. Sie war eine Stürmerin. *Eine Torjägerin, Baby!*

Mit spektakulären Torschüssen. Nicht, dass sie heute schon mal aufs Tor geschossen hätte … *Verdammt.*

West hatte extra für sie eine neue gemischtgeschlechtliche Mannschaft ins Leben gerufen. Ein Hochzeitsgeschenk, wie er gesagt hatte, denn er konnte ihr keinen Wunsch abschlagen.

Von der anderen Seite des Feldes aus zwinkerte er ihr zu. Sie zwinkerte zurück. Ihr Herz drohte überzuquellen vor Glück. Er legte ihr die Welt zu Füßen. Er hatte ihr eine eigene Familie geschenkt. Er hatte es ihr ermöglicht, ihr kleines Unternehmen zu starten, das sich schon jetzt als Riesenerfolg entpuppte – auch dank seiner Werbung. Und er schenkte ihr Glück und Zufriedenheit, die sie so zuvor noch nie erlebt hatte.

„Mach sie alle!", rief Harlow, und Jessie Kay reckte die Daumen in die Höhe. „Mach sie alle platt!"

Harlow war mittlerweile Mutter geworden. Zweifache Mutter, um genau zu sein. Sie hatte Zwillinge zur Welt gebracht! Die beiden hübschesten Babys der Welt – wie nicht anders zu erwarten gewesen war. Zwei kleine Mädchen. Kresley Cast und Roxanne Monroe, die nach vier von Harlows Lieblingsautorinnen benannt worden waren.

Übrigens: Brook Lynn war ebenfalls schwanger.

Der Anpfiff ertönte, und die Spieler rannten los. Es dauerte nicht lange, bis West in Ballbesitz war! *Scheiße … Ich meine, ja!* Er kam direkt auf sie zu. Er spielte den Ball in ihre Richtung.

Jessie Kay wich dem Gegenspieler aus, der sie deckte, und stoppte den Ball an. Dann drehte sie sich um und nahm den Ball mit, um einem anderen Gegenspieler auszuweichen, der angestürmt kam.

Was sagt man dazu? Ich bin echt toll.

Sie dribbelte über das Feld, ohne außer Atem zu geraten, während West jeden aus dem Weg räumte, der sich ihr nähern wollte. Der Torwart erwartete sie schon und hüpfte im Tor hin und her. Ihr Herz schlug schneller, mit einem Mal war sie nervös. Es stand null zu null, und der Gedanke, das erste Spiel mit einem Unentschieden zu beenden, war äußerst unbefriedigend. Am liebsten hätte sie die gegnerische Mannschaft vernichtend geschlagen, doch sie würde sich auch mit einem Eins-zu-null-Sieg zufriedengeben.

Mit voller Wucht trat sie gegen den Ball, hielt den Atem an und sah zu, wie er auf dem Boden aufprallte und vom Torwart gehalten wurde. Von dem Torwart, der sie spöttisch angrinste.

Sie zeigte ihm den Mittelfinger.

West gab ihr einen Klaps auf den Po. „Du bist toll, Kätzchen. Mach weiter so."

„Toll? Ich habe nicht getroffen."

„Sogar ich habe schon danebengeschossen. Ein Mal." Er lächelte ihr zu und schob sie in Richtung des Balls, mit dem ein Gegenspieler gerade auf Jase, ihren Torwart, zudribbelte. „Mach dich bereit. Ich bringe den Ball in unseren Besitz, und du versuchst es einfach noch mal." Er rannte los.

Tatsächlich holte er sich den Ball zurück und wirkte wundervoll lässig dabei. Er spielte ihn ihr zu, und sie versuchte, wieder aufs Tor zu schießen – leider vergeblich.

Verdammt! Frust und Enttäuschung setzten ihr zu, und ihre Laune litt, doch sie riss sich zusammen. Sie spielte weiter und warf sich sogar zwischen viel größere, bulligere Spieler, wenn es sein musste.

Schließlich waren nur noch zwei Minuten zu spielen. Es blieb weiterhin spannend. Nach wie vor stand es null zu null. West war in Ballbesitz. Erst wollte sie ihm zurufen, selbst aufs Tor zu schießen, doch plötzlich rannte sie los, stieß ihn unsanft zur Seite und übernahm den Ball von ihm, ehe er die Chance hatte, ihn an sie abzugeben – falls er das überhaupt vorgehabt hatte. So sparte sie Zeit. Vielleicht. Wahrscheinlich. Gut, nicht wirklich. Wie auch immer.

Wie zuvor schon hüpfte der Torhüter im Tor hin und her und wartete auf ihren Schuss. Jessie Kay atmete tief durch, als sie auf ihn zurannte. Was würde West in einer Situation wie dieser tun?

Er würde es allen zeigen.

Sie täuschte links an, wirbelte herum und schoss mit rechts. Der Ball flog aufs Tor zu. Das war er, der Moment der Wahrheit …

Tor!

Der Ball landete im Netz. Der Torwart fiel auf die Knie und sah sie niedergeschlagen an. In dem Augenblick erklang der Abpfiff.

Freude erfasste sie, und in der nächsten Sekunde wurde sie herumgewirbelt.

„Du hast es geschafft“, sagte West. „Du hast das Spiel gewonnen.“

Sie hielt sich an ihm fest, schlang die Beine um ihn, lächelte, lachte und war unglaublich verliebt.

„Jetzt gewinnen wir die Meisterschaft“, sagte er.

„Äh … Augenblick mal, Zuckerbärchen. Ich habe gespielt, und ich habe gewonnen. Damit bin ich zufrieden. Ich bin raus.“

Er stellte sie zurück auf den Boden. „Du bist raus? All die Arbeit, und du bist raus? Einfach so?“

„Ja. Ich gehe auf dem Höhepunkt meiner Karriere.“ Sie reckte die Faust in die Luft. „Weil ich rocke! Jetzt möchte ich aufhören, zu trainieren, und mich stattdessen auf meinen Zuckerkonsum konzentrieren – und darauf, Babys zu machen.“

„Das ist auch eine Art, abzutreten“, sagte er und lachte laut auf. „Du bist einmalig, Jessie Kay. Einmalig. Und es wäre mir eine Ehre, mit dir Babys zu machen. Willst du gleich in der Umkleidekabine damit anfangen oder sollen wir warten, bis wir zu Hause sind?“

Sie lebten noch immer in ihrem Haus, doch sobald sein Haus – ihr Haus – in der Nähe des Farmhauses fertig wäre, würden sie dort einziehen. Sie hatte sich die Baupläne ansehen und so viele Änderungen vornehmen dürfen, wie sie gewollt hatte.

„Ich warte, bis wir zu Hause sind“, entgegnete sie. „Aber nur, weil ich hören will, wie du meinen Namen schreist.“

„Du wirst wieder darauf bestehen, dass ich deinen vollständigen Namen schreie, oder? Jessica Kay West.“

„Na ja, es ist ja auch ein *toller* Name.“

Er lächelte sie an. „Habe ich dir schon gesagt, wie glücklich du mich machst?“

„Das hast du. Und du hast gesagt, dass ich das Beste bin, was dir je passiert ist.“

„Das stimmt. Darum liebe und mag ich dich so. Und, Kätzchen, ich will dich und ich brauche dich. Außerdem werde ich dich bestrafen müssen, weil du mich einfach umgehauen hast.“

„Darauf freue ich mich schon.“

– ENDE –

BROOK LYNNS SUPER-SANDWICH MIT BACON UND MARSHMALLOWS

4 dick geschnittene Streifen Bacon
½ Banane in Scheiben
2 Scheiben Sandwichbrot

Für den Aufstrich:
Butter
Marshmallow-Creme
Erdbeermarmelade

Braten Sie den Bacon an, bis er gut durch und knusprig ist.
Bestreichen Sie die Brotscheiben auf einer Seite mit Butter und rösten Sie sie an.
Streichen Sie die Marshmallow-Creme auf eine der Brotscheiben (auf die ungeröstete Seite).
Streichen Sie die Erdbeermarmelade auf die andere Brotscheibe (ebenfalls auf die ungeröstete Seite).
Geben Sie den gebratenen Bacon auf eine Scheibe des Brotes.
Verteilen Sie die Bananenscheiben darauf.
Legen Sie schließlich die zweite Brotscheibe darauf, drücken Sie alles etwas zusammen und genießen Sie das Sandwich!

Deutsche Erstveröffentlichung

Gena Showalter

Broken Hearts: Brennende Sehnsucht

Auf jeder Party punkten, reihenweise Typen abschleppen und die weibliche Konkurrenz locker abhängen: Keine Frage, Harlow ist die Flirt-Queen von Strawberry Valley. Bis ein Schicksalsschlag sie aus der Bahn wirft und sie entschlossen einen Schlussstrich unter ihre wilde Vergangenheit zieht. Jetzt will sie nichts mehr von Oberflächlichkeiten wissen. Zu dumm, dass sie sich ausgerechnet in Beck Ockley verknallt. Der ist zwar theoretisch der perfekte Kandidat: umwerfend sexy, Millionär, verboten charmant. Aber leider total allergisch gegen jede Art Bindung. Dabei knistert es wahnsinnig zwischen ihm und Harlow und er scheint ihre Gefühle zu erwidern ... Sein rätselhaftes Verhalten fasziniert sie immer mehr. Erst als sie erfährt, was wirklich dahintersteckt, begreift sie, worauf sie sich eingelassen hat ...

ISBN: 978-3-95649-591-5
9,99 € (D)

Deutsche Erstveröffentlichung

Linda Howard

In den Armen der Gefahr

Dieser Mann bedeutet Gefahr! Bei der Polizeichefin Isabeau Maran schrillen sämtliche Alarmglocken, als der Unbekannte vor ihrer Haustür steht. Agent Morgan Yancy soll nach einem Anschlag bei ihr untertauchen. An brenzlige Situationen ist Isabeau gewohnt. Doch wie soll sie dem heißen Knistern widerstehen, wenn sie mit Morgan allein ist? Und wie soll sie ihr Leben retten, wenn sie nichts von der Falle weiß, die jede Sekunde zuschnappen kann - mit ihr als Köder?

ISBN: 978-3-95649-642-4
9,99 € (D)